砂山稔著

赤壁と碧城

――唐宋の文人と道教――

汲古書院

はじめに

二〇一一年三月十一日に起こった東日本大震災は、岩手・宮城・福島三県を中心に未曾有の大被害を齎し、且つ福島原発事故処理はなお完全な終熄を見ぬ状況である。この大震災の犠牲者の方々に深甚の哀悼の意を表する。

さて、道教については、筆者は「長生不死を究極の目標とする漢民族の民族宗教」と定義するのを常としているが、中国十三億の人口の九〇パーセント以上を占めると言われる漢民族の死生観の核心を為すのが道教信仰であってみれば、その現代世界に与える影響も多大であると言わなければなるまい。

本書は、東北大学より文学博士の学位を授与された前著『隋唐道教思想史研究』（平河出版社、一九九〇）より後、約二十五年間の主要な論考を纏めたものである。

筆者は学位取得後、北宋の道教研究に転じ、唐宋八大家の中、宋の六人、即ち、欧陽脩・曾鞏・王安石・蘇洵・蘇軾・蘇轍と道教との関係に照準を定め研究を推進した。折しも文部省の在外研究員として、一九九四年から一九九五年にかけて、コレージュ・ド・フランス中国学高等研究所及びロンドン大学ＳＯＡＳで十ヶ月の研修の機会を得た。第二部の「宋代の文人と道教」に収める諸論考は、その際に着想を得たものが少なくない。

宋代は、第四代の仁宗の時代に儒教が復活したことが特筆大書されるが、その実、太宗・真宗時代の崇道政策の影響は、仁宗時代以降も顕著で、皇室を始めとする玉皇大帝に対する尊崇、太一信仰の継承などの道教信仰に欧陽脩・王安石・蘇軾たちは多く関わりを持ったのである。就中、道教的詩人とも言える蘇軾の道教に対する傾倒は顕著で、彼こそ太宗・真宗時代の崇道政策の申し子と云えるのではないだろうか。蘇軾の名作として知られる前後の赤壁の賦は最も濃厚な道教色を湛えた作品なのである。

本書の第二部は、この蘇軾を含む唐宋八大家の中の宋の六人と道教との関係、及びこれと交錯するが、蘇洵・蘇軾・蘇轍・蘇過・蘇符・蘇籀らの蘇氏一族と道教との関係を考察した論考で構成されている。

二十一世紀を迎える頃、それは第二部の諸論考が完成した時期と重なるが、早稲田大学の小林正美氏から筆者が前著『隋唐道教思想史研究』で主説した道教重玄派の存在についての批判が繰り返され、それへの反論の必要もあって筆者は唐代道教研究に回帰した。

前著では、隋から初唐に亙る道教重玄派の存在を指摘し、茅山派道教に対置して、盛唐の玄宗時代までの道教の展開を考察した。本書では、こうした論点を踏まえ、重玄派道教をモダンな道教の流れ、茅山派道教をレトロな道教の流れと見る新たな視座を設定し、盛唐の三大詩人である王維・李白・杜甫と道教との関わりを検討した。その結果、復古主義を主張する李白は、レトロな道教の流れである茅山派道教と深く関わり、これに対して王維や杜甫はモダンな道教の流れである道教重玄派の代表経典である『本際経』と関わりを持っていることを指摘した。

本書の第一部「唐代の文人と道教」は、王維・李白・杜甫と道教との関わりを考察した論考の外、重玄派の『九幽経』などの道教経典、茅山派と関わりを持った初唐末の沈佺期・宋之問に関する論考を含むが、また、韓愈・柳宗元と道教との関係を考察した論考をも収録し、唐宋八大家と道教の研究も完結させた。共に道教的詩人と言われる李白と蘇軾に関する論考を対照するならば、唐代道教と宋代道教との相違もまた、自ずからから浮かび上がることであろう。更に、李白と韓愈に関する論考を比較するならば、道教の女性観と儒教の女性観の相克についても明白になる筈である。

本書の諸論考の成るに当たっては、科学研究費補助金を以下の五度交付されている。関係各位に厚く御礼申し上げる。

平成十年度―十一年度基盤研究（C）「宋代道教思想史研究」
平成十四年度―十六年度基盤研究（B）「道教における女性観の研究」
平成十七年度―十九年度基盤研究（B）「隋唐道教と文学」
平成二十二年度―二十四年度基盤研究（C）「閑適と飄逸のタオイズム」
平成二十五年度―二十七年度基盤研究（C）「「夢幻」と「秘異」の道教学」

なお、第一部の最終章には、近作の李商隠と道教に関する研究を加え、第二部の蘇軾と道教に関する考察と合わせて、「赤壁と碧城」を古稀を記念する本書の標題とした。本書の上梓を一里塚とし、更なる研究の推進を誓うものである。

目次

赤壁と碧城——唐宋の文人と道教——

第一部　唐代の文人と道教

序章　道教研究の方法と課題

序　言

ＩＡＨＲ世界大会において日本道教学会のパネルが開催された二〇〇五年からちょうど二十年前、弘前大学で開催された日本道教学会のシンポジウムにおいて、筆者は明治以降の日本の道教研究の歴史を四期に分ける提案をした。画期となるのは、満州事変（一九三一年）、太平洋戦争終結（一九四五年）、日中国交回復（一九七二年）という日中間の大事件であるが、世紀が改まったこの二〇〇五年における中国の反日運動の顕在化は、一つの重大事件であり、あるいは、第五期の開始となる画期と見なすべき事件であるかも知れない。少なくとも日本の道教研究が、新たな段階に入らざるを得ない重大な出来事であったのではないだろうか。

日本の国連常任理事国入りを巡って、中国において激しい反日の感情が噴出したことは、我々の記憶に新しいところである。アジアにおける二つの強国は、いよいよ真正面から対峙しなければならない局面を迎えたといって良いであろう。そして、改めて中国の人びとが、本当のところ何を考えているのかが、日本の人びとにとっても大きな関心事にならざるを得ない状況に立ち至っていると言わなければならない。漢民族固有の宗教である道教がますます注目を浴びるべき状況を迎えているのである。

第一節　道教パネルの纏め

（1）ＩＡＨＲ世界大会道教パネル

筆者が日本学術会議宗教学研究連絡委員会委員として組織した第十九回国際宗教学宗教史会議世界大会（XIXth World Congress of the International Association for the History of Religions 略称ＩＡＨＲ）における日本道教学会のパネルは、平成十七（二〇〇五）年三月二十八日（月）に高輪プリンスホテル貴賓館松の間で、次のような日程と内容で開催された。

全体のテーマ　道教研究の最先端　組織者　砂山　稔

パネル１：道教哲学研究の諸相（司会　田中文雄）十一時～十三時

発表者　池平紀子「道教と中国撰述経典――『提謂経』の鏡像『太上老君戒経』」

横手　裕「道教における性説の諸相――唐から宋へ――」

森由利亜「清朝全真教龍門派の伝戒と呂祖扶乩信仰――現行本天仙戒『三壇円満天仙大戒略説』の検討――」

対論者　菊地章太

パネル２：道教儀礼研究の現在（司会　山田利明）十四時～十六時

発表者　淺野春二「道教儀礼の依頼者と道士――台湾南部の漢族社会から――」

丸山　宏「儀礼文書の歴史より見る現代台湾の道教儀礼」

李　豊　楙「台南における王醮伝統及び地方における瘟神信仰」

対論者　松尾恒一

パネル2の李豊楙氏は、大会中の変更で御参加頂いた。感謝に堪えない。このパネルは、近年、日本道教学会が取り組んだ国際的な行事として極めて重要なものであった。

（2）弘前大学における道教学会のシンポジウム

さて、弘前大学で開催されたシンポジウムの内容は、後に『道教研究のすすめ』[1]と題した一書に纏められた。その「はじめに」において、秋月観暎氏はシンポジウム開催の経緯について次のように述べられている。「弘前大学の人文学部において開催された第三十六回大会は、昭和六十年の十月十八・十九・二十の三日間に亙ったが、この大会の開催準備に当たった私どもが、道教学会としては初めての試みであるシンポジウムを敢えて企画したのは、偶然のことながら、大会の初日が、恰も日本道教学会発足の記念日に当たっており、昭和二十五年十月十八日、東大の法文経一号館において、学会が創立記念講演会を催して産声をあげてから、頂度《ママ》、満三十五周年のお目出たい日に当たっていたことから、これに因んで特別に企画したものであり、謂うなれば日本道教学会創立三十五周年記念シンポジウムであった訳である」と。

次に『道教研究のすすめ――その現状と問題点を考える――』の概略の構成と執筆者を列挙する。

はじめに　秋月観暎

［歴史・社会］道教と隋唐の歴史・社会　砂山　稔

［思想・宗教］道教思想の研究と問題点　福井文雅

［道教文献］道蔵の成立とその周辺　尾崎正治

［文　　学］中国小説における道教　小川陽一

（3）弘前シンポからIAHRパネルへ——道教研究の課題に触れて——

このうち、福井文雅氏の「道教思想の研究と問題点」では、道教研究の第四期の特徴を（一）研究の国際化（二）研究者の増加（三）道教学の独立（四）資料の新出（五）研究対象の新展開（六）「思想・宗教」研究の主テーマ、の六点に互って考察している。この中、前の三点は若手・中堅の研究者を発表者・対論者としてIAHR世界大会に初めて道教パネルを立て得たことと密接に関わる事柄であると言えよう。（五）では、福井氏は更に「台湾道教」と「現地調査と儀礼研究」に注目されているが、道教パネルの内のパネル2「道教儀礼研究の現在」は、正しくその研究進展の期待に答えたものであったといえる。儀礼研究については、淺野春二氏『台湾における道教儀礼の研究』（笠間書院、二〇〇五）、丸山宏氏『道教儀礼文書の歴史的研究』（汲古書院、二〇〇四）とともに近年、大著を公刊されていることでもあり、ここでは説明を割愛する。（四）では、福井氏は更に「『道蔵』の再刊」「敦煌文書」「考古資料」を取り上げている。「『道蔵』の再刊」の項で、福井氏は『道蔵』の入手し難かった状況に触れ、「その『道蔵』が、一九六二年に台湾から再版され、縮刷洋本の形式のものがそれに続いて、新文豊出版公司と芸文印書館とから出るに及んで、日本でも研究者各人が購入するようになった」と指摘されている。正に今昔の感があるが、今日の日本における道教研究隆盛の一因がここにあることは忘れられないことである。また、『道蔵』や『道蔵輯要』は、今なお未知の宝庫であって、道教パネルのパネル1「道教哲学研究の諸相」の森由利亜氏の発表は、清朝全真教と『道蔵輯要』との関わりを新しい角度から論じたものである。次に「考古資料」では、福井氏は馬王堆の帛書老子の出現に触れておられるが、今日では、郭店楚簡の「老子」及び北京大学所蔵の西漢竹簡の「老子」が話題となっている。更に福井氏は「敦煌文書」の利用について触れておられるが、その特に隋唐時代の道教研究において占める重要性については、後に詳述することになろう。

(六)「思想・宗教」研究の主テーマの項では、福井氏は第三期以前からの継続的なテーマとして、三教交渉史、神仙思想、気、功過格等を挙げられているが、パネル1の池平氏の発表は、中国撰述経典に関する道仏交渉史に、近時盛んに取り上げられる「性SEX」の視点を加味した斬新なものである。福井氏はまた、第四期の新しいテーマとして、秋月観暎氏の浄明道の研究、安居香山・中村璋八氏の緯書研究を挙げておられるが、隋唐道教の研究では、やや我田引水となるが、筆者提唱の道教重玄派の研究も第四期の重要なテーマであると考える。パネル1の横手氏の発表は、この重玄派の思想をも睨んだ唐宋の道教における「性説」の展開を考察したものであり、このような道教思想史の流れを深く探って行こうという研究は道教研究の成熟を背景としたものであって、今後の道教研究の重要なテーマとなって行くものであろう。

因みに道教と文学の関係については、日本中国学会の平成十五年度大会で「道教と中国文学」と題したシンポジウムが開催されたのは、記憶に新しいところである。今日、文学研究の衰退が話題となっているが、中国文学研究について言えば、道教との関わりを論じるところに広大な沃野が開けていると確信している。第四期から第五期における重要なテーマたるを失わないであろう。

第二節　小林正美氏著『唐代の道教と天師道』批判——道教研究の方法について——

道教という宗教が多様性と重層性を有する宗教であるということは、改めて言うまでもないことでもあるが確認しておくべきことである。この点を忘却すると道教研究に無用の混乱を持ち込むことになる。その具体例を次に掲げる。

小林正美氏は『唐代の道教と天師道』（知泉書館、二〇〇三）の「結語」の中で、次のように述べている。

「これまで世界の道教研究者の間で、唐代の道教には上清派（茅山派）や霊宝派（洞玄派）や三皇派（洞神派）や太玄派（高玄派）や正一派あるいは重玄派等の教派が存在し、この中で上清派（茅山派）が唐代の道教の主流であると考えられてきた。（中略）しかしこれが誤りであることは、これまでの考察で明らかであろう。唐代の道教は天師道の「道教」であり、唐代の道教教団は天師道の道士によって構成されていたのである」「近年、唐代の道教に重玄派という流派があるように言われていて、この流派は太玄派と霊宝派の影響を受けて形成されたという。しかし、これまでの考察で明らかなように、六朝隋唐期には霊宝派や太玄派という教派は存在していないのであるから、重玄派なる教派も形成されてはいない。（中略）敢えて言えば、隋・唐初期には天師道の道士の中に「重玄」を重んずる『道徳経』の解釈法が流行したと考えるのが穏当であり、これらの人々を特別に重玄派と呼ぶ必要はないであろう」と。

筆者が一九七九年秋の日本中国学会で提唱（論文公刊は翌八〇年）し、『隋唐道教思想史研究』で縷説した道教重玄派という学派の存在が世界の道教研究者の間で地歩を得ていたとされるのは、嬉しい限りであるが、隋唐時代の道士が全員天師道の道士であるからという理由で道教重玄派の存在を否定しさることはとうてい承服し難い。また、隋・初唐の「重玄」を尊ぶ傾向を老子道徳経解釈にのみ限定することは、道教思想史研究の上では、『本際経』や『道教義枢』の思想の特徴を把握し得ぬ退行を生むだけである。

それでは、この奇妙な「隋唐時代道士＝全員天師道道士」は元を正せばどのような誤った考えに基づくのであろうか。三浦國雄氏は小林正美氏の『中国の道教』（創文社、一九九八）の書評の中で、小林氏の立場について次のように述べている。「では何をもって道教とするのか。著者の主張はきわめて明快（解）である。道教＝天師道説である。天師道は劉宋の五世紀中葉に成立したから、それ以前に道教は存在しない。また、その後の道教史も天師道を基軸に展開したから、天師道こそ道教のアルファでありオメガである。より単純化して言うならば、天師道一元論が著者の立場なのである」と。そして、また、三浦氏は、次のように疑問を呈することも忘れない。著者の言う括弧付きの「道教」が何を意味しているか、分からなくなる時がある、と。これは小林氏の説の欠点を厳しく衝いている。つまり、小林氏にはこの不可解な括弧付き「道教」なる奇妙な規定を用いないで道教を説明して頂く必要があると言うことである。筆者がこのように言うのは、正にこの点にこそ、小林氏の謬説の根源があると考えるからである。小林氏は『中国の道教』のはしがきで次のように言う。本書がその出発点においてこれまでの道教の研究書や概説書と大きく異なるところは、道教の範囲を中国に歴史的に存在してきた儒教・仏教・道教の三教の一つとしての「道教」に限定したことである。（本書では三教の一つとしての道教を指すときには「　」を付して「道教」と呼ぶことにする。）「道教」が道教であると定義すること、即ち道教という概念の指示する対象を歴史的で具体的な「道教」に限定することによって、われわれは初めて「道教とは何か」という問いに答えることができるようになるのである（Ⅷ頁）と。小林氏の所説によれば、儒教にも「儒教」があり、仏教にも「仏教」があることになるのかは不明であるが、例えば、道教と仏教とを入れ替えて、中国に歴史的に存在してきた儒教・仏教・道教の三教の一つとしての「仏教」を考えれば、それは中国仏教なのであって、何も括弧を用いなくても説明可能である。と言うことは、小林氏の「道教」とは、簡単に言えば中国道教なのであろうか。小林氏はまた言う。「道教」が道教である、という定義は歴史的で具体的な「道教」に立脚しているだけに、道教という宗教の特性を歴史的に具体的に解明するときに非常に有効な概念規定である。われわれは道教という観念の対象を歴史的に実在してきた「道教」に限定することによって、道教という宗教の構造や教理や教団組織や信奉者の宗教意識、あるいはそれらの歴史的な変遷を具体的に把握できるようになる、と。ただし、「道教」が中国道教のことだとすると、「道教」は道教であるという言明は、中国道教は道教であるという言明に過ぎないのであって、それはとても学問的に有効な概念規定とも思えない。小林氏の括弧なしの弁明を待ちたい。

これに比べれば、唐代の「道教」の流派は天師道であり、云々（二八四頁）、と述べるところは、やや言語として理解可能である。それは唐代の中国道教の主な流派には茅山派や重玄派などが挙げられ、当時の天師道の勢力は微弱であったと反論できるからである。既に横手裕氏は『唐代の道教と天師道』の書評の中で、唐代の天師道ということで評者の関心から気になった点は、張天師の後裔とされる人々や、龍虎山という場所は、そのような唐代の天師道の中ではいかなる存在であったかということである、と述べている通り、唐代の天師道の状況には不明な点が多い。『唐代の道教と天師道』という著作は正にこの点にこそ紙面を多く割くべきであったろう。(2)

三浦氏は小林氏の『中国の道教』に対する書評の中でさらにいう。特に論議を呼びそうなのが上清派の扱いである。（中略）著者は、「上清派は陶弘景以後に衰微し、陶弘景以後は実質的な活動を行っていない」とし、「一般には陶弘景以後、王遠知・司馬承禎・李含光という上清派の系譜が連綿と続いているかのようにいわれている」が、これは唐・李渤『真系』と元・劉大彬『茅山志』に見える「上清経籙の伝授の次第」を「上清派における上清経籙の伝授の系譜」と誤解したために生じた謬説で（が）あって、実は潘師正や司馬承禎たちは上清派ではなく天師道の道士なのであり、従って「梁・陶弘景以後は上清派は存在していない」という衝撃的な断案を下している、と。この衝撃は筆者も共有するものであるが、それは勿論、小林氏が正しいからではなく、『真系』に語られている陶弘景以後の茅山派、あるいは上清派の系譜をいとも簡単に否定するその武断的な態度から受けたものである。このような研究方法が正しいとすると、資料に基づく研究というおそらくは世界の道教研究者が共有している常識は根底から覆ってしまうであろう。寒心に堪えないことである。

小林氏は『唐代の道教と天師道』の中で「隋唐時代道士＝全員天師道道士」を展開するに当たって、その理由らしいものをさらに二つ挙げる。その一つは、李含光・葉法善等について述べる資料が彼らを天師と呼んでいることである。しかし、この点については、夙に吉岡義豊氏が『永世への願い』（淡交社、一九七〇）の中で次のように言っていることが参考になる。陸修静は道教教理の最初の大成者ということができる。彼のことを後世の道教徒は陸天師と尊称している。天師の称号は張天師家だけの専有物ではなく、冦謙之もいっているように、賢者であればそれを授けられる資格がある、という本来の考え方からすれば当然のことである、と。また、横手裕氏は、先の書評で、陸修静という人の捉え方、およびその改革を経た道教を「天師道」と考えるかどうかは議論のあるところかと思う、とも述べている。従って、小林氏の「天師」の称号を冠せられていれば、全て天師道と言う考えは、はなはだ疑問である。

小林氏が挙げる今一つの理由は、当時の道士が初歩的な法位として、正一の法位を受けていたとすることである。小林氏が取り上げる法位は次のようなものである。「①正一道士②高玄道士③神呪道士④洞神道士⑤昇玄道士⑥洞玄道士⑦洞真道士⑧三洞道士」。因みに任継愈氏主編の『中国道教史』（中国社会科学出版社、二〇〇一）では、第八章唐代道教経戒伝授において、次のような順序を考えている。「①初出家道士授度戒律②正一派伝授経戒序次③洞神三皇派伝授経戒序次④高玄派伝授経戒序次⑤昇玄派伝授経戒序次⑥霊宝派伝授経戒序次⑦上清派伝授経戒序次⑧三洞部法師伝戒序次⑨大洞部法師伝戒序次」と。

小林氏が先に指摘するように、重玄派道教と茅山派道教の存在を認めるのが通説であり、この通説が正しいとする立場から、小林氏が頻りに言及するこの道士の法位の問題を考えてみよう。すると直ちに思われるのは重玄派の道士である黎元興と茅山派の道士である李含光が共に三洞法師と呼ばれていることである。これは双方の道士が道教教団の高次の受法のカリキュラムを修了していることを示してはいるが、学派・宗派の相違を示してはいない。重玄派とか茅山派という区別は、このように当時の道教教団に確とした基盤をもっていた道士の師承や思想傾向を実態に即して差異化して捉えようとした中から生じたものである。如何にも重玄派の道士は『道徳経』を尊重していた道士の一群であるから、『道徳経』などをマスターしたことを示す「高玄道士」の法位を経ることに意義は感じたであろうし、また『道徳経』のマスターは、国家の給田規定との関わりにおいて現実的な意味のあったことは想像に難くない。

道教教団の受法のカリキュラムの重層性は、道教教団形成の歴史をある程度反映しているものであり、入道の初めの頃に「正一」の法位を経ることになっていたとしても、それは基礎的なカリキュラムをこなしたに過ぎないのであって、小林氏のようにこれをもってして唐代の道士がことごとく天師道の道士であるというのは当を得ていないのである。

この節の初めに述べたように、道教という宗教が多様性と重層性を有する宗教であるということを理解してこそ、この宗教の全き把握ができるのではないだろうか。因みに「重玄」と「全真」について言えば、学派・宗派の命名でその思想内容を表す「重玄」は隋唐道教の代表的なものとして、小林氏が道教であることを否定する金代以降の新道教の全真教の「全真」と寧ろ呼応していると言ってもよいのである。

第三節　重玄派と『洗浴経』

さて、第一節で見たように、福井文雅氏によって、注目されていた敦煌学の勢いが近年ますます盛んである。そして、成玄英・李栄、『本際経』などの道教重玄派の思想の研究は、まさにこの敦煌文書研究の賜物と言ってよいであろう。

それでは、次にその敦煌文書の中から、重玄派関係の文献を一つ取り上げてみよう。周知のように玄嶷の『甄正論』巻下では、次のように述べる。「至如本際五巻、乃是隋道士劉進喜造、道士李仲卿続成十巻。並模写仏経、潜偸罪福、構架因果、参乱仏法。自唐以来、即有益州道士黎興、澧州道士方長、共造海空経十巻。道士李栄又造洗浴経以対温室、道士劉無待又造大献経以擬盂蘭盆、幷造九幽経将類罪福報応。自余非大部帙、偽者不可勝計」と。このうち、『本際経』『海空経』については、既に筆者の見解を発表しているので、ここでは、李栄の『洗浴経』について述べることにする。

中華道蔵第六冊に収蔵される『太上霊宝洗浴身心経』（敦煌本）については、次のような説明がついている。「経名：太上霊宝洗浴身心経、原不題撰者、唐釈玄嶷《甄正論》称唐道士李栄造《洗浴経》、当即此書、一巻、《正統道蔵》未収、底本：敦煌S.3380号写本、参校：P.2402及BD.14523.2写本」と。撰者を「甄正論」によって李栄としているのは妥当な見解であろう。因みにこの経は、「王卡点校」とされている。

しかし、王卡氏は「中国国家図書館蔵敦煌道教遺書研究報告」（『敦煌吐魯番研究』第七巻、中華書房、二〇〇四）の見解を踏まえて、『敦煌道教文献研究』（中国社会科学出版社、二〇〇四）においては、「按《正統道蔵》洞真部本文類、収入《太上玄都妙本清浄身心経》一巻。時代早于敦煌本《洗浴経》、文字亦較繁富。敦煌本是否李栄所造、尚待研究」と述べる。これが謂わば王卡氏の私的見解なのであろう。

しかし、敦煌本の『太上霊宝洗浴身心経』と道蔵本の『太上玄都妙本清浄身心経』とを比較すると、確かに道蔵本の前半部分は、敦煌本と重なる部分があるが、道蔵本の後半部分は、「若有抄写供養受持、此人即得妙本澄清、身心潔白」と説くなど別趣旨で、「故名玄都妙本清浄身心」と経名としており、そこに「洗浴」の語が見られないから李栄の『洗浴経』とは、別の経典と考えられる。

ところで、大淵忍爾氏は『敦煌道経』目録編（福武書店、一九七八）において、夙に『太上霊宝洗浴身心経』の上記の三種の敦煌本を取り上げ、また、この経について「（道蔵）闕経目録に洞玄霊宝妙本清浄沐浴身心経とあるはこの経を指すか」と指摘されている。また、夙に陳国符氏は『道蔵源流考』（中華書房、一九六三）において、「按道蔵闕経目録巻上著録洞玄霊宝妙本清静《ママ》沐浴身心経。又雲笈七籤巻四十一、引沐浴身心経。洗疑当作沐、或即此書」と言っている。『雲笈七籤』巻四十一所引の『沐浴身心経』は、確かに『道蔵闕経目録』所載の経典との関連を窺わせるが、ただ「洗」を安易に「沐」に変えるのは如何なものであろうか。むしろ『雲笈七籤』所引の『沐浴身心経』の「五種香湯」の「五香」に関する「天尊答曰、五香者、一者白芷、能去三尸、二者桃皮、能辟邪気、三者柏葉、能降真仙、四者零陵、能集霊聖、五者青木香、能消穢召真、此之五香、有斯五徳」と言う記述が、敦煌本『太上霊宝洗浴身心経』の「然諸天帝王、勑其男女依法清静、作五種香水、広開浄室、散花焼香、行道礼拝、持斎奉誡、講説経文」と説く、「五種香水」の謂わば注釈となっている点に注目すべきであろう。『太上霊宝洗浴身心経』では、また、「五種香水」は、「法香水」「法水」と呼ばれ身心を「洗浴」するものとされている。

さて、『太上霊宝洗浴身心経』に関しては、程存潔氏の「敦煌本《太上霊宝洗浴身心経》研究」なる専論があり、『道家文化研究』第十三輯（生活・読書・新知三聯書店、一九九八）に収録されている。そこでは、「真一」と「清静」、「道性」と「道本」、「洗身」と「修心」の諸概念が取り出されて、李栄の思想との関連が追求される。その纏めの部分で程氏は次のように述べている。

> 通過対李栄《太上霊宝洗浴身心経》的研読、我們感受到李栄作為唐初重玄派的代表人物、其思想在当時道教中最富於義理性和思弁性、他充分吸収了伝統道教和仏教的有関思想、並独具匠心地進行鎔鋳、従而構築出別具一格的道教《洗浴身心経》、発展了道教教理和教義。

このように程氏の立場は、初唐の重玄派の道士である李栄が『太上霊宝洗浴身心経』を制作することによって道教教理を発展させたとするものであり、筆者も基本的には同様の見解を持っているものである。

そして、程氏は『洗浴経』に「真一の位に登」るとあることを取り上げ、李栄の『道徳経注』に「除嗜欲、絶是非、遺万慮、存真一」（『老子』第三章、注）とあり、また、『西昇経』注に「天地万物、並皆抱真一之道」とある例などを示して、李栄と『洗浴経』の思想の類似点について述べている。勿論、「真一」の思想と言えば、直ちに想起されるのは、李栄が「本際義」をひっさげて仏道論衡に臨んだとされる『太玄真一本際経』であり、そこでは、「この真一本際法門を説」く（巻四）、とか「烟熅障を断ち、一切智を円す、故に真一と名づく」（巻四）と述べられているのである。

『洗浴経』には、「道性の水を汲引する」と言う面白い表現があるが、程氏はこれを『本際経』の「道性」思想と関連させている。『本際経』の「道性品」（巻四）には、「言道性者、即真実空、非空不空、亦不不空、非法非非法、非物非非物、非人非非人、非因非非因、非果非非果、非始非非始、非終非非終、非本非末、而為一切諸法根本、無造無作、名曰無為、自然而然、不可使然、不可不然、故曰自然」と「道性」を説明している。これらの思想が『洗浴経』の思想の源泉なのであろう。

さて、「洗浴」の語は、古くは晉の法顕の『仏国記』には、「（迦維羅衛）城東五十里有王園、園名論民、夫人入池洗浴出池、北岸二十歩挙手攀樹枝、東向生太子、太子堕地行七歩」と見えている。因みに言えば晉の干宝の『捜神記』巻十四にも、「丹陽宣騫母、年八十矣、亦因洗浴、化為黿」と見える。

道教経典では、『霊宝度人経』巻一に、「道言、行道之日、皆当香湯洗浴、斎戒入室」と「洗浴」の語が見える。や や後の注釈であるが、唐の薛幽棲の注では、「行道の日とは、即ちこの経を持誦するの日なり」と述べている。道教教団では、経典の持誦に当たって「洗浴」が早くから行われていたものであろう。因みに『雲笈七籤』（巻四十一）では、『三皇経』に「洗浴」の語のある文が引かれている。

『霊宝度人経』に見えるように、道教教団では、「行道」の際の「清浄」を確保するために「洗浴」が行われていたのであろう。都築晶子氏は「唐代中期の道観」の中で「清浄な空間」と題して次のように云う。(3)「まず、①の殿、堂、院、楼、閣、房、壇、坊は、宗教の儀礼と修行の空間であり、道士の居住する空間である。注目したいのは、この空間では「清浄」が強調されることである。（中略）したがって、道観には必ず浴堂が必要であり、とくに道士が居住する別院や私房には「此れ最も急」である。（中略）儀礼と修行の前には沐浴して「身心を澡錬」しなければならない」と。

道教教団の中において、「清浄」を尊ぶ点では、重玄派もおさおさ劣りはしなかったであろう。『洗浴経』はこのような需要を背景として生まれたものである。従って、『洗浴経』では、「清浄」について、しばしば語られるが、中でも「妙本」の「清浄」を説く点が最も顕著である。最初の頌には次のように見える。

元始无上大慈尊、善説衆耶（顚）倒業、不悟妙本常清浄、動則沈淪経万劫。

この「妙本」は重玄派の成玄英の思想世界においても重要な概念であるが、玄宗皇帝の『老子注』では、「虚極」「妙本」、また、玄宗の意を受けた王虚貞らの『老子疏』では、「虚極妙本」と見える最重要概念である。

李栄がその思想世界において「虚極」の理を尊重した事については、その『道徳経注』、『西昇経』の注に依って明らかである。「道者、虚極之理也、夫論虚極之理、不可以有無分其象、不可以上下格其真、是則玄玄非前識之所識、至至豈俗知而得知、所謂妙矣難思、深不可識也」（『老子』第一章、注）。この「虚極」は、また、「至虚」「虚寂」とも表現されて、「重玄」と互文の意味で用いられる。「若乃清重玄之路、照虚寂之門、知人者、識万境之皆空、自知者、体一身之非有」（『老子』第三十三章、注）と説く通りである。

李栄のこの「虚極」を尊び、また、『洗浴経』で「妙本」の清浄を説く思想は、玄宗の『道徳経』解釈に大きな影響を与えたのではないだろうか。因みに『老子疏』では、「法性清浄。是曰重玄。雖藉勤行。必須無著。次来次滅」（巻四）と説くのもこの際は注目されるのである。

そして、この李栄の『道徳経注』の「載営魄抱一、能無離、専気致柔、能如嬰児、滌除玄覧、能無疵」に関する注において、「身清則魂魄安、心濁則真神遠」「一心身、則純和不散、専気也」と身心を清らかに保つことの重要性について語った後、「浴玄流以洗心、滌也」（『老子』第十章、注）と「滌」の語義の説明において「洗」「浴」の語を用いていることなどは、『太上霊宝洗浴身心経』との強い関連を思わせる部分なのである。

第四節　長楽と長恨

さて、天宝十年（七五一）作の「朝献太清宮賦」（『杜工部集』巻十九）は「前殿中侍御史柳公紫微仙閣画太一天尊図文」（『杜工部集』巻二十）とともに杜甫の散文の中では極めて道教色の強い作品である。この「朝献太清宮賦」では、冒頭の第一段で次のように述べている。

冬十有一月、天子既納処士之議、承漢継周、革弊用吉、勒崇揚休、明年孟陬、将攄大礼以相籍、越彝倫而莫儔、歴良辰而戒吉、分祀事而孔修、営室主夫宗廟、乗輿備乎冕裘、甲子王以昧爽、春寒薄而清浮、虚閶闔、逗蚩尤、張猛馬、出騰虬、捎熒惑、堕旄頭、風伯扶道、雷公挟輈、通天台之双闕、警溟漲之十洲、浩劫礧砢、万山颼飀、歘臻於長楽之舎、寖入於崑崙之丘。

と。この第一段の末尾に太清宮を喩えて「歘臻於長楽之舎、寖入於崑崙之丘」と述べるが、この「長楽之舎」は『本際経』巻一の「長楽舎」に基づくのであろう。即ち、この第一段の結びは玄宗と楊貴妃が「長楽之舎」に還る道教の最高神である元始天尊と「崑崙之丘」に帰る仙女の代表である西王母に見立てられていると認められるのである。杜甫は玄宗の愛好する『本際経』の一端を「朝献太清宮賦」に盛り込むことによって、皇帝の歓心を買おうと考えたのである。この点は後に詳述する[4]。

ところで、先の杜甫の「朝献太清宮賦」の「長楽之舎」に対する仇兆鰲の『杜詩詳注』では、『漢武故事』に「上起建章・未央・長楽三宮、皆輦道相属、懸棟飛閣、不由径路」を引用している。これは、「長楽之舎」の説明にはなってないが、「長楽」の思想の源泉を考える場合は参考になろう。このように「長楽」という言葉は、普通には漢の武帝の長楽宮を想起させるようである。宮崎市定氏は、歴代の皇帝の中で長期政権を担った例として、次のように述べる。(5)「中国の歴代の天子を見てゆくと、長くても五十年を越えたものはほとんどなく、わずかに漢の武帝の五十四年という一例があるだけである。つぎには梁の武帝と、明の神宗万暦帝の四十八年、明の世宗嘉靖帝の四十五年、唐の玄宗の四十四年という順序であるが、いずれも有終の美をなしたとはいいにくい」と。

この中で、古い時代に遡ると、五十四年の治世を誇る漢の武帝は、誠に「長楽」の時を満喫した皇帝であったというべきであろう。唐の玄宗の治世は意外に短く四十四年であるが、それでも清になるまでは歴代五位であった。玄宗が「長楽」を語る『本際経』を尊重したことは、唐代道教史に冠たる事実であるが、そこには、漢の武帝にあやかりたい意向もあったのであろうか。

さて、神塚淑子氏は、『海空経』に関する論文の中で、「長楽」に関して次のように述べている。(6)『海空智蔵経』ではまた、元始天尊の本住の地である「長楽」という場所は、元始天尊が「龍漢」の世に霊宝の教えを説いて人々を済度した場所であるともされている。巻三に次のような文が見える。「爾の時、天尊唱言すらく、……我往昔を憶するに、龍漢の初め、一世界有り、名づけて長楽と曰う。此の世界中、皆多く精進し、長斎誦経し、終日輟めず。時に天尊有り、亦た元始と号す。此の世界に住し、霊宝妙法を説く。亦た慈悲を以て遍く五方を化し、真文宝符を以て一切を度脱す。是れ諸々の衆生、並びに利益を蒙る」（中略）ここでは、その「龍漢」の世に、「長楽」という名の理想的な世界があり、元始天尊がそこで霊宝妙法を説き、真文（符の一種）を用いて人々を済度したということが述べられている。この文は、六朝時代に作られた霊宝経のひとつである『太上諸天霊書度命妙経』（道蔵第二十六冊。以下、『度命妙経』と略称する）に基づいていると考えられる。『度命妙経』では、元始天尊が「龍漢」の年に、中央の「大福堂国長楽舎」、東方の「碧落空歌大浮黎国」、南方の「禅黎世界赤明国」、西方の「衛羅大福堂世界西那玉国」、北方「元福棄賢世界鬱単国」において「十部妙経」「霊宝真文」を用いて人々を済度し、それぞれの国土に理想的な状態を現出した（中略）と書かれている、と。

神塚氏は『海空経』について論じる際、拙稿を参照されているが、『本際経』の「長楽舎」なる言葉は、神塚氏の指摘する『太上諸天霊書度命妙経』の「大福堂国長楽舎」に遡ることができそうである。

神塚氏はまた、『海空智蔵経』の「長楽国」についても、次のように述べる。

巻八に次のような文がある。（天尊）復た海空智蔵に生（告の誤りか?）げて言わく、善男子よ、若し衆生有りて下方に生じ、煩悩城に住して、身は是れ苦なるを知り、発心して諸々の人民に告ぐらく、我等衆生は同じく煩悩悪毒火城に住す。云何が生死城を出離し（以上、一七a）、海空一乗法城に入るを得ん。是れ長楽国にして諸々の煩悩無く、安隠の地なりと。（中略）ここでは、どのようにしたら安穏の地である「長楽国」――これは海水に隔てられた所にあり、「海空一乗法城」とも呼ばれている――に到達できるかが話題になっている。（中略）しかし、海の彼方にある「長楽国」（「極大楽国」）は西方にではなく東方にあると考えられているようである。（中略）そして、『海空智蔵経』の作者は、この海の彼方の「長楽国」を蓬萊山のイメージと重ね合わせていた可能性がある、と。長楽国、長楽舎のイメージにも道教の重層性が看取される。

そして、神塚氏はさらに言う。この三十六天の最上に位置する大羅天について、『道門経法相承次序』（巻下、一a）では「元始天尊不動の所」とあるが、『海空智蔵経』でも、巻十に「天尊は神光を隠して玉京長楽舎の中の不動の地に還らんと欲す」（一b）とあり、大羅天の玉京山長楽舎が元始天尊の本住の地であるとされている、と述べ、『海空智蔵経』でも、元始天尊が「長楽舎」にいたとされていたことを指摘する。

さて、宋の『太平御覧』には、「本際経曰、元始上尊、在長楽舎、宝飾高座、雖在座形、不障於物、人所往来、亦無隔礙、復有小琉璃座、行列両辺、悉高五尺」（巻六七七）と述べている。この『太平御覧』の引用は『本際経』巻一のものであろう。元始上尊は、即ち元始天尊である。そして、この元始天尊が「長楽舎に在り」とされているところに注目したい。「長楽舎」の語は、「即有十方大聖、与諸真人、無鞅之衆、（中略）悉皆来会長楽舎中」や「即命法喜、装治宝轝、具弁人力、往長楽舎、詣天尊所」と『本際経』巻一にしばしば登場するこの巻の印象的な言葉であり、「長楽」の語は、また、『本際経』巻六にも「国堺清寧、邪魔匿跡、特達等衆一十三人、加品仙階、仍号此国為長楽浄（国）土」と「長楽浄土」と言う表現でも用いられている。そして、巻一では、「臣聞、太玄真一本際妙経、功徳甚重、不可思議、天神地祇、一切官属、咸皆敬待、人天誦念、随心剋果、長楽舎中、有於此経」と述べるように、『太玄真一本際妙経』は、正にこの「長楽舎」に有るとされていたのである。『本際経』における「長楽舎」の位置の重要性が良く示されていよう。

このように、共に重玄派の重要経典である『本際経』と『海空経』が最高神である元始天尊の居所を「長楽舎」とし、「長楽」を重んじる態度を持していることは、両経典の思想的な連接を示すものでもあり、道教における理想を端的に表明しているものでもあったのである。

結　語

さて、杜甫の「朝献太清宮賦」は、「天宝十年における玄宗と楊貴妃」を描写したものであるが、これとあたかも暗合するかのように「天宝十年における玄宗と楊貴妃」を歌に詠じたのが、白居易の「長恨歌」である。「春寒くして浴を賜う華清の池、温泉　水滑らかにして凝脂を洗う」華清宮における楊貴妃の入浴の様子を歌うこの件りの、「凝脂を洗《あら》う」を吉川幸次郎氏は、周知のように「凝脂に洗《そそ》ぐ」と読む。この詩句は、「洗」「浴」の語が中国文学史上に最も華やかな形で登場するものと言えるであろう。

さて、白居易の「長恨歌」は、その結末の玄宗と楊貴妃の相愛の場面は、天宝十年秋の華清宮が選ばれる。陳鴻の「長恨歌伝」に「昔天宝十載、侍輦避暑驪山宮、秋七月、牽牛織女相見之夕」と言う通り、七夕の夜が歌われるのである。「別れ臨んで殷勤に重ねて詞を寄す、詞中に誓い有り両心のみ知る、七月七日長生殿、夜半人無く私語の時、天に在りては願くば比翼の鳥と作《な》り、地に在りては願くは連理の枝と為らん、天長地久　時有りて尽くも、此の恨は緜緜として尽くる期無し」と。

「此の恨は緜緜として尽くる期無し」と言う、この「長恨」の意味するところについては、古来から様々な解釈がなされている。しかし、この「長恨」は、『本際経』などに説かれる「長楽」の世界の崩壊に対する恨みを意味してはいないのだろうか。「長恨歌」の濃厚な道教的雰囲気から感じられる一つの考えである。

注

（1）『道教研究のすすめ』平河出版社、一九八六、参照。

（2）三浦國雄氏の書評は『東方宗教』第九十四号、一九九九に、横手裕氏の書評は『東方宗教』第百三号、二〇〇四に掲載されている。

（3）吉川忠夫編『唐代の宗教』（朋友書店、二〇〇〇）所収参照。

（4）第二章「太清・太一と桃源・王母――杜甫と道教に関する俯瞰――」参照。

（5）宮崎市定全集第十三巻「清帝国の繁栄」参照。

（6）「『海空智藏経』について」（『東洋文化研究所紀要』第一四二冊、二〇〇二、所収）参照。

＊　李栄の『道徳経注』は、蒙文通氏、藤原高男氏の輯佚も参照した。

序章補遺　道教の信仰・霊験と俗講・変文
――遊佐昇『唐代社会と道教』の行間を読む――

二〇一五年の上半期には隋唐時代の道教に関する注目すべき著作が二冊出版された。即ち明海大学の遊佐昇氏の『唐代社会と道教』（東方書店）と東京大学の横手裕氏の『道教の歴史』（山川出版社）である。この書評はその中の『唐代社会と道教』に関するものである。

先ず、書名に関してであるが、著者（遊佐氏）の関心からすれば『唐代の民衆と道教』の方が良かったのではないか。ただ、先学である那波利貞氏に「唐代に於ける道教と民衆との関係に就いて」（『甲南大学文学会論集』十七所収）なる雄編があり、著者も大いに参考にされた模様だが、或いはこの論考のイメージを避けられたのかも知れない。次に著者は蜀に関わりの深い唐末五代の碩学道士である杜光庭の『道教霊験記』を論考の発端、もしくは結論に随処に活用されるが、杜光庭の主著である『道徳真経広聖義』の考察を含んだ杜光庭に関する一章を設けられることはない。ただ、著者の「道教信仰の諸相を伝える霊験譚『道教霊験記』」（増尾伸一郎・丸山宏編『道教の経典を読む』大修館書店、二〇〇一）では、『道教霊験記』と『道教義枢』（評者〈砂山〉の云う道教重玄派の孟安排の著作）の二つだけが『道蔵』の中で「道教」を冠した著作であると言う面白い指摘もあるから、この二著を比較した章を設ける趣向があっても良かったかも知れない。更に敦煌文書の研究において、俗講に関する文献を「講経」文ではなく、「唱導」文とすべきだと著者は主張し、福井文雅氏の「唐代俗講儀式の成立をめぐる諸問題」（『漢字文化圏の座標』五曜書房、二〇〇二）における、「講経」は「唱導」などを伴った一定の儀式だとする旨の見解は参照されることもない。評者が該書（遊佐氏著）を一読して抱いた全体的な所感はこのようなものであった。

個別の内容を紹介する前に該書の構成を述べておこう。第一部、敦煌と道教、第一章、敦煌と道教、第二章、民間信仰と鎮宅神、第三章、「董永変文」と道教、第四章、葉法善と葉浄能、第五章、道教と唱導、第六章、道教と俗講、第二部、蜀地（四川省）と道教、第一章・第二章、竇圌山と竇子明（上下）、第三章、唐代に見られる救苦天尊信仰について、第四章、謝自然と道教、第五章、羅公遠と民間信仰、第五章、川主管窺、第六章、唐・五代社会に見られる道教の身体観受容、第三部、成都と道教、第一章、玉局観をめぐる社会と信仰、第二章、成都・厳真観と信仰、第三章、厳君平信仰の伝播とその広がり、第四章、厳君平の伝説とその信仰、となっている。

さて、評者の関心を特に惹いたのは、第一部の第五章・第六章で、そこに多くの紙幅を割く都合上、比較的簡明な第三部から内容を紹介しつつ、コメントを加えて行こう。

第三部の第一章は、成都の著名な道観である玉局観に関する信仰を杜光庭の『道教霊験記』に記載される「玉像老君験」「張部奏天曹銭験」などの六つの例を元に考察したもので、張部の話は天曹（天界の役所）に紙銭を収める話だとする。第二章から第四章までは、漢代の成都の人で、『老子』の注釈である『老子指帰』の著作もあった厳遵、字は君平に関する信仰を取り上げたものである。まず、『道教霊験記』に記載される厳君平を祀った厳真観の紹介から始まり、卜筮にも長じた厳君平の伝記、道教における仙人としての厳君平に関する記述、成都から広漢、綿竹などの地方への厳君平信仰の伝播の様子が考察される。三章に亙る考察で、多少の重複感はあるが、第四章の『成都民間文学集成』に収録される五つの話、即ち「成都で芝居を見る」「文字占いの神人」「雷とどろいて橋を焼く」「清廉な役人を救う」「吊壺の運命を占う」の紹介は具体的で興味深い。

次に第二部の冒頭の二章では、杜光庭の『録異記』に「綿州昌明県の豆圌山は、真人竇子明が修道した所である」と述べる四川省の竇（豆）圌山の考察に多くの紙幅が割かれ、山容、異能者の存在などについて触れる。また、竇

（豆）子明に対する信仰は、「病人が出た時の平癒願い」に大きな存在意味があったとされる。なお、『賨圖山志』の引用の中に「粛梁の時（五〇二—五五六）」と「粛梁」を繰り返されるのは、「蕭梁」の誤りであろう。

第三章と第七章は、また、杜光庭の『道教霊験記』を手掛かりとした考察であり、第七章では、『道教霊験記』の「昭成観天師験」に見える昭成観の夾紵像と呼ばれる肌色の塑像が赤色の糸を縫い付けて五臓などを表した、謂わば人体解剖図で、これが当時の身体観として受容されていたとする。第三章は、『道教霊験記』の「張仁表太一天尊験」などの四つの話を基にした救苦天尊信仰に関する考察である。まず、著者はそれらの霊験譚から、救苦天尊信仰では、像または画像が尊重される事を指摘し、『太上洞玄霊宝業報因縁経』の記述などから、六世紀中頃には救苦天尊像が作成されていたと述べる。そして、救苦天尊に対する信仰は、唐末頃に大乗思想の考えを付与された救済信仰から、出発点であった地獄救済の信仰へと固定されていったとする。この救苦天尊信仰の詳細な考察は、該書の白眉と言えるであろう。

第四章は、中唐の貞元（七八五—八〇五）頃に活躍した著名な女性道士の謝自然についての考察である。ここでは、最初に『太平広記』や『道蔵』などの謝自然についての記載を甲類と乙類に分類する。次に謝自然の伝記は李堅の『東極真人伝』の方が信頼できるとし、韓愈の「謝自然詩」の記述も『東極真人伝』に依っていると推定する。そして、謝自然に関しては、白日昇天したと伝えられることが彼女を有名にしたと指摘する。また、茅山派の宗師である司馬承禎との出会いを含んで記述する乙類の記載群は謝自然を茅山派の流れを汲むものであることを証明しようとして作り出されたと述べる。

第五章は玄宗時代の術士的要素を持つ道士羅公遠を取り上げる。最初に『太平広記』や『道蔵』などの説話が甲群—宮廷関係、乙群—蜀関係、丙群—羅方遠、羅思遠の異名によるものの三群に分けられる。次に羅公遠の人物像については、『三洞群仙録』に本伝に云うとして「公遠能く水怪を除き、生霊を救済し、崇（崇の誤り……評者補足）を馘り邪を駆いはらい、龍を召いて雨を致し、薬を行し病を癒すの善あり、符を施し疾を遣うの功あり」などと説くことをその核心をついた描写とし、この本伝とは、鄭樵の『通史』（『通志』……評者補足）に見える「青城山羅真人記」と考えている。

第六章は、四川省の地方神の川主神についての研究である。著者は青羊宮で『元始天尊説川主感応妙経』を手に入れ、それが元始天尊と李珏の問答で構成されていることを紹介される。次に川主と二郎神との関係や『川主賓伝』に説かれる五神の中の三神、即ち、李冰、李二郎、趙昱についての考察が展開され、趙昱が李珏に師事していたことなどが指摘され、最後に民間では川主神への信仰は広がりを見せたものの、川主が李冰か趙昱かを定かに答えられない状況があり、それが、『川主感応妙経』を誕生させたと推定する。

さて、第一部の第一章で目を惹くのは、一九九〇年代から始まった中国における国内外の敦煌文献と国内に散在する敦煌文献の整理・修復・出版に関する記述であり、その中で際立つのが、北京の『国家図書館蔵敦煌遺書』全一四六冊、BD文書の出版であろう（北京図書館出版社、二〇〇五―二〇一二）。第一部の第五章・六章は、その考察に当てられている。

第二章は、敦煌スタイン文書、S六〇九四に基づく鎮宅神の研究で、本資料の「庚申」の干支などの記述をもとに考察を展開し、庚申信仰も鎮宅神信仰も北斗信仰と密接な関連性を持つことを指摘しつつ、S六〇九四文書は、鎮宅神としての真武神（玄武は宋の避諱により真武と呼ばれた）信仰も、北斗信仰・庚申信仰がその成立過程の中で大きな役割を果たしていたことを示す資料であるとの結論を導き出している。

第三章・四章は敦煌変文に関する研究である。第三章は通常「董永変文」とされる韻文の考察で、董永の話（第七句―第百句）と董永が天女と契りを交わして生まれた子である董仲の話（第百一句―第百三十四句）と分かれるとし、主として董仲について考察する。そして、敦煌文書には、董仲神符について記載するものがあるが、唐初の僧侶法琳の

『弁正論』には「董仲造黄神越章殺鬼、又造赤章法亦殺人也」とあり、「黄神越章」は晉の『抱朴子』に遡ると指摘するが、面妖なことに、唐末五代の頃の張素卿の八仙の絵画などを持ち出し、董仲（舒）信仰の起源は唐末五代にありと結論する。ここは唐の初め頃には董仲信仰が成立していたと見て良いのではないだろうか。

第四章は、敦煌変文とされるＳ六八三六の「葉浄能詩」を『道蔵』所収の南宋成立「唐葉真人伝」との関係で考察したものである。この「唐葉真人伝」には原本があったと推定され、『太平広記』本「葉法善」がその系統を引き、これは盛唐の開元時代まで生きた著名な道士葉法善の伝記で、元は二巻本だったと推定する。「葉浄能詩」は、プロローグと十の説話とエピローグで成り立つが、これと「唐葉真人伝」、『太平広記』本「葉法善」を比較して、「葉浄能詩」は、「葉法善伝」二巻をベースに成立したとする。次に、葉法善の道教を正一派としているが、南宋成立「唐葉真人伝」に依った議論であるため、にわかには首肯できない。なお、本章に「胎急の法」とあるのは、「胎息の法」の誤りである。この敦煌変文を扱った第三章・四章は、議論の強引さが目立つ。

評者の注目する第五章と六章は、北京の『国家図書館蔵敦煌遺書』のＢＤ一二一九文書とＢＤ七六二〇文書の研究である。叙述の都合上、両者の中にある地名を借りて、前者を雍州文書、後者を金山文書と呼ぶ。この研究のきっかけになったのは、王卡氏の『敦煌道教文献研究』（中国社会科学出版社、二〇〇四）で、金山文書を帰義軍時代のものとし、雍州文書をその続きとして、「道教布施発願講経文（擬）」の題を与え、更に「葉清浄詩」にも触れたことだった。著者は第六章で金山文書を取り上げ、金山の地名のあることから王卡氏の見解にも依拠して、この文書を十世紀以降の帰義軍時代（―一〇三五）のものとした。但し、金山文書は、五十行程と短いために、第六章は、変文研究史における講経文の定義の問題とか、道教の俗講の晩唐における状況の叙述に費やされている。

第五章は、雍州文書の研究である。著者は同様にこの文書の研究を進めてきた周西波氏の「法会的宣揚――敦煌写巻ＢＤ一二一九的道教俗講」（『道教霊験記考探』文津出版、二〇〇九）の見解を取り上げ、周西波氏が筆法や一行の字数の相違を基に雍州文書は金山文書と別のものであるとしていることに同意している。ところが、著者は雍州文書を唐末より後かとされる文献と結びつけて、金山文書と同様に道教の俗講に関するものだとして、何やら金山文書と同時期のものと考えたい様子なのである。この強引さは甚だ遺憾である。

ところが、著者も周西波氏も触れていないが、『国家図書館蔵敦煌遺書』（編集委員会の主編は任継愈先生、常務副主編は方広錩氏）第十八冊の「條記目録」には、雍州文書について「七―八世紀。唐写本」とする旨を明記してあるのである。評者はこの見解に依るべきだと考えている。

これを踏まえて次に評者の意見を本格的に述べる。雍州文書は五百行に及ぶが、前段と説話（四話）と後段の三つの部分に分かれる。その中で雍州文書が都長安を中心とする地域で書かれたことを推測させるのは、説話部分の冒頭の「雍州經陽県有一幸楽夫人」という記述である。「經」は恐らく「涇」の魯魚の誤りであろう。初唐の『法苑珠林』には「唐京師律蔵寺釈通達、雍州涇陽人」（巻四十五）とあるから、『法苑珠林』（総章元年〈六六八〉の序がある）が書かれた頃に、「涇陽県」（現在は陝西省咸陽市地区に区画される）が雍州にあったことは確かである。因みに云うと『旧唐書地理志』に依れば、「涇陽県」は「天授二年（六九一）隷鼎州、大足元年（七〇一）還雍州」と言う小移動があったらしい。ところが、周知の通り、『資治通鑑』の開元元年（七一三）の条には、「雍州為京兆府」とあって、「雍州」は「京兆府」と改められたのである。従って、これ以降は「涇陽県」は、「京兆府涇陽県」とか「京兆涇陽県」と書かれることになる。とすれば、雍州文書は、開元元年に「雍州」が「京兆府」に改められる前に書かれたことになるのではないか。これに周西波氏が指摘する天授年間（六九〇―六九二）に制定された則天文字の「圀」が使用されていることも考慮に入れれば、雍州文書は、八世紀初、初唐末（七〇一―七一一）の仏教が道教の上に置かれた時期などを背景にして成立したのではないかと思料するものである。

また、雍州文書の前段と後段には、多数の道教経典が引用されている。『老子』『本際経』『昇玄経』『霊宝度人経』

等々、周西波氏の言うようにそれらの道教経典群は、重玄学、評者の言う道教重玄派の孟安排の手になる『道教義枢』との類似を示している。『道教義枢』は七世紀末の頃の成立と考えられるから、雍州文書は、引用経典の状況から言っても八世紀初頭のものと見て良いものである。因みに言うと道教重玄派に関する学説（詳細は拙著『隋唐道教思想史研究』平河出版社、一九九〇参照）は評者が唱えたもので、現在、中国・台湾でも重玄学などの名称で盛行しており、また、前述の横手裕氏の近著『道教の歴史』の隋唐部分には、関連する記述も多い。しかし、近年、中国・台湾の研究書でも拙著に触れていないものもある。学問の正常な発展のため、敢えて付言した。

次に雍州文書の道教経典に関する付表について評者の見解を幾つか述べる。『十戒経』に関して、著者は『虚皇天尊初真十戒文』を挙げているが、これは周西波氏の取り挙げる『洞玄霊宝天尊説十戒経』の方がよいのではないか。引用文の内容がより近いし、雍州文書に見られる「自然道意」説の件りがこの経典のものと見られるからである。次に著者が『老子』第五十六章「和光同塵」との関わりで挙げる「経云、於彼浄土《ママ》、相好厳儀、処此多悩、形同下、斯和光同塵、不殊凡俗」は、「於彼浄土、相好厳儀、処此多悩、形同下斯」で切るのが恐らく正しく、これは、知る人ぞ知る敦煌ペリオ文書二三五三の初唐の成玄英の『老子道徳経開題』（以下『老子開題』と略す）に引用される『昇玄経』の経文と同じであって、佚文とされているものである。ただ、雍州文書の「悩」に当たるペリオ文書二三五三の一文字は、難読の字で、従来の研究者を困らせてきたようであるが、雍州文書の「悩」で落ち着くのではないか。研究者の頭痛の種が一つ減ったように思う。成玄英は、評者の云う道教重玄派の中心的道士で、太宗・高宗時代に都長安で活躍し、『老子開題』の外、『老子道徳経義疏』（以下『老子義疏』と略す）『老子道徳経序訣義疏』『霊宝度人経疏』『荘子疏』の著作があった。雍州文書に上述したような『昇玄経』の特殊な経文が引用されることは、雍州文書とこの成玄英の著作との近しい関係を窺わせるのではないか。そういう視点から見ると、著者が云う『老子』葛仙公序の文も『老子道徳経序訣』の第一段で良いことになるであろう。

そして、最後に取り上げるのは、雍州文書の『老子』の経文に同定する著者の『老子』のテクストの選択の問題である。著者は雍州文書の「経云、信不足、有不信」（或いは信不足於《ママ》不信）について、『老子』第十七章および第二十三章の「信不足焉、有不信焉」と助字「焉」のある経文を「序」との関係で河上公本に基づいて示しながら、雍州文書の「経云、如轝無轝」については、一転、王弼注本と明記して、『老子』三十九章の「故致数輿無輿」を示している。「轝」は「輿」の別体である。これは、河上公本では、当該の経文が「輿」ではなく、「車」になっているからであろう。それでは、雍州文書の『老子』のテクストは何か。そこで、思い合わされるのが先の成玄英の『老子義疏』である。しかし、『老子義疏』の経文が、敦煌本によって確認できるのは、第六十章から第八十一章だけであり、他の部分の経文の多くは成玄英の義疏の内容や、残存部分と近しいテクストによる推定に依らねばならない。例えば、蒙文通氏の『輯校成玄英道徳経義疏』（蒙文通文集第六巻、巴蜀書社、二〇〇一）、これは『老子義疏』のことであるが、その推定経文は、遂州龍興観道徳経碑と易州龍興観道徳経碑とを対校したものが基になっているとする。これを踏まえた上で、雍州文書と蒙氏輯校本『老子義疏』を比較すると、雍州文書の「経云、如轝無轝」のところは、「故致數輿無輿」と推定とされているが、当該の部分の成玄英の義疏には、「輿は、車也」とあるから、『老子義疏』の経文が「輿」になっていたことは間違いない。雍州文書の「経云、信不足、有不信」に当たる推定経文は、「信不足、有不信」で、全く同じである。雍州文書の『老子』の経文は、『老子義疏』も念頭に置いてそのテクストを探る必要があろう。雍州文書は評者の云う道教重玄派に連なる道教勢力の手になる俗講の台本なのではあるまいか。

第一部第五章は該書の要となる長編であり、且つ評者の学説にも深く関わる問題を含んでいたため、覚えず紙幅を費やして卑見を開陳することになった。これをもって擱筆する。

表1　道教重玄派系譜

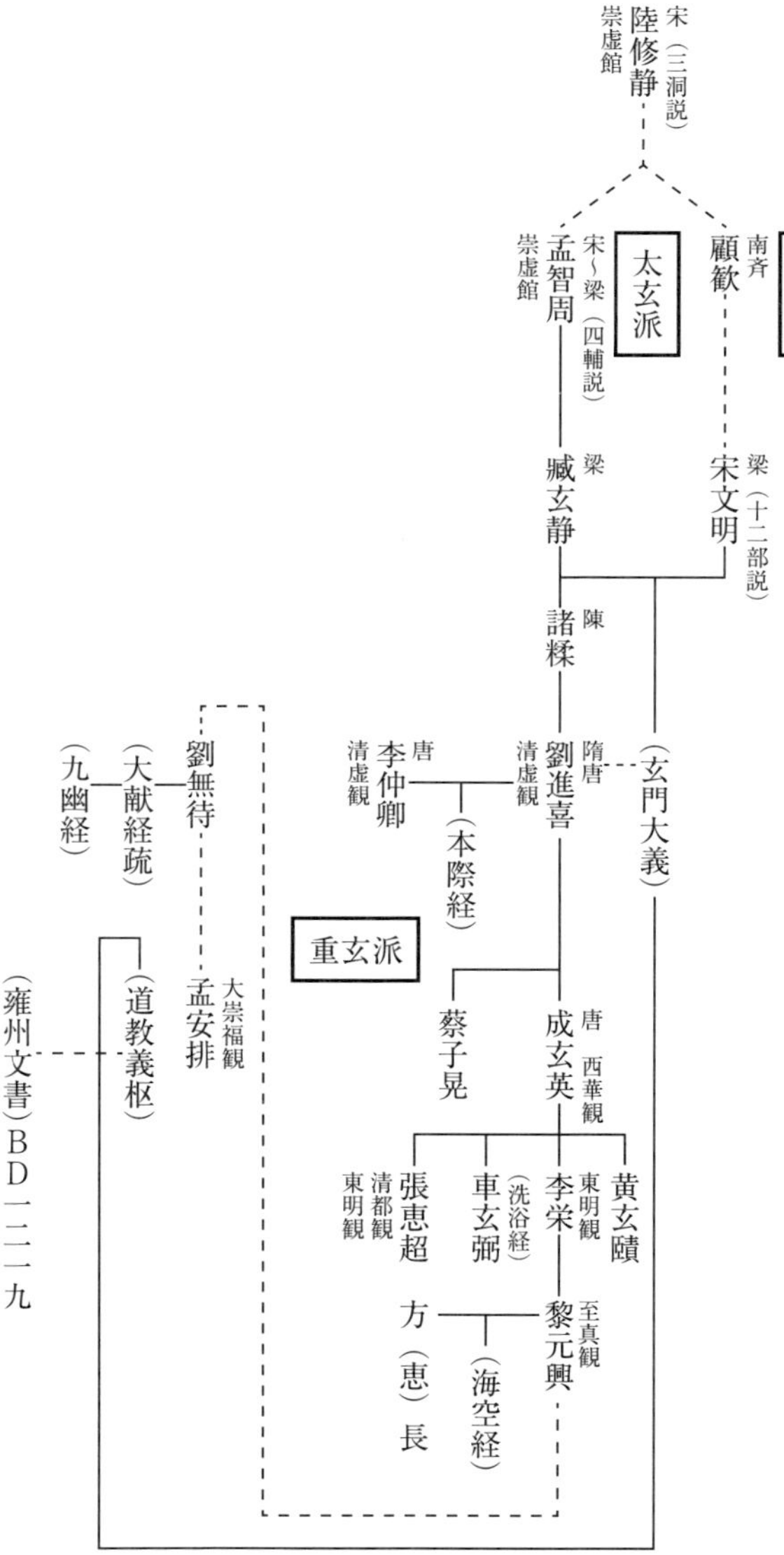

表2　茅山派宗師系譜　杜光庭・劉玄靖の道統

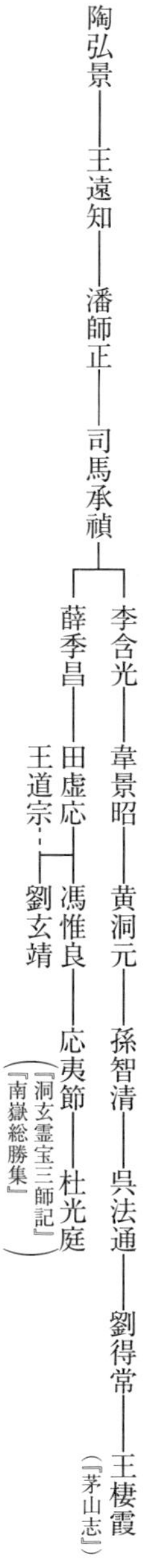

第一章　桃源・白雲と重玄・本際――王維とモダンな道教――

序　言

王維（六九九―七六一）は盛唐時代随一の宮廷詩人であった。現在では、李白・杜甫に亜ぐ第三の詩人とされるが、玄宗の宮廷では、文字通り抜きん出た存在であった。宋の蘇軾は王維の文学と絵画を評して「詩中に画あり」「画中に詩あり」と言ったが、中国の山水田園詩の系譜においては、陶淵明の田園詩と謝霊運の山水詩の水脈が合流した詩人と見られている。この王維は仏教を厚く信仰したとされる。しかし、唐代の詩人の常として道教に関わる作品も少なくはない。その中では、桃源への憧憬や白雲・白鶴に関わる作品がまずは注目されよう。ついで検討を要するのは、老子信仰、道教経典、また、「重玄」や『本際経』に関する詩文と見られる。

筆者は近年、盛唐時代の杜甫と道教、李白の道教信仰などの考察を行う過程で、モダン（現代的）な道教とレトロ（復古調）な道教の相克という考えに到達した。即ち、隋から初唐にかけて活躍した道教重玄派――その思想は玄宗にも大きな影響を与え、玄宗は「虚極」「妙本」を強調してこれを包越しようとした――の道教思想は、王維・李白・杜甫の生きた時代のモダンな道教だったと考えた。しかし、レトロな道教、復古を奉じた李白、茅山派道教に接近した李白は、どうもこのモダンな道教がお気に召さなかったらしい。だから、彼の詩の中では、唯一見える「重玄」も仏教的な文脈で使われている。これに対して、王維はこのモダンな道教思想に大きな関心があったと見られる。そこで本論考では、このような視座から王維と道教について検討して、王維が目撃した玄宗の宮廷を中心とする盛唐時代の道教の実態を一層深く解明して行きたい。

第一節　宮槐と桃源

石田幹之助氏の『長安の春』（講談社、一九七九）には、長安の宮城の槐について、次のように述べている。「宮城の南門承天門から南のかた朱雀門にいたる、いうところの天門街の両側の槐樹の並木などはすこぶる見るべきものであったらしく（唐、尉遅偓の『中朝故事』）、開元二年六月の大風の時、城中の街樹が十の七八は倒れたということであるが、その時傷ついた隋の高熲の植えた樹齢三百年にあまる槐樹などは定めし立派なものであったろう（『朝野僉載』石印宝顔堂秘笈本巻一、七枚表、『新唐書』巻三十五・五行志等を見よ）[原注(2)]」と。

夙に魏の曹植には「槐賦」があり、「良木の華麗を羨む、爰に至尊に貴ばるるを獲／文昌の華殿を憑み、森列して端門に峙つ、云々」（『曹植集校注』巻二）と歌うから、建安時代には詩賦のテーマとなっていたことが知られる。

王維の詩にも槐が多く詠じられることは注目すべきである。その例を挙げよう。「早朝（早《あした》に朝す）」には「皎潔として　明星高く、蒼茫として　遠天曙なり／槐霧　鬱として開かず、城鴉　鳴きて稍く去る／始めて聞く　高閤の声、更衣の処を弁ずるなし／銀燭　已に行を成し、金門　騶馭儼たり」（『王維集校注』巻七〈以下『王集』Xと略記する〉）と「槐霧」、即ち宮中の槐の樹々にたちこめる霧が歌われる。

槐はまた、安史の乱に際する極めて有名な詩の中でも詠じられる。「菩提寺の禁に、裴迪来りて相い看るに、逆賊等、凝碧池上に音楽を作し、供奉の人等声を挙げて、便ち一時に涙下ると説く。私かに口号を成し、誦して裴迪に示す」では、「万戸傷心して　野煙を生ず、百官何れの日か　再び天に朝せん／秋槐の葉落つ　空宮の裏、凝碧池頭　管絃を奏す」（『王集』六）と述べ、槐の葉が散ることに宮廷の危機を象徴させている。

この槐は、更に名作「輞川集」では、「宮槐」として詩われる。王維は宋之問の別荘を手に入れて住みなした輞川に因む詩を集めて「輞川集」を織りなしたが、その「輞川集」の「宮槐陌」では、「仄逕　宮槐に蔭われ、幽陰　緑苔多し／応門の但だ迎掃するは、山僧の来たる有るを畏る」（『王集』五）と言っているのがそれである。都留春雄氏は、「宮槐は、えんじゅの一種である守宮槐のことであろうか。中国最古の辞書『爾雅』に、「『守宮槐』、葉は昼聶《と》じ宵炕《よるひら》く」とある」（中国詩人選集『王維』岩波書店、一九五八）と述べる。宮廷のシンボルである槐を輞川でまで詠じているのは、王維の娑婆っ気を露わにしているものでもあろうか。

次に桃源について叙べる。まず、桃源に関する李白・杜甫の詩について瞥見しよう。李白の「聞丹丘子於城北山営石門幽居、中有高鳳遺跡、僕離群遠懐、亦有棲遁之志、因叙旧以寄之」（『李太白文集』巻十一、以下『李集』Xと略記する）については、武部利男氏は、「元丹丘が石門山に幽居を営むのを聞いて、自分もまた隠栖の志があるので、旧交をなつかしく思いだすままに手紙にしたためたのである」（『李白』筑摩書房、一九七二）とするが、そこでは「聞く君が石門に臥すと、宿昔　契　弥《いよ》いよ敦し／方に桂樹の隠に従い、桃花源を羨まず」と言う。「桃花源」は言うまでもなく、「古風」其三十一にも「秦人相謂いて曰く、吾が属　去るべし／一たび桃花源に往けば、千春　流水を隔てんと」（『李集』二）とも見える陶淵明の説く桃源郷のことで、このユートピアのイメージを漂わせる「桃花」は李白の詩に頻出する。

また、杜甫の桃源について歌う詩の中で、桃源の消息、桃源への便りについて詠じる詩には「緬かに桃源の内を思いて、益ます身世の拙なるを歎ず」（「北征」『杜工部集』巻二）、「伝語す桃源の客、人は今　出処同じ」（「巫峡弊廬奉贈侍御四舅別之澧朗」『杜工部集』巻十五）などがあるが、吉川幸次郎氏は、この「北征」の「緬かに桃源の内を思いて」の句の注釈で、「〔緬〕かに〔思〕いやるのは、かの陶淵明が『桃花源の記』また『桃花源の詩』によってえがく仙境」（『杜甫詩注』第四冊、筑摩書房、一九八〇）と述べ、「桃源」を仙境と見ている。

さて、王維の「田園楽」（『王集』五）については、都留春雄氏は、「田園の美しさ、及びその中に生活する楽しさをうたったもの」とする（『王維』）。小川環樹・都留春雄・入谷仙介氏の『王維詩集』（岩波書店、一九七二）では、「田園楽」七首のうち、第六首のみを採る。そこでは、「桃は紅にして復た宿雨を含み、柳は緑にして更に春煙を帯ぶ／花落ちて家僮未まだ掃わず、鶯啼いて山客猶お眠る」と、桃の花の紅なるが詠じられるが、第三首には、「菱を採れば渡頭に風急なり、杖を策けば　村西に日は斜めなり、杏樹壇辺に漁父、桃花源裏に人家」と陶淵明の「桃花源記」に基づく「桃花源」に言及する。「口号又裴迪に示す」の詩でも、また、「安んぞ塵網を捨て、衣を払うて世喧を辞するを得ん／悠然として藜杖を策き、帰りて桃花源に向わん」（『王集』六）と「桃花源」について語るが、「桃源」と熟する例は更に多い。例えば、「春日裴迪と新昌里を過ぎ、呂逸人を訪れて遇わず」では、「桃源の四面　風塵を絶つ、柳市の南頭　隠淪を訪う／門に到りて敢えて凡鳥を題せず、竹を看て何んぞ主人に問うを須いん／城外の青山　屋裏の如し、東家の流水　西隣に入る／戸を閉じ書を著し歳月多し、松を種えて皆な老龍鱗と作る」（『王集』四）と語るのなどが顕著なものである。

次に王維の「桃源行」（『王集』一）を見る。「漁舟は水を逐いて山春を愛し、両岸の桃花は去津を夾む／坐に紅樹を看て遠きを知らず、青渓を行き尽くせど人を見ず」「樵客は初めて伝う漢の姓名、居人は未だ改めず秦の衣服／居人は共に住す武陵の源、還た物外に従いて田園を起こす」「平明の閭巷は花を掃いて開き、薄暮に漁樵は水に乗じて入る／初めは地を避くるに因りて人間を去りしが、更に仙を成じて遂に還らずと聞く」「当時に只だ記ゆ山に入るの深きを、青渓　幾度か雲林に到りしや／春来　偏く是れ桃花の水、仙源を何処に尋ぬるかを弁ぜざるなり」

王維のこの「桃源行」は十九歳の頃の作品と言われ、その早熟を示すに足るものである。そして、また、王維は「桃源」をここでは「仙を成じ」る、「仙源」と言って、仙境と見なしているが、これは、周知の通り、唐代に「桃源」を道教的世界、仙境とする早期の資料である。陶淵明の「桃源」は、理想郷ではあっても、仙境とは明示していないものであった。王維の「桃源行」は、その意味で、道教史上、重要な位置を占めており、また、その著作における「桃花源」「桃源」の頻出も同世代・後世に大きな影響を及ぼしたと考えられる。盛唐の時代、李白や杜甫の詩においても頻りに「仙境」たる「桃源」が詠じられていることは既に叙べた通りである。

第二節　白雲と白鶴

この節では王維の詩の中で強いシンボル効果を発揮する題材として白雲を取り上げ、また、道教関係の詩文には鶴、それも白鶴がシンボルとして表れることについて検討する。

まず、「白雲」について述べる。吉川幸次郎氏の『新唐詩選』（岩波書店、一九五二）、日夏耿之介氏の『東西詩抄』（元々社、一九五六）は、いずれも王維の詩を十二首採っており、そのうちで次の「送別」が重複する。「馬より下《くだ》りて君に酒を飲ましむ、君に問う何の所にか之《ゆ》くと／君は言う意を得ず、帰りて南山の陲《ほとり》に臥せんと／但《ひと》えに去れ復た問うこと莫からん、白雲は尽くる時無し」（『王集』七）。

日夏氏は結びの二句を「去んで下され、復た世情を気にするには及ばぬ、白雲は尽くるときのないものぢや」と言い、吉川氏は「この詩では、尽くる時無き白雲が、人の世のきたなさに対立するものとして歌われている」と述べる。小川氏らの『王維詩集』では、「この詩は実は心境を語るために自問自答した架空の送別詩であるかもしれぬ」とし、また、「臥」について「隠遁のことを臥という」と指摘する。

「白雲」と言えば、劉宋の謝霊運の有名な句「白雲　幽石を抱き、緑篠　清漣に媚ぶ」（「過始寧墅」）が先ず心に浮かぶが、東晉の陶淵明にも「青松路を夾みて生じ、白雲簷端に宿る」（「擬古詩九首」其五）などと「白雲」が登場する。その元を辿れば、『莊子』天地篇の「千歳世を厭《いと》えば、去りて上僊し、彼の白雲に乗りて、帝郷に至る（千歳厭世、去而上僊、乗彼白雲、至於帝郷）」の思想の影響下にあるものであろう。

さて、荒井健氏は、王維の愛用語は雲、特にこの「白雲」だとし、王維の次の二つの詩句を取り上げ、議論を展開する。(1)「独向白雲帰（ただ一人白雲のかなたへと帰って行く）」、「余生欲寄白雲中（わが余生は白雲の中において送りたいものだ）」という例で明かなように、常に白雲と共に或いは白雲のごとくにありたいと思う、その心情が、この語を愛用する結果となつてあらわれているので、純粋な自然詩人たる彼は、自然の中にとけこもうとする願望が甚だ強かつた、白雲はその憧憬の、或いはむしろ崇拝の対象となつた自然の美を象徴するものと考えられる。だが、その場合さまざまな自然物の中から、白雲という、力強い感じを持つものが選択されている点、彼もやはり盛唐詩人の一人たることを失わない、と。

最初の「独向白雲帰」の句は、「輞川に帰りての作」に見える。「谷口疎鍾動く、漁樵稍《ようや》く稀ならんと欲す／悠然たり遠山の暮、独り白雲に向かいて帰る／菱の蔓は弱くして定まり難し、楊の花は軽くして飛び易し／東皐春草の色、惆悵して柴扉を掩う」（『王集』五）。小川氏らの『王維詩集』の注釈では、この「白雲」について、「王維の詩では、白雲はしばしば一種の高次元の世界の象徴のごとく用いられる」と云う。

今一つの詩句「余生欲寄白雲中」は、「冦校書を双渓に問う」に見える。「君は少室の西に家するや、復た少室の東と為すや、別来　幾日か　今は春風／新たに買う　双渓定めて何に似たる、余生　白雲の中に寄せんと欲す」（『王集』四）。この「白雲」もまた、高次元の精神的な世界の象徴のように思える。「韋穆十八に贈る」の詩に「白雲の心」とあるのが、このことを端的に示す。「君と青眼の客、共に白雲の心あり／東山に向かいて去らず、日び春草をして深からしむ」（『王集』七）と。

自然美の象徴たる「白雲」とは例えば次の作品に見えるものがそれであろう。「林園即事、舎弟紞に寄す」では、「寓目すれば一に蕭散たり、憂を消す　俄頃を冀う／青草　澄陂に粛たり、白雲　翠嶺に移る」（『王集』五）。また、

「終南山」には「太乙　天都に近く、連山　海隅に到る／白雲　望を廻せば合す、青靄　看に入って無し／分野　中峯変じ、陰晴　衆壑殊なる／人処に投じて宿せんと欲し、水を隔てて樵夫に問う」（『王集』二）と云う。

「白雲」については、合山究氏が『雲烟の国』の中で、「唐代になると、士大夫間に白雲に対する異常な崇拝、ある種の白雲ブームが起こったようで、白雲は隠士や隠遁の代名詞として、いよいよ頻繁に用いられるようになった」と述べ、その例として、李白の「白雲歌」や前述の王維の「送別」の詩に言及していることも参考になろう。

次に白鶴について述べる。道教に関する事柄で、王維と李白に共通する点と言えば、玉真公主に関わる詩が存することであろう。「聖製　玉真公主の山荘に幸し、因りて石壁に題する十韻の作に和し奉る、応制」では、前半の十句で次のように歌う。「碧落　風煙の外、瑤台　道路賖かなり／如何ぞ帝苑に連なり、別に自ら仙家有る／地を比えて鑾駕を廻らし、渓に縁りて翠華を転ず／洞中　日月を開き、窓裏　雲霞を発す／庭には冲天の鶴を養い、渓には上漢の査を留む」（『王集』三）。「冲天鶴」に関して、陳鐵民氏の校注では、『列仙伝』を引いて次のように言う。「王子喬者、周霊王太子晉也、好吹笙、作鳳凰鳴、（中略）見桓良曰、告我家、七月七日待我於緱氏山巓、至時、果乗白鶴駐山頭、望之不得到、挙手謝時人、数日而去」（巻上）と。従って、先の詩では、当然「白鶴」が連想されているのであろう。

上元元年制作の李佋を悼む「恭懿太子輓歌」の第五首でもやはり「蒼舒は帝寵を留め、子晉に仙才有り／五歳　人を過ぐるの智、三天は鶴をして催さしむ」（『王集』六）と王子晉と鶴のことが詠じられる。

今一つ王維が李白と共通するのは、焦錬師、即ち、茅山派の司馬承禎の弟子である女道士焦静真に関する詩を残していることである。「贈東嶽焦錬師」（『王集』二）「贈焦道士」（『王集』一）の二詩がそれであるが、「贈東岳焦錬師」の詩では、道術に関わるものとして、「竦身　空裏の語、明目　夜中の書」の二句がある。このうち「竦身」については、趙殿成の『王右丞集箋注』（巻十一）では、「淮南子、若士挙臂而竦身、遂入雲中」と述べる。とすると、「竦身」も「白鶴」に乗るのと同じく天空に飛翔する術で、王維はそれに興味を抱いていたのである。

ところで、李白は、鶴を詠じる場合、殊の外、黄鶴を好んだ。「江上吟」(『李集』六)に「仙人待つ有りて黄鶴に乗り、海客無心にして白鷗に随う」とあり、「感興八首」其五に「西山の玉童子、我れをして金骨を錬らしむ／黄鶴を逐いて飛び、相呼びて蓬闕に向かわんと欲す」(『李集』二十二)とあるのなどがそれである。王維の詩においても、例えば「送康太守」では、「城下　滄江の水、江辺　黄鶴の楼／朱欄と粉堞と、江水　映じて悠悠たり」(『王集』二)と固有のトポスである「黄鶴楼」が歌われる場合もないではない。

しかし、「能禅師碑幷序」、即ち、慧能の碑の序文で「吉祥の地を択ぶに、青鳥を待たず、功徳の林を変じて、みな白鶴と成る」(『王集』九)というのも「白鶴」であるし、「白鸚鵡賦」においても「偶白鷗於池側、対皓鶴於庭隅」(『王集』十二)と「皓鶴」、つまりは「白鶴」が詠じられているのは、その好尚をよく示しているのであろう。

王維は、他の比較的有力な詩においても、例えば、「山居即事」では「寂寞として柴扉を掩い、蒼茫として落暉に対す／鶴は松樹に巣くいて遍く、人は華門を訪うこと稀なり」(『王集』五)、「汎前陂」では「秋空　自ら明迥、況んや復た人間を遠ざかるをや、暢ぶるに沙際の鶴を以てし、之に雲外の山を兼ぬ」(『王集』五)等のように頻りに鶴を詠じるのであるが、その中で、特に顕著なのは、道士に対する送別の詩に鶴を歌い込むことである。

まず、「張道士の山に帰るを送る」では、「先生何れの処にか去る、王屋　毛君を訪う／婦に別れて丹訣を留め、鶏を駆りて白雲に入る／人間　剰住の若く、天上　復た離群す／当に遼城の鶴と作りて、仙歌　爾《なんじ》をして聞かしむ」(『王集』七)と詠じる。「王屋　毛君を訪う」の「毛君」は、趙殿成以来、梁の陶弘景の『真誥』に見える「毛伯道」とする。また、「毛君」を「茅君」に作る有力なテクストもある。いずれにしても茅山派道教に関わる詩と言うことになろう。遼城の鶴は、『捜神後記』に見える鶴に化して遼に帰った丁令威の故事を踏まえる。次に「王尊師の蜀中に帰るを送る　拝掃」では、「大羅天上　神仙の客、濯錦江頭　花柳の春／碧鶏の為に使者と称せず、唯だ白鶴をして郷人に報ぜしむ」（『王集』七）と歌う。「大羅天」は、道教の最上天で、隋唐道教の最高神である元始天尊の居所、顧可久の注も参考のこと。更に「方尊師の嵩山に帰るを送る」でも「仙官往かんと欲す九龍潭、旄節朱幡　石龕に倚る／山は天中を圧して天上に半し、洞は江底を穿ちて江南に出づ／瀑布杉松　常に雨を帯び、夕陽彩翠　忽ち嵐を成す／借問す　迎え来る双白鶴、已に曾て衡嶽に蘇耽を送るか」（『王集』七）と「白鶴」を詠じていることが注目されよう。蘇耽のことは、葛洪の『神仙伝』の蘇仙公の伝に、数十の白鶴が蘇仙公の昇仙を迎えたことが見える。現行の『神仙伝』は、葛洪著述のままではないとされるが、この部分は唐代の旧を伝えていよう。因みに、方尊師のことは、王維と交友関係のあった綦毋潜に「過方尊師院」の詩があって「羽客北山尋、草堂松径深、養神宗示法、得道不知心、洞戸逢双履、寥天有一琴（一作禽）、更登玄圃上、仍種杏成林」（『全唐詩』巻一三五）と述べていることが参考になる。

　これまで、桃源と白雲などを追ってきて、考えることは、「桃源行」で「仙を成じ」たという、その方法は、精神的な修行によるのかという問題である。また、白雲をシンボルとする詩で王維は、しきりに精神的な高みを強調している。そのことの意味は何か。その答えは、後述する道教の重玄や本際に関心を示していることと関係があろう。

第三節　王維と宮廷のモダンな道教――玄元・三元・重玄――

　さて、入谷仙介氏は、大著『王維研究』で次のように述べる[2]。開元二十八年に南選の旅から帰った王維は、久しぶりで都に落ちついた。これから天宝十五年、安禄山の反乱軍のために捕えられるまで足かけ十七年、母親の崔氏の喪を中にはさんで、中央官吏としての平穏な日々が続く、と。この時期の王維の応制詩には、宮廷を中心にした玄宗皇帝の熱烈な道教信仰を如実に反映した作品が並ぶ。さながら杜甫ばりの「詩史」というところであろうか。

　その最初の応制詩が「奉和聖製慶玄元皇帝玉像之作応制」（『王集』三）である。「明君は帝先を夢み、宝命は　上天に斉し／秦后　徒に楽を聞き、周王　年を卜するを耻ず／玉京に大像を移し、金籙に群仙を会す／露を承けて天供を調え、空に臨んで御筵を敞す／斗は廻りて寿酒を迎え、山は近くして炉煙起る／願くば無為の化を奉じ、斎心　自然を学ばん」金籙は金籙大斎のこと。道教重玄派の教理書である『道教義枢』では、「上　天災を消し、帝王を保鎮す」（巻二）と説く。小林太市郎氏は『王維の生涯と芸術』の中で、この詩の背景を説明して次のように言う[3]。開元二十九年の春に、玄宗は夢に玄元皇帝即ち老君を見た。その時に老君は、「吾れ像有り、京城の西南百余里に在り、汝人を遣つて之を求めよ、吾れ当に汝と与に、興慶宮にて相見えむ」と告げたので、帝は使を遣つた処、盩厔県の楼観山間に於て之を求め得た。仍てその夏閏四月に之を迎へて興慶宮に置き、ついで五月に命じて玄元の真容を画かしめ、諸州の開元観に分置した（『資治通鑑』巻第二百十四）。（中略）王維が数多き応制の作のうち、定かにその年を定め得るのは之を以て最初とする、と。

　玄宗の時代になると、国初からの老子に対する尊崇は一層、甚しくなり、玄宗は「我が遠祖玄元皇帝は、道家号する所の太上老君なり」として、天宝二載、天宝八載の二度にわたって老子に対して尊号を贈り、さらに天宝十三載（七五四）には、大聖祖高上大道金闕玄元天皇大帝の称号を贈るに至っている。玄宗はまた、長安・洛陽の両京、及び諸州に老子廟を設置するなど老子に対する尊崇のほどを示しているが、王維の先の応制詩は、玄宗のこの熱烈な老子信仰、玄元皇帝信仰の雰囲気を目撃者の証言として伝えるものである。

　次にいわゆる「元宵観灯」を詠じた「奉和聖製十五夜燃灯継以酺宴応制」を取り上げよう。「上路　笙歌満ち、春城　漏刻長し／遊人は昼日より多く、明月も灯光に譲る／魚鑰は翔鳳に通じ、龍輿は建章より出づ／九衢　広楽を陳ね、百福　名香透る／仙妓　金殿に来り、都人　玉堂を繞る／定めて応に妙舞を偸み、此より新粧を学ぶべし／奉引三事迎え、司儀　万方列なる／願わくは天地の寿を将って、同しく以て君王に献ぜん」（『王集』四）。

小川氏等の『王維詩集』では、この詩について次のように述べる。正月十五日夜、玄宗皇帝の命を奉じ、御製に唱和した作。「十五夜燃灯」とは、趙殿成の注に引く（明の単宇の）「菊坡叢話」に「唐の明皇（玄宗）東都（洛陽）に在り、正月望夜、仗を上陽宮に移し、蠟炬を設けて連属して絶たず。綵繒（色とりどりのあや絹）を結びて灯楼を為る。高さ五十丈。垂らすに珠玉を以てす。風動けば鏘鳴す。灯に童鳳虎豹の状有り。士民縦に楽しむ。初めは止だ三夜なるも、後又た十七、十八の両夜を増す。当時惟だ王右丞の聖製に和し奉る一詩のみ、時事を括尽（もりこみつくす）せり」と。紙幅の関係でその他の事は割愛するが、王維の応制詩には、当時の玄宗の道教信仰に関する情報が満載されている。今はその一端を示した。

さて、王維と道教との関係について考察する場合、看過できないのは、その詩文の中に「重玄」の語が二度出現することである。いずれも王維晩年の粛宗の乾元二年（七五九）の詩文で、一般に個人の文集は、晩年の作品が残り易いとされるがこれもその例に漏れぬであろう。ところで、興膳宏氏は、「李白と月」（『古典中国からの眺め』研文出版、二〇〇三）なる文章で、「峨眉山月歌（峨眉山月の歌）」（副題）「蜀の僧晏の中京に入るを送る」を取り上げ、「黄金の師子　高座に乗り、白玉の麈尾　重玄を談ず」に見える「重玄」を「奥深いお経の真理」と訳しているが、僧が麈尾を持って、「重玄」を語る場面を長安においているのは、そこには「重玄」を語る道教の影響が存在し、その「重玄」が李白にとっては、仏教的色彩をも合わせ持つと考えられていたことと、恐らく関係があるであろう。

ここで、王維の道教観に関する諸説を見ておこう。まず、入谷氏は、「道教と王維との関係で注意せねばならぬのは、彼の道教詩のすべてが、道士と取りかわした社交の詩だということである」「王維はむしろ道教に対し、（中略）強い批判を持っていたと信じられる根拠がある」と述べ、その証拠として「秋夜独坐」の第五・六句「白髪　終に変じ難く、黄金　成すべからず」（『王集』五）を取り上げ、「思想的に注目すべきは詩の後半にある。第五句は錬金術による不老不死の否定、第六句は同じく黄金の生成の否定である。」「唐代において道教が繁栄した、もっとも有力な力となったのは錬金術であり、教義には共通点の無いでもない道教と仏教とを分かつ主要な特徴となったのも、錬金術に携わるか否かの点にあった」と述べている。[4] これに対して、藤善眞澄氏は、「春日上方即事」の「好んで高僧伝を読み、時に辟穀の方を看る」（『王集』七）を取り上げ、「これは上方、つまり山中の寺院に、日がな一日をすごした春の詩である。梁の慧皎や唐の道宣の高僧伝を読み、穀食を避ける神仙の書を繙く」と説明し、更に「輞川に於ける王維は、仏教信仰の高まりがあったにも関わらず、仏教的というよりむしろ老荘的である。『春日上方即事』が端的に示す如く、一方に禅坐焚香の求道生活を営みながら、他方では老荘（道教）のエッセンスも棄てない」「彼においては仏教と老荘、仏教と道教とは、二者択一ではなく併存であって、そこに何の矛盾も認めていない。それはひとえに彼が帰依した（後述）禅と老荘の、或は仏教と道教の類似性のしからしむるところではなかったかと思われる」と鋭く指摘する。[5] 筆者は無論、藤善説に近い立場である。

更に、孫昌武氏は、『道教与唐代文学』（人民文学出版社、二〇〇一）の中で、王維について「他写的作品更多談玄理」と言っているが、その「玄理」とは、筆者の云う道教重玄派の「重玄」にも関わると思われる。その道教重玄派の「重玄」とは、『本際経』の「最勝品」では、重玄について「言う所の玄とは、四方に著することなければ、乃ち玄の義を尽す、かくのごとく行うものは、空において有において滞着する所なし、これを名づけて玄となす、又、この玄を遣りて、都て无所得、故に重玄と名づく、衆妙の門なり」（P三六七四）と叙べる。従って、重玄とは、空有に滞着せず、その滞着しないことにも滞着しないという意味であることは明瞭である。『本際経』のこの重玄の思想を最も直截に継承しているのが、初唐の成玄英であることは、かつて論じた。この「重玄」は『老子道徳経』の「玄之又玄、衆妙之門」（巻一）に基づく言葉で、玄宗の「定祀玄元皇帝儀注詔」では、「尊祖奉先、必在於崇敬、弁儀正礼、所貴於縁情、伏以大聖祖玄元皇帝御気昇天、長生久視、体重玄而不測、与元化以無窮、真容屢現、宝符仍集」（『全唐文新編』三十二）と用いられてもいる。

王維の詩文の中で「重玄」の語が見えるその一つは、「為相国王公紫芝木瓜讃幷序」（『王集』十一）であり、相国王公とは、王璵のことである。この序には、「俄にして紫芝　棟に生じ、葉は仙人の蓋を成し、色は斉侯の衣を奪う、又た木瓜　林に在る有り、味は楚王の萍の若く、大きさは安期の棗の如し」と述べる極めて道教色の濃厚な文章である。その序の中で、「しかして我が相公　生じて英姿ありて、河目海口なり、量は太素とともに端倪する無し、応会神速にして、動くこと括を発するが若し、事遣り理尽くして、澹然として虚空のごとし、亦た猶お太清のごとく、雲も処る所無し、重玄の旨、達して余奥有り、大白の明、漫《みなぎ》りて理むるに及ばず、文は以て邦を経め俗を訓うべく、武は以て大を保ち功を定むべし」と王璵の人柄を述べている。

「重玄」の語が現れる、今一つは、「送韋大夫東京留守」（『王集』六）と題する詩である。入谷氏は、「晩年の王維がなお政治への意欲を蔵していた人であることを証する」二首の中の一つとするこの詩について次のように述べる。

「送韋大夫東京留守」は、（安史の）乱中に同じく洛陽にあって苦難をともにし、唐軍の勝利を見ずして死んだ韋斌の兄で、開元以来の旧友韋陟が、乾元二年に洛陽の留守として赴任するのを送ったのである、と。

詩は五言三十二句の長編であるが、末尾の八句を見てみよう。「然る後　金組を解き、衣を東山の岑に払え／給事黄門省、秋光は正に沈沈たり／壮心は身と与に退き、老病は年に随《つ》れて侵す／君子　従いて相い訪わば、重玄　其れ尋ぬべし」。陳鐵民氏は、この「重玄」に関して、「指道家之道或道家之義理」と言い、また、「重玄」を含む句について、「此句言己已老且病、異日不可与陟共隠居求道、与上『然後』二句相応」と説く。この詩に説かれる王維の心境は複雑、難解であるが、末尾の句は、玄宗時代の宮廷における老子信仰の隆盛の中で頻りに語られた「重玄」の道、道教の説く奥深い真理に、或いは思いを馳せているのかも知れない。

第四節　本際と真源――『本際経』を巡る王維・李栄・杜甫――

次に王維と道教重玄派の李栄との関わりについては、李大華・李剛・何建明氏の『隋唐道家与道教（上）』の記述が参考になる。即ちその「李栄的重玄思想」には、李栄の出身について次のように述べている。(6)「李栄（生卒不詳）、道号任真子、綿州巴西人（今四川綿陽）、為唐代道教重玄学派的代表人物之一、（中略）李栄出身于有名的道教世家、為李特・李流之后。拠唐代王維《大薦福寺大徳道光禅師塔銘》載、禅師諱道光、本姓李、緜州巴西人、其先有特有流、若実有蜀、蓋子孫為民、大父懐節、隠峨嵋山、行無轍跡、其季父栄、為道士、有文知名。所説正与李栄特徴相符合。由此可知、李栄与道光禅師為叔侄関係、同為李特后人」と。

王維の開元二十七年（七三九）作の「大薦福寺大徳道光禅師塔銘幷序」に見える道光については、藤善眞澄氏は「道光は他の史料に見当らないが（中略）、王維の最もなずんだ南宗禅の一人と思われる」と言われるが、王維は、この銘の中で道光の季父、即ち末の叔父の李栄について「其季父栄、道士と為る、文有りて名を知らる」（『王集』八）と関心を示しているのである。

ところで、上述した玄宗の老子に対する尊崇は、もちろん『道徳経』にも及んでいる。玄宗は早くから道士司馬承禎に『道徳経』を刊定させて五千三百八十言の真本を作らせ、それに基づいて、自ら『道徳経』に注釈を加えてその尊崇のほどを示している。さらに、玄宗は臣下や道士王虚貞等に命じて、自らの『道徳経』の注釈に対する疏も作らせている。この玄宗の『道徳経』の注や疏では、『道徳経』の説く「道」は「虚極」「妙本」或いは「虚極妙本」とされ、「虚極」の概念が重視されていたのである。拙著『隋唐道教思想史研究』では、初唐の成玄英とその思想を継承した李栄などの道教重玄派の活動について詳説し、李栄が尊重した「虚極」の思想が、玄宗の『道徳経』の注や疏の思想に影響を与えたことを指摘している。王虚貞等の『道徳経』の疏では、「法性清浄、是曰重玄」（巻四）などと述べ、その重玄派の思想の影響下にあることを明示してもいる。

そして、この李栄は重玄派の道士の中でもとりわけ『本際経』の説く「本際」の思想に深い関心を示していた人物であった。李栄と『本際経』との関係については『続高僧伝』義褒伝に「有道士李栄、立本際義、（義）褒問曰、既義標本際、為道本於際、為際本於道邪、答曰互得、又問、道本於際、際為道本、亦可際本於道、道為際原、答亦通、又並曰、若使道将本際互得相反、亦可自然与道互得相法、答曰、道法自然、自然不法道、又並若道法於自然、自然不法道、亦可道本於本際、本際不本道、栄既被難不能報」（巻十五）と述べる。

李栄は長安の仏道論衡の檜舞台で活躍したスター道士の一人であった。その彼が「本際義」を立てて仏道論衡に臨んだのである。議論は「道」と「本際」との関係についてのものだったと推定される。李栄の『本際経』に対する思い入れが知られよう。『続高僧伝』では、論争は仏教側の勝利に帰したとされるが、そこには門戸の見も潜んでいることを考慮に入れなければなるまい。宋の陳景元の『西昇経集註』には、また、次のような李栄『西昇経注』の説を載せる。「極虚本无、剖析乙密（本文）。李（栄）曰、虚无者、道体也、言尹生思極虚无之体、窮本際之源也」（巻二李栄注）と。因みに李栄の『道徳真経註』には、「夫重玄之境、気象不能私、至虚之理、空有未足議」（巻二）と説いており、虚无＝本際、重玄＝至虚が互文で成り立つとすると、虚无と至虚は近似と考えて、本際＝重玄となるのであるが、如何であろうか。

さて、『本際経』、即ち『太玄真一本際経』は、隋代に成立し、唐代に大流行した道教経典である。この経典が道教重玄派の隋の劉進喜、唐の李仲卿によって制作されたことについては嘗て論じたところである。王維の宮廷で活躍していた天宝時代の初（七四二年頃）に、道教を特に尊崇した玄宗皇帝が天下の諸道観において、「令天下諸観、転本際仙経、逮至今秋、果聞有歳、自非大聖昭応、孰臻於此、宜令天下道士及女道士等、待至今歳転経訖、各於当観設斎慶讃、仍取来年正月一日至年終已来、依前転本際経、兼令講説、其所設斎度慶、亦宜準此、庶使遠近蒙福、知朕意焉」（『全唐文新編』三二）と『本際経』を転じさせたのは、唐代道教史に冠たる事実である。『本際経』の完書は宋初には既に散逸していたと見られるが、敦煌文書には多数の残巻を止めており、その全十巻のほぼ全容が知られている。

ところで、王維の少しく後輩に当たる杜甫は、「高人王右丞」（「解悶」八『杜工部集』巻十五）と王維に対する尊敬を露わにしているが、また、「中允　声名久しく、如今　契闊深し／共に伝う　庾信を収むと、陳琳を得るに比せず／一病　明主に縁り、三年　独り此の心あり／窮愁　応に作有るべし、試みに誦せよ　白頭吟」（「奉贈王中允維」『杜工部集』巻十）とも述べていて、盛唐時代に名声が轟いていた王維をかばう気持ちを詩に示している。

その杜甫が天宝十年（七五一）に制作した「朝献太清宮賦」（『杜工部集』巻十九）は「前殿中侍御史柳公紫微仙閣画太一天尊図文」（『杜工部集』巻二十）とともに彼の散文の中では極めて道教色の強い作品である。この「朝献太清宮賦」では、冒頭の第一段で次のように述べている。「冬十有一月、天子既納処士之議、承漢継周、革弊用吉、勒崇揚休、明年孟陬、将攄大礼以相籍、越彝倫而莫儔、歴良辰而戒吉、分祀事而孔修、営室主夫宗廟、乗輿備乎冕裘、甲子王以昧爽、春寒薄而清浮、虚閶闔、逗蚩尤、張猛馬、出騰虬、捎熒惑、堕旄頭、風伯扶道、雷公挟輈、通天台之双闕、警溟漲之十洲、浩劫礌砢、万山颼飀、欻臻於長楽之舎、嵬入於崑崙之丘」と。この第一段の末尾に太清宮を喩えて「欻臻於長楽之舎、嵬入於崑崙之丘」と述べるが、この「長楽之舎」は『本際経』巻一の「長楽舎」に基づくのであろう。即ち、この第一段の結びは玄宗と楊貴妃が「長楽之舎」に還る道教の最高神である元始天尊と「崑崙之丘」に帰る仙女の代表である西王母に見立てられていると認められるのである。杜甫は玄宗の愛好する『本際経』の一端を「朝献太清宮賦」に盛り込むことによって、皇帝の歓心を買おうと考えたのである。この点は第二章で説く通りである。(7)

「長楽舎」については、宋の『太平御覧』には「本際経曰、元始上尊、在長楽舎、宝飾高座、雖在座形、不障於物、人所往来、亦無隔礙、復有小琉璃座、行列両辺、悉高五尺」（巻六七七）と述べている。この『太平御覧』の引用は『本際経』巻一のものであろう。元始上尊は、即ち元始天尊である。そして、この元始天尊が「長楽舎に在り」とされているところに注目したい。『本際経』巻一「護国品」では「臣聞、太玄真一本際妙経、功徳甚重、不可思議、天神地祇、一切官属、咸皆敬侍、人天誦念、随心剋果、長楽舎中、有於此経」（P三三七一）と述べるように、『太玄真一本際妙経』は、正にこの「長楽舎」に有るとされていたのである。『本際経』における「長楽舎」の位置の重要性が良く示されていよう。(8)

因みに王維の名作である「輞川集」には、「鹿柴」など仏教的な雰囲気の詩が並ぶが、その中にあって、「金屑泉」は、特に道教的色彩を持つものである。「日々に金屑泉を飲む、少なくも千余歳に当らん／翠鳳　文螭を翊《たすけ》とし、羽節もて玉帝に朝せん」とするのがそれである。この「玉帝」については、道蔵に収める史崇（玄）の『一切道経音義妙門由起』の「明天尊第二」に引く『宝玄経』では、「天尊」の十号、即ち元始天尊の十名として「一号自然、二号無極、三号大道、四号至真、五号太上、六号老君、七号高皇、八号天尊、九号玉帝、十号陛下」と述べる中に「玉帝」が含まれていることが注目される。王維は勿論このような解釈のあることを知っていたであろう。

さて、王維と『本際経』との関係を考察する上で重要なのは「賀玄元皇帝見真容表」（『王集』十）である。王維の上表のきっかけになったのは「上党郡奏啓、聖宮聖祖大道玄元皇帝玉石真容・主上聖容、今月十五日三元斉開光明、其日戌後、道士陳希玉等十三人同朝礼、見殿内有光、非常照耀、及開殿門、其光弥盛、満堂如昼、久之方散、其時検校官及押官等皆共瞻覩者」とある通り上党郡の上奏で、老子を祭る紫極宮において、玄元皇帝の玉石の真容と玄宗皇帝の聖容が光明を放った奇跡のあったとの報告である。「三元」は、前述の三元日のこと。この「賀玄元皇帝見真容表」について、陳氏の校注の「年譜」では、「賀神兵助取石堡城表」（『王集』十）と併せて、「拠以上二表、可推知維九載二月以前仍在朝任職（如是時維已離朝丁憂、当不可能頻上賀表于朝廷）」と述べる。ただ、同氏の『王維論稿』の「王維年譜」（二〇〇六年刊）では、「二月以前」を「正月以前」に訂正している。しかし、天宝八載（七四九）にかけ、「可進一歩推知此（本）表応作于本年七月十五日或十月十五日之後」と言うのは、両書とも同じである。

この上表は、「三元」の思想が明白に見える点も面白いが、最も注目されるのは、「伏惟開元天地大宝聖文神武応道皇帝陛下、大道為心、上元同体、挟風雲之質、敬想猶龍、写日月之儀、欽承大象、仍迴旧邸、以奉清都、真容聖容、既明四目、照殿照室、忽類三光、蘂宮自明、初謂上天無夜、桂殿如昼、還疑就日而朝、琪樹韜華、瑤池奪暎、実由陛下弘敷本際、大啓玄宗、明君潤色于真源、聖祖和光于帝載、表文明之在御、六合以清、知臨照之無疆、億載多慶」と述べる中に、「実に陛下　弘く本際を敷き、大いに玄宗を啓くに由る、明君　真源を潤色し、聖祖　帝載を和光す」と「本際」の語が登場していることであろう。玄宗が天宝時代の初めから道教経典の『本際経』をことにも尊崇していたことは先に述べた通りである。とすれば、この上表が道教に関わるものであることから、この「本際」は、『本際経』に基づくものと考えるのが至当であろう。事実、続く「真源」の語も『本際経』巻十に「不達真源、不識至理」（天理図書館蔵『太玄真一本際妙経』）と見えるのである。

陳鐵民氏がこの上表の年代推定の上限としているのは、「開元天地大宝聖文神武応道皇帝」という尊号で、この玄宗の尊号が天宝八載閏六月のものであるからである。しかし、上表の成立の下限は「丁憂」、即ちこの場合、母の服喪によるものであり、陳氏の新説に拠るとしても正月の二十八日までに書かれた可能性はあるとされる。陳氏は『王維論稿』でも天宝八載「七月十五日或十月十五日之後」成立説を崩さないが、上表では、「三元」と述べた後で、更に「大道もて心と為し、上元と体を同じうす」と、ことさらに「三元」の内の「上元」と繰り返しているのは、この上表が天宝九載（七五〇）の上元の日、即ち正月十五日をさして遅れない時に書かれたものであることを示しているのではないかと推定される。

そして、「弘く本際を敷き、大いに玄宗を啓く」と述べる二句は、『本際経』巻四「道性品」の重要箇所に「時十方界諸太上道君、心心相照、各自念言、棄賢世界太上道君、放心光明、如前聖法、必欲開演真一本際、示生死源、説究竟果、開真道性、顕太玄宗」（P二八〇六）と説く、『本際経』の最重要概念と見られる「本際」の内容の開示を想起させる。陳鐵民氏は仏典の『円覚経』を典故として挙げるが、ここはそうではあるまい。なお、「弘敷」は、『書経』の「弘敷五典」（弘《おお》いに五典を敷く「君牙」）に基づくと見られるが、それならば、「弘敷本際」は、玄宗が『本際経』を諸道観で読経させた事実を指すことになる。

いずれにしても、王維が天宝九年（七五〇）に「賀玄元皇帝見真容表」において、「本際」に言及したことは、当時の王維の宮廷詩人としての地位を考えると一定の影響力を持ったであろう。杜甫が「太清宮」の上表に『本際経』を用いたのは、翌天宝十年（七五一）のことである。

結語

盛唐の道教に関わる王維・李白・杜甫のトライアングルを考えると**図1**のようになるであろう。王維はモダンな重玄派道教に共鳴しており、李白はレトロな道教を追求した。李白と王維の両者に接点のある杜甫は、道教においても二つの側面を合わせ持っている。

モダン—現代的と云うのは、勿論この場合、盛唐の玄宗時代を基軸に据えて、それに相対的に近いものを指したのである。漢代の経学における今文と古文の例を挙げるまでもなく、今・古の相克は、時間軸—歴史的視座を重視する中国の文化においてはしばしば有意な相克と見られたものである。それを隋唐道教の俯瞰に導入して、モダンとレトロの相克を筆者は考えたとも言える。「重玄」「本際」は、道教の

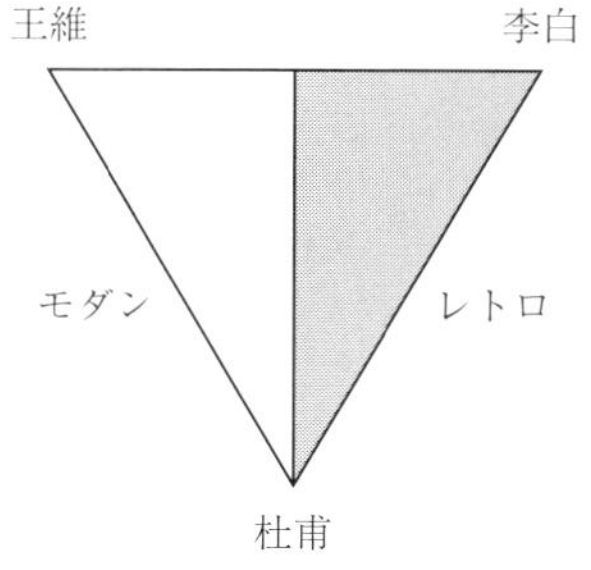

図1

説く奥深い真理、精紳的な高み、悟りを表す概念である。その概念を駆使した道教重玄派の花形道士である成玄英や李栄は、都長安の檜舞台で活躍した思想家であり、整理された道教教理の提示の方法など、都会的でシステマティックな側面もモダンな重玄派道教の特徴であろう。玄宗の宮廷における代表的な詩人である王維がこのモダンな道教に関心を示したのは偶然ではないのである。

注

テクストは、静嘉堂文庫所蔵宋版『王右丞文集』（汲古書院、二〇〇五）、宋蜀刻本唐人集叢刊『王摩詰文集』（上海古籍出版社、一九八二）、陳鐵民『王維集校注』（中華書局、一九九七）三書に拠った。また、注釈は、清の趙殿成『王右丞集箋注』（中華書局、一九七二）、釈清潭訳注「王右丞集」（『淵明・王維全詩集』日本図書センター、二〇〇四）、小林太市郎、原田憲雄『王維』（集英社、一九六四）、入谷仙介『王維』（筑摩書房、一九七三）、伊藤正文『王維』（集英社、一九八三）等も参考にした。

（1）荒井健「李賀の詩――特にその色彩について――」（『中国文学報』三、一九五五）。
（2）入谷仙介『王維研究』（創文社、一九七六）は、大変面白く熟読、参照させて頂いた。
（3）小林太市郎『王維の生涯と芸術』（全国書房、一九四四）は、先駆的な王維研究の代表である。
（4）入谷氏注（2）著、参照。
（5）藤善眞澄「王維と仏教――唐代士大夫崇仏への一瞥――」（『東洋史研究』二十四―一、一九六五）。
（6）第二章の「論成玄英的重玄思想」の項を参照（広東人民出版社、二〇〇三）。
（7）第二章「太清・太一と桃源・王母」参照。
（8）第一部序章「道教研究の方法と課題」参照。

第二章　太清・太一と桃源・王母――杜甫と道教に関する俯瞰――

序　言

杜甫（七一二―七七〇）と道教との関わりについては、夙に馮至氏が『杜甫伝』（人民文学出版社、一九五二）において、「王屋山、東蒙山的求仙訪道是暫時受了李白的影響」と極めて限定的に李白の影響と指摘した。一方、郭沫若氏は『李白与杜甫』（人民文学出版社、一九七二）の中で「杜甫的宗教信仰」の一節を設けて、杜甫と道教との関わりを詳細に論じており、唐代の老子信仰の隆盛の様子を的確に取り上げるなど傾聴すべきところが多い。「杜甫対于道教有很深厚的因縁、……他的求仙訪道的志願、対于丹砂和霊芝的迷信、由壮到老、与年倶進、至死不衰」との見解も重要なものであろう。しかし、今日では、天尊信仰、太一信仰、王母信仰、茅山派道教との関わり、桃源郷との関わり、養生・内丹思想の問題等々、杜甫と道教を巡る論点は更に多岐に亙り、更に克明な究明を期待されているものと思料される。

小論では、王母信仰と女性観の問題にも触れながら、天宝時代に華やかな話題を呼んだと見られる重玄派道教の代表的経典である『太玄真一本際経』と杜甫との濃厚な結びつきをも包摂しつつ、杜甫と道教の関わりを俯瞰して、中国学研究において、最近、とみに関心の昂まっている道教と文学との関わりを論ずる論考の一環としたい。

第一節　杜甫と桃源郷——武陵と仇池——

杜甫の詩は色彩感が豊かである。それが杜甫の詩の華麗さを支えていることは見易いところであろう。色彩感の豊かさは「惜春」の情を表す詩にも顕著である。

「可惜」の詩の中で杜甫は「花の飛ぶこと底《なに》ゆえかくも急がしきや、老い去《ぬ》れば春の遅きを願えるに／惜しむ可し歓娯の地、都《す》べて少壮の時に非ず／心を寛《まぎ》らすものは応に是れ酒なるべく、興を遣るものは詩に過ぐるは莫し／此の意《こころ》を陶潜は解すべきも、吾が生は汝の期《とき》に後れたり」（『杜工部集』巻十一）と詠じる。

ところで、過ぎゆく春に、いとまもなく飛ぶこの花は、杜甫の愛した桃の花であろう。そして、杜甫は春への愛惜の同情者を陶淵明（三六五—四二七）の中に見出していたのである。西本巌氏は「杜詩における色彩感」（『支那学研究』二四、二五）なる論文の中で、杜甫は「花を大変愛しているが、なかでも桃花の色についておよんだものが多い」と指摘して、具体例として、次のような詩を挙げている。

不分桃花紅勝錦、生憎柳絮白於綿　（「送路六侍御入朝」『杜工部集』巻十二）

桃花一簇開無主、可愛深紅愛浅紅　（「江畔独歩尋花七絶句」其五『杜工部集』巻十二）

淡い紅も深い紅も等しく杜甫に愛好されたのである。

さて、陶淵明の「桃花源記」を受けて王維（六九九—七五九）が「桃源行」に桃源郷を「武陵源」とし、「仙を成じて還らず」とする仙境として詠じて以来、唐代には、韓愈（七六八—八二四）の「桃源図」、劉禹錫（七七二—八四二）の「桃源行」など桃源郷に関する詩が多く歌われた。芳賀徹氏のいわゆる桃源郷文学の一端である。そして、杜甫の詩でも「桃源行」などの題名は持たないもののしばしば「桃源」や、「武陵」の地名が姿を現す。まず、「桃花源記」

を踏まえつつ、桃源の行程について歌っているのは、「龐公　隠るる時　室を尽して去る、武陵の春樹　他人迷う」（「寄従孫崇簡」『杜工部集』巻七）、「悲秋　宋玉の宅、失路　武陵の源」（「奉漢中王手札」『杜工部集』巻十四）、「丹心　老いて未だ折れず、時に訪う武陵の渓」（「水宿遣興奉呈羣公」『杜工部集』巻十七）などである。次に桃源の消息、桃源への便りについて詠じる詩は「緬《はる》かに桃源の内を思いて、益ます身世の拙なるを歎ず」（「北征」『杜工部集』巻二）、「伝語す桃源の客、人は今　出処同じ」（「巫峡弊廬奉贈侍御四舅別之澧朗」『杜工部集』巻十五）などであろう。

そして、もう少し積極的な関わり方を示す詩は、「多壘　山谷に満つ、桃源　処として求むるなし」（「不寐」『杜工部集』巻十六）、「茅屋　還た賦するに堪えたり、桃源　自ら尋ぬべし」（「春日江村五首」其一『杜工部集』巻十三）で、特に後の詩は、桃源を尋ね得るものとしている。なお、吉川幸次郎氏も、前述の「北征」の「緬《はる》かに桃源の内を思いて」の句の注釈で、「〔緬《はる》〕かに〔思〕いやるのは、かの陶淵明が『桃花源の記』また『桃花源の詩』によってえがく仙境」（『杜甫詩注』第四冊）と述べ、「桃源」を仙境と見ている。

杜甫自身はこの桃源郷にどのようなイメージを抱いていたのか。淡いものだがそれを示す詩も存する。まず、「赤谷西崦人家」（『杜工部集』巻三）の詩に「武陵の暮に行くが如く、桃花を問いて宿せんと欲す」と言うのは文字通り桃の花咲く里を思い浮かべたものであり、また「故山　薬物多く、勝概　桃源を憶う」（「奉留贈集賢院崔于二学士」『杜工部集』巻九）と歌うのは、やや抽象的に桃源が優れた景色であることを言うのである。そして、「桃源の人家　制度に易し、橘洲の田土　仍お膏腴なり」（「岳麓山道林二寺行」『杜工部集』巻八）と仙境の人家の構造が素朴であることを述べ、更に「多憂　桃源を汚し、拙計　銅柱に泥む」（「詠懐二首」其二『杜工部集』巻八）とは、桃源郷は楽しみに満ちた理想郷と考えるのである。「桃源」「武陵」への繰り返しての言及は、杜甫の憧れの強さを示すものであろう。

ところで、先の「詠懐二首」其二の詩には、「桃源」への言及の外に、「葛洪及許靖、避世常此路」「結託老人星、羅浮展衰歩」と羅浮山で求道した道士葛洪（二八三―三四三頃）の事跡が織り込まれていることが注目される。因みに言えば、杜甫は葛洪については丹砂を錬って金丹を作り上げたイメージが強いのか、葛洪と丹砂が結びついて詩に現れる場合が多く、やや常套化した表現と見られなくもない。例えば「葛洪尸定解、許靖力還任、家事丹砂訣、無成涕作霖」（「風疾舟中伏枕書懐三十六韻奉呈湖南親友」『杜工部集』巻十八）、また、「奉寄河南韋尹丈人」（『杜工部集』巻九）には、「濁酒尋陶令、丹砂訪葛洪」とあり、更には「贈李白」（『杜工部集』巻九）には、「秋来相顧尚飄蓬、未就丹砂愧葛洪」とあるのがその証左である。

丹砂を錬って金丹を作り、それを服用して仙人になることを目指す、そのようなイメージを葛洪に担わせつつ、「神仙　才　数あり」（「敬簡王明府」『杜工部集』巻十一）と考えていた杜甫は、既に指摘のあるように長生に効能のある植物として黄精に興味を抱いた（黒川洋一氏『杜甫の研究』）。例えば「太平寺泉眼」（『杜工部集』巻三）は仏寺に関わる詩であるが「何当宅下流、余潤通薬圃、三春湿黄精、一食生毛羽」と述べるように薬草園の黄精に杜甫の目が注がれている。一方、青城の「丈人山」（『杜工部集』巻四）では次の如く歌う。「自為青城客、不唾青城地、為愛丈人山、丹梯近幽意、丈人祠西佳気濃、緑雲擬住最高峯、掃除白髪黄精在、君看他時冰雪容」と。極めて道教的な雰囲気を持つこの詩で黄精は白髪を取り除く効果を期待されていることが知られる。また、「乾元中寓居同谷県作歌七首」（『杜工部集』巻三）の其二では、「長鑱長鑱白木柄、我生託子以為命、黄精（一に独に作る）無苗山雪盛、短衣数挽不掩脛、此時与子空帰来、男呻女吟四壁静、嗚呼二歌兮歌始放、隣里為我色惆悵」とやはり黄精のことを話題にしている。宋の黄庭堅（一〇四五―一一〇五）は「黄精」を「黄独」に作るテクストを支持するが、蘇軾（一〇三六―一一〇一）は「黄精」のテクストを支持しており、今は蘇軾に従う。因みに葛洪と時代を近接する神仙愛好家である魏の嵆康（二二三―二六二）の有名な「与山巨源絶交書」には、「又た道士の遺言を聞くに、朮・黄精を餌《くら》わば、人をして久寿ならしむと」とある。『神農本草経』では、「黄精」は草木類の筆頭におかれる薬草であり、『真誥』には「乃可加以五雲水桂朮根黄精南燭（中略）巨勝茯苓、並養生之具、将可以長年矣」（巻六甄命授二）などとある。道教では黄精の薬効は広く知られていたのである。

また、杜甫の詩の中には「贈李白」（『杜工部集』巻二）に「二年客東都、所歴厭機巧、野人対羶腥、蔬食常不飽、豈無青精飯、使我顔色好、苦乏大薬資、山林跡如掃」とある。青精飯については、澤田瑞穂氏の「道家青精飯考」（『中国の呪法』）に詳細な考察がある。そこにおける茅山派道教の大成者である梁の陶弘景（四五六―五三六）の編述した『真誥』の本文とその陶弘景の注釈には頻りに青精飯についての記載が見えるから、「主として茅山派の道士たちによって伝承されてきた青精飯の法」という澤田氏の指摘は当を得たものと言えるであろう。『真誥』には、まず「霍山中有学道者鄧伯元王玄甫、受服青精石飯呑日丹景之法」（巻十四稽神枢四）とあり、また、本文の「彭鏗」に関する陶弘景の注には「鏗は彭祖の名であって、青精〔の法〕はまた彭〔祖〕から出ている」（巻十四稽神枢四）と説明されている。そして、杜甫はおそらく茅山派の道士と交渉のあった李白などからこの青精飯の事を聞き知ったと思われるのである。

杜甫が「若人存思我主籙生之根・死之門、我則制伏妖之興・毒之騰」と「存思」に関心のあったことは、本章第三節で詳述する「太一天尊図文」で明らかであるが、また、「存想青龍秘、騎行白鹿馴」（「寄張十二山人彪三十韻」『杜工部集』巻十）と「存想」に関する詩もあり、内丹との関わりが思われる。

さて、杜甫の詩に登場するもう一つの仙境は仇池である。蘇軾はこの「仇池」と先の「黄精」と同様に興味をしめしており、そこには、彼の杜甫のテクストに対する独自な読み方があった。そしてその読み方は蘇軾が道教を愛好したことと深く関わると思料される。まず、「送韋十六評事充同谷郡防禦判官」（『杜工部集』巻二）には「受詞太白脚、走馬仇池頭」とあり、また、「秦州雑詩二十首」（『杜工部集』巻十）の其十四には「万古仇池穴、潜通小有天、神魚人不見、福地語真伝」と言い、更に其二十には「蔵書聞禹穴、読記憶仇池」と述べられる。其十四の「福地」というのは道教のいわゆる洞天福地の説を指す。小有天はつぶさには小有清虚之天と言い、王屋山にある十大洞天第一の聖地である。晩年、杜甫は若い頃、道教に関心を抱いて王屋山・東蒙山に道士を尋ねた事を懐古している。即ち、「昔遊」（『杜工部集』巻三）の詩に「昔　華蓋君に謁して、深く洞宮の脚を求めんとするも／玉棺　已に天に上り、白日亦た寂寞たり」「東蒙　旧隠に赴く、尚お憶う同志の楽しかりしことを／伏事す　董先生　今において独り蕭索たり」「胡為れぞ関塞に客となりて、道意　久しく衰薄するや／妻子亦た何人ぞ、丹砂　前諾に負く」と歌うのがそれである。この「昔遊」と内容が表裏する詩が「憶昔行」（『杜工部集』巻八）であって、そこでも次のように詠じられている。「憶う昔　北のかた尋ぬ小有洞、洪河の怒濤に軽舸過ぐ／辛勤するも見ず華蓋君、艮岑の青輝　惨として么麼なり／千崖　人無く　万壑静かなり、三歩に廻頭　五歩に坐す／秋山　眼冷やかにして魂未だ帰らず、仙賞　心違いて涙交ごも堕つ」「秘訣隠文は内教を須《ま》つ、晩歳何の功か　願いをして果たさしめん／更に討《もと》む　衡陽の董錬師、南浮　早く鼓せん　瀟湘の柂《かじ》」と。華蓋は崑崙山のことで、仙人の王喬を華蓋君と呼んだがここは王屋山のある道士のこと。ここでは、道士に仕えながら、道を得るには到らなかった少壮の日が思い出されている。因みに「昔遊」の「道意」は何でもないようであるが、後に見る道教重玄派の経典『本際経』では「道意」を発することを強調しており、「憶昔行」の「内教」とともに注目すべき言葉である。

第二節　王母信仰——仙女・神女・玉女——

ここでは、最初に西王母・楊貴妃と関連する杜甫の女性の姿態や動作についての描写を取り上げておこう。まず、公孫大娘はその剣舞で幼い杜甫に強い印象を残した女性である。即ち、「観公孫大娘弟子舞剣器行幷序」（『杜工部集』巻七）の詩では「昔有佳人公孫氏、一舞剣器動四方、観者如山色沮喪、天地為之久低昂」と歌う。女性の肢体については「絶句漫興九首」（『杜工部集』巻十一）の其九に「隔戸楊柳弱嫋嫋、恰似十五女児腰」と説くのが杜甫の詩では艶めかしい例として知られる。「清明二首」（『杜工部集』巻十八）の其一では、また「胡童結束還難有、楚女腰肢亦可憐」と楚の女性の肢体に注目している。また、青年時代を回顧した「壮遊」（『杜工部集』巻六）なる作品において、越の女性についても「越女　天下に白し、鏡（鑑）湖　五月に涼し」と詠み、更に「陪諸貴公子丈八溝携妓納涼晩際遇雨二首」（『杜工部集』巻九）の其二では「越女　紅裙湿い、燕姫　翠黛愁う」とも歌っている。

杜甫が取り上げる重要な仙女としては、魏夫人（二五一―三三四）を挙げなければならないであろう。「望岳」（『杜工部集』巻八）の詩はその後半で次のように詠じている。

恭聞魏夫人、群仙夾翺翔、有時五峯気、散風如飛霜、牽迫限脩途、未暇杖崇岡、帰来覬命駕、沐浴休玉堂、三嘆問府主、曷以賛我皇、牲壁忍衰俗、神其思降祥。

魏夫人の名は華存、字は賢安、晉の司徒魏舒の娘で、『黄庭内景経』の伝授に関わった。言うまでもなく、茅山派の成立に関わる仙女のことである。その伝記は書家としても知られる顔真卿（七〇九―七八五）の『晉紫虚元君領上真司命南岳夫人魏夫人仙壇碑銘』（『顔魯公文集』巻九）に詳しい。そしてそこでは、その伝記が『真誥』に出ることを明記している。「望岳」の詩は冒頭「南岳配朱鳥、秩礼自百王、欻吸領地霊、鴻洞半炎方」といって洞天の説に触れるが、やはり茅山派道教の影響の顕著なものであろう。

次に杜甫の詩文の中における特徴ある姿態・動作の神女・玉女の描写を追ってみよう。まず、織女については、やはり「秋興八首」（『杜工部集』巻十五）の其七の「織女の機糸　月夜に虚しく、石鯨の鱗甲　秋風に動く」が鮮やかである。神女については「神女　花鈿落ち、鮫人　織杼悲し」（「雨四首」其四『杜工部集』巻十六）、玉女については、「香を焚きて玉女脆き、霧裏　仙人来る」（「冬到金華山観因得故拾遺陳公学堂遺跡」『杜工部集』巻五）がある。嬴女についてには「遂に馮夷来りて鼓を撃つあり、始めて知る嬴女善く簫を吹くを」（「玉台観」『杜工部集』巻十三）とある。「姹女縈新裏、丹砂冷旧秤」（「寄劉峡州伯華使君四十韻」『杜工部集』巻十五）は内丹に絡む表現であり、霜女については、「雷公河伯、咸騒駭以修聳、霜女江妃、乍紛綸而晻曖」（「有事于南郊賦」『杜工部集』巻十九）と述べる。そして、本章第四節で述べる「渓女」もこうした神女・玉女の描写に繋がるものであろう。ここには、華麗なものへの憧憬や更に言えばセクシュアリティーを示す杜甫がいる。こうした側面も杜甫の詩の面白さを支えて来たのであろう。

さて、「清秋」は杜甫の好んで用いた言葉である。例えば大暦元年（七六六）の作である「秋興八首」の其三に「信宿の漁人は還た汎汎、清秋の燕子は故《ことさら》に飛飛」と歌うが如くである。そして、其五の前半では安史の乱の前の長安の様子が道教的言辞を用いて懐古される。

蓬萊の宮闕は南山に対し、承露の金茎は霄漢の間
西のかた瑤池を望めば　王母降り、東来の紫気は函関に満つ

詩中の瑤池は、『列子』周穆王篇に「周穆王肆意遠遊（中略）別日升於崑崙之丘、以観黄帝之宮、而封之以詒後世、遂賓於西王母、觴於瑤池之上」（巻三）とある通り、道教の仙女として第一の地位を占める西王母ゆかりの池、中国の西方の崑崙山にあったとされる。瑤池はまた、「同諸公登慈恩寺塔」（『杜工部集』巻一）でも、「惜哉瑤池飲、日晏崑崙丘」と詠まれるが、これも『列子』の故事にそのまま依拠したものである。それは周穆王と西王母のロマンスのナラティブ、物語である。

先の「秋興八首」の其五の「王母」のところには、銭謙益の『箋注』では、次のように云う。「楽史、楊貴妃外伝、開元二十八年十月、玄宗幸温泉宮、使高力士取楊氏女於寿邸、度為女道士、号太真、住内太真宮、天宝四載七月、於鳳凰園冊太真宮女道士楊氏為貴妃、進見之日、奏霓裳羽衣曲、唐人詩多以王母比貴妃、云々」と。ここの王母も楊貴妃（七一九—七五六）と見るのである。[1]

ところで、杜甫の詩に出てくる王母は、大別すると①王母が単独で登場する。②帝王（比喩も含む）とペアで登場する。の二つのケースに分けられる。先の「秋興八首」の其五は第一のケースであり、同様な例は「玄都壇歌寄元逸

人」（『杜工部集』巻一）に見られる。「故人昔隠東蒙峯、已佩含景蒼精龍、故人今居子午谷、独在陰崖結茅屋、屋前太古玄都壇、青石漠漠常風寒、子規夜啼山竹裂、王母昼下雲旗翻、知君此計試長往、芝草琅玕日応長、鉄鎖高垂不可攀、致身福地何蕭爽」と。ここに「子規　夜啼きて山竹裂け、王母　昼下りて雲旗翻る」と姿を見せるのは正しく仙女の西王母である。ところが、「此れ明皇逸豫の事を追叙す」とされる「宿昔」（『杜工部集』巻十五）で「宿昔　青門の裏、蓬萊　仗数しば移る／花嬌やかにして雑樹迎え、龍喜びて平池より出づ／落日　王母を留め、微風　小児倚《た》つ／宮中行楽の秘、外人　知る有る少《まれ》なり」と見える王母は楊貴妃のこととされている。「麗人行」（『杜工部集』巻一）では、楊家の麗人は「態濃《こまや》かにして意遠く淑にして且つ真なり、肌理細膩にして骨肉匀《ひと》し」と詠じた杜甫は、馬嵬で果てた楊貴妃を「江頭に哀しむ」（『杜工部集』巻一）において「明眸皓歯　今　何《いずく》にか在る」と傷んだ。

ところで、杜甫の詩では、道教と桃が直接的に関連づけて語られる場合があるが、その二例はいずれも皇帝・宮殿と関わる事柄として歌われている。今は王母に関する詩を見る。

　仙人張内楽、王母献宮桃　（「千秋節有感二首」の其二『杜工部集』巻十八）

乾元元年（七五八）作の「千秋節有感」の「仙人」は玄宗（六八五―七六二）を指していると見られる。「内楽」については、仇兆鰲の『杜詩詳注』では、『開元伝記』に「帝（玄宗を指す）謂高力士曰、吾昨夜夢遊月宮、諸仙娯予以上清之楽、寥亮清越之音、非人間所聞也、力士請名曰紫雲曲」とある記述を引用する。ここは上清の道教音楽の意であろう。「宮桃」を献じる王母は言うまでもなく『漢武帝内伝』に「（王母）又侍女索桃、須臾以盤盛桃七枚、大如鴨子、形円色青、以呈王母、母以四枚与帝、自食三桃」とあるのを意識する。つまり、ここでは漢の武帝と西王母の間柄が玄宗と楊貴妃に比擬されている。これが、②帝王とペアで登場するケースである。②のケースの今一つの例は驪山に纏わる作品である「奉同郭給事湯東霊湫作」（『杜工部集』巻一）である。この詩は天宝十四年（七五五）安史の乱の直前に作られた。詩の前半に「倒懸瑤池影、屈注蒼江流」と「崑崙之丘」の「瑤池」が顔を出し、後半には「坡陁たる金の蝦蟆、出見する蓋し由有り、至尊これを顧みて笑い、王母収《とら》えしめず、復た虚無の底に帰り、化して長き黄虹と作る」と玄宗と王母に見立てられた楊貴妃がペアで登場する。

杜甫の歌う王母には、仙女としての西王母と現身の楊貴妃が交錯して形象されるが、その西王母は仙女の代表として帝王と配偶される存在だったのである。そのことは、本章第四節において、杜甫の「朝献太清宮賦」を検討する中で、更なる実証を得よう。

第三節　太一救苦天尊――度人と救苦――

さて、杜甫には「前殿中侍御史柳公紫微仙閣画太一天尊図文」（『杜工部集』巻二十）（以下「太一天尊図文」と略す）なる道教色の濃い散文がある（深澤一幸氏「杜甫における道教」上、下『言語文化研究』一六、一七、一九九〇―九一参照）。まず、第一段の冒頭を取り上げよう。

石鼈老、神を始清の天に放ち、目を浩劫の家に遊ばす、泠泠然として風を御（馭）し、熙熙然として台に登る。

「始清の天」は四注本の『元始无量度人上品妙経』（以下『度人経』と略す）巻一に「昔於始清天中、碧落空歌、大浮黎土、受元始度人无量上品」とあり、「浩劫の家」も『度人経』に「唯有元始浩劫之家」（巻三）とある。「泠泠然として風を御す」は、『荘子』逍遙遊篇に、「夫列子御風而行、泠然善也」（巻一）とあり、「熙熙然として台に登る」は、『老子』第二十章に「衆人熙熙、如享太牢、如春登台」とある。

この杜甫の「太一天尊図文」の特徴は、劈頭に『度人経』と『荘子』『老子』を典故とした文章を連ねていることに良く表れている。例えば、第三段は「先生藐然若往、頽然而止、曰、噫、夫鳥乱於雲、魚乱於河、獣乱於山、是畢弋釣罟削格之智生、是機変繳射（邀退）攫拾之智極」と始まる。「鳥乱於雲」以下の句は、『荘子』胠篋篇に「夫弓弩畢弋機変之知多、則鳥乱於上、鉤餌罔罟罾笱之知多、則魚乱於水矣、削格羅落罝罘之知多、則獣乱於沢矣」（巻十）が典故である。このように「太一天尊図文」は『荘子』からの引用が多いのが目に付く文章なのである。

次に第二段では、老子信仰と絡ませながら、主題の太一信仰について、次のように述べている。

柳〔渉〕氏、柱史也、立乎老君之後、獲隠黙乎、忍塗炭乎、先生与道而遊、与学而遊、可上以昭太一之威神於下、下以昭柱史之告訴於上、玉京之用事也、率土之発祥也、悪乎寝而、庸詎仰而。

太一は、また、太乙もしくは泰一、泰乙とも呼ばれる。万物の根源で、天地を創造する一なる存在のことである。近年、郭店から出土した「太一生水」では、「太一生水、水反輔太一、是以成天、天反輔太一、是以成地、天地〔復相輔〕也、是以成神明、神明復相輔也、是以成陰陽、陰陽復相輔也、是以成四時……四時者、陰陽之所生也、陰陽者、神明之所生也、神明者、天地之所生也、天地者、太一之所生也」（『郭店楚墓竹簡』（文物出版社、一九九八）釈文も参照）と説く。ここでは明確に太一が天地万物の根源者であることが語られている。『荘子』天下篇では、老子の道を説明して、「関尹老聃聞其風而悦之、建之以常無有、主之以太一」（巻三十三）と語られているのは周知のところであろう。銭宝琮の「太一攷」（『燕京学報』第一一期）では、①「太一出両儀、両儀出陰陽」、②「天神貴者太一」、③「太一星名」などの項目を立てて、太一について詳述している。

一方、道教の歴史の中の太一については、近代中国の碩学顧頡剛は「三皇考」（『古史弁』。後に『古史論文集』に収録）なる長大な論考の中で次のように云う、「道教中的神名、『太一』的、真是多不可計、而其中活動最力、最有大功徳於人類的是太一救苦天尊」と。そして彼は、続いて『太一救苦護身妙経』を引用する。

天尊曰、万物吾生、万霊吾化、遭苦遭厄、当須救之、……此東方長楽世界有大慈仁者太一救苦天尊、化身如恒河沙数、物随声応、或住天宮、或降人間、或居地獄、或摂群邪、或為仙童玉女、或為帝君聖人、或為天尊真人、或為金剛神王、云々。

顧頡剛は「太一救苦天尊」は元始天尊によって派遣されて万民を救済する使命を帯びた存在であるとしていた。「救苦」は道教の説く「度人」に通ずると見ることができる。

唐末の碩学道士である杜光庭の『道教霊験記』には、唐代の太一救苦天尊信仰の実例が連ねられている。[2] 即ち、道蔵本の『道教霊験記』は、その「尊像霊験」（巻五）の中に張仁表・袁逢・孫静真・李邵等の太一救苦天尊信仰を取り上げているのである。このうち、左街道士張仁表の太一救苦天尊に関する霊験譚は杜甫の「太一天尊図文」と同じく画像の例である。即ちそこでは太一救苦天尊の霊験によって病が癒えた張仁表が「数日の後、己の財帛を以て、粛明観に天尊の像を画かしむ、東洛関外、畿輔の間、その本を伝写し、徧く開悟せしむ」と述べるからである。杜甫の「太一天尊図文」に表明されているような太一信仰が広く唐代社会に行われていたのである。因みに『度人経』と『荘子』『老子』の全てに注釈した初唐の道教重玄派の巨魁成玄英は『度人経』の経文「太一司命、桃康合延」の注釈で「太一」について「太一総領群司、為衆神之主、司命等真官、皆南上度人職司之位也」（『度人経』巻三）と「太一」が衆神の総帥であるとしている。これは杜甫が「太一」に期待したところでもあろう。

継いで、『度人経』との関わりを含みつつ、北帝信仰について考察しよう。「太一天尊図文」の第一段の後半には、また、次のように述べる。

伊四司五帝天之徒、青節崇然、緑輿駢然、仙官洎鬼官、無央数衆、陽者近、陰者遠、俱浮空不定、目所向如一、蓋知北闕帝君之尊、端拱侍衛之内、於天上最貴矣。

深澤氏は『度人経』に「元始天尊、当説是経、周回十過、以召十方始当詣坐、天真大神、上聖高尊、妙行真人、无鞅数衆、乗空而来、飛雲丹霄、緑輿瓊輪、羽蓋垂陰、流精玉光、五色鬱勃、洞煥太空」（巻一）とあるのをこの部分の典故として指摘する。

ところで、杜甫は、「太一天尊図文」の第三段の後半で、北帝信仰について、次のように語っている。

已登乎種種之民、舎夫哼哼之意、是巍巍乎北闕帝君者、肯不乗道腴、巻黒簿、詔北斗削死、南斗注生、与夫円首方足、施及乎蠢蠕之虫、肖翹之物、尽駆之更始、何病乎不得如昔在太宗之時哉。

このように杜甫は、「太一天尊図文」の中で「北闕帝君」と呼ぶ「北帝」信仰を露わにする。

ところで、既に指摘のあるように、杜甫には、東西・南の鎮《おさ》えとしての東岳岱山、西岳華山、南岳衡山に関する「望岳」の詩が残されており、彼の五岳信仰の一端が窺われる。南岳に関する詩は既に見たので、西岳に関する詩を次に取り上げておこう。

西岳は崚嶒として竦ちて尊に処り、諸峰は羅立して児孫に似たり
安んぞ仙人の九節の杖を得て、拄いて玉女の洗頭盆に到らん
車箱　谷に入りて　帰路無く、箭栝　天に通じて　一門有り
稍や秋風涼冷の後を待ち、高く白帝を尋ねて真源を問わん（『杜工部集』巻十）

「崚嶒」の語は、『詳注』では、梁の何遜の詩に「懸崖抱奇崛、絶壁駕崚嶒」とあるのを引用するが、後に見る『本際経』巻二では、その冒頭に「元始天尊、在恊晨霊観崚嶒之台」（道蔵本）とある。また、「真源」の語は、例えば『本際経』巻十には、「不達真源、不識至理」（天理図書館蔵『太玄真一本際妙経』）とある。因みに言えば、杜甫は「北闕帝君」を三岳に並ぶ北の鎮えとしたのであろう。

ところで、唐代の北帝信仰に関わる有力な経典には、『太上九真妙戒金籙度命九幽抜罪妙経』（S九五七、以下『九幽経』と略称する）がある。この経典について吉岡義豊氏は、初唐の道士劉無待の『九幽経』との関係を考えておられる。[3]妥当なところであろう。劉無待は筆者が道教重玄派の一人と考えている道士である。[4]この『九幽経』には、杜甫の「太一天尊図文」の第一段の後半の「伊四司五帝天之徒」に関わって「爾時元始天尊、在九清妙境三元宮中、（中略）与諸大聖（中略）妙行真人・四司五帝・天龍神鬼、無鞅数衆、一時同会劫仭宝台、十方来衆、皆駕五色瓊輪・八

景琅輿、玄霊翠節、飛雲素蓋」とあるのが目を惹く。(5)この『九幽経』では、半ば辺りで「爾時九幽地獄衆生、聞是北帝広為啓請、心生悔過、願求抜罪、挙声悲叫、響振梵天」と北帝の救済の効果を述べ、末尾近くでは、「是時北帝、及諸四衆、九幽罪人、聞是説巳、心開悟解、各生善念、衆苦消釈、身心泰然、皆発道意、性不退転、是時九幽黒簿、一時焚燼」と「北帝」達が「道意」を発することを説く。また、「九幽黒簿」とは九幽地獄と「黒簿」が密接に結びついていることを示すが、杜甫の「太一天尊図文」には、先に見たように「肯不乗道腴、巻黒簿、云々」とあり、また、次節で詳説する「朝献太清宮賦」にも「裂手中之黒簿、睨堂下之金鐘」とあって、杜甫が再度に亙って「黒簿」の語を用いているのが注意される。ただ、杜甫の「太一天尊図文」に見える北帝像は、『九幽経』の寛容な北帝像に比較して、より厳格なものであったようである。

さて、「太一天尊図文」の第二段の冒頭には、「已而左玄之属吏、三洞弟子某、進曰、云々」と述べる。「左玄の属吏」の「属吏」とは、下役のこと。三洞弟子については、『詳注』では、「『霊宝経目序』元嘉十四年、三洞弟子陸修静、敬示諸道流、云々」と引用しているのが的確、三洞説はこの陸修静に始まる。「左玄の属吏」については次節で、更に立ち入って考察する。

第四節　太清宮・玄元皇帝廟

唐の玄宗は天宝二年（七四三）三月に西京（長安）の玄元廟（宮）を改めて太清宮とした。太清宮の名称はここに始まる。この時、東都（洛陽）の玄元廟は太微宮に、諸州の玄元廟は紫極宮に改められた。また、この年の九月には老子降誕の地と伝える譙郡の紫極宮を長安に準じて太清宮とした。

さて、天宝十年（七五一）作の「朝献太清宮賦」（『杜工部集』巻十九）は先に述べた「太一天尊図文」とともに杜甫の散文の中では極めて道教色の強い作品である。この「朝献太清宮賦」は、仇兆鰲の『詳注』では、九段に分ける。まず、その第八段を見てみよう。

天師張道陵等、洎左玄君者、前千二百官吏、謁而進曰、今王巨唐、帝之苗裔、坤之紀綱、土配君服、宮尊臣商、起数得統、特立中央、（中略）臣道陵等、試本之於青簡、探之於縹囊、列聖有差、夫子聞斯於老氏、好問自久、宰我同科於季康、取撥乱反正、乃此其所長。

ここで、「今王巨唐、帝之苗裔」と言うのは、唐の皇室が帝、即ち玄元皇帝の子孫であることを述べる、あからさまな老子信仰の表明である。郭沫若氏は、「杜甫在《太清宮賦》中大捧而特捧其〝天師張道陵〟、説什麼〝列聖有差、夫子（孔丘）聞斯於老氏〟」（郭氏前掲著参照）とこの「朝献太清宮賦」の第八段に「天師張道陵等」「臣道陵等」と二度出てくる「張道陵」に注目しているが、二つの作品に先に見た「太一」とともに姿を見せる「左玄君」は興味深い存在である。即ち「朝献太清宮賦」には、「天師張道陵等、洎左玄君者」とあり、「太一天尊図文」には、「已而『左玄』之属吏、云々」と見える「左玄君」「左玄」は注目すべき存在なのである。これは深澤一幸氏も指摘されるように「左玄真人」であると見られるが、深澤氏はそれ以上の深い追及はされない。しかし、この「左玄真人」が登場する道教経典として注目すべきなのは、『太玄真一本際経』ではないだろうか。

周知のように、『太玄真一本際経』は、隋代に成立し、唐代に大流行した道教経典である。この経典が道教重玄派の手によって制作されたことについては嘗て論じたところである。杜甫の人生の真っ只中、天宝時代の初（七四二頃）に、道教を特に尊崇した玄宗皇帝が天下の諸道観において、「令天下諸観、転本際仙経、逮至今秋、果聞有歳、自非大聖昭応、孰臻於此、宜令天下道士及女道士等、待至今歳転経訖、各於当観設斎慶讃、仍取来年正月一日至年終已来、依前転本際経、兼令講説、其所設斎度慶、亦宜準此、庶使遠近蒙福、知朕意焉」（『全唐文新編』巻三十一）と『本際経』を転じさせたのは、唐代道教史に冠たる事実である。『本際経』の完書は宋初には既に散逸していたと見られるが、敦煌文書には多数の残巻を止めており、その全十巻のほぼ全容が知られている。この『本際経』では巻一の冒頭近くに「左玄真人」が登場する。「有一弟子、左玄真人、名曰法解、即従座起、前進作礼、五体投地、一心正念、上白天尊言、云々」（P二四六七、『諸経要略妙義』に引く『本際経』巻一の経文）と。こうして、『本際経』巻一ではこれから左玄真人の活躍が続くのであるから、左玄真人は『本際経』では、真に重要な役割を与えられていると言って良い。更に言えば、『本際経』巻七にも、左玄真人は「於是天尊、即勅左玄真人、授霊宝五文赤書飛天尊経」（P二四三七）とまた出現しているのである。次に張道陵は『本際経』巻三の冒頭に「三天大法師正一真人張道陵、時遊繁陽大治、静処閑堂」（P二七九五）と登場し、巻四においても引き続き活躍を見せる。そして、巻四では、「於是此土太上道君、告〔豆〕子明等、善哉善哉、汝師道陵、善達深奥、於无量劫、久已成道、安住无為、登太一位」（P二八〇六）と当面の張道陵が修行の結果「太一」の位を獲得したと説いてみせる。そして、この『太玄真一本際経』巻四では、経名の「真一」と「太一」とを「円一切智、故名真一、煩悩尽処、名曰无為、昇玄入无、故称太一、細无不入、大无不苞、高勝莫先、強名為大、太即大也、通達无导、故名為太、独歩无侶、无等等故、故称為一、是究竟処、故言太一」と道教重玄派の経典独特の語り口で関連づけてもいるのである。

次に「朝献太清宮賦」の第三段には面白い描写がある。

於是翠蕤俄的、藻藉舒就、祝融擲火以焚香、渓女捧盤而盥漱、羣有司之望幸、弁名物之難究、瓊漿自間於柒盛、羽客先来於介冑。

「祝融擲火以焚香、渓女捧盤而盥漱」の二句に注目しよう。この「渓女」について、『詳注』では、「李賀《緑章封事》、渓女浣花乗白雲、馮班曰、道書有十二渓女、即十二陰神、朱注、道教《霊験記》陵州天師井有十二玉女、乃地下陰神、豈玉女即渓女耶、今按、呉均《続斉諧記》有青渓神女事」と述べる。しかし、馮班の言う道書の名が不明なのは残念である。また、深澤氏は、李賀の「渓女浣花乗白雲」に関連して、宋の郭若虚の『図画見聞志』（巻二）に道士張素卿が青城山丈人観において「五嶽・四瀆・十二渓女等を画」いた記事のあることを取り上げられている。(6) しかし、やはり、残念ながらその道教経典の名称を突き止められてはいない。ところが、当面の『本際経』巻一を見ると「即与五岳四瀆、山水霊祇、風師雨師、雷師電師、九江水帝、十二渓女、浮雲使者、四洲九谷君、小玄明君、河上真人、海中玉女、湖中玉女、千二百官君、将軍騎吏、一時厳装、往到其国」（P三三七一）とあるように、ここに「十二渓女」のことが判然と見えているのである。恐らく、杜甫の典故は『本際経』なのであろう。

更に宋の『太平御覧』には、「本際経曰、元始上尊、在長楽舎、宝飾高座、雖在座形、不障於物、人所往来、亦無隔礙、復有小琉璃座、行列両辺、悉高五尺」（巻六七七）と述べている。このうち、「雖在座形、不障於物、人所往来、亦無隔礙」は、『諸経要略妙義』（P二四六七）に引く『本際経』巻一の経文「雖有座形、不郭於物、人衆往来、无所隔导」と異同はあるもののほぼ合致するから、先の『太平御覧』の引用は『本際経』巻一のものであろう。元始上尊は、即ち元始天尊である。そして、この元始天尊が「在長楽舎」とされているところに注目したい。「長楽舎」の語は、「悉皆来会長楽舎中」「来長楽舎、詣天尊所」と『本際経』巻一にしばしば登場するこの巻の個性的な言葉である。

さて、「朝献太清宮賦」では、冒頭の第一段で次のように述べている。

冬十有一月、天子既納処士之議、承漢継周、革弊用吉、勒崇揚休、明年孟陬、将攄大礼以相籍、越彝倫而莫儔、歴良辰而戒吉、分祀事而孔修、営室主夫宗廟、乗輿備乎冕裘、甲子王以昧爽、春寒薄而清浮、虚閶闔、逗蚩尤、張猛馬、出騰虬、捎熒惑、堕旄頭、風伯扶道、雷公挟輈、通天台之双闕、警溟漲之十洲、浩劫礌砢、万山颼飀、欻臻於長楽之舎、嵬入於崑崙之丘。

と。この第一段の末尾に太清宮を喩えて「欻臻於長楽之舎、嵬入於崑崙之丘」と述べるが、この「長楽之舎」は『本際経』巻一の「長楽舎」に基づくのであろう。『詳注』では、『漢武故事』に「上起建章・未央・長楽三宮、皆輦道相属、懸棟飛閣、不由径路」を引用しているが、ここはそうではあるまい。即ち、この第一段の結びは玄宗と楊貴妃が

「長楽之舎」に還る道教の最高神である元始天尊と「崑崙之丘」に帰る仙女の代表である西王母に見立てられていると認められるのである。杜甫は玄宗の愛好する『本際経』の一端を「朝献太清宮賦」に盛り込むことによって、皇帝の歓心を買おうと考えたのであろう。

因みに大淵忍爾氏は、『敦煌道経目録編』の『本際経』巻一に関するところで、首尾残訣のスタイン文書『本際経』巻一（S六〇二七）に関して次のような指摘をしている。(7)「なおこの前半部は列字十八、太上洞玄霊宝天尊名巻上の一部と同文で、しかもこの経の中には『太玄真一九光瓊章七宝之座』なる語もあり、本経と本際経との間に密接な関係の存することを示している」と。その列字十八、『太上洞玄霊宝天尊名巻上』の劈頭には、「是時元始天尊、七月十五日、於西那玉（王）国、鬱察山、浮羅之岳、長桑林中、度一切人民、天尊与諸弟子、真□上聖、及諸天帝、天龍鬼神、雑類人等、倶還長楽舎中」と綴られている。

杜甫は「朝献太清宮賦」には、「太一奉引、庖犠左右」と述べ、また、「封西岳賦」（『杜工部集』巻十九）でも「於是太一抱式、玄冥司直」と語って、前節で述べたように「太一」信仰に深い関心を抱いていたことを露わにしている。しかし、その杜甫が『本際経』をこの賦の制作に際して利用したのは、やはり、老子信仰と関わるのであろう。

杜甫と老子信仰との関わりを示す詩には開元末年に詠じられた「冬日洛城北謁玄元皇帝廟」（『杜工部集』巻九）があるが、「封西岳賦」の序では、「況行在、供給蕭然、煩費或至、作歌有慙於従官、誅求坐殺於長吏、甚非主上執玄祖醇濃之道、端拱御蒼生之意」と「玄祖」即ち老子の醇濃（手厚い）の道を取り上げ、また、末尾の近くでも「矧乎殊方奔走、万国皆至、玄元従助、清廟歔欷也」と玄元皇帝、即ち老子に触れており、全体として老子尊重の態度を持している。この杜甫が「朝献太清宮賦」において「太清宮」の賞讃に当たって『本際経』を用いているのは、『老子』第一章の「玄之又玄、衆妙之門」の奥義が、『本際経』巻一の最初の偈で「将示重玄義、開発衆妙門」と重玄の義として発揚されているからなのであろう。(8)

結　語

多岐に亙った行論を反復するのは避けて、ここでは、重要と考える結論のみ確認しておこう。第一点は、杜甫は、道教重玄派の代表経典である『本際経』を読み、詩文の典故として利用していたことを実証したことである。これは、道教研究にとっても、杜甫研究にとっても重要な結論であろう。第二点は、杜甫が「太清宮」の賞讃に当たって『本際経』を用いているのは、『老子』第一章の「玄之又玄、衆妙之門」の奥義が、『本際経』巻一の最初の偈で、「将示重玄義、開発衆妙門」と重玄の義として発揚されているからなのであると推定したことである。これは『本際経』という経典の性格を考える上で忘れてはならないことであり、また、玄宗の『老子注』の内容とも関わるのである。第三点は、「朝献太清宮賦」の典故の一つが『本際経』であることが確認されたため、この賦の第一段の結びは玄宗と楊貴妃が「長楽之舎」に還る道教の最高神である元始天尊と「崑崙之丘」に帰る仙女の代表である西王母に見立てられているとの結論を得たことである。これは、杜甫の楊貴妃観を窺う好個の資料でもあろう。

注

杜甫の詩文の底本は『続古逸叢書』に収録されている王洙撰の宋本『杜工部集』とし、仇兆鰲『杜詩詳注』、また、『銭注杜詩』即ち、銭謙益の箋注及び鈴木虎雄、吉川幸次郎氏の著作等を参照した。

（1）戸崎哲彦氏「同時代人の見た楊貴妃」（『中国文学報』第四三冊、一九九一）参照。

（2）遊佐昇氏「太一救苦天尊信仰について」（『東方宗教』第七三号、一九八九）参照。

（3）吉岡義豊氏『道教と仏教第二』豊島書房、一九七〇参照。

（4）砂山稔『隋唐道教思想史研究』及び「再び道教重玄派を論ず」（『東方宗教』九六号、二〇〇〇）参照。
（5）道蔵本『九幽経』。『九幽経』については第三章「『九幽経』小攷」参照。
（6）『図画見聞志』巻二には「道士張素卿、簡州人（中略）嘗於青城山丈人観、画五岳四瀆十二渓女等」とある。
（7）呉其昱氏『太玄真一本際妙経』Centre National de la Recherche Scientifique 一九六〇、大淵忍爾氏『敦煌道経目録編』福武書店、一九七八、『敦煌道経図録編』福武書店、一九七九、山田俊氏『唐初道教思想史研究』平楽寺書店、一九九九参照。但し、『太上洞玄霊宝天尊名巻上』が「巻上」とある限り上下二巻か上中下三巻が完書とみられるので、『本際経』とは別の経典であろう。だが、大淵氏も指摘するように両経典は近縁の関係にあり、『本際経』巻一の冒頭部分と『太上洞玄霊宝天尊名巻上』の冒頭部分が符合する蓋然性はあると見られる。因みに序章補遺で取り上げた雍州文書（ＢＤ一二一九）には、「本際経云、元始天尊、在長楽舎中、鶱木之下、説三善行戒、受左玄真人」なる『本際経』巻一のものと思われる引用文がある。
（8）砂山稔注（4）著の『本際経』について述べた部分を参照されたい。

第三章　『九幽経』小攷——初唐における道教の代表的救済経典——

序　言

碩学澤田瑞穂氏は『地獄変』（増訂版）で道教の「九幽地獄」について次のように述べる。「仏教の地獄は上下無数の層をなして重なると考えられているが、道教では新趣向として五行の方位に配した九方の地獄を説く、これを九幽地獄という」と。「九幽地獄」は、「地獄」という考えでは仏教に類似しながらも、道教側が独自色を出したものと指摘されているのであろう。(1) 唐代にはこの「九幽地獄」からの救済を説く代表経典として『九幽経』と略称される道教経典が誕生した。また、敦煌本の中には『太上九真妙戒金籙度命九幽抜罪妙経』（S九五七）が残存し、そこには、風雷・火翳・金剛・溟泠・普掠・銅柱・屠割・火車・鑊湯の「九幽地獄」の内実が克明に描写されて、「九幽地獄」の思想が唐代に流行した様子を今に伝えている。小論は、従来から興味は持たれながらも必ずしも充分には考察されて来なかった『九幽経』に関する全面的な解明を目指したものである。

第一節　『九幽経』と唐宋における流伝

さて、『九幽経』と単に称する道教経典は、現在の道蔵には収録されてないが、唐末五代の碩学道士である杜光庭の『道教霊験記』巻十二に、「杜简州九幽抜罪経験」があり、『九幽抜罪経』の霊験譚が次のように語られている。

京兆杜武、為成都右職、清正公直、衆所推仰、因有微恙、請告数日、其家私召巫者看之、巫者曰、有一人少年、偏身有血、云、是杜公之弟、不得其終、死於他所、無人祭祀〔杞〕、常有所恨、故令職位不遷、所為多滞爾、家人以此事白之、武知其非謬、曰、我弟出外多年、不知存歿、尋常祭饗、未欲与其列位、恐其在耳、今既知之、所説形状年幾・第行小字、果不虚矣、為其悲愴久之、復令巫者問之、有何所要、答云、歳月已多、不要更依俗中之礼、但請一道流転金籙妙戒九幽抜罪経九遍、作符焚之、即有所詣、不復来矣、我去之後、訟責既無、兄当立遷劇職、作両任刺史、於是召得道士古嵩華、求此経置道場、転読百二十巻、設斎表祝、焚衣服銭帛、既畢、巫者為達感謝而去、月餘、武遷府城使、尋授簡州刺史、秩満、復載領簡州、古師因為写百餘本九幽経、行於奉道之家、勧其持奉矣。

ここで、杜光庭の『道教霊験記』が、『九幽抜罪経』を判然と『九幽経』としていることが大いに注目される。また、『道教霊験記』の叙述では、杜武の活躍の時代が不明であるが、南宋の王象之の著作である『輿地紀勝』の成都府路の簡州の条には次のような記事がある。

唐益州を分け、復た簡州を置く。〈(割注) 新旧唐志、武徳二年（六一九）に在り〉また改めて陽安郡と為す。〈(割注) 天宝元年（七四二）〉復た簡州と為す。〈(割注) 乾元元年（七五八）〉号して清化軍と為す。〈(割注) 図経、中和元年（八八一）に在り、杜武を以て軍使と為す〉唐末王氏その地を有つ。〈(割注) 通鑑、昭宗大順元年（八九〇）、簡州の将杜有遷、王建に降る〉（巻一四五）

簡州は益州を割いて置かれた州で、先の『九幽抜罪経』の霊験譚も酆都と縁のある四川のことである点にも注意を払うべきであるが、『輿地紀勝』のこの記述により杜簡州、即ち杜武が中和元年頃に活躍した人物であったことも知られるのである。従って、杜武は杜光庭（八五〇―九三三）とほぼ同時代の人で、この時代に『九幽経』が死者救済の経典として実際に活用されていたことを知るのである。

ところで、敦煌文書の中のスタイン文書九五七は『太上九真妙戒金籙度命九幽抜罪妙経』の首題を持っている。経題から推してこれが即ち杜光庭の言う『九幽抜罪経』であり、つまりは『九幽経』なのだと考えられる。

そして、既に吉岡義豊氏も指摘されているように敦煌本『太上九真妙戒金籙度命九幽抜罪妙経』は、現行道蔵の『太上九真妙戒金籙度命抜罪妙経』と合致し、敦煌本は多少の残欠はありながらも、首題を含め道蔵本の前半に相当する部分を今に存している有力なテクストである。[2] そこで、以下の行論では、敦煌本を参照しつつ道蔵本を底本として『九幽経』の引用を行うこととする。

次に、宋初の類書である『太平御覧』には、次のような『九幽経』の引用がある。①「九幽経に曰く、帝尊　三元宮中に在りて、図籙を惣校す。又曰く、善功　名を黄籙に注し、金格玉簡、三清四極に陳列す」（巻六七六、道部十八、簡章）②「九幽経に曰く、帝尊　九清妙境三元宮中に在りて、三気の華なる宝雲玉座に御し、図籙を惣校し、諸苦を抜済す」（巻六七七、道部十九、几案）と。

『九幽抜罪経』は、冒頭次のように述べている。

　爾の時　元始天尊、九清妙境三元宮中に在り、三炁の華なる宝雲玉座に御す、（中略）十方來衆（中略）天尊を朝讃す、〔天尊は〕図籙を総校して、諸苦を抜度す、時に三元上宮、光明照耀、太空に洞朗し、霊都紫微、十方に輝映す、下　無極境界長夜九幽地獄の中に及び、善悪の命根、光中に煥然たり、一切の玄司、照耀せざるなし、一一の天宮、みな見《あらわ》る、元始天尊、諸の大衆と、至妙を敷弘し、人天を開化す、善功を標記し、名を黄籙に注し、金格玉簡、三清に陳列す。（第一紙）

『太平御覧』の二箇条に亙る引用は抜粋であり、元始天尊を「帝尊」とし、「四極」の衍字があるが、『九幽抜罪経』の冒頭部分とよく合致するから、『太平御覧』の編纂された宋初においても、杜光庭が活躍した唐末五代と同様に『九幽抜罪経』が『九幽経』として通行していたと見られるのである。先に掲げた冒頭部分だけではなく、『九幽抜罪経』の随所に「九幽地獄」のことが説かれており、この経典が『九幽経』と呼ばれるに相応しい内容を備えていることは、以下に縷々論証して行くことになろう。

次に南宋の李昌齢の『太上感応篇伝』（一一七〇年頃成立）では、巻二十六の「違逆上命」の伝において「伝に曰く、いわゆる上とは、君父なり、やや勤敬を失えば、即ち違逆なり、九幽抜罪経の地獄〔経〕を教化するの説を聞かざるか、九幽経に云う、昔　普掠獄中に、諸の罪人あり、刀山の中を駆け上る、一人あり鋒を践み刃を履みて、了に苦しむところなし、北帝これを異とす、天尊曰く、此の人　生前、曾て九真妙戒救苦真符を受く、吾故に神力を以て覆護す、一は敬譲　父母を孝養す、二は克勤　君主に忠なり、三は不殺　慈もて衆生を救う、四は不淫　身を正し物を処す、五は不盗　義を推し己を損ず、六は嗔りて兇怒もて人を凌がず、七は詐り諂いて善を賊害せず、八は驕傲もて至真を忽かにせず、九は不二　戒を奉ずること専一にす、此れ道家の説なり」と述べる。ここでは、戒律の一と二の順序が入れ替わっているが、『九幽経』の後述する九真妙戒の記述を襲っているのである。

また、同じ南宋の蔣叔輿の編である『无上黄籙大斎立成儀』巻二十四の「九獄神灯儀」では、東方風雷地獄主者・南方火翳地獄主者・西方金剛地獄主者・北方溟泠地獄主者・東北方鑊湯地獄主者・東南方銅柱地獄主者・西南方屠割地獄主者・西北方火車地獄主者・中央普掠地獄主者の九幽地獄主者の名を記載し、また、九幽抜罪天尊の名を掲げた後、「九幽の東、風雷獄という、飛戈飄戟、罪人に衝突す、云々」と述べる。この「飛戈飄戟、罪人に衝突す」は、第三節で述べるように風雷地獄に関する『九幽経』の記述を襲ったものであり、以下やや順序を換えて銅柱・火翳・屠割・金剛・火車・溟泠・鑊湯・普掠地獄について述べられているところも同様である。また、『无上黄籙大斎立成儀』巻十二などには、『太上霊宝九真妙戒金籙九幽抜罪妙経』の名が掲げられているが、これが即ち、当面の『九幽経』なのであろう。

それでは、次に、道教重玄派の劉無待と『大献経』、『九幽経』について考察して行こう。

第二節　三元と九幽

周知のように初唐の僧侶である玄嶷の『甄正論』に次のように述べられている。

本際五巻の如きに至りては、乃ち是れ隋の道士劉進喜造り、道士李仲卿十巻に続成す。並びに仏経を模写して、罪福を潜偸し、因果を搆架して、仏法を参乱す。唐より以来、即ち益州の道士黎興・澧洲の道士方長あり、共に海空経十巻を造る。道士李栄また洗浴経を造りて、以て温室に対す、道士劉無待また大献経を造りて、以て盂蘭盆に擬し、幷びに九幽経を造りて、将に罪福報応に類せんとす。自余の大部帙にあらざるは、偽なる者勝げて計うべからず。（巻下）

この『九幽経』、『大献経』に関しては、夙に吉岡義豊氏に見解がある。それに依れば、『九幽経』は、則天武后時代には良く知られていた経典で、その内容は『大献経』に類似すると言われ、その『大献経』については、『大献経』と言うのは略称であり、詳しくは現行道蔵に収録される『太上洞玄霊宝三元玉京玄都大献経』（道蔵本と呼ぶ）、もしくは、スタイン文書三〇六一号の敦煌本『太上洞玄霊宝中元玉京玄都大献経』とも呼ばれるものである。この中元施食を説く根本経典の原初の姿は、敦煌本であり、道蔵本はこれに上元、下元についての説明が若干増添されている。そして、道蔵本では一段ごとに義釈がついているが、それは道経としては珍しく、かつ、その義釈の方法が成玄英の『老子道徳経開題序訣義疏』と軌を一にしている。この点から見ると、道蔵本は初唐の成玄英の頃の彼と同学派の道士によって作成せられたものと推定し得る、或いは、その人物を劉無待に比擬できるかも知れないとされる。(3)

以上、吉岡氏の、『九幽経』『大献経』に関する所論を要約したのであるが、ここで言われる成玄英と同学派と言うのが既に指摘したように道教重玄派であり、かつ疏釈（以下疏釈の部分は『大献経疏』と呼ぶ）には、

大聖天尊、智　空有に周し、位　寰極を過ぎ、道　大羅を貫く。衆妙の門を闢き、重玄の境を洞《さと》る。（『大献経疏』第一紙）

と重玄の語も見えるのである。また、疏釈の冒頭には、「妙本」の語が登場するが、これもまた成玄英の思想世界の重要概念である。

若し夫れ至人　妙本、万象の先に出で、大聖　深源、六合の外に超ゆ。（『大献経疏』第一紙）

更に、この疏釈には、この外にも、明白に成玄英の所説を踏襲する部分がある。それは「経」の字義の解釈を述べる次の部分である。

尋三洞真文、七部玄教、討其題目、僉号曰経、是知経者法教之総名、至人之洪範、経之為美、其大矣哉、蓋群品之舟航者也（中略）第一訓由者、言三代天尊、十方衆聖、莫不因由経戒而得成道、故曰由也、第二訓径者、能開通万物、導達四生、作学者之津梁、実修真之要径、故曰径也、第三訓法者、言能為旨趣玄妙、所致精微、可以軌則蒼生、楷模衆聖、故曰法也、第四訓常者、言非但妙理深遠、湛寂凝然、抑亦三代法王不刊之術、具斯四義、故得称経。（『大献経疏』第四―五紙）

因みに成玄英の『老子開題』の「釈経」の部分を次に示す。

第二釈経者、尋三洞尊文、七部玄教、討其題目、僉号曰経、是知経者法教之惣名、至人之洪範、経之為義、大矣哉、蓋群品之舟航者也、（中略）第一訓由者、言三世天尊、十方太上、莫不因由此経而得成道、第二訓径者、言能開通万物、導達四生、作学者之津梁、寔修真之要径、第三訓法者、旨趣玄妙、能所精微、可以軌則蒼生、楷模衆聖也、第四訓常者、言非但理致深遠、湛寂凝然、抑亦万代百王不刊之術、具斯四義、故称為経也。（『老子開題』）

このように『大献経疏』の「経」の字義の解釈は、多少の文字の出入はあるものの成玄英の『老子開題』の解釈を全く踏襲しているのである。(4) 因みに強昱氏の「成玄英李栄著述行年考」によれば、韋述の『両京新記』には、「垂拱

（六八五—六八八）中、道士成玄英あり、言論に長じ、荘〔疾〕老数部を著わし、時に行われるなり」（巻三）とあるが、[5]劉無待は同じ学派のものとして成玄英の説を忠実に継承したものであろう。

この劉無待は七〇〇年頃の成立とされる玄嶷の『甄正論』に唐代の道士として登場する外には、『旧唐書』『新唐書』に依れば、『同光子』なる著作があったと云う。

同光子八巻　劉無待撰　侯儼注（『旧唐書』巻四十七）

劉無待同光子八巻　侯儼注（『新唐書』巻五十九）

さて、『大献経』は、道教における最も重要な祭日である三元日における死者の救済を説く経典であり、その間の事情は、『大献経疏』には、次のように説明されている。

言うところの三元とは、正月十五日を上元と為す、即ち天官検勾す、七月十五日を中元と為す、即ち地官検勾す、十月十五日を下元と為す、即ち水官検勾す。（第三紙）

大献とは、此の経　人天を普校し、玄都に倣い学ぶ、大献の法は、一切の亡霊を抜贖し、願行　該広なり、故に大献と称す。（第四紙）

『大献経疏』には、また、「九幽とは、九幽地獄なり」（第二十一紙）の語が見えるが、これは『大献経疏』と『九幽経』との連絡を示すものであろう。つまり、先の「大献の法」によって救済を待っている亡霊は九幽地獄にいるのである。従って、『大献経』では地獄にいる人を救済する「時」について述べ、『九幽経』は救済されるべき人がいる「場所」を示しており、二つの経典は互いに深い関連を持っているのである。吉岡氏が『九幽経』の内容と『大献経』と類似すると言われたのはその意味であろう。

因みに『甄正論』に云う「道士劉無待（中略）幷びに九幽経を造りて、将に罪福報応に類せんとす」の「罪福報応」に関して言えば、仏教経典である『罪福報応経』に説く五道輪転の思想や、[6]『九幽経』に説く九幽地獄への沈淪とそこからの救済を含む、より幅広い罪福の報応を考えてよいのではなかろうか。その点からすれば、『大献経疏』に「中元は生死の簿を主どり、一切地獄囚徒の罪福の事と風刀の考を録す」（第二十八紙）という表現があることも参考になるのである。

三元と九幽との関連で言えば、『九幽経』の冒頭には、「爾の時　元始天尊、九清妙境三元宮中に在り、三炁の華なる宝雲玉座に御す」（第一紙）とあり、元始天尊が三元宮に居るとされていることが先ず目を惹こう。これは『九幽経』では「三元」が強く意識されていた証左である。

因みに道蔵に収録される『太上慈悲道場滅罪水懺』は、この三元と九幽の関係を体現したような経典で、その巻上には、「毎年三元の日、三元の官属、三界十方の四司五帝・善悪童子・一切霊官と、金闕元始の御前に上朝し、男女生死の籍・罪福因縁、及び九幽地獄水府の窮魂の姓名業簿を考校す」と述べられ、上巻は上元の日に、中巻は中元の日に、下巻は下元の日に当てられている。この経典には、また九幽抜罪天尊や海空弁恵天尊の名も見えることが注目されよう。

ところで、『九幽経』では、九幽地獄からの救済のための「九幽大斎」の必要を頻りに説く。

その中に此の一人あるを頼む、生存の時、曾て九幽大斎を立て、金籙白簡九真妙戒を受持し、名を金格に標し、字を玉清に列す、徳重く功高くして、上界に感通す。（第五紙）

天尊また曰く、若し国土あり、兵災息まず、疫毒流行す、是れ其の国主后妃、太子王公、及び兆庶まで、また当に九幽大斎を修設し、おのおの九真妙戒金籙宝符を受持すれば、兵災静息し、妖悪自ら屏く、天人称悦し、国の太平を祈ぶ。（第七紙）

夫妻男女、門人同学、当に亡人の為に、九幽大斎を立て、名を白簡に書かるべし、九真妙戒を受くが為に、黒簿を焼除さる、彼の諸の罪人、時に応じて解脱し、魂は九天に上り、因縁輪転して、九宮真人と為るを得。（第八

紙）

国主から庶民まで、ここで説かれる九幽大斎の功徳は誠に大なるものがある。

ところで、道教重玄派の孟安排の手になる『道教義枢』では、所謂三籙七品の斎について次のように説いている。

三籙とは、一は、金籙斎、上　天災を消し、帝王を保鎮す、二は、玉籙斎、人民を救度し、福を請い過を謝す、三は、黄籙斎、下　地獄九玄の苦を抜く、七品とは、一は、三皇斎、仙を求め国を保つ、二は、自然斎、真を修め道を学ぶ、三は、上清斎、虚に昇り妙に入る、四は、指教斎、災を禳い疾を救う、五は、塗炭斎、過を悔い命を請う、六は、明真斎、九幽の魂を抜く、七は、三元斎、三官の罪を謝す。（巻二）

この『道教義枢』について、王宗昱氏は、明人葉盛〈成化十年（一四六四）五十五歳で没〉の『菉竹堂書目』に至って初めて著録のあることを言うが、[7]『永楽大典』（一四〇七年完成）の巻二〇三〇九には、「道教義枢三一　道書の義に曰く、三一とは、蓋し希夷の奥賾〔頤〕、神気の枢機なり、智用うれば則ち事並びに形あり、会帰すれば則ち趣無物に同じ、此れその致なり、洞神経三寰訣に云う、一〔三〕とは、精神気なり、云々」と、現行道蔵本の巻五「三一義」の全文に当たるものが引用されている。

さて、先の七品の斎の内、その六番目の明真斎には、九幽の魂の救済が説かれているが、こうした考えは魏晋南北朝時代から勿論存在した。「九幽」の語の早期の例は劉宋の謝荘の「朝臣の為に雍州刺史袁顗に与うるの書」なる文の「徳　九幽に洞《とお》り、功　三曜を貫く」（『全宋文』巻三十五）とされる。そして、同時代の陸修静の『霊宝五感文』には、洞玄霊宝の斎として、黄籙斎、明真斎、三元斎、八節斎等を連ねるが、神塚氏はこれら四つの斎が、九幽の魂を救済するものとしている。[8]また、霊宝経の中には、『洞玄霊宝長夜之府玉匱九幽明真科』があって、「七祖立ちどころに九幽長夜の中に開度して、上　天堂に昇るを得」と言うから、とりわけ明真斎は九幽の魂の救済を特徴とするものであったのであろう。劉無待の『九幽経』はこうした霊宝経の流れを踏まえて作成されたものである。

因みに、杜光庭の『太上黄籙斎儀』の巻五十六「礼灯」の項では、前半で、主に『上元金籙簡文真仙品』を用いて、「上元金籙簡文真仙品に曰く、然灯の威儀は、帝王国主の為に、上　天災を銷し、天の分度を正す、下　兆庶を安んじ、存亡を済抜す、当に九幽神灯を然やし、上　九天の福堂を照し、下　九幽の地獄を照し、人天　恵を蒙り、生死恩を荷う」と九幽の神灯を燃やす意義などを明らかにしている。そして、後半では、「弟子某乙、九幽神灯を然やし、上　中天福堂の内を照らし、光景を朗徹し、万方に輝映す、中　中宮境域神州を照らし、妖悪潜消し、災凶殄息す、下　中央普掠の獄を照らし、諸の幽暗を破り、諸の光明を開く、剣樹　鋒を韜み、刀山　刃を息む、窮魂　考を罷め、罪魄　酸を停む、苦を離れて天に生じ、逍遙快楽す、弟子再拝す」などと『九幽経』に説く中央普掠之獄を初めとする九幽地獄に神灯を照らすことによる救済祈願の言葉が連ねられているのである。

第三節　『九幽経』・九幽地獄・北帝

さて、『九幽経』の看板は、勿論、九幽地獄について説明している部分である。「①亦見東方風雷之獄、常有黒風、震雷霹靂、飛戈飄戟、衝突罪人、分散（解）肢（支）体、穿穴五臓（蔵）、万劫受苦、不捨昼夜。②又見南方火翳之獄、有諸罪人、呑火食炭、為火所焼、頭面焦燎、頭戴（載）火山、皮膚骨肉、節節生火、万劫受苦、不捨昼夜。③又見西方金剛之獄、有諸罪人、金槌鉄杖、乱拷無（无）数、肢（支）体爛壊、筋骨零落、鉄叉（杈）穿腹、金槌塞心、万劫受苦、不捨昼夜。④又見北方溟泠（霊）之獄、有諸罪人、沈没丘寒之池、氷戟霜刃、衝断筋骨、百毒之汁、以灌其上、五体零落、心腹破壊、万劫受苦、不捨昼夜。⑤又見中央普掠之獄、有諸罪人、身被拷掠、痛毒難忍、断筋流血、悶絶擲地、於是獄卒、方以鉄叉叉刺、令諸罪人、各各巡上刀山剣樹、八達交風、吹樹低昂、足履（落）刀山、掛身剣鍔、万劫受苦、不捨昼夜。⑥又見東南方銅柱之獄、有諸罪人、身上銅柱、大火猛焰、令諸罪人、手抱足登（蹬）、表裏焦爛、腹背膿潰、万劫受苦、不捨昼夜。⑦又見西南方屠割之獄、有諸罪人、身被倒（到）懸、刀剣割体、四肢（支）筋脈、皮膚五臓（蔵）、皆有刀刃割切、其中罪人、血流満地、非可堪忍、万劫受苦、不捨昼夜。⑧又見西北方火車之獄、有諸罪人、五車裂体、四肢（支）分散、或身処火車、東西南北（随車東西）、一一車輪、皆有刀刃、随輪運転、割切罪人、加諸猛火、焼炙焦爛、万劫受苦、不捨昼夜。⑨又見東北方鑊湯之獄、有諸罪人、身被鉄叉、叉入鑊湯、五体煮潰、四肢（支）潰爛（爛潰）、膿血臭穢、不可堪忍、万劫受苦、不捨昼夜」（第二紙―第三紙。括弧内は敦煌本の異文）と。

さて、『九幽経』が九幽地獄を詳説することは、上述の通りであるが、この『九幽経』の内容の大略については、吉岡義豊氏は、当初、次のように紹介されていた[9]。

「地獄に堕ちた一人が、地獄極重の苦も受けず、傷害も受けず、悠々としているのを見て、地獄の主である酆都北帝が不思議に思い、元始天尊にその理由をただすと、天尊は、この者は曾て九幽大斎を行い、金籙白簡九真妙戒を受持していることを説明して、そのなぞを解いている」と。これは非常に示唆に富む全体把握である。

この吉岡氏の見解を踏まえつつ、この経典の特色について考察を加えて行こう。そこで目につく特色の第一は、「九」の文化の問題であり、その中では、九真妙戒の重視、四司五帝の尊重などが挙げられる。第二は、「発道意」と「無上道」の語の見られることであり、第三は、北帝が登場し、「黒簿」の語が見られることである。

最初に「九」の重視の問題を取り上げる。九の数字は、四プラス五（或いは五プラス四）として現れる場合と単に九で示される場合とがある。

まず、経題にも含まれる「九真妙戒」が当然、最も重要なものであろう。

　ここにおいて元始天尊、復た四衆に告ぐ、汝ら諦聴せよ、静念　心に在れば、吾当に汝の為に顕かに九真妙戒を説かん、金籙白簡、受持の功徳、難を抜き苦を済い、神力思い難し、衆霊稽首し、伏して教命を受く、天尊告げて曰く、一は克勤　君主に忠なり、二は敬譲　父母を孝養す、三は不殺　慈もて衆生を救う、四は不淫　身を正し物を処す、五は不盗　義を推し己を損ず、六は嗔りて凶怒もて人を凌がず、七は詐り諂いて善を賊害せず、八は僑傲もて至真を忽かにせず、九は不二　戒を奉じること専一にす。（第五紙）

次に、四プラス五（或いは五プラス四）がこの『九幽経』で最初に登場するのが、「四司五帝」である。即ち、経の冒頭では次のように述べる。

爾の時元始天尊、九清妙境三元宮中に在り、三炁の華なる宝雲玉座に御し、騫林の下、諸の大聖、太上道君、太上老君、九皇上真、飛天大聖、妙行真人、四司五帝、天龍神鬼、無鞅数衆と、一時に同じく劫仭宝台に会す。（第一紙）

この「四司五帝」のうち、「四司」については、「司命」「司録」「司功」「司殺」を指すことが繰り返し説かれる。

五帝考官、察命童子、司命司録司功司殺。（第一紙）

三官九府、百二十曹、五帝考官、九幽地獄、巨天の力士、執領の神兵、司録司命司功司殺、牛頭獄卒、三界の大魔、亡過を抜度す。（第六紙）

四司五帝については、『大献経疏』にも次のように説く。

明らかにす　天尊　慈もて兆庶を憐む、故に神光を発す、道君　群生を愍念し、為に経法を転じ、具さに天地水官、三官九府、百二十曹、四司五帝、考録諸官に陳ぶ、おのおの三元の晨を以て、上　玄都宮内に詣り、人天の善悪を校定して、生死の簿書を分別す、あるところの善功、みな記録を蒙る、云々。（第四紙）

さて、「九」の文化について言えば、『九幽経』は、「九天」「九清」「九皇」「九府」「九塁」「九宮真人」等、「九」を名数とする概念に満たされていると言ってよい。そして、成玄英の『老子開題』では、「陸先生云う、老子初めて生じ、却行すること九歩、因りて即ち能く言う」と述べ、また、「故に八十一章、太陽の極数に象る」と言う。八十一は、九×九、即ち大なる陽数九の自乗である。そして、これが何れも老子に関する発言なのである。因みに『大献経疏』には、次のような記述がある。

苦県の君子は、即ち是れ老君の応身、玄妙玉女、左腋を割きて陳郡苦県に生む、（中略）東西南北行くこと九歩、因りて即ち能く言う、自ら李樹を指して姓と為す、天上天下、唯我独尊、即ち九龍　地より踊り出で、水を吐きて沐浴す、出龍の地、便ち九井と為す、今に至るまで見《げん》に在り。（第二十一紙）

これも老子に関する記述であり、老子を熱く信仰する重玄派にふさわしいものである。つまり、『九幽経』は、「九」の文化に執着する重玄派の気分をよく表した経典であると言える。このことは、「七」の文化を尊重する茅山派と対比を見せていよう[10]。

次に『九幽経』の末尾近くに見える「発道意」と「無上道」について考察する。

是の時北帝、及び諸の四衆、九幽の罪人、是の説を聞き已り、心開けて悟解し、おのおの善念を生じ、衆苦消釈し、身心泰然たり、皆　道意を発し、性不退転、是の時九幽黒簿、一時に焚燼す、（中略）頌曰、無上道に稽首し、元始の尊に帰心す、云々。（第九紙）

孟安排の『道教義枢』では、「道意義」において、（1）自然道意、（2）研習道意、（3）知真道意、（4）出離道意、（5）无上道意の五種道意説を叙べるが、これは、「位業義」に説く五種心、即ち、（1）発心、（2）伏道、（3）知真、（4）出離、（5）無上道の五心と同様の説であり、また、成玄英の『老子義疏』に説く五種心と重なる。成玄英は五種心について次のように説明する。「誓心多端なるも、要は五に過ぎず、一は発心、二は伏心、三は知真心、四は出離心、五は無上心なり。第一の発心とは、自然道意を発して法門に入るを謂うなり、（中略）第五の無上心とは、直ちに道果に登り、乃ち大羅に至るを謂うなり」（第二十七章）。この『道教義枢』や成玄英の『老子義疏』に説く、无上道意や無上心は、『本際経』の説く、无上自然道意と同様の内容を持つものであり、また、『道数義枢』や『老子義疏』の五種道意説、五種心の説は、『本際経』の道意説を踏まえて展開されたものである。『九幽経』の「発道意」と「無上道」の思想は、この重玄派道教の系譜に連なるものである。

次に「北帝」と「黒簿」について考察する。まず、『九幽経』の末尾近くの記述を再録する。

是の時北帝、及び諸の四衆、九幽の罪人、是の説を聞き已り、心開けて悟解し、おのおの善念を生じ、衆苦消釈し、身心泰然たり、皆道意を発し、性不退転、是の時九幽黒簿、一時に焚燼す。（第九紙）

このうち、「黒簿」は、また「悪簿」と呼ばれる。即ち、「爾の時普掠獄中、諸の罪人あり、名　黒簿に入る」（第二紙）「遂に名をして悪簿に書し、身をして九幽に没せしむ」（第五紙）「若し人　命過ぎれば、応に九幽に入りて、名黒簿に書すべし」（第八紙）「名　悪簿に書し、身　鬼官に没す」（第八紙）「夫妻男女、門人同学、当に亡人の為に、九幽大斎を立て、名を白簡に書すべし、九真妙戒を受くが為に、黒簿を焼除す、彼の諸の罪人、時に応じて解脱し、魂九天に上るべし、因縁輪転して、九宮真人と為るを得」（第八紙）とあるのなどがそれである。

このように見てくると、『九幽経』は、この死者の名簿である「黒簿」「悪簿」に記載されることが、九幽地獄に転落することであり、九幽大斎を立て、また、九真妙戒を受け、更には「道意」を発することが、この「黒簿」を焼尽させるとする経典であるとも言えよう。

そして、北帝については次のように様々に描写する。

「（救苦天尊）北帝に勅命し三官九府百二十曹、五帝考官、察命童子、司命司録司功司殺（中略）みな九幽地獄の中に集まり同じく教戒を稟く」（第一―二紙）「爾の時　酆都北帝及び諸の鬼官、みなみな震悚して、おのおの是の念を作す」（第二紙）「爾の時　九幽地獄の衆生、是の北帝の広く啓請を為すを聞き、心　悔過を生じ、抜罪を願い求む、声を挙げて悲叫し、響　梵天に振う」（第四紙）「爾の時　北帝、心大いに驚怖し、稽首礼謝して、上　天尊に白す」（第二紙）「爾の時　北帝、是の説を聞き已り、心大いに歓喜し、踴躍に勝えず、尊顔を瞻仰して、頌を作して曰く、善いかな元始の尊、衆生の慈父母、光を紫微宮に傾け、曲さに九幽の戸に映ず、云々」（第五紙）「爾の時　北帝、是の頌を説き已り、諸天の大衆、声を同じうして善を称し、鈞天の伎楽、万種互いに作り、幢蓋香花、一切を廕覆す」（第五紙）と。

『九幽経』では、北帝は酆都の鬼官を統率する立場であるが、また、元始天尊を奉じて九幽地獄の衆生を救済し、更に、最後は衆生とともに道意を発して、無上道を究める慈悲深い存在として描かれている。

ところで、気鋭の酒井規史氏は、『太上元始天尊説北帝伏魔神呪妙経』巻六に、『太上九真妙戒金籙度命抜罪妙経』が組み込まれていることを指摘され、酒井氏の所謂『抜罪妙経』に敦煌本（スタイン九五七号）、道蔵本、道蔵輯要本、太上元始天尊説北帝伏魔神呪妙経・巻六の四つのテキストがあることを述べられる。酒井氏の主張されるところは、『抜罪妙経』が『九幽経』ではないとすることである。(11)

しかしながら、既に取り上げたように敦煌本は、『太上九真妙戒金籙度命九幽抜罪妙経』なる首題であって、他の諸本のように「九幽」を脱してはいないのである。そこで翻って考えると、『太上九真妙戒金籙度命九幽抜罪妙経』は、北帝信仰をメインとする『太上元始天尊説北帝伏魔神呪妙経』の巻六に組み込まれるに当たって、本来の経典の主旨を表す「九幽」の語が経題から消滅させられ、それが現行本の道蔵や道蔵輯要の経題にも反映しているのではなかろうか。

勿論、『九幽経』が北帝信仰をメインとする『太上元始天尊説北帝伏魔神呪妙経』の巻六に組み込まれることになったのは、そこに唐代道教において出色の北帝像が描かれていることに起因すると思われるのである。

第四節　『九幽経』と『太上慈悲道場消災九幽懺』

ここでは、茅山派の第十三代の宗師である李含光（六八三―七六九）の序が付される『太上慈悲道場消災九幽懺』十巻について考察する。この著作の成立年代について吉岡氏は次のように指摘している。「李含光の序文であるが、これを認めることになると、道教の九幽懺十巻は大約唐玄宗の末年頃（七五六頃……筆者）には出世していた、ということになる。この李含光の序文を強いて否定する根拠はなさそうである」[12]と。妥当な見解であろう。

『太上慈悲道場消災九幽懺』には、『太上老君説報父母恩重経』を引用するが、この経の中には「海空智蔵」なる神格が登場し、また、『太上霊宝洪福滅罪像名経』を引用するが、この経の中にも「『太上一乗海空経』に信礼す」とも言っている[13]。これらは重玄派の『海空経』の影響下にある経典である。そして『太上慈悲道場消災九幽懺』には、しばしば「海空智蔵真人」の語が登場するから、この懺法は、茅山派が重玄派道教の教義を摂取した著作と見られる。

このことは、また、『太上慈悲道場消災九幽懺』の巻一の「叙問懺悔品第五」には、「太上是の懺法を説き、衆生を得度せしむ、云々」として、次の偈を連ねることからも窺われる。

善哉元始尊、三界所共崇、聖力不思議、智徳無等双、自然七宝座、踊現騫林中、具足有形相、無礙猶虚空、将示重玄義、開発衆妙門、了出無上道、運転大乗轅、善巧説諸法、群生普得蘇、我等聞是法、粛然心垢除、不勝情忻悦、稽首礼玉虚。

この偈は重玄派の『太玄眞一本際経』巻一のよく知られている最初の偈である。『太上慈悲道場消災九幽懺』の引用には、多少の出入もあるので、次に『太玄真一本際経』巻一のものを掲げる。

善哉元始尊、三界所共宗、神力不思議、智徳無等双、自然七宝座、踊現騫林中、具足有形相、無礙猶虚空、将示重玄義、開発衆妙門、了出無上道、運転大乗轅、善巧説諸法、不有亦不無、空仮無異相、権実固同途、道場与煩悩、究竟並無余、我等聞是法、蕭然心垢除、不勝情忻悦、稽首礼玉虚。（敦煌本ペリオ文書三三七一及び二三九二）

そして、『太上慈悲道場消災九幽懺』巻八の「懺九幽品第三」の冒頭では、「今日道場大衆人、各運心仰対慈尊、懺悔九幽地獄罪苦、懺主某摂心長跪、諦聴経言、九幽者東北方朔陰之地、九塁之下、名曰九幽地獄、其獄深沈繋閉」と述べ、次に以下のように九幽地獄を連ねる。「①東有風雷地獄、常有黒風、震雷霹靂、飛戈飄戟、衝突罪人、分解肢体、万劫受苦、不捨昼夜。②南有火翳地獄、有諸罪人、呑火食炭、為火所焼、頭面焦爛、頭戴火山、皮膚骨肉、節節生火、万劫受苦、不捨昼夜。③西有金剛地獄、有諸罪人、金鎚鉄杖、乱拷〔攷〕無数、肢体爛壊、筋骨零落、鉄叉穿腹、金鎚塞心、万劫受苦、不捨昼夜。④北有溟泠地獄、有諸罪人、沈没丘寒之池、氷戟霜刃、衝断筋骨、百毒之汁、以灌其上、五体零落、心腹破壊、万劫受苦、不捨昼夜。⑤中有普掠地獄、有諸罪人、身被拷〔攷〕掠、痛苦難忍、断筋流血、悶絶擲地、於是獄卒方以鉄叉叉刺、令諸罪人、各各巡上刀山剣樹、八達交風、吹樹低昂、足履刀山、掛身剣鍔、万劫受苦、不捨昼夜。⑥東南有銅柱地獄、大火猛焰、有諸罪人、手抱足登、表裏焦爛、腹背膿潰、万劫受苦、不捨昼夜。⑦西南有屠割地獄、有諸罪人、身被倒懸、刀剣割体、四肢筋脈、皮膚五臓、皆有刀刃、割切其身、血流満地、不可堪忍、万劫受苦、不捨昼夜。⑧西北有火車地獄、有諸罪人、五車裂体、四肢分散、或身処其中、随車東西、一切輪転、皆有鋒刃、随輪運転、割切罪人、加諸猛火、焼令焦爛、万劫受苦、不捨昼夜。⑨東北有鑊湯地獄、有諸罪人、身被鉄叉、叉入鑊中、五体煎煮、四肢爛潰、膿血臭穢、不可堪忍、万劫受苦、不捨昼夜」と。これが『九幽経』の叙述を襲っていることは明白であろう。

ところが、前述の酒井氏は、『太上慈悲道場消災九幽懺』に引用される経典は、「すくなくとも七世紀後半から八世紀のごく初期までに作られていたものとみてよさそうである」としながらも、上記の「懺九幽品第三」の引用について、「この九幽地獄の説も、何らかの経典（以下、『懺九幽品第三』の原典、と称す）から引用されていると考えられるが、

出典は不明である」とされる。(14)

しかし、酒井氏の態度は甚だ面妖で、これは、『九幽経』からの引用であると認めるべきであろう。思うに『太上慈悲道場消災九幽懺』は、『本際経』の場合と同じく、劉無待の『九幽経』を経名を明らかにしないで引用しているのであろう。このことは、盛唐時代に九幽地獄について語る最も有力な経典が『九幽抜罪経』、即ち『九幽経』であったことをよく示しているのである。

次に『太上慈悲道場消災九幽懺』の李含光の序について考察する。序では『太上慈悲道場消災九幽懺』の由来について次のように述べる。

太上慈悲道場消災九幽懺は、太極左仙公葛玄より始まる、（中略）〈葛玄〉自ら謂う大乗奥旨、以て衆生を開導し、沈溺を拯済すべしと、遂に三洞の品内に、その枢要を撮り、懺文を纂集して、当世の群生をして、悉く聞き悉く見、将来の多士をして、悟り易く行い易からしむ、無間酆都・阿鼻寒夜・三途五苦・八難九幽の沈滞せる苦魂に至りては、幽閉に遇わざらしめ、乃ち見在（存）過去未來、犯すところの新罪宿愆、冤結災難におよびては、普ねく法潤を得て、倶に正真に会わしむ。

ここでは、衆生を「無間酆都、阿鼻寒夜、三途五苦、八難九幽」から救済することが懺文纂集の目的であるとしていて、それは明快なのであるが、注目すべきは、序の冒頭の記述である。

かの赤明始めて開くを原ぬるに、雲篆　肇めて霄極に形われ、炎漢後に啓け、霊文漸く人間に布く、西蜀なれば則ち金闕の遺科、東呉なれば則ち太極の伝教、これより大有の秘笈、洞真の瓊章、張徐これを前に顕わし、陶陸これを後に敷く、師資継踵して、代《よ》よ其の人を生ぜり。

ここに言う「陶陸」とは霊宝経典の伝授に功績のあった三洞説の創唱者である劉宋の陸修静と茅山派の大成者である梁の陶弘景であり、魏晉南北朝時代の道教史では対立的な存在であったと見られる道士達である。ところがここで李含光は実にあっさりと両者を「師資」の関係にあったとしてしまっているのである。後に書かれた李渤の「真系」（『雲笈七籤』巻五）において「陶陸」の両者は茅山派の系譜に組み込まれてしまっているが、その説の淵源は、茅山派中興の祖とされる李含光の仕掛けに由来すると考えるのである。そして、李含光はそれと同時に陸修静を信奉していた道教重玄派の劉無待の『九幽経』なども『太上慈悲道場消災九幽懺』の中に包摂したのである。

さて、宋代までの『九幽経』の流伝については第一節で述べたので、以下には、元から現代までの『九幽経』に纏わる事柄について述べておこう。元初の成立とされる『霊宝領教済度金書』巻三十四の「九幽灯儀」では、「幽冥、幽陰、幽夜、幽酆、幽都、幽治（冶）、幽関、幽府、幽獄」の「九幽」地獄と『九幽経』の九幽地獄の二つのカテゴリーの九幽地獄を連ねる(15)。しかし、「九幽灯儀」の他の箇所では、例えば、「下　東方風雷地獄を照らし、飛戈　刃を停め、震雷　威を韜む」と『九幽経』の「震雷霹靂、飛戈瓢戟」を踏まえた表現が展開されており、また、『霊宝領教済度金書』巻二九七の「九天尊表」には、太乙救苦天尊、九幽抜罪天奪、逍遙快楽天尊、大錬丹界天尊、朱陵度命天尊、無量度人天尊、長生護命天尊、転輪聖王天尊、宝華円満天尊など所謂「九天尊」が列せられていることは記憶しておいてよいであろう。

また、『蔵外道書』には、ラストエンペラーの宣統元年（一九〇九）の紀年のある雲峯羽客陳仲遠の校輯という『広成儀制九幽正朝全集』が収録されている。版は酆都地獄に縁のある四川の成都にあったとされる二仙庵の蔵板である。そして、その中では冒頭に「仰翕長庚井　練胎反嬰孩　太一保命籍　南陵抜夜居」と述べた後、「九幽抜罪天尊」の名が掲げられ、次の頌が綴られる。「道自真機一貫元、道中玄妙玄更玄、経文義向赤書啓、経旨還従太古伝、師教流通開至理、師恩浩蕩徧三千、宝壇碧玉琉璃地、宝黍乾坤坤合乾」と。これも「九幽抜罪天尊」信仰の一端を示す経典であろう。

現在の台湾に目を転じると、大淵忍爾氏が『中国人の宗教儀礼』（風響社、二〇〇五）の中で、台湾の道教儀礼を述べるうちに『九幽抜罪宝懺』十巻に関する儀礼について触れられていることが注目される。そこでは大淵氏は最初に「九幽宝懺十巻の読法は三元宝懺や冥王宝懺の場合と同じ」と述べ、その「念」の「爾時　元始天尊　時遊十方世界、天上地下無所不経云々」に関して「以下の本文の部分は道蔵第三〇〇冊、太上慈悲九幽抜罪懺巻之一の本文と、天尊名に異同があり、文字に小異のある外、同文につき掲載は省略。巻二以下も同じ」と述べる。

ところで、道蔵に収録される当面の『太上慈悲九幽抜罪懺』は、その経題から見ても『九幽経』を意識した著作と見られるが、果たしてその巻八には十二の道教経典を並べる中に、『九幽経』の名が登場するのである。

曾て上清経・霊宝経・正一経・道徳経・西昇経・黄庭経・内観経・太平経・消災経・報恩経・九幽経・救苦経・及び諸経戒を読む。

そして、『太上慈悲九幽抜罪懺』は、これらの経名を掲げた後、これらの経典をおろそかにした罪について述べ、「汝ら男女、各自　心を省み、勤めて至真を奉じ、当に後果を求むべし、経懺に請礼して、福田に入らしめよ、已に亡ぶ者は早に天に生じるを得、未だ終らざる者はみな安楽を希う、諦めて聴き諦めて受け、法に依りて修行し、道の前に懺悔し、志心もて敬礼せよ」と懺悔の功徳を説くのである。

翻って、先の台湾の九幽抜罪宝懺に関する儀礼について全体の説明が終わったところで大淵氏が「九幽は澤田教授指摘の通り（「地獄変」二〇頁）、もと八方と中央の九つの地獄を指していた。早くスタイン将来敦煌文献第九五七号、金籙度命九幽抜罪妙経（道蔵第七十七冊、太上九真妙戒金籙度命抜罪妙経）には見える」（前掲著）と指摘されているのも、現代台湾の儀礼が遠く唐代の『九幽経』に来源していることに言及されたものであろう。

結語

新世紀になって、中国では王宗昱氏の『《道教義枢》研究』や陳鼓応氏主編『道家文化研究』第十九輯――「玄学与重玄学」専号――が出版されて、重玄派道教研究も新たな発展を見せているようである。ところが、日本では、隋唐時代の茅山派や重玄派の存在を否定して、正一派だけが存在したとする不可解な見方が出されている(16)。

道教重玄派は、唐代の都、長安を中心に重玄の新思潮を展開したスター道士の集団だった。筆者は本書第一部第二章において盛唐の詩人杜甫がその作品を著すに当たって重玄派道教の代表的経典である『太玄真一本際経』を踏まえていることを指摘したが、小論では、重玄派道教研究の一環として『九幽経』の考察を行い、合わせて現代までの影響について略説した。今後は前著の重玄派道教に関する研究を更に深めて行くことを表明して擱筆する。

注

(1) 澤田瑞穂『地獄変』(増訂版)平河出版社、一九九〇。なお、本章の引用は原則として書き下しとしたが、対照を事とする場合や全文を掲載したい場合などは、紙数の関係で原文のままとしたところがある。諒解されたい。
(2) 吉岡義豊『道教と仏教』第一(国書刊行会、一九八〇)「施餓鬼思想の中国的受容」参照。
(3) 吉岡義豊『道教と仏教』第二(豊島書房、一九七〇)「中元盂蘭盆の道教的考察」参照。
(4) 拙著『隋唐道教思想史研究』平河出版社、一九九〇、参照。
(5) 『道家文化研究』第十九輯、生活・読書・新知三聯書店、二〇〇二、所収。
(6) 劉宋の求那跋陀羅訳。大正新修大蔵経第十七巻所収。
(7) 王宗昱『道教義枢研究』上海文化出版社、二〇〇一、参照。

（8）神塚淑子『六朝道教思想の研究』創文社、一九九九、参照。
（9）吉岡氏注（2）論文参照。
（10）第一部第六章「仙女と仙媛」参照。
（11）酒井規史「唐代における北帝信仰の新展開――『抜罪妙経』を中心に――」（『早稲田大学大学院文学研究科紀要』第四十九輯・第一分冊、二〇〇四、所収）参照。
（12）吉岡氏注（2）論文参照。
（13）『太上霊宝洪福滅罪像名経』には、「重玄妙勝天尊」「太妙重玄天尊」等、天尊名に「重玄」の語を含む例が多く見られる。又、酒井氏注（11）論文参照。
（14）酒井氏注（11）論文参照。
（15）松本浩一「道教と宗教儀礼」（『道教』1、平河出版社、一九八三）所収参照。また、小南一郎「九幽」（『道教事典』平河出版社、一九九四）も参考にした。
（16）小林正美『唐代の道教と天師道』知泉書館、二〇〇三。

第四章　三一と守一
——『太平経』を巡る太玄派・重玄派と茅山派との関わりを包摂して——

序　言

道教最初の経典である『太平経』は、現行道蔵の太平部に五十七巻として収録され、その前後に『太平経鈔』甲乙丙丁戊己庚辛壬癸十部十巻と、『太平経複文序』一巻、『太平経聖君秘旨』一巻が付されている。

『太平経』の来歴については、周知のように『後漢書』襄楷伝に、次のように記されている。

> 初め順帝の時、瑯邪の宮崇が闕に詣って、その師の干吉が曲陽泉水のほとりで得た神書百七十巻をたてまつった。それらはすべて縹白《あおじろ》い素《きぬ》に朱い線がひかれ、青い表紙に朱い題目が書かれていたので『太平清領書』と呼ばれた。その内容は、陰陽五行によって一家言をなしていて、巫覡の雑語が多く含まれていた。有司は宮崇がたてまつった著書は妖妄不経であると上奏し、これを収蔵してしまった。しかし、後に張角は頗るその神書を保有したとのことである。（巻三十下）

因みに、初唐の章懐太子の『後漢書』の注では、この神書について「神書は即ち今の道家の太平経なり。その経は甲乙丙丁戊己庚辛壬癸を以て部となす。毎部一十七巻なり」（巻三十下）と干吉の『太平清領書』と初唐の頃の『太平経』とを同一視し、且つ『太平経』の当時の体裁について述べている。

現行の道蔵の『太平経』五十七巻は、百七十巻本の『太平経』の残巻と見られており、それは章懐太子の見た初唐のテキストに連なるものであろう。但、初唐の百七十巻本『太平経』は、六朝末の再編修を経ているとされているが、その再編修の事情には、まだ、不明な点も幾分残されているようである。

筆者は、前著『隋唐道教思想史研究』の第二部「隋唐時代の道教思想」において、隋から初唐における道教重玄派の思想とそれに先行する六朝末の太玄派の動向について考察を加えたが、『太平経』には関説しなかった。そこで、この章では、「三一」と「守一」の思想を軸にして、『太平経』を巡る太玄派・重玄派と茅山派との関わりを検討して、前著の闕を補うとともに、『太平経』に対する見解の一端を示すこととしたい。

第一節　「太平部巻第二」と太玄派

さて、『太平経』に関しては、夙に小柳司気太氏、福井康順氏、大淵忍爾氏に論考があり(1)、また、王明氏に『太平経合校』の労作があるが、『太平経』のテキスト問題に関する極めて重要な成果は、吉岡義豊氏の「敦煌本太平経について(2)」なる論文であろう。

吉岡氏の所謂「敦煌本太平経」とは、敦煌本スタイン文書第四二二六号の「太平部巻第二」の尾題を持つ古写本である。吉岡氏はこの「太平部巻第二」をジャイルズ氏の推定により、六世紀末の写本とされ、先の論文の「むすび」の部分で次のように述べられる。「とにかく、現在、吾々が太平経のテキストとして利用できる道蔵本は、敦煌本の出現によって、六朝末編修のものである、ということが、ようやく確認せられただけである。ただ、推測せられることは、太平部のいわゆる総説篇の方には、敦煌本によって充分知られるように、陶弘景やその学派を中心とする当時の上清派（茅山派のこと……筆者）の教学が、積極的に収録せられたであろうが、太平経本文については古伝承をよりどころに、その復原を期したであろうことが考えられる」と。

「太平部巻第二」が、『太平経』の所謂、六朝末再編修の事情を伝えるものであること、そして、それが、太平経本文については、その復原を期したであろうことを伝えるものであることは肯定して良いが、「太平部巻第二」を、陶弘景やその学派を中心とする当時の上清派（茅山派）の教学のみが、積極的に集録せられたとされる点については異論がある。

「太平部巻第二」は、『太平経』百七十巻の篇目を中において、前文と後文の三つの部分から構成されている。吉岡氏のいわゆる「総説篇」とは、その前文と後文を合せ言うものであろう。

しかし、この前文に顕著な内容は、「三一」の重視と、「百八十戒序」の引証による老子と『太平経』との関連付けである。(3)「三一」の重視については、後程、検討することにして、まず、「百八十戒序」の引証による老子と『太平経』との関連付けの問題について考えてみよう。

(1)「百八十戒序」と三隠三顕説

「百八十戒序」は、即ち、老君百八十戒に冠した序文であるが、老君百八十戒に言及する早期の資料は、劉宋の陸修静のものとされる『陸先生道門科略』の注釈の文である。(4)

夫受道之人、内執戒律、外持威儀、依科避禁、遵承教令、故経云、道士不受老君百八十戒、其身無徳、則非道士、不得当百姓拝、不可以収治鬼神、其既闇濁、不知道徳尊重、則挙止軽脱、賤慢法術也

老君百八十戒は、『太上老君経律』と宋の張君房の『雲笈七籤』に収録される外、唐の朱法満の『要修科儀戒律鈔』にも収録されるが、『要修科儀戒律鈔』所引のものと、先の二者所引のものとは、序文も戒律の文も同じではない。『要修科儀戒律鈔』所引のものでは、その序文で、「老君百八十戒者、本為盟威等説」（巻十三）と言い、また、「正一道士、明而奉行」（巻十三）と言って、天師道との関わりのみが強調されているが、額面通り受け取ってよいか

は検討を要しよう。

一方、「太平部巻第二」に引用する「百八十戒序」は、実は、吉岡氏も指摘される如く、『太上老君経律』『雲笈七籤』に引用されるものと良く合致する。そして、そこでは次のように説く。

赧王之時、出太平之道、老子至琅琊、授与干〻君〻得道、拝為真人、作太平経、聖人応感出文、述而不作、凡夫棄故、不復識知、縁見維親、順情言作耳、帛君篤病、従干君受道、拝為神人。

因みに『雲笈七籤』巻三十九所引のものでは、当該の部分は次のように説かれる。

昔周之末、赧王之時、始出太平之道・太清之教、老君至瑯琊、授道与干君、干君受道法、遂以得道、拝為真人、又伝太平経一百七十巻・甲子十部、後帛君篤病、従干君授道護病、病得除差、遂復得道、拝為真人。（老君説一百八十戒並叙）

さて、初唐の時代は、所謂、仏道論衡、即ち、仏教と道教の角逐抗争の激しかった時代であるが、この時代の代表的な護法僧である法琳の『弁正論』十喩篇では、『太平経』と「老君百八十戒」に関して次のように述べている。

開士曰、撿諸史正典、無三隠三顕出没之文、唯臧競・諸操等老義例云、為孔説仁義礼楽之本。為一時。赧王之世、千室以疾病致感。老君授百八十戒。并太平経一百七十篇、為二時。至漢安帝時、授張天師正一明威之教。于時自称周之柱史。為太上所遣、為三時也。[5]

ここでは、『太平経』・「老君百八十戒」が、所謂、三隠三顕説、即ち、老子が三たび隠れ、三たび顕われたとする説と不可分の形でその出現が説明されている。これは道教の側から見ると、「老義例」の著者たちが、老子を尊重し、その下に『太平経』や「正一明威の教」を組み込もうとしていたことを示していると捉えられよう。

翻って、「太平部巻第二」では、老子が『道徳経』上下二篇を著し、『太平経』を出現させ、五斗米道を興させるため、三時に亙って出現したことを次のように語る。

上下二篇法陰陽、復出青領太平文、雑説衆要、解童蒙心、復出五斗米、道備三合。

従って、「太平部巻第二」でも、やはり、三隠三顕説が説かれていると見て良いであろう。

ところで、この三隠三顕説を説いたとされる臧競と諸操について、吉岡氏は、梁の道士臧玄静と陳の道士諸糅を指すのではあるまいかとされている。その推定は正しいであろう。そして、この二人については、唐末五代の碩学道士、杜光庭は、その著『道徳真経広聖義』において、次のように述べている。

梁朝道士孟智周、臧玄静、陳朝道士諸糅、隋朝道士劉進喜、唐朝道士成玄英、蔡子晃、黄玄賾、李栄、車玄弼、張恵超、黎元興、皆明重玄之道。（巻五）

これらの道士のうち、孟智周、臧玄静を太玄派、劉進喜以下の道士を重玄派とし、諸糅については、陳朝の道士とされているが、或いはその在世は隋に及んで、重玄派の事業に参画したのではないかと前著では述べた[6]。杜光庭は、その著『道徳真経広聖義』の序では、老子関係の著述として、臧玄静には『道徳経疏』四巻が、諸糅には『道徳経玄覧』六巻があったことを伝えるが、法琳の云う「老義例」とは、「老子義例」のことで、臧玄静と諸糅の今挙げた著作に見える説に基づいているのであろう[7]。

（2）『太平経』と孟智周・臧玄静

さて、太玄派の一人の孟智周は、劉宋から梁の時代に在世した道士で、『孟法師玉緯七部経書目』の著作があり、道蔵の基本的綱格として、劉宋の陸修静の洞真・洞玄・洞神の三洞説に継いで、四輔説を樹立した人として道教教理史上、忘れることのできぬ道士である。四輔とは、太玄・太平・太清・正一のことで、重玄派の著作である隋の『玄門大義』、初唐の『道教義枢』では、太玄部を三洞のうちの最も高い地位にある洞真を輔佐するものとし、その代表経典として、『道徳経』、『西昇経』、『妙真経』を挙げ、且つ、太玄部を大乗としている。『玄門大義』、『道教義枢』は孟智周の所説を継承しているから、結局、孟智周が四輔説を立てた最大の狙いは、この太玄部に含まれる『道徳経』等の経典を道蔵に組み入れることにあったと見て良いであろう。

ところで、孟智周には、『道徳経』を道蔵に組み入れることを狙うなど、老子を尊重する姿勢が顕著であり、且つ、道蔵の綱格として、太平部、太清部を立てているのであるが、こうした態度は、先に見た『雲笈七籤』に引用される「百八十戒」の序に「昔周之末、赧王之時、始出太平之道・太清之教、老君至瑯琊、授道与干君、干君受道法」と説く、老君が「太平」・「太清」の道・教を出したとする叙述と強い類似を見せていることが注目される。そもそも、孟智周が四輔の一つとして「太平部」を建てるに際しては、『太平経』のない「太平部」と云うのは考えにくいので、『太平経』の存在を前提としていたであろうし、また、自らが最も尊重する老子と『太平経』との関連づけにも腐心したことであろうから、この類似は重い意味を持つと見られる。

次に太玄派の今一人の臧玄静は、また、臧競、臧矜と呼ばれ、宗道先生とも云われる。初唐の重玄派の道士成玄英は、その『老子道徳経開題』において、歴代の『道徳経』解釈者達の宗旨の相違を記す中、「孟智周・臧玄静は、道徳を以て宗と為す」と、臧玄静が、孟智周と宗旨を共にすることを指摘している。

この臧玄静については、少しく後の資料であるが、南唐―宋の徐鉉の「唐故道門威儀玄博大師貞素先生王君之碑」に「玄真観なるものあり、陳の宣帝、臧矜先生の為に作る所なり」（『徐公文集』巻十二）とあって、臧矜、即ち臧玄静の在世が陳に及んでいることが知られる。

既に見た通り、この臧玄静は、法琳によって、諸糅とともに所謂、老子の「三隠三顕説」を説いたものとされているが、臧玄静の方が少しく先輩であるようであり、臧玄静をこの「三隠三顕説」の提唱者と考えて良いのではあるまいか。そして、『雲笈七籤』が隋の重玄派の著作である『玄門大義』に依ったと見られる『太平経』の伝承についての記述にも臧靖法師、即ち、臧玄静が登場する。やや長文であるが以下に引用する。

今甲乙十部合一百七十巻、今世所行。（中略）若是甲乙十部者、按百八十戒云、是周赧王時、老君於蜀郡臨邛県、授於瑯琊干吉、爾来又隠、近人相伝云、海嵎山石函内、有此経、自宋梁以来、求者不得、或往取之、毎値風雨瞑暗、雷電激揚、至陳祚開基、又屢取不得、毎至山所、風雨如故、至宣帝立、帝好道術、乃命太平周法師諱智響、往取此経、法師挺素清高、良難可序、受請至山、清斎七日、将就取経、未展之頃、朝雲暗野、暁霧昏山、師拝礼進趨、天光開朗、乃命従人数十、斉心運力、前跪取函、函遂不得開、法師斂気開之、乃見此経、請還台邑、帝乃具礼迎接、安於至真観供養、経放大光明、傾国人民、並皆瞻仰、帝命法師、於至真観、開敷講説、利安天下、時称太平、自此以来、其文盛矣、帝因法師得此経、故号法師為太平法師、即臧靖法師之稟業也。（巻六）

このように、『玄門大義』では、陳の至真観の太平法師周智響が、『太平経』甲乙十部合百七十巻の再編修者とするが、その周智響は臧靖法師の稟業、即ち、臧玄静の弟子であるとしているのである。因みに、臧玄静には、他に「范漢音訓三巻、陳宗道先生臧競撰」と『隋書』経籍志に記すように、范曄の『後漢書』に対する音訓のあったことが知られているが、それは、宛も『太平経』の成立した後漢時代への臧玄静の関心を示しているもののようである。(8)

第二節　「太平部巻第二」後文と茅山派

さて、「太平部巻第二」の前文は、今まで見て来たように、その「百八十戒序」と言い、「三隠三顕説」と言い、筆者の云う太玄派との関係の深さが指摘されるのであるが、吉岡氏は、その後文に「金闕帝君」の事が説かれていることを理由に、「太平部巻第二」を上清派の手になるものと考えておられる。吉岡氏は茅山派道教の大成者である梁の陶弘景とその弟子桓法闓を主に念頭に置いておられるようなので、以下は茅山派と呼んで論を進めて行く。

（1）陶弘景・桓法闓と金闕帝君

『太平経』と茅山派との関わりを説くのは、周知のように、陳の馬枢の『道学伝』である。そこでは、次のように語られる。

桓闓字彦舒、東海丹徒人也、梁初崑崙山渚平沙中有三古漆笥、内有黄素写干君所出太平経三部、村人驚異、広於経所起静供養、闓因就村人求分一部、還都供養、先呈陶君、陶君云、此真干君古本、闓将経至都、便苦労瘧、諸治不愈、陶貞白聞云、此病非余、恐取経為咎、何不送経還本処、即依旨送、病乃得差耳。（『三洞珠嚢』巻一所引）

ここでは、茅山派道教の陶弘景と桓闓、即ち、桓法闓が『太平経』を世に出すべく考えたが、不十分なところがあった為か見送られた模様が別の表現を借りて語られている。

ところで、「太平部巻第二」の後文では、『上清後聖道君列記』の如き経典を引用して次のように述べる。

経曰、上清金闕後聖元玄帝君、姓李諱弘元曜霊、一諱玄水俄景、字光明、一字日淵、太一之冑、玄帝時人、（中略）到壬辰之年二月六日、聖君先臨、発自始青之城、西旋東山、磐節南雲、北察龍燭、上憩九流之関、左湯津晨林、右廻米山、仰歩霄中、乗三素景与従飛軿万龍天光摠経文之道、不真照神監三辰於烏、滅悪人巳於水火、存慈善巳為種民、学始者為仙使、得道者為仙官。

ここに語られている金闕帝君の存在、壬辰の運、種民思想は、確かに、旧来より異質とされていた、現行道蔵の『太平経鈔』甲部――「太平金闕帝晨後聖帝君師輔歴紀歳次平気去来兆候賢聖功行種民定法本起」、以下「金闕帝君本起」と略称する――の記述と一致するところがある。即ち、そこでは、次のように云う。

長生大主号太平真正太一妙気皇天上清金闕後聖九玄帝君姓李、是高上太之冑、玉皇虚無之胤、玄元帝君時、太皇十五年太歳丙子兆気、（中略）以壬辰之年三月六日、顕然出世、乗三素景輿、従飛軿万龍、挙善者為種民、学者為仙官。

この「金闕帝君本起」は、本来の鈔甲部ではなく、現行道蔵の『太平経鈔』癸部が、本来の『太平経鈔』甲部であって、従って、実は、現行の『太平経鈔』は、本来の癸部を欠いていることになる。[9]それ故、「金闕帝君本起」は益々、その異質性を際立たせることになるのであるが、また、この「金闕帝君本起」の記述は、茅山派の手になると見られる『太平経複文序』と関連を持っている。即ち、そこでは、次のような記述が存するからである。

皇天金闕後聖太平帝君、太極宮之高帝也（中略）将俟賢哲壬辰之運、迎聖君下降、覩太平至理。

そして、『太平経複文序』では、六朝末の『太平経』再編修の事情について、次のように述べる。

南朝喪乱、太平不復行、曁梁陶先生弟子桓法闓、闓東陽烏傷県人、於渓谷間、得太平本文、因取帰而疾作、先生曰、太平教未当行、汝強取之故疾也、令却送本処、未幾疾愈、至陳宣帝時、海隅山漁人得素書、有光燭天、宣帝勅道士周智響往祝請、因得此文、丹書煥然、周智響善於太平経義、常自講習、時号太平法師。

このように、『太平経複文序』では、「金闕帝君」「壬辰之運」を言い、陶弘景の弟子の桓法闓が『太平経』取経に関わったことを説くものの、その再編修の功は、やはり、陳の周智響に帰している点が注目される。

ところで、「金闕帝君」「壬辰之運」「種民」のことを合せ説くのは、確実なところを遡ると、梁の陶弘景となるであろう。[10]即ち、彼の手になる『真霊位業図』では第二階の右位の最初に「右聖金闕帝晨後聖玄元道君（壬辰運当下主）」が置かれ、第三階の中位には「太極金闕帝君姓李（壬辰下教太平主）」が配列されており、更に、陶弘景の編述した『真誥』には、「師傅金闕、撫極種人」（巻三）と「種人」即ち「種民」の事も述べられているからである。

（2）「太平部巻第二」の前文と後文

けれども、「太平部巻第二」が、その後文において、「金闕帝君」「壬辰」の運、「種民」を合せ説くからと言って、

「太平部巻第二」全体を茅山派の教学とするのは如何なものであろうか。

既に述べたように、「太平部巻第二」の前文は、筆者の云う太玄派、即ち、孟智周・臧玄静の所説を継承しており、また、前文の末尾の部分では、

案、上清清約、無為仏道、衆聖大師、各有本経、干氏本部、自甲之癸、分為十袠百七十巻、玄文宕博、妙旨深長、品次源流、条諮如左。


と述べるのであるが、ここには、干吉の『太平経』を顕彰する立場から、「上清清約」の道、「無為仏道」に対する一定の距離感が表明されているのではないか。また、楠山春樹氏が「太平部巻第二」という命名は、孟智周の四輔の順序で「太玄部巻第一」が先ずあって、それに「太平部巻第二」が続くと説くのは、首肯できる見解である。

なお、後文で、「金闕帝君」「壬辰」の運、「種民」について述べる際、わざわざ「経曰」と掲げる態度は、前文で、干吉の『太平経』を引用する際に、「甲第二云」と述べる姿勢とは明確に相違していて、「経曰」と語るその内容が、干吉の『太平経』に含まれるべきではないことを歴然とした姿勢で表現しているのであろうと認められるのである。

この後文は、周智響より後の茅山派によって付加されたのではあるまいか。

「太平部巻第二」は、その内容から推して、干吉の『太平経』を六朝末に再編修したテクストの状況を伝えるものであろう。それは、隋の『玄門大義』や『太平経複文序』の記述に基づけば、陳の太平法師周智響のテクストを踏まえるものと考えるのが妥当なところである。

茅山派の桓法闓と、太玄派の臧玄静の弟子とされる周智響とが相前後して『太平経』の再編修に取り組んだ。この際、やや後輩に当たる周智響が、先輩の桓法闓の作業を凌駕していたというのが『玄門大義』などの説くところである。

そして、「太平部巻第二」の中でのウェイトの相違に思いを致す時、やはり、後文よりも前文で語られているとこ

ろを重視して文書の思想的軽重を定めるべきであり、そこに、周智響と太玄派の臧玄静の結びつきが改めて重い意味を持ってくるものと思料されるのである。

第三節　『太平経』と重玄派

（1）『太平経』の宗旨解釈

さて、『太平経』の中心的内容、即ち宗旨を如何なるものと考えるかについては、既に序言で述べたように、『後漢書』襄楷伝では、「其言、以陰陽五行為家、而多巫覡雑語」と言い、また、晉の葛洪の『神仙伝』の語として伝えられるものに、「書多陰陽否泰災眚之事、有天道、有地道、有人道、云、治国者用之、可以長生、此其旨也」とも述べている。

ところで、「太平部巻第二」では、その前文で、『太平経』について、「復出青領太平文、雑説衆要、解童蒙心」と言い、また、『太平経』の言葉として、「然則精学之士、務存神道、習用其書、守得其根、根之本宗、三一為主」と言う。

そして、重玄派の隋の『玄門大義』でも、この「三一」は非常に注目され、その四輔について述べるところで、「太平者、三一為宗」として、「三一」こそが「太平部」の宗旨であるとしている。

また、初唐の重玄派の代表的思想家である成玄英も、その『老子道徳経開題』（敦煌ペリオ文書二三五三）の中で次のように言っている。

自紫気浮関、青牛西度、老君覆還東夏、凡有三時、一者、尋仲尼、以周霊王廿一年庚戌歳十月庚子夜生、仍師於老君、伏膺問道、故史記云、吾今日見老子、其猶龍乎、又家語云、周之老聃、吾之師也、二者、赧王時、授千室太平経幷百八十戒、治国治身修養要訣、三時、漢安時、於蜀授天師正一明威之教、于時簫鼓雲駕、浮空而下、自称周之柱史、太上所遣、但神功不測、感応無方、或見聖容、或示凡迹、千変万化、不可思議、豈以朝菌之齡、語大椿之寿哉。

ここに「千室」と云うのは、既に見た通り「干吉」のことである。そして、先の武徳時代の僧侶法琳の『弁正論』の『太平経』と「百八十戒」及び「三隠三顕説」についての言及ともかかわるが、『太平経』と「百八十戒」とを結合している点と言い、また、「三隠三顕説」を執っている点と言い、成玄英が「太平部巻第二」前文に見える臧玄静らの立場をそのまま継承しているところが注目されるのであり、その上、『太平経』を「治国治身の要訣」を説いたとしていることも更に興味を惹くのである。

次に、同じ初唐の重玄派の孟安排の『道教義枢』では、やはり、『玄門大義』の所説に依拠しつつ、「太平者、此経以三一為宗」（巻二）と言い、更に、「洞玄、和天安地、保国寧民、太平宗教、亦復如斯」とも語る。ここに太平部の宗教、即ち、それは、その代表経典たる『太平経』の宗旨となるであろうが、その宗旨を「天に和し地を安んじ、国を保ち民を寧らかにす」ることとしている点が注目される。

そして、則天武后時代の僧侶、玄嶷の『甄正論』では、次のように『太平経』に言及する。

又有太平経一百八十巻、是蜀人于吉所造、此人善避形迹、不甚苦録仏経、多説帝王理国之法、陰陽生化等事、皆編甲子、為其部帙。（巻下）

この玄嶷の批評もまた、当時の重玄派の主張を踏まえたものであろう。このうち、「百八十巻」は、「百七十巻」の、「于吉」は「干吉」のあやまりであろうが、『太平経』に仏教的な言辞のないことに触れている点は重要である。

（2）「三一」と「守一」

さて、『太平経』では、その甲部に「根之本宗、三一為主」と述べる通り、「三一」、即ち、三者一体の組み合わせを非常に重視する。その典型的なものは、『太平経鈔』乙部の次の記述である。

但大順天地、不失銖分、立致太平、瑞応並興、元気有三名、太陽太陰中和、形体有三名、天地人、天有三名、日月星、北極為中也、地有三名、為山川平土、人有三名、父母子、治有三名、君臣民、欲太平也、此三者、常当腹心、不失銖分、使同一憂、合成一家、立致太平、延年不疑矣。

この記述は、『後漢書』の章懐太子の注釈に引用する『太平経』と良く合致しており、章懐太子注所引の『太平経』と『太平経鈔』の信憑性を窺わせるに足るものであるが、そこに説かれる「太陽・太陰・中和」「天・地・人」「父・母・子」「君・臣・民」等の三者が一体になってこそ、「太平」も「延年」も齎されるのだとするのが、『太平経』の典型的な「三一」の思想なのである。

この外、三者一組とされるものに、「道・徳・仁」「君・父・師」「忠・孝・順」「楽・刑・和」等が存する。このような組み合わせの間の調和のとれた交流の重要性を説くのが『太平経』の基本的な考え方の一つである。このうち、「道・徳・仁」は、「生者、道也、養者、徳也、成者、仁也」（『太平経鈔』壬部）とされ、更に、

是以古者上君、以道徳仁、治服人也。（『太平経』巻三十五）

と、その治国に有益なことが説かれる。この「道徳」を治国に有益であるとする点も、『老子』の「道徳」を殊にも尊重した重玄派の思想と一致するものである。[11]

既に見たように、「三一」の調和により、「太平」が齎されるとするのが、『太平経』の基本的な考え方の一つであるが、その「太平」なる状態とは如何なるものであるかと云うと、『太平経鈔』己部に、その理想的なイメージについて、次のように説かれている。

今太平一歳、人為喜楽順善、二歳、地上為大楽、三歳、恩沢究洽於天下、四歳、風気順行、五歳、行神不戦、妖

悪伏滅、六歳而究著六紀、七歳乃三光更明、八歳而恩究達八方、九歳、陰陽倶悦、十歳、万物悉各其所為、数小終物、因而三合之、乃天地人備、故三十歳而太平。

この「太平」の理想的な状態と表裏をなす、厳しい現実認識に立つ、『太平経』の代表的な思想の一つが「承負」の思想であろう。『太平経』巻三十九の定義に依れば、「承」とは先人の罪責を「承ける」ことであり、「負」とは後人に罪責を「負わせる」ことであるが、要するに先人の罪責が後世に災いを蒙らせるとする思想である。それは、『易』に見える「積善の家に必ず余慶あり、積不善の家に必ず余殃あり」のような思想を発展させたものと考えられるが、例えば、『太平経』巻三十七では、

今先王為治、不得天地心意、非一人共乱天也、天大怒不悦喜、故病災万端、後在位者、復承負之、是不究乎哉。

と述べるように、統治者に失政のある場合は、その社会的影響の甚だしいことを指弾する思想となり得るものであった。しかし、例えば、『太平経』をしばしば引証する『道教義枢』では、この「承負」の思想は余り顧みられていない。しかし、それにも拘わらず、現行の『太平経』に、「承負」の思想が随処に語られているのは、六朝末に『太平経』を再編修した周智響や、また、その周智響とともに太玄派の臧玄静の思想を継承した、隋・初唐の重玄派が、良く干吉の『太平経』の旧を伝えようとした為ではないだろうか。

さて、話を「三一」の思想に戻すと、隋の重玄派の『玄門大義』には、「三一」を専論した部分があって、それは『雲笈七籤』巻四十九に、『玄門大論』三一訣として収録されている。

まず、孟法師、即ち、孟智周の見解は次のようである。

孟法師云、言三言一、不四不二者、以言言一、即成三也。

孟法師云、用則分三、本則常一。

次に、臧玄静の見解は、長文なので、その「精神気」に関する部分だけを見てみよう。

三一円者、非直精円、神気亦円、何者精之絶累、即是神、精之妙体、即是気、神之智、即是精、気之智、即是精、気之絶累、即是神也。

この「三一訣」には、また、「太玄三一」について、「夷・希・微なり、太存図及び道徳経に出づ」と言い、更に、「太平三一」として「意神・志神・念神なり、第一巻自占盛衰法に出づ」とも言う。現行の『太平経鈔』癸部では、

夫瑞応反従胸中来、随念往来、須臾之間、周流天下、心中所欲、感動皇天、陰陽為移言語、至誠感天、正此也、念者、能致正、能致邪、皆従志意矣。

と説くが、この「念・志・意」が、やはり、「三一」の一つの形態だと云うことである。

ところで、孟智周の「三一」というパラダイムは、直接には彼の造った道蔵の基本的綱格である四輔のうち、太玄・太平・太清の三者が、三洞の洞真・洞玄・洞神を輔佐し、正一の一者が、太玄・太平・太清の三者に、遍く通ずると云う、四輔の構造に投影されているが、臧玄静の「精・神・気」に関する思想は、『太平経』の例えば、次の部分と関わりを持っている。

三気共一為神根也、一為精、一為神、一為気、此三者共一位也、本天地人之気、神者受之於天、精者受之於地、気者受之於中和、相与共為一道、故神者乗気而行、精者居其中也、三者相助為治、故人欲寿者、乃当愛気尊神重精也。（現行『太平経鈔』癸部）

そして、臧玄静の思想は、初唐の成玄英にも継承されて行き、重玄派道教の中核的な部分を形成して行く。成玄英の『老子道徳経開題』では、それは、次のように説明される。

第三法体者、案九天生神経云、聖人以玄元始三気為体、言同三天之妙気也、臧宗道又用三一為聖人応身、所言三一者、一精二神三気也、精者、霊智慧照之心、神者、無方不測之用、気者、色象形相之法、（道徳）経云、視之不見、名曰夷、精也、聴之不聞、名曰希、神也、搏之不得、名曰微、気也、惣之三法、為一聖体。（道徳）経云、

此三者、不可致詰、故混而為一也、但老君以三一為身、身有真応之別。

成玄英の『老子道徳経開題』は道教の教主として老子を、中心となる経典として、『道徳経』を措定した道教史上、重要な著作であるが、その教主たる老子の法体という、真に重要な部分で「三一」の思想が展開されていることは注目に価するものである。

この「精・神・気」の「三一」の思想は、『玄門大義』や、それを継承した『道教義枢』でも「精神炁三、混而為一、精者、虚妙智照為功、神者、无方絶累為用、炁者、方所形相之法也」（巻五）とされ、また、「精・神・気（炁）」は、三奇とも呼ばれて、隋唐時代の気の思想の典型的なタイプとなって行くのであるが、[12]こうした重玄派の「三一」の思想の開示を目前にして、夙に法琳は『弁正論』の中で、次のような論述を展開している。

案生神章云、老子以元始三気、合而為一、是至人法体、精是精霊、神是変化、気是気象、如陸簡寂、蔵矜、顧歡、諸揉、孟智周等老子義云、合此三気以成聖体、又云、自然為通相之体、三気為別相之体。（巻六）

ここで、法琳が、『霊宝経』に関係の深い、陸簡寂、即ち、陸修静や顧歡と並んで、孟智周、蔵矜、即ち、臧玄静、諸揉、即ち、諸糅の名を挙げるのは、実は、法琳の目前に、霊宝派と太玄派の思想を継承した重玄派の道士がいた為であり、その重玄派の「三一」の思想は、『玄門大論』三一訣の序文に老子の聖体と「精神気」を纏めて、次のように述べられている。

夫三一者、蓋乃智照無方、神功不測、恍兮為像、金容玉質之姿、窈兮有精、混一会三之致、因為観境、則開衆妙之門、果用成徳、乃極重玄之道、道経云、三者不可致詰、故混而為一、洞神経三環訣云、精神炁也。

こうした太玄派から重玄派への「三一」の思想の展開に大きな力を与えたのが、孟智周、臧玄静に注目され、周智響によって再編修されて、重玄派に継承されていった干吉の『太平経』の存在だったのである。

ところで、この「三一」の思想とともに『太平経』で語られる重要な思想の一つに「守一」の思想がある。

先年、馬王堆漢墓より出土した黄帝関係の著作のうち、「十六経」（「十大経」）成法篇には、早くも「守一」の語が見られるが、『太平経』では、先に述べた「承負」の罪責を解く方法として「守一」が説かれる場合がある。

為皇天解承負之仇、為后土解承負之殃、為帝王解承負之厄、為万民解承負之過、為万二千物解承負之責、欲解承負之責、莫如守一、守一久、天将憐之、一者、天之紀綱、万物之本也。（『太平経鈔』丙部）

けれども、「守一」の思想の特質は、不老長生の思想、養生の思想と深く関わっていることである。たとえば、『太平経鈔』壬部の「守一長存訣」に当たる部分では、次のように説く。

古今要道、皆言、守一可長存而不老、人知守一、名為無極之道。

また、同じく、『太平経鈔』乙部の「守一明之法」に当たる部分では、次の如くも語る。

守一明之法、長寿之根也、万神可祖、出光明之門、一精明之時、若火始生、時急守之勿失、始正赤終正白、久久正青、洞明絶遠、復遠還以治一、内無不明也、百病除去、守之無懈、可謂万歳之術也。

このように、『太平経』では、随処に「守一」の思想を説く。そして、この「守一」の思想は、後漢の三張の五斗米道の思想を伝えると云う『老子想爾注』や晉の葛洪の『抱朴子』などでも説かれて行くが、梁の陶弘景に至って、その著『登真隠訣』により主説される。[13] そこでは、本文と自注により、例えば、次のように述べられる。

守一之法、以立春之日、夜半之時、正坐東向。

（注）訣曰、此是守三元真一之法、倶用四立之夜亥時、後便可就。（巻上）

ここでは、「守一」はまた、「守三元真一の法」と呼ばれている。

そして、そこでは、『太上素霊経』なるものを用いて次の如くにも説く。

太極帝君宝章、東海青童君、授涓子以封掌名山也、以朱書素佩之左肘勿経洿、佩之八年、而三一倶見矣、正月朔旦、青書一符、北向再拝呑之、三一相見之後、以金為質、長九寸広四寸厚三分而書之、事出太上素霊経上也。

（巻上）

ここでは、一見「三一」の思想を説いているかのようであるが、その自注に、

此真経、実行於世、是守一之宗本矣。

と述べるように、「三一」は、「守一」を中心とする中で語られている。

この間の事情は、初唐の重玄派の道士が活躍していた時代の茅山派の宗師、潘師正の思想を纏めたものである『道門経法相承次序』も同様である。即ち、そこでは、唐の皇帝と潘師正の問答として、次のように語られているからである。

唐天皇於中岳逍遙、問三一法、潘尊師答曰、謹按、皇人守一経、存三守一之法、先心思存両眉間却入三寸為上丹田之中一神、（中略）次思心中丹田之中一神、（中略）次思臍下三寸為下丹田之中一神。（巻上）

このように、「三一」は、「守一」を中心とする中で説くのが茅山派の考え方なのであるが、それは、同時に『太平経』のなかで、「守一」の思想をとりわけ尊重する態度に連なって行くのであろう。そして、「金闕後聖帝君」の輔佐役として知られる「上相青童君」作と伝承される『太平経聖君秘旨』が、「守一」を主説しているのが、その端的な反映なのである。

結　語

さて、多岐に亙った行論を反復することは避け、ここでは、『太平経』「三一」に関して、幾つかの見解を述べて小論を閉じることにする。

まず、『太平経』に関しては、「太平部巻第二」の後文に「金闕帝君」のことが登場するからと云って、六朝末の周

智響の『太平経』再編修の際、現行『太平経鈔』甲部の如き部分が、その中にあったとは考えられないと云うのが筆者の見解である。現行『太平経鈔』甲部は、初唐の王懸河の『三洞珠嚢』に引用される「『太平経巻一百十四云、青童君採飛根、云々』の部分や、やはり、茅山派の流れを汲む初唐の李淳風の『金鎖流珠引』所引の「太平経内品修真秘訣」に「後聖君」を云う部分とともに、或いは桓法闓本の残欠かも知れない。これに対して、現行甲部を除いた『太平経鈔』の祖本である周智響本は、良く後漢の于吉の『太平経』の旧を伝える形で再編修されたのではないかと考えるものである。

因みに、『永楽大典』（一四〇七年完成）の巻二〇三〇九には、「道教義枢三一　道書の義に曰く、三一とは、蓋し希夷の奥頤〔賾〕、神気の枢機なり、智用うれば則ち事並びに形あり、会帰すれば則ち趣同じく物なし、此れその致なり、洞神経三寰訣に云う、一〔三〕とは、精神気なり、云々」と、現行道蔵本の巻五「三一義」の冒頭に当たるものが引用されている。これも、重玄派の「三一」の思想が後世に伝えられたその一端であろう。

更に、「三一」の思想に関して言えば、聊か唐突ながら、中唐の建中二年に、大秦寺の僧侶、景浄によって建てられた「大秦景教流行中国碑頌并序」では、初唐の貞観九年に渡来し、同十二年（六三八）に公認された景教について述べる際、「我三一妙身」「我三一分身」と「父と子と聖霊」の「三位一体」を述べたものか、「三一」の語が用いられているのが、重玄派の「三一」の思想の流布と外国思想の受容との関係で注目に価しよう。

注

（1）小柳氏「後漢書の襄楷伝の太平清領書と太平経との関係」（『東洋思想の研究』（関書院、一九三四）所収）。福井氏『道教の基礎的研究』（書籍文物流通会、一九五八）、大淵氏「敦煌鈔本S４２２６「太平部巻第二」について」（『道教とその経典』創文社、一九九七、所収）、また楠山春樹氏「敦煌遺書「太平部巻第二」について」（『道家思想と道教』

平河出版社、一九九二、所収）参照。

（2）『道教と仏教第二』（豊島書房、一九七〇）所収。以下の「敦煌本太平経」（「太平部巻第二」）についての吉岡説はこれに依る。

（3）吉岡氏前掲論文参照。

（4）小林正美氏『六朝道教史研究』（創文社、一九九〇）参照。

（5）吉岡氏前掲論文参照。

（6）拙著『隋唐道教思想史研究』参照。

（7）吉岡氏前掲論文参照。

（8）吉川忠夫氏「王遠知伝」（『東方学報』京都、第六十二号、一九九〇）参照。

（9）吉岡氏前掲論文参照。

（10）吉岡氏前掲論文参照。

（11）マックス・カルタンマルク「太平経の理論」（酒井忠夫編『道教の総合的研究』国書刊行会、一九八三所収）参照。

（12）福井文雅氏「儒仏道三教における気」（小野沢精一、福永光司、山井湧編『気の思想』東京大学出版会、一九七八、所収）参照。

（13）吉岡氏『道教と仏教第三』（国書刊行会、一九七六）守一の項参照。

第五章　道教の色彩学――中国宗教の非言語コミュニケーション――

序　言

ウィトゲンシュタインは『反哲学的断章』の中で「色は、われわれに哲学する気にさせる。色彩論にたいするゲーテの情熱は、このことから説明されるかもしれない。色はわれわれに謎をあたえるようだ。私たちを刺激するが苛立たせはしない謎」と例によって箴言めいた語り口で述べている。(1)

道教の色彩学と題する本章は、儒教・道教・仏教の三教が並び展開した中国思想史の中で、専ら漢民族の民族宗教である道教文化の特徴を、この謎を孕んだ色彩を素材として論じようとするものである。玄・黄・紫の色彩を尊び、「九色」なる色彩の纏まりを考える道教の色彩観は、五色、即ち青・白・赤・黒・黄を正色とする儒教の色彩観とは異なる独自のメッセージを伝達しようとするものであったと見られる。色彩学は、中国思想史においても甚だ興味深いテーマたるを失わないものであると言えよう。

第一節　ドイツとイギリスの色彩論

ゲーテは『色彩論』の序論で次のように述べる。(2)「それゆえわれわれは色彩をまず、それらが眼に属し、眼の作用と反作用にもとづいている限りにおいて考察した。次にわれわれの注意を引いた色彩は、われわれが無色の媒体にもとづき、あるいはその助けを借りて知覚するものである。そして最後にわれわれが注目したのは、対象そのものに属していると考えることのできる色彩であった。第一のをわれわれは生理的色彩、第二のを物理的色彩、第三のを化学的色彩と名づけた。最初の色彩は絶え間なく消失し、その次の色彩は一時的とはいえとにかく継続的であり、最後の色彩はいつまでたっても変わらないほどの持続性がある」と。この中で「無色の媒体」が考えられているが、中国思想史の中で、これに相当するものを充てるとすると、それは「気」ということになろう。事実、道教においても色彩はまず、「気」との関わりで考えるべきものである。

次にゲーテは、色彩について、「光と闇」との関わりから論じ始め、基本となる「六色」に行き着く。「色彩を生み出すためには、光と闇、明と暗、あるいはより一般的な公式を用いれば、光と光ならざるものが要求される。光の最も近くには黄と呼ばれる色彩が生じ、闇に最も近い他の色彩は青という言葉で表わされる。これらの二つの色彩は、その最も純粋な状態のまままったく均衡を保つように混合されるならば、緑という第三の色彩を生み出す。最初の二つの色彩はしかしまた、濃度ないし暗度を高められることにより、それぞれ独自に新しい現象を生み出すことができる。それらは赤味を帯びるのであるが、この赤味は、もともとの青と黄がもはやその中に認められないほど高進させられることができる。しかしながら最高の純粋な赤は、特に物理的色彩の場合に、橙と菫のそれぞれの末端が一致させられることによって生み出される。これは色彩現象と色彩生成の躍動する光景である。（中略）これら三つないし六つの色彩はたやすく環状に配列されうるのであるが、基本的色彩論が問題にするのはこれらの色彩に限られる。他のすべての無限の変化を有する個々の色彩は、どちらかといえば応用面に、すなわち画家や染物師の技術に、生活そのものに属しているのである」と。この論述の中における黄・青・緑・赤・橙・菫の基本的六色を描いた環が、**図1**である。

河本英夫氏は「ゲーテ色彩論はどのような科学か」（『思想』九〇六号、一九九九）なる論文の中で、「ゲーテの色彩論

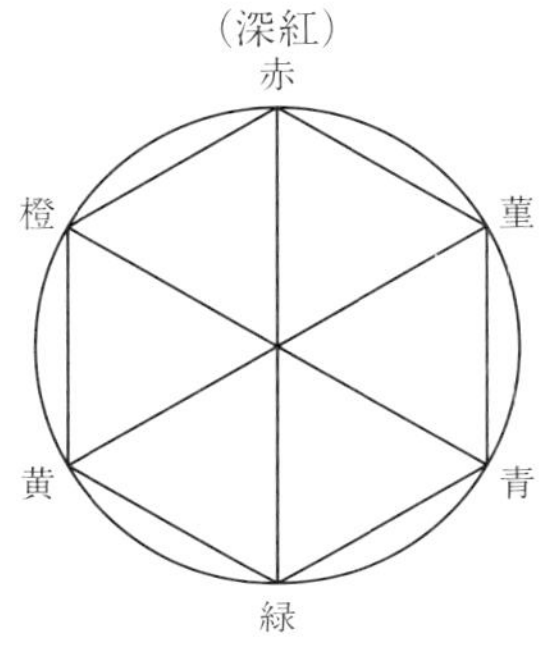

図1

は、ある色彩に次ぎの色彩を接続させるよう、色彩の系列を次々と導き出す色彩のセリーからなる。このセリーの形成の仕方は、第一に色彩の隣接性の活用による。これは日常の色彩経験のなかにつねに含まれている。赤が提示され、その後黄緑と黄とオレンジを提示されれば、赤、オレンジ、黄、黄緑という配列は、容易に形成できる。類縁の度合いを見誤ることは、まずない。色彩は隣接性によって接続されている。隣接性による接続は、何らかの共通の基準のもとに、個々のものの配置をあたえる関係概念ではない」と述べ、ゲーテは色彩の無限の変化を音の列（セリー）のように連続するものとして捉えていたと指摘する。また、大杉洋氏は、『色彩論』の書評（『思想』九〇六号、一九九九）の中で、ゲーテの色彩論の現代的意義について、「第二に挙げるべきことは、ゲーテが色彩現象や自然を豊かで多様なものとして捉えていることである。これは、ニュートンが多様な自然現象をできるだけ単純化し定式化しようとしたのとは正反対のやり方である。二十世紀においてわれわれは大体ニュートン的なやり方で自然を眺め、自然の多様性に対して眼をつぶってきた。だが、近年では『生物の多様性』ということが環境問題の大きな一章を占めるまでになっている。とすれば、われわれが生物や自然の多様性を大事にするためにゲーテから学ぶことは少なくないのではなかろうか」と語っている。

次に、ウィトゲンシュタイン（ウィーン生まれ、イギリスで活躍）は、『哲学的考察』の中で次のように説く。「単純な色、しかも心理学的現象として単純な色が存在すると思われる。わたしが必要とするのは心理学的な、あるいはむしろ現象学的な色彩論であり、物理学的な色彩論ではなく、又同じく生理学的な色彩論でもないのである。しかもそれは、現実に知覚可能なことについてだけ話を行い、波、細胞、といった仮説的な諸対象は登場しないような、純粋に現象学的な色彩論でなければならない」（『全集』2、奥雅博訳、大修館書店、一九七八）と。ここには先に掲げたゲーテの色彩論に対するアンチ・テーゼが企てられていることが明白である。色彩についての考察は、彼の哲学の中で極めて重要な課題の一つであった。

ウィトゲンシュタインは、緑・黄・赤・青の四原色論者だとされるが、例えば、個々の色彩について、次のように論じる。「『「赤い」「青い」「黒い」「白い」という言葉が何を意味しているのか』という問いに対してわれわれはもちろんすぐに、その色をしたものを指し示すことができる。……しかしわれわれはこれらの語の意味をそれ以上説明することはできない！　なぜならそのように指し示す以外には、それらの語の使用についてわれわれは何も思い浮かばないし、浮かんだとしてもきわめて曖昧で部分的に間違った想像しかできないからである」「緑は青と黄の混合色ではなく原色である、というのに賛成して何が言えるだろうか？　『そのことを直接知ることができるのは、もっぱら人がそれらの色を観察することによってだけだ』と言うのは正しいだろうか？　しかし私は、自分が『原色』という言葉でもって、緑を原色と呼ぶ傾向のある別の人が考えているのと同じことを考えているということを、どのようにして知るのだろうか？　いや……ここで決定権をにぎっているのは言語ゲームなのだ」（『色彩について』(3)）と。ここでは、緑・黄・赤・青・黒・白の六色を取り上げつつ、彼は色彩とは、生活の中に埋め込まれた「言語ゲーム」であることをすっぱ抜く。そして、この六色を頂点とする正八面体を構想し（図2・図3）、『哲学的考察』の中で「色八面体は文法である。というのも、赤みがかった青について話すのは可能だが赤みがかった緑の話はできない、等々と、色八面体は語るからである」と述べるのである。ここで、我々は「色彩」というおよそ非言語的な存在であると考えられていた現象が、実は言語と深く関わる現象であったことを指摘されて当惑するのである。ただ、我々は、ウィトゲンシュタインの色正八面体の頂点の六色が、中国思想史における五行思想と関わる五色（青・白・赤・黒・黄）を含んでいる事実に東西文化の一つの暗合を感じ、色自体に対して思いを馳せるのではあるけれども。

第二節　中国の五つの正色と六色

さて、ここでは、中国における色・色彩・五色について見てみよう。「色」という文字は、上下の人が二人合わさってもつれ合うという意味で、その「巴（しょく）」という音符も「触（しょく）」などを源としている。まさにsexそのものを表現している。白川静氏は「色」を次のように説明する。「会意。人と卩（せつ）とを組み合わせた形。卩は跪く人の形であるから、人の後ろからまた人が乗る形で、人が相交わることをいう」と（『常用字解』平凡社、二〇〇三）。中国と日本においては、「色」は現代に至るまでこの原義を引き摺っている。

次に、「色彩」の語は、儒教の古典の一つである『書経』益稷篇に「五采（彩）を以て彰かに五色を施す」（巻五）とあるのに基づく。ここに「五色」というのは、青・白・赤・黒・黄の五つの色彩であって、儒教では「正色」即ち、正しい色彩として尊重する。これに対して、紫・緑などは「間色」と呼ばれる。西洋では、「原色」と「混色」が対

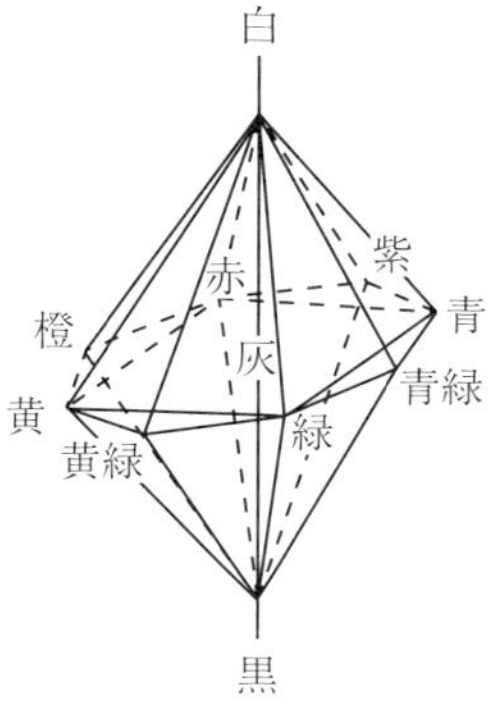

図2

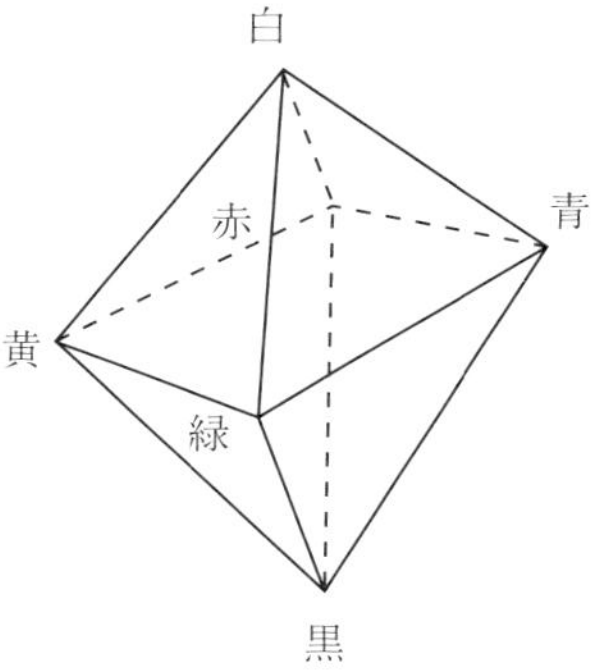

図3

比され、東洋では「正色」と「間色」が対比されてきたと言ってよいであろう。

白川静氏は、五色の一つの「黄」について、「象形、甲骨文字の字形は火矢（火を仕掛けて射る矢）の形で、その火の光から『き、きいろ』の意味となるのであろう。金文の字形は佩玉（腰をしめる革帯につり下げた玉）の形とみられ、傍らに玉をそえた字形もあるが、それは璜（佩玉のたま）の象形とみてよい。腰に帯びる佩玉の組み合わせた形があたかも黄の字形になり、またその薄い飴色が黄色とされた。五行説では黄色は中央の色であるから、天子（君主）の位にたとえ、黄門（宮門）のようにいう」（『常用字解』）と述べる。ここで語られているように、秦漢における五行説の擡頭が「黄」を正色に押し上げたのである。『礼記』『大戴礼』には、五色のことが次のように見えている。「是故清明象天、広大象地、終始象四時、周還象風雨、五色成文而不乱、八風従律而不姦、百度得数而有常、小大相成、終始相生、倡和清濁、迭相為経（『礼記』楽記第十九）」「聖人立五礼以為民望、制五衰以別親疏、和五声之楽以導民気、合五味之調以察民情、正五色之位成五穀之名、序五牲之先後貴賤（『大戴礼記』巻六曾子天円第五十八）」と。

次に五行・五色を方位等とともに表示してみよう。

表1　五行・五色等

五行	季節	方位	五色	生気	感情	五音	五味	五臓
木	春	東	青	翠羽	憂	角	酸	肝
火	夏	南	赤	鶏冠	怒	徴	苦	心
土	土用	中	黄	蟹腹	喜	宮	甘	脾
金	秋	西	白	豕膏	喪	商	辛	肺
水	冬	北	黒	烏羽	哀	羽	鹹	腎

五行に関しては、中村璋八氏によって研究された隋の蕭吉の『五行大義』なるオタク本があり、なかなかに興味深

い。その序では「五行は、造化の根源であり、人倫の資始である。万物や人間は、この五行の気に拠って生成されたものであり、宇宙間のあらゆる事象は、全てこの五行に基づいている。天体の運行、地上における自然現象、礼・楽・爵・刑及び政治や文武など、これらはみな天地人の象数でないものはない。この象数に拠って、五行の始末を知り、亀筮に拠って、陰陽の吉凶を弁ずることができる」と述べ、(4)更に**表1**の生気・感情に関しては次のように説いている。「甲乙経に云う、青きこと翠の羽の如く、黒きこと烏の羽の如く、赤きこと鶏の冠の如く、黄なること蟹の腹の如く、白きこと豕の膏の如し、此の五色、生気の見《あらわ》れと為す（巻三）」「夫れ喜色なれば則ち黄、怒色なれば則ち赤、憂色なれば則ち青、喪色なれば則ち白、哀色なれば則ち黒、此みな五常の色、五蔵に動き、しかして外に見《あらわ》るるなり（巻三）」と。

ところで、中国では、五行説による五色が正色とされ、儒教的な色彩観の主流を占めるとともに、一方で、微弱ではあるが六色のことが語られていた。即ち、『儀礼』では、次のように云う。「諸侯　天子に覲ゆ、宮を為《つく》ること方三百歩、四門、壇十有二尋、深さ四尺、方明をその上に加う。方明なるものは木なり。方四尺に六色を設く、東方は青、南方は赤、西方は白、北方は黒、上は玄、下は黄なり（巻十観礼第十）」。

方明は、木で作った方形（サイコロ状）のもので、祭祀の際、神体が宿るとされるもの、宗教儀式の道具であり、この六面が六色に彩られたのである。色彩の面では、五色に天の色である「玄」が加えられたもので六章とも言う。六色で今一つ、注目されるのは、中国文化の影響のもとに日本で形成された冠位十二階である。即ち、聖徳太子が定めたこの制度について、『日本書紀』推古十一年十二月条においては、次のように書かれている。「十二月の戊辰の朔壬申に、始めて冠位を行ふ。大徳・小徳・大仁・小仁・大礼・小礼・大信・小信・大義・小義・大智・小智、并て十二階。並びに当れる色の絁を以て縫へり。頂は撮り総べて嚢の如くにして、縁を着く。唯元日には髻花着す」（巻二十二）と。

ここには明確な色についての叙述はなされていないが、五行思想に基づいた儒教の五常の徳目即ち、仁・礼・信・義・智と五色、青・赤・黄・白・黒の上に、「徳」の徳目を置き、紫の色を充て、徳目に大小を、色に濃淡をつけて十二階としたのである。福永光司氏は、ここに紫の色が用いられたのは、道教の影響と見られている(5)。そうでもあろう。

上述した六色の種々のケースを纏めると次のようになる。(1)ゲーテ：橙・菫・緑・青・赤・黄(2)ウィトゲンシュタイン：緑・青・赤・黄・白・黒(3)方明：玄・青・赤・黄・白・黒(4)冠位十二階：紫・青・赤・黄・白・黒、と。すると意外なことに、重なり合う部分が多く、特にウィトゲンシュタインの場合も、緑プラス五色となっているのが注目される。五色はウィトゲンシュタインのいわゆる「心理学的現象として」の「単純な色」なのであろうか。なお、方明の「玄」、冠位十二階の「紫」については、第四節で詳述したい。

第三節　道教の「九色」——正色プラスα、豊穣な色彩の世界——

さて、道教では盛んに「九色」という枠組を説く。この道教の色彩観の特徴を考察するためにこの節と次の第四節では、『霊宝度人経』とその四注を有力な材料の一つとして取り上げる。言うまでもなく『霊宝度人経』は霊宝部の代表経典であり、その四注は、まず南斉の永明時代(四八三—四九三)に厳東の注が成立し、続いて唐初に李少微の注が出来、それを承けて、太宗・高宗時代の成玄英の疏が作られ、玄宗の天宝十三載(七五四)に薛幽棲の注が著された。この中、道教重玄派の有力な道士である成玄英には、また、『老子開題』『老子義疏』『荘子疏』等の著作もあるから、それらも道教の色彩観を検討する上の重要な材料としよう。

まず、『霊宝度人経』の「九色」に関する部分を取り上げよう。

建九色之節十絶霊旛（本文）

（厳）東曰、節、蓋也、旛、華旛也、九色者、青赤白黄黒緑紅紫紺也、上真執九色之旄節、玉女把十絶之霊旛。

（『四注』巻二）

この厳東の注釈を見ると、「九色」とは、青赤白黄黒緑紅紫紺の九種の色彩に外ならないことが知られる。道教で説くような「九色」の纏まりは、夙に魏の魚豢の『魏略』の西戎伝でも意識されている。「山出九色次玉石、一曰青、二曰赤、三曰黄、四曰白、五曰黒、六曰緑、七曰紫、八曰紅、九曰紺」（『三国志』巻三十裴松之注）とあるのがそれである。やや順序が入れ替わっているところがあるが、厳東が説くような九色は、三国の頃には一纏まりと意識されていたのであろう。

この「九色」を尊ぶ色彩観との関わりで注目されるのは、成玄英の『荘子疏』の次の記述である。「黄帝垂衣裳而天下治、上衣下裳、以象天地、紅紫之色、間而為彩、用此華飾、改動容貌、以媚一世」（「天地篇」第十二）。これは、黄帝が衣裳に「紅紫の色」をまじえて彩りとしたことを記したものであるが、成玄英の続く記述では、この聖人である黄帝を「愚惑ではない」としているから、上記の黄帝の行動は肯定されているものと見て良い。つまり、道教の色彩観は、「紅紫の色」を含む「九色」により積極的な意味を賦与するものであった。

一方、儒教の色彩観では、「正色」と「間色」が峻別される。「正色」＝五色と「間色」については、『論語』には、「君子は紺・緅を以て飾らず、紅・紫は以て褻服と為さず」（君子は紺やとき色では襟や袖口のふちどりをしない。紅と紫はふだん着に作らない。〈郷党第十〉）「紫の朱を奪うを悪《にく》む」（〔間色である〕紫が、〔正色である〕赤を圧倒するのが憎い〈陽貨第十七〉）という孔子の発言が記録されている。ここでは、紫・紅・紺・緅などが取り上げられているが、後には緑・紅・碧・紫・騮黄が代表的な間色とされた。

間色に関する『礼記正義』の説を見てみよう。「正謂青赤黄白黒五方正色、不正謂五方間色、緑・紅・碧・紫・騮黄是也、青是東方正、緑色是東方間、……故緑色〔也〕青黄也。朱是南方正、紅是南方問、……故紅色赤白也、白是西方正、碧是西方間、……故碧色青白也、黒是北方正、紫是北方間、……故紫色赤黒也、黄是中央正、騮黄是中央間、……故騮黄之色黄黒也」（『礼記正義』巻二十九玉藻第十三）。ここでは、先の『論語』と同じく、朱は赤と同じ意に用いられている。また、騮黄は流黄とも書く。これは、青・赤・白・黒・黄の正色五つと緑・紅・碧・紫・騮黄の間色五つを数える考え方である。因みに『太平御覧』巻八一四には、「環済要略曰、（中略）間色有五、謂紺紅縹紫流黄也」とあって、「縹」を含む『環済要略』の間色に関する異説が記されている。

さて、道教で「九」を尊んだのは、周知のことであるが、成玄英の『老子開題』では、『老子道徳経』に関して、「故八十一章、象太陽之極数」（敦煌文書P二三五三）と述べ、九×九＝八十一（章）で構成されていることについて述べるが、これはいわば「九」の文化に対する傾倒を語ったものである。

そして道教においては「九色」も多用される言葉で、上述のように道教の色彩観を代表するものである。

北周時代に編纂された『無上秘要』においても「九色」の語は多用されている。その具体的な例を見ると、まず、龍や鳳凰の様子を示すものがある。「九色玄龍」「九色蒼龍」「九色飛龍」「九色鳳鳥」「鳳凰九色之鳥」「九色之鳳」等がそれである。次に雲を表現する場合として、「九色飛雲」「祥雲九色」の例が挙げられる。更にまた、「九色之節」「九色之章」「九色之麾」「九色杖旛」等の持ち物・飾り物の形容に用いられる。そして、最も頻繁に用いられるのが衣裳を形容する場合である。「九色龍錦羽裙」「九色離羅」等々「衣」「裳」「裙」「裘」「冠」「履」等がそれである。

一方、宋代に編纂された『雲笈七籤』では、「九色」に関して、やや、儒教の間色論に泥んだ表現ながら、「在物為五色者、赤青白黒黄、所以有間色者、甲己為妻夫、以黄入青為緑、丙辛為妻夫、以白入赤為紅、丁壬為妻夫、以赤入黒為紫、戊癸為妻夫、以黒入黄為紺、故今有間色者」（巻六十一「谷神妙気訣」）と、緑・紅・紫・紺のより具体的な色を指示しているところが注目される。

そして、唐代以前の資料を多く含むこの『雲笈七籤』においても、「九色」の語が頻出する。そして九色が衣裳の形容に多用される点では『無上秘要』と傾向を同じくしながら、自然物では「光」が、人間の持ち物では「綬」が多用されてくるところが特徴であろう。例えば、「光」に関しては、「九色之光」を始め、「九色光明」「九色宝光」「九色神光」とあり、「綬」に関しては「思修九宮法」として、「著青宝神光錦繍霜羅九色之綬」「著七宝飛精玄光雲錦霜羅九色之綬」（巻四十三）等の表現が取り上げられている。

また、翻って、成玄英の『度人経疏』を見ると、「玄英曰、輿者車中之廂也、既以流霄為衣、乗駕緑輿之輦、又以霊凰之羽為車輿之蓋、参駕九色之龍凰、更相蔭映、故云羽蓋垂蔭、光輝奐煥、故云流精玉光、車服赫奕、故云五色、五色充盛、謂之鬱勃、億乗万騎、浮空而来、遍満太虚之中、悉往浮黎聴法、故云洞煥太空」（『霊宝度人経四注』巻一）と五色のみならず、「九色の龍凰」のことが取り上げられており、道教の代表的な色彩観である「九色」に彼も無関心でなかったことが知られるのである。

第四節　玄・黄・紫の世界と成玄英の「十色」論

さて、道教を色彩学の面からみると、玄・黄・紫の三色を尊重するところに特徴がある。玄は「天」を象徴し、黄は「地」を象徴し、そして紫は「人の高貴なもの」を象徴する（**図4**）。この三者はまたなんらかの意味で「中《ちゅう》」なるものである。玄は有（存在）と無（非在）の中間者であり、黄は五行に色を配した五色（青・赤・白・黒・黄）のなかの中央の色であり、紫は青と赤の中間色（道教では、赤と黒の間色との説もある）であることによって「中」なるものなのである。

まず、最初に紫に関して述べる。白川静氏の『常用字解』では、紫について次のように言う。「『説文』十三上に

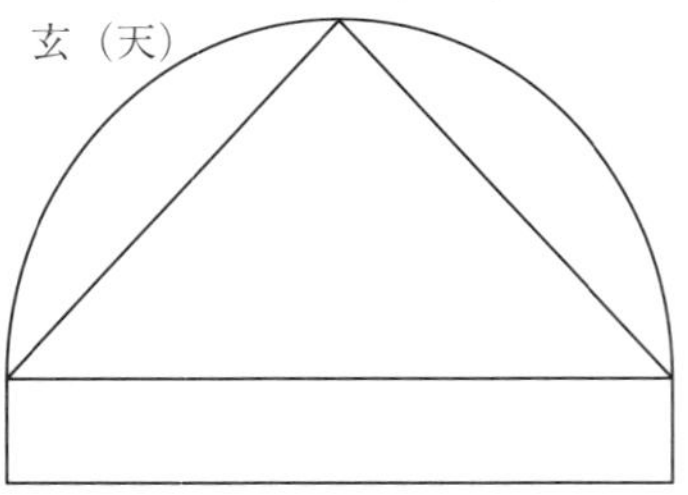

図4

『帛《きぬ》の青赤色なるものなり』とあり、『むらさき』をいい、間色の美しいものである。中国では茈《し》という草で布を紫色に染めた。わが国ではむらさきという草の根からとった染料で織物を紫色に染めた。むらさきの草は、夏に小さい白い花を数多くつけるので、むらさきの語源は叢咲《むらさ》き（むらがり咲く）であろう。紫色は高貴な色とされたらしく、紫禁（王宮）・紫極（天子の居る所）・紫宸（天子の御殿）などのように宮中の語に用いられている。古代ローマではプルプラという貝からとった染料で染めた紫色の織物が珍重された」と。

　中国で紫色が高貴とされたことに関しては、西洋からの影響とみる論者もあるが、やや安易であろう。これに対して、色彩学の先達で「紫」に拘りのある福永光司氏は「中国の古代で紫色を好んだのは、神仙道教と風土的にも密接な関係をもつ斉の国すなわち今の山東省の地域であり、紫色を宗教的な神秘性をもつ色として重んじたのは、黄老道家の学者たちや神仙讖緯の思想家たちなのです」と述べる（『道教と古代の天皇制』徳間書店、一九七八）。更に福永氏は『飲食男女』（朝日出版社、二〇〇二）の中で次のようにも言う。「福永　それは北極星が紫色だという考え方だったんです。これはダンテの『神曲』も同じですね。ベアトリーチェがずっと天上世界に行く場合でも、北極星が紫の色だとなってますね」と。中国では、北極星は紫微星、北極星がある星座は紫微垣と呼ばれる。北極星はまた、「太一」と呼ばれ、近年、郭店で発見された楚簡では、「太一生水」のような資料も出て来て、古代における「太一信仰」の生き生きとした息吹が伝えられている。北極星が「紫微星」と呼ばれるのは、それが紫の光明を放つことに由来するのであろう。成玄英は「太一は群司を総領す、衆神の主たり」（『度人経疏』〈『霊宝度人経四注』巻三〉）といっているが、北極星の天空での卓越した地位が「紫」の高貴さの中国における源泉であったと考えられるのである。

次に、黄は、『易』の世界では、玄黄と熟して、天地を象徴し、陰陽の相補性を「気」の哲学の面から、また、色彩学の面から具現する。一方、福永氏は、道教における色彩の宗教哲学においてその基幹をなすのは、青黄白の「三気」の色であり、青赤黄白黒の「五気」の色、また青赤黄白黒緑紫紅紺の「九気」の色であるが、このほか特に注目されるのは、儒教の古典『詩経』や『書経』、『論語』や『孟子』などには殆んど見えていない金銀もしくは金色銀色の尊重である（「中国における『色彩』の哲学」）(6) と述べるが、ここでは、「黄」は「三気」「五気」「九気」の色として、また銀色と白との関係の如く、金色に類縁する色として、重要な位置を占めている。

吉岡義豊氏は、自らの注目する「黄」について次のように述べる。たとえてみれば、道教という宗教は、中国の民族的カラーといえる。そのカラーはみる人によって、あるいはちがった色彩にうつるかもしれない。しかし、中国人自身は、ためらうことなく黄色をえらびとった。黄色は道教徒（中国人）がえらんだ最高の色彩である。……仙人の住む世界は黄庭とよばれているし、その仙界の代表的人物、仙界の王者としてかつぎ出されたのは黄帝である。この黄帝は老子と合体していわゆる黄老と併称され、道教の教主にかつぎあげられたのであるが、そればかりではなく、実は中国民族の始祖として今日まで祭祀尊崇されている。一方において、黄色はつねに彼らを夢幻の世界にひきいれる不思議な魔力さえもっていたようである。悠久の生命をもつ偉大な河を黄河と呼ぶ如く、黄色は「無為自然」の処世を理想とする人々がえらんだ民族生活のシンボルなのである（『永生への願い』）(7) と。道教における「黄」の持つ意味は、この吉岡氏の指摘にほぼ尽くされていよう。

さて、中国思想研究の大家である金谷治氏は「玄」について次のように説明する。

微妙で深遠な根源のありさまを表わす言葉。神秘的な意味も含まれる。出典は『老子』が古く、その根源者である道と同義に使われた例もある。老荘思想をとりこんだ道教でも尊重される概念となった。『説文』によると〈玄とは幽遠なり。黒くして赤色あるものを玄となす〉とあって、染めを重ねた赤黒い色の深さと関係して深遠な意味がいわれている。『老子』では無名の道を説いた第一章で〈玄の又玄は衆妙の門〉とあって、奥深いうえにもまた奥深い所が、万物の無限に生み出される微妙な出口だといっている。（中略）魏晉の時代に老荘思想が流行すると、『易』『老子』『荘子』を三玄とよんで尊重することとなり、それを中心にした学問を儒学と分けて玄学と言った。玄は老荘学を代表する言葉となったわけである。（中略）道教教理としての哲学は『老子』を多く採用しているため、『老子』の玄の概念は、真という概念とともに、その教理面でとくに重要な役割を果たしているといえよう（『道教事典』平河出版社、一九九四）と。

一方、福永光司氏は「書芸術と『玄』の哲学」[8]の中で「老子において玄というのは、……深遠なもの、微妙にして識りがたいもの、感覚や知覚を超えてあるもの、あらゆるものの根源となりうるもの、一切を超えていながら一切を包みうるもの、青くさいもの・生《なま》なものではなくて、よく練られた奥ゆかしさの感ぜられるものであった」「したがって、この玄は色（墨色）として捉えれば、華やかな美しさではなくて、深みのある美しさ、感性的な美しさではなくて、精神的な美しさ、あらゆる変化を含みながら、それ自体として単一なる色彩であ」るとされ、その芸術的な性格は、（1）簡素（2）枯淡（3）脱俗性（4）幽玄性として指摘できるとされる。

ところで、荻生徂徠の『訳文筌蹄』には次のように言う。「[玄] クロシ。六入ヲ玄ト云フトテ、アカキ色ヨリダン々々ニ六シホ染タルヲ玄トイフ。故ニ黒色ノ中ニ赤キ色ヲ帯タルヲイフナリ。……老子「玄之又玄」ト云フコトヲ説キシヨリ、道教ヲ玄門・玄宗・玄教ナドト云フ」（初編巻五）。この徂徠の説明に関して、早川聞多氏は「詳説するまでもなく、徂徠の言語感覚からすれば、「玄門」を女陰に見立てることは十分に可能だつたであらう。かうした連想が決して突飛なものでないことは、『老子』六に、「谷神ハ死セズ。是ヲ玄牝ト謂フ。玄牝之門、是ヲ天地之根ト謂フ」とあることからも窺へる。すなはち陰陽の交合によつて万物を生み出す「玄門」は天地の根源であり、それこそが「道」の本質だといふ意味になるのである。かうした肉感的ないしは即物的な連想を誘ふところに、『老子』の表

図5
袁珂編『中国神話伝説詞典』（上海辞書出版社、1985）より

現上の特色があるといへよう」と指摘する（「浮世絵春画と道教」千田稔編『道教と東アジア文化』国際日本文化研究センター、二〇〇〇、所収）。同感である。

「玄」と「黒」の関係は微妙である。両者は、例えば五行の水、方角の北を表す場合に共通して用いられるが、強いて言えば、「玄」はより「生命」に近く、「黒」は「闇」に近い。「玄」と「黒」のこの双頭性は、四神のうち、北に配される玄武が、蛇と亀の合体者（**図5**）であることにも象徴されていると言えるのではないだろうか。

最後に筆者の「玄」についての見解を述べよう。「玄」とは闇の中に芽生える「生命」の色である。闇の空が赤く染まって万物が生まれ出てくる時の色である。それは『老子』の中の「玄牝」という語に表現されるような、生命力溢れる一種得体の知れなさのつきまとう、アクの強い、中国文化のエネルギーを象徴する色のように思えてならない。少なくとも、道教における「玄」とは、枯淡などとは程遠い側面をも持つものであったと考えるのである。

さて、重玄派の成玄英が、道教の九色を踏まえて、十色を説いているところがある。「十絶霊旛者、以十色之素、横幅剪断、謂之為絶、又分間其色、接而縫之、其幅通者十接、謂之十絶、繫於竿首、謂之為旛、旛者以転為名、令人転禍為福也」（『度人経疏』〈『霊宝度人経四注』巻二〉）と。この十色とは、恐らく「玄」と「九色」を加えたものであろう。というのは、成玄英は先の引用の直前で「玄とは、これ衆色の主なり」（『度人経疏』）と説くからである。成玄英は「玄」を道教を代表する色と見たのであった。

結　語

山田慶児氏は、芸術学の基礎として、抽象的形態と色彩の科学を追求したカンディンスキーは、「黒を死の象徴、白を誕生の象徴」と名づけ、「西欧人の黒い喪服と中国人の白い喪服」のいちじるしい対照を指摘していると述べる[9]。カンディンスキーの言葉の肝要なところを見てみよう。「色彩感覚において、おそらく、これほど大きな対立はありえない――《黒と白》は、西欧人のあいだでは、《天上と地上》と同義で通用しているのだから。……われわれキリスト教徒は、キリスト教信仰数千年の歴史を経て、死を最終的な沈黙、と感じている。もしくはわたしの形容にしたがえば、《無限の穴》と感じている。これに対し異教徒たる中国人は、沈黙を新たな発言の準備、と解釈する。乃至は、わたしの形容を用いるなら、《誕生》と解釈しているのである[10]」と。

カンディンスキーが「黒」と《誕生》を結びつける時、それが「玄」という色彩について述べているものとすれば、より妥当性の高いものとなるであろう。誠に「玄」はより「生命」に近く、道教では、「黄」「紫」と並んで、この宗教を象徴する重要な色彩であったからである。

注

（1）ウィトゲンシュタイン『反哲学的断章』丘沢静也訳、青土社、一九九九

（2）ゲーテ『色彩論』木村直司訳、筑摩書房、二〇〇一

（3）ウィトゲンシュタイン『色彩について』中村昇・瀬嶋貞徳訳、村田純一解説、新書館、一九九七

（4）中村璋八『五行大義校註』汲古書院、一九九八。中村氏の解説も参照。なお、中嶋洋典『五色と五行』世界聖典刊行協会、

一九八六も参考にした。

（5）福永光司『道教と古代の天皇制』徳間書店、一九七八

（6）福永光司『中国の哲学・宗教・芸術』人文書院、一九八八

（7）吉岡義豊『永生への願い』淡交社、一九七〇

（8）注（6）参照。

（9）山田慶児『混沌の海へ』筑摩書房、一九七五

（10）カンディンスキー『点・線・画』西田秀穂訳（カンディスキー著作集2）、美術出版社、二〇〇〇

第六章　仙女と仙媛――沈宋の文学と道教――

序　言

文豪佐藤春夫は『仙女の庭』の解説の中で、「中国特有の宗教である道教では、神や仏のような高い格式の仙人というものを考えている。一般の人間を俗人として、人間の谷間（低いところ）にいるのに対して、仙人は人間の山上にいるというので、俗や仙の字を作った。仙人は、人間のせせっこましく卑俗な感情を抜け出して、天地の高い精神と合し、不老不死の世界に住むと考えられている。そういう仙人の女性を仙女といい、そのなかで最も有名なのが西王母である。この仙女の庭には、三千年に一度実がなるという桃があって、この実を食えば不老不死となると伝える」（『定本佐藤春夫全集』第三十四巻、臨川書店、二〇〇一）と語っている。

周知のように沈佺期と宋之問は、初唐の時代に活躍した宮廷詩人であるが、道教とも馴染みが深く、その中で沈佺期の詩が、「仙女」の語の典故として古くから伝えられている。小論はこの沈佺期・宋之問と道教との関わり論じ、併せて「仙女」「仙媛」の詩語の展開の場について考察したものである。(1)

第一節　沈宋の文学と則天武后の道教への傾斜

沈佺期と宋之問の文学上の功績については、唐代において、元稹が夙に次の如く論じている。「唐興り、官学大いに振るい、歴世の文、能くするもの互いに出づ、しかしてまた、沈宋の流、研練精切にして、声勢を穏順にし、これを謂いて律詩となす」（「唐故工部員外郎杜君墓係銘」）。また、南宋の厳羽の『滄浪詩話』では、詩のスタイルの変化を説く。「風雅頌　既に亡び、一変して離騒と為り、再変して西漢の五言と為り、三変して歌行雑体と為り、四変して沈宋の律詩と為る」（巻二　詩体）。沈宋については、小川環樹氏も『唐詩概説』（岩波書店、一九五八）の中で、「二人は七言律詩の定型をつくり出した詩人として知られる」と述べる。

ところで、高木正一氏は、則天武后の久視元年（七〇〇）五月十九日石淙山に群臣を宴した武后は、自ら七言詩を一首を作り、侍臣に命じてこれに唱和せしめたと指摘する（「景龍の宮廷詩壇と七言律詩の形成」『六朝唐詩論考』創文社、一九九九所収）。事は、『全唐詩』狄仁傑の「奉和聖製夏日遊石淙山詩」の題下に次のように注記されている。「石淙山は今の河南登封県の東南三十里に在り、天后及び群臣侍宴の詩幷びに序有り、北崖上に刻む、その序に云う、石淙なるものは、即ち平楽澗なり。その詩　天后自ら七言一首を製り、侍游応制す、云々」（巻四十六）

高木氏は、則天武后により、「いかなる理由によってこの時七言四韻の詩形が採択されるに至ったか、その事情は詳らかでないが、」「しかもなお注目すべきは、これら（唱和された）十七首の作品の中に、わずか三首ではあるが、七言律詩の定型を完成した詩の現われることである」と述べる。沈佺期はこの石淙山での詩の唱和に参加しているが、この出来事に先立つ沈佺期の七言律詩が有名な「古意　喬補闕知之に呈《しめ》す」（『楽府詩集』では「独不見」に作り、敦煌本『珠英学士集』は「古意」に作る）であり、そこでは、若妻の閨怨を次のように詠じる。「盧家の少婦　鬱金の堂、海燕双棲す　玳瑁の梁／九月の寒砧　木葉を催し、十年の征戍　遼陽を憶う／白狼河北　音書断え、丹鳳城南　秋夜長し／誰が為にか愁を含む独不見、更に明月をして流黄を照らさしむ」（『沈佺期集校注』〈以下『沈集』と略記する〉巻一）

則天武后の時代は、女権伸張の時代でもあったが、その晩年には道教信仰への傾斜が顕著になり、それを受けて一族の女性にも道教好みの者も現れた。沈佺期の七言律詩「安楽公主の新荘に宴するに侍す、応制」と題する応制詩はそのことをよく示している。「皇家の貴主　神仙を好み、別業　初めて開く　雲漢の辺り／山は出でて尽く鳴鳳の嶺の如く、池は成りて飲龍の川に譲らず／粧楼の翠幌は春をして住まらしめ、舞閣の金鋪は日を借りて懸く／敬んで乗輿に従って此の地に来たり、觴を称《あ》げて寿を献ずれば楽は鈞天なり」（『沈集』巻三）。安楽公主は、則天武后の孫で、姉の長寧公主とともに豪奢な生活が話題となったとされる。

さて、則天武后晩年の道教信仰については、蔵中進氏と神塚淑子氏の嵩山から発見された金簡についての研究が参考になる。(2) この金簡が嵩山の山門で投じられたのは、久視元年（七〇〇）七月七日で、その前年の聖暦二年（六九九）二月には、則天武后は嵩山に幸して緱氏県を過り、神仙王子晉に昇仙太子の号を贈っている。『資治通鑑』には「聖暦二年二月、武后幸嵩山、過緱氏、為王子晉重立廟、改号為昇仙太子之廟」（巻二〇六）と記している。また、聖暦三年（七〇〇）の四月から閏七月まで嵩山の三陽宮に滞在した。その間の五月五日には、久視元年に改まり、六月には、寵愛していた張易之・昌宗兄弟に命じて『三教珠英』を編纂させ、また、張昌宗を王子晉の生まれ変わりだとして羽衣を着せている。嵩山における投簡の儀式は、則天武后晩年における長生への希求と道教への傾斜が高まったことを示している。

則天武后が長生祈願のために投じた金簡の内容は、「上言大周圀（国）主武曌（照）好楽真道長生神仙謹詣中岳嵩高山門投金簡一通乞三官九府除武曌（照）罪名太歳庚子七𠥱（月）甲申朔七𡆠（日）甲寅小使𢘑（臣）胡超稽首再拝謹奏」であり、この中には、五種の則天文字が用いられている。

この金簡の投じられた七月七日の意味について、神塚氏は、劉宋の陸修静の『陸先生道門科略』に見える三会日（一月七日、七月七日、十月五日）の一つで、この日には、天官地神が文書を対校するとし、しかるべく選ばれた日であると考えている。

しかし、この七月七日は、先に述べた神仙王子晉の再来の日でもあった。王子晉、即ち王子喬については、『列仙伝』（巻上）では次のように述べる。

王子喬者、周霊王太子晉也、好吹笙、作鳳凰鳴、遊伊洛之間、道士浮丘公接以上嵩高山、三十余年後、求之於山上、見柏良曰、告我家、七月七日待我於緱氏山巓、至時、果乗白鶴駐山頭、望之不得到。挙手謝時人、数日而去、亦立祠於緱氏山下及嵩高首焉。

前述の通り、則天武后は久視元年五月十九日に、七言詩唱和の音頭を取り、その年の七月七日に長生祈願の金簡を投じている。この七月七日は、勿論七夕であるが、また、今述べたように神仙王子晉の再来の日とされており、「七言」「七月七日」と一連の「七」の文化の露出が注目されるのである。

第二節　沈佺期と道教

沈佺期（六五六?—七一六?）、字は雲卿、相州内黄（今の河南省内黄県）の人。高宗の上元二年（六七五）進士の試験にパス。則天武后の垂拱元年（六八五）頃から宮廷詩人としての活動を開始した。そして、聖暦二年（六九九）には儒・仏・道の三教の粋を集めた『三教珠英』一千三百巻の編纂に携わった。その編纂官には、当時の宮廷における学者と詩人のすべてを網羅していたと言われる。(3) 沈佺期と宋之問もこの中に加わっていたのである。沈佺期はその後、長安元年（七〇一）吏部の考功員外郎となり、この時、賄賂を受けて弾劾され、また、たまたま取り入っていた張易之等が失脚したため、神龍元年（七〇五）遠く驩州（ベトナム北部）に流された。やがて、沈佺期は許されて中央政府に帰って来る。そして、景龍二年（七〇八）には、中宗の下で宋之問等とともに修文館学士となる。沈佺期は後に太子少詹事にまで登り、玄宗の初めに道士史崇（玄）が主宰した道教の『一切道経音義』及び『妙門由起』の編纂に参画したが、開元四年（七一六）頃に没した。

沈佺期の「七」の文化に関わる比較的早期の著作は「七引」（『沈集』巻五）である。その自注で沈佺期は次のように言う。「七の作を観るに、枚叔より始まり、詞人　鋒を争いて、世よ遺唱あり、嘗て紙墨に因りて、輒ち七引を疏す、沈鬱の能　寡なしと雖も、冀くば諷諭の事を存せん、爰に二弟に命じて、また同に斐然たらしむ」と。明の徐師曾の『文体明弁』では、「七」について、「七とは、文章の一体なり、詞は八首と雖も、問対はすべて七、故にこれを七と謂う、七とは、問対の別名にして、楚詞の七諫の流なり」と説明する。「七」は枚乗（叔）の「七発」に始まり、魏の曹植の「七啓」、晉の陸機の「七徵」、劉宋の謝霊運の「七済」等の作がある。沈佺期の「七引」はこれらを襲ったものである。

この「七引」は宣嶠子と履默子の問答で展開する。その第七首では、宣嶠子の言葉として「黄庭上士、碧落中天、龍銜道記、鳳吐真筌、海田三変、城郭千年、臥雲衢之眇眇、視塵滓之懸懸」と道教の重要経典である『黄庭経』に関わる語や、また、『度人経』の『四注本』に「昔於始青天中、碧落空歌、大浮黎土、受元始度人无量上品」（巻一）と見える「碧落」の語が用いられているが、その末尾でこの「黄庭の上士」等について、履默子の答えとして「然、友則友矣、方於至道有累、何如」としており、限界のある存在とされている。しかし、その第三首の末尾で履默子の言葉として「余れは、生を好むの徒」と言うのは、次に述べるように「長生」に対する関心を有した沈佺期の偽らざる気持ちであろう。また、第六首の「柔荑のごとき繊き手、削り成せる胯《また》と肩、靡《うつく》しき顔　その裏《うち》を灼きて燦き、明るき眸　その外に炳《あき》らかにして燃ゆ」のごとき女性描写は、「仙女」の詩語を生んだ詩人の女性観を考察する上で興味あるものである。

次に沈佺期と道教との関わりを考察して行こう。沈佺期は「少きとき曾て仙史を読み、蘇耽君あるを知る」（『沈集』巻二「神龍初廃逐南荒、途出郴口、北望蘇耽山」）と述べるように、早くから仙人の伝記に親しんでいたようである。(4)この沈佺期の年上の友人に薛季卿なるものが居り、道教に関心が深かった。沈佺期の「雲液讃并引」や「蒼鶴讃并引」に言う。「河東薛季卿は、好みて仙事を談じ、年　五十に至るも、青鬢童顔なり。家に山間の薬堂・真訣道記あり、玉瓶もて水を練り、風炉もて丹を化す」「十精の妙、その最たるは雲英、練るに桂水を以てすれば、五光　倶に成る、気は中炉に淑たりて、香は上清に噴く、服するもの椽斗ならば、子はすなわち長生せん」（『沈集』巻五「雲液讃幷引」）「雲卿（沈佺期）曾て紫陽の仙経を読むに、老鶴あり、以てその事を紀す」「蒼鶴　宵に遊びて、遠く世情なし、丹頂　明らかに茂《さか》んに、六翮　堅く軽し、区区たる薛公、飛雲　成らんと欲し、我が霊液を吸い、我が長生を奪う」（『沈集』巻五「蒼鶴讃幷引」）と。

薛季卿についての詳細は不明であるが、「真訣道記」（道教経典一般を指すと見られる）を読み、煉丹を行い、鶴に乗って仙界に昇る事を夢見た道教の信奉者だったのであろう。

沈佺期について言えば、「雲液讃」に「三清」の中の「上清」の語が見え、また「蒼鶴讃」の引（序文）に彼が「紫陽の仙経」を読んだと言われることから、沈佺期が茅山派道教に関する知識を有していたことが窺われるが、それは茅山派の宗師司馬承禎と交友関係があったことと関わりがあろう。因みに「雲液」の語は『抱朴子』仙薬篇に「雲母に五種あり、……五色並び具わりて白多きものを雲液と名づく」（巻八）とある。

司馬承禎については、宋之問について述べるところで詳述するが、沈佺期にも司馬承禎を訪れた際のやや長篇の詩がある。「同工部李侍郎適訪司馬子微」と題する次の詩がそれである。「紫微降天仙、丹地投雲藻、上言華頂事、中問長生道、華頂居最高、大壑朝陽早、長生術何妙、童顔後天老、清晨朝鳳京、静夜思鴻宝、憑崖飲蕙気、過澗摘霊草、人非塚已荒、海変田応燥、昔嘗游此都、三霜弄溟島、緒言霞上開、機事塵外掃、頃来迫世務、清曠未云保、崎嶇待漏恩、恍惕思言造、軒皇重斎拝、漢武愛祈禱、順風懐崆峒、承露在豊鎬、冷然委軽馭、復得散幽抱、柱下留伯陽、儲闈登四皓、聞有参同契、何時一探討」（『沈集』巻三）。

詩には黄帝（軒皇）、伯陽（老子）や神仙を好んだ漢の武帝（雲表の露を承ける承露盤を作って長生を求めたこと）の事跡が鏤められる。また、葛洪の『神仙伝』に見られる女仙である麻姑の「已に東海三たび桑田となるを見る」の言葉も参照され、更に魏伯陽の『周易参同契』を探究することを課題としている。その探究されるべきは、「雲液讃」「蒼鶴讃」に見える「長生」であり、この詩に見える「長生の道」「長生の術」であった。

ところで、「七」の文化に対する好尚は、「曝衣篇」にも顕著であり、そしてここでは道教とも強い結びつきを示している。まず自注では、「按ずるに王子陽の園苑疏にいう、太液池辺に武帝の曝衣閣あり、帝　七月七日の夜に至りて、宮女　后の衣を出して楼に登りてこれを曝す、因りて曝衣篇を賦す」と七夕の曝衣の風習について述べる。そして、詩の中では次のように歌われる。「この夜　星は繁くして　河は正に白く、人は伝う　織女　牽牛の客たりと／宮中擾擾たり　曝衣の楼、天上　娥娥たり紅粉の席」「上に仙人長命の綹あり、中に玉女迎歓の繡あり、琦瑁簾中別に春と作《な》り、珊瑚窓裏　翻って昼と成る」（『沈集』巻四）。

この詩の「上に仙人長命の綹あり、中に玉女迎歓の繡あり」の句は、道教との深い関わりを表しており、また、詩全体も第四節で示す「仙女」の詩語誕生の背景をよく明らかにしているものである。

第三節　宋之問と道教

宋之問（六五六？―七一二）、字は延清、一名、少連、虢州弘農（今の河南省霊宝県）の人。父の宋令文は、晩年に道教を好み、『千金要方』等の医学、養生の書もある初唐の著名な道士孫思邈に師事したと言われる。宋之問が「始安秋日」の中で「世業　黄老に事う」（『宋之問集校注』〈以下『宋集』と略記する〉巻三）と言うとき、自らの道教尊崇と父のそれとを重ね合わせているのであろう。

さて、宋之問は、高宗の上元二年（六七五）に進士に及第の後、則天武后の聖暦二年には沈佺期と同様、『三教珠英』の編纂に預かったことは既に述べた。中宗の神龍元年（七〇五）には、彼もまた、張易之兄弟に取り入っていたかどで、瀧州に流された。翌年には恩赦に遇い、景龍二年（七〇八）には、沈佺期と同様に修文館学士となった。先天元年（七一二）に玄宗が即位すると、死を桂州に賜ったと言う。

宋之問は早くから道教に親しんだものらしい。「臥して聞く嵩山の鐘」では、次のように歌う。「昔は潘真人に事えて、北岑に　薇蕨を採る／巖に倚りて　我を顧みて笑い、我に仙骨ありと謂う」（『宋集』巻四）。

文中の「潘真人」は茅山派の宗師、潘師正のことである。潘師正は趙州賛皇の人（『旧唐書』巻一百九十二参照）で、隋の大業中、王遠知に師事した。彼は清浄寡欲で、嵩山の逍遙谷に住み、高宗や則天武后の尊敬を受けた。謚して体玄先生という。彼の道教思想を伝える著作としては、『道門経法相承次序』がある。宋之問はこの潘師正のもとで、司馬承禎らとともに「方外の十友」と呼ばれた。

宋之問の「秋蓮賦」には、「飄香の列仙、紫台の月露に嬌かしく、玉宇の風煙を含む」（『宋集』巻五）と詠じる。勿論この「列仙」は宮中に居並ぶ高官達のことだが、そのような比喩ではない「列仙」として、彼の詩文に登場するのは、仙人の「安期生」「赤松子」であり、また、「王子晉」であった。「王子晉」については、後にまた述べるが、この宋之問は、希求の対象をしばしば霊妙な仙人、即ち「霊仙（僊）」と表現する。つまり「霊仙（僊）」の語が種々の詩文に現れるのである。

まず、「使いして嵩山に至り、杜四を尋ぬるも遇わず、慨然として復た田洗馬・韓観主を傷み、因りて以て壁に題して杜侯に贈る」（『宋集』巻一）には、「余が為に還策を理め、相ともに霊仙に事えん」とあるのが、目を惹く。この韓観主とは、潘師正の弟子の道士韓法昭のことで、潘師正を継いで嵩陽観主となった人である。また、田洗馬とは、田遊巖のことであって、二人はともに宋之問と方外の友であったとされている。次に「洪府より舟行してその事を直書す」（『宋集』巻二）においては、「異国に霊僊多く、幽探して年紀を忘る」とある。更に「寿安宮西山龍泓」（『宋集』

巻四）では、「潭洞　秘龍の居、西山　十里の余／霊仙　託するところに応ずるも、図記　曾て書せず」と述べる。これに加えて則天武后の娘で権勢のあった太平公主に関わる散文、「勅を奉じて太平公主に従って九龍潭に遊び、安平王の宴を尋ね別るるの序」においても「竹林の茅宇、自ら棲隠の心に冥《あ》い、薬物図書、即ち霊仙の気あり」（『宋集』巻六）と語られている。

また、宋之問の詩文の中には、陶淵明の「桃花源記」を意識してかしばしば桃源郷のことが話題とされる。「遊陸渾南山自歇馬嶺到楓香林以詩代書答李舎人適」の詩で「浩歌す　清潭の曲、爾に寄す　桃源の心」（『宋集』巻二）と言い、「宿清遠峡山寺」では「寥寥隔塵事、何異武陵源」（『宋集』巻三）と言うのがそれである。そして、「入崖口五渡寄李適」には、「未だ仙源の極を窺わず、独り進む　野人の船」（『宋集』巻一）と言うが、これも「桃花源記」の漁人の桃源へのアプローチを仙郷への探索と見立てた表現であろう。

ところで、宋之問は、潘師正の弟子で同じく茅山派の宗師である司馬承禎とは更に縁が深く、次のような詩の応酬がある。宋之問の「冬宵引　司馬承禎に贈る」に言う。「独り山中に坐して　松月に対《むか》い、美人を懐いて　盈欠を屢《かさ》ぬ／明月的的たり　寒潭の中、青松幽幽たり　吟径の風」（『宋集』巻一）。司馬承禎は、「宋之問の冬宵引に答う」に言う。「白雲悠悠として　去りて返らず、寒風颼颼として　吹きて日晩《く》る／その人　誰とともにか言うを見ず、帰り坐し琴を弾きて　思い逾いよ遠し」（『唐詩紀事』巻十三）。

宋之問には、司馬承禎に与えた今一つの詩がある。「司馬道士の天台に遊ぶを送る」に「羽客の笙歌　この地に違い、離筵数処　白雲飛ぶ／蓬萊闕下　長く相憶うも、桐柏山頭　去りて帰らず」（『宋集』巻一）と歌うのがそれである。

司馬承禎（六四七―七三五）字は子微、河内温の人。南北朝時代における茅山派道教の集大成者、陶弘景の三伝の弟子であり、先に述べたように宗師潘師正の直接の弟子である。彼は睿宗、玄宗の信任を受け盛唐の道教界に重きをなした。玄宗の命により、五千三百八十言の『老子道徳経』を刊定したことは広く知られている。その著作のうち、ここでは、『坐忘論』と『上清侍帝晨桐柏真人真図讃』を取り上げる。

主著と目される『坐忘論』では、序文で坐忘の法は、「略　七条を成し、以て修道の階次と為す」と説く如く「敬信」「断縁」「収心」「簡事」「真観」「泰定」「得道」の七段階が設けられている。そして、「坐忘枢翼」では、「心有五時、身有七候」と言い、その「身有七候」の第七、即ち最高の段階について「七　神を錬りて道に合す、名づけて至人という」と述べており、坐忘を説く『荘子』内篇七篇とともにその「七」の文化との関わりが思われる。[5]

さて、次に『上清侍帝晨桐柏真人真図讃幷びに序』は、序文に「桐柏真人王君は、即ち周の霊王の太子子晉なり」と述べるように、王子晉の十一の図に讃を書いた力作である。

その序文では、「承禎　早に嵩岳に処りて、山林の抗迹を慕い、毎に堂廟に謁し、影響の余霊を欽ぶ、風景に対して心を虚しくし、七日の昨《きのう》の如きを懐う、雲天を瞻て悠かに思い、三清の又玄を仰ぐ」と言い、讃の第五では「山に棲みて跡を隠し、道を学びて形を錬る、年は数紀を淹い、業は群霊に契う、七日を期すを告げ、将に三清に邁かんとす、桓良返りて報じ、周国　待ちて迎う」と語って、『列仙伝』に説く、王子晉の七月七日の再来の事が、重ねて語られている。

七月七日を念頭におくのは、宋之問の「王子喬」も同様である。そこでは、「王子喬、神仙を愛し、七月七日　上りて天に賓たり、白虎　瑟を揺らし　鳳　笙を吹く、雲気に乗り騎りて　日精を噏い、日精を噏いて、長く帰らず、遺廟今に在るも人は非なり、空しく山頭の草を望めば、草露　人の衣を湿おす」（『宋集』巻四）と詠じられているのである。

第四節　仙女と仙媛

七月七日は、王子晉再来の日であり、この王子晉信仰は、則天武后、宋之問、司馬承禎に共通する道教信仰であった。そして、沈佺期にも「鳳笙曲」があり、王子晉について次のように詠じる。「憶昔王子晉、鳳笙遊雲空、揮手弄白日、安能恋青宮、豈無嬋娟子、結念羅帷中、憐寿不貴色、身世両無窮」（『沈集』巻一）。また、宋之問には、前述の「王子喬」の詩の外に、「㒶州司馬の為に王子喬を祭るの文」（『宋集』巻八）もあるが、更に「緱山廟」では、次のように歌ってもいる。「王子賓仙去、飄颻笙鶴飛、徒聞滄海変、不見白雲帰、天路何其遠、人間此会稀、空歌日云暮、霜月漸微微」（『宋集』巻四）。緱山については、『元和郡県図志』河南緱氏県の条には、「緱氏山在県東南二十九里、王子晉得仙処」（巻五）と述べる。

さて、沈佺期は、「幸白鹿観応制」の中で次のように詩う。「紫鳳真人府、班龍太上家、天流芝蓋下、山転桂旗斜、聖藻垂寒露、仙杯落晩霞、唯応問王母、桃作幾時花」（『沈集』巻三）白鹿観は驪山にあった道観。この詩で「唯だ応に王母に問うべし、桃は幾時の花と作すかを」という「王母」は、言うまでもなく「西王母」のことである。そして、六朝時代に成立した道教の書である『漢武帝内伝』では、この西王母と漢の武帝との会合の日を七月七日としているのも周知のところであろう。(6)

「孝武皇帝、好長生之術、常祭名山大沢、以求神仙、元封元年甲子、祭嵩山起神宮、帝斎七日、祠訖廼還。（中略）忽見一女子、（中略）帝愕然問之、（中略）（玉女王子登）語帝曰、（中略）至七月七日、王母暫来也。（中略）（王母）可年卅許、脩短得中、天姿奄靄、雲顔絶世、真霊人也。（中略）（王母）又命侍女索桃、須臾以盤盛桃七枚、大如鴨子、形円色青、以呈王母、母以四枚与帝、自食三桃、桃之甘美、口有盈味」。

ここに「七」の文化が重要な役割を果たしているのは、見やすいところである。そして、桃四枚を武帝が食べ、三枚を西王母が食べたとしているのは、七言詩が四字と三字に分れるのを思わせる。

この七月七日と言えば、「七夕」のことを当然語らなければならない。

沈佺期には、「七夕」を詠じた詩がある。「秋近く　雁　行くこと稀にして、天高く　鵲　夜飛ぶ／妝成れば　応に織るに懶うかるべし、今夕　河を渡りて帰る／月は皎く　宜しく綫を穿すべく、風は軽く　衣を曝すを得／来時は覚るべからず、神験　光輝あり」（『沈集』巻四）。牽牛と織女とのいわゆる七夕聚会説話の最も早期の例は、晉の周処の『風土記』（『玉燭宝典』巻七所引）であるとされる。「七月　俗重是（七夕）、其夜灑掃於庭、露施几筵、設酒脯時果、散香粉於莚上、熒重（晩稲）為稲、祈請河鼓（牽牛）織女。言此二星神当会」と言うのがそれである。沈佺期の「牛女」も牽牛・織女を詠じたものである。「粉席　秋期　緩やかに、針楼　別怨多し／奔龍　争いて渡るの日、飛鵲乱れて河を塡む／喜びを失いて　先に鏡に臨み、羞を含んで未だ羅を解かず／誰か能く夜色を留めん、来夕　倍ます梭を還らす」（『沈集』巻四）。

宋之問にも、また「七夕」を歌った詩が存する。「伝え道う　仙星の媛、年年　水隅に会うと／梭を停めて　蟋蟀を借り、巧を留めて　蜘蛛に付く／去昼　雲の請うに従い、帰輪　日の輸《うつ》るに竚む／言うなかれ　相見ること闊しと、天上　日　応に殊なるべし」（『宋集』巻四）。『荊楚歳時記』では、「七夕、婦人結綵縷、穿七孔針、或以金銀鍮石為針、陳瓜果実於中庭、以乞巧、有喜子（蜘蛛の一種）網於瓜上、以為符応」と述べるが、沈宋の「牛女」「七夕」の詩は、この「乞巧」の風習にも材を取っている。

そして、宋之問の「七夕」の詩に「仙星の媛《ひめ》」というは、織女を指しているのであるが、それはやがては仙人の女性、「仙媛」の詩語に結びつくものであろう。

「寿陽王花燭」では、事実「仙媛」の詩語が、仙人の女性――「仙女」と同様の意味に用いられている。「仙媛　龍に乗るの夕、天孫雁を捧げて来る／憐れむべし桃李の樹、更に遶る　鳳凰の台／燭は香車を送りて入り、花は宝扇に臨みて開く／銀漏をして暁ならしむるなく、為に尽くせ　合歓の杯」（『沈集』巻四）。寿陽王は、太平公主の子、薛崇胤のこと。『沈佺期宋之問集校注』では、この「寿陽王花燭」を沈佺期の詩としている。しかし、この詩は伝統的には宋之問の作と伝えられて来た。宋之問の「七夕」の「仙星の媛」とこの「仙媛」の語との距離はほんの一歩を隔てるのみと見られよう。

さて、沈佺期の「春日昆明池侍宴応制」では次の如く詠じる。

「武帝　昆明を伐ち、池を穿ちて　五兵を習う／水は同じくして　河漢在り、館に予章の名あり／我が后　光天の徳、衣を垂れて文教成る／兵を黷《けが》すは　帝の念に非ず、物を労するは　豈に常の情ならんや／春仗　鯨沼を過ぎ、雲旗　鳳城に出づれば／霊魚は宝を含みて躍り、仙女は機を廃して迎う／柳は旌門を払いて暗く、蘭は帳殿に依りて生ず／還るは流水の曲がれる如く、日は晩れて棹歌の声あり」（『沈集』巻一）。

昆明池は漢の武帝が元狩三年（前一二〇）に作らせた池。張衡の「西京賦」に「廼有昆明霊沼、黒水玄阯、周以金堤、樹以柳杞、予章珍館、掲焉中峙、牽牛立其左、織女処其右」とあり、また、『三輔黄図』に「関輔古語曰、昆明池中有二石人、立牽牛・織女於池之東西、以象天河」（巻四）とある。沈佺期の「仙女」は、この織女の石人に血を通わせて表現したものであったのである。

結　語

初唐における重玄派道教と茅山派道教の相克は道教史上の重要な問題である。[7] この重玄派の特徴は老子・『道徳経』信仰に顕著であるが、一方、茅山派道教は「七」の文化と相性が良い。白楽天は、「七篇の真誥　仙の事を論じ、一巻の壇経　仏の心を説く」（味道）と茅山派道教の聖典である『真誥』について語っているが、これも「七」の文化との関わりを示すものである。そして、この『真誥』稽神枢には、「太玄仙女」の語も登場する（巻十四）。

初唐の後半、それも則天武后の晩年には、王子晉信仰に象徴される道教への傾斜と「七」の文化の露出が見られ、その事を背景として沈佺期・宋之問の宮廷詩の中で、「七夕」における美しい織女の姿に思いを馳せつつ、「仙女」「仙媛」の詩語が展開されたというのが小論の趣旨である。(8)

注

（1）『紅楼夢』を仙女崇拝小説とする合山究氏の見解（『紅楼夢新論』汲古書院、一九九七）に触れたこともこの論考の執筆動機の一つである。

（2）蔵中進『則天文字の研究』（翰林書房、一九九五）、神塚淑子「則天武后期の道教」（吉川忠夫『唐代の宗教』朋友書店、二〇〇〇、所収）参照。

（3）吉川幸次郎「張説の伝記と文学」（『吉川幸次郎全集』巻八、筑摩書房、一九八四、所収）参照。

（4）蘇耽の伝記とされる『蘇君伝』は『真誥』にその名が見え、王松年の『仙苑編珠』に逸文が見える。

（5）「坐忘枢翼」のテキストについては、神塚淑子「司馬承禎の『坐忘論』について」（『東洋文化』六十二号、一九八二）参照。

（6）小南一郎『中国の神話と物語り』（岩波書店、一九八四）参照。「七」の数についての拘りは、この書の全体に顕著である。

（7）拙著『隋唐道教思想史研究』参照。

（8）沈佺期・宋之問の著作については、中国古典文学叢書の『沈佺期・宋之問集校注』を参照した。なお、我が国における研究としては、松岡榮志『沈佺期詩索引』（東京大学東洋文化研究所附属東洋学文献センター、一九八七）、『宋之問詩索引』（東京大学東洋文化研究所附属東洋学文献センター、一九八五）、高木重俊「沈佺期の生涯と文学」（『中国文化』四十四号、一九八六、所収）、「宋之問論」上下（『北海道教育大学紀要』人文科学篇第一部A三七―一、一九八六、三七―二、一九八七、所収）などがある。

第七章　李白と唐代の道教――レトロとモダンの間――

序　言

李白（七〇一―七六二）が意識的に把持した復古調の道教思想は、唐代に流行した現代的な道教思想と対抗しつつ、謂わば原道教として、現実との微妙なバランスの下に現前している。これが特徴であろう。その詩が人事と自然とのあざといまでの微妙なバランスの上に成立しているように。

盛唐の天宝の初、玄宗と楊貴妃のロマンスが長安の興慶宮の沈香亭で牡丹の花と共に盛りを迎えたとき、李白によって詠じられた絶唱「清平調詞三首」（『李太白文集』巻五、以下『李集』Xと略記する）もそのような詩で、次に掲げるのはその第一首である。

雲想衣裳花想容　　雲には衣裳を想い　花には容《かたち》を想う
春風払檻露華濃　　春風　檻《かん》を払って　露華濃《こま》やかなり
若非群玉山頭見　　若《も》し　群玉山頭にて見るに非ずんば
会向瑤台月下逢　　会《かなら》ず　瑤台の月下に向《お》いて逢わん

ここで、楊貴妃と比較されるのは、道教の美しい女仙で、群玉山にいるとされた西王母である。瑤台も神仙のいるところ。

もっとも李白には、宇宙自然が永遠なるに比して、人間人事の無常が深く深く感得されていた。「春夜宴従弟桃花園序」（『李集』二十七）の「夫《そ》れ天地は万物の逆旅なり、光陰は百代の過客《かかく》なり」の句は余りにも有名であるが、「擬古十二首」（『李集』二十二）の「生者は過客為りて、死者は帰人為り、天地は一逆旅にして、同じく悲しむ万古の塵」（其九）は、人間の無常を詠じて更に深刻である。

李白は、一般には酒と月と道教を歌った詩人として知られるが、その背景にはかかる無常観が根底にあった。まず、酒は「客中作」（『李集』二十）では「蘭陵の美酒　鬱金の香、玉椀盛り来る　琥珀の光／但だ主人をして能く客を酔わ使むれば、知らず何《いず》れの処か是れ他郷なるを」として、旅愁を慰めるものとして歌われるが、「将進酒」（『李集』三）では「五花の馬、千金の裘、児を呼び将《も》ち出して美酒に換えしめ、爾《なんじ》と同じく銷《け》さん万古の愁い」と結局は死に収斂される万古からの愁いを消すものとして酒が歌われている。次に月は、例えば「月下独酌四首」（『李集』二十一）で「花間一壺の酒、独酌　相親しむ無し、盃を挙げて明月を邀《むか》え、影に対して三人と成る」（其一）と李白にとって極めて親しいものとして詠じられている。

しかし、「把酒問月」（『李集』十八）において「青天　月有りてより来《こ》のかた　幾時ぞ、我　今盃を停めて一たび之に問う／人は明月に攀じんとするも得べからず、月行　却って人と相随う」（中略）「今の人は見ず古時の月、今の月曾経《かつ》て古人を照らせり／古人今人　流水の若《ごと》し、共に明月を看ること皆　此の如し」と李白が歌うとき、人間の儚さと月の永遠性が対比されて、月への親近感の依るところが、その永遠性への憧れにあることが明示されるのである。

李白にとって月は永遠なるものの象徴であり、李白の永遠の生への希求は道教への傾斜に端的に表現されている。その李白と道教に関してレトロとモダンの二つの位相から考察する。

第一節　李白と李含光・「清真」

李白と親交のあった道士胡紫陽の道教の系譜は李白の「漢東紫陽先生碑銘」（以下「紫陽碑銘」と略称する）に「聞くならく金陵の墟、道 始めて三茅に盛え、四許に波《およ》ぶ、華陽□□□□□□陶隠居 昇玄子に伝え、昇玄子 体玄に伝え、体玄 貞一先生に伝え、貞一先生 天師李含光に伝え、李含光 契を紫陽に合す」（『茅山志』巻二十四）と述べられている。陶隠居は梁の陶弘景、昇玄子は隋の王遠知、体玄は唐の潘師正、貞一先生は李白に「仙風道骨」のあることを指摘した司馬承禎である。李白のこの「紫陽碑銘」の道教史における意義は、言うまでもなく李含光を司馬承禎の道統を伝えた人物としていることであろう。胡紫陽の卒したのは、天宝二年（七四三年。あるいは元年との説もある）の十月二十三日であるから、この「紫陽碑銘」も天宝の半ば頃までには書かれたと考えられる。とすれば、現存する李含光に関係する碑文である柳識の「唐茅山紫陽観玄静先生碑」（『茅山志』巻二十三、大暦七年、七七二年の成立）や顔真卿の「茅山玄静先生広陵李君碑銘幷序」（『顔魯公文集』巻九、大暦十二年、七七七年の成立）よりも相当に早い時期の李含光の顕彰である。通常、茅山派第十三代の宗師とされる李含光は、顔真卿によれば、開元十七年に司馬承禎から大法を伝授された。玄宗は李含光が司馬承禎の道を偏ねく得たので、王屋山の陽台観に居住させてこれを継承させた。後、李含光は茅山で経法を修めていたが、玄宗は天宝四載の冬には、禁中に招き入れ諮問し、また、道法の伝授を請うたが、李含光は足疾で儀式にむかないことを理由に辞退し、茅山に帰った。しかし、天宝七載（七四八）の春三月十八日には、玄宗は大同殿で三洞の真経を受け、李含光に遙かに請うて度師とし、玄静先生の号を与えたとされる。玄宗の李含光に対する尊崇のほどが知られるのである。李白の李含光に対する顕彰の理由の第一は、恐らく、天宝時代の李含光の華々しい名声によるものであろう。

ところで、李白と李含光の関係を考える場合、更に注意されることは、玄宗が李含光に対して、その「清真」さを讃えていることである。まず、「送李含光還広陵詩序」（『全唐文新編』巻四十一）の中では、「玄静先生（李含光のこと）和を稟けること清真にして、道を楽しむこと虚極なり」と述べている[1]のがその例である。この「清真」については、やはり、玄宗が「賜李含光養疾勅」（『全唐文新編』巻三十六）なる詔勅の中で、「朕毎《つね》に清真を重んじ、有道に親しむ」と特に李含光に関して重ねて言っていることが注目される。

李白もまた、周知のように「清真」を重んじた。「古風」五十九首（『李集』二）の「其一」（安旗主編『李白全集編年注釈』巴蜀書社〈中〉は天宝九載成立とする）で次のように言う。「大雅　久しく作《おこ》らず、吾れ衰えなば竟に誰か陳べなん（中略）建安自《よ》り来《こ》のかた、綺麗　珍とするに足らず」「聖代　元古に復し、衣を垂れて清真を貴ぶ、群才　休明に属し、運に乗じて共に鱗を躍らす、文質　相炳煥して、衆星　秋旻に羅なる」と。

従って、玄宗の時代に道教を奉じた天才詩人李白と茅山派道教の宗師李含光がともに「清真」なる文化的価値に連なることが明らかとなったわけである。

「古風」其一では、また李白が生きた時代に復古が実現し、「清真」という「道」のあり方、文化的価値が尊重されて、詩人が輩出したことが述べられている。そしてこれに呼応するように李白の友人の道士呉筠[2]はじめ李白の復古主義の先駆者とされる陳子昂など一二に止まらない文人がその詩文の中に「清真」の語を用いていることは無視できぬ現象である。しばらく、それらを列挙しよう。

まず、呉筠は「歩虚詞」（『宗玄先生文集』巻中）の中で「寥寥として大漠に升れば、遇うところ　皆　清真なり、澄瑩　元和を含み、気同じくして自ら相親しむ」と述べ、次に『老子説五厨経注』の著作もあった粛明観の道士尹愔について、孫逖は「道士尹愔（中略）万物を渾斉すと雖も、独り清真を諳《そら》んず」（『全唐文新編』巻三〇八「授尹愔諫議大夫制」）と言っている。これらは上記李含光の例と同じく「清真」が道教に関連して語られているものである。

次に陳子昂は「遇崔司議泰之冀侍御珪二使」（『陳伯玉文集』巻二）の中で、「恵風　宝瑟に吹き、微月　清真を懐く」と言い、李白の文壇デビューに縁のあった蘇頲は「授李元紘度支員外郎制」（『全唐文新編』巻二五一）の中で、李元紘を「清真にして雜らず、恬雅にして自居す」と述べ、また、玄宗時代の代表的な文人である張説も「邠王府長史陰府君碑銘」（『全唐文新編』巻二三一）において、陰氏を「符彩外に発し、清真　内に鎮む」と評価している。更に李白の友人である孟浩然も「還山贈湛禅師」の中で「朝に来たりて疑義を問い、夕に話して清真を得たり」（『孟浩然集』巻一）といっているが、最後の例は「清真」が仏教に通ずる概念であったことを示している。このように李白の生きた時代に「清真」は文人達の中で一定の広がりを持っていたのである。李白が李含光を顕彰した理由の第二の、そしてある意味で最大の理由は、李含光が「清真」さを讃えられていたことにあるのだと思料されるのである。

第二節　胡紫陽の「精術」と元丹丘の「談天」

さて、「紫陽碑銘」では、胡紫陽と李含光の関係について「李含光　契を紫陽に合す」（原文「李含光合契乎紫陽」）と言っているが、この「合契」は曖昧な表現である。冷明権氏は、「李白与随州」[3]の中で、胡紫陽が李含光の弟子とするなら検討が必要だとしている。「合契」の意味を詹鍈主編の『李白全集校注彙釈集評』（百花文芸出版社、一九九六）では「意気相投」と言っている。二人はほぼ、同年配なので意気投合というのが適切であるかも知れない。李白は胡紫陽が李含光にゆかりある道士であると言いたかったのであろう。

李白は、「紫陽碑銘」の外、五つ程の詩文で胡紫陽に言及する。その中の「憶旧遊寄譙郡元参軍」（『李集』十二）では、「紫陽の真人、我を邀《むか》えて玉笙を吹く、湌霞楼上　仙楽を動かし、嘈然《そうぜん》として宛も鸞鳳の鳴くに似たり、袖長く管は催して軽挙せんと欲す」と胡紫陽の振る舞いを描写する。「冬夜於随州紫陽先生湌霞楼送烟子元演隠仙城山序」（『李集』二十七）では、李白と親友の元丹丘らと胡紫陽との交流の様子が描かれる。「（李白）天下を歴行し、周ねく名山を求む、神農の故郷に入り、胡公の精術を得、胡公　身は日月を掲げ、心は蓬萊に飛ぶ、湌霞の孤楼を起こし、吸景の精気を錬る、我が数子を延き、混元を高談す、金書玉訣は、尽く此に在り」と。胡紫陽の術については、「紫陽碑銘」でも「（胡紫陽）召されて威儀及び天下採経使と為る、因りて諸真人に遇い、赤丹陽精石景水母を嘬く、故に常に飛根を吸い、日魂を呑む、密かにこれを修む」とある。(4)「赤丹陽精石景水母」等については、『真誥』巻九「協昌期第一」に「日中五帝字曰、日魂珠景、照韜緑映、廻霞赤童、玄炎飈象、凡十六字、此是金闕聖君採服飛根之道、昔受之於太微天帝君、一名赤丹金精石景水母玉胞之経」とある。李白は「余　紫陽と神交し、飽餐の素論、十にその九を得」（「紫陽碑銘」）と言う。あるいは、胡紫陽は李含光から学んだ『真誥』の知識などを李白らに披瀝したのかも知れない。李白は胡紫陽の実践的な道術を好んだと思われる。

李白は胡紫陽の道教に共鳴していたのであるが、その理由は、彼の説く道が「古仙」と合していたからである。「題随州紫陽先生壁」（『李集』二十三）に「神農　長生を好み、風俗　久しく已に成る、復た聞く紫陽の客、早く丹台の名を署す、喘息　妙気を飡し、歩虚　真声を吟ず、道は古仙と合し、心は元化と幷す」と述べるのがその証左である。そして、李白は胡紫陽の死に際して、「紫陽碑銘」では、「ああ紫陽、竟に其の志を夭《お》りて以て默化す、昭然として白日に九天に昇らざらんか」と嘆じたのであった。

それでは、次に李白の親友であった道士元丹丘について見てみよう。元丹丘については、郁賢皓氏の「李白与元丹丘交遊考」（『李白叢考』陝西人民出版社、一九八三、所収）に「江上寄元六林宗」（『李集』十二）等の二詩に見える元林宗が他ならぬ元丹丘であると指摘するなど詳細な考察がある。

元丹丘は、李白が「将進酒」（『李集』三）に「岑夫子　丹丘生、酒を進む君停むるなかれ、君がために一曲を歌わん、請う君　我が為に耳を傾けて聴け」と歌う飲み仲間でもあったが、「潁陽別元丹丘之淮陽」（『李集』十三）では「吾　元夫子と、異姓にして天倫たり、本と軒裳の契無く、素より烟霞を以て親しむ（中略）我れに錦嚢の訣有り、以て君の身を持すべし、当に黄金の薬を餐し、去りて紫陽の賓と為るべし」と言う。この詩の注目されるところは、李白が元丹丘を兄弟同様の親しい友人と考え、胡紫陽の下での修行を勧めているところであろう。「紫陽碑銘」に

「天宝の初、威儀元丹丘、道門の龍鳳たるも、礼を厚くして屈を致し、籙を嵩山に伝えらる」と元丹丘が胡紫陽から法籙を授けられたことも記されている。

「元丹丘歌」（『李集』六）は、その元丹丘の様子を活写したものである。「元丹丘　神仙を愛す、朝に潁川の清流を飲み、暮に嵩岑の紫煙に還る、三十六峯　長く周旋す、長く周旋し　星虹を躡む、身は飛龍に騎って耳に風を生じ、河を横ぎり海を跨ぎて天と通ず、我は知る爾の遊心は窮まり無きを」「嵩岑」は中岳嵩山のこと、三十六峯は朝岳・望洛など嵩山の三十六峯である。この詩は真に古雅な趣きで元丹丘が都長安の道観で威儀なる役職に就いたことなどを感じさせない。これは李白によって余分な部分を削り落とされて描かれたものであろう。

「西岳雲台歌送丹丘子」（『李集』六）では、元丹丘の「談天」の側面について語る。「西岳崢嶸《そうこう》として何ぞ壮なる哉《や》、黄河　糸の如く天際より来る」（中略）「中に不死の丹丘生有り、明星の玉女　灑掃に備わり、麻姑　背を掻いて指爪軽し／我が皇　手に把る天地の戸、丹丘　天を談じて天と語る／九重に出入して光輝を生じ、東のかた蓬萊を求めて復た西に帰る／玉漿儻し故人に恵んで飲ましむれば、二茅龍に騎り天に上って飛ばん」麻姑は美貌の女仙、爪が長いとされる。これは西岳華山の雲台峰にあった元丹丘を詠じたもので、冒頭二句からは主に華山の壮大な自然が歌われる。「丹丘　天を談じて天と語る」の「談天」については、『史記』の孟子荀卿列伝（巻七十四）に騶（鄒）衍が「談天衍」と呼ばれていたこと、そしてその「集解」には「劉向別録」に「騶衍之所言、五徳終始、天地広大、書言天事、故曰談天」と注することが参考になる。これは元丹丘が宇宙・自然について多く語る道士であったことを示すが、言うまでもなくこの傾向は李白にこそ顕著なもので、両者はその好尚を同じくしたものであろう。因みに鄒衍は「古風」其十四にも登場する。「与元丹丘方城寺談玄作」（『李集』二十一）では、また、元丹丘の「談玄」の側面についても触れている。「朗悟す　前後の際、始めて知る金仙の妙／幸に禅居の人に逢い、玉を酌んで坐《そぞ》ろに相召す」と。李白と元丹丘が「玄」を話題にする場合に道家・道教思想だけでなく、仏教思想も含まれていることを示す作品、但し、仏は「金仙」とされ、また禅の思想が関わる。

「聞丹丘子於城北山営石門幽居中有高鳳遺跡僕離群遠懐亦有棲遁之志因叙旧以寄之」（『李集』十一）については、武部利男氏は、「詩の題はすこぶる長いが、要するに、元丹丘が石門山に幽居を営むのを聞いて、自分もまた隠栖の志があるので、旧交をなつかしく思いだすままに手紙にしたためたのである」とする。(5) その終わり近くの四句では「聞く君が石門に臥すと、宿昔　契弥《いよ》いよ敦し／方に桂樹の隠に従い、桃花源を羨まず」と言う。詩題にある高鳳は後漢の隠者。「桃花源」は言うまでもなく、「古風」其三十一にも「秦人相謂いて曰く、吾が属　去るべし、一たび桃花源に往けば、千春　流水を隔てんと」（『李集』二）と見える東晋の陶淵明の説く桃源郷のことで、このユートピアのイメージ漂わせる「桃花」は李白の詩に頻出する。最後に「題嵩山逸人元丹丘山居幷序」（『李集』二十三）では、「家は本と紫雲山、道風未だ淪落せず、況んや丹丘の志を懐き、冲賞　寂寞に帰するをや」が重要であり、特にその「道風未淪落」の考え方は「古風」の理念と合致するものとして注目される。

第三節　謫仙・黄鶴——道教の色彩学——

さて、道教・儒教の色彩の色彩観を概括すると、儒教では、青・赤・白・黒（玄）・黄の五色を正色とする考え方が牢固としているが、道教では、青・赤・白・黒（玄）・黄に紅・緑・紫・紺を加えた九色を尊ぶ考え方が魏晉南北朝頃から生まれ、隋唐時代に至っている。李白も表面では五色を前に押し出しているが、その実は、紫・紅・緑などを多用しており、九色尊重に近い。これは山を愛した李白が表面は五岳を前に押し出しながら、司馬承禎の『天地宮府図』（『雲笈七籤』巻二十七）に説く、王屋山を始めとする十大洞天だけではなく、五岳を含みつつ四明山、峨嵋山、桃源山等が組み込まれた三十六小洞天の山々を愛重したことと類似する。第五章の「道教の色彩学」では、九色から更に絞って、道教では玄・黄・紫の三色を尊重すると考えたが、勿論、道教的詩人とされる李白の場合にもこれは当てはまる。そして、李白は殊にも黄・紫を大層好んだようである。まず、紫について検討すると「古風」に限ってみても、直ちに「紫微」「紫霞」「紫雲」「紫煙」「紫冥」「紫宮」「紫闥」「紫河車」「紫鸞笙」「紫鴛鴦」「紫金経」「紫泥」の例が挙げられる。李白にとって紫色はその道教世界を構成する必須の要素だったと言える。このことに関わる事柄として、「謫仙」と「紫極宮」の問題を取り上げてみよう。

　李白を「謫仙人」、即ち天上の仙界から罪によって人間界に流された仙人と呼んだのは周知のように賀知章である。李白の「対酒憶賀監二首并序」（『李集』二十二）の序文と其一の詩では、次のように云う。「太子賓客賀公、長安紫極宮において余を一見し、余を呼びて謫仙人と為す。因りて金亀を解き、酒に換えて楽を為す。没後、酒に対して、悵然として懐有りてこの詩を作る」（序）、「四明に狂客有り、風流の賀季真、長安に一たび相見て、我を謫仙人と呼ぶ、昔は盃中の物を好みしが、翻《かえ》って松下の塵と為る、金亀　酒に換えし処、却って憶いて　涙　巾を沾《うるお》す」（其一）。季真は賀知章の字。ここで李白は賀知章のことを「四明有狂客、風流賀季真」としている。それは賀知章が朝廷の官職を辞して故郷の会稽で道士となったことを踏まえているのであろう。因みに賀知章は、礼部侍郎として張説・徐堅と共に『初学記』の編纂に関与しており、『初学記』の「道部」の記述には、一定の影響力を持っていたのではないかと推察される。

　李白は賀知章がつけたこの「謫仙」というニックネームがいたく気に入ったらしい。「玉壺吟」（『李集』六）では、「世人は識らず東方朔、金門に大隠するは是れ謫仙」と言い、「金陵与諸賢送権十一序」（『李集』二十七）でも「吾風を広成に希いて、浮世に蕩漾し、素より宝訣を受けて、三十六帝の外臣と為る、即ち四明の逸老　賀知章、余を呼びて謫仙人と為す、蓋し実録のみ」と繰り返し、更には「答湖州迦葉司馬問白是何人」（『李集』十六）には「青蓮居士謫仙人、酒肆　名を蔵す三十春、湖州の司馬　何ぞ問うを須いん、金粟如来　是れ後身」と述べているからである。

ただし、少なくとも李白は、この「謫仙」という表現に、やがて罪を赦されて天上の仙界へと帰って行くという含意がある故にこの表現を好んだのではないだろうか。

ところで、松浦友久氏はこの長安紫極宮での李白と賀知章との対面を天宝の初め（七四二頃）に李白が二度目に長安に来たときとされる。また、松浦氏は、この「紫極宮」とは、天宝二年三月、天下諸郡の「玄元廟」を改称した老子廟の名称である。このとき、長安の玄元廟は「太清宮」に、洛陽のそれは「太微宮」に改められているから、「於長安紫極宮、一見余」は、正式には「長安太清宮」でなければならないはずである。それにも関わらず李白が「紫極宮」の名を用いたのは、この作品の実作段階では、長安・洛陽のものも含め、老子廟の名としてそれが最も一般的な通称となっていたからだと考えてよい（同氏『李白伝記論――客寓の詩想――』研文出版、一九九四、参照）とされた。詹鍈主編の『李白全集校注彙釈集評』には、「長安紫極宮応是京兆府紫極宮的別称或正名、可能座落在長安城中長安県所轄区域内、或以為即西京太清宮、非也」との反論もあるが、長安に太清宮の外に更に老子廟があったとする考えには無理があり、松浦氏の考えに今は従う。「太清」「紫極」が共に李白に愛好された観念であり、別称として「紫極」を用いることも紫を尊重した李白ならばあり得ることだと言えよう。

では、「謫仙」李白はどのような形で天界に飛翔しようとするのであろうか。その一つの典型的な形が鶴に乗ることであると考えた。「古風」其七に云う。「客に鶴上の仙有り、飛び飛んで太清を凌ぐ、言を揚ぐ　碧雲の裏《うち》、自ら道《い》う安期の名」（『李集』二）と。李白の歌う鶴には白鶴、玄鶴等があるが、李白は殊の外、黄鶴を好んだ。「江上吟」（『李集』六）に「仙人待つ有りて黄鶴に乗り、海客無心にして白鷗を随う」とあり、「感興八首」其五に「十五　神仙に遊ぶ、仙遊未だ曾て歇まず、笙を吹いて松風に吟じ、瑟を汎べて海月を窺う、西山の玉童子、我れをして金骨を錬らしむ、黄鶴を逐いて飛び、相呼びて蓬闕に向かわんと欲す」（『李集』二十二）とあるのがそれである。

李白には、また、黄鶴楼というトポスに関する詩が多数存する。次の黄鶴楼に関する詩は余りにも有名であろう。

「黄鶴楼送孟浩然之広陵」（『李集』十三）に言う、「故人西のかた　黄鶴楼を辞し、煙花三月　揚州に下る、孤帆の遠影　碧空に尽き、唯だ見る長江の天際に流るるを」と。黄鶴楼に関する詩を幾つか見よう。①「峨眉山月歌送蜀僧晏入中京」（『李集』七）に「黄鶴楼前　月華白く、此の中　忽ち見る峨眉の客」とあり、②「江夏贈韋南陵冰」（『李集』十）に「我れ且つ君が為に黄鶴楼を槌砕せん、君も亦た吾が為に鸚鵡洲を倒却せよ」とあり、③「廬山謡寄盧侍御虚舟」（『李集』十二）に「我れ本と楚の狂人、鳳歌　孔丘を笑う、手に緑玉杖を持ち、朝に別る黄鶴楼、五岳　仙を尋ねて遠きを辞せず、一生　好し　名山に入りて遊ばん」とある等々。更には、月や笛や黄鶴の様子も含めて、次のようにも歌う。④「送儲邕之武昌」（『李集』十六）に「黄鶴西楼の月、長江万里の情、春風　三十度、空しく憶う武昌城」とあり、⑤「与史郎中飲聴黄鶴楼上吹笛」（『李集』二十一）に「一たび遷客と為って　長沙を去り、西　長安を望めども　家を見ず、黄鶴楼中　玉笛を吹く、江城五月　落梅花」とあり、⑥「江夏送友人」（『李集』十六）では、「雪は点ず　翠雲裘、君を送る　黄鶴楼、黄鶴　玉羽を振るい、西に飛ぶ帝王の州」と言い、⑦「酔後答丁十八以詩譏予槌碎黄鶴楼」（『李集』十七）に「黄鶴の高楼　已に槌砕し、黄鶴の仙人　依る所無し、黄鶴天に上りて玉帝に訴う、却って黄鶴をして江南に帰らしむ」と歌う。

　この黄鶴の仙人には、従来から費禕と子安の二説がある。①『図経』云、費禕登僊、嘗駕黄鶴、返憩於此、遂以名楼。②『南斉書』巻十五、州郡志下、夏口城拠黄鵠磯、世伝仙人子安乗黄鵠過此上也の二説がそれである。後者の子安については、「登敬亭山南望懐古贈竇主簿」（『李集』十一）に「敬亭　一たび首を廻せば、目は尽くす天の南端、仙者五六人、常に聞く此に遊盤すと、谿は琴高の水を流し、石は麻姑の壇に聳ゆ、白龍　陵陽に降り、黄鶴　子安を呼ぶ」とあり、また、「自梁園至敬亭山見會公談陵陽山水兼期同遊因有此贈」（『李集』十一）に「黄鶴久しく来たらず、子安　蒼茫に在り」と見えており、共に敬亭山に関する詩であることも注意される。

　さて、吉岡義豊氏は、この黄色について次のように指摘する。たとえてみれば、道教という宗教は、中国の民族的カラーといえる。そのカラーはみる人によって、あるいはちがった色彩にうつるかもしれない。しかし中国人自身は、ためらうことなく黄色をえらびとった。黄色は道教徒（中国人）がえらんだ最高の色彩である。……仙人の住む世界は黄庭とよばれているし、その仙界の代表的人物、仙界の王者としてかつぎだされたのは黄帝である。この黄帝は老子と合体して黄老と併称され、道教の教主にかつぎあげられたのであるが、実は中国民族の始祖として今日まで祭祀尊崇されている。……一方において、黄色はつねに彼らを夢幻の世界にひきいれる不思議な魔力さえもっていたようである。……悠久の生命をもつ偉大な河を黄河と呼ぶ如く、黄色は「無為自然」の処世を理想とする人々がえらんだ民族生活のシンボルなのである、(6)と。道教における「黄」の持つ意味は、この吉岡氏の指摘にほぼ尽くされていよう。

李白の詩には、黄河が冒頭部分に印象的に登場することは誰もが知っていることである。「将進酒」（『李集』三）の「君見ずや黄河の水　天上より来り、奔流し海に到りて復た回らざるを」や「公無渡河」（『李集』三）の「黄河　西より来りて崑崙を決し、咆哮万里　龍門に触る」などその例であろう。また、黄金は黄金台という建物、仙薬としての黄金、金銭としての黄金、黄金という色彩、例えば、「宮中行楽詞」其二「柳色は黄金のごとく嫩《やわら》かに、梨花は白雪のごとく香し」（『李集』五）として頻繁に出現する。「飛龍引」其一（『李集』三）に見える丹砂を錬る黄帝、「廬山謡寄盧侍御虚舟」（『李集』十二）に「琴心」の説が引用される『黄庭内景経』、黄雲、黄山、黄花なども然りで、そうした中での黄鶴に対する好尚なのである。黄色の尊重という点では、李白は正に文字通りの道教徒と言えるであろう。

第四節　「古風」と「虚極」

青木正児氏は「李白の詩風」の中で次のように言う。「因って彼が好んで詠ずる題材は、神仙・山水・飲酒・婦女の四者である。前二者は彼の出世間的快楽の対象であり、後二者は其の世間的快楽の対象であった」「次に出世間的な好みとして彼は道教に帰依し、神仙説に心酔した。故に当然此の思想が彼の詩に屢々現れて来る。彼が自己の感遇を詠じた『古風』五十九首の中、九首は神仙の慕ふべきを詠じてゐるが如きは著しい例である」と。但し、筆者の見解によれば、「古風」における道教関係の詩は九首には到底止まらない。

次に、小川環樹氏は李白の「古風」についてその成立の意図にまで踏み込んで次のように述べる。「『古風』は連作五十九首の全体をおおう題であって、一首ずつは特定の題目を有しない。（中略）かれは南朝風のはなやかな装飾をつけた初唐のスタイルにあきたらず、強靭な背骨をそなえた詩を要求した。そして五言詩が生長し始めた最初の時代、建安年間（二世紀末から三世紀の初め）のたくましい精神を復興させようとした。その意味で、みずから『古風』と名づけたのである。必ずしも詩人の世界ばかりでなく、世の中にはびこっている安易な沈滞した空気を一掃して、滔滔たる潮流をせきとめ、おしもどし、あらたな水路を開こうとするのが、かれの意図であった」と。また武部利男氏もこう指摘する。「復古の主張をかかげたのは、在来の詩風に反対だったからであるが、単に詩にかぎらず、李白はすべて『当世風』に反対だった」と。(7) 実は、この小川氏や武部氏の指摘は、李白の道教思想の特徴を考える場合に極めて示唆に富む指摘である。つまり、李白は道教についても「当世風」には反対であり、その現代風の道教に対して復古を主張したと見られるからである。

それでは、唐代の現代的な道教とはどんなものなのか、これについて考察するために玄宗の妹である玉真公主の道教信仰についての金石資料を取り上げよう。因みに、近年の李白研究では、李白の長安上京は、天宝の初めの一回ではなく、二回であり、第一回目は終南山に寓居したこと、また、李白を玄宗に推薦したのは呉筠ではなく、玉真公主であるとの説が有力である。

さて、玄宗の天宝二載（七四三）に制作された「玉真公主受道霊壇祥応記」（以下「祥応記」と略称する。陳垣編纂『道家金石略』文物出版社参照）は、「弘道観道士臣蔡瑋撰上、朝請大夫宏農郡別駕上柱国臣蕭誠書、西京大昭成観威儀臣元丹丘奉勅修建」とされていて、李白の親友元丹丘も関与したものである。この「祥応記」は、「上清玄都大洞三景法師」という道教の位を受けた玉真公主の道教信仰について述べるものであるが、そこには天宝の初めの頃の謂わば現代的な道教の影響の一端が明瞭な形で語られている。例えば、その冒頭近くでは、「故に我が玄元祖帝、龍を服し雲に駕して、玉容を表し、天門に臨みて、真冊を示し、錫うに宝符霊命を以てす、云々」と「玄元」の語が見え、又、「公主　天を承けて、恭しく命を受く（中略）亦た虚極を履みて炯戒を昭らかにする所以なり」と「虚極」の語が見えることが先ず注目される。そして、末尾近くに「時東京法衆玄元観主王虚貞等、金磬を鼓し、霞軒を翊けて、絳宮の前に陪拝し、碧宇の下に倘佯たり、雲会に稽首し、□声《ママ》而言う、大君　祚を玄元に受け、天妹　符を女偶に同じするを慶ぶ、詠歌して足らず、斯の文を紀すを願う」とこの「祥応記」が作られた経緯を述べる。この「玄元」・「虚極」は勿論、老子信仰に関わる言葉である。この玄元観主王虚貞は実は玄宗の『道徳経』の疏の作成に関わった道士であろう。

　玄宗の時代になると、国初からの老子に対する尊崇は一層、甚しくなり、玄宗は「我が遠祖玄元皇帝は、道家号する所の太上老君なり」として、天宝二載、天宝八載の二度にわたって老子に対して尊号を贈り、さらに天宝十三載（七五四）には、大聖祖高上大道金闕玄元天皇大帝の称号を贈るに至っているのである。玄宗が長安・洛陽の両京、及び諸州に老子廟を設置するなど老子に対する尊崇のほどを示していることは、既に前節で見た通りである。

　こうした玄宗の老子に対する尊崇は、もちろん『道徳経』にも及んでいる。玄宗は早くから茅山派の道士司馬承禎に『道徳経』を刊定させて五千三百八十言の真本を作らせ、それに基づいて、自ら『道徳経』に注釈を加えてその尊崇のほどを示している。さらに、玄宗は臣下や道士に命じて、自らの『道徳経』の注釈に対する疏も作らせている。武内義雄氏は、「王応麟玉海五十二に集賢注記を引いて『開元二十年九月、左常侍崔沔入院修撰、与道士王虚正趙仙甫幷諸学士参議修老子疏』とあるは玄宗御疏製作の事をいったらしく、従って疏は玄宗の自作でなく、王虚正等の手に出たらしい」（『武内義雄全集』角川書店、一九七八、第五巻老子篇）と指摘する。王応麟は、宋の仁宗の諱を避けて、「貞」を「正」としたと考えられ、先の「祥応記」に見える「東京法衆玄元観主王虚貞」が当面のその疏の制作に関与した人であろう。そして、この玄宗の『道徳経』の注や疏では、『道徳経』の説く「道」は「虚極」「妙本」或いは「虚極妙本」とされ、「虚極」の概念が重視されていたのである。拙著『隋唐道教思想史研究』では、初唐の成玄英とその思想を継承した李栄などの道教重玄派の活動について詳説し、李栄が尊重した「虚極」の思想が、玄宗の『道徳経』の注や疏の思想に影響を与えたことを指摘している。王虚貞等の『道徳経』の疏では、また、「法性清浄、是曰重玄」（巻四）などと述べ、その重玄派の思想の影響下にあることを明示してもいる。また、玄宗の天宝時代の初めには、重玄派によって制作された『本際経』が天下の諸道観で一年の間、読経されたという唐代道教史に冠たる事実もあった。要するに玄宗の時代の道教は、道教重玄派の思想の影響が非常に色濃かったのである。これが李白の時代の現代的な道教の実態だった。それを「祥応記」も如実に示しているのである。ところが、李白の作品の中に「虚極」が一度も現れないことにも顕著なように、李白はこの道教における重玄派の影響を好まなかったようである。というのは、李白の詩の中に唯一見える「重玄」という言葉は、「峨眉山月歌送蜀僧晏入中京」（『李集』七）に「黄金の獅子　高座に承け、白玉の麈尾　重玄を談ず」と仏教的な雰囲気の中で語られているからである。つまり、李白が復古を唱えたその時のモダンな道教とは、重玄派道教の影響下にある道教だったということになる。重玄派道教の影響の大きさを思うべきである。

さて、「祥応記」の全体的な枠組みの問題の考察は、ここまでとしておくが、その中で、「祥応記」には、茅山派の流れを引き、李白の友人でもあった元丹丘の関与があり、また、焦錬師に関する記述があり、更に玉真公主と楼観に関わる叙述があるということになる。元丹丘については第二節で見たので、ここでは、玉真公主と楼観に関して述べよう。すると「祥応記」では「西京宜寿県の楼観は、昔　文始先生尹真人の望気の所なり（中略）公主　天宝の前歳孟夏の月を以て、参霊の印を佩び、疑始の心を混ず（中略）」しかし、七日の実修の後、「これより五晨の輝を漱し、九芝の秀を采りて、踵息して気を聴き、形を遺れ絶粒して、動いて違事無し」と楼観滞在が公主の道教修行に効果的であったと語っていることが注目されるのである。或いはこの叙述の背後に楼観派の道士の関与を考えてもよいのかも知れない。

ところで、李白は夙に玉真公主と交流があったようで、「玉真公主別館苦雨贈衛尉張卿二首」（『李集』八）が残されている。詩はしかし、雨に振り込められた無聊を歌うもので、「清秋　何を以てか慰めん、白酒　吾が杯を盈すのみ」（其一）など如何にも李白らしい。しかし、こうしたことが縁で、天宝初めの公主による玄宗への推挙となったものであろう。「玉真仙人詞」（『李集』七）には、公主を「玉真の真人、時に太華の峰に往く、清晨　天鼓を鳴らし、飈欻　双龍を騰らしむ、電を弄して手を輟めず、行雲　本と蹤なし、幾時か少室に入りて、王母応に相逢うべき」と歌っている。

さて、それでは、次に「古風」五十九首（『李集』二）の道教世界について考察してみよう。筆者の考えによれば、「古風」に見える復古調の道教思想の位相は、李白の道教思想の中核を形成する。そしてまた、注意されることは、李白の「古風」に見える道教思想が、唐代人の道教思想の骨格部分を的確に代表しているのではないかと見られることである。

終南山の楼観に今も残る欧陽詢の「大唐宗聖観記」には、冒頭に道教の深遠さと楼観の由来を説いた後にこう語る。「昔、周穆西巡し、秦文東猟するや、並びに駕を枉げ轅を回らし、親しく教道を承く。始皇は廟を楼南に建て、漢武は宮を観北に立つ。崇台虚朗にして、雲水の仙を招徠し、間館錯落として、松喬の侶を賓友とす。秦漢の廟戸は相継いで絶えず、晋宋の謁版は今に尚お存す。実に神明の奥区にして、列真の会府たり」(8)（『全唐文新編』一四六）と。

ここでは、周の穆王、秦の始皇帝、漢の武帝など神仙を尊重した君主や「松喬」、すなわち赤松子、王喬（王子晉）

等の安期生と並ぶいにしえの神仙の名前が挙げられているが、これに老子をはじめとして、西王母、そして李白が殊にも愛重した荘周、黄帝の臣下の広成子を加えれば、「古風」の中の道教的人物・神仙の名がほぼ網羅されることになる。

しばらく、「古風」の中からこれらの道教的人物・神仙を詠じた部分を掲げてみよう。其四十三では「周穆　八荒の意、漢皇　万乗の尊、楽しみに淫して心極まらず、雄豪安んぞ論ずるに足らん、西海に王母と宴し、北宮に上元を邀《むか》う」と言う。漢皇は漢の武帝。王母は女仙の代表の西王母、上元は『真誥』などに出てくる上元夫人、李白には別に「上元夫人」と題する詩もある（『李集』二十）。其三では「秦皇　六合を掃いて、虎視何ぞ雄なる哉（中略）尚お不死の薬を採り、茫然として心をして哀しましむ」と述べ、其十八では「蕭颯たる古仙人、了り知る是れ赤松なるを、予に一白鹿を借し、自ら両青龍を挟む、笑いを含んで倒景を凌ぎ、欣然として相従わんことを願う」と言い、其四十では「幸いに王子晉に遇わば、交わりを青雲の端に結ばん」と言う。ここでは、「古仙」として、赤松子と王子晉が挙げられているが、第三節で述べた鶴上の仙である安期生もこれに加えるべきであろう。

次に老子・荘子・広成子についてもまた言う。其三十六では「東海　碧水に汎び、西関　紫雲に乗ず、魯連と柱史と、以て清芬を躡むべし」と。柱史は老子のこと。因みに「送于十八応四子挙落第還嵩山」（『李集』十五）では「吾祖橐籥を吹き、天人信に森羅す、根に帰りて太素を復し、群動　元和を煕す」と老子を吾が祖と呼び、復古について語っている。また、「古風」其八では「荘周　胡蝶を夢み、胡蝶は荘周と為る、一体　更《たがい》に変易し、万事良《まこと》に悠悠たり」と言い、其二十八では「君子は猿鶴と変じ、小人は沙虫と為る、及ばず広成子が、雲に乗じて軽鴻に駕するに」と詠じる。

さて、第一節で見た「清真」について、もう一度考察をしよう。「古風」其一で「聖代復元古、垂衣貴清真」と明言した李白は他の詩文でも様々に「清真」について語っている。「清真」の語は、『世説新語』巻五で、竹林の七賢の山濤が阮咸を賞賛した言葉が初見のようである。李白は「留別広陵諸公」（『李集』十三）では、長安を放逐されてから「家に還りて清真を守り、孤潔　秋蟬を励ます、丹を錬りて火石を費やし、薬を採りて山川を窮む」と言う。この場合には道教修行の一環として「清真」を守ることが歌われている。「避地司空原言懐」（『李集』二十二）では「家を傾けて金鼎を事とし、年貌　長しえに新たなるべし、願うところは此の道を得て、終然として清真を保たん」とあり、これも道教修行と関わった発言である。「王右軍」（『李集』二十）では「右軍　本と清真、瀟灑　風塵を出づ、山陰羽客に遇えば、此の好鵝の賓を要む、素を掃いて道経を写し、筆精　妙にして神に入る、書し罷んで鵝を籠にして去る、何ぞ曾て主人に別れん」と言い、また、「鳴皐歌奉餞従翁清帰五崖山居」（『李集』七）には「我が家の仙公　清真を愛す、才は雄にして草聖　古人を凌ぐ」とある。南宋の楊斉賢は草聖として、後漢の張芝を挙げる（『分類補註李太白詩』）。「送韓準裴政孔巣父還山」（『李集』十四）には、竹渓の六逸のうち、三人の人物を評価する中に「韓生　信に英彦、裴子　清真を含む、孔侯　復た秀出、倶に雲霞と親しむ」と言って、裴政の性情を清真と述べている。李白が「清真」を尊重して間断のなかったことが明らかである。

　そして、「清」に関して思われるのは、まず、「太清」が頻りに登場することであろう。「古風」其十七で次のように詠じる。「西のかた蓮花山に上れば、迢迢として明星を見る、素手もて芙蓉を把り、虚歩して太清を躡む」（『李集』二）と。この場合の「太清」は道教で説く三清境、即ち上清境・玉清境・太清境の一つである太清境を指す。天界では、「清都」も見えるが、「太清」が多用される。「廬山謡寄盧侍御虚舟」（『李集』十二）の「先期汗漫九垓上、願接盧敖遊太清」も「古風」其十七と同様の例である。九垓は九天。ところで、「太清」の用法の中には、「留別金陵諸公」（『李集』十三）の詩に「香炉　紫煙滅し、瀑布　太清より落つ」と見られるように、そこからまるで廬山の瀑布が流れ落ちるようだとするものがある。この場合の「太清」は、よく知られている「望廬山瀑布」其二「日は香炉を照らして紫煙を生じ、遙かに看る瀑布の長川に挂くるを、飛流直下三千尺、疑うらくは是れ銀河の九天より落つるかと」

（『李集』十九）の「九天」と類似する。

「九天」については、道教研究者としては、真っ先に『九天生神章』の「鬱単無量天・上上禅善無量寿天・梵監須延天・寂然兜術天・波羅尼密不驕楽天・洞玄（元）化応声天・霊化梵輔天・高虚清明天・無想無結無愛天」（『雲笈七籤』巻十六）を思い浮かべるが、李白は古い「九天」、例えば、『呂氏春秋』有始覧（巻十三）に見える「九天」即ち「中央鈞天、東方蒼天、東北変天、北方玄天、西北幽天、西方顥天、西南朱天、南方炎天、東南陽天」をも考えていたようである。それは、「流夜郎聞酺不預」（『李集』二十三）に「北闕の聖人　太康を歌い、南冠の君子　遐荒に竄す、漢酺　鈞天の楽を奏すと聞く、願くば風吹いて夜郎に到るを得ん」と見えることからも窺える。ここでも復古が貫かれているのであろう。

次に「古風」に見える道教の地上のトポスとしては、蓬萊・瀛洲（これに方丈を加えると三神山）、崑崙山、桃源郷、それに五岳が挙げられ、また、仙薬については、不死の薬、丹液、錬薬、丹砂が歌われる。

更に「清真」の「真」の部分を代表するのは、「真人」であり、「古風」其五ではその典型について、次のように述べる。「太白　何ぞ蒼蒼たる、星辰上に森列す、天を去ること三百里、邈爾として世と絶つ、中に緑髪の翁有り、雲を披《かぶ》りて松雪に臥す、笑わず亦た語らず、冥棲して巖穴に在り、我れ来りて真人に逢い、長跪して宝訣を問う、粲然として忽ち自ら哂い、授くるに錬薬の説を以てす、骨に銘じて其の語を伝えるに、身を竦《しょう》して已に電のごとく滅《き》ゆ、仰ぎ望むも及ぶべからず、蒼然として五情熱す、吾れ将に丹砂を営み、永く世人と別れんとす」（『李集』二）と。これが李白の「古風」の道教的世界であった。

結　語

韓愈は「薦士」（『韓昌黎詩繫年集釈』巻五）の中で、「国朝　文章の盛なる、子昂始めて高踏し、勃興　李杜を得て、万類は陵暴に困しむ」と言う。これは陳子昂を先駆者とし、李白の復古主義への貢献も含めての評価であろう。李白の代表作「古風」五十九首は、実は復古主義による幻視によって謂わば原道教を把握した著作であり、それは韓愈が「原道」で儒教に対して達成したことを、緩やかながら道教において達成した著作であると筆者は見ている。

道教徒的詩人と言われる李白の作品から期待されるような盛唐当時のモダンな道教に関する情報がそれほど多く得られないことは、筆者の積年の疑問の一つであった。しかし、復古主義を標榜した李白が道教に対する主体的な関わりの中で道教の元型を求め、主としてこの謂わば原道教、プロト・タオイズムを詩に詠じたのだとすれば、疑団は氷解する。この原道教は、歴史的には早期に現れたもの、具体的には魏晋以前のものが中心とはなるが、道教の基層として通歴史的に現前するものである。それは漢民族の共同幻想とも言えるものであろう。李白が広く中国で愛される所以である。

人生無常の哲理を深く感得していた李白は、隋・初唐の重玄派道教の影響下にあるような緻密な理論的道教ではなく、不死を追求する神秘的で実践的な道教を求めていた。それが彼を李含光の率いる茅山派道教に接近させたのであろう。また、彼のレトロな道教の追求は楼観との関わりも推測されるがこの楼観派道教については、他日の課題として、今は擱筆する。

注

（1）玄宗は後に見るように「虚極」には特に思い入れがあったようである。
（2）神塚淑子「呉筠の生涯と思想」（『東方宗教』五十四号、一九七九、所収）参照。
（3）冷明権「李白与随州」（『湖北大学学報』一九八六年第一期所収）参照。
（4）王琦『李太白文集輯註』参照。
（5）武部利男『李白』筑摩書房（中国詩文選）、一九七三、参照。
（6）吉岡義豊『永生への願い』（淡交社、一九七〇）に説くところを筆者が纏めた。
（7）青木正児『李白』（青木正児全集第五巻、春秋社、一九七一）、武部利男『李白』下（岩波書店、一九五八）の小川環樹氏の跋、武部利男『李白』筑摩書房（中国詩文選）、一九七三を参照されたい。
（8）愛宕元「唐代楼観考」（吉川忠夫編『中国古道教史研究』同朋舎出版、一九九二、所収）参照。

（補注）久保天随、武部、松浦氏の李白関係の著書から多くの学恩を受けた。また、鈴木修次氏の『唐代詩人論』（鳳出版、一九七三）なども参考にしている。中国の研究書では、郭沫若『李白与杜甫』（人民文学出版社、一九七二）、李長之『道教徒的詩人李白及其痛苦』生活・読書・新知三聯書店、一九五一、孫昌武『道教与唐代文学』人民文学出版社、二〇〇一も面白く読んだ。テクストは静嘉堂宋蜀本『李太白文集』、宋蜀刻本唐人集叢刊『李太白文集』を用い、宋楊斉賢・元蕭士贇『分類補註李太白詩』、王琦『李太白文集輯註』等を参照した。紙幅の関係で作品の題名は原文のままとし、注釈も最小限とした。なお、黄鶴の仙人に関する『図経』は閻伯里の「黄鶴楼記」（『文苑英華』巻八一〇）によっている。

第八章　李白女性観初探――相思と共生――

序　言

李白には「長相思」と題する二首の楽府がある。そのうちの一首を次に掲げる。「長相思、長安に在り／絡緯《らくい》秋啼く　金井の欄、微霜凄凄として　簟《てん》色寒し／孤灯明らかならずして　思い絶えなんと欲す／帷《とばり》を巻き月を望んで　空しく長歎、美人花の如く　雲端を隔つ／上には青冥の高天有り、下には渌《りょく》水の波瀾有り／天長く路遠くして　魂飛ぶこと苦しく、夢魂は到らず関山の難／長相思、心肝を摧《くだ》く（「長相思〔在長安〕」『李太白文集』巻三、以下『李集』Xと略記する）。

さて、青木正児氏は、世間的快楽の対象としての女性に関する李白の詩については、「次には婦女の詩。彼は遊蕩児であるから、「妓を載せ波に随つて去留に任す」（江上吟）と云つたやうな興は、なかなか盛んであつたらしい。従つて婦女を題材とすることに興味を覚えたであらうが、然し正面きつて之を詠ずることは殆ど無く、大抵は楽府題すなはち俗謡的詩題の中に在つて之を取扱つてゐる」（『李白』春秋社、一九七一）と述べる。また、松浦友久氏は、「唐詩に表われた女性像は、表現の対象や手法によってこれを系統的に類別すると、ほぼ次のようになる」「1．不特定の女性（1）宮女（2）思婦（3）美女・嬌女　2．特定の女性（4）神話・伝説・歴史上の女性（5）肉親・妻妾等の女性」「この分布から見ても明らかなように、李白の女性詩は唐詩に表われる女性像のすべての類型を完全に充たしており、しかも（5）を除いてはいずれも別集中の代表作と見なすべき主要作品を含んでいる」「まさに、「詩詞の十句に九句は婦人と酒とを言ふのみ」と評せられた面目の躍如たるものがある」「むろんこれは、李白を批判した王安石の貶辞として、「然れどもその識は汚にして下」に続く論断であるが、儒家的な道徳観・文学観を離れれば、それが大きな褒辞にも変りうる状態であることは言うまでもない」（『李白伝記論——客寓の詩想——』研文出版、一九九四）と指摘する。

この論考は、李白の女性観を道教との関わりで考察してみようという文字通りの試論である。道教の視座からすれば、先の王安石の言葉が「大きな褒辞」となるかはともかくとして、松浦氏の類別の特定の女性の中に、女冠、即ち女性の道士を加える必要はあると思われる。

第一節　呉娃と越艶——様々な地域の女性——

有名な「越女詞」では、李白は「呉児　白皙多く、好みて蕩舟の劇《たわむ》れを為す／眼を売りて春心を擲《なげう》ち、花を折りて行客を調《あざ》ける」（其二『李集』二十四）と歌う。ここでは、呉越の女性を包括しているようだが、「乱離を経たる後、天恩もて夜郎に流さる、旧遊を憶いて懐いを書し江夏韋太守良宰に贈る」（『李集』十）なる詩の第五段では、「呉娃と越艶と、窈窕として鉛紅に誇る／呼び来りて雲梯に上れば、笑を含みて簾櫳を出づ／客に対して小垂手すれば、羅衣春風に舞う／賓は跪いて休息を請い、主人は情　いまだ極まらず」と「呉娃と越艶」を対比した表現を用いている。この詩について久保天随氏は、「李白が、一身の経歴を叙し、殊に今次罪を獲た原因であるところの永王璘との関係に就いては、三たび意を致し、そして、刻下の形勢に及んだので、その間に、韋太守との交誼、及び離合が点綴してある。これは、集中有数の長篇で、結構の上に於ても、細心の工夫を用ひ、そして、文字も洗錬してあつて、もとより、大作を以て称すべきものである」（『李白全詩集』日本図書センター、一九七八）と述べる。李白晩年の力作である。

「呉娃と越艶」には、李白のこの地域の女性に対する思い入れが窺われるが、これと類似する表現を探ると、玄宗の開元年間になった徐堅の『初学記』には「美婦人」（巻十九）の項目があり、その「事対」に「楚娃と宋艶」とあるのが注目される。「事対」は、『初学記』に特徴的な項目であり、暗誦の便宜を図った二字ないし五字二句からなる対語を挙げたうえで、そのそれぞれに典籍・詩文からの典拠・用例を示すものである（加藤聰「類書『初学記』の編纂」[1]）。「楚娃と宋艶」に関する「事対」の引用には、「服虔の通俗文に曰く、南楚　美色を以て娃と為す。楊雄の方言に曰く、宋衛晉鄭の間、美色を艶と曰う」とある。「呉娃と越艶」の説明ともなるであろう。呉の地域の女性を李白はまた、しばしば、呉姫として詠じる。「蒲萄の酒金叵羅《きんはら》、呉姫十五　細馬馱す／青黛は眉を画き　紅錦は靴、字を道《い》うは正しからず　唱歌嬌《なまめか》し／玳瑁《たいまい》筵中　懐裏に酔う、芙蓉帳底　君を奈何せん」（「対酒」『李集』二十四）と歌うのがそれである。一方、越女は人と歌比べする姿が詠じられる。「郢人は白雪を唱い、越女は採蓮を歌う／此を聴きて　更に腸《はらわた》断つ、崖に憑りて　涙泉の如し」（「秋登巴陵望洞庭」『李集』十九）。李白には、別に著名な「採蓮曲」（『李集』四）がある。「若耶渓の傍《ほとり》　採蓮の女、笑いて荷花を隔てて　人と共に語る／日は新粧を照らして　水底に明らかに、風は香袖を飄して　空中に挙がる／岸上　誰が家の遊冶郎ぞ、三三五五　垂楊に映ず／紫騮　嘶きて落花に入りて去る、此を見て踟蹰して　空しく腸を断つ」。

　さて、目を北中国に転じれば、まず、長安などの「胡姫」についての作品が人口に膾炙している。「何れの処にか別れを為すべき、長安　青綺の門／胡姫　素手もて招き、客を延きて金樽に酔わしむ」（「送裴十八図南帰嵩山」其一『李集』十五）。素手は李白の目にしばしば止まるところである。「五陵の年少　金市の東、銀鞍白馬　春風を度る／落花踏み尽くして　何れの処にか遊ぶ／笑って入る　胡姫酒肆の中」（「少年行」其二『李集』五）。長安のものと定められないが、楽府「白鼻騧」（『李集』五）にも「銀鞍　白鼻の騧、緑地　障泥の錦／細雨　春風　花落つる時、鞭を揮って　直ちに胡姫に就いて飲む」とある。いずれも酒家の女性についての描写である。勿論、歌舞の伴う場合もあった。

「双《なら》び歌う二たりの胡姫、更《かわ》るがわる奏して清朝に遠ざかる／酒を挙げて朔雪に挑《かか》げ、君が相饒《あいゆる》さざるに従《まか》す」（「酔後贈王歴陽」『李集』十）、「胡姫　貌《かんばせ》花の如く、壚に当たって　春風に笑う／春風に笑い　羅衣もて舞う／君　今酔わず　安《いずこ》にか帰らんと欲す」（「前有樽酒行」其二『李集』三）。いかにも李白らしい快活な作品が並ぶ。この「胡姫」については、夙に石田幹之助氏が「当壚の胡姫」（『長安の春』講談社、一九七九）として、李白の詩に現れる例を中心に検討して、次のように述べている。「かりに北胡の婦女にして京師のうちにきたり住んでいたものがあったとしても、朔北の草原に、穹廬を家として乏しい生を送っているかれらのうちに、その声色の美をもってはたして大唐の都に青春を誇る繁華の子弟の心を惹くほどのものがあったであろうか。上掲の詩句に見ゆるがごとき胡姫といえば、やはり当時「胡旋」・「胡騰」・「白題」等の舞の名手として、ソグディアナ・トカーラなどの諸地から入っていた舞女などとともに、だいたいこれをイラン種の女子とみるのが至当であろう」と指摘している。これらは、言わば国際都市長安を象徴しているような詩とも言えよう。北中国の例としては、他に「趙女」「燕姫」などが詠じられている。「吾が兄　行楽　曛旭を窮めよ、満堂美有り　顔　玉の如し／趙女長歌して　彩雲に入り、燕姫酔舞して紅燭嬌《なまめか》し」（「豳歌行上新平長史兄粲」『李集』六）。また、「趙女は冶容ならず、籠を提げて　昼　群を成す／糸を繰りて機杼を鳴らし、百里声相聞ゆ」（「贈清漳明府姪」『李集』八）は、女性の艶やかさを歌うことの多い李白としては珍しい作品である。更に「秦娥」弄玉を歌った例があるが、それは西王母のところで触れる。

さて、今まで様々な地域の女性に関する李白の詩を見てきたが、李白の女性観を窺う際の絶好の作品は「長干行」其一（『李集』四）であろう（因みに「長干行」其二は、李白作であるかどうか疑問の持たれることが多い）。長干は、「長干の呉児の女、眉目　星月よりも艶《あで》やかなり／屐上　足　霜の如く、鴉頭の襪を著けず」（「越女詞」其一『李集』二十四）と言われるように呉の地。つまり、これらの詩で歌われているのは、呉娃・越艶なのである。吉川幸次郎氏の『新唐詩選』（岩波書店、一九五二）では、「長干行」（其一）について、「したまちの愛情にも、もとより愁いがある。それをも李白は、李白一流のうつくしい言葉で歌う。「長干の行《うた》」と題したこの詩では、夫を行商に出したおさな妻の、夫の上にはせる思いを、歌う」「詩は、すべておさな妻の独白。まず筒井筒のおもい出からはじまっている」と言う。吉川氏は明示していないが、李白の女性を歌った詩の中でメインの扱いを受けているのがこの詩である。筧久美子氏は「幼《おさな》馴染《なじみ》の男と結婚した若妻が、遠く出稼ぎにいった夫の身を案じる一人語りの夫《つま》恋い抒情詩」（『李白』角川書店、二〇〇四）とされ、安旗氏の『新版李白全集編年注釈』（巴蜀書社、二〇〇〇）では、二十六歳の青年李白の作と見る。

「妾が髪　初めて額を覆い、花を折りて　門前に劇《たわ》むる／郎は竹馬に騎りて来り、牀を遶りて（原文「遶牀」）青梅を弄す／同じく長干の里に居り、両つながら小《おさ》なく嫌猜なし」「十四　君が婦と為り、羞顔　未だ嘗て開かず／頭を低れて　暗壁に向い、千たび喚ばるるに一たびも回らさず」「十五　始めて眉を展べ、願わくは　塵と灰とを同じうせん／常に抱柱の信を存し、豈に上らんや　望夫台」「十六　君遠行す、瞿塘　灔澦堆《えんよたい》／五月　触る可からず、猿声天上に哀し」。

　この詩を読むと直ちに連想するのは、李商隠の「無題」其一である。「八歳にして偸かに鏡を照らし、長眉已に能く画く／十歳にして踏青に去き、芙蓉もて裙衩と作す／十二にして箏を弾くを学び、銀甲曾て卸さず／十四にして六親より蔵る、懸めて知る猶お未だ嫁せざるを／十五にして春風に泣き、面を背く鞦韆の下」（『李商隠詩歌集解』巻一）

　李商隠のこの詩は女性の成長の記録であるが、李白の「長干行」の殊に有名な冒頭六句は男性が闖入して来ているところに妙味がある。宇野直人・江原正士両氏の『李白』（平凡社、二〇〇九）では、対談の中で藤村の「まだあげ初めし前髪の　林檎のもとに見えしとき」（「初恋」）の詩句に言及される。

　この詩が男女の馴れ初めを詠じるものとして『伊勢物語』二十三段の「筒井筒」との関連を詳説されたのは筧文生氏であり、その主な論点は「遶牀」の解釈にあった。筧氏は、日本の代表的な李白の注釈書が、「遶牀」を「ベッドのまわりをまわりながら青梅の実をみせびらかした（武部利男『李白』筑摩書房、一九七二、世界古典文学全集二十七）」

などといずれも牀を寝台、ベッドの意に解しているのに疑問をもたれ、「牀はおそらく庭にある井牀、つまり井戸のわく、井げたであろう」と解された(2)。従うべきであろう。仁平道明氏がこれを補強されているのは周知のことに属する(3)。近年の李白の有力な解釈の一つである詹鍈主編の『李白全集校注彙釈集評』にも「牀、井牀、井上的欄杆」と注釈されていることも見逃せないところであろう。

『伊勢物語』の「筒井筒」の該当部分は次の通りである

むかし、田舎《ゐなか》わたらひしける人の子ども、井《ゐ》のもとに出《い》でてあそびけるを、大人《おとな》になりにければ、おとこも女も恥《は》ぢかはしてありけれど、おとこはこの女をこそ得《え》めと思《おも》ふ、女はこのおとこをと思《おも》ひつゝ、親《おや》のあはすれども、聞《き》かでなんありける。さて、この隣《となり》のおとこのもとよりかくなん。

筒井《つゝゐ》つの井筒《ゐづゝ》にかけしまろがたけ過《す》ぎにけらしな妹《いも》見ざるまに

女、返し、

くらべこし振分髪《ふりわけがみ》も肩《かた》すぎぬ君《きみ》ならずして誰《たれ》かあぐべき

などいひ〳〵て、つゐに本意《ほい》のごとくあひにけり。（岩波新日本古典文学大系17、一九九七）

「長干行」其一に歌い込まれている女性の感情の、その鍵は、恐らく「相思」という心情であって、これは「互いに思い慕うこと、思い合うこと」である。李白の場合、「相思」は、友情を示す表現として用いられることもあるが、勿論男女間の「相思相愛」を念頭においた用法も多い。「長相思」を題とする二首の楽府をはじめとするそうした心情こそ、おそらくは李白の女性観のもっとも深部にあるものであり、それは女性とのまさしく「共生」を意図するものであったと思量されるのである。

第二節　趙痩と楊肥——宮中の女性——

民間と宮中を繋ぐ存在の女性は西施であろう。また、彼女は民間から見出され、越から呉の宮中に遣わされた秀色の女性として、言わば呉娃と越艶を兼ねる存在でもある。李白の「西施」と題する詩では次のように言う。「西施　越渓の女、苧羅山より出づ／秀色　今古を掩い、荷花　玉顔に羞ず／紗を浣いて碧水を弄び、自ら清波と閑たり／皓歯　信に開き難く、沈吟す碧雲の間／句踐　絶艶を徴し、蛾を揚げて呉関に入る／提携す　館娃宮、杳渺　詎ぞ攀ずべけんや／一たび夫差の国を破り、千秋竟に還らず」（『李集』二十）。この詩について久保天随氏は「前八句は、西施が未だ呉宮に入らざる時、即ち貧女としての生活を写し、句踐以下の六句は、夫差の寵を得たるにより、その末路に及んだので、一応尤もらしいが、詳略やや当を失し、到底竜頭蛇尾の謗《そしり》を免れないものである」（『李白全詩集』）と批評し、はなはだ手厳しいが、西施の行跡のあらましを綴っており、前四句はそれほど捨てたものでもないのではないか。秀色は女性の美貌をトータルに賞讃する際に、李白が好んで用いる表現。皓歯は言うまでもなく美貌の形容の一。

西施は、歴史上の女性の中で、李白の最も好んだ人と見られ、彼女を詠じる作品は甚だ多い。その幾つかを以下に列挙する。「鏡湖三百里、菡萏　荷花を発《ひら》く、五月　西施　採る／人は看て若耶を隘《せま》くす、舟を回《めぐ》らして月を待たず、帰り去る　越王の家」（「子夜呉歌」其二『李集』六）。「西施は笑うに宜しく　復た嚬するに宜し、醜女はこれに効いて徒らに身を累《くる》しむ／君王　蛾眉の好きを愛すと雖も、奈《いかん》ともする無し　宮中　人を妬殺するを」（「玉壺吟」『李集』六）。最初の二句は、『荘子』天運篇の「顰み（嚬み）に倣う」の故事を踏まえる。蛾眉は蛾の眉のような、細く美しい眉。美貌の形容の一。李白も常用する。「姑蘇の台上　烏棲む時、呉王の宮裏　西施を酔わしむ／呉歌楚舞　歓び未だ畢らず、青山猶お銜む　半辺の日」（「烏棲曲」『李集』三）。最後の「烏棲曲」は男女の歓楽を歌ったものとされる。楽府の名作の一つである。

王昭君もまた歴史上の宮中の女性ではあるが、運命に弄ばれて胡地に去る悲劇性が歌われる。「漢家秦地の月、流影　明妃を照らす／一たび玉関の道に上り、天涯　去りて帰らず／漢月は還た東海より出づるも、明妃は西に嫁して来る日なし／燕支　長《とこし》えに寒くして雪は花と作り、娥眉　憔悴して胡沙に没す／生きては黄金に乏しく　枉げて図画せられ、死しては青塚を留めて　人をして嗟かしむ」（「王昭君」其一『李集』四）「昭君　玉鞍を払い、馬上りて紅頬に啼く／今日　漢宮の人、明朝　胡地の妾」（「王昭君」其二）。

李白が宮中の女性を詠じる場合、いわゆる閨怨詩に名作の多いことはよく知られている。例えば、「玉階怨」（『李集』五）は楽府題で後宮の女性の閨怨を詠じたもの。「玉階に　白露生じ、夜久しくして　羅襪を侵す／水精の簾を却下して、玲瓏として秋月を望む」。「怨情」（『李集』二十四）は更に直接的である。「美人　珠簾を巻き、深く坐して蛾眉を顰む／但見る　涙痕の湿うを、知らず　心に誰をか怨むを」　蛾眉が美貌の形容の一であることは先に見たが、李長之氏はこうした身体の部位に着目することが、肉的で道教的だとする。[4]　一方、閨怨詩の構造については、松浦友久氏に「（怨と恨の）両者の要点を言えば、〝怨〟は情況が可変的・流動的であり、〝恨〟は不可変的・固定的である。恋情や愛情の心理描写として、どちらがより多く魅力的・刺激的であるかは言うまでもない」「唐詩に描かれた女性像の中核（もしくは主要部分）が、こうした〝閨怨〟のイメージであったということは、換言すれば、唐代詩人の抱く女性観の中核が、実は、こうした〝怨 yuan〟の心情を抱いて男性を待つ女性像を、女性の美、もしくは魅力の、典型と考えるものだったことを示している。みずからの主体性によって積極的に情況を変えるのではなく、逆に、所与の条件のなかで男性への満たされぬ思慕を抱きつづけるという女性像。それは、男性の手になるがゆえに、いっそう純粋に観念化された、女性的な〝美〟と〝愛〟の典型となりえたのだと言うことができよう。女性が最も女性的でありうるのは、まさに男性との相関においてに他ならない。それゆえにまたこのイメージは、女性作者の描く女性像にもそのまま投影するほどに、当時の明確な通念となりえたわけであろう」という重要な指摘がある。[5] ここに隠されているのは、儒教的な男性の女性に対する支配の構造であることは見やすい。ただ、李白の女性に関する詩には、こうした儒教的な構造を超えた女性に対するシンパシーに基づく描写のあることが特徴であると思われる。それは、呉娃・越艶や西施・王昭君に対してもそうであるし、次の楊貴妃を詠じた「清平調詞」（『李集』五）もまた、しかりである。

盛唐の天宝二年（七四三）頃、玄宗と楊貴妃のロマンスが長安の興慶宮の沈香亭で牡丹の花と共に盛りを迎えたとき、李白によって詠じられたこの作品は、実は第三首から見る方が事態の理解は明瞭なのであるが、第一首は折り紙付きの警抜な表現で始まる。

雲想衣裳花想容　　雲には衣裳を想い　花には容《すがた》を想う
春風払檻露華濃　　春風　檻《かん》を払って　露華濃《こま》やかなり
若非群玉山頭見　　若《も》し　群玉山頭にて見るに非ずんば
会向瑤台月下逢　　会《かなら》ず　瑤台の月下に向《お》いて逢わん　（其一）

「想」は「如」などと同じだという意見があるが、李白のあざといまでの警抜さを掴み切れていないだろう。ここで、楊貴妃と比較されるのは、道教の美しい女仙で、群玉山にいるとされた西王母である。瑤台も神仙のいるところ。瑤台と西王母については、次節でより詳しく見る。

一枝紅艶露凝香　　一枝の紅艶　露　香りを凝らす
雲雨巫山枉断腸　　雲雨巫山　枉《むな》しく断腸
借問漢宮誰得似　　借問す　漢宮　誰か似るを得たる
可憐飛燕倚新粧　　可憐の飛燕　新粧に倚る　（其二）

沈香亭には、紅・紫・浅紅・白の牡丹が植えられていた。紅艶はその紅の牡丹であり、また、越艶と言う表現もあるように楊貴妃の艶《あで》やかさも喩える。雲雨巫山は男女の交情のこと。楚王と神女の契りを詠じた宋玉の「高唐賦」に「先王嘗游高唐、怠而昼寝、夢見一婦人、曰、妾巫山之女也、為高唐之客、聞君游高唐、願薦枕席、王因幸之、去而辞曰、妾在巫山之陽高丘之岨、旦為朝雲、暮為行雨、朝朝暮暮、陽台之下」（『六臣註文選』巻十九）とあるのに基づく。可憐はいじらしさを含んだ愛らしさの意。飛燕は、漢の成帝の皇后趙飛燕のこと。李白の「宮中行楽詞」（『李集』五）に「柳色は黄金のごとく嫩かに、梨花は白雪のごとく香し／玉楼には翡翠巣くい、珠殿には鴛鴦を鎖す／妓を選んで雕輦に随わしめ、歌を徴して洞房を出でしむ／宮中　誰か第一なる、飛燕は　昭陽に在り」（其二）と歌われる。いずれも楊貴妃を喩えた。ただし、実在した女性に喩えたのは李白の失策であり、楊貴妃との間に不和を生じた。

名花傾国両相歓　　名花傾国　両《ふた》つながら相歓ぶ
長得君王帯笑看　　長《とこし》えに君王の笑みを帯びて看るを得たり
解釈春風無限恨　　春風無限の恨みを解釈して
沈香亭北倚闌干　　沈香亭北　闌干に倚る　（其三）

名花は牡丹の花、傾国は、漢の李延年の歌に「一たび顧みれば人の城を傾け、再び顧みれば人の国を傾く」に基づく、美貌の楊貴妃を指す。君王は言うまでもなく玄宗。春風無限恨を青木正児氏は「春愁」と解する（『李白』）が、松浦友久氏の「春風がもたらす様々な鬱屈の情」（『李白詩選』岩波書店、一九九七）が良く、恐らく女性特有のアンニュイ（倦怠）のこと。解釈は解消の意。筧久美子氏が無限恨を「訳もなく胸をふさぐメランコリー」（『李白』）とするのは、より直接的である。

なお、白楽天の「長恨歌」はこの李白の「清平調詞」の詩語をふんだんに借用していると松浦崇氏は指摘する。(6) 傾聴すべき意見であろう。

第三節　無常と超越——麻姑と西王母——

李白よりやや後輩の顔真卿が大暦六年（七七一）に書いた「撫州南城県麻姑山仙壇記」（『顔魯公文集』十三）は、唐代の麻姑信仰の様子を伝えて余すところがない。そして、その前半には、晋の葛洪の『神仙伝』に基づく麻姑についての紹介がなされている。現行の『神仙伝』が葛洪の当時のままではないと疑われていることは周知の通りであるが(7)、この顔真卿の『麻姑仙壇記』に引用する『神仙伝』はテキストとして最も信頼できるものとされている。顔真卿の『神仙伝』による記述の後半に麻姑が登場する。重要な部分をかいつまんで紹介する。

二時間して麻姑がやって来た。それは美しい娘で年は十八、九ばかり。頭に髻を結い、余った髪は垂れて腰まであった。その衣裳には模様があるが錦や綺《あやぎぬ》でもなく、光り輝きはこの世のものではなかった。坐が定まるとそれぞれ「行厨」を進めた。金の盤《さら》に玉の杯、限りもない御馳走である。多くはいろいろな花で、その香りは内外にあふれ、麒麟の脯《ほしにく》を擗《さ》いてそれを配った。

麻姑は云う「お仕えして以来、東海が三度も桑田《くわばたけ》になるのを見ました。さきほど聞いたところでは、蓬莱は水が前より浅くなり、昔のほぼ半分になったとのことです。また陸地になってしまうのでしょうか」。王方平（遠）は笑って答える。「聖人はみな、海中にもゆくゆくはまた砂塵が揚がると言っておられる」

麻姑の手は鳥の爪のようだ。蔡経は心の中で言った。「背中がかゆい時、あの爪で背中を爬《か》いたらさぞかし気持がよいだろうな」。王方平はすぐさま蔡経が心の中で言ったことを知り、人をやって蔡経を牽き鞭うたせて言った。「麻姑は神人だ。おまえはどうしておろそかにもその爪で背中を爬くことができたらと思うのだ」と。

以上、やや煩雑に亙ったが、麻姑信仰の原点となる葛洪の『神仙伝』の麻姑に関する記述を見て来た。その要点は、麻姑は美貌の女神で、手は鳥の爪のようであり、東海が三度も桑田になる所謂「滄桑の変」、即ち人の世の有為転変の激しさを説いたことである。

さて、李白は、道教徒的詩人とされるが、しばしば、麻姑をその詩に登場させている。それらのうち麻姑壇（「登敬亭山南望懐古贈竇主簿」）と麻姑台（「金陵江上遇蓬池隠者」）を歌うものを除いた詩を見てみよう。

李白は「古有所思」において、「我思う仙人は乃ち碧海の東隅に在り、海寒くして天風多く、白波山を連ねて蓬壺を倒す／長鯨噴湧　渉るべからず、心を撫でて茫茫　涙は珠の如し／西来の青鳥　東に飛び去る、願くば一書を寄せて麻姑に謝せん」（『李集』四）と蓬萊の仙女たる麻姑への憧れを口にしつつ、また、親友の道士元丹丘に与えた「西岳雲台歌送丹丘子」では「明星玉女灑掃に備わり、麻姑背を掻いて指爪軽し」（『李集』六）と麻姑の長い爪について語る。

継いで李白は、「贈王漢陽」において「吾曾て海水を弄び、清浅三変を嗟く／果して麻姑の言に愜《かな》う、時光　流電よりも速やかなり」（『李集』十）と所謂「滄桑の変」についても触れるのであるが、『神仙伝』の麻姑伝における先の「滄桑の変」の記述こそ、李白が自己の無常観を表現する際に好んで用いるものであった。例えば「古風其八」（『李集』二）に「荘周は胡蝶を夢み、胡蝶は荘周と為る／一体更《たがい》に変易し、万事良に悠悠たり／乃ち知る蓬萊の水も、復た清浅の流れとなるを／青門に瓜を種うる人は、旧日の東陵侯／富貴固《もと》よりかくのごとし、営々として何の求むる所ぞ」と説くように。更に言えば、「短歌行」には、「白日　何ぞ短短たる、百年　苦《はなは》だ満ち易し／蒼穹　浩浩茫たり、万劫　太極長《ひさ》し／麻姑　両鬢を垂れ、一半　已に霜と成る」（『李集』五）と、あの若く美しかった麻姑の黒髪にも歳月の流れによる変化の訪れることさえ述べるのである。

次に西王母は道教の女神の筆頭に置かれる存在である。唐末五代の碩学道士杜光庭の『墉城集仙録』の序文では、「墉城集仙録は、古今の女子の得道昇仙の事を紀すなり。（中略）女仙は金母を以て尊しと為し、金母は墉城を以て治と為す。編みて古今女仙の得道の事実を記し、目して墉城集仙録と為す。上経に曰く、男子　道を得れば、位は真君に極まり、女子は道を得れば、位は元君に極まる。此伝は金母を以て主と為し、元君は之に次ぐ」と述べる。そして、『墉城集仙録』の巻一では金母元君について、「金母元君は、九霊太妙亀山金母なり。一に太霊九光亀台金母と号し、一に号して西王母と曰う。乃ち西華の至妙にして、洞陰の極尊なり」と述べている。

李白はその詩の中で様々に西王母を詠じる。「周穆　八荒の意、漢皇　万乗の尊／楽しみに淫して　心極まらず、雄豪　安んぞ論ずるに足らん／西海に王母と宴し、北宮に上元を邀う／瑤水に遺歌を聞き、玉杯　竟に空言／霊跡は蔓草を成し、徒らに千載の魂を悲しましむ」（「古風」其四十三『李集』二）、「朝に王母池に飲み、瞑に天門闕に投ず／独り緑綺の琴を抱いて、夜　青山の月に行く／山は明らかにして　月露白く、夜は静かにして　松風歇む／仙人碧峯に遊び、処処に笙歌発す」（「遊太山」其六『李集』十七）、「上元は誰が夫人ぞ、偏えに王母の嬌を得たり／嵯峨たる三角の髻、余髪は散じて腰に垂る／裘は披く　青毛の錦、身は着く　赤霜の袍／手に嬴女児を提げ、閑かに鳳と簫を吹く／眉語両つながら自ら笑う、忽然風に随って飄る」（「上元夫人」『李集』二十）、「玉真の仙人、時に太華の峰を往く／清晨天鼓を鳴らし、飈欻として双龍を騰らしむ／電を弄して手を輟めず、行雲　本　蹤無し／幾時か少室に入りて、王母　応に相逢うべき」（「玉真仙人詞」『李集』七）「三鳥王母に別れ、書を銜んで来りて過らる／腸を断ちて紘を剪る若く、其れ愁思を如何せん／遙かに知る　玉窓の裏、纖手　雲和を弄するを／曲を奏して　深意有り、青松　女蘿に交わる」（「寄遠」其一『李集』二十四）とあるのがそれである。瑤水、王母池と言われるのは、崑崙山にあって、西王母と関わるとされる瑤池のこと。また、「清平調詞」の注釈ともなり得るのは、「寓言」其二（『李集』二十二）である。「遙裔たり双綵鳳、婉孌たり三青禽／往還す瑤台の裏、鳴いて舞う玉山の岑、以て秦娥の意を歓ばせ、復た王母の心を得たり／区区たり精衛鳥、木を銜んで空しく哀吟す」とある玉山は、先の群玉山のことで、『穆天子伝』「癸巳至于羣玉之山」（巻二）についての晉の郭璞の注釈には、「即ち山海に云う、羣玉山は、西王母居る所の者なり」と云っている。

また、瑤台と西王母との関わりについては、先学は『太平御覧』（巻六七三）所引の『登真隠訣』に「崑崙瑤台、西王母之宮、所謂西瑤上台、天真秘文在其中」とあることを指摘する。[8]

ところが、この「所謂」以下は実は『真誥』の「問西宮所在、答云、是玄圃北壇、西瑤之上台也、天真珍文、尽蔵於此中」（巻一）とある記述に基づくのである。[9] 更に言うならば、『真誥』では、この答について、「右南岳夫人言」として、その南岳夫人魏華存の言葉としていることも注目されよう。『真誥』は、茅山派道教の集大成者である梁の陶弘景の編述になり、『登真隠訣』は、彼の著述であることは周知の通りである。

このように李白は、茅山派道教の経典なども糧としながら、西王母について歌うのであるが、「飛龍引」其二の龍に騎った黄帝が紫皇から薬方を貰う後半部分では「紫皇乃ち白兎擣くところの薬方を賜う、天に後れて老い　三光を凋む／下　瑤池を視　王母を見れば、蛾眉蕭颯として秋霜の如し」（『李集』三）と西王母の眉も年齢を重ねて白くなる様が詠じられる。つまりは、道教の女神の代表たる西王母も先の麻姑と同様に無常を免れなかったとするところに李白が死の超越を如何に困難なものと考えていたかがよく表れていよう。

第四節　元君と錬師――魏華存と焦静真――

カトリーヌ・デスプ氏は言う。「茅山派は道教の正統な派の中でも、女性をその始祖として認めた最初の派である。その女性とは魏夫人（二五二―三三四）であり、彼女はその派のあらゆる伝統の始まりとみなされ、茅山派もしくは上清派の最高の「元君」であった」[10]と。神塚淑子氏もまた、「魏華存は道教の女真（女性の真人）の一人である。道教の女神といえば、西王母や麻姑、天后（媽祖）などが一般にはよく知られているが、魏華存は上清派（茅山派）と呼ばれる道教の第一代の師とされ、六朝・唐代の宗教思想史上、きわめて重要な女性の神仙である。神仙としての名は南岳魏夫人という」と述べる(11)。李白には、この魏夫人への信仰に触れた次の詩がある。「呉江の女道士、頭に蓮花巾を戴き／霓裳　雨に湿わず、特に陽臺の神に異れり／足下遠遊の履、波を凌いで素塵を生ず／僊を尋ねて南岳に向う、応に魏夫人に見ゆべし」(「江上送女道士褚三清遊南岳」『李集』十五)。茅山派道教を信奉した李白は、南岳と言えば、まず魏夫人を思い浮かべたものであろう。この魏夫人の信仰は、前章で見たとおり、梁の陶弘景に継承されて行くが、李白と親交のあった道士胡紫陽の道教の系譜は、李白の「漢東紫陽先生碑銘」において、「聞くならく金陵の墟、道始めて三茅に盛え、四許に波《およ》ぶ、華陽□□□□□□陶隠居　昇玄子に伝え、昇玄子　体玄に伝え、体玄　貞一先生に伝え、貞一先生　天師李含光に伝え、李含光　契を紫陽に合す」と述べられている(12)。陶隠居は梁の陶弘景、昇玄子は隋の王遠知、体玄は唐の潘師正、貞一先生は李白に「仙風道骨」のあることを指摘した司馬承禎である。李白のこの「紫陽碑銘」の道教史における意義は、言うまでもなく李含光を司馬承禎の道統を伝えた人物としていることであろう。

さて、李白には、また、「贈嵩山焦錬師幷序」(『李集』九)と題する女冠を詠んだ詩がある。『太平広記』(四四九)に引く「広異記」では、焦錬師が黄裙の婦人に化けた妖狐と術競べをし、破れたために嵩山の頂きに壇を設け、老君に助けを求める話が載せられているが、その冒頭に「唐の開元中に焦錬師が道を修めていて、甚だ多く信徒を聚めていた」として、焦錬師の宗教活動の状況を伝えている(13)。錬師は徳が高く、思いが精密な道士に与えられる呼称。

李白と交友のあった個性的な詩人である王昌齢も焦錬師と会い道教の手ほどきを受けている。「中峰　青苔の壁、一点　雲生ずるの時／豈　意《おも》わんや石堂の裏《うち》に、焦錬師に逢うを得るを／炉香　琴案に浄く、松影　瑤墀に間《しずか》なり／長年の薬を拝受して、翩翩として西海を期す」(「謁焦錬師」『王昌齢集編年校注』巻一)と詠じるのがそれである。やはり、同時代に活躍した李頎にも「寄焦錬師」と題する次の詩がある。「道を得て凡そ百歳、丹を焼いて惟だ一身／悠

悠たり　孤峰の頂、日びに三花の春を見る／白鶴　翠微の裏、黄精　幽澗の濱／始めて知る世上の客は、山中の人に及ばざるを／仙境　夢に在るが若し、朝雲　親しむべきが如し／何に由りてか顔色を覩、手を揮いて風塵に謝せん」（『全唐詩』一三二）。また、王維にも「贈東嶽焦錬師」（『王維集校注』巻二）と題する詩が存する。「先生は千歳余る、五嶽遍く曾て居る／遙かに識る　斉侯の鼎、新たに過ぐ王母の廬／孔墨を師とする能わず、何事ぞ長沮に問う／玉管時に鳳を来たし、銅盤　即ち魚を釣る／身を竦《そびや》かす　空裏の語、目を明らかにす夜中の書／自ら還丹の術有り、時に論ず太素の初／頻りに露版の詔を蒙り、時に軟輪の車を降る／山静かにして泉逾いよ響き、松高くして枝転た疎らなり／頤を支えて樵客に問う、世上復た何如」。そして、少しく後輩になるが、王維と縁の深い詩人である銭起にも恐らく焦錬師の事跡を訪ねたと見られる作品が残されている。「三峰の花畔　碧堂縣《か》け、錦里の真人　此に仙を得／玉体纔かに飛ばす　西蜀の雨、霓裳向わんと欲す　大羅の天／彩雲は散ぜず　焼丹の竈、白鹿は時に蔵す　種玉の田／幸くば桃源に入りて　因りて世を去り、方に丹訣もて一たび延年するを期さん」（「題焦道士石壁」『銭考功集』巻八）。これらの作品は、焦錬師の宗教活動が広く当時の詩人たちの関心の的であったことを示している。

次に李白は「贈嵩山焦錬師并序」の序文で次のように述べる。「嵩山に焦錬師とよばれる神仙がいて、何許《どこ》で生まれた婦人かも分からない。又斉梁時代に生まれたとも云う。その年令容貌は五六十歳とも称《い》えるほどだ。常に胎息絶穀して、少室山の廬《いおり》におり、飛ぶように遊行し、倏忽《たちまち》のうちに万里をいく。世間では或いは東海に入り蓬萊山に登ったかと伝え、とうとうその往くところを測れないでいる。余《わたし》は少室山に神仙の道を訪ね、尽く三十六峰に登った。その高風を聞いて詩を寄せようとし、手紙に書いて遙かに贈った」と。

胎息は、晉の葛洪の『抱朴子』釈滞篇（巻八）に「胎息を得るものは、能く鼻口を以て噓吸せざること、胞胎の中に在るがごとくなれば、則ち道成れり」と説く。絶穀は身を軽くするため穀物を絶つこと。いずれも道教の長生法である。

そして、「贈嵩山焦錬師」の詩では「二室　青天を凌ぎ、三花　紫煙を含む／中に蓬海の客あり、宛も麻姑の仙たるかと疑う／道在りて喧染《そ》まること莫く、跡高くして想いは已に繇たり／時に餐す金鵝の蕊、しばしば読む青苔の篇／八極に恣に遊憩し、九垓に長く周旋す／瓢を下して潁水に酌み、鶴を舞わして伊川に来る／還た空山の上に帰り、独り秋霞を払いて眠る／蘿月　朝鏡を挂け、松風　夜絃を鳴らす／光を潜めて嵩嶽に隠れ、魄を錬りて雲幄に棲む／霓衣　何ぞ飄飄たる、鳳吹　転た緜邈／願くば西王母に同じく、下に東方朔を顧みん／紫書　儻し伝うべくんば、骨に銘じて誓いて相学ばん」と歌って、蓬萊山の客となった焦錬師が行い澄まして金鵝、即ち桂の蕊を食べ、青苔の篇、つまり道教の書を読む姿を描き出している。女仙の代表として麻姑と西王母を盛り込んでいるのも李白らしい。

詹鍈氏はこの焦錬師を沈汾の『続仙伝』に見える焦静真とするが、[14]この焦静真については、『四庫提要』以来の一つの疑案がある。即ち、その『続仙伝』の『提要』（子部道家類）に「惟泛海遇仙使帰師司馬承禎事、上巻以為女真〈貞〉謝自然、又下巻以為女真〈貞〉焦静真〈貞〉、不応二人同時、均有此異、是其虚構之詞、偶忘其自相矛盾者矣」とあるのがそれである。

（1）『続仙伝』下、司馬承禎伝〈道蔵本〉には、「時に女真焦静真、海に泛び蓬萊に詣りて師を求む。一山に至る。道者に見ゆるに指して言いて曰く、天台山司馬承禎、名　丹台に在りて、身は赤城に居り、真に良師なりと。静真既に還り、承禎に詣りて度さるることを求む」とある。因みに雲笈七籤本の『続仙伝』は、これは謝自然の事跡となっている。

（2）『続仙伝』上、謝自然伝〈道蔵本〉の関係箇所を原文で示すと「道士問、欲何往、自然曰、蓬萊尋師、求度世去。道士笑曰、蓬萊隔弱水、此去三十万里、非舟檝可行、非飛仙莫到。天台山司馬承禎名在丹台、身居赤城、此乃良師也、可以廻去。俄頃風起、聞海師促人登船、言風已便。及揚帆、又為横風飄三日、却到台州岸。自然欣然復往天台、具言其実、以告承禎、並謝前過。承禎曰、俟択日昇壇以度。於是伝授上清法。後却帰蜀止。貞元年中（七八五―八〇五）、白日上昇而去」とある。

（2）の下線部分が（1）と同じであることは一目瞭然である。ただ、司馬承禎が開元二十三年（七三五）に卒しており、また、焦錬師が開元中に活動しているのに比べて、謝自然の活動は貞元年間に及んでおり、下線部分は著しく無理のある記述と見なければなるまい。(15)

一方、焦錬師、即ち焦静真が蓬萊に行ったというのは、在世当時からのよく知られた噂であって、李白はそれを書き留めているのであろう。併せて言えば、王維の今一首の焦静真に纏わる詩に「海上　三島に遊び、淮南　八公に預る／坐して知る　千里の外、跳って向う一壺の中／地を縮めて　珠闕に朝し、天に行きて　玉童を使う／人に飲ませて　聊か酒を割き、客を送りて乍ち風を分かつ／天老　能く行気し、吾が師　空を養わず／君に謝して徒らに雀躍、鴻濛に問うべき無し」（「贈焦道士」『王維集校注』巻一）とあって、三島、即ち蓬萊・瀛洲・方丈の三山に言及するのもその証左であろう。

また、李渤の『真系』（『雲笈七籤』巻五）では、司馬承禎伝の末尾に「（司馬承禎）先生門徒甚だ衆し、ただ李含光・焦静真のみその道を得たり」といっているのは、焦静真が茅山派道教における代表的な女性求道者であったことをよく示している。李白の道教信仰はこうした女冠の活動をも支えとしている。これらの女性の道教修行者に対する真率な態度も、李白の女性観の一面を表すものと考えてよかろう。

結　語

「長安　一片の月、万戸　衣を擣つの声／秋風　吹きて尽きず、総て是れ　玉関の情／何れの日か　胡虜を平らげ、良人　遠征を罷めん」（「子夜呉歌」其三『李集』六）

山崎純一氏は、「李白は児女の情に通じている。女の美しさ、女の悲しみをしばしば歌っている」といい、また、先の詩などについて、「李白の『子夜呉歌』は、優美・可憐・愛ふかきものとしての理想化された女性に対する讃歌といってよかろう」と述べる。(16) 李白が女性に対して、特に親愛の情を持っていたことを指摘したものであろう。

儒教には、「三従」、即ち家にあっては父に従い、嫁《か》しては夫に従い、夫が死んだあとは子に従う（『儀礼』喪服篇、『礼記』郊特牲篇）という考えや、「七去」、即ち『大戴礼』本命篇の「婦に七去あり、父母に順わざれば去る、子無ければ去る、淫なれば去る、妬なれば去る、悪疾あれば去る、多言なれば去る、窃盗なれば去る」という離婚の条件に関する考えがあって、男尊女卑の思想が顕著であり、仏教にも「五障」（女性は梵天王・帝釈・魔王・転輪聖王・仏身になることができないとされること）や、「変成男子」（女性の身体のままでは仏になれないので、男性の身体になること）の思想があり、(17) 女性に差別的だとされる。

しかし、道教では女性は男性と同様に仙人になれると考えられており、更に上述したように茅山派道教では女性のリーダーがいるなど、女性尊重の色彩が強い。(18)

李白は女性描写に巧みな詩人とされるが、それは、無常の世を共に生きるパートナーとしての女性との「相思」を重んずるという個人的な資質と、道教における女性尊重の思想とが相互に影響しあって織り成された彼の女性観に基づくものと思量されるのである。

注

※テクストは静嘉堂宋蜀本『李太白文集』、宋蜀刻本唐人集叢刊『李太白文集』を用い、宋楊斉賢・元蕭士贇『分類補註李太白詩』、王琦『李太白文集輯註』、詹鍈主編『李白全集校注彙釈集評』等を参照した。

（1）『東方学』一一一輯、二〇〇六、所収。

（2）筧氏の見解は『唐宋文学論考』（創文社、二〇〇二）に纏められている。
（3）「『伊勢物語』二十三段と李白「長干行」」（『文芸研究』第百集、一九八二、所収）参照。
（4）『道教徒的詩人李白及其痛苦』参照。
（5）「唐詩にあらわれた女性像と女性観」（石川忠久編『中国文学の女性像』汲古書院、一九八六、所収）参照。
（6）「李白「清平調詞」と白居易の「長恨歌」」（『南腔北調論集』東方書店、二〇〇七、所収）参照。
（7）福井康順「神仙伝考」（『東方宗教』創刊号、一九五一、所収）参照。
（8）詹鍈主編『李白全集校注彙釈集評』（百花文芸出版社、一九九六）参照。
（9）石井昌子『道教学の研究』（国書刊行会、一九八〇）参照。
（10）『女のタオイスム』門田真知子訳（人文書院、一九九六）参照。
（11）「魏夫人」（『しにか』大修館書店、一九九九年十一月号、所収）参照。
（12）第一部第七章「李白と唐代の道教」参照。
（13）土屋昌明『神仙幻想』（春秋社、二〇〇二）も参照されたい。なお、王維については、第一章「桃源・白雲と重玄・本際――王維とモダンな道教――」参照。
（14）陳国符『道蔵源流考』（中華書局、一九六三）、詹鍈主編『李白全集校注彙釈集評』等参照。
（15）遊佐昇「謝自然と道教」（牧尾良海博士喜寿記念『儒・仏・道三教思想論攷』山喜房佛書林、一九九一、所収）参照。
（16）「李白の女性讃歌『子夜呉歌』に寄せて」（『国語通信』二九五号、一九八七、所収）参照。
（17）菅野博史『法華経入門』（岩波書店、二〇〇一）参照。
（18）郭沫若『李白与杜甫』（人民文学出版社、一九七二）、孫昌武『道教与唐代文学』（人民文学出版社、二〇〇一）、武部利男氏の李白に関する一連の著作、小南一郎『中国の神話と物語り』（岩波書店、一九九九）、吉川忠夫『書と道教の周辺』（平凡社、一九八七）等も参考にしている。

第九章　柳文初探——柳宗元と道教——

序　言

北宋随一の詩人蘇軾、東坡は柳宗元（七七三—八一九）の得難い知己であった。蘇東坡が晩年、海南島に配流された時、携えて行ったのは、陶淵明と柳宗元の二つの詩集であるとも言われている。(1)

東坡は柳宗元の詩の優れた点を「温麗精深」といい、「南澗中題」については、「憂の中に楽しみあり、楽しみの中に憂あり」と評し、「江雪」については、「殆んど天の賦《うた》う所」と述べた。いずれも柳宗元の詩を深く知るものである。

唐も北宋も道教が盛んであった。蘇軾は、儒・仏・道の三教のうち、道教に最も愛着を示していた。一方の柳宗元の場合は、道教に如何なるスタンスで臨んでいたのか。小論では、柳宗元と蘇軾との思想の共通点、柳宗元の植物を詠じた詩と道教との関わり、更には柳宗元と都長安の道士との関わり、地方における民間信仰との関わり等の考察を通じて中唐道教の一側面をも解明することとしたい。

第一節　黄老と儒仏

柳宗元は儒教と仏教については非常に明断な規定をしている。即ち「南岳大明寺律和尚碑」（『柳宗元集』巻七）に次のように述べるのがそれである。「儒は礼を以て仁義を立つ、これなければ則ち壊る。仏は律を以て定慧を持す、これを去れば則ち喪う。この故に礼を仁義に離《わか》つものは、ともに儒を言うべからず。律を定慧に異にするものは、ともに仏を言うべからず(2)」。

儒教には仁義と礼が必須のものであり、仏教には、定慧と律、即ち戒律が不可欠である。いかにもクリアーさで鳴る柳宗元らしい歯切れの良さである。

そして、共に唐宋八大家の一角を占める韓愈の言葉をあげつらって、「儒者韓退之、余と善し。嘗て余の浮図の言を嗜むを病《うれ》え、余の浮図と遊ぶを訾《そし》る。……浮図、誠に斥くべからざるもの有りて、往々にして易・論語と合す、誠にこれを楽しめば、その性情において奭《せき》然として、孔子と道を異にせず」（「送僧浩初序」『柳宗元集』巻二十五）とも述べている。

ところで、先に見たように、柳宗元は儒教と仏教に明晰な規定をしているのであるが、道教の場合には甚だ様相を異にしている。道教に替わる言葉として用いられているのは黄老であると見られるので、次にその用例を検討しよう。

①孔子無大位、没以余言持世、更楊・墨・黄・老益雑、其術分裂。（「曹渓第六祖賜諡大鑑禅師碑」『柳宗元集』巻六）

②〔東明先生張因〕一年、投去印綬、願為黄老術、詔許之。（「東明張先生墓誌」『柳宗元集』巻十一）

③〔崔少卿〕孔氏之訓、専其伝釈、黄老之言、探乎幽賾。（「為韋京兆祭太常崔少卿文」『柳宗元集』巻四十）

④〔崔君敏〕芸邃六書、学該七録、耽此黄老、恬於寵辱。（「祭崔君敏文」『柳宗元集』巻四十）

最初の①の用例は漢初の黄老の術も想い起こさせるが、②③④は道教を指すと見てよいであろう。それでは、柳宗元はこの黄老、即ち黄帝と老子についてどのようなイメージを抱いていたのであろうか。その個別的な考察に移ろう。

まず、「貞符并序」（『柳宗元集』巻一）において、柳宗元は太古の聖王である黄帝を次のように見ている。「然る後に強く力あるもの出でてこれを治め、往々にして曹を険阻に為し、号令を用いて起ち、君臣什伍の法立つ、徳紹《う》くるものは嗣ぎ、道怠たるものは奪わる。ここにおいて聖人あり黄帝という、その兵車を遊ばせ、交ごもその内に貫き、一に類を統べ、斉しく量を制す」。ここにイメージされているのは、天下を斉一に統治した強力な聖王である黄帝であった。

この黄帝の登場は、聖人による政治の始まりであり、いわば歴史の始まりとも云えるものであった。陳京の学問について「その学は聖人の書より以て百家諸子の言に至り、黄・炎の事を推して、歴代洎《およ》び国朝の故実に渉る」（「唐故秘書少監陳公行状」『柳宗元集』巻八）と述べて、黄帝・炎帝（神農のこと）に触れ、また自らの柳氏一族の歴史について「柳氏は黄帝・后稷より周・魯に降るまで、字を以て族に命《な》づけ、地に因りて氏を受く」（「故銀青光禄大夫右散騎常侍軽車都尉宜城県開国伯柳公行状」『柳宗元集』巻八）と説くのがその証左である。

次に黄帝の著作とされるものについて、柳宗元は以下のように触れるところがある。その一は、「故連州員外司馬凌君権厝誌」（『柳宗元集』巻十）において、凌君の言葉として「余《われ》嘗て黄帝書を学び、脈に切して病を視る」と記すことであり、この場合の『黄帝書』は医学の側面を説いたものである。今一つは、「呂侍御恭墓誌」（『柳宗元集』巻十）で、呂恭が「陰符・握機・孫子の術を理《おさ》む」と説くところであり、その視野にあるのは『黄帝陰符経』なる兵書の側面であろう。

黄老の中の老子について次に見てみると、まず、「夢帰賦」（『柳宗元集』巻二）において、「老聃遁れて戎に適き、淳茫を指して縦歩す、蒙荘の恢怪なる、大鵬の遠去に寓す」と、老子、荘子を並べつつ、老聃が西遊して戎《えびす》（胡）の地に行ったと歌っている。老聃については、「覚哀」（『柳宗元詩箋釈』巻二）なる詩の中で、「彭聃安《いず》くにか在るや」と疑問を呈しているが、老聃が彭祖と並んで長寿の人として考えられていたことは疑いない。

次に老子の思想については、「送元十八山人南遊序」（『柳宗元集』巻二十五）において「太史公嘗て言う、世の孔氏を学ぶ者は、則ち老子を黜け、老子を学ぶ者は、則ち孔氏を黜く、道同じからざれば相為めに謀らずと」と司馬遷の『史記』老子伝の言葉を引用する。云うまでもなく『史記』の老子伝では、老子は、孔子が礼を問うた先輩の学者、

『道徳経』の著者、予言者、隠君子、及び百六十歳から二百余歳の寿命を保った長生の人などの相貌を与えられている。それは、漢初に老子の学を奉ずるものとして荘子学派や黄老の学の流れのあったことと関わっており、儒家に対抗して存在する大きな思想の流れの宗師たるにふさわしい伝説的な老子像がそこに描かれたのであった。そして、唐代においては、第二代皇帝の太宗が、老子を皇室の祖先と看做したこともあって、老子信仰が非常な昂まりを見せた。老子に対する尊号は、高宗の乾封元年には太上玄元皇帝とされ、盛唐の玄宗の時代には、その天宝十三載に大聖祖高上大道金闕玄元天皇大帝の尊号を加えられている。唐代では、老子に対する信仰は道教の中枢たる位置にあったのである。

ところが、柳宗元は、「送元十八山人南遊序」の先の司馬遷の言葉の引用に続けて、「余　老子を観るに、また孔氏の異流なり、以て相抗するを得ず」とあっさりと決めつけている。老子は孔子に対抗する思想の流れの象徴ではないのだ、孔子の別流に過ぎないのだとするこの柳宗元の主張は、皇室を中心に中央政府が維持しようとしていた老子の宗教的権威の弱体化につながるものであったと云えるであろう。

このような柳宗元にとって、『老子』から学ぶものは何であったのか。「楊誨之に与うるの第二書」（『柳宗元集』巻三十三）では次のように述べる。「藍田尉と為り、府庭に留まるに及び、旦暮に大官の堂下に走謁し、卒伍と別つことなし。曹に居れば則ち俗吏前に満ち、更に買売を説きて、贏縮を商算す。また二年これを為し、去る能わざるを度《はか》り、益ます老子の『その光を和《やわら》げ、その塵に同じうす』を学ぶ、自ら以て得ると為すも、然れども已に号して軽薄の人と為るを得たり」と。また「披沙揀金賦」（『柳宗元集外集』巻上）でも「その隠るるや、則ち雑りて昏昏たり、淪みて浩浩たり、英姿を晦まして自ら保ち、光を和《やわら》げ塵に同じうして、至道に合す」と語って、重ねて「和光同塵」（「老子」第五十六章）の処世訓を取り上げている。

周知のように、柳宗元は王叔文政権のもとで新進の官僚として中央政界にデビューしながら、政権覆滅の後は、永州司馬、柳州刺史に留められて、終生復活し得なかった。それが才智の鋭鋒の故であるとは人の説くところであるが、その彼が『老子』から学んだ顕著な処世訓が「和光同塵」であったことは、一種の歴史上のアイロニーであろうか。

第二節 造物者の尊重と列子・文子・庚桑子批判

柳宗元の文章の中には、しばしば「造物者」の語が登場する。以下にそれを掲げてみよう。

①且彼非楽為此態也、造物者賦之形、陰与陽命之気、形甚怪僻、気甚禍賊、雖欲不為是不可得也。（「宥蝮蛇文幷序」『柳宗元集』巻十八）

②造物者胡甚不仁、而巧成汝質。（同前）

③蓋非桂山之霊、不足以壊観、非是洲之曠、不足以極視、非公之鑑、不能以独得、噫、造物者之設是久矣、而尽之於今、余其可以無籍乎。（「桂州裴中丞作訾家洲亭記」『柳宗元集』巻二十七）

④若造物者始判清濁、効奇於兹地、非人力也。（「永州崔中丞万石亭記」『柳宗元集』巻二十七）

①②の例は生物に肉体を賦与するのが造物者であるとするが、③④は自然の景観を構成するのが造物者であるとする。また、②の例は造物者は思いやりなどない不仁な存在だとしている点が目を惹く。この造物者が、『荘子』内篇の大宗師篇の中の「偉なるかな、かの造物者」という言葉に基づくものであることは云うまでもない。

次に「始得西山宴游記」「鈷鉧潭記」「鈷鉧潭西小丘記」「至小丘西小石潭記」「袁家渇記」「石渠記」「石澗記」「小石城山記」の八篇は、所謂「永州八記」の名文であるが、また、造物者との遊びで始まり、造物者の有無に関わる自問自答で終わる一群の作品であるとも云える。

即ち「始得西山宴游記」（『柳宗元集』巻二十九）では、「悠悠乎として顥気と倶にして、その涯を得ることなく、洋洋乎として造物者と遊んで、その窮まる所を知らず」と云い、一方で、「小石城山記」（同前）では、「噫《ああ》　吾れ造物者の有無を疑うこと久し、ここに及んで愈いよ以て誠にありと為す」とあるのがそれである。但、「小石城山記」では、先の引用に続いて「又そのこれを中州に為らずして、この夷狄に列し、千百年を更て、一たびもその伎を售ることを得ざるを怪しむ、この故（固）に労して用なきなり、神なるもの、儻し宜しくかくの如くなるべからざれば、則ちそれ果してなきか。或るひとの曰く、以てかの賢にしてここに辱かしめらるるものを慰めんとなり。或るひとの曰く、その気の霊なる、偉人と為らずして、独りこの者と為る、故に楚の南には、人少なくして石多しと。この二つのもの、余　未だこれを信ぜず」と述べて、造物者の存在を自分は確信したいのだが、それには躊躇の伴なうことが表明されている。

ところで、柳宗元はこの造物者を「偉なるかな、かの造物者」と讃えた荘子についてはどのように見ていたのか。次にそれを検討して行こう。

①蒙荘之恢怪兮、寓大鵬之遠去。（前出「夢帰賦」）

②荘周言天曰自然、吾取之。（「天爵論」「柳宗元集」巻三）

③誠使博如荘周、哀如屈原、……（「与楊京兆憑書」『柳宗元集』巻三十）

④荘周言、逃蓬藋者、聞人足音、則跫然喜。（「与李翰林建書」『柳宗元集』巻三十）

⑤荘周之説、以為人之君子、天之小人。（「哭張後余辞」『柳宗元集』巻四十）

①は『荘子』逍遙遊篇の大鵬の寓言に依るもの、④⑤は、永州、柳州流謫の身であった柳宗元にとって人の音信が如何程嬉しかったか、そして、現実の価値観が如何に当てにならないかを荘子の言によって示した言葉である。③は荘子の浩博さを尊重するものであり、②は荘子が天を「自然」としていることを明確に是認するものであって、全般的に云って、柳宗元は荘子を肯定的に高く評価していたことが見て取れる。

宋の蘇軾はかの有名な「前赤壁の賦」（『蘇軾文集』巻一）において、「惟だ江上の清風と、山間の明月とは、耳これを得て声を為し、目　これに遇いて色を成す、これを取れども禁ずるなく、これを用うれども竭きず、これ造物者の無尽蔵なり」と造物者の恩沢を説き、また、弟の蘇轍は兄の蘇軾の言葉として「吾れ昔　中に見る有るも、口に未だ言う能わず、今　荘子を見るに、吾が心を得たり」（『欒城後集』巻二十二）との重要な発言を取り上げている。(3) 造物者への関心と荘子思想への共鳴、この二つは柳宗元と蘇軾とに共通するものであった。そしてこのことは、蘇軾が柳宗元の詩文の最も傑出した読み手の一人であったことと勿論、無関係ではあり得ないであろう。

ところで、この荘子は、唐代において、列子・文子・庚桑子とともに老子と並んで所謂道挙の科目となった。その間の事情を以下に述べる。唐の玄宗の老子尊重は、開元二十一年（七三三）には、士大夫や民衆の家ごとに『老子』一本を所蔵させ、また科挙の科目の中に老子策を取り入れるに及んだ。更に開元二十九年には、崇玄学が置かれ、老子・荘子・列子・文子が学習され、道挙が実施されるに至った。『旧唐書』では次のように云う。

〔開元〕二十九年春正月丁丑、制両京諸州、各置玄元皇帝廟并崇玄学、置生徒、令習老子・荘子・列子・文子、每年准明経例考試。（『旧唐書』巻九玄宗本紀下）

この道挙について、藤善眞澄氏は次のように説かれる。「つまり両都の崇玄学は同規模の内容を持ち、老子道徳経をはじめ荘子、文子、列子と道教系の四書を習得せしめ、明経科と同形式の試験を行ない官吏に登用する、これが所謂道挙なのである。四書は翌天宝元年二月、荘子、文子、列子および庚桑子に真人の資格を与え、それぞれの書を南華、通玄、冲虚、洞霊真経に改名すると（『旧唐書』本紀九）、同年五月中書門下の奏請にもとづき、道徳経を含むこれら五経を教科目と定めたのである（『唐会要』六六、同七七）(4)」と。

このように、荘子、列子、文子、庚桑子は南華真経、冲虚（沖虚）真経、通玄真経、洞霊真経と尊称されたのであるが、周知のように、柳宗元には、その中の列子、文子、庚桑子（亢倉子）を批判する文章が存する。この点について金谷治氏は柳宗元の合理主義に基づく文献批判を取り挙げた一文の中で、「唐代の道教保護のもとで『列子』が『沖虚至徳真経』となり、『文子』や『亢倉子』まで尊重される風潮が、その背景にあったことも考えておく必要があるであろう」(5)と指摘されている。

当面の列子・文子・亢倉子に対する批判は『柳宗元文集』の巻四に集録されている。

まず、「弁列子」の中では、「その虚泊寥闊にして、乱世に居りて利を遠ざけ、禍は身に逮ぶを得ず、その心は窮まらず、易の世を遁れて悶《うれ》いなきもの、それこれに近きか、余　故にこれを取る」と述べて、その書の内容の一部を肯定するものの、肝腎の著者である列子の活躍した時代に鉾先を向けて、孔子の前百年近い頃から、孔子の孫の子思の時代、紀元前五世紀末まで時代を引き下げるという根本的な批判を行っている。

次に「弁文子」では、「その辞　時に取るべき若《ごと》きものあるも、その指意はみな老子に本づく」と云って、文子の書の中で見るべきものは、老子言に基づいていると指摘し、また全体についても「然してその書を考うるに、蓋し駁書なり、その渾にして類するものは少なし、窃かに他書を取りて以てこれに合するものは多し」と甚だ手厳しい批判がなされている。

最後に「弁亢倉子」では、「今の世に亢桑子なる書あり、其の首篇は荘子より出づるも、而も益すに庸言を以てす」と指摘する。書名は、「亢倉子」又は「亢桑子」ともされているが、『新唐書』芸文志の注では、次のように云っている。

天宝元年、詔号荘子為南華真経……亢桑子為洞霊真経、然亢桑子求之不獲、襄陽処士王士元謂、荘子作庚桑子、太史公、列子作亢倉子、其実一也、取諸子文義類者、補其亡。（巻五十九）

柳宗元がここで云う「亢倉子」又は「亢桑子」は、唐代に洞霊真経と呼ばれた「庚桑子」と同一の書であろう。思い返してみると、柳宗元は「杜温夫に復するの書」（『柳宗元集』巻三十四）の中で、「庚桑子の藿蠋鵠卵を言うは、吾れこれを取る」と云っているところがある。因みに『荘子』雑篇の庚桑楚篇（巻二十三）には、「庚桑子曰く、辞尽きたり、曰く奔蜂は藿蠋を化する能わず、越鶏は鵠卵を伏する能わず」とある。藿蠋《かくしょく》は豆の葉に住む大きな青虫のこと。ここで「弁亢倉子」に戻ると、柳宗元はまた「劉向・班固の書を録するに亢倉子なし、而るに今の術を為すものは、乃ち始めてこれがために伝注して、以て世に教う、また惑わざるや」とも述べている。この「今の術を為すもの」とは、先の『新唐書』芸文志の注に見える王士元のような人々を指すのであろう。

柳宗元が「弁列子」「弁文子」「弁亢倉子」を著わしたのは、皇室を中心にして進められた老子信仰を中核とした道家・道教思想の組織化、列子・文子・亢倉子の聖典化に対する批判によるものであることは明らかであろう。ところが南華真経荘子だけは、「弁亢倉子」の中で、「蓋し〔荘〕周の云う所のものすら尚お事実ある能わず」と一矢を放たれていはするものの、他の三書のような全般的な指弾は免かれている。それが柳宗元の荘子思想に対する共鳴によるものであろうことは、これまた見易い道理であろう。

第三節　神農と本草

柳宗元の「零陵郡に乳穴を復するの記」（『柳宗元集』巻二十八）では、「石鍾乳は、餌の最も良きものなり、楚越の山に多く産す、連においてし韶においてするものは、独り世に名あり」と説き、石鍾乳（石鐘乳）に、餌薬として高い地位を与えている。そして、「崔連州に与えて石鐘乳を論ずるの書」（『柳宗元集』巻三十二）では、更に蘊蓄を傾けて次のように述べる。「草木の生ずるや土に依れり、然してその類に即けり、山の陰陽に居るあり、或いは水に近づき、或いは石に附きて、その性移れり。また況んや鐘乳は直ちに石より産するにおいてをや、石の精麄疎密は、尋尺特り異なる。而して穴の上下、その土の薄厚、石の高下　知るべからざれば、則ちその依りて産するもの、固より性を一にせず。然してその精密より出づるものは、則ち油然として清く、炯然として輝き、その竅は滑らかにして以て夷かに、その肌は廉《こま》かくして以て微なり、これを食わば人をして栄華温柔ならしめ、その気は宣流し、胃を生かし腸を通じ、寿にして善く康寧、心は平らかに意は舒びて、その楽しみ愉愉たり」と。

この書簡において、柳宗元は「また経の注に曰く、始興を上と為す、次は乃ち広・連なり」と、石鍾乳は、始興産のものが上質で、次は広州・連州産のものとされていると説く。ここに言う「経」とは云うまでもなく『神農本草経』のことであり、宋代の『重修政和証類本草』では、唐の蘇敬の『唐本草』の注に「鍾乳、第一は始興、その次は広・連・澧・郎・郴等の州のもの」とあるのを引用している。柳宗元の書簡の記述は、この『唐本草』の注の説に基づくのであろう。因みに、茅山派道教の集大成者である梁の道士、陶弘景の『神農本草経集注』(6)では、石鍾乳について、「第一は始興より出づ」と述べており、『唐本草』はこれを承けつつ増補しているのである（『証類本草』巻三）。

ところで、柳宗元の「崔連州に与えて石鍾乳を論ずるの書」では、石鍾乳のみではなく、他の薬石についても、『神農本草経』やその注釈を用いて論ずる部分がある。

①是故経中言丹砂者、以類芙蓉而有光

【唐本注】最上者、光明砂……形似芙蓉、破之如雲母、光明照徹。（『証類本草』巻三）

②言当帰者、以類馬尾蠶首

【唐本注】当帰苗有二種、……細葉者、名蠶頭当帰、大葉者、名馬尾当帰。（『証類本草』巻八）

③言人参者、以人形

【経文】人参……如人形者有神。（『証類本草』巻六）

④附子八角

【陶隠居（弘景）注】附子以八月上旬採、八角者良。（『証類本草』巻十）

⑤甘遂赤膚

【陶隠居注】赤皮者勝、白皮者都下。（同前）

ここにおける丹砂・当帰・人参・附子・八角についての柳宗元の叙述が、『神農本草経』や『唐本草』の注だけではなく、梁の陶弘景の集注にも負っていることは注目してよいであろう。

さて、松本肇氏は、柳宗元の詩の中に、草木を植えることを詩題に掲げる作品が十二首、そのほかに草木や花を詠じる作品が四首あると指摘する。(7) 今その草木や花の名を列挙する。

①永州時代――「竹」「仙霊毗」「朮」「白蘘荷」「海石榴」（二首）「霊寿木」「桂」「木芙蓉」「芍薬」「梅」「橘」「柚」「紅蕉」

②柳州時代――「柳」「甘樹」「木槲花」

松本氏はこれらの中に「仙霊毗」「朮」「白蘘荷」などの薬草の含まれていることに注目されているが、(8) 詩題に草木を配する例としては、「松」「茶」「桜桃（桜・桃）」等の数首を加えることも可能である。

そして、松との関連で言えば、柳宗元には、「伏神を弁ずるの文并びに序」（『柳宗元集』巻十八）があって、伏神、即ち茯神の効能を弁じている。因みに、陶弘景の『神農本草経集注』では、次のように云う。

【陶隠居注】仙経、服食亦為至要云、其通神而致霊、和魂而煉魄、明竅而益肌、厚腸而開心、調栄而理胃、上品仙薬也。……其銜松根対度者為茯神是、其次茯苓、後結一塊矣。（『証類本草』巻十二）

柳宗元は、この茯神について、「伏神の神は、惟れ餌の良なるものなり。心を愉しくし肝を舒べ、魂は平らかにして志は康し」（『柳宗元集』巻十八）と伏神の効能を称えているのである。

それでは、草木に関する詩として、まず、海石榴（つばき）を詠んだ詩を見てみよう。最初は「新植海石榴」（『柳宗元詩箋釈』巻二）と題する詩。

弱植　尺に盈たず、遠意　蓬瀛を駐む
月は寒し　空堦の曙、幽夢　綵雲生ず
糞壌　珠樹を擢つ、莓苔　瓊英を挿む
芳根　顔色を闘《と》ず、徂歳　誰が為にか栄えん

次は前詩を承けて詠まれたと思われる「始見白髪題所植海石榴樹」（同前）の詩。

幾年か封植して　芳叢を愛す
韶艶と朱顔は　竟に同じからず
これよりは論ずるを　休《や》めよ　上春の事
看すみす　古木と成って衰翁に対す

二詩のテーマは、人間の生命の衰えと永遠の生命。「蓬瀛」は云うまでもなく、東海にある仙人の住居とされる蓬萊・瀛洲・方丈の三神山のうち二つを言ったものである。ここは海石榴の変らぬ美しさと自分の衰えとを対照して詠じたものであろう。因みに言えば先の「蓬瀛」の語は、柳宗元の詩文で幾度か用いられている。例えば、「巽上人以竹間自採新茶見贈酬之以詩」（『柳宗元詩箋釈』巻一）では、その末尾で「この蓬瀛の侶に咍《い》い、乃ち流霞を貴ぶこと無からしめん」とあり、また、「襄陽の李夷簡尚書　委曲して撫問さるるを謝するの啓」（『柳宗元集』巻三十五）では、「凡そ海内奔走の士、容を轅門の外に修め、履を油幢の前に躡まんと思欲するも、これを譬うるに蓬瀛に渉り崑閬に登らんとするがごとくにして、得て進むべからざるなり」とあるように、「蓬瀛」は到達し難い所というイメージが強いようである。先の「新植海石榴」の「蓬瀛」も同様であり、柳宗元には永遠の生命を獲得するという志向よりも、与えられた生命を養うという型の養生の志向の方が強かったと思われる。

白蘘荷（なつみょうが）を詠じる詩は、生命の危険から自己を守るための切実な必要からこの植物を植えたことを

記す。まず、「種白蘘荷」（『柳宗元詩箋釈』巻二）の冒頭の四句は次のように云う。

皿蟲　化して癘と為る
夷俗　多く神とする所なり
猜を銜みて　毎に腊《すみ》やかに毒し
富を謀りて　仁を為さず

この「皿蟲」について、『箋釈』では、まず、『左伝』とその杜預の注を引いて次のように説明する。「左伝昭公元年、趙孟曰、何謂蠱、対曰、淫溺惑乱之所生也。於文、皿蟲為蠱。杜預注、皿、器也、器受蟲害者為蠱」。次いで『隋書』地理志下に「然此数郡、往往蓄蠱、而宜春偏甚、其法以五月五日聚百種蟲、大者至蛇、小者至蝨、合置器中、令自相啖、余一種存者留之、蛇則曰蛇蠱、蝨則蝨蠱、行以殺人」とあるを以て解釈している。

このうちの「蝨」については、柳宗元の「李翰林建に与うるの書」（『柳宗元集』巻三十）に「水に近づけば、即ち射工の沙蝨を畏る、怒を含みて窃かに発し、人の形影に中れば、動《つね》に瘡痏を成す」とあって、彼が「沙蝨」を警戒していたことが知られる。一方、「蛇」については、有名な「蛇を捕える者の説」があって、柳宗元の関心の深かったことが知られる。

ところで、陶弘景の『神農本草経集注』では、白蘘荷の項で次のように述べている。「今人乃ち赤きものを呼びて蘘荷と為し、白きものを覆葅と為す、葉は同じく一種なるのみ。人においてこれを食えば、赤きものを勝れりと為す。薬には白きものを用う。蠱に中る者は、その汁を服し、幷せてその葉に臥し、即ち蠱主の姓名を呼ぶ。また渓毒・沙蝨の輩を主る。多く食せば薬勢を損じ、また脚に利かず、人家　白蘘荷を種えれば、また蛇を辟《しりぞ》くと云う」（『証類本草』巻二十八）と。

次に「種白蘘荷」の末尾近くの四句では、柳宗元は以下のように詠じる。

庶氏に嘉草有り
攻禬　事久しく泯ぶ
炎帝　霊編を垂れ
これを言いて　殊に珍とするに足る

「攻禬」については、『箋釈』では、『周礼』秋官庶氏に「庶氏掌除毒蠱、以攻説禬之、嘉草攻之」とあり、また鄭玄が「禬とは除くなり」と言っていることを紹介している。

また、ここに云う炎帝とは神農を指し、霊編とは『神農本草経』を指す。神農については、既に見たように、黄帝と「炎黄」と並称することがあるが、また、「文武百官の為に尊号を復するを請うの表」の第三表（『柳宗元集外集』巻下）では、「神農　田事の勤を教うることあり」と、神農が農耕を教えたとも述べている。そして、その霊編が『神農本草経』であるが、今までの叙述により、梁の陶弘景の『神農本草経集注』や唐の『新修本草』の注の内容までもが、柳宗元に参考にされていたことは疑いのないところであろう。更に言えば、陶弘景の『神農本草経集注』は江南の植生に詳しいため、長安から南方に流謫された柳宗元にとっては非常に利用し易いものであったのではなかろうか。

もっとも、「仙霊毗」の場合のように、陶弘景の『神農本草経集注』の説をそのまま使えない場合もあったに違いない。「仙霊毗」は一名を淫羊藿という。この薬草については、陶弘景と、『新修本草』の注では次のように云っている。

【陶隠居注】服此使人好為陰陽、西川北郷有淫羊、一日百遍合、蓋食藿所致、故名淫羊藿。
【唐本注】此草葉形似小豆而円薄、茎細亦堅、所在皆有、俗名仙霊脾者、是也。（『証類本草』巻八）

柳宗元の「種仙霊毗」（『柳宗元詩箋釈』巻二）の詩では、「これを服すること旬に盈たざるに、蹩躠たるものみな騰騫す」と、淫羊藿を服すれば元気の出ることは請け合いだとしながらも、流石に陶弘景の刺激的な説はそのままでは用いられていない。

陶弘景との関係で最も注目されるのは、やはり「朮」であろう。柳宗元は「種朮」（『柳宗元詩箋釈』巻一）の詩の冒頭の二句で次のように述べる。

　閑を守りて　服餌を事とし

　朮を採る　東山の阿

「服餌」は、食事や服薬によって、養生、乃至は長生の効果を期待する行為である。朮の効能は早くから知られており、晉の葛洪の『抱朴子』にも「朮は一に山薊と名づけ、一に山精と名づく、故に神薬経に曰く、必ず長生せんと欲すれば、常に山精を服せよと」（巻十一仙薬）と云っている。

陶弘景が梁の時代に『神農本草経集注』を開陳した際にも、同時代のインテリゲンチャである庾肩吾との間でこの朮についての書簡が往復され、「陶隠居の朮の蒸を賚らすに答うるの啓」では、庾肩吾は朮の効能を「坐して延生を致す」と深く賞讃している。(9) 朮は本草の中でも代表的な薬草の一つであった。

この朮について、陶弘景は『集注』の中で劉治子のことを取り挙げて次のように述べている。

　昔劉治子、按取其精而丸之、名守中金丸、可以長生。（『証類本草』巻六）

朮はまた、葉の状態、根の状態、膏の状態が特に問題とされるらしい。同じく『集注』の中で陶弘景は次のようにも云う。

　朮乃有両種、白朮葉大有毛、而作椏根、甜而少膏、可作丸散用、赤朮葉細無椏根、小苦而多膏、可作煎用。（『証類本草』巻六）

「椏」は江南の方言で「木のまた」のことと云う。「椏根」は分岐した根のことか。

そして、柳宗元の「種朮」の詩では、陶弘景の白朮・赤朮の記述に呼応するように、朮の葉・根・膏が注目され詠じられている。

【根】徒を戒めて霊根を斸《き》り、封植して　天和を閟《と》じん。

【膏】土膏　玄液を滋くし、松露　繁柯より墜つ。

【葉】竹を爨きて　芳葉を茹で、寧んぞ　瘵と瘥とを慮らんや。

詩中、「土膏　玄液を滋くし」とあるのは、土の滋養分が朮の膏液を増すことを云うものであろう。

第四節　東明張先生墓誌と尸虫と民間信仰

「東明張先生墓誌」（『柳宗元集』巻十一）は、柳宗元の文集の中における唯一の実在の道士に関する墓誌である。その墓誌の冒頭では、「東明先生張氏を因という。嘗て文を以て天子に薦むるもの有り、天子の策試甚だ高く、以て長安尉と為る、一年にして、印綬を投去して、黄老の術を為すを願う。詔してこれを許す」と述べる。この張因は、柳宗元の父の柳鎮の友人であって、「先君石表陰先友記」（『柳宗元集』巻十二）では、「張因、某の人、詔策に挙げられ、長安尉と為る。願いて官を去りて道士と為り、甚だ名有り。その弟〔張〕回、封州に降さるを以て曰く、吾れ老いたり、必ず死せんと。回や哭して行く。遂に封州に死せり」と述べられている。

「墓誌」では、先の引用に続いて、「東明観に居ること三十余年、法を受け畢りて道行峻異なり、衆真の秘書訣籙を得て、経籍図史を聚むること、麟閣に侔し」と言う。張因の住んだ東明観は、都長安の南普寧坊の東南隅に在った道観である。徐松の『唐両京城坊攷』では、東明観は高宗の「顕慶元年（六五六）〔李〕孝敬　儲に升るの後に立つ所、規度は西明の制に仿い、長廊広殿、図画彫刻は、道家の館舎、以て比と為すなし、観内に道士馮黄庭の碑あり、また道士巴西の李栄の碑あり、永楽の李正己、その文を為《つく》るなり」（巻四）と云っている。

ここに巴西の李栄と言われるのは、初唐の道教重玄派の道士、元天観の任真子李栄のことで、高宗時代に東明観に在住し、顕慶三年（六五八）沙門の会隠・神泰・慧立等と、「道生万物義」を立てて論難を交わしたのを皮切りに、沙門慧立・義褒・静泰・霊弁等と、「六洞義」「本際義」「老子化胡義」「昇玄経題」を立てて論争し、仏教者から「老宗の魁首」と目された人物である。[10]

この李栄には、『道徳経注』二巻があり、また、『西昇経』の注が存し、更に玄嶷の『甄正論』には『洗浴経』を制作したことが記される。そして、『旧唐書』羅道琮伝に「（羅道琮）高宗の末、官、太学博士に至る、毎《つね》に太学助教康国安・道士李栄等と講論し、時の称するところとなる」（巻一八九上）とあるのは、高宗末年の道教界にあって李栄が重きを占めていたことを示すものである。

李栄の存在は東明観の歴史の一齣を飾るものであるが、ここで張因のことに話を戻すと、「墓誌」には、彼の発言として、「吾れ天宝（七四二―七五六年）に生まれて、貞元乙酉の歳（貞元二十一年、八〇五年）十月に訖《およ》ぶ。今汝の手に死なん、吾が志を盈てり」と述べるのを書き留めている。これを先の「東明観に居ること三十余年」とあるのと合わせ考えると、彼が東明観の道士となったのは概ね大暦（七六六―七七九年）の半ば頃であったろう。

しかし、「貞元乙酉歳十月」というのも奇妙な書き方である。この貞元二十一年に、柳宗元が王叔文の政権に参画したのが一月、順宗が病となり、憲宗が即位し、永貞と改元したのが八月であるから、十月を貞元の年とすること自体、一つの政治的な立場を示すことになる。「東明張先生墓誌」が書かれたのは永貞元年の翌年、元和元年とされるから、少なくともこの頃までは、永貞の元号を快く思わない気持が柳宗元自身にあったのではないか。これを柳宗元が得意とした春秋学で言えば微言大義を示したことになるようである。

そして「墓誌」では、張因の様子について、「祿にあらずして康く、爵にあらずして栄う、漠焉として以て虚し、充焉として以て盈つ、言いて華を為さず、光りて名を為さず、介潔にして周流し、苞涵にして清寧なり」と、その世俗の名利を超越した清寧さを讃えている。また張因の思想についても「且つそれ恩を斷き礼を壊ち、枯槁顛頽す、聖を隳して寿を図り、中を離れて異に就く。欻然として神鬼と偶と為り、頑然として木石を以て類と為す、倥侗として実あらず、老を窮めて死することとなし、先生の道は、固にかのかくのごときものに異なれるを知る」と述べている。柳宗元が都長安に戻る機会が後年もあれば、このように著名な道観に居る道士との交際ももっと頻繁であったかも知れない。

さて、それでは、次に柳宗元の民間信仰に対する姿勢についてみてみよう。柳宗元は「鼻亭神」「黄神」「纛神」「軍牙の神」「水土の神（井戸の神）」「城門の神」など、当時の民間の神々に広く関心を寄せている。その中で、「鼻亭神」については、「鼻亭神は、（舜の弟の）象の祠なり、何れ自り始めて立つかを知らず、因りて除かれることなく、完くして恒に新たなり、相伝えて且に千歳ならんとす」（「道州毀鼻亭神記」『柳宗元集』巻二十八）とその由来を訪ねるが、象が不徳の人であったことを理由として、「鼻亭神」祠が毀たれたことに賛意を示している。その一方、「城門の神」については、「城門の神を禜す、惟れ神　陰に配して徳を含み、その翕闢を司りて、能く水沴を収めて、以て成績を佑く」（「禜門文」『柳宗元集』巻四十一）と積極的に評価をし、「黄神」については、その来歴をも含めて次のように述べる。「始め黄神の人たりし時、その地に居り、伝うる者曰く、黄神は王姓にして、莽の世《よつぎ》なり、莽既に死して、神更《あらた》めて黄氏と号し、逃がれ来たりてその深峭なるものを択んで潜《かく》る。始め莽嘗て曰く、余は黄虞の後なりと。故にその女を号して、黄皇室主という、黄と王と声相邇し。而して又本づくことあり、その伝え言う所以のもの益々験あり、神既にここに居り、民みな安んず、以て道ありと為して、死して乃ちこれに俎豆し、為に祠を立つ、後稍徙して民に近づく、今　祠は山陰の渓水の上《ほとり》にあり」（「游黄渓記」『柳宗元集』巻二十九）と。この「黄神」祠の存在については柳宗元は極めて好意的であって、王莽の評価を介在させていない。これは「鼻亭神」の場合と比較するとダブルスタンダードとの印象を受けるが、柳宗元が当時の祠廟など民間信仰の存在に敏感であったことは押さえておく必要があるであろう。

それでは、最後に、柳宗元が道教の説を批判的に取り挙げる例を見てみよう。それは周知のように「三尸」についての説である。「三尸」に関しては、「捕蛇者説」（『柳宗元集』巻十六）では、次のように云っている。「〔異蛇〕然れども得てこれを腊し以て餌と為さば、以て大風・攣踠・瘻・癘を已み、死肌を去り、三虫を殺すべし」と。この三虫が「三尸」である。「尸虫を罵る文」（『柳宗元集』巻十八）の序ではまた云う。「道士ありて言う、人みな尸虫三あり、腹中に処り、人の隠微の失誤を伺い、輒ち籍に記す、日庚申のとき、その人の昏睡を幸《ねが》い、出でて帝に讒し、以て饗を求む、これを以て人　謫過、疾癘、夭死多し」と。この「三尸」の説は、晉の葛洪の『抱朴子』微旨篇に、「又言身中有三尸、三尸之為物、雖無形而実魂霊鬼神之属也。欲使人早死、此尸当得作鬼、自放縦遊行、享人祭酹、是以毎到庚申之日、輒上天白司命、道人所為過失」（巻六）とあるのが早期の纏ったものである。だが、この『抱朴子』の所説は、三尸が人の早死を求めるもので、やや柳宗元の云う道士の言葉との隔たりが大きい。北宋の張君房が編纂した『雲笈七籤』には、庚申部が設けられており、そこには碩学窪徳忠氏が玄宗朝の成立と推定され、遅くとも九世紀前半には確実に成立していたとされる『太上三尸中経』も引用されている。[11] その所説は次の通りである。

太上三尸中経曰、……是以人之腹中各有三尸九虫、為人大害、常以庚申之日上告天帝、以記人之造罪、分毫録奏。……凡至庚申日、兼夜不臥守之、若暁体疲少伏牀、数覚莫令睡熟、此尸即不得上告天帝。（『雲笈七籤』巻八十一庚申部）

一見して分かるように、この『太上三尸中経』の所説は、柳宗元の云う道士の言葉と極めて近いものである。柳宗元自身は「尸虫を罵る文」の序の中で、三尸説について、「柳子は特り信ぜず」といい、また末尾では、三尸を駆逐する祝を連ねているが、そのことは逆に柳宗元の在世当時から、この三尸説、即ち庚申信仰が中国に広く流布していたことを証明しているのであろう。

結　語

さて、多岐に亙った行論を繰り返しはしないが、以下に幾つか留意すべき点を書き記して結びとしたい。最初は、柳宗元の詩文中に「太清」の語が幾度か現われることである。例えば、「渾鴻臚宅聞歌效白紵」（『柳宗元詩箋釈』巻一）の詩に「金簧玉磬　宮中に生じ、下に秋火を沈め　太清を激ます」とあるのなどがそれで、箋釈では、「太清」の出典として『楚辞』九歎「遠遊」の「譬うるに王喬の雲に乗るが若くにして、赤霄に載りて太清を淩ぐ」や『抱朴子』雑応篇の「上升四十里、名づけて太清という」を引用して説明している。この詩の外にも柳宗元は「太清の玄冕を冠り、至道の瑤華を帯ぶ」（「解祟賦」『柳宗元集』巻二）、「寂寥たる太清、楽しみて以て飢えを忘る」（「鶻説」『柳宗元集』巻十六）、「必ず閶闔を歴《けみ》し、太清に登るを獲」（「邠寧進奏院記」『柳宗元集』巻二十六）と述べている。

道教では、玉清・上清・太清を三清というが、柳宗元は太上老君に関わる太清を多用している。これは当時の老子信仰の暗々裡の反映でもあろうか。

次に隋・初唐の道教との関わりで言えば、道教重玄派の術語「重玄」を「化は前聖を超え、道は重玄を貫く」（「王京兆賀雨表三」『柳宗元集』巻三十七）と使用していることであるが、こうした例は、例えば盛唐から中唐にかけての著名な道士呉筠などにもあり、重玄派の思想の余燼と考えて良いであろう。

最後に注目されるのは、北宋の真宗時代に盛んになる道教の最高神、玉皇大帝の信仰と関わる「玉皇」の語を「界囲巌水簾」（『柳宗元詩箋釈』巻三）の詩では「忽ち玉皇に朝するが如く、天冕　前旒を垂る」と用いることである。玉皇大帝は、蘇軾が深く尊重したところであるが(12)、先に指摘した造物者との関わり、荘子思想の尊重、更には養生の餌薬としての茯神・茯苓の愛好など、道家・道教思想の側面から見ると柳宗元と蘇軾との間には極めて大きな脈絡の存在が感じ取られるのである。

注

（1）小川環樹・山本和義『蘇東坡集』（中国文明選、朝日新聞社、一九七二）の小川氏の解説を参照されたい。
（2）テクストは、散文は『柳宗元集』（中国古典文学基本叢書、中華書局、一九七九）、詩は王国安箋釈『柳宗元詩箋釈』（上海古籍出版社、一九九三）に主として依り、相互に参照した。また、章士釗の『柳文指要』（中華書局、一九七一）も参考にした。
（3）本書第二部第五章「玉皇大帝と宋代道教――蘇軾を中心にして――」参照。
（4）藤善眞澄「官吏登用における道挙とその意義」（『史林』第五十一巻第六号、一九六八）参照。
（5）金谷治「読む者慎みてこれを取れ――柳宗元」（金谷治『中国思想論集』下巻、平河出版社、一九九七）参照。
（6）拙稿「陶弘景の思想について」（『隋唐道教思想史研究』平河出版社、一九九〇）参照。
（7）松本肇『柳宗元研究』（創文社、二〇〇〇）参照。
（8）松本肇注（7）前掲書参照。
（9）注（6）前掲拙稿参照。
（10）注（6）前掲拙著『隋唐道教思想史研究』参照。
（11）窪氏は「本経（『太上三戸中経』のこと）の成立年代は明らかではないが、その文章は、智証大師（円珍）が日本に書写し帰った梅略方所収と考えられる老子三戸経と近似するから、九世紀の前半に成立していたことは確実である。おそらく、玄宗朝の成立ではないかと憶測する」とされる（『庚申信仰の研究』上、原書房、一九八〇）。
（12）注（3）前掲拙稿参照。

【付記】

注で取り挙げた著作の外、柳宗元については、新海一『柳文研究序説』（汲古書院、一九八七）、清水茂『唐宋八家文』（朝日新聞社、一九七八）、筧文生『唐宋八家文』（角川書店、一九八九）、小野四平『韓愈と柳宗元』（汲古書院、一九九五）、星川清孝『唐宋八大家文読本』二（明治書院、一九七六）、太田次男『中唐文人考』（研文出版、一九九三）等を参考にした。また、柳宗元の詩に関しては、筧文生「柳宗元詩考」（『中国文学報』第十六冊、一九六二）も参照のこと。

第十章　韓愈の死生観と道教――老荘・金丹・神仙・女性観――

序　言

韓愈（七六八―八二四）は、李白・杜甫・白居易とともに唐代の四大詩人とされる。彼の著名な詩には、彼の潔い死生観が示される場合がある。まず、憲宗皇帝の仏教信奉を批判して中央政界を追われた際の余りにもよく知られた作品を最初に取り上げよう。

「左遷されて藍関に至り、姪孫湘に示す」（『韓昌黎詩繋年集釈』〔以下『韓詩集釈』と略称する〕巻十一）

一封　朝に奏す　九重の天、夕に潮州に貶せらる　路八千
聖明の為に弊事を除かんと欲す、肯えて衰朽を将《もっ》て残年を惜まんや
雲は秦嶺に横たわって　家何くに在りや、雪は藍関を擁して馬前《すす》まず
知りぬ　汝が遠く来たるは応《まさ》に意あるべし、好し吾が骨を瘴江の辺に収めよ

韓湘は韓愈の甥の老成の子。因みに韓湘は、後に道教では韓湘子として八仙の一人に数えられるようになる。[1]　歴史のアイロニーの一つであろう。

韓愈は、堯舜禹湯文武周孔の道の継承を唱え、儒教を奉じた人であって、秀作「秋懐詩」の其十一は、その儒教的な死生観が如実に表明されたものである。

鮮鮮たり霜中の菊、既に晩れて何んぞ好《みめよ》きことを用いん

揚揚たり弄芳の蝶、爾の生るるも還た早からず
運窮まれるもの両つながら値い遇い、婉孌《えんれん》として死ぬまで相い保つ
西風　龍蛇を蟄し、衆木　日びに凋槁す
由来　命分爾《しか》り、泯滅　豈に道《い》うに足らんや。（『韓詩集釈』巻五）

しかし、韓愈の生きた唐の時代は、また、道教の盛んな時代であった。道教とは、筆者の簡略な定義を示せば、「長生不死を究極の目標とする漢民族の民族宗教」である。

韓愈は、この道教と如何に関わったのか、この章では、それを老荘・金丹・神仙・女性観の角度から考察することにする。

第一節　玄元皇帝と老荘

言うまでもなく唐代道教の中心は、太宗によって皇室の祖先と公認された老子に対する信仰であった。次の高宗の時代には、老子に対して玄元皇帝の尊号が贈られ、盛唐の玄宗の天宝時代には、長安の玄元皇帝廟は、太清宮と呼ばれ、洛陽のそれは太微宮と呼ばれるようになった。

韓愈には、政治家・官僚としての側面や、思想家、文学者としての側面などがあったが、韓愈の「奉和杜相公太清宮紀事陳誠上李相公十六韻」は、政治家・官僚としてこの老子信仰に言及したものと言えるであろう。先行する唐の詩人の玄元皇帝廟に因んだ作品としては、王維、杜甫等の作品がある。杜甫には、天宝十年作の「朝献太清宮賦」もあるが、ここでは、洛陽に関する「冬日洛城北謁玄元皇帝廟」（『杜工部集』巻九）を見ておこう。「極に配して玄都閟《ひ》に、高きに憑《よ》りて禁禦長し／守祧　厳しく礼を具え、掌節　非常を鎮む／碧瓦　初寒の外、金茎　一気の旁／山河

繍戸を扶け、日月　雕梁に近づく／仙李　盤根大に、猗蘭　奕葉光る／世家　旧史に遺《も》れ、道徳　今王に付す／画手前輩を看るに、呉生　遠く擅場／森羅　地軸を移し、妙絶　宮牆に動く／五聖龍衮を聯《つら》ね、千官　雁行を列す／冕旒倶に秀発、旌旆　尽く飛揚／翠柏　深く景を留め、紅梨　迥かに霜を得たり／風箏　玉柱を吹き、露井　銀牀凍る／身退きて周室に卑しく、経伝　漢皇を拱《きょう》ぜしむ／谷神如し死せずば、養拙　更に何んの郷ぞ」と詠じる。この詩は杜甫の原注に「廟には呉道子の画ける五聖図有り」とあり、唐末の康駢の『劇談録』には、「呉道玄の画ける五聖の真容、及び老子化胡経の事は、丹青絶妙にして、古今に比無し」とある通り、「五聖」の即ち、初代の高祖、二代の太宗、三代の高宗、四代の中宗、五代の睿宗の五代の皇帝を指す。この詩には、開元末の作とする説と、上記の五代の皇帝に「大聖」の称号を加えた天宝八年以降の作とする説がある。張彦遠の『歴代名画記』には、長安の太清宮の絵画について、「太清宮（原注）殿内に絹上に玄元の真を写せるあり。是呉なり」と言ってその絵が呉道子の手になる事を示し、また、洛陽の弘道観の条の原注では「城北の老君廟に呉の画有り」と述べ、杜甫の当面の詩が引用される。そして、宇佐美文理氏は、洛陽の玄元皇帝廟の五聖が天宝八載になるとする(2)。従って、杜甫のこの詩は天宝八年以降の作と見ておく。この詩では「仙李　盤根大に、猗蘭　奕葉光る／世家　旧史に遺《も》れ、道徳　今王に付す／画手　前輩を看るに、呉生　遠く擅場／森羅　地軸を移し、妙絶　宮牆に動く／五聖龍衮を聯《つら》ね、千官　雁行を列す／冕旒　倶に秀発、旌旆　尽く飛揚」と神仙老子の子孫たる李姓の唐の皇室の繁栄と名手呉道子絵画の内容を語る部分が中心をなすのであろう。「道徳　今王に付す」は、特に玄宗が自ら『老子道徳経』に注釈を施したことを取り上げているのである。

　さて、次に韓愈の「奉和杜相公太清宮紀事陳誠上李相公十六韻」の詩には云う。「耒耜もて姫国を興し、輴樏もて夏家を建つ／功に在りては誠に尚ぶべきも、道においては詎んぞ華為《た》らん／象帝は威容大にして、仙宗は宝暦賒《とお》し／衛門には戟棨を羅《つら》ね、円壁には龍蛇を雑《まじ》う／礼楽　追尊盛んにして、乾坤　降福遐《とお》し／四真　みな歯列し、二聖も亦た肩差す／陽月　時の首にして、陰泉　気未だ牙《きざ》さず／殿階には水碧を鋪き、庭炬には金葩を坼《さ》く／紫極　観て倦むを忘れ、青詞　奏して諱《かまびす》しからず／噌吰として　宮　夜闢かれ、嘈囋として　鼓　晨撾つ／褻味　陳べて奚《なに》をか取らん、名香　薦めて孔はだ嘉す／垂祥　紛として録すべく、俾寿　浩として涯なし／貴相　山　峻しきを瞻《み》、清文玉　瑕を絶つ／代工　声問遠く、摂事　敬恭加わる／皎潔　天に当たるの月、葳蕤　日を捧げるの霞／唱研　酬いるも亦た麗し、俛仰　但だ称嗟す」（『韓詩集釈』巻十二）と。

「象帝」は『老子』第四章「吾はその誰の子たるを知らず、帝の先に象る」に基づく。玄元皇帝を指す言葉。「仙宗」もその玄元皇帝が「仙」（道教）の「宗《おおもと》」であるとした表現。韓愈の『順宗実録』には、「伏して惟《おも》うに太上皇帝陛下、道　玄元を継ぎ、業　皇極を纘《つ》ぐ」（巻五）と老子の神格化された存在を「玄元」と呼ぶ例がある。「四真」については、『旧唐書』玄宗紀に「天宝元年、（玄宗）親享玄元皇帝于新廟、以荘子為南華真人、以文子為通玄真人、以列子為沖虚真人、以庚桑子為洞虚真人」とあり、この四人が四真とされたのである。「二聖」については、銭仲聯の『韓詩集釈』では、樊汝霖の次の説を引く。「初太清宮成、命工于太白山採白石、為玄元真像、衮冕之服、当扆南面、玄宗粛宗真容、侍立左右、皆朱衣朝服」（巻十二）。玄宗・粛宗を脇侍とするのであるから、玄元皇帝に対する尊崇の様が窺われよう。因みに杜光庭の『歴代崇道記』『道教霊験記』では、白玉の老子像の事を説く。

「紫極」については、『唐会要』に「太清宮薦献聖祖玄元皇帝、奏混成紫極之舞」とあり、玄元皇帝に献納される舞の名である。また、「青詞」は、道観において神々に捧げる上奏文のことであり、『翰林志』には、「凡太清宮道観薦告文詞、用青藤紙朱字、謂之青詞」とある。「青詞」については、第二部第一章「欧陽脩の青詞について」参照。

「褻味」「名香」に関して、『韓詩集釈』では、朱子の『韓文考異』に「本朝（宋王朝のこと）景霊宮・天興殿、祝以青詞、薦以酒果、用唐制也」と説くのを引用する。これは宋代の道教祭祀に唐代の道教祭祀の影響を指摘したものとして注目される。

この詩は、方世挙などは、「必ず韓の作に非ず」として、贋作と決めつけているが、今述べたように朱子は韓愈の作として疑いを容れていない。むしろこの作品は政治家・官僚としての韓愈の老子信仰に対する態度を示すものとして興味あるものと見て良いのであろう。

さて、思想家としての韓愈は有名な「原道」篇において、真っ向から老子を批判する。

「老子の仁義を小なりとして、これを非《そし》り毀《そし》るは、その見る者の小なればなり。井に坐して天を観て、天小なりと曰うは、天の小なるに非ず。（中略）老子のいわゆる道徳というは、仁と義とを去りて言うなり。一人の私言なり」（『韓昌黎文集校注』（以下『韓文校注』と略す）巻一）と。極めて手厳しい発言と言うべきであろう。

ところが、文学者としての韓愈は、『荘子』に対しては、全く異なる姿勢を見せる。韓愈は、『荘子』を相当に愛好した模様であるが、はっきりと「荘子」「荘周」と言及する例が七つある。それらの幾つかの例を見る。

（1）我は言う荘周の云《ことば》にも、木と雁とは各おの喜びとすること有りとか。（「落歯」（『韓詩集釈』巻二）

これは、木は材木として役に立つものから伐り倒される。つまり有能なものがまず犠牲になる。一方、雁は鳴き声のわるいものから、殺して料理する。つまり無能なものがまず犠牲になる。要するにこの世の中は複雑で、何が幸せかわからないことをいう。

（2）荘周云う、虚空に逃るる者は、人の足音の跫然《きょうぜん》たるを聞きて喜ぶ。（「送区冊序」『韓文校注』巻四）

跫然はバタバタするの意。

（3）荘子云う、その奈何《いかん》ともすべきなきことを知りて、安んじて命に若《したが》うは、聖なり。（「答渝州李使君書」『韓文校注』巻三）

これらの警句的な表現を韓愈は好んで引用する。

韓愈は、儒教の経典でも文学の書である『詩経』を特に尊重したことは、次の『論語筆解』の言葉からも分かる。

（4）詩は正にして葩、下は荘（子）・（離）騒に逮ぶ（進学解）。葩は華やかの意。詩は最古のアンソロジーである『詩経』のこと。「離騒」は屈原の作で、第二のアンソロジー『楚辞』の代表的作品。

今一つ面白いのは、「送孟東野序」（『韓文校注』巻四）の次の言及であろう。

（5）荘周、その荒唐の辞を以て鳴る。

韓愈は思想家としては、ストレートな発言をする人だが、その詩は「険怪詰屈」と批評されるように文学者としては二枚腰と言うか簡単にいかないところが多い。荘子についても実はその警抜な表現を高く買っていたのではないだろうか。

第二節　服食と金丹

晉の葛洪の『抱朴子』について、道教学の泰斗吉岡義豊氏は、『抱朴子』という書物は、「仙」の実現の可能性を信じて、その方法を説いたものである。したがって『抱朴子』は古来の神仙思想を受けついで、その学説を体系化し「成仙」の秘訣を公開したものである。道教の学問は、ある意味では、この書物のなかにつくされている、といってもよい、と述べる[3]。また、本田済氏は「内篇において最も執拗に力説されることは、仙人、仙道が実在するということ、および、仙人学んで至るべし、ということである」として、『抱朴子』の主要なテーゼが、「神仙学んで至るべし」（『抱朴子』解説）と言うことにあったことに言及する[4]。

その『抱朴子』で、神仙になる方法として、最も重んじられたのが金丹の服用である。それは「それ長生仙方なれば、則ちただ金丹有るのみ」（巻十八地真篇）と言い、更には、「それ金丹の物為るや、之を焼けば愈いよ久しく、変化愈いよ妙なり、黄金は火に入れて百錬すれども消えず、之を埋めれども天を畢えるまで朽ちず、此の二物を服して、人の身体を錬えれば、故より能く人をして不老不死ならしむ」（巻四金丹篇）と述べられている。

さて、韓愈の詩の中に「金丹」の語が見えるのは、「又寄随州周員外」（『韓詩集釈』巻十二）である。そこでは、「陸孟丘楊　久しく塵と作《な》る、同時に存する者　更に誰人／金丹別後　知る伝え得たるを、刀圭を乞取して　病身を救う」と歌われる。第四句「刀圭」については、『韓詩集釈』では、方世挙の注を引いて、庾信詩「成丹須竹節、量薬用刀圭」、本草「凡散薬有云刀圭者、十分方寸匕之一、準如梧桐子大也、方寸匕者、作匕正方一寸、抄散取不落為度」と説明する。梧桐の実大の分量のこと。第一句の陸孟丘楊は、董晋の幕下で同僚であった陸長源、孟叔度、丘穎、楊凝のこと。後半の金丹を用いたのを元同僚の周員外、即ち周君巣のこととするか、韓愈自身のこととするかは諸家の解釈が分かれる。筆者は、韓愈が金丹に強い関心のあったことは明瞭であるけれども、自ら金丹を服用してまで不死を追求しはしなかったのではないかと思料する。

韓愈と同世代だった白居易も大いに金丹に関心があったらしい。例えば、「予与故刑部李侍郎、早結道友、以薬術為事、与故京兆元尹晩為詩侶、有林泉之期、周歳之間、二君長逝、李住曲江北、元居昇平西、追感旧遊、因貽同志」（『白居易集箋校』（以下『白集箋校』と略す）巻十九）と言う長い題の詩の前半では、「李を哭してより来《このかた》　道気を傷い、元を亡してより後　詩情を減ず／金丹同じく学ぶも　都《すべ》て益無し、水竹の隣居　竟に成らず」と歌っており、また、「新秋病起」（『白集箋校』巻二十）でも「一葉　梧桐より落ち、年光　半ば又た空なり／秋には階を上る日多く、涼しくして懐に入る風足る／病みて痩せ　形は鶴の如く、愁い燋がれて　鬢は蓬に似たり／心を損ず　詩思の裏《うち》、性を伐《う》つ酒狂の中／華蓋　何ぞ曾て惜まん、金丹　功を致さず／猶お須らく自ら慙愧すべし、白頭翁と作るを得たるを」とも詠じている。

この白居易と金丹との関わりについて、川原秀城氏は、「白居易が金丹を嗜《たしな》まなかったことは客観的な事実であるかもしれないけれども、それを根拠として、錬丹に従事しなかったなどと結論してはならない。（中略）白居易が『金丹に久しく留意した』ことは確かであり、すくなくとも生涯に二度、金丹の錬成を試みたことは疑うべくもないからである。白居易が金丹を服用しなかったのは、実は金丹の錬成に失敗し、金丹を完成することができなかったからにすぎない」と述べている。[5] 傾聴すべき意見であろう。

さて、『抱朴子』道意篇に「神薬を服食するは、延年駐命不死の法なり」（巻九）とあるように、金丹などの薬物を服用することを「服食」と言うが、白居易の「戒薬」（『白集箋校』巻三十六）は、自戒も込めているのであろうか、この「服食」を戒めたものである。「促促たる急景の中、蠢蠢たる微塵の裏《うち》／生涯　分限有り、愛恋　終り已むこと無し／早夭は中年を羨み、中年は暮歯を羨む／暮歯　又た生を貪り、服食して不死を求む／朝に太陽の精を呑み、夕に秋石の髄を吸う／福を徼《もと》めて反りて災を成し、薬誤まる者は多し／之を以て嗜慾に資し、又た甲子を延べんことを望む／天人　陰騭《いんしつ》の間、亦た恐らくは此理無からん／域中に真道有り、所説　此の如くならず／身を後にして始めて身存す、吾れこれを老氏に聞く」（「戒薬」）。この詩は開成四年（八三九）の作。末尾の二句は、『老子』第七章に「聖人後其身而身存、外其身而身存」とあるに依る。白居易らしい『老子』の読み方である。

白居易は「思旧」（『白集箋校』巻二十九）の詩では、もっと具体的な名前を挙げて彼と同時代の士大夫たちの「服食」の流行を批判しており、そこでは、韓愈も硫黄を服用していた廉で指弾されている。「閑日　一たび旧を思うに、旧遊は目前の如し／再び思うに　今何《いず》くに在るや、零落して　下泉に帰せり／退之は流黄を服すれども、一たび病みて　訖《つい》に痊《い》えず／微之は秋石を錬りしも、未だ老いずして　身は溘《こう》然たり／杜子は丹訣を得て、終日　腥羶を断つ／崔君は薬力を誇り、冬を経て綿を衣ず／或いは疾み或いは暴《にわ》かに夭し、悉く中年を過ぎず／唯だ予れ服食せず、老命反りて遅延す／況んや少壮の時に在りて、亦た嗜欲の為に牽かるをや／但だ葷と血とに耽り、汞と鉛とを識らず／飢え来れば熱物を呑み、渇し来れば寒泉を飲む／詩は五蔵の神を役し、酒は三丹田を汨る／日に随いて合《まさ》に破壊すべし、今に至るまで粗《ほ》ぼ完全なり／歯牙未だ欠落せず、文体尚お軽便なり／已に第七袟を開き、飽食仍お安眠す／且つ盃中の物を進め、其の余は皆天に付す」（「思旧」）

微之は、言うまでもなく、白居易の親友である元稹の字である。秋石については、『周易参同契』巻上に「黄帝美金華、淮南錬秋石」と見える。杜子は、杜元穎を指す。崔君は、陳寅恪氏は崔羣とするが、朱金城氏等が言うように崔元亮のことであろう。崔元亮が道教に親しんでいたことは、深澤一幸氏「崔元亮の道教生活」に詳しい(6)。

退之は韓愈の字。流黄は硫黄のこと。陶穀の『清異録』巻上には、「昌黎公晩年頗親脂粉、故事、服食用硫黄末攪粥飯啖鶏男、不使交、千日烹庖、名火霊庫、公間日進一隻焉、始亦見功、終致絶命」とある。この話は、また、韓愈の女性観を考える際の材料ともなろう。

ところで、韓愈を擁護する者は、この「思旧」に見える退之を衛中立、字は退之とする者があるが、ここは、韓愈が養生、とりわけ強壮のために硫黄を服用したのだと見て良いだろう。但し、不死を追求することはなかったのではないだろうか。

この韓愈が金丹批判を展開するのが、有名な「故太学博士李君墓誌銘」（『韓文校注』巻七）である。因みに吉川幸次郎氏は、「韓愈の碑誌は、その人の人格と事蹟とを、活発発地にえがいている」と指摘する(7)。筧文生氏は、「（韓愈の）散文は三十巻、そのうちの十二巻つまり五分の二を碑誌が占めているということは、彼がいかに多くの筆をこの分野にさいていたかを事実によって証明するものである」「（韓愈は）かつて司馬遷が『史記』のなかで描いた個人の記録であるあの列伝の世界のすばらしさを、碑誌の中で再生させたのである」と言う(8)。

「太学博士、頓丘李于、余が兄の孫女壻なり。年四十八、長慶三年正月五日に卒す。其の月二十六日に其の妻の墓を穿ちて、これを合葬す。某県某地に在り。子三人あり、皆幼し。初め、于は進士を以て、鄂岳従事為りしときに、方士柳泌に遇いて、従いて薬法を受け、これを服すれば、往往にして下血す。比《このごろ》四年、病い益ます急にして、乃ち死す。其の法、鉛を以て一鼎に満し、物を以て中を按じて空と為し、実すに水銀を以てして、四際を蓋封し、焼きて丹沙と為すと云う。

　余れ服食の説、何れの世より起こるかを知らず。人を殺すこと計るべからず、而るに世の慕尚すること益ます至れるは、此れ其の惑えるなり。文書に記す所、及び耳に聞きて相伝うるに在る者をば説かず、今、直《た》だ目のあたりに見し、親《みずか》らこれと游びて、薬を以て敗るる者、六七公を取りて、以て世の誡めと為さん。工部尚書帰登、殿中御史李虚中、刑部尚書李遜、遜の弟刑部侍郎建、襄陽の節度使・工部尚書孟簡、東川の節度・御史大夫盧坦、金吾将軍李道古、此れ其の人。皆　名位有りて、世の共に識る所なり。工部　既に水銀を食いて病を得たり。自ら説く、焼鉄杖の顚《いただき》より其の下を貫く者有りて、摧けて火と為りて、竅節を射て以て出づるが若し、と。狂痛号呼して絶えんと乞う。其の茵席、常に水銀を得たり。発して且《ま》た止む。血を唾すること数十年にして以て斃る。殿中は、疽、其の背に発して死す。刑部は、且《まさ》に死せんとするときに、余れに謂いて曰く、我れ薬の為に誤らる、と。其の季建は、一旦　病無くして死す。襄陽は、黜けられて吉州の司馬と為るときに、余れ袁州より京師に還る。襄陽は、舸に乗りて、我れを蕭洲に邀えて、人を屏けて曰く、我れ秘薬を得たり、独り死せざるべからず、今、子に一器を遺《おく》る、棗肉を用いて丸と為してこれを服すべし、と。別れて一年にして病いす。其の家人至るとき、これに訊《と》えば、曰く、前の服する所の薬誤れり。方《はじ》めて且《しばら》くこれを下《くだ》す、下せば則ち平かなり、と。病みて二歳にして竟に卒す。盧大夫は、死する時、溺《いば》り血肉を出す、痛　忍ぶべからず、死を乞いて乃ち死す。金吾は、柳泌を以て罪を得、泌の薬を食いて、五十にして海上に死す。此れ以て誡めと為なすべき者なり。不死を蘄めて、乃ち速やかに死を得。之を智と謂わば、可か、不可か。五穀三牲、塩醯果蔬は、人の常に御する所なり。人相厚くし勉めて必ず曰く、強いて食せよ、と。今、惑える者皆曰く、五穀は人をして夭せしむ、食うこと無きこと能わざれば、当に務めて減節すべし、と。塩醯は以て百味を済す。豚・魚・鶏の三者は、古より以て老を養う。反って曰く、是れ皆人を殺す、食らうべからず、と。一筵の饌に、禁忌、十に常に二三を食わず。常の道を信ぜずして鬼怪を務む。死に臨んで乃ち悔ゆ。後の好む者又た曰く、彼の死者は、皆其の道を得ざればなり。我れは則ち然らず、と。始めて病むときは曰く、薬動く、故に病む。病い去り薬行れば、乃ち死せじ、と。且に死せんとするに及んで、又た悔ゆ。嗚呼、哀しむべきのみ、哀しむべきのみ」（「故太学博士李君墓誌銘」）

韓愈は、血縁のあった李于の死を手がかりに、金丹に不死を求めた著名人を列挙するのだが、それは端なくも当時の士大夫社会に如何にかかる風潮が瀰漫していたかを的確に指摘するものとなっている。そして、李于、帰登、李虚中、李遜、李建、孟簡、盧坦、李道古各人各様の死に様が標本を示すように真に鮮やかに描き出されている。

ここで、筆者が考えるのは、「死」への関心の深さが韓愈の思想の一つの特色だと言うことである。墓誌銘の重視と道教批判を繋ぐもの、それは、人並み外れて「死」に注目する彼の死生観であった。そのこともあって、「故太学博士李君墓誌銘」は、殊にも光彩を放つものとなっていると言えよう。

第三節　「桃源図」――神仙・トポス批判――

陶淵明の「桃花源記」に基づく桃源郷は、唐代においては広く神仙郷と認められていた。

その具体例として、王維の「桃源行」（『王維集校注』巻一）を見ると、そこでは、次のように詠じられる。「漁舟は水を逐いて山春を愛し、両岸の桃花は去津を夾む／坐に紅樹を看て遠きを知らず、青渓を行き尽くせど人を見ず」「樵客は初めて伝う漢の姓名、居人は未だ改めず秦の衣服／居人は共に住す武陵の源、還た物外に従いて田園を起こす」「平明の閭巷は花を掃いて開き、薄暮に漁樵は水に乗じて入る／初めは地を避くるに因りて人間を去りしが、更に仙を成じて遂に還らずと聞く」「当時に只だ記ゆ山に入るの深きを、青渓　幾度か雲林に到りしや／春来　徧く是れ桃花の水、仙源を何処に尋ぬるかを辨ぜざるなり」と。

王維のこの「桃源行」は十九歳の頃の作品と言われ、その早熟を示すに足るものである。そして、また、王維は「桃源」をここでは「仙を成じ」る、「仙源」と言って、仙境と見なしているが、これは、周知の通り、唐代に「桃源」を道教的世界、仙境とする早期の資料である。陶淵明の「桃源」は、理想郷ではあっても、仙境とは明示していないものであった。王維の「桃源行」は、その意味で、道教史上、重要な位置を占めており、また、その著作における「桃花源」「桃源」の頻出も同世代・後世に大きな影響を及ぼしたと考えられる。盛唐の時代、李白や杜甫の詩においても頻りに「仙境」たる「桃源」が詠じられていることは別章で叙べた通りである。

清の王士禛は『池北偶談』の中で、盛唐の王維の「桃源行」・中唐の韓愈の「桃源図」・北宋の王安石の「桃源行」の三者を取り上げて次のように言っている。「唐宋以来、桃源行を作りて最も伝わるものは、王摩詰・韓退之・王介甫の三篇なり。退之・介甫の二詩を観るに、筆力意思　甚だ喜ぶべし。摩詰の詩を読むに及び、多少自在なり。二公便ち努力挽強するがごときも、面《かお》赤く耳熱きを免れず、此れ盛唐の高くして及ぶべからざる所以なり」と。傾聴すべき意見であろう。

三詩の中、王安石の「桃源行」（『臨川先生文集』巻四）は以下の如くである。

「望夷宮中　鹿　馬と為し、秦人半ば死す　長城の下、時を避くるは独り商山の翁のみならず、亦た桃源に桃を種うる者有り、此に来りて桃を種え　幾春を経たる、花を採り実を食べ　枝　薪と為す、児孫生長して　世と隔たり、父子有りと雖も　君臣無し」このように王安石の「桃源行」は、桃源郷は君臣の階層がなかったという点に興味を示している点が面白い。

これらの二詩に対して、韓愈の「桃源図」は、陶淵明の「桃花源記幷びに詩」の桃源郷の描写以外に、中唐時代、韓愈の在世中に流伝された神仙譚に批判の矛先を向けているところに特徴がある（『韓詩集釈』巻八）。

「神仙の有無　何ぞ眇芒、桃源の説　誠に荒唐／流水盤廻　山百転し、生綃数幅　中堂に垂る／武陵の太守は　好事の者、題封　遠く寄す　南宮の下／南宮先生　これを得たるを忻び、波濤　筆に入りて　文辞を駆る／文は工みに画は妙に　各おの極に臻る、異境　怳惚として斯に移る／巌に架け谷を鑿ちて　宮室を開き、屋を接し　墻を連ぬ千萬日／嬴の顚《くつがえ》り劉の蹶《つまづ》くは　了に聞かず、地は圻け天は分るるも恤れむところに非ず／桃を種え　処処　惟だ花開き、川原　近遠　紅霞烝《む》す／初めて来りしときは　猶お自ら郷邑を念うも、歳久しくして此の地も　還た家と成す／漁舟の子　何所より来るや、物色し相猜《うたが》い　更に問語す／大蛇　中断されて　前王を喪い、群馬　南渡して　新主開く／聴き終わりて辞は絶え　共に悽然たり、自ら説く　今に経る六百年／当時の万事　皆　眼に見ゆ、知らず幾許か猶お流伝するを／争いて酒食を持し　来りて相饋る、礼数同じからず　罇俎異なる／月明に伴いて宿れば　玉堂は空しく、骨は冷やかに魂は清らかにして　夢寐なし／夜半　金鶏　啁哳として鳴き、火輪　飛び出て　客心　驚く／人間　累ありて住まるべからず、依然　離別　情を為し難し／船は開き棹は進み　一たび廻顧するに、万里は蒼蒼として　煙水　暮る／世俗　寧んぞ知らんや　偽と真と、今に至るまで伝える者は　武陵の人」

　その神仙譚とは、雑誌『東方宗教』第六十九号（一九八七）で論じた瞿童登仙譚（論文「瞿童登仙考」参照。後に拙著『隋唐道教思想史研究』に収録）のことである。その内容は後に紹介することとして、暫く韓愈の「桃源図」の関連部分の叙述について検討を進めよう。

　まず、「武陵の太守は　好事の者、題封　遠く寄す　南宮の下／南宮先生　これを得たるを忻び、波濤　筆に入りて　文辞を駆る」に見える南宮先生と武陵の太守について、『韓詩集釈』では、「南宮先生とは、疑うらくは、是れ盧虞部汀ならん」と言い、また、「尚書諸曹、唐代統て南宮と称す」とし、韓愈が「和虞部盧四汀酬翰林銭七徽赤藤杖歌」（『韓詩集釈』巻六）で、「南宮清深にして　禁闈密なり」と述べていることを例証とする。次に武陵の太守に関して、『韓詩集釈』では、「太守、竇常也、常以元和七年冬出守武陵、（中略）考常守武陵時、（劉）禹錫方為武陵司馬、劉集有游桃源詩一百韻、中述神仙事云」と述べて、筆者の所謂、瞿童登仙の事に言及するのである。

この瞿童登仙の事とは、正史の記述では、『新唐書』芸文志子部道家類の項において、茅山派の道士呉筠の伝記「謝良嗣『呉天師内伝』一巻」と女冠謝自然の伝記「李堅『東極真人伝』一巻」との間に、「温造『瞿童述』一巻」が掲載され、その下に割注して「大暦中、辰渓の童子瞿柏庭昇仙す。（温）造、朗州刺史となり、その事を追述す」と語られる瞿柏庭白日昇天の事蹟を言う。

瞿童登仙の事について記すのは、実は長慶二年（八二二）に碑刻された温造の『瞿童述』が最初ではない。既に貞元元年（七八五）に瞿童登仙の事を語るものが存するからである。

それが『全唐文』巻六八九に収録される符載の『黄仙師瞿童記』である。そこでは、五段に分けて語られるが、第二段と第四段は特に重要なので書き下し文で示す（第三段と第五段略）。

（1）黄洞元に弟子があり、姓を瞿、字を柏庭といい、十四歳の時、世俗を厭う志を懐き、大暦四年（七六九）に辰渓の地よりやって来て、入道したいと願い出たので、黄洞元はこれを許した。瞿柏庭は恭しくもの静かな性質で、黄洞元に仕える様子は君父に仕えるようであった。そうして、一、二年が過ぎた。

因みに黄洞元は茅山派の第十五代の宗師とされる当時の著名な道士である。

（2）第二段は重要なので書き下し文で示す。

（瞿柏庭）或いは往往にして独り行き谿の洞中に入り、深処を根究し信宿にして方《はじ》めて返る。仙師これを譲《せ》む。輒ち云う、偶《たま》たま佳地に造《いた》り、神聖に遭遇す、雲気草木屋宇飲食を観るに人をして澹然として情を忘れ故処を楽しまざらしむと。因りて偕《とも》に往くを願う。仙師曰く、霊仙の府は、必ず左右に在り、然れども尚お幼小、謂《おも》うに至る所の地、即ちは爾らざるなりと。

（3）大暦八年（七七三）夏五月の晦日（温造の『瞿童述』に依れば五月二十七日）、いよいよ、瞿童登仙の事が説かれる。

（4） 以下第四段、やはり重要なので書き下し文で示す。

（瞿柏庭）衣服を正し、拝して戸外に訣《わか》れ、自ら言う、霊期逼《せま》り近づき留止《とど》まる可きは難し、請う、これより往き、日月鶉首に合するに至れば、復たこの地に近づかんと。仙師少《しばら》く撫愛を加え未だ即《ただ》ちには遣るを聴《ゆる》さず。室に同学の道士朱霊弁なるものあり、童子の精神懾懦にして妖邪の攻むる所となるを恐れ、将に丹筆符を載《あた》えてこれを禦がんとせんと欲するも、童は懌《よろこ》ばず。且つ傲る詞《ことば》多くして云う、他辰の相い見《まみ》ゆるは、歳、降婁に在りと。庭際に大栗樹あり、人を遠ざかること数仞に過ぎず、遂に背行し冉冉として樹の旁《かたわ》らより滅没して化し去る、声あり隆然として風の飄《ひるがえ》り雷の震うがごとし。

衆、事の言妄なるに出づと以為うも、怪愕して次を失い、馳せて隣落に告げ、共に四囲してこれを索むるも、千崖沈沈、漠然として声なし。洞の西、行くこと一二里に巨蛇あり、威猛甚だ盛んにして、自ら道中に腹を拖《な》げ横擲して勢近づくを得ず。次に東隅に至るに、右〈ママ〉の足の八指、印を地上に羅き、弱篠八枝を折りて、縦横に挿植する見る。冥験の数を誌《しる》すが若くにして、余または覩ず。

韓愈が「桃源図」で批判しようとしたのは、この瞿童の白日昇天のことであろう。韓愈は桃源を理想郷ではなく、この世ならぬ異界の如きトポスと見る。例えば「桃源図」の「月明に伴いて宿れば　玉堂は空しく、骨は冷やかに魂は清らかにして　夢寐なし／夜半　金鶏　啁哳として鳴き、火輪　飛び出て　客心　驚く」のような叙述。ここは原田憲雄氏が「月てる道を連れられて宿った家は人気なく、骨ひいやりと魂さえて夢うつつともいかぬうち、夜なかというのにコケッコッコと金鶏が鳴き出して、おてんとさまがポンと飛び出すお客はびっくり仰天だ」と軽妙に訳すが、(9)このような桃源郷描写は、恐らくは、瞿童登仙譚の影響を引きずっているのではないだろうか。

中央政界の抗争に敗れて、武陵の司馬、即ち朗州司馬となった劉禹錫は、瞿童登仙譚を聞きつけて、桃源桃花観に自ら赴き、瞿童登仙の目撃者の一人である道士陳通微から直接にその有様を聴き、それを「遊桃源一百韻」に書き記す。「因りて話す　近世の仙、聳然として　心神惕る／乃ち言う　瞿氏の子、骨状　凡格に非ず、往きて黄先生に事う」と始める瞿童登仙の顚末は、先の符載の『黄仙師瞿童記』の叙述を韻文化したものとさえいえるが、「列仙　徒らに名有るも、世人目撃するに非ず／如何ぞ　庭廡の際、白日　飛翮を振う／洞天　豈に幽遠ならんや、得道　咫尺の如し」との感慨の披瀝は、韓愈の「桃源図」の「神仙の有無　何ぞ眇芒、桃源の説　誠に荒唐」という発端と鮮やかな対照を示している。

因みに自ら朗州刺史となり、やはり、桃源桃花観の道士陳通微からの状況聴取により、長慶二年に『瞿童述』を著わした温造も、韓愈と交渉があったことは、韓愈に「送温処士赴河陽軍序」（『韓文校注』巻四）のあることで知られる。桃源桃花観において、衆人環視の中で起こったと云う瞿童登仙の事は、符載や楊衡をして黄洞元に心服させ、また、閻寀を甘心させ、劉禹錫を震撼させ、更に、このセンセーショナルな奇跡を一旦は疑った温造をして『瞿童述』を書かしめた。もって、この事件が中晩唐の士大夫に対して与えた影響の深さを思うべきである。

一方、この瞿童登仙の事は、この奇跡を行った瞿柏庭の師である黄洞元の地位をいやましに高め、晩唐の時代には、茅山の修道者はすべて黄洞元の弟子であると看做されるに至った。そして、黄洞元の衣鉢を継いだ孫智清は、常にこの霊迹を称賛しており、それは、李徳裕にも影響を与えている。また、民間では、いつしか、桃源桃花観での奇跡は、茅山での奇跡として語り伝えられるに至っている。もって、瞿童登仙の事の中晩唐の茅山派道教において占めた役割の大きさが知られる。

韓愈の「桃源図」における瞿童登仙批判は、従って、当時の道教批判として、真に正鵠を射たものであったのである。

第四節　「謝自然詩」――女性神仙批判と女性観――

韓愈が「神仙」と云う表現を用いる場合は、やや改まった調子で道教批判を行うことが多く見られるようである。周知のように韓愈は「原道」において「古えの道は、その一に居り、今の道はその三に居る」（『韓文校注』巻一）と述べる如く、唐代における道教・仏教の隆盛を的確に見据えており、この道教の繁栄下における神仙に対する好尚の流行を注意深く見つめていた。その彼が詩文においてことさらに「神仙」と熟した言葉を使用する裏には、やや諧謔の意味合いが込められているように感じられ、道教批判がなされるのである。

具体例としてまず、「誰氏子」（『韓詩集釈』巻七）を取り上げてみよう。「痴に非ず狂に非ざるは　誰が氏の子、去きて王屋に入りて　道士と称す／白頭の老母　門を遮りて啼き、挽きて衫袖を絶ちて　留むるも止めず／翠眉の新婦年二十、載送して家に還り　哭して市を穿つ／或いは云う　鳳笙を吹くを学ばんと欲し、慕う所の霊妃　蕭史に媲すと／又云う　時俗　尋常を軽んじ、力めて険怪を行いて　貴仕を取ると／神仙　然《しか》く伝説有りと雖も、知者は尽くその妄を知れり」。「蕭史」のことは、『列仙伝』に「蕭史者、秦穆公時人也、善吹簫、（中略）穆公有女、字弄玉好之、公遂以女妻焉、日教弄玉作鳳鳴、居数年、吹似鳳声、云々」（巻上）と見える。「霊妃」は郭璞の「游仙詩」の語。また、「鳳笙」は、『列仙伝』の王子晉伝に「王子喬者、周霊王太子晉也、好吹笙作鳳凰鳴」（巻上）とある。

「高氏仙硯銘并びに序」では、まず序で「儒生高常、予と天壇の中路を下るとき、硯石を獲、馬蹄の状に似たり。外稜は孤聳し、内に墨色を発す。幽奇天然にして、神仙の遺物かと疑う」と述べ、次に銘で「仙馬　霊ありて、迹は石に在り、稜ありて中に宛《くぼ》み、墨迹を点するがごときあり、文字の祥、君の家それ昌んなり」（『韓文校注』文外集上巻）と語る。この作品はあからさまな道教批判ではないが、その中の「神仙の遺物かと疑う」という表現も諧謔の気味が漂っているであろう。

韓愈が神仙批判を行う場合、当時の社会において、持て囃されていた具体的な白日昇天の事例に対する批判という形を取る場合があった。その一つが「桃源図」における瞿童登仙譚に対する批判であり、今一つは「謝自然詩」における謝自然昇仙に対する批判であった。

この「謝自然詩」は、また、女性神仙批判でもあるのだが、次に見る「華山の女」は、女性道士、女性宗教者批判である。「華山の女児　家　道を奉じ、異教を駆って仙霊に帰せしめんと欲す／粧を洗い面を拭って冠帔を著け、白き咽　紅き頬　長き眉　青し／遂に来りて座に昇り　真訣を演べ、観門　許さず人の扃《とびら》を開くことを／知らず誰人か暗《ひそか》に相い報じ、訇《こう》然として振動して雷霆の如し」（『韓詩集釈』巻十一）。「真訣」は、道教の奥義、訇《こう》然は、大きな音の形容。ここは華山の女道士の講経の人気ぶりを示し、そこに女性の性的な魅力が民衆を誘引する一要素となっていることを批判している。

ところで、韓愈が信奉した儒教には、「三従」、即ち家にあっては父に従い、嫁《か》しては夫に従い、夫が死んだあとは子に従う（『儀礼』喪服篇、『礼記』郊特牲篇）という考えや、「七去」、即ち『大戴礼』本命篇の「婦に七去あり、父母に順わざれば去る、子無ければ去る、淫なれば去る、妬なれば去る、悪疾あれば去る、多言なれば去る、窃盗なれば去る」という離婚の条件に関する考えがあって、男尊女卑の思想が顕著であることは良く知られている。

ここで、韓愈の女性観を窺う資料を幾つか見てみよう。最初に注目されるのは、丈夫と児女（女子）との対比である。例えば、「会合聯句」では、「病みて添う児女の恋、老いて喪う丈夫の勇」（『韓詩集釈』巻四）と言い、「秋懐詩」其三には「丈夫は意在ること有り、女子は乃ち怨み多し」（おとこにはしっかりした意志がある、怨みごとが多いのは女というものだ　清水訳）とある。こうした発言の背後には、幼くして親を失い、嫂の鄭氏に育てられ、一族の将来を託された韓愈自身の生い立ちも反映されていよう。

一方、韓愈が最初に陽山に流された時の「劉生」の詩に「越女　一笑　三年留まる」「妖歌　慢舞　爛として収まらず」（『韓詩集釈』巻二）と劉生が女の虜になっている様子を歌っているところがある。また、韓愈の「齪齪《さくさく》」詩に「妖姫　左右に坐し、柔指もて哀弾を発す」（『韓詩集釈』巻一）なども彼としては色っぽい詩に属する。ただ、こうした例は余り多くない。

韓愈は「衢州徐偃王廟碑」（『韓文校注』巻六）においては、周の穆王が西王母と瑤池のほとりで宴して「歌謳して帰るを忘れた」と言い、「東方朔の雑事を読む」の詩では「厳厳たり王母の宮、下は維《こ》れ万仙の家、噫欠《あいけん》すれば飄風となり、手を濯えば大雨沱《だ》たり」「王母聞きて以て笑い、衛官も助けて呀呀たり」「王母已むを得ず、顔を嚬めて口　齎嗟す」（『韓詩集釈』巻八）と詠じる（呀呀は口を開く貌、齎嗟は歎く様子）。杜甫が王母と言うときは楊貴妃を喩えることが多いが、この場合は則天武后批判という。

韓愈は、盛んに民間の神々を祭っているが、その中に湘君湘夫人なる女神がある（「祭湘君夫人文」『韓文校注』巻五）。二柱の神は、古代の聖天子である舜の二人の妃である。韓愈は湘君湘夫人については、「黄陵廟碑」で、「堯の長女娥皇を舜の正妃と為す、故に君と曰う、その二女女英自ら宜しく降して夫人と曰うべきなり」と説明するが、彼が「堯死して舜天下を有ちて天子と為るは、二妃の力なり」（『韓文校注』巻七）と述べるのは、女性の内助の功を讃えたものである。

女性の内助の功を讃える韓愈は、また、「嫁して子有るは、女子の慶び」（「祭周氏姪女文」『韓文校注』巻五）と言い、また、女性のあるべき姿として、「婉婉として儀有り、柔静にして以て和す」（「河南緱氏主簿唐充妻盧氏墓誌銘」『韓文校注』巻七）「柔嘉淑明」（「清辺郡王楊燕奇碑文」『韓文校注』巻六）を挙げる。こうしたもの柔らかで淑やかな女性が「婦道」（「唐朝散大夫贈司勲員外郎孔君墓誌銘」『韓文校注』巻六）ある女性と考えられたのであろう。

さて、韓愈は「謝自然詩」（『韓詩集釈』巻一）で次のように歌う。「果州の南充県、寒女の謝自然／童騃識る所無く、但だ神仙有るを聞く／生を軽んじて其の術を学ぶ、乃ち金泉山に在り／繁華　栄慕絶え、父母　慈愛捐つ／心を凝らして魑魅を感ぜしめ、慌惚　具さに言い難し／一朝　空室に坐し、雲霧　其の間に生ず／笙竽の韻を聆《き》くが如し、冥冥の天より来たる／白日　幽晦に変じ、蕭蕭として風景寒し／簷楹　暫《しばら》く明滅し、五色　光属聯す／観る者　徒らに傾駭し、躑躅して詎ぞ敢えて前《すす》まん／須臾にして自ら軽挙し、飄として風の中の烟の若し／茫茫として　八紘大に、影響縁るに由無し／里胥　其の事を上《たてまつ》り、郡守　驚き且つ歎ず／車を駆りて　官吏を領し、毗俗　争いて相先んず／門に入りて　見る所無く、冠屨　蛻蟬に同うす／皆云う神仙の事は、灼灼として信に伝えるべしと／余《わ》れ聞く　古《いにし》えの夏后、物を象りて　神姦を知る／山林　民入るべし、魍魎　旃《これ》に逢う莫かれ／逶迤として　復た振わず、後世欺謾を恣《ほしいまま》にす／幽明　紛として雑乱し、人鬼　更《かわるがわ》る相残う／秦皇　篤く好むと雖も、漢武　其の源を洪《おお》いにす／二主より来《このかた》、此の禍　竟に連連／木石　怪変を生じ、狐狸　妖患を騁《は》す／能く性命尽す莫く、安んぞ更に長延するを得んとする／人生　万類を処す、知識　最も賢と為す／奈何んぞ　自ら信ぜずして、反って物に従いて遷らんと欲す／往者　悔ゆべからず、孤魂　深冤を抱く／来者　猶お誡むべし、余《わ》が言　豈に空文ならんや／人生に常理あり、男女に各おの倫《みち》あり／寒衣及び飢食は、紡織耕耘に在り／下　以て子孫を保ち、上　以て君親を奉ず／苟も此の道に異なれば、皆其の身を棄つと為す／噫乎　彼の寒女は、永く異物の群に託す／感傷して遂に詩を成す、昧き者は宜しく紳に書すべし」。

この謝自然の伝記は、第三節で見たように、『新唐書』芸文志子部道家類の項において、「李堅『東極真人伝』一巻」として収録されていることを指摘しておいた。遊佐昇氏は、「謝自然と道教」なる論考において、現行の謝自然の伝記を甲類と乙類に分類する。[10] 甲類は、開元観の道士程太虚から伝授を受けたことを記す『太平広記』巻六十六謝自然とほぼ同じ内容になっているか、またはその一部分のみを記しているもの、乙類は、司馬承禎より伝授を受けたことを記す『続仙伝』巻上謝自然とほぼ同じ内容を記すか、またはその一部分のみを記しているもの、であるが、遊佐氏の指摘する通り、初唐から盛唐時代にかけて活躍した茅山派の宗師司馬承禎の伝授を記す乙類は、年代設定に無理があり、貞元時代の道士程太虚の伝授を記す甲類が、本来の李堅の『東極真人伝』を継承していると考えるのが妥当であろう。因みに云えば、乙類の茅山派の宗師司馬承禎の伝授を記す部分は、盛唐の李白や王維の詩に登場する女性道士焦静真との混同もあるようである。

さて、甲類の代表的伝記である『太平広記』巻六十六謝自然の項は『集仙録』に出るとされている。しばらく『集仙録』によって、謝自然の伝記の重要な部分を辿っておこう。

(1) 謝自然者、其先兗州人、父寰、居果州南充、挙孝廉、郷里器重。

(2) (謝)自然性穎異、不食葷血。

(3) 其家在大方山下、頂有古像老君、(謝)自然因拝礼、不顧却下、母従之、乃徙居山頂、自此常誦道徳経、黄庭内篇。

(4) 年十四、其年九月、因食新稲米飯、云、尽是蛆虫、自此絶粒。

(5) 貞元三年三月、於開元観詣絶粒道士程太虚、受五千文紫霊宝籙。

(6) 七年九月、韓佾轝於大方山置壇、請程太虚具三洞籙。

(7) 貞元九年、刺史李堅至、(謝)自然告云、居城郭非便、願依泉石、堅即築室于金泉山、移(謝)自然居之、(中略)(謝)自然之室、父母亦不敢同座其牀、或輒詣其中、必有変異、自是呼為仙女之室、(中略)(謝自然)又云、某山神姓陳名寿、魏晉時人、並説真人位高、仙人位卑、言己将授東極真人之任。

(8) 貞元十年、三月三日、移入金泉道場、(中略)十一月九日、(謝自然)詣州与李堅別、云、中旬的去矣、亦不更入静室。

(9) (貞元十年十一月)二十日辰時、(謝自然)於金泉道場白日昇天、士女数千人、咸共瞻仰、祖母周氏、母胥氏、妹自柔、弟子李生、聞其訣別之語曰、勤修至道、須臾五色雲遮亙一川、天楽異香、散漫弥久、所着衣冠簪帔一十事、脱留小縄牀上、結繫如旧。

⑽　刺史李堅表聞、詔褒美之、李堅述金泉道場碑、立本末為伝云。

謝自然の伝記の梗概は、おおよそ以上の通りである。深澤一幸氏の「仙女謝自然の誕生」なる論文では、謝自然の伝記を載せる『集仙録』は、唐末五代の道士杜光庭が女性神仙の伝記を集めた『墉城集仙録』であるとされている。妥当な見解であろう。深澤氏はまた韓愈の謝自然詩について、「韓愈は、それ（『東極真人伝』に載せる謝自然に修行過程の記述——筆者補足）をたった十句に収約し、「伝」全体からみるとそれほどの分量でもない「白日昇天」の部分を、じつに二十二句もついやしてうたいあげている。詩人としての韓愈には、仙女の「白日昇天」こそインパクトがあったのである」と述べている。[11]

韓愈は「謝自然詩」では、冒頭に「果州の南充県、寒女の謝自然、童騃《がい》にして識る所無く、但だ神仙有るを聞く」と述べ、更に謝自然の昇仙に当たって「皆云う神仙の事は、灼灼として信に伝えるべしと」と言い、また、謝自然の白日昇天の事跡を「一朝　空室に坐し、雲霧　其の間に生ず／笙竽の韻を聆《き》くが如し、冥冥の天より来たる／白日幽晦に変じ、蕭蕭として風景寒し／簷楹　蹔《しばら》く明滅し、五色　光属聯す／観る者　徒らに傾駭し、躑躅して詎ぞ敢えて前《すす》まん／須臾にして自ら軽挙し、飄として風の中の烟の若し」と紹介して批判の対象としている。

韓愈が「桃源図」において、桃源桃花観における瞿柏庭の白日昇天の事跡を批判の対象としたように、「謝自然詩」において、謝自然の白日昇天の事跡をターゲットにしていたことは疑いを入れないところであろう。白日昇天批判は、韓愈の神仙批判の核心なのである。

ところで、『巴蜀道教碑文集成』には、李堅による謝自然の白日昇天事跡の上奏を承けて唐の徳宗が下した詔勅が収録されており、そこでは、「女道士超然高挙、抗迹烟霞、斯実聖祖（老子のこと）光昭、垂宣至教、表茲霊異、流慶邦家、欽仰之懐、無忘鑑寐」（「勅果州女道士謝自然白日飛升書」）と女道士謝自然の白日昇天の事が取り上げられている。

翻って考えると「桃源図」で対象とした瞿柏庭の白日昇天の事は、大暦八年（七七三）韓愈幼少六歳の折の出来事である。これに対して、「謝自然詩」で対象とした謝自然の白日昇天の事は、貞元十年（七九四）韓愈二十七歳の時の、しかも徳宗の文字通りお墨付きのある事件であった。このため、韓愈の批判はより明確な形をとっているのである。

一方、女性観について云えば、前述の杜光庭の『墉城集仙録』の序文では、「墉城集仙録は、古今の女子の得道昇仙の事を紀すなり。（中略）女仙は金母を以て尊しと為し、金母は墉城を以て治と為す。編みて古今女仙の得道の事実を記し、目して墉城集仙録と為す」とあるが、このように女性神仙の伝記を集録すること自体、道教の女性尊重を良く表わしていよう。李堅が『東極真人伝』を著わしたこともこの立場に重なる。また、李白は同時代の女性道士焦静真について、「贈嵩山焦錬師幷序」（『李太白文集』巻九）の序文で次のように述べる。「嵩山に焦錬師とよばれる神仙がいて、何許《どこ》で生まれた婦人かも分からない。又斉梁時代に生まれたとも云う。その年令容貌は五六十歳とも称《い》えるほどだ。常に胎息絶穀して、少室山の庵《いおり》におり、飛ぶように遊行し、倏忽《たちまち》のうちに万里をいく。世間では或いは東海に入り蓬萊山に登ったかと伝え、とうとうその往くところを測れないでいる。余《わたし》は少室山に神仙の道を訪ね、尽く三十六峰に登った。その高風を聞いて詩を寄せようとし、手紙に書いて遙かに贈った」と。この序文からは、李白の女性神仙を尊重する考え方が端的に示されている。

これに対して、韓愈は「謝自然詩」の結末部分で「人生に常理あり、男女に各おの倫《みち》あり／寒衣及び飢食は、紡織耕耘に在り／下　以て子孫を保ち、上　以て君親を奉ず／苟も此の道に異なれば、皆其の身を棄つと為す／噫乎　彼の寒女は、永く異物の群に託す／感傷して遂に詩を成す、昧き者は宜しく紳に書すべし」と韓愈自身の持論を展開しているから、女性神仙の存在に対して肯定的に見ていなかったことは明らかであろう。女性は道教などの宗教活動に従事せず、紡織に代表される女性に与えられた仕事に従事しておれば良いのだというのが、韓愈の女性観であったと言えるのである。

結　語

小論では、韓愈の死生観を根底に置いて、韓愈と道教に関する問題を老荘、金丹、神仙、女性観を取り上げて検討した。

上述したように、韓愈が「神仙」と云う表現を用いる場合は、やや改まった調子で道教批判を行うことが多く見られるようである。「桃源図」や「謝自然詩」における「白日昇天」批判もそうした一環であろう。ただ、「神仙」の有無については、「桃源図」の冒頭で「神仙の有無　何ぞ眇芒」と言うように、はっきりとは分からないというに止めているようである。

川原氏は不老長生についての韓愈の態度に関して、「韓愈はさすがに金丹は服していないものの、別の神仙薬――硫黄を常時服用していたことは確かであり、不老長生の理論から完全に自由であったとは到底のべることはできない」と指摘している。[12] しかし、一方で、筆者が既に指摘したように「死」への関心の深さが韓愈の思想の一つのであり、墓誌銘の重視と道教批判を繫ぐもの、それは、人並み外れて「死」に注目する彼の死生観であったことも事実であろう。

さて、金谷治氏は、所謂儒家的合理主義について、『論語』に見える「知るを知ると為し、知らざるを知らずと為す。これ知るなり」という言葉を合理主義の典型と言って良い言葉だとし、孔子は死の問題や怪力乱神などの神秘的な存在や奇怪な問題に対して消極的な態度をとったと指摘して、それを儒家的合理主義の表れと看做している。[13]

こうした孔子の態度と韓愈の態度を比較すると、韓愈は死の問題や神秘的な存在や奇怪な問題に対して寧ろ積極的に関わって行った。但し、「神仙」の有無には、曖昧な態度をとり、一方で、「死」という現実を突きつけた。これが韓愈に見られる唐代の儒家的合理主義の在り方であったと言えるではないだろうか。

最後に、宋代以降の道教との関連で注目されるのは、玉皇に関することである。玉皇とは道教史においては、通常、北宋の真宗時代にその信仰が確立した玉皇大帝を指す。そして唐代において玉皇に言及する例としては、白居易の友人である元稹が「我は是れ玉皇香案の吏」（「以州宅夸於楽天」）と語る言葉が好んで引用される。中唐では、元稹とほぼ同時代人である柳宗元にも玉皇に触れる発言がある。

ところが、やや意外にも当面の韓愈の詩句の中に二度に亘り玉皇が登場するのである。

その一は「夜　張徹を領して盧仝に投じ、雲に乗りて共に玉皇の家に至る」（『韓詩集釈』巻七「李花その二」）であり、『韓詩集釈』では、後半の詩句に関する注として、「〔補釈〕荘子『彼の白雲に乗りて、帝郷に至る』」と述べている。今一つは「玉皇　首を頷きて　帰去するを許し、龍に乗り鶴に駕りて　青冥に来る」（『韓詩集釈』巻十一「華山女」）であり、この例などは、中唐における玉皇への関心の昂まりを背景としているようにも思われるのである。玉皇大帝を親しみをこめて呼ぶ称呼とされて行く「天公」の語が、韓愈の「双鳥詩」に「雷公告天公、百物須膏油、自従両鳥鳴、聒乱雷声収、鬼神怕嘲詠、造化皆停留、云々」（『韓詩集釈』巻七）などと見えることもまた、見逃せないところであろう。

注

（1）澤田瑞穂氏「韓湘子伝説と俗文学」（『中国学誌』第五本、一九六九、所収）参照。
（2）宇佐美文理氏『歴代名画記』（岩波書店、二〇一〇）参照。
（3）吉岡義豊氏『永生への願い』（淡交社、一九七〇）参照。
（4）中国古典文学大系『抱朴子・列仙伝・神仙伝・山海経』（平凡社、一九六九）参照。

（5）川原秀城氏『毒薬は口に苦し』（大修館書店、二〇〇一）参照。
（6）『続三教交渉論叢』（京都大学人文科学研究所、二〇一一）所収参照。
（7）吉川幸次郎氏「韓愈文」（『吉川幸次郎全集』11、筑摩書房、一九九八）所収参照。
（8）筧文生氏『韓愈・柳宗元』（筑摩書房、一九七三）参照。
（9）原田憲雄氏『韓愈』（集英社、一九六五）参照。
（10）牧尾良海博士頌寿記念論集『中国の宗教・思想と科学』（国書刊行会、一九八四）所収参照。
（11）深澤一幸氏「仙女謝自然の誕生」（『興膳教授退官記念中国文学論集』汲古書院、二〇〇〇、所収）参照。
（12）注（5）前掲書参照。
（13）金谷治氏『中国思想を考える』（中央公論新社、一九九三）参照。

【参考文献】

銭仲聯『韓昌黎詩繫年集釈』上海古籍出版社、一九八四
馬其昶・馬茂元『韓昌黎文集校注』上海古籍出版社、一九九八
久保天随氏『韓退之詩集』上・下　東洋文化協会、一九七八
清水茂氏『韓愈』岩波書店（中国詩人選集11）、一九五八
清水茂氏『韓愈』Ⅰ・Ⅱ　筑摩書房、一九八六
前野直彬氏『韓愈の生涯』秋山書店、一九七六

第十一章　聖女・中元と錦瑟・碧城――李商隠と茅山派道教――

序　言

「君は帰期を問うも未だ期有らず、巴山の夜雨　秋池に漲る、何《いつ》か当に共に西窓の燭を剪りて、却《さて》しも話すべき巴山夜雨の時を」（「夜雨寄北」『李詩』一三五五頁）としっとりと成熟した恋愛感情を詠じる玉谿生李商隠（八一二―八五八）は、また、「相見る時は難く　別るるも亦た難し、東風力無く　百花残《くず》る」（「無題」〈相見〉『李詩』一六二五頁）、「春心　花と共に発《ひら》くを争う莫《な》かれ、一寸の相思　一寸の灰」（「無題」〈颯颯〉『李詩』一六三二頁）の如き甘美で象徴的な詩句で鳴る。(1)

更に李商隠は、宝玉と貴金属を交錯させた硬質の表現を随処に鏤める。それは「相思」を歌いながらも「別離」を詠じることの多い彼の恋愛詩の味わいをより薫り高いものにしていると言えるであろう。例えば「金蟾　鏁を齧み香を焼きて入り、玉虎　糸を牽き井を汲みて廻る」（「無題」〈颯颯〉）などがその好例である。(2)

「憶う昔　駟騎を謝し、仙を学ぶ　玉陽の東」（「李肱所遺画松詩書両紙得四十韻」『李詩』一六一一頁）とあるように、李商隠は、幼い頃、玉陽山の道観で教育を受けたとされている。そして、彼の詩に多大の影響を与えたのは、梁の陶弘景によって集大成された茅山派道教であった。やや先輩に当たる特異な詩人李長吉を「白玉楼中の人」と呼んだ李商隠の「李賀小伝」（『李文』二二六五頁）は、陶弘景によって描かれた、天界の仙人と交通したと言う弟子の周子良の伝記である『周氏冥通記』の記述を髣髴とさせるものである。

本章では、この李商隠と茅山派道教との関係を道教における色彩学の検討を交えつつ、「聖女」・「中元」と「錦瑟」・「碧城」をテーマとして考察することとしたい。

第一節　聖女・『真誥』・陶弘景

李商隠には、聖女祠に関する詩が都合三首ある。次の「重ねて聖女祠を過《よぎ》る」（『李詩』一四八〇頁）の詩はその一首である。この名も知られない「聖女」の祠を詠んだのは、彼の詩が数多の「聖女」達の群に満たされることを象徴しているかのようである。ここには、彼の恋愛詩が「無題」として詠まれるのと同様の普遍化への志向があると言えよう。

重ねて聖女祠を過《よぎ》る

白石の巌扉　碧蘚滋し
上清より淪謫せられて帰るを得る遅し
一春　夢雨　常に瓦に飄えり
尽日　霊風　旗に満たず
蕚緑華の来る定所無く
杜蘭香去りて未だ時を移さず
玉郎　会《かなら》ず此に仙籍を通ぜん
憶う天階に向いて紫芝を問いしことを

聖女祠は、陳倉県と大散関の間にある聖女神のことで、その由来については、北魏の酈道元の『水経注』巻二十に

「故道水又西南入秦岡山、尚婆水注之、山高入雲、（中略）懸崖之側、列壁之上、有神象若図、指状婦人之容、其形上赤下白、世名之曰聖女神、至于福応愆違、方俗是祈」とある。

詩中の蕚緑華は、梁の陶弘景の『真誥』運象篇（巻一）の冒頭に愕（蕚）緑華としてその詩が掲げられる仙女で、「女子年二十可《ばか》り、上下青衣にして、顔色絶整なり」（巻一）と描写される。『真誥』では、この後、南岳夫人魏華存はじめ九華安妃など十五人の聖女の名が、男性の仙人たちとともに連ねられている。

蕚緑華は、また、「無題」（〈聞道〉『李詩』四二八頁）の詩に「聞道《きくな》らく　閶門の蕚緑華、昔年　相い望んで天涯に抵《いた》る」とも歌われる。李商隠の詩には、『真誥』の幻想的な仙界が良くマッチするが、蕚緑華はその象徴的な存在だろう。

ところで、「重過聖女祠」の詩の「杜蘭香」ついては、唐末五代の碩学道士である杜光庭（八五〇―九三三）の『墉城集仙録』巻五に「漁夫が湘江洞庭の岸で三歳の子を拾いそれを養った。その少女は「天姿奇偉、霊顔姝瑩」と描かれるように美しく成長したが、ある日、仙界からのつかいが来てつれ去った。昇天の際に、彼女は「私は仙女の杜蘭香です。過ちがあって人間の世界にながされましたが、さだめの時がきたので、今、帰ります」と言い、空を凌いで去った」とある。高橋和巳氏は、「杜蘭香は、晉の干宝の『捜神記』や『晉書』曹毗伝などに登場するが、我が国最初の小説『竹取物語』は恐らく杜蘭香伝説にヒントを得ていると思われる」（『李商隠』）と指摘する。

杜光庭の『墉城集仙録』は、その序文に「古今の女子の得道昇仙の事を紀すなり（中略）女仙は金母を以て尊しと為し、金母は墉城を以て治と為す。編みて古今女仙の得道の事実を記し、目して墉城集仙録と為す」と記すように老子の母である「聖母元君」や「亀山金母」即ち西王母を始めとする数多の聖女の伝記を連ねたものである。杜光庭は、『洞玄霊宝三師記』の応夷節の伝記において、自らの道統について、陶弘景―王遠知―潘師正―司馬承禎―薛季昌―田良逸―馮惟良―応夷節（杜光庭の師匠）と系譜づけているが、上述した『真誥』と『墉城集仙録』における聖女に

対する態度は陶弘景と杜光庭を結びつけるホットラインと言えそうである。(3)

さて、『真誥』は、茅山派道教の聖典で、仙界の真人が口ずからさずける誥《おつげ》であるとされる（巻十九）。李商隠のやや先輩に当たる白居易が、「七篇の真誥、仙の事を論ず」（「味道」）と述べたことは良く知られている。李商隠は、この蕚緑華が登場する『真誥』を酷愛した。そして、李商隠の敬意は、この『真誥』の編述者である陶弘景にも及んでいる。以下、陶弘景とその著作について略述する。

陶弘景（四五六―五三六）、字は通明、諡は貞白、丹陽秣陵の人。夙に養生の志があったが、南斉の永明二年（四八四）、石頭城において大病に罹り、仙界に逍遙する神秘的体験をする。陶弘景はこの体験を契機として幻想的な茅山派道教の大成に向かい、永明十年（四九二）には、官界を辞して茅山に庵し、自ら華陽隠居と号した。この後、彼は東晉の楊羲・許穆の真書を整理して、『真誥』を編述し、また、『登真隠訣』『神農本草経集注』を編述した。茅山派道教大成の偉業は、南斉末には、ほぼ果たされ、梁朝においては、陶弘景は、茅山に隠居して仙道を研鑽しつつ、武帝から時の動静の顧問を受け世に山中宰相と称された。『周氏冥通記』『真霊位業図』はこの間の撰述である。

さて、李商隠は、その詩文において、陶弘景に頻りに言及する。先ず、李商隠は陶弘景を「陶公」と敬称しつつ、次のように述べる。「徐勉園中、惟だ卉木を余すのみなるも、陶公嶺上、空に白雲あり」（「為濮陽公上賓客李相公状二」『李文』五一八頁）と言う「陶公嶺上、空有白雲」は、また、「嶺雲鎮在」（「上李尚書状」『李文』四五九頁）とも述べられるが、これは、陶弘景が皇帝の詔に答えた詩に「山中何所有、嶺上生白雲」とあるのを踏まえた表現である。また、「為尚書濮陽公賀鄭相公状」（『李文』三〇五頁）に「洞　華陽に入りて、猶お山中の宰相を認む」とあるのは、尚書の鄭覃を山中宰相と呼ばれた陶弘景（『南史』陶弘景伝）に喩えたものである。

ところで、吉川忠夫氏は、『書と道教の周辺』（平凡社、一九八七）の中で、陶弘景の「才鬼と作《な》ることを得ば亦《ま》た当に頑仙に勝《まさ》るべし」という言葉について、次のように述べている。「ここには、書にたいする陶弘景のつよい愛着がかたられている。否、愛着というようななまやさしいものではなく、かたい決意のほどがかたられていることを認めなければならない。（中略……筆者）たとい鬼―幽鬼―となろうとも、書才をきわめた鬼、「才鬼」となりうるならば、「頑仙」すなわちへぼ仙人になるよりもよい、むしろそうでありたい、というのである」と。陶弘景にとって、「書」に通暁することは、楊羲・許穆の真書を整理して、聖典『真誥』を築き上げる必須の才能でもあった。

李商隠は、また「才鬼と作ることを得ば亦た当に頑仙に勝るべし」と言う印象的な言葉を承けて、「為滎陽公祭長安楊郎中文」（『李文』一五九四頁）の中で、「陶貞白の玄機を語るや、則ち曰く頑仙たると雖も才鬼たるに如《し》かざるなりと」と述べている。

そして、李商隠は、同じく茅山派道教に親しみ、先述の応夷節と交渉のあった叔父の李褒に対する手紙（「上李舎人状六」『李文』一一五四頁）の中で、隠棲の意志のある李褒を「勾曲に楼居して、陶公の返らざるを楽しむ」と述べて、茅山に隠棲した陶弘景の事跡を引き合いに出して称え、更に李商隠自身の願望について「庶《ねが》わくは或いは楊・許の霊文を収めて、『真誥』を纂成し、烏・張の薬法を按じて薄《いさ》さか流年を駐めんことを」と表明している。ここに明瞭に『真誥』の名が登場することは、如何に李商隠が『真誥』を高く評価していたかを示す最も顕著な証左であろう。李商隠が陶弘景を称揚するのも彼の『真誥』編述の功績を重んじてのことに相違あるまい。

また、李商隠は、「梓州道興観碑銘幷序」（『李文』二〇一六頁）の中で、「方に春台に望《なが》めを写し、秋水に情を凝せんと欲して、句漏の丹砂を問い、華陽の白蜜を餌す」と語っている。「春台」は『老子』、「秋水」は『荘子』に基づく語で、「句漏の丹砂」は晉の葛洪が丹砂を錬成して金丹を求めたことを指す。さすれば、「華陽の白蜜」は、『真誥』に朮を蒸したものに、「白蜜一斗」を入れた、長生不死の薬の処方が述べられている（巻十協昌期）ことに基づくのであろう。但し、この典故は、『真誥』を精読した者にのみ用いることのできるものである。

陶弘景は、「読書万余巻、一事不知、以為深恥」（『南史』陶弘景伝）という博学を志向した人物として知られるが、李商隠の陶弘景に対する敬意は、その知識の広さ、深さにも基づいていたのであろう。

第二節　三元・黄籙斎・七夕

周知のように三元日とは、上元の日（正月十五日）、中元の日（七月十五日）、下元の日（十月十五日）の道教の極めて重要な祭日のことである。

六朝の古経典である『太上洞玄霊宝中元玉京玄都大献経』の敦煌本では「正月十五日、七月十五日、十月十五日は、三元の晨にして、地官は校勾し、衆民を捜選して、善悪を分別す、云々」（敦煌写本S三〇六一）と説くように、これらの日に神々によって人間の善悪が校定されるという思想が晩唐より前から流布されていた。

上元の日に「元宵観灯」の祝祭が盛唐時代に早くも長安で催されていたが、李商隠には、「正月十五夜、京に灯有るを聞き、観るを得ざるを恨む」（『李詩』五三六頁）の詩があり、次のように歌う。

月色灯光　帝都に満ち
香車宝輦　通衢に隘ぐ
身は閒にして　中興の盛んなるを覩ず
逐わるるを羞ず　郷人の紫姑に賽するに

因みに李商隠の「富平少侯」（『李詩』一頁）の中の「綵樹転灯珠錯落、繡檀廻枕玉雕鎪」に関する朱鶴齢の注釈では、『開元遺事』を引いて「韓国夫人、上元の夜に百枝の灯樹を然やす、高さ八十余尺、之を高山に竪つ、百里皆見ゆ」と語る。

ところで、先の李商隠の上元の夜に関する詩には、紫姑神が登場する。紫姑については、『荊楚歳時記』に「正月望日、其夕迎紫姑神以卜」とある。望日は満月の日のこと、即ち十五日である。また、『異苑』（『太平御覧』巻三十）には、その由来について「紫姑本人家妾、為大婦所妬、正月十五日感激而死、故世人作其形迎之云、子壻不在、云是其壻、曹夫人已行、云是其姑、小姑可出、言紫姑可以出也」と言い、また「世人以十五日迎紫姑、捉者覚重、便是神来、奠設酒果、亦覚面輝輝有色、即跳躁不住、能占衆事、卜将来蚕桑、又善射鈎、好即大舞、悪則仰眠」と説明している。

李商隠はこの民間神について「聖女祠」〈杳藹〉（『李詩』一八七五頁）では、「消息　青雀を期し、逢迎　紫姑に異なる」と語り、また、「昨日」（『李詩』一九五七頁）の詩では、「昨日　紫姑の神　去れり、今朝　青鳥の使　来たること賒《おそ》し」と言うように再三に亙って詠じる。ここには、先の杜蘭香と並んで民間信仰を好む李商隠が顔を見せる。因みに我が国では南方熊楠が、シンデレラ物語に関わる話が、段成式の『酉陽雑俎』続集巻一の葉限という娘に関する話として記載されていることを指摘するなど、その知的探求心を満たす素材としたことが広く知られているが、ほぼ、同世代の李商隠と段成式が共に民間信仰・民間伝説を好んだことは興味深い。

次に「中元に作る」（『李詩』一八九九頁）を見る。この詩は題に三元日の一である「中元」を標榜する最も道教色の濃厚な作品である。高橋和巳氏は『李商隠』の中で、「中元」について次のように説明する。「道教では、この日、地官（神仙の職）が降下して人の善悪を審判すると考えられ、道士達は夜まで経文を読誦する。餓鬼囚徒もそれで解脱できるとする」と。

中元に作る

絳節飄颻　国を空しくして来り
中元に朝拝して上清より迴る
羊権　須らく得べし金の条脱を

温嶠　終に虚し　玉の鏡台
曾つて省《か》つて　眠を驚かして雨の過ぐるを聞きぬ
知らず　路に迷いしは花の開くが為なるを
有娀　未だ瀛洲の遠きに抵《いた》らず
青雀は如何に　鴆鳥の媒に

この詩は、また、道教の三清天の一つである「上清」を取り上げ、『真誥』に見える羊権、温嶠が配される茅山派道教に心酔した李商隠らしい作品と言える。「絳節」の語は、梁の邵陵王蕭綸の「祀魯山神文」に「絳節陳竿、満堂繁会」とあるのが古いが、杜甫の「玉台観」に「中天積翠玉台遙、上帝高居絳節朝」（『杜工部集』巻十三）とあり、また、『酉陽雜俎』前集巻十に「仙人玉女、雲鶴絳節之形、揺動於其中」とあるのが、道教的な旗ものとして参考になろう。

『真誥』に依れば、羊権は、字は道輿、晋の簡文帝の黄門郎、即ち羊欣の祖なり（巻一の注）と言い、また、萼（愕）緑華が、升平三年十一月十日夜、羊権の家に降り、詩一篇、手巾一枚、金と玉の条脱《うでわ》各一枚をおくった、と言う有名な故事がある。

温嶠、字は太真、晋の将軍。『世説新語』仮譎篇に、彼が従姑の娘と再婚するために、結納の品として、玉の鏡台を与えた故事を記す。と同時に『真誥』に「温太真、為監海開国伯治東海、近取杜預為長史、位比大将軍長史」（巻十五）と登場する。有娀は伝説の国名。瀛洲は言うまでもなく、道教で説く三神山の一である。

次に下元に関しては、「為馬懿公郡夫人王氏黄籙斎第二文」（『李文』七三四頁）を取り上げよう。その冒頭には「唐会昌三年、太歳癸亥十月丙辰朔十五日庚午、上清大洞三境弟子中岳先生黄帝真人張抱元於所居宮内、奉依科儀、修建下元黄籙妙斎、両日両夜、転経行道、懺罪乞恩、拝上諸虚無自然元始天尊・太上大道君・太上老君・十方衆聖・三界霊官・三十六部尊経・玄中大法師・崇岳山諸霊官等」とこの斎文が、下元の日に「虚無自然元始天尊・太上大道君・太上老君」の太上三尊を始めとする道教の神々に捧げられたことを記している。

黄籙斎は、『洞玄霊宝五感文』によれば、九祖の罪根を抜度するために行われるもので、要するに宗族の先祖の死者供養であり、また、先祖の仙界への昇天を願う斎会である。[4] 李商隠は、この黄籙斎の斎文を多く書いているが、その中には、陶弘景の『真霊位業図』に見える個性的な神格である「金闕後聖李君」が祭神の中に登場する（「為馬懿公郡夫人王氏黄籙斎文」（『李文』七一九頁））など、ここでも茅山派道教との深い関わりを指摘することが出来る。また、「贈華陽宋真人兼寄清都劉先生」には、「但だ驚く茅と許とは仙籍を同じうするを、道《おも》わざりき劉と盧とは是れ世親なるを」（『李詩』一二三六頁）と詠じ、「鄭州献従叔舎人褒」でも、「茅君は奕世　仙曹貴く、許掾は全家　道気濃し」（『李詩』五七一頁）と歌うなど、三茅君一族や許掾即ち許穆の子の許翽とその一族と道教との深い関わりを述べるのは、黄籙斎での先祖の供養を行うことと軌を一にしていて、李商隠が、宗族の紐帯を尊ぶ茅山派道教に強い共感を抱いていたことを窺わせる。

次に「七夕」に関する詩について述べる。牽牛と織女の「相思」を基盤とする「七夕」は、唐詩においても好まれたテーマで、「牛女」と題されることも多い。

李商隠もまた、殊の外「七夕」を好んで詩のテーマとした。例えば、「壬申七夕」「七夕偶題」「詠雲」「馬嵬二首」などがそれである。李商隠の「七夕」に関する詩の第一の特徴は、「七夕」と関連して、詩語としての「銀河」が用いられることである。詩語としての「銀河」は、李白によって定着したと見られるが、唐代詩人の中でこれを最も良く継承したのが李商隠であると思われる。[5]「銀河」が使用される三つの詩は、何れも「七夕」と関連する。

最初は、「銀河吹笙」（『李詩』一八九五頁）で、この詩は「銀河を悵望して玉笙を吹く、楼は寒く院は冷たく平明に接す」と始まるが、最後は「浪《みだ》りに緱山の意を作すを須たず、湘瑟秦簫　自ら情有り」と締め括る。「緱山の意」は、善く笙を吹いた王子喬が嵩高山に登って三十年ほど後、七月七日の約束の期日に白鶴に乗って緱氏山頭に現れ人々に別れを告げて去ったと記すことに基づく（『列仙伝』巻上、王子喬伝）もので、七夕の日に関わる。

二番目は、「擬意」（『李詩』一九一七頁）で、そこでは、後半の二句で、「銀河　酔眼を撲ち、珠串　歌喉を咽む」と言いつつ、末句では、「曾来《かつて》　十九首、私識して　牽牛を詠ず」と述べている。第二の特徴は、「七夕」を道教に関わるものと明言することである。そのことを示すのは「辛未七夕」（『李詩』一一七二頁）であるが、実はこの詩が「銀河」を用いる三番目の詩でもある。著名な詩であるので、以下に全文を見る。

辛未七夕

恐らくは是れ　仙家の別離を好むならん
故さらに迢遞に佳期を作さしむ
由来　碧落　銀河の畔《ほとり》
要《かな》らず金風玉露の時なる可けんや
清漏　漸く移りて相望むこと久しく
微雲　未だ接せず過《よぎ》り来ること遅し
豈に能く烏鵲に酬いるに意無からんや
唯だ蜘蛛の巧糸を乞うに与《まか》す

李商隠は民間伝説を好んだことは、上述の通りであるが、この詩の「豈に能く烏鵲に酬いるに意無からんや、唯だ蜘蛛の巧糸を乞うに与《まか》す」などもその典型的なものであろう。

そして、「恐らくは是れ　仙家の別離を好むならん」と「七夕」を道教に結びつけた詩句もある。「無題」などの恋愛詩において、「別離」を歌うのに長じた李商隠らしい捻りの利いた言い回しと言えるのではないだろうか。

第三節　錦瑟——道教の色彩学との関わりで——

道教の色彩学では、道教の色彩観は、五色、即ち青・白・赤・黒・黄を正色とする儒教の色彩観とは異なり、「九色」なる色彩の纏まりを考え、玄・黄・紫の色彩を殊にも尊ぶものである。このうち「九色」に関しては、隋唐時代に流行した『霊宝度人経』の本文「建九色之節十絶霊旛」に対する斉の厳東の注釈では、「九色とは、青赤白黄黒緑紅紫紺なり」（『霊宝度人経四注』巻二）と述べていることが参考になろう(6)。

李商隠の詩が豊かな色彩に溢れているのは、彼が道教を尊重したことと深く関わる。九色のうちの紫、玄・黄・紫のうちの紫は、最も道教的な色彩であるが、彼の無題詩でも頻りに用いられる。その顕著な例は、次の詩である。

「紫府の仙人　宝灯と号す、雲漿　未だ飲まざるに結びて冰と成る、如何ぞ　雪月　光を交うるの夜、更に瑤台十二層に在るや」（「無題」〈紫府〉『李詩』一六一二頁）

次に黄は、吉岡義豊氏によって、最も道教的な色とも言われるものである（『永生への願い』）が、李商隠の詩では、黄昏と黄金が多用されるのが目を惹く。黄金については後に述べるとして、黄昏についてまず述べると、「楽遊原」（向晩）に「晩に向《なんな》んとして意適《こころ》わず、車を駆りて古原に登る、夕陽限り無く好し、只だこれ黄昏に近し」（『李詩』二一六八頁）とあるのは余りにも有名であるが、無題詩に準ずる「哀箏」にも「頸を延ぶるは全く鶴に同じく、柔腸素《もと》　猿より怯なり／湘波　限り無きの涙、蜀魄　余冤有り／軽幰　長えに道無く、哀箏　門を出でず／何に由りてか香炷を問わん、翠幕　自ら黄昏なり」（『李詩』一五七六頁）とも詠じられている。

更に玄を用いる詩としては、「戊辰、静中に会し、出でて同志に貽る二十韻」（『李詩』九二七頁）を取り上げよう(7)。

「大道　諒に外無く、会《かな》らず越《ここ》に自ずと真に登らん／丹元　子を何《いずこ》に索むるや、已に在れば隣に問う莫かれ／蒨璨

たり　玉琳の華、翺翔す　九真君／戯れに万里の火を擲げ、聊か六甲を旬に召す／瑤簡もて霊誥を被り、符を持ちて七門を開く／金鈴　群魔を摂め、絳節　何ぞ兟兟たる／吟じて東海の若を弄び、笑いて扶桑の春に倚る／三山　誠に迥視し、九州　一塵を揚ぐ／我は本もと玄元の胤にして、華を稟くるは上津に由る／中ごろ鬼道の楽しみに迷い、沈みて下土の民と為る／質を託して太陰に属し、形を錬りて復た人と為る／誓うらくは将に宮沢を覆《かえ》し、此の真と神とを安んぜんことを／亀山は慰薦有り、南真は為に弥綸す／玉管　玄圃に会し、火棗　天姻を承く／科車　故気を遏《とど》め、侍香　霊芬を伝う／飄颻として青霓《こうむ》を被り、婀娜として紫紋を佩ぶ／林洞　何ぞ其れ微なる、下仙　与に群せず／丹泥　未だ控えざるに因りて、万劫　猶お逡巡す／荊蕪は既に以て薙《か》られ、舟壑　永く湮《うず》もるる無し／相期す　妙命を保ちて、景《ひかり》を騰げて帝宸に侍せんことを」

この詩は、「薬転」（『李詩』一八六九頁）の詩で「鬱金堂の北　画楼の東、換骨の神方　上薬通ず」と詠じるのと同様、道教の修行法について述べるが、全編が道教的言辞に満ちている。そして、この詩の中で、玄は二度用いられている。最初に「玉管　玄圃に会し」と言う「玄圃」は、仙界を指しており、今一つ、「我は本もと玄元の胤にして」と言うのは、老子の子孫であると称した唐の皇室と同じく、李商隠も、自身を玄元皇帝、即ち老子の末裔であるとするものである。

この詩の冒頭の「真に登」るは、陶弘景の『登真隠訣』を想起させるし、末尾の「帝宸に侍」るも『真誥』巻一に「侍帝晨の王子喬」（晨と宸は通用）と見える言葉である。また、「蒨璨」は、『真誥』巻九に「華実は多く蒨璨たり」と見えるなど『真誥』からの引用は多数に上るのが以下は省略に従う。このことに代表されるように、この詩も茅山派道教に傾倒した李商隠らしい作品である。深澤一幸氏が『真誥』の影響を強調され、孫昌武氏も深澤氏の見解を踏まえて、李商隠が『真誥』に「十分熟悉」と述べ、この詩についても『真誥』の影響を重視されるのは甚だ当を得たことであると思われる。

一方、鍾来茵氏は『李商隠愛情詩解』において、李商隠について、「従他詩中不難発現、他対『黄庭経』最為熟悉」と言っている。これは事実だろう。そして、この「戊辰」の詩が『黄庭内景経』に基づいて「存思」について記述していることは、明白である。前半のやや生硬さも感じさせる『黄庭内景経』の引用振り、例えば、「符を持ちて七門を開く」は『黄庭内景経』仙人章第二十八に「持符開七門」と見えるのなどは、恐らく静会の同志達にもそれと知らせるため分かり易く書いたという印象もある。

また、この「戊辰」の詩の「亀山は慰薦有り、南真は為に弥綸す」の二句において、亀山金母即ち西王母と茅山派で特に尊重された南岳真人魏華存らを歌ったところは、いかにも李商隠らしい聖女の配置のように思われる。

さて、李商隠の「錦瑟」（『李詩』一五七九頁）の詩は、「獺祭曾つて驚かす博奥を殫《つく》せしを、一篇の錦瑟人に解さる る難し」（「論詩絶句」）と清の王漁洋に指摘された。このように李商隠の「無題」及び詩の最初の二字を取って題とした無題に類する詩は難解さでもって知られる。

錦瑟

錦瑟　端《はし》無くも　五十絃
一絃一柱　華年を思う
荘生の暁夢　蝴蝶迷い
望帝の春心　杜鵑に託す
滄海　月明らかにして　珠　涙有り
藍田　日暖かにして　玉　煙を生ず
此の情　追憶を成すを待つ可けんや
只だ是れ　当時　已に惘然たり

この「錦瑟」の冒頭の一句に関して、高橋和巳氏の解釈では、「昔、伏羲氏が天地を祭る神楽として、宮中の素女に奏させた瑟は五十弦だった。その音色のあまりの悲しさに、伏羲はその瑟の使用を禁じたが、守られなかったので、破棄して二十五弦に定めたという」（『李商隠』）と瑟に関する伝説が披露される。

しかし、一方、「錦」に注目すると、「牡丹」（〈錦幃〉『李詩』一七二四頁）の冒頭の「錦幃初めて巻く　衛夫人、繡被猶お堆し　越鄂君」で孔子の前に艶《あで》やかな姿を見せる衛公夫人南子が錦の幃《とばり》から登場するように「錦瑟」と同じく錦の華麗さが際立つ描写などがある。「錦」は、古く『詩経』の注釈では、「文衣なり」と言われるが、李商隠の詩では、「錦段」「錦綉」と衣裳に、また、「錦鄣」など家具に、頻りに登場する言葉である。

また、「無題」（〈照梁〉『李詩』一六〇五頁）の「錦は長くして書は鄭重に、眉は細くして恨は分明なり」と言う句は、「錦書」「錦字」と熟す恋文のことに典故を取る。晉の竇滔の妻、蘇氏は名を蕙、字を若蘭と言い、善く文を属った。夫の竇滔が秦州刺史となり、流沙に徙されたとき、蘇氏は彼を思って、錦を織り迴文旋図詩を為って贈った。恋文は、「宛転循環、詞は甚だ凄惋、凡て八百四十字」と言われる。これがその典故である。

さて、「錦」は、例えば、隋の蕭吉の『五行大義』巻二に「五行相雑じること錦綺のごとし[8]」と言われるように、色彩の交錯を元とした諸事の交錯を表現するのに用いられる。そして、色彩について言えば、先に取り上げた『黄庭内景経』に、「九色の錦衣　緑華の裙」（胆部章第十四）とあるのは注目すべき事であろう。

第四節　碧桃・碧城・『漢武帝内伝』

『漢武帝内伝』の最も印象的な場面の一つは、西王母が漢の武帝に桃を分け与えるところであろう。「（王母）又侍女に命じて桃を索めしむ、須臾にして槃を以て桃七枚を盛る、大きさ鴨子の如し、形円くして色青し、以て王母に呈す、母　四枚を以て帝に与え、自ら三桃を食う」とあるのがそれである。そして、その桃については、「此の桃　三千歳にして一たび実を生ずるのみ」とも述べられている。[9]

ところで、この仙界の桃を「碧桃」として詠じることが中晩唐から五代にかけての著名な詩人たちの間で盛んに行われた。即ち、中唐の初め、大暦の十才子の一人である銭起と共に「銭郎」と称された郎士元の「聴隣家吹笙」に「重門深く鎖されて　尋ぬる処無し、疑らくは碧桃千樹の花有らん」（『全唐詩』巻二四八）と早くも見える外、中唐の白居易、晩唐の杜牧、温庭筠、五代にかけての韓偓の詩などに「碧桃」が歌われているのである。

まず、白居易が、「碧桃の実　已に落つも　紅薇の花　尚お薫る」（「南亭対酒送春」『白氏長慶集』巻八）と詠じ、また、杜牧が、「玉函の怪牒　霊篆を鎖し、紫洞の香風　碧桃に吹く」（「贈李処士長句四韻」『樊川文集』巻二）と歌い、更に、温庭筠が「他日隠居　訪う無き処、碧桃花発きて　水縦横たり」（「贈張錬師」『温庭筠詩集』巻五）と詠み、韓偓も「漢武の碧桃　争《いか》でか比べ得ん、枉《ことさら》に方朔をして偸児と号せしむ」（「茘枝三首其一」『玉山樵人集』）と述べている。「方朔」は、『漢武帝内伝』にも登場する東方朔のことである。

澤田瑞穂氏は、「碧桃花」（『芭蕉扇』平河出版社、一九八四）の中で、「碧桃」について、「碧は軟玉の一種で淡青色をしている。ところが伝説によると、死者の血が土中に凝固して化生したのが碧玉だという。碧血という語はこれに由来する。（中略）桃の一種に碧桃というのがある。桃の花は淡紅《ピンク》が普通であるが、碧血の連想からすると、血紅色つまり緋桃《ひもも》のように思われる。ところが、碧桃は意外にも白色の桃をいうらしい」と述べる。

「碧桃」の語は、欧陽詢の『芸文類聚』巻八六に「尹喜内伝曰、老子西遊、省太真王母、共食碧桃紫梨」と夙に見えるが、この言葉の流行は、中晩唐になってからであり、李商隠も次のようにこの「碧桃」の語の嗜好者の一人であった。先ず、「聖女祠」〈杳藹〉（『李詩』一八七五頁）には、「星娥一たび去りし後、月姉更に来たる無し」と詠み、継いで「惟だ応に碧桃の下、方朔是れ狂夫なるべし」と見え、「曼倩辞」（『李詩』一八九三頁）にも「十八年来　世間に堕ち、瑤池の帰夢　碧桃の間／如何ぞ漢殿　穿針の夜、又窓中に向いて阿環を覷ん」と述べている。曼倩は、東方朔の字、阿環は、上元夫人の愛称、瑤池は西王母の居所である。更に「贈白道者」（『李詩』二二四八頁）には、「十二楼前　再拝して辞せば、霊風正に満つ　碧桃の枝／壺中若し是れ天地有らば、又壺中に向《お》いて　別離を傷まん」と歌う。また、「石榴」（『李詩』一七七六頁）には、「榴枝は婀娜として　榴実は繁し、榴膜は軽明として　榴子は鮮かなり／羨む可し　瑤池碧桃の樹、碧桃の紅頬は一千年」と詠じてその好尚振りを示している。

次には、「碧城三首」（『李詩』一八四七頁）について論じる。先に其三を取り上げる。

七夕　来る時　先ず期有り
洞房の簾箔　今に至るまで垂る
玉輪　顧兎　初めて魄を生じ
鉄網　珊瑚　未だ枝有らず
神方を検《けみ》し与えて景を駐め教《し》め
鳳紙を収め将《も》って相思を写す
武皇の内伝　分明に在り
道《い》う莫れ　人間総て知らずと

「武皇の内伝」は、即ち『漢武帝内伝』のことである。「七夕　来る時　先ず期有り」は、その『漢武帝内伝』にある漢の武帝と西王母の逢瀬を言う。『内伝』では、西王母については「これを眂るに年は卅許可《ほどばか》り、脩短　中を得、天姿は菴靄、雲顔は絶世、真に霊人なり」と述べ、更に、上元夫人についても「夫人年廿《はたち》余り可《ばか》り、天姿は清らかに輝き、霊眸は絶《きわ》めて朗らかなり」と描写している。「神方」については、『内伝』では、「李少君の神方」を説くが、また、上元夫人の語る次の「十二事」という方術も説かれる。

⑴五帝六甲左右霊飛之符⑵太陰六丁通真遁虚玉女之籙⑶太陽六戊招神天光策精之書⑷左乙混沌東蒙之文⑸右庚素収摂殺之律⑹壬癸六遁隠地八術⑺丙丁入火九赤班符⑻六辛入金致黄水月華之法⑼六巳石精金光蔵影化形之方⑽子午卯酉八稟十決六霊威儀⑾丑辰未戌地真素訣長生紫書三五順行⑿寅申巳亥紫度炎光内視中方。

この「十二事」の方術の名称は、後述する『上清変化七十四方経』という経典の方術的な名称をどこか髣髴とさせる。

また、鉄網珊瑚の印象的な比喩については、唐の鄭遂の『洽聞記』に「自且蘭有積石、積石南有大海、海中珊瑚生於水底、大船載鉄網下海中、初生之時、漸漸似菌、経一年、挺出網目間、変作黄色、支格交錯、小者三尺、大者丈余、三年色青、以鉄鈔発其根、於船上為絞車、挙鉄網而出之、故名其所為珊瑚洲、久而不採、却蠧爛糜朽」（太平広記四〇三）とあるのが参考になろう。

碧城の其二では、「影に対して声を聞く　已に憐れむ可し、玉池の荷葉　正に田田たり／蕭史に逢わざれば　首を廻らすを休めよ、洪崖を見て又た肩を拍つこと莫かれ／紫鳳は放嬌して楚珮を銜み、赤鱗は狂舞して湘絃を撥《はじ》く／鄂君　悵望す　舟中の夜、繡被　香を焚いて独り自ら眠る」と歌うが、「紫鳳は放嬌して楚珮を銜み、赤鱗は狂舞して湘絃を撥《はじ》く」の一聯は、色彩感豊かで、何やら婀娜っぽい模様である。

そして其一では、碧城の様子から歌が始まる。

碧城　十二曲闌干
犀は塵埃を辟け　玉は寒を辟く
閬苑　書有り　多く鶴に附す
女牀　樹として鸞を棲ましめざる無し
星の海底に沈むは窓に当って見え

雨の河源を過ぐるは座を隔てて看る
若し是れ　暁珠　明又た定らば
一生　長く対せん　水精盤

さて、「碧城」の語の典故としては、釈道源の注釈以来、宋代初期の『太平御覧』が引く『上清経』の「元始居紫雲之闕、碧霞為城」を挙げるのを常としている。例えば、高橋和巳氏は、「元始天尊は紫雲の閣《ママ》に居り、碧霞を城と為す」と宋初の類書「太平御覧」に見える（『李商隠』）、と言い、川合康三氏は、『太平御覧』巻六七四に引く『上清経』に「元始は紫雲の闕（宮殿）に居り、碧霞を城と為す」、「元始」は元始天尊、道教の神の名、とする（『李商隠詩選』）のがそれである。この点について少しく論じよう。

この『太平御覧』の所引の『上清経』の中には、「上清経曰、南極蔵上清経於瑤台」（巻六七三）と言う引用文があり、これは初唐の王懸河の『上清道類事相』の上清経関係文献の引用では、「上清変化七十四方経云、南極真人蔵上清経於瑤台」巻四と良く合致する。この『上清変化七十四方経』は、『洞玄霊宝三洞奉道科戒営始』巻五の「上清大洞真経目」に『上清上経変化七十四方一巻』（敦煌本P二三三七の『三洞奉道科戒儀範』には『上清太清上経変化七十四方一巻』とある）と見える経典であろう。ただ、この『上清変化七十四方経』は、現行道蔵にはなく、『道蔵闕経目録』に『洞真上清変化七十四方経三巻　有符』が記録されているのみである。

六朝時代の文献では、陶弘景の『真誥』巻五に『太清上経変化七十四方』とあり、また、『太真玉帝四極明科経』巻三に『上清変化七十四方』と見えるのが古く、北周の『無上秘要』に『洞真変化七十四方経』の名で引用文が存する。

ところで、盛唐以後の成立で、唐代のものと推定されている『上清衆経諸真聖秘』巻一で『太清上経変化七十四方経』の真人の名を連ねるところは、上元と中元の部分が残っている。この経典は三元思想が綱格となっている。『太平御覧』の引用する『上清経』と比較すると多少の文字の出入はあるが、良く合致する。[10] 今、上元上真の部分のみを取り上げ、関連部分に傍線を施す。

太清上経変化七十四方経（『上清衆経諸真聖秘』巻一）

上元上真八景

元始皇上丈人、諱延世、字観無覧、高霊九天王、諱上観洞、字運梵、玉真九天丈人、諱延世明、字係上連、皇老三天丈人、諱上定状、字明梵、上三天玉童、諱高玉賢、字無常在、玉皇九霄丈人、諱上関、字通大明、紫映九霄真王、諱霊瑞、字応観世、高上虚皇君、諱幽造、字大法朗（後略）。

上清経（『太平御覧』巻六七四）

上清経曰、啓金宮、玉宝九霄丈人居之、七映宮、紫映九霄真人居之、玉清元宝宮、高上虚皇君処之（後略）。

更に明確な資料として、初唐の王懸河の『三洞珠嚢』も取り上げておこう。

『三洞珠嚢』巻八

（上清変化七十四方経）又云、上登上元真高明元虚之気、結玉清瓊上宮丹明府三素郷元正里、号上三天玉童也、上元上真高皇元六虚之気、結玉清啓金宮重賓府上合郷六会里、号曰玉宝九霄丈人、又云、上元上真玄上元玉皇之気、結玉清七映宮鳳生府上虚郷化仙里、号曰紫映九霄真王、又云、上元上真玄虚元上皇之気、結玉清元宝宮金上府離合郷明光里、号曰高上虚皇君。

右此上清変化七十四方経郷里之名大有文多此不具録。

『太平御覧』引用の『上清経』に関しては、別稿で詳細に論じたいが、今まで触れた引用に関する限り、その『上清経』と言うのは、実は具さには、『上清変化七十四方経』であると見て間違いないのではあるまいか。[11]

因みに『雲笈七籤』巻一〇二には、「洞真変化七十四方経云、上清総真主録南極長生司命君姓王、諱改生、字易度、

乃太虚元年、歳洛西番、孟商啓運、朱明謝遷、天元冥遯、三暉翳昏、晨風迅虚、六日明焉、君誕于東林広昌之城長楽之郷」と『洞真変化七十四方経』を引用するが、その「上清総真主録南極長生司命君姓王、諱改生、字易度」と言う真人の名は、『上清衆経諸真聖秘』が引用する『太清上経変化七十四方経』の冒頭部分の真人の名と合致し、「東林広昌之城長楽之郷」と言う誕生の地名は、『三洞珠囊』巻八所引の『上清変化七十四方経』の説くところと合致する。この「南極長生司命君」は、『上清変化七十四方経』に固有とも云える神格で、『太平御覧』巻六七四の「碧城」の典故とされる「元始居紫雲之闕、碧霞為城」を含む一連の『上清経』の引用の中にもこの神格が登場する。

さて、『上清道類事相』は、また、『上清変化七十四方経』に「元始天尊乗碧霞九霊流景雲輿、上登太空瓊台寒霊紫殿黄房之中、以授南極長生元君上清変化七十四方解形之道」（巻二）とあることを引用するが、そこに「碧霞」の措辞のあることと、今までの考察とを重ね合わせると「元始居紫雲之闕、碧霞為城」と言う「碧城」の典故もまた、『上清変化七十四方経』にあると考えるのが妥当だと思料されるのである。

「上清」に思い入れの深かった李商隠は、当時、茅山派道教教団で行われていた『上清変化七十四方経』をもその視界に入れていたのであろう。

結　語

筆者はかつて梁の陶弘景によって大成された茅山派道教の特質を優美で幻想的であると指摘したことがある。陶弘景の編述になる聖典である『真誥』の幻想的で優美な世界が茅山派道教のこの特質の中核を形成していたことは云うまでもない。そして、文学の世界では、晩唐の李商隠の詩を待ってこの茅山派道教の特質が最も露わとなったのではないかと思われる。高橋和巳氏が道教を「夢幻」と規定される（『詩人の運命』）こともこのことと無縁ではないであろう。

カトリーヌ・デスプ氏は言う。「茅山派は道教の正統な派の中でも、女性をその始祖として認めた最初の派である。その女性とは魏夫人（二五二―三三四）であり、彼女はその派のあらゆる伝統の始まりとみなされ、茅山派もしくは上清派の最高の「元君」であった」（『女のタオイスム』門田真知子訳、人文書院、一九九六）と。

筆者も道教の女性観を考察した李白に関する論考では、「相思と共生」の副題のもとに茅山派道教が女性尊重の色彩の強い宗派であると指摘したが、李商隠の恋愛詩は、このような茅山派道教の土壌に育まれたものであったと言えるであろう。

山之内正彦氏は、「李義山詩集を読む者が誰しもまず強い印象を受けるのは、恋愛詩をはじめとする艶情的な作品群に集中して現われる、しばしば豊かな色彩を伴う感覚性を具えた奥深い喩によって構築される堅牢な幻想世界の存在であろう」と指摘された(12)。李商隠が偏愛した「碧」と「金」とを組み合わせた「碧城冷落たり　空濛たる烟、簾は軽く幕は重し　金の鉤欄」（「河内詩其二」『李詩』一八四〇頁）などは、正にその好例であろう。

周知の通り、宋初には李商隠の詩風が模倣され、西崑体と呼ばれて一世を風靡した。西崑派の領袖である楊億は、「義山為文、多簡閲書冊、左右鱗次、号獺祭魚」（『談苑』）と述べている。李商隠の詩は様々な典籍による知識の織りなす交錯の文学と云えよう。李商隠の最も印象的な作品の一つである「碧城」の典故を辿って、覚えず晩唐から宋初の上清経の在り方についての考察にまで及んだ。恐らく李商隠の机上には陶弘景の『真誥』にその名の見える由緒ある『上清変化七十四方経』が置かれていたことであろう。

注

（1）李商隠の詩は、劉学鍇・余恕誠『李商隠詩歌集解』（増訂重排本、中華書局、二〇〇七）〔以下『李詩』と略称する〕、文は劉学鍇・余恕誠『李商隠文編年校注』（中華書局、二〇〇二）（以下『李文』と略称する）に依った。

（2）参考にした李商隠関係の著書、論文を列挙する。森槐南氏『李義山詩講義』（東京文会堂、一九一四―一七）、高橋和巳氏『李商隠』（岩波書店、一九五八）、高橋和巳氏『詩人の運命』（河出書房新社、一九七二）、川合康三氏『李商隠詩選』（岩波書店、二〇〇八）、詹満江氏『李商隠研究』汲古書院、二〇〇五）、鈴木虎雄氏「李義山の無題詩」（『中国文学報』第六冊一九五九）、川合康三氏「李商隠の恋愛詩」（『中国文学報』第二四冊一九八二）、李義山七律注釈班「李義山七律集釈稿」（一）～（九）（『東方学報』一九七八―九六）。

（3）陶弘景と杜光庭については、拙著『隋唐道教思想史研究』平河出版社、一九九〇、麥谷邦夫氏『陶弘景年譜考略』上下（『東方宗教』第四七・四八号、一九七六）、及び吉岡義豊氏『永生への願い』（淡交社、一九七〇）参照。

（4）神塚淑子氏『六朝道教思想の研究』創文社、一九九九）参照。猶、上清経についても該書及び福井康順「上清経について」（『密教文化』四十八～五十号特集号、一九六〇）を参考にした。

（5）拙稿「今、宮沢賢治とは誰か――銀河を旅する国民的詩人――」（砂山稔・池田成一・山本昭彦編『賢治とイーハトーブの「豊穣学」』大河書房、二〇一三）参照。

（6）第五章「道教の色彩学」では、玄と黒の双頭性についても論じている。更に道教経典の中には、『洞真太上紫度炎光神元変経』のように「七十四色」に言及するものもある。一方、福永光司氏は九色の外、金と銀も道教的な色彩であると指摘される。『中国の哲学・宗教・芸術』（人文書院、一九九八）、また、吉岡氏前掲著参照。

（7）麥谷邦夫氏「『黄庭内景経』試論」（『東洋文化』第六二号、一九八二）、深澤一幸氏「李商隠と『真誥』」（『六朝道教の研究』京都大学人文科学研究所、一九九八）、深澤一幸氏「李商隠を茅山に導き者」（麥谷邦夫編『三教交渉論叢』京都大学人文科学研究所、二〇〇五）、孫昌武氏『中国文学与道教』（人民文学出版社、二〇〇一）、鍾来茵氏『李商隠愛情詩解』（学林出版社、一九九七）、加固理一郎氏「李商隠の詩歌と道教――存思内観を描いた詩――」（『文教大学国文』四十二号、二〇一三）。

（8）加藤千恵氏「相い雑《まじ》わること錦のごとし」（三浦國雄編『術の思想』風響社、二〇一三）。

（9）『漢武帝内伝』については、小南一郎『中国の神話と物語り』（岩波書店、一九八四）参照。
（10）『太平御覧』と『上清衆経諸真聖秘』は共に抄出であることは注意を要する。なお、石井昌子氏には、「『変化七十四方経』考～佚文集成を中心に～」（『一般教育部論集』〈創価大学〉二十一号、一九九七）と題する『変化七十四方経』の先駆的研究があるが、『太平御覧』所引の『上清経』の引用は「上清経曰、元始天帝與南極元君登太空瓊台、五老上真仙都公開鬱林之笈雲錦之嚢、上清変化七十四方解形之道、三元布経以授於元君」（巻六七九）の一条のみに止まり、『上清衆経諸真聖秘』との対比も行われていないのは残念である。
（11）拙稿『上清変化七十四方経』と『上清経』――『上清衆経諸真聖秘』と『太平御覧』の引用を軸として――（アルテスリベラレス〈岩手大学人文社会科学部紀要〉第九十五号、二〇一五）は、この推定の正しさを確認した論考である。
（12）「李商隠表現考・断章――艶詩を中心として――」（『東洋文化研究所紀要』第四十八冊、一九六八）参照。

第二部　宋代の文人と道教

序章　宋代道教と雲笈七籤

第一節　蘇軾と仙界

桃源郷とは、周知のように東晉の陶淵明の「桃花源記」に基づく理想郷であり、唐代には、専ら道教の聖地、仙界と看做されるようになった。たとえば、盛唐の王維の「桃源の行」では、桃源について、「春来偏ねく是れ桃花の水／仙源の何処に尋ぬるかを弁ぜざるなり」（『王維集校注』巻一）と詠じられているのが、その顕著な証左である。

北宋最大の詩人である蘇軾は、この陶淵明の文学的評価を定めた人としても知られるが、彼の「陶の桃花源に和す」なる作品には、その序に当る部分で、蘇軾自身の仙界に関する見方を開陳している。それは概ね三段に分けられるようである（『蘇軾詩集』巻四十）。

（1）世間で桃源の事を伝えているが、多くは実際を過大にしてしまっている。陶淵明の記す所を考えてみると、ただ祖先が秦の乱を避けて桃源にやって来たと言っているだけなのだから、漁人が見たのは、その子孫のようで、秦代の人の不死の者ではない。また、鶏を殺して食事を作ったと云っているが、どうして仙であって殺す者があろうか。

（2）旧説にいう、南陽に菊花水があり、甘くて芳しく、住民三十余家は、その水を飲んでみな長寿で、百二、三十歳になるものもあったと。蜀の青城山の老人村では、五世の孫を見る長寿の者がいた。桃源とはおもうにこのたぐいであろう。天地の間には、このようなところが大変多いのであって、ただ桃源だけではない。

（3）私は潁州に居たとき、夢の中である役所に行った。人や物は俗世間と異ならなかったが、山や川は清遠で楽しむに足るものであった。振り返って建物の上を視ると仇池と榜がかけられていた。あくる日、客人達に問うと、趙令時は、仇池は道教の福地である王屋山の小有洞天の附属の地であるという。別の日、王欽臣は、自分は嘗て仇池を訪れたが、九十九の泉があり、万山がこれを取り巻いていて、桃源のように世俗を避けることのできる所だと言った。

この蘇軾の仙界に対する見方は、道教という宗教について考える際に幾つかのヒントを我々に与えてくれる。まず、第一点は、蜀の青城山の老人村や、南陽の菊花水のほとりに住む人々についての伝説に見られる長寿への素朴な憧憬である。これは知識人である蘇軾によって汲み上げられているが、その基底には、長寿を求める民衆の欲望とか生き方が息づいていると思われる。道教という宗教や道教的文化の根底にあるのはそのようなものであろう。第二点は、「殺」を否定し、「生」を堅持する謂わば生命主義の立場が明確に表明されていることである。第三点は、蘇軾が夢に仙界を訪れていることである。夢は現実世界で叶えられない願望の表出であってみれば、中国における夢に仙界を訪れる話の夥しさは、そのまま、彼の地の人々の登仙への欲望を表わしているものであり、蘇軾が彼の著作でしばしば言及するこの仇池の話はその典型の一つとも言えよう。第四点は、仙界が甚だ現実的であることである。まず、お役所が登場するのがその最たるものであり、仙界が山紫水明の地であることが語られているが、それは現実世界と次元を異にしているものではない。この現実主義が道教のまた大きな特徴であろう。第五点は、洞天福地の説に触れていることである。道教には、十大洞天・三十六小洞天・七十二福地といわれる聖地についての説があり、魏晉南北朝に始まるこの説は唐宋時代に整理されて広く信じられていたのである。

さて、筆者は、道教とは、ごく簡略に言って、長生不死を究極の目標とする漢民族の民族宗教であると考えているが、その一言で把捉し難いことは、福井文雅氏によって次のように述べられていることからも知られる。

そこで、現状でいうならば、道教は多神教であり、あまりにも雑多な要素を混入しているので、儒教、仏教ないしキリスト教、イスラムを除いて残る中国固有の信仰形態を総称して、漠然と「道教」と呼ぶ人々も少なくない。かなり便宜的で非学問的な説明になってしまうが、それだけ道教の輪郭は曖昧なのである。とりわけ明代以降になると、いわゆる「三教帰一」の風潮で道教と他の二宗教（儒教、仏教）とが混在するようになると、ますます道教の特徴は見定め難くなったのである（福井文雅『漢字文化圏の思想と宗教――儒教、仏教、道教――』五曜書房、一九九八）と。

筆者はこの二十年来、唐宋八大家と道教の関係について研究を続けてきた。本書の第二部は、このうちの北宋の六人の文人、即ち欧陽脩・曾鞏・蘇洵・蘇軾・蘇轍・王安石と道教の関係、及び蘇軾・蘇轍の子孫を含む蘇氏一族と道教との関係についての考察を纏めたものである。以下各章で欧陽脩等と道教との関係を論じるに先立ち、北宋の道教と『雲笈七籤』との関わりを中心に論じて、序章とする。

第二節　『雲笈七籤』と張君房について

道教学の泰斗である吉岡義豊氏はその著『永生への願い』（淡交社、一九七〇）の中で、宋代の道蔵のダイジェストである『雲笈七籤』について次のように説明している。

「真宗朝では、また王欽若、張君房を中心に編修された『大宋天宮宝蔵』という道蔵がある。それは天禧三年（一〇一九）に完成し、四千五百六十五巻の一蔵であった。唐の玄宗の『三洞瓊綱』の遺経をも集めて、苦心編修した。このとき呉越国の天台山の道蔵も利用された。『天宮宝蔵』は現存しないが、その精髄をとって編修した張君房の『雲笈七籤』百二十二巻がある。これは小道蔵ともよばれて、たいせつにされているが、宋以前の古道教学を研究するには、この書をおいて語ることができない。」

因みに吉川忠夫氏は、先の道蔵の命名につき、千字文の「天」字号に始まり、「宮」字号に至るまでの四六六字を函目とするので、『大宋天宮宝蔵』とされたとし、また、『雲笈七籤』は、「小道蔵」と呼ばれたとする（『読書雑誌』岩波書店、二〇一〇）。

次に吉岡氏は、張君房について以下のように述べる。

「張君房の履歴は明らかでない。国をあげて道教熱にわきかえっていた真宗朝においても、道教の学識第一人者とも称すべき実力をもちながら、それほど恵まれた境遇にはいなかったようである。しかし、彼は王欽若に登用されて、道蔵編修のことを託されるや、全精力を傾倒してみごとに完成した。そのうえ道教学の精髄を集めた『雲笈七籤』を撰したことは、彼の名を不滅のものとした。」

吉岡氏の興味は、『雲笈七籤』に集中していて、張君房の伝記には及んでいなかったようである。しかし、近年、盧仁龍氏に「張君房事迹考述」（『世界宗教研究』一九九〇年第一期）なる論文があって詳細な検討が加えられている。この論考が依拠している中心的な資料としては宋の王得臣の『麈史』と同じく宋の王銍の『默記』が挙げられる。次にそれを見てみよう。

王得臣の『麈史』の張君房伝

「集賢張君房、字尹方、壮始従学、逮遊場屋、甚有時名、登第時年已四十余、以校道書得館職、後知随郢信陽三郡、年六十三、分司帰安陸、年六十九致仕、嘗撰乗異記三編、科名定分録七巻、儆戒会蕞五十事、麗情集十二巻、又潮説・野語各三篇、泊退居、又撰脞説二十巻、年七十六、仍著詩賦雑文、其子百薬、嘗纂為慶歴集三十巻、予惟会蕞麗情外、昔嘗見之、富哉所聞也」（巻中）

王銍の『默記』の張君房伝

「張君房、字允方、安陸人、仕至祠部郎中・集賢校理、年八十余卒、平生喜著書、如雲笈七籤・乗異記・麗情集・科名定分録・潮説・脞説之類甚多、知杭州銭唐、多刊作大字版、携帰印、行於世、君房同年白稹者有俊声、亦以文名世、蚤卒、有文集行于世、常軽君房為人、君房心銜之、及作乗異記、載白稹死、其友行舟、夢稹曰、我死罰為黿、汝来日舟過、当見我矣、如其言行舟、見人聚視、而烏鵲噪于岸、倚舟問之乃漁也、網得大黿、其友買而放之於江中、乗異記既行、君房一日朝退出東華門外、忽有少年拽君房下馬奮撃、冠巾毀裂、流血被体、幾至委頓、乃白稹之子也、問吾父安有是事、必死而後已、観者為釈解、且令君房毀其板、君房哀祈如約、乃得去」（巻下）

これらの記録に依れば、張君房は字を尹方（盧仁龍氏は「君」「房」のそれぞれの字形の一部を用いた尹方が彼の字として正しいと言う。今、それに従う）といい、安陸の人で、官は集賢校理に至った。その著作には、『雲笈七籤』の他に『乗異記』『麗情集』『科名定分録』『潮説』『脞説』『儆戒会蕞』等があり、また、その子の張百薬によって、『慶歴集』なる文集が編纂されている。

『雲笈七籤』編纂の経緯については、『雲笈七籤』冒頭の「原序」に委曲が尽くされている。次にそれを見てみよう。

張君房の『雲笈七籤』の原序

「祀汾陰之歳、臣隷職霜台、作句稽之吏、越明年秋、以鞫獄無状、謫掾于寧海、冬十月、会聖祖天尊降延恩殿、而真宗皇帝、親奉霊儀、躬承宝訓、啓綿鴻於帝系、濬清発於仙源、誕告万邦、凝休百世、於是天子鋭意於至教矣、在先時、尽以秘閣道書、太清宝蘊、出降於余杭郡、俾知郡故枢密直学士戚綸・漕運使今翰林学士陳堯佐、選道士沖素大師朱益謙・馮徳之等、専其修較、俾成蔵而進之、然其綱条漶漫、部分参差、与瓊綱玉緯之目、舛謬不同、歳月坐遷、科条未究」

「適綸等上言、以臣承乏、委属其績、時故相司徒王欽若、総統其事、亦誤以臣為可使之、又明年冬、就除臣著作佐郎、俾専其事、臣于時尽得所降到道書、幷続取到蘇州旧道蔵経本千余巻・越州台州旧道蔵経本亦各千余巻、及朝廷続降到福建等州道書、明使摩尼経等、与道士依三洞綱条・四部録略、品詳科格、商較異同、以銓次之、僅能成蔵、都盧四千五百六十五巻、千字文天字為函目、終於宮字号、得四百六十六字、且題曰大宋天宮宝蔵、距天禧三年春、写録成七蔵以進之」

「臣渉道日浅、丁時幸深、詎期塵土之蹤、坐忝神仙之職、蛙跳缺甃、積迷虷蟹之区、蚋泊浮滓、但局醯鶏之覆、雖年棲暮景、而宝重分陰、於是精究三乗、詳観四輔、採摭機要、属類於文、探晨灯虹映之微、綜玉珮金璫之説、泥丸赤子九宮、爰系於一方、神室嬰児百道皆根於両半、至如三奔三景之妙、九変十化之精、各探其門、互称要妙、刻舟求剣、体貌何殊、待兎守株、旨意寧遠、因茲探討、遂就編聯、掇雲笈七部之英、略宝蘊諸子之奥、総為百二十巻、事僅万条、習之可以階雲漢之遊、覧之可以極天人之際、考覈類例、尽著指帰、上以酬真宗皇帝委遇之恩、次以備皇帝陛下乙夜之覧、下以裨文館校讐之職、外此而往、少暢玄風耳、臣張君房謹序」

ここでは、張君房は『大宋天宮宝蔵』の三洞四輔七部の奥英を取って、『雲笈七籤』を編纂して、上は真宗皇帝の委遇の恩に酬い、次には仁宗皇帝の乙夜の閲覧に備え、下は文館校讐の職を裨《たす》けたとしている。『大宋天宮宝蔵』の編纂に当たっては、道蔵の綱格の選択に関して色々な新機軸を打ち出す可能性があったのであろうが、結局は三洞四輔の七部の綱格が選択されたのである。このことは、道蔵の綱格としての三洞四輔七部の綱格の優秀性を示すと同時に、やはり三洞四輔七部の綱格を堅持した唐代屈指の道教教理書、道教重玄派の手になる『道教義枢』の三洞四輔七部についての記述と、『雲笈七籤』の三洞四輔七部についての記述との間に複雑な影を落とすことになったと思われるのである。

因みに張君房の原序には、『明使摩尼経』なるマニ教の経典に言及している。

道教学界の碩学、窪徳忠氏は、これに関連して、先ず『仏祖統記』巻四八、嘉泰二年（一二〇二）の条の末尾に引用された『夷堅志』の次の記事を取り上げる。

「（マニ）出家して末摩尼と称し、以て自らその経を表証し、二宗三際と名づく。二宗とは、明と暗なり。三際とは、過去・未来・現在なり。大中祥符　道蔵を興す。富人林世長　主者に賂して、蔵に編入して、毫《ママ》州の明道宮に安んぜしむ」

そして、その後に次のように述べる（『中国宗教における受容・変容・行容』山川出版社、一九七九）。

「張君房が編集した『大宋天宮宝蔵』に『明使摩尼経』と題する、おそらくはマニ教の経典であろうと推測される経典が収められたであろうことは、右の『雲笈七籤』の張君房の自序の一節によって、ほぼ確実視される。このことと、前掲の『夷堅志』の「富人林世長賂主者、使編入蔵」という一句とを考えあわせると、おそらくマニ教の信者であったと思われる林世長なる人物が、編集主任の張君房に賄を贈って『明使摩尼経』を入蔵させたと考えられないでもない。けれども、『雲笈七籤』の張君房の自序には、『明使摩尼経』の形容として「朝廷続降到」という一句があるから、賄をうけた「主者」とは張君房ではなく、おそらく当時の朝廷において実力をふるっていたもの、すなわち編集の総領者であった王欽若に相違ないと考えられる」

賄を受けた当事者は誰かはともかくも、『大宋天宮宝蔵』にマニ経典までが含まれていたと考えられることは、道教という宗教の柔軟性とか包容力とかを考える上で重要な事柄であろう。

ところで、車柱環氏の『朝鮮の道教』（三浦國雄氏等訳、人文書院、一九九〇）に収録される『雲笈七籤』の説明は簡にして要領を得ていてなかなかに良くできている。

「厖大な道書を整理して『大宋天宮宝蔵』を編纂した張君房は、その余勢を駆ってみずからが編んだ道書を分析・検討し、そこから精髄部分一万条を抜き出してそれに筆削を加え、それらをテーマ別に分類してその要点がわかるように再編成し、ここに『雲笈七籤』一二二巻を編み上げたのであった。『雲笈七籤』は真宗を継いだ仁宗の時代になって完成し、序文を付してやはり皇帝に捧げられた。その序文によれば、この書に習えば天上雲漢の逍遥への足がかりを得ることができ、この書を覧《よ》めば天と人との接点を極めることができるようになるという。『雲笈七籤』はいわば道蔵の提要書《ダイジェスト》である。北宋版道蔵である『大宋天宮宝蔵』が散逸してしまった今日にあっては、この『雲笈七籤』を通してそのおおよその輪郭を推し量ることができ、また後世の道蔵編纂においても本書が参考とされた。のみならず、明版道蔵などに比べて分量は少ないながらも、道教の要諦が簡明に提示されている本書は、道教参考書として広く使用された」

しかし、『雲笈七籤』の成立状況や構成について纏まった説明をしている文献を選ぶとすると、やはり『四庫全書総目提要』（子部十四、道家類）に触れないわけにはいかないであろう。次にその全文を掲げよう。

「臣等謹んで案ずるに、雲笈七籤一百二十二巻は、宋の尚書度支員外郎・充集賢校理張君房の撰なり。祥符中、君房　御史台より謫されて寧海に官たり。適たま真宗　道教を崇尚し、詔して秘閣の道書を以て杭州に付し、戚綸・陳堯佐（臣）をして校正せしむ。綸等　王欽若とともに君房を薦めてその事を主らしむ。君房乃ち編次して四千五百六十五巻を得てこれを進む。復たその精要　総て万余条を撮り、以てこの書を成す」

「その雲笈七籤と称するは、蓋し道家の三洞経を言うや、総て七部を成す。天宝君　洞真を説くを上乗と為す。霊宝君　洞玄（元）を説くを中乗と為す。神宝君　洞神を説くを下乗と為す。又た太玄（元）・太平・太清を輔経と為す。又た正一法文、遍く三乗を陳べて、別に一部と為し、統べて三洞真文と称す。君房　以えらく道経の総旨　此より出でずと、故に以て之に名づく。自序に謂う所の雲笈七部の英を掇り、宝蘊諸子の奥を略すとはこれなり」

「詮叙の例、一巻より二十八巻は、経教の宗旨及び仙真の位籍の事を総論す。二十九巻より八十六巻に至るまでは、則ち道家の服食・錬気・内丹・外丹・方薬・符図・守庚申・尸解の諸術を以て分類して縷載す、八十七より一百二十二巻に至るまでは、則ち前人の文字、及び詩歌伝記の属なり」

「凡そ道家に渉るものあれば、悉くこれに編入す。大都《すべて》原文を摘録し、論説を加えず、その引用する集仙録・霊験記等も亦たまま脱遺あり。然れども類例既に明らかにして、指帰ほぼ備わる。綱条科格、兼ね該ねざるなく、道家の総彙と為すに足る。博学の士、咸　材をこれに取る。誠に廃すべからず。文献通考一百二十巻に作る。この本、明の中書舎人張萱の刊する所にして、中に二巻多し、蓋し通考の脱誤なり、乾隆四十四年九月、恭しく校上す」

ここでは、『雲笈七籤』の名の由来に関し、三洞（洞真・洞玄・洞神）、四輔（太玄・太平・太清・正一）の七部について言及し、その後、全体を次の三つに分けている。

（1）巻1—巻28　経教の宗旨及び仙真の位籍の事を総論
（2）巻29—巻86　服食・錬気・内丹・外丹・方薬・符図・守庚申・尸解の諸術
（3）巻87—巻122　前人の文字、及び詩歌伝記

勿論、これは更に細分することは可能であり、例えば坂内栄夫氏は、次の十三に分類している（「『真誥』と『雲笈七籤』」吉川忠夫編『六朝道教の研究』春秋社、一九九八、所収）。

（1）巻1「道徳部」—巻3「道教本始部」……「道教原論」
（2）巻4「道教経法伝授部」—巻20「三洞経教部」……「経典類」
（3）巻21「天地部」—巻28「二十八治」……「天地類」
（4）巻29—巻36……「養生」
（5）巻37—巻41……「斎戒」
（6）巻42—巻53……「存思・口訣」
（7）巻54—巻55……「魂神」

（8）巻56―巻62……「服気」
（9）巻63―巻73……「内外丹」
（10）巻74―巻86……「衆術」
（11）巻87―巻95……「理論」
（12）巻96―巻99……「歌頌」
（13）巻100―巻122……「伝記」

ところで、坂内氏は、このように分類した後、「ここに見られる『雲笈七籤』の内容構成は、伝統的な三洞四輔の分類とは大きく異なり、張君房が編纂した宋初の道蔵（その内容は、唐代道教が大きな部分を占める）をある程度反映したものと考えられる」とされる。しかし、坂内氏はまた、「『雲笈七籤』の〈七〉という数字に三洞四輔の分類が意識されている事は、言うまでもない」とも注記されている。

そして、この後、坂内氏は従前の道教類書である『無上秘要』や『三洞珠嚢』との比較を行って、次のように述べる。

「このように、『雲笈七籤』は唐代道教の内容を反映している宋代道蔵を利用して編纂され（た）ため、その構成や内容は従前の類書とは大きく異なっている。つまり、全く独自にかつ新たに編纂された道教類書と考える事ができるのである。だとすれば、『雲笈七籤』の内容には張君房の編纂意図が反映しており、そこから張君房個人の価値観・意識を窺う事も可能であると考えられる。即ち、個人の著作として『雲笈七籤』を捉える事ができると思われるのである」

この坂内氏の見解にはいくつかの注釈が必要であろう。以下にそれを列挙する。

（1）『雲笈七籤』の元になった「大宋天宮宝蔵」は三洞四輔の七部を綱格としていたと推定されること。

（2）この「大宋天宮宝蔵」の内容は、先秦の道家の文献や後漢から魏晉南北朝、そして唐代（五代も含む）の道教の文献をその主な内容としていたと見られること。

（3）『雲笈七籤』は張君房個人の著作であるから、かれの編纂意図が反映されているのは、むしろ自明のことであるが、宰臣の王欽若の道教についての考え方や、太宗・真宗、とりわけ真宗の道教信仰の影響を無視できないこと。

以上のことを前提として、次に『雲笈七籤』のいくつかに検討を加えて行こう。

第三節『雲笈七籤』の三元思想と三元日

さて、『雲笈七籤』と三元日の関係を考える場合、宋代の三元日に関して最も注目される記述は、第一百三巻の『翊聖保徳真君伝』に見える次の記述であろう。

（1）『翊聖保徳真君伝』と三元日

「方に地を終南鎮に卜すに、真君　忽ち降りて（王）亀従等に言いて曰く、此の地は乃ち上帝の宮闕を修建するの地にして、易うべからざるなり。ここにおいて乃ち定まる。凡そ三年にして宮成る。中正の位に四大殿を列ぬ、前は則ち玉皇通明殿、次は紫微殿、次は七元殿、次は真君　御するところの殿なり。東廡の外に、天蓬・九曜・東斗・天地水三官の四殿有り。西廡の外に、真武十二元神・西斗・天曹の四殿有り。又た霊官堂、南斗閣有り、並びに星宿諸神の像を列す。鐘経二楼を竪て、斎道堂室、完備せざるなし。碑を建てて以てその事を紀し、題して上清太平宮という。一に真君の預言の制の如し。常参官一人に命じて宮を監せしめ、道士を択びて焚修せしむ。毎歳の三元及び誕節・上の本命日には、並びに中使を遣わして醮を致さしめ、祀神の夕べ、上　これを望拝す。歳　或いは水旱あり、或いは国家将に事を挙げんとするとき、率ねここに禱りを致す」

ここには、毎年　三元日などに上清太平宮で醮が行われ、神が祭られたことが記されている。宋の宋敏求の『春明退朝録』（巻中）に依れば、「太宗の時、三元には夜を禁ぜず、上元には乾元門に御し、中元・下元には東華門に御す」と言っているから、太宗時代には、宮城を開放して三元を終夜祝ったもののようである。宋代以降、上元の日を中心とした、いわゆる元宵観灯の行事が隆盛となって行くが、それは、太宗の道教信仰に根ざすものと見られる。そして、『翊聖保徳真君伝』の上記の所説は、現実に国家的な祭祀が行われたことを、いわば確認する形で語っているものと考えられるのである。

（2）『翊聖保徳真君伝』について

それでは、次にこの『翊聖保徳真君伝』について考察をしておこう。その際に最初に注目されることは、この紀伝部のうちの「伝」の最初に位置する伝記にも、後述する黄帝の本紀と同じく真宗の序が冠せられていることであり、そこに張君房の特別な思い入れを見るのは容易なことであろう。

「宋真宗御制『翊聖保徳真君伝序』」

「蓋し聞く　天心の降顧するは、邦家の会昌なる所以にして、霊命の丕昭なるは、神道の協賛する所以なり、載籍の記すところを考うれば、固より今古　同じく符す、矧んや復た吾が宗、戦国に在りて、基緒方に始まり、精感　寔に繋きをや、或いは山祇にして形を見わし、或いは帝所にして夢に協う、その来るや已に久しく、斯れ誣ならずと謂う、乃ち三統を接ぎて基を開き、将に景業を隆くせんとし、百神に冠たりて佑けを儲け、茂顕　明徴あり、条梅の名区を奠《さだ》め、亀玉の奥主を号すは、これを翊聖保徳真君に見れり」

「太祖　肇めて元暦を膺け、徳を観て言うなし、太宗　祇んで睿図を紹ぎ、期に順いて前に告ぐ、かの玉晨の宝睠を述べ、斗極の仙階を序し、国命の延洪を告げ、真科の秘賾を示すがごときは、洪威　顕らかに洽く、物魅神姦を屏け、諄誨　博く臨み、天祺民祉を揚ぐ、これより霊壇　爰に峙ち、徽称　斯に崇し、欽んで芬馨を奉じ、仰ぎて先覚に祈る。固より惟れ九域みな底綏を被る、豈に止だ三秦独り忻戴を増すのみならんや。茲の冲眇に曁り、乃《こ》の基扃を纘ぐ。嘉話の人に在るを仰ぎ、至神の世を佑けるを瞻る」

「これより載ち茂典を稽え、恭しく尊名を益し、以為らく　上帝の恒符にして、文考の真応なり、安んぞ黙して述ぶることなかるべけんや、故《もと》より当にこれを不刊に垂るべしと。爰に輔臣に詔して、霊訓を詮らかにせしむ、詢求　斯に至り、編帙　旋《すみや》かに成る。風烈を想いて昭然たり、音徽を思いて覿るべし、誠にこれを金板に鏤め、蘭台に秘するに足る。封奏帰美の心を披き、願いて序引を裁し、乙夜観文の暇に属し、聊か歳時を志し、題して翊聖保徳真君伝としか云う」

窪徳忠氏は、宋代の皇室と道教の関係について『道教史』（山川出版社、一九七七）の中で次のように述べておられる。

「宋室と道教との関係は、太宗の時代にその道がひらかれた。その波にのって、ますます緊密な結びつきをもつようになったのは、三代目の真宗の時代だった。そうして、そのきっかけとなったのは、遼と結んだ屈辱的な講和に気が滅入っている真宗の気持をたくみに利用して、一部の道士たちが考えだしたと思われる『天書の降下』という事件だった」

このように、宋代の皇室と道教との関係は、第二代目の太宗の時代にその端緒が開かれるのであるが、そのそもそもの始まりは、太祖の時代の最後の翊聖保徳真君の降下にあるのである。

窪氏の説かれるところを続いて見てみよう。

「翊聖保徳真君が下ってきた前後の事情やその教え、真宗ごろまでの宋室のその神に対する態度などについては、道教に好意をもっていた真宗時代の王欽若という大臣が著わした『翊聖保徳伝』にくわしい」

誠に『翊聖保徳伝』こそ、宋代の道教の鍵となる記述の鏤められている著作であると言うことができよう。

窪氏に依れば、そこでは次のようなことが説かれている。

「太祖が即位して間もないころ、終南山に遊んだ陝西省の盩厔県の人張守真は、清らかな神の声をきいた。そんなことが数日つづいたのち、神がかれの自宅に下り、高天大聖玉皇大帝の輔臣と名のったのち、お前がいうことをきかないと自分が宋朝のためにやるべき大切な仕事を仕遂げられなくなるから、道士になれという。そこでかれは、そのことばに従って、茅山にいた梁筌を師として道士となり、北帝宮内に一殿をたてて神に仕えたところ、（民衆のために行なう駆邪の剣法と国家のために幸福を祈念する結壇の方法〈砂山補足〉を授けられた）そのうち、この神の霊験が世に知られたので、即位前の太宗が近侍を遣わして、建立しようと考えている道観の名称を尋ねたところ、宋朝第二代になる太平君――太宗のこと――の建立する上清太平宮の建立年月は、すでに天上で決定ずみだから、いまはそのときでないという神託が下った。太宗はびっくりして計画を中止したが、この話をきいた太祖が張守真を召して事実を確かめたのち、建隆観で醮をやらせると、自分が符命に従って宋朝をまもるために下ってきているから、国家は永くつづくだろう。天上でお前の入る宮殿はすでに完成しているうえに、太宗は仁の心をもっているから心配するなと、宋室の永続と太祖の死を暗示する神託がでた。この報告を黙ってきいていた太祖は、その翌日死んだ」

ここには、太祖から太宗への謎に満ちた政権交代の裏面に道士張守真の活躍があり、宋朝第二代太平君の建立する宮観の名称は上清太平宮と定まっていることなど、太宗と道教との切っても切れない深い結びつきが明確に語られているのである。

『翊聖保徳伝』については、羊華栄氏に「《翊聖保徳真君伝》介紹」（『世界宗教研究』一九八六年第三期）なる論文がある。そこでは、「翊聖」について、これは神の名で、玉皇大帝の輔臣をいい、玉皇大帝を輔翊するという意味を持っているとする。また、羊氏は『翊聖保徳真君伝』は、真宗時代に書かれた重要な政府当局の宗教上の著作であり、『宋史』・『続資治通鑑長編』・『続資治通鑑』などの重要な史書は、みなその事を記述しており、この伝記の宋代における広範な影響を知ることができるとし、更に、この伝記の簡略な叙述から、我々は、宋初の宗教思想・宗教政策と道教の発展の概況をおおむね理解することができると述べている。

これらの羊氏の見解は、おおむね妥当なものであり、我々は、単に道教に対してだけではなく、宋代の社会・歴史全体に及ぼした『翊聖保徳真君伝』の影響の大きさを肝に銘じておく必要があると考えられるのである。

そして、この『翊聖保徳伝』の撰者である王欽若が、真宗時代の道教の隆盛を演出して行くのである。

宋初の道教史に大きな位置を占める王欽若の伝記は、『宋史』巻二八二に載せられている。

「王欽若　字は定国、臨江軍新喩の人なり。父の仲華、祖の郁の鄂州に官たるに侍る。たまたま江水暴かに至り、家を黄鶴楼に徙す、漢陽の人　楼上を望み見るに光る景《すがた》あるがごとし、是の夕　欽若生まる。欽若早《つと》に孤、郁これを愛す、太宗　太原を伐つの時、欽若　纔かに十八、平晉賦論を作りて、行在に献ず、郁　濠州判官と為る、将に死せんとするとき、家人に告げて曰く、吾れ官を歴すること五十年を逾ゆ、刑を用いるに慎み、人を活かすこと多し、後に必ず興る者有らん、それ吾が孫に在るかと」

ここでは、王欽若の誕生の奇譚と、祖父の王郁の王欽若の将来に対する期待とが語られている。

進士に合格し、やがて翰林学士となった王欽若は、真宗の景徳年間に『冊府元亀』の編修に携わる。

「(王欽若) 尋に尚書都省に判たりて、冊府元亀を修む、褒贊の及ぶところあれば、欽若自ら名いいて表首して以て謝す、即ち繆誤の譴問さるるところ有れば、書吏を戒めてただ楊億以下と云うのみ、其の為すところ多く此の類なり」

王欽若の容貌と人となりについては、本伝はまた次のように述べている。

「(王)欽若　状貌短小、項に付疣有り、時人　目して癭相と為す、然れども智数人に過ぎ、朝廷に興造するところあるごとに、委曲遷就して、以て帝の意を中つ、又　性　傾巧にして、敢えて矯誕を為す、馬知節　嘗て其の姦状を斥《しりぞ》けんとするも、帝は亦たこれを罪せず、其の後　仁宗　嘗て輔臣に謂いて曰く、欽若　久しく政府に在り、其の為すところを観るに、真に姦邪なりと、王曾対えて曰く、欽若　丁謂・林特・陳彭年・劉承珪と、時にこれを五鬼と謂う、姦邪険偽、誠に聖諭の如しと」

王欽若の評判は、このように芳しからぬところもあるが、宋代の初めの道教史では、極めて重要な地位を占める。先ず、天書事件に関わる部分から見てみよう。

「大中祥符初、(王欽若)封禅経度制置使となり、兼ねて兗州に判たりて、天書儀衛副使と為る。これに先んじて、真宗　嘗て神人を夢みて言う、天書を泰山に賜うと、即ち密かに欽若に諭《つ》ぐ。欽若　因りて言う、六月甲午、木工董祚　醴泉亭の北において黄素　草上に曳くを見る、字有るも識るべからず、皇城吏王居正　その上に御名有るを見て、以て告ぐ。欽若　既にこれを得、威儀を具えて奉導して社首に至り、跪きて中使に授け、馳奉して以て進む。真宗　含芳園に至る、奉迎して上るところの天書再降祥瑞図を出して百僚に示す」

次に道教に関わる彼の事跡を辿って置こう。

「封禅の礼　成り、礼部尚書に遷る」「汾陰を祀るに従い、復た天書儀衛副使と為り、吏部尚書に遷る」「聖祖降り、検校大尉を加う」「七年、同天書刻玉使と為る」「玉皇に尊号を上り、尚書右僕射に遷る」「明年、景霊使となり、道蔵を閲し、趙氏の神仙の事跡四十人を得て、廊廡に絵く」

王欽若の本伝は、また、彼の道教関係の著述として、『天書儀制』『聖祖事跡』『翊聖真君伝』『羅天大醮儀』等を挙げ、「欽若　自ら深く道教に達するを以て、多く建明するところあり、道書を校するを領して、凡そ六百余巻を増す」と述べている。

次に道士張守真について考察してみよう。『続資治通鑑長編』の巻十七には、開宝九年十月のこととして次のような記述がある。

「初め　神　盩厔県の民　張守真の家に降る有り。自ら言う、我は天の尊神、黒殺将軍と号す、玉帝の輔なりと。守真　毎に斎戒して祈請するに、神　必ず室中に降る。風は粛然として声は嬰児の若し。独り守真のみ能くこれを暁かにす。言うところの禍福、多く験あり。守真　遂に道士となる。上（太祖）不予たり。駅もて守真を召し闕下に至らしむ。壬子（十九日）内侍王継恩に命じ、建隆観に就きて黄籙醮を設け、守真をして神を降らしむ。神　言えらく、天上の宮闕　已に成り、玉鏁開かる。晉王（太宗）仁心ありと。言訖りて復た降らず。上その言を聞き、即ち夜に晉王を召し、属するに後事を以てす。左右みな聞くを得ず。但　遙かに燭影の下、晉王時に或いは席を離れ、遜避するところの状　有るが若きを見る。既にして　上　斧を引き地に柱して、大声にて晉王に謂いて曰く、好くこれを為せと。癸丑（二十日）上　万歳殿に崩ず」

曾鞏の『隆平集』の巻三「祀祭」の条も大綱は同じであるが、張守真は終南山の道士で劉守真となっている。以下にその部分も掲げよう。

「神　終南山の道士　劉守真に降る有り。以て天の宗神と為し、黒殺将軍と号す。守真　毎に斎戒して祈請するに、必ず至れば、則ち室中の風は粛然として声は嬰児の若し。独り守真のみ能く暁かにす。開宝九年、太祖不予たり。駅もて守真を召しこれに問わしむ。曰く、上天の宮闕成り、玉鎖開かる、晉王　人心ありと。言訖りて復た降らず。太平興国六年、神を封じて翊聖将軍と為す」

さて、この張守真については、愛宕元氏によって言及された「聖宋伝応大法師行状」碑がある。それは『金石萃編』巻一三四に収められているが、その真宗時代の初めの咸平二年（九九九）に刻石された行状の冒頭は次の通りである。

「法師、姓は張氏、諱は守真、字は悟元、後漢の三天正一扶教大法師は、迺ち丞相留侯六代の孫たり。法師は即ち子房の遠裔なり。真嗣敻延して厥の居を常とせず。今　盩厔の人と為るなり」

「法師　幼くして孤、長ずるに及び　気誼　人に過ぐ。言行　相顧み、権豪に交わらず、済物の心を篤くす」

「壮となるに逮び、嘗て終南山に遊ぶ。上聖の空中より降るに遇う。曰く、吾れ北天大聖にして、玉帝の輔臣なり。命を授けられ時を衛らんがため、竜に乗りて世に降れり。正直英傑の士に匪ざれば、以て古道を振うなし。汝　異骨有り、殆ど凡庶に非ず。夙に真教に叶う、吾が教を受くべしと」

張守真を五斗米道の創始者である張陵の子孫とするのは、勿論、付会であるが、黒殺将軍といい、北天大聖という言い方といい、北方神との関わりも気になるところである。

宋代の終南山の楼観道士の動きと張守真との関係については、また、愛宕氏に次のような考察がある。

「しかし、太宗嗣位当時において、すでに一定の疑念が存在していたことは、即位直後の時点で太宗が懸命に自己の帝位継承の正当性を強調していることからうかがえる。彼の嗣位正当化の最たるものが、鳳翔府盩厔県望仙郷に降ったとされる翊聖保徳真君による「真主」、「太平君宋朝第二主」、「晉王有仁心」等の神言と称せられるものである」（愛宕氏の言及と見解は『史林』第六七巻二号〈一九八四〉所収の「宋太祖弑害説と上清太平宮」参照）

「太宗が神言を政治的意図から利用するに際し、徐（除）鉉、趙普等が恐らく重要なブレーン役を担ったと考えられるが、神言を演出したのは楼観派道教勢力であったろう。張守真は、出家入道、鐘の移置、観額奏請など、常に楼観と密着した形で行動し、いわば楼観の利害代弁者として立ち表われる。神懸りの癖を有し、長嘯の法を善くしたかとも思える張守真は、楼観の具体的示唆に基づく太宗嗣位正当化を強調する神言を、本人は恐らくはそれと信じて伝えた、あやつり人形のような存在ではなかったか」（同上）

この愛宕氏の見解も含めて、張守真と宋代の楼観との関係は、改めて考察する必要がありそうである。

因みに言うと、宋初の文臣であった徐鉉には、当面の上清太平宮に関する「大宋鳳翔府新建上清太平宮碑銘」があり、王禹偁には、太祖・太宗の皇位継承に関説した『建隆遺事』があったと言われている。その王禹偁の「崆峒山問道賦」（『小畜集』巻二十六）には「我が国家は　黄老の虚無を尚び、申商の法令を削る」などの言辞も見られる。

周知のように、太宗時代には、徐鉉と王禹偁によって道蔵が編纂されている。宋の謝守灝の『混元聖紀』巻九には、そのことについて次のように記述する。

「初め、太宗嘗て道経を訪ね、七千余巻を得、散騎常侍徐鉉、知制誥王禹偁に命じて校正し、重複と写演とを删去し、送りて宮観に入らしむ、止だ三千三百三十七巻のみなり」

陳国符氏の『道蔵源流考』では、徐鉉が散騎常侍で、王禹偁が知制誥であった時期について次のように考察している。

宋史巻四四一の徐鉉の列伝（要約して引用）

「（徐鉉）太平興国八年に出でて右散騎常侍と為り、左常侍に遷る、淳化二年、鉉　静難行軍司馬に貶せらる」

宋史巻二九三の王禹偁の列伝（要約して引用）

「（王禹偁）端拱二年に左司諫・知制誥を拜し、淳化二年、商州団練副使に貶せらる、四年　再び知制誥たり、至道元年　召されて翰林に入りて学士と為り、審官院を知し、通進銀台封駮司を兼ぬ」

この徐鉉と王禹偁の列伝の記録を踏まえて、陳国符氏は次のように言う。

「端拱二年（九八九）より、淳化二年（九九二）に至るまで、徐鉉は散騎常侍たりて、王禹偁は知制誥　たり。二人　勅を奉じて道経を校正するは、当にこの時に在るべし」

この二人の道経校正が『大宋天宮宝蔵』の下地となったことは言うまでもないことである。

（3）　三元日と三元思想

周知のように清の趙翼の『陔余叢考』の「天地水三官」の条には、次の叙述がある。

「道家にいわゆる天地水三官なるものあり」

「帰震川集に三官廟記ありて云う、その説　道家より出づ、天地水を以て三元と為し、能く人のために福を賜い、罪を赦し、厄を解く。みな帝君を以て尊称す。或いはまた以為く、始めはみな生きし人にして、兄弟　同産なること漢の茅盈の如きの類なり。是れ震川初めより未だ嘗てその由来を考えず」

「郎瑛もまたただ謂う、天気　生を主る、木を生候と為す、地気　成を主る、金を成候と為す、水気　化を主る、水を化候と為す、その用　三界を司り、三時の首月を以てこれを候う、故に三元という、三元　正に三臨官に当たる、故にまた三官という。則ち瑛もまた未だその何処より出づるかを究めず」

「按ずるに通志に三元醮儀一巻あり、ただ撰人の姓氏を題さず、宣和画譜に名画　周昉の三官像図あり、唐末に及び范瓊・孫位・張素卿みなこれあり」

「また東坡の集中に水官詩あり、乃ち大覚璉師　唐の閻立本　画くところの水官を以て老泉に贈る、老泉　詩を作りてこれに報じ、兼ねて坡公に命じて属和せしむるものなり。然れども老泉の詩はただ閻の画を模写するのみにして、東坡もまたただ立本これ画を以て名家なるを述ぶるのみなり。而して未だ水官のよるところを著わさず」

「ただ宋景濂　掲文安傒斯撰するところの曲阿三官祠記に跋して謂う、漢の熹平の間、漢中の張修　太平道を為し、張魯　五斗米道を為す、その法はほぼ同じきも、而も魯　尤も甚だしと為す。その祖の陵・父の衡　符書を蜀の鶴鳴山に造りてより、鬼卒・祭酒等の号を制し、部衆を分領す、疾む者あれば、その自首するものをして名氏及び服罪の意を書かしめ、三通を作る。その一はこれを天に上せんとして山上に著け、その一はこれを地に薶め、その一はこれを水に沈む、これを天地水三官と謂う、三官の名、寔はここに始まる、云々。此れ最も寔を得ると為す」

「ただ裴松之の三国志注に引く典略に謂う、太平道を為す者は、乃ち張角にして、五斗米道を為す者は、乃ち張修なり、後漢書及び司馬の通鑑もまた同じ」

「景濂は乃ち謂う、修は太平道を為し、魯は五斗米道を為すと、小誤あるを免れず、按ずるに松之のいわゆる張修は、応に是れ張衡なるべし、即ち張魯の父なり、典略誤れるのみ」

「然れども張衡等、ただ三官の称あるのみにして、なお未だこれを三元と謂わず、その正月・七月・十月の望を以て三元日と為すは、即ち元魏より始まる、魏書にいう、孝文帝　太皇太后の喪を以て令長に詔して三元に至るまで告慶の礼を絶たしむと、これ三元の名、魏に已にこれあり、蓋しその時　方に道士寇謙之を尊信す、三元の説は、蓋し即ち謙之等　張衡の三官の説を襲取して、配するに三首月を以てこれが節候と為すのみ」

「冊府元亀にいう、唐の開元二十二年十月、勅して曰く、道家の三元、誠に科戒あり、今月十四日・十五日はこれ下元の斎日なり、都内の人応に屠殺すべきあらば、河南尹李適之をして勾当して総べて贖取に与らしめ、並びに百姓をしてこの日は宰殺漁猟等を停めしむ、今より以後、両都及び天下の諸州、毎年正月七月十月の三元日の十三に起こり、十五に至るまで、兼ねて宜しく禁断すべし」

「旧唐書の武宗紀にいう、会昌四年正月、勅すらく、三元日はおのおの屠を断つこと三日なるべしと」

「宋史の方伎伝にいう、苗守信　道術の書に精し、上言すらく、三元日は上元天官・中元地官・下元水官、おのおの主りて人の善悪を録す、みな以て極刑を断つべからずと、事　有司の議に下されて行わる、これまた三元の名の原委なり」と。

この三元について大淵忍爾氏は『初期の道教』（創文社、一九九一）の中で、次のように述べられる。

「次に三元について考えよう。三元とは上元（一月十五日）・中元（七月十五日）・下元（十月十五日）で、天・地・水の三官に配当されることは周知の所であろうが、前稿で南北朝期の道教史料として挙げた諸書には、三官の語は見えても三元に触れるものはない。三元を組織的に説く最も早い文献は、三元品誡経と通称される経典である」

「その（功徳軽重経の）説く三元が一・七・十月であるのは、春・秋・冬の最初の月、即ち四時の三元であるからであろうか。然らば何故に夏（四月）を特に排除しなければならなかったのか、その理由の発見に苦しむ」

大淵氏はこの疑問に対する答えとして、後漢の五斗米道で行われていたと推定される三会日との関係を考える。三会日についての詳細は省略するが、一月七日・七月七日・十月五日がそれに当たる。

「されば、三会日のうち、日のみを月の中日（望日）に変えて三元日とし、それを三官に配当して、三会日の持つ政治的な、或は実用主義的な意義を払拭し、三官的なもの、即ち、道徳的・宗教的なものに純化して経典としたのが功徳軽重経に外ならぬと考えられてくる」

三元日の由来を説明する考えの一つとして大淵説を取り上げた。

（4）『雲笈七籤』に見える三元思想

さて、『雲笈七籤』では、例えば、巻二十八の「二十八治部」に「陽平治」について説く中で、次のようにいう。

「毎年　三元の大節、諸天に上真ありて、下　洞天に遊び、以てその理むるところの善悪を観る。人の世の死生・興廃・水旱・風雨、預め洞中に関わる」

ここでは、三元日は大節とされ、上真が人の善悪を観る日とされている。

また、巻四十一の「雑法部」では、大淵氏が取りあげられた『三元品戒』が、次のように引用されている。

「三元品戒に曰く、常に正月十五日・七月十五日・十月十五日の平旦・中夜を以て、沐浴して東に向かい杓を以て香湯を廻らし、(中略)祝して曰く、(中略)罪　三塗に滅し、禍　九冥に消え、悪根は断絶し、福慶は自から生ず、云々と」

ここには三元日が具体的に挙げられて、その日に捧げられる願いの内容も記されている。

ところで、『雲笈七籤』では、巻三の「道教本始部」において、三元の語が見えることが目を惹く。即ち、「道教序」を承けた「道教所起」では、冒頭に次のように述べる。

「道家の経誥を尋ぬるに、三元より起こり、本より迹を降し、五徳を成す。三を以て五に就き、乃ち八会を成す」

ここでは、三元の意味するところは不明であるが、「道教所起」の次に位置する「道教三洞宗元」の冒頭に次のように語る。

「かの道家の由肇を原《たず》ぬるに、先なきより起こり、迹を垂れ感に応ずるは、妙一より生ず。妙一より、分かれて三元となる。又た三元より変じて三気と成る。又た三気より変じて三才を生ず。三才　既に滋くして、万物斯に備わる。その三元とは、第一　混洞太無元、第二　赤混太無元、第三　冥寂玄通元、混洞太無元より天宝君を化生し、赤混太無元より霊宝君を化生し、冥寂玄通元より神宝君を化生す、(中略)この三君おのおの教主となる、即ち是れ三洞の尊神なり」

ここで説かれる三元は、混洞太無元、赤混太無元、冥寂玄通元の三者であるとされる。

更に『雲笈七籤』では、巻十一の『黄庭内景経』に関する次のような記載もある。

「上　三元を観るに連珠の如し(本文)

（注）三元とは、三光の元、日月星なり、上中下の三元を指すに非ざるなり」

この外にも『雲笈七籤』では、様々なところに「三元」の語が登場し、そこには、道教における「三元」の思想の多義性と重要性が露呈されてもいるようである。

（5）蘇軾の詩文と三元日・「雪堂の記」

次に蘇軾の詩文の中には、三元日に関わる作品が諸処に見られるが、詳細は後の蘇軾に関する論考に譲り、ここでは、「雪堂の記」のみを簡単に取り上げておく。

雪堂については「後赤壁の賦」に次のように触れられているのは周知のところである（『蘇軾文集』巻一）。

「是の歳十月の望、雪堂自り歩きて、将に臨皐に帰らんとす。二客　予れに従いて、黄泥の坂を過ぐ。霜露既に降り、木葉　尽く脱《お》つ。人影　地に在り、仰いで明月を見る。顧みてこれを楽しみ、行歌して相答う」

林語堂の『Gay Genius』には、東坡と雪堂について、次のように述べている。

「『東坡』農圃は、実際には十畝ほどの広さであり、市の東方わずか三分の一マイルの、ちょうど山腹にあった。山の上には、下の方の居士亭を見下す三間《へや》からなる家があり、亭の下方には、有名な雪堂があった。正面が五間《へや》からなるこの雪堂は翌年の二月、雪降りのさなかに落成した。囲《まわ》りの壁には詩人自らの手で、森や川や釣人などの雪景色が描かれていた。のちにここは、友人をもてなす場所となり、宋代の偉大な風景画家、米芾も、そのとき三十二歳の青年であったが、ここを訪れて彼と知り合い、絵画について話し合った。詩人陸游は、蘇の死後約七十年たった、一一七〇年十月に東坡を訪れ、雪堂の真中に蘇東坡の肖像画がかかっていたと記録している。その画像は、紫色の長衣をまとい、黒い帽子をかぶり、手に竹の杖をもって、石にもたれかかった彼の姿をあらわしていた〔入蜀記巻四〕」（林語堂著、合山究訳『蘇東坡』講談社、一九八六）

「雪堂を数歩下ると、小さな橋が溝にかかっていたが、この溝は、雨の季節を除けば、たいてい乾いていた。雪堂の東には、東坡手植えの大きな柳の木があり、さらに東に行くと、気持のよいほど冷たい泉の水をたたえた小さな井戸があったが、それは詩人の井戸であるというより外にはとりえはなかった。東側の下の方には、田圃や長い桑畑や野菜畑や広々とした果樹園があった。彼はまたどこかにお茶の木も植えたが、それは近隣地区の友人から手に入れたものであった」（同前）

それでは、当面の「雪堂の記」（『蘇軾文集』巻十二）を見てみよう。

「蘇子　廃圃を東坡の脅《わき》に得て、築きてこれに垣して、堂を作り、その正を号して雪堂という。堂は大雪中にこれを為るを以て、因りて雪を四壁の間に絵きて、隙を容るるなきなり。起居偃仰、環顧睥睨、雪に非ざるものなし。蘇子　これに居り、真にその居るところを得たるなり。蘇子　几に隠《よ》りて昼　瞑し、栩栩然として適とするところ有りて方に興あらんとするがごときなり。未だ覚めざるに、物に触れられて寤むるも、その適の未だ厭かざるや、失うものあるがごとし。掌を以て目に抵て、足を以て履に就き、堂下に曳く」

（筆者のコメント）栩栩然は、『荘子』斉物論篇に、「昔者荘周夢為胡蝶、栩栩然胡蝶也」とあり、成玄英の疏では、「栩栩、忻暢貌也」という。伸びやかに喜ぶ様子。几に隠るも『荘子』斉物論篇冒頭に「南郭子綦、隠几而坐」とあるのに基づく。「蘇子　几に隠《よ》りて昼　瞑し、栩栩然として適とするところ有りて方に興あらんとするがごときなり」は、『荘子』を愛好した蘇軾の楽しみを求めて飽くなきさまを説くところである。

「客　至りて問う者ありて曰く、子は世の散人なるや、拘人なるや、散人なれば天機浅く、拘人なれば嗜慾深し。今　馬を繋ぎて止まるに似たり、得るあるや失うあるや」

「蘇子　心　省みるがごときも　口　未だ嘗て言わず、徐にその応を思い、揖してこれを堂上に進む」

「客曰く、噫《ああ》、是なり、子はこれ散人と為らんと欲するも未だ得ざる者なり。予れ今　子に告ぐるに散人の道を以てす。それ禹の水を行き、庖丁の刀を投ずるは、衆礙を避けてその智を散ずるものなり。この故に至柔を以て至剛に馳す、故に石　時に以て洑《くぼ》むことあり。至剛を以て至柔に遇う、故に未だ嘗て全牛を見ざるなり。予れの能く散ずるや、物　固より縛る能わず、散ずる能わざるや、物　固より釈く能わず。子に恵みあり、これを内に用いるは可なり。今　蛸の嚢にあるが如し、しかるに時にその脊膂を動かして、外を見るは、ただに一毛二毛のみにはあらざるなり。風は搏つべからず、影は捕うべからざるは、童子もこれを知る。これを人に名づくれば、猶お風と影のごとくなるに、子　ひとりこれを留む。故に愚者は視て驚き、智者は起ちて軋む、吾れ固より子の今日を為すの晩きを怪しむなり。子の我れに遇うは、幸いなり、吾れ　今　子を邀えて籓外の遊びを為すは、可なるか」

「蘇子曰く、予れの此におけるや、自ら以て籓外と為すこと久し、子　又た将に安《いず》くに之かんとするか」

「客曰く、甚だしいかな、子の暁《さと》り難きや、それ勢利は以て籓と為すに足らず、名誉は以て籓と為すに足らず、陰陽は以て籓と為すに足らず、人道は以て籓と為すに足らざるなり。予れを籓する所以のものは、特《た》だ智なるのみ。智これを内に存し、発して言を為さば、則ち言に謂い有るなり、形《あらわ》れて行を為さば、則ち行に謂い有るなり。子をして嘿せんと欲し嘿せんと欲せず、息《いこ》わんと欲し息わんと欲せず、酔者の恚言、狂者の妄行の如くせしむ、その口を掩いその臂を執りて、猶お且つ暗嗚踊蹶の已まざれば、則ちこれを人に籓するも、抑も又た固なり。人の患いを為すは身有るを以てなり、身の患いを為すは心有るを以てなり。是の圃の構堂、将た以て子の身を佚にするや、是の堂の絵雪、将た以て子の心を佚にするや、身　堂を待ちて安ければ、則ち形　固より釈く能わず、心　雪を以て警《つつし》めば、則ち神　固より凝る能わず。子の既に焚きて燼き、燼きて又た復た然《もゆ》るを知れば、則ち是の堂の作や、徒に無益なるのみにあらずして、又た子の蔽蒙を重ねるなり。子　雪の白きを見るか、則ち恍然として目　眩む。子　雪の寒《こごえ》るを見るか、則ち竦然として毛　起つ。五官の害を為すや、惟だ目　甚だしと為す。

故に聖人は為さず。雪か、雪か、吾れ　子の目のためにするを知るを見る。子それ殆うし」

「客又た杖を挙げて諸壁を指して、曰く、此の凹や、此の凸や、方に雪の雑り下るは、均し。厲風ここを過ぎれば、則ち凹《くぼ》めるものは留まりて凸《つきで》るものは散ず、天　豈に凹に私《わたくし》して凸を厭うや、勢の然らしむるなり。勢の在るところ、天すら且つ違う能わず、況わんや人においてをや。子の此に居るや、人を遠ざくと雖も、しかも圃に是の堂有り、堂に是の名有るは、実に人を礙《へだて》るのみ、雪の凹にあるもののごとからざるか」

「蘇子曰く、予れの為すところ、適然たるのみ、豈に心あらんや、殆うきこと、奈何せん」

「客曰く、子の適然たるや、適たま雨有れば、則ち将に絵《えが》くに雨をもってするか、適たま風有れば、則ち将に絵くに風をもってするか、雨は絵くべからざるなり、雲気の洶湧するを観れば、則ち子に怒心あらしむ。風は絵がくべからざるなり、草木の披靡するを見れば、則ち子に懼意あらしむ。是の雪を観るや、子の内も亦た動かざる能わざるなり。苟も動くこと有れば、丹青の靡麗有り、水雪の冰石有ると、一なり。徳に心有り、心に眼有り、物の襲うところ、豈に異なることあらんや」

「蘇子曰く、子の言うところは是なり、敢えて命を聞かず、然れども未だ尽くさざれば、予れ黙する能わず。此れ正に人と訟《あらそ》う者の如し、その理　已に屈すると雖も、猶お未だ辞を絶つ能わざる者なり。子は春台に登ると雪堂に入ると以て異有ると以為《おも》うや。雪を以て春を観れば、則ち雪を静と為す。台を以て堂を観れば、則ち堂を静と為す。静かなれば則ち得、動けば則ち失う」

続いて黄帝に触れるところを取り上げる。

「黄帝は、古えの神人なり。赤水の北に游び、崑崙の丘に登り、南望して還り、その玄珠を遺れたり。游びて以て意に適うなり、望みて以て情を寓せるなり。意は游に適い、情は望みに寓せれば、則ち意は暢び情は出で、而してその本を忘れたり。良貴有りと雖も、豈に得て宝とせんや。ここを以て遺珠の失有るを免れざるなり。然りと雖も、意は久しくは留まらず、情は再びは至らず、必ずその初めに復るのみ、是れ又たその遺れるに驚きてこれを索めたるなり」

（筆者のコメント）黄帝の尊重は、宋代道教の特徴の一つである。この記では、蘇軾は赤水の北に游び、崑崙の丘に登って、その玄珠を遺れた神人としている。この遊びは赤壁の遊びに連なって行くのであろうか。

その纏めの部分では次のように語る。

「余れの此の堂は、その遠き者を追いてこれを近づけ、その近き者を収めてこれを内にし、これを眉睫の間に求めて、是れ八荒の趣あり。人にして知るありて、是の堂に升る者は、将たその遡らずして僾か、寒からずして栗うを見ん、その肌膚を凄凛にし、その煩鬱を洗滌して、既に炙手の譏りなく、又た飲冰の疾を免る。彼の利害の途に趦趄し、憂患の域に猖狂する者は、何ぞ探湯執熱の俟濯に異ならんや。子の言うところは、上なり、余れの言うところは、下なり。我れ将に能く子の為すところを為さんとするも、子は我れの為すを為す能わず。これを膏粱を厭う者に譬うるに、これに糟糠を与えれば、則ち必ず忿詞有らん。文綉を衣る者、これに皮弁を被せれば、則ち必ず愧色有らん。子の道におけるは、膏粱文繡の謂にして、その上を得る者のみ。我れは子を以て師と為し、子は我れを以て資と為す。猶お人の衣食におけるがごとく、一を欠くも不可なり。その子と游ぶを将《もっ》て、今日の事は、姑くこれを置きて以て後論を待つ。予れ且つ子のために歌を作りてこれを道わん」

「歌に曰く、雪堂の前後、春草　斉《ひと》し。雪堂の左右、斜径　微かなり。雪堂の上、碩人の頎頎たる有り。此に考槃す、芒鞋にして葛衣なり。清泉を挹み、瓮を抱きてその機を忘る。頃筐を負い、行歌して薇を采る。吾れ五十九年の非にして今日の是なるを知らず、又た五十九年の是にして今日の非なるを知らず。吾れ天地の大を知らざるも、寒暑の変あり、昔日の癯を悟りて、今日の肥あり。子の言に感じ、始めは吾れの縦を抑えて吾れの口を鞭うち、終わりは吾れの縛を釈きて吾れの羈を脱ぐ。是の堂の作や、吾れ雪の勢に取るにあらずして、雪の意に取る。吾れ世の事を逃れるに非ずして、世の機を逃る。吾れ雪の観賞すべきと為すを知らずして、吾れ世の依違すべきと為すを知らず。性の便、意の適にして、他に在らず。羣息　已に動き　大明　既に升るに在りて、吾れ方に輾転として、一たび暁隙の塵飛を観る。子　棄てざれば、吾れそれ子に帰せん」

さて、湯浅陽子氏は近年の論文「蘇軾『黄州雪堂記』について」（『興膳教授退官記念中国文学論集』汲古書院、二〇〇〇、所収）の中で、「また、この記の全体は『蘇子』と『客』の対話という構成を取っているが、この『蘇子』がそのまま蘇軾自身ではないように、『客』もまた蘇軾の内面の一部を反映する者であると考えられ、この二者の間の議論は、詰まるところ、蘇軾という一人の書き手の内面の葛藤を映すものに他ならない」ともされる。

「雪堂の記」「前赤壁の賦」「後赤壁の賦」は、いずれも蘇子と客との問答で構成されている。三者がともに三元日の時の流れの中におかれていると見られることについては後に詳述する。

第四節　『雲笈七籤』と宋代道教における黄帝尊重

（1）『雲笈七籤』と黄帝本紀

『雲笈七籤』巻一〇〇から始まる紀伝部の劈頭に置かれるのは、黄帝の本紀であり、それは言うまでもなく黄帝と老子が並び尊重された宋代道教の特徴を色濃く反映したものとなっている。

更に言えば、この紀の最初である黄帝の本紀の前に真宗の「先天紀叙」が配されるのは、巻一〇三の伝の冒頭の翊聖保徳真君伝の前に真宗の「翊聖保徳真君伝序」が置かれるのと同様に、張君房によるこの二つの紀と伝とに対する特別な意味づけを思わせるに充分なものであろう。

因みに『宋史』の芸文志（巻一五八）には、

王欽若　七元図一巻
先天紀三十六巻
翊聖保徳伝三巻

が記載されており、『先天紀』と『翊聖保徳伝』が共に王欽若の手に出ることが知られるのである。

それでは、次にその真宗皇帝御製『先天紀叙』（巻一〇〇）を瞥見してみよう。

「蓋し聞く　幽かに造化に通づるを、是れ神功と謂う、胥《すべ》て範囲に洎ぶを、斯れ聖迹と云う、若乃《すなわ》ち六合　外なく、億世　相因る、これを仰ぐこと日月の若く、これに遵うこと縄墨の若し、上賓の御、高旻に黙賛し、長発の祥、丕緒に隆興す、故より当に遹《したが》いて盛烈を追い、昭らかに羣倫に示し、五典の闕疑を広くし、六経の首冠となすものなり」

「思文なる聖祖、肇初《はじめ》て民を生ず、時は洪荒に属し、政は方に朴略たり、精を曾宙に儲け、下　八紘を撫し、運に中央に応じ、三統を茂宣す、先に覚りて以て庶彙を化し、己を総べて以て衆霊を御す、涿鹿に兵を観て、人を済いて難を定め、梁峰に号を紀し、天を奉じて成るを告ぐ、峒山を順拝するは、沖妙を尊ぶ所以にして、冶谷に軽挙するは、紫清に登る所以なり、俗はその神なるを畏れ、民はその教を習う、九国は世祀を承け、三代は大宗を継ぐ、宜なるかな竹帛の文、丕功を紀すも尽くすなく、車書の域、遺迹を仰ぎてみな周るは、豈に唐堯の万邦を協和せしめ、姫文の百世を本支し、庖犠の始めて八卦を画き、高辛のこの五行を正すのみならんや、顧みて以うに眇躬、この宝暦を紹ぎ、元符の降るや、実に鴻仁を荷い、真馭の臨むや、諄誨を聞くを獲、開先の自る有るを知り、積累の無疆を懐う」

「これより宝綬以て徽称を奉じ、棟宇以て原廟を新たにす、夙夜の意、帰尊を捨つるなく、卿士の心、弥いよ順美を思う、枢密使・検校大尉・同平章事王欽若、枢機に協賛し、文史に博く通じ、仰ぎて玄（元）都に錫羡し、徇いて涼徳を追崇す、紬素を覃精して、尽く魯壁の編を銓らめ、鉛黄を率励して、感じて晉河の誤を正す、以て琅函の瓊蘊、竹簡の芸籤に至れば、遠く名山を訪ね、近く蔵室を観る、羣に分けて類に聚め、索隠して微に造る、纘集して書を成し、蓋し遺論なからんか、封章して来たり上り、尤も資忠を見る、庶《こいねがわ》くば永世の期に諧わんことを、求めるは乃ち冠篇の作なり、基を慶び祚を紹いで、祖徳の垂鴻を思い、史に惇くして輝を揚げ、孫謀の継志を表す、麗薄を慙づることあると雖も、蓋し聊か徽音を叙し、式《もつ》て佳名を製り、用て緗裏に標し、題して先天紀という、冀くば夫れ世表を恢隆し、丕《おおい》に天宗を顕らかにし、龍門補芸の言、常にその実録を伝え、闕里升堂の士、得て辞を措くことなきをとしか云う」

（2）『雲笈七籤』の軒轅本紀

安居香山氏は「道蔵に於ける黄帝伝の考察――特に広黄帝本行記を中心として――」（『東方宗教』第十三・十四合併号、一九五八、所収）なる論文の中で、次のように述べている。

「これ等諸説を集大成し、黄帝伝の決定的なものを構成したのは、唐の王瓘撰とされる、広黄帝本行記である」「軒轅本紀は、道蔵編纂の統理者であった王欽若が撰したものである事は、雲笈七籤の『真宗皇帝御製先天紀序』で明らかである。そして、張君房は殆んどそのまま雲笈七籤に取り入れたのであろう。而して、両者（広黄帝本行記と軒轅本紀……筆者補足）の比較よりして明らかな如く、王欽若は本紀を撰するに当り、本行記を底本としたものと考えられる」

軒轅本紀は不分巻の長大な伝記であるが、ここでは、黄帝が神仙を慕う部分を紹介しておこう。

「黄帝　天下既に理まり、物用具さに備わるを以て、乃ち真を尋ね隠を訪れて、道を問い仙を求めて、長生久視を獲んことを冀う。いわゆる先に代を理め、しかる後　仙に登る者なり」

「黄帝　その（神仙の）道を慕い、乃ち五城十二楼を造りて以て神人を候う。即ち、道を訪ねて華山・首山・東の太山に遊び、時に怪物を致し、而して神仙と通ず。神人に蓬萊に接し、回って乃ち万霊に明庭・京兆・仲山・甘泉・寒門・谷口に接す」

王欽若が描こうとした黄帝像の一端が窺える記述であろう。

（3）王欽若と『冊府元亀』の「帝王部」の「尚黄老」の条

王欽若の編纂した『冊府元亀』の「帝王部」の「尚黄老」の条には、漢唐五代の間の帝王の道教尊崇の歴史が略述されている（巻五十三）。その序文の冒頭には次のように言う。

「黄帝曰く、天の道を観て、天の行を執れば、尽くせり。老子曰く、我れ無為にして、民　自ずから化し、我れ静を好みて、民　自ずから正し」

「黄帝曰く」に始まるのは、『黄帝陰符経』からの引用であり、宋代道教では、『陰符経』は、『老子道徳経』と並んで尊重された。

「漢の世より、その言を宮壼に崇び、孝武以降、その術を神仙に混ず。或いは掖庭に厳祠し、或いは斧扆に講議す。広く壇醮を設け、親しく符録を受く。肸蠁報応、時と偕に行く。崇奉の至りと雖も、亦た未だ清浄かくのごときなること能わざるなり」

ここにいう「清浄」は、宋代道教では、重要な概念。太宗時代から始まるか。

「唐は景冑と称し、真気を茂暢す。霊宇　相望み、黄冠　交ごも暎ゆ。その虚無の論を尊び、儒学の科に列するは、かの大易の神道　教えを設け、洪範の建てて皇極を用いると、愛民治国の要は、その帰　揆を一にするなり」

ここで洪範の皇極を挙げている点も、例えば、蘇軾の思想との関わりで注目すべきであろう。

（4）『崇文総目』と『黄帝陰符経』・『老子道徳経』

『崇文総目』は、宋の王堯臣等の奉勅撰である。宋代では、昭文・史館・集賢を三館といい、端拱元年（九八八）にこの三館の書籍万余巻を分けて、別に書庫を造り、秘閣と名付け、禁中の書籍を別に貯えて、三館と合わせて四館といった。景祐元年（一〇三四）の閏六月に三館と秘閣の所蔵の書籍が、謬濫しているものもあったので、翰林学士張観、知制誥李淑・宋祁等に命じて詳しく読んで、存廃を定め、譌謬しているものは刪り去り、差漏しているものは補写させた。そして翰林学士王堯臣、史館検討王洙、館閣校勘欧陽脩等に詔して、条目を校正し、撰次を討論させて、三万六百六十九巻を定着させ、編目を分類させ、総て六十六巻と成した。慶歴元年（一〇四一）十二月にこれをたてまつり、名を賜って『崇文総目』といった。この『崇文総目』の完成は、張君房の『雲笈七籤』の成立と、さほど時を隔てぬ頃のことであろう。

欧陽脩も編纂に参画した『崇文総目』の道家の部分を見ると『老子』に関する河上公注、王弼注、唐の玄宗注、唐の成玄英のものと思われる『老子道徳経開題序訣義疏　七巻』など十二部の著作とともに、『陰符経』に関する著述が多く採録され、残されている。その「道家類」の記述を次に取り上げてみよう（『崇文総目』は四庫全書本に依る）。

「道家者流は、清虚に本づきて健羨を去り、泊然として自守す、故に曰く、我れ無為にして、民　自ずから化し、我れ静を好みて、民　自ずから正しと、聖人南面の術と雖も易うべからざるなり、或いはその本を究めず、仁義を棄去して、これを自然に帰し、因循を以て用と為すに至りては、則ち儒者はこれを病む」

「共に三十六部、計一百七十二巻（以下には、三十六部の中、陰符経関係のもののみ列挙し、他は割愛する。番号は、「道家類」の中の順番）。

22　集注陰符経一巻　闕

太公より下、註伝尤も多し、今　諸家の説を集めて、合して一書と為す、太公・范蠡・鬼谷子・諸葛亮・張良・李筌・李合・李鑒・李鋭・楊晟のごとき、すべて十一家、淳風より以下、みな唐人なり、又　伝に曰くなるものあり、何れの代の人なるかを詳らかにせず、太公の書、世遠くして伝わらず、張良の本伝、書を著わすを云わず、二説疑うらくは後人の仮托ならんと云う、又陰符経叙一巻あり、何れの代の人の叙なるかを詳らかにせず、太公以後の陰符経註を為すもの凡て六家を集め、幷びに恵光嗣等の伝を以てこれに付す

23　陰符経一巻

24　陰符機一巻

唐の李靖撰、以謂らく、陰符なるものは、機に応じて変を制するの書なり、破してその説を演じて、陰符機を為す、又　勢・滋・及び論合三篇あり

25　陰符経太無伝一巻

26　陰符経弁命論一巻

唐の張果伝、或いは曰く、果　道蔵にこの伝を得、何れの代の人の作るところなるかを詳らかにせず、編次に因りてこれを正す、今　別に古字を為す、蓋し当時の道書得るところの本なり

27　驪山母伝陰符元義一巻

28　陰符経要義一巻　闕

29　陰符経正義一巻　闕

唐の韋洪撰

30　黄帝陰符経弁命論一巻　闕

31　陰符経小解一巻　闕
玄解先生撰、何れの代の人なるかを詳らかにせず

32　陰符天機経一巻　闕
唐の李筌撰、自ら少室山達観子と号す、筌　神仙を好み、嘗て嵩山の虎口巌の石壁において、黄石の陰符本を得、題して云う、魏の道士寇謙之、これを名山に伝う、筌　ほぼ抄記すと雖も、しかも未だその義を暁らず、後秦の驪山に入り、老母の伝授に逢う

36　陰符九経元譚二巻

（5）蘇軾と黄帝・老子の道

蘇軾の道家・道教思想に対する考え方が最も纏まった形で述べられているのは、周知の如く、元祐六年（一〇九一）に書かれた「上清儲祥宮碑」（『蘇軾文集』巻十七）である。そしてこの碑文は、また北宋道教の特質をも鋭く表現した内容ともなっている。先ずはその最も重要な部分を見てみよう。

「道家者流は、もと黄帝・老子より出づ。その道は、清浄無為を以て宗《おおもと》と為し、虚明応物を以て用《はたらき》と為し、慈倹不争を以て行《おこない》と為す。周易の何をか思い何をか慮《おもんぱか》る、論語の仁者は静かにして寿《いのちなが》しの説に合すること　かくの如きのみ」

「秦・漢より以来、始めて方士の言を用い、乃ち飛仙変化の術、黄庭・大洞の法、太上・天真・木公・金母の号、延康・赤明・龍漢・開皇の紀、天皇・太一・紫微・北極の祀有り、下　丹薬奇技・符籙少数に至るまで、みな道家に帰し、学ぶ者その有無を必にする能わざるなり」

「然れども臣嘗みに窃かにこれを論ずるに、黄帝・老子の道は、本なり、方士の言は、末なり。その本を脩め

れば、末は自ずから応ず、故に仁義施さざれば、則ち韶濩の楽も、以て天神を降す能わず、忠信立たざれば、則ち射郷の礼も、以て刑措を致す能わず」

「漢興りて、蓋公　黄・老を治め、曹参　その言を師とす、以謂《おもえ》らく治道　清静を貴べば、民は自ずから定まる、これを以て政を為し、天下これを歌いて曰く、蕭何　法を為し、顜《ただし》きこと一を画くがごとし、曹参　これに代わり、守りて失うなし、その清静を載せて、民以て寧壹なりと。その後　文景の治、大率《おおむね》依りて黄・老に本づき、心を清らかにして事を省き、薄く斂めて獄を緩やかにし、兵を言わずして天下は富む」

「臣　上と太皇太后の天下を治める所以のものを観るに、至れりと謂うべし、身を検《つつし》みて物を律す、故に怒らずして威あり、利を捐《すて》て民に予う、故に蔵せずして富む、己を屈して兵を消す、故に戦わずして勝つ、心を虚しくして世を観る、故に察ならずして明かなり、黄帝・老子と雖も、それ何を以てこれに加えんや」（後略）

この蘇軾の「黄帝・老子の道は、本なり」とする指摘は宋代道教の要諦を衝いた発言であることは、重要なところである。

（6）『東京夢華録』と上清儲祥宮

孟元老の『東京夢華録』は、周知のように北宋の都、開封の繁華な様を記した名著であるが、その「上清宮」の部分では、次のように道教の宮観や仏教の寺院が建ち並ぶ様子が述べられている（入矢義高・梅原郁訳注、平凡社、一九九六）。

「上清宮は、新宋門内の大通りの北側で西寄りのところにある。茆山下院と醴泉観は東水門内にある。観音院は旧宋門のうしろ、太廟の南門通りにある。景徳寺は上清宮の裏手にあり、寺の前の桃花洞という町はすべて遊廓である。開宝寺は旧封丘門外の斜街にあり、境内には二十四の塔院があるが、なかでも仁王院が一番すばらしい。天清寺は都の北の清暉橋通りにある。興徳院は金水門外にある。長生宮は鹿家巷にある。顕寧寺は炭場巷の北にある。婆台寺は陳州門内にある。兜率寺は紅門道にある。地蹟仏寺は都の西の草場巷の通りの南にある。十方静因院は都の西の油醋巷にある。浴室院は第三条甜水巷にある。福田院は旧曹門外にある。報徳寺は卸塩巷にある。太和宮という女道士の道観は、都の西の洪橋子大街にある。同じく女道士の洞元観は、班楼の北にある。瑤華宮は金水門外にある。万寿観は旧酸棗門外の十王宮の前にある。」

入矢氏等は、この「上清宮」に注釈して、次のように述べる。

「太宗が端拱元年（九八八）に創建し、至道元年（九九五）に完成した道観。その後火災で焼け、神宗のとき再建した。正しくは上清儲祥宮という（『鉄囲山叢談』巻二・『事物紀原』巻七・『玉海』巻一〇〇・『長編』巻三十七）。」

この上清宮は、正月の十五日（道教では上元の日という）に皇帝が参詣するところであった。『東京夢華録』の「十五日、上清宮への御参詣」では、次のように云う。

「十五日には上清宮へ御参詣になり、ここでも「対御」の儀があり、日暮れになって還幸あそばされる。」

入矢氏等はここでも「上清宮」について次のように注釈している。

「正しい名は上清儲祥宮。民福を祈るため太宗の勅願で至道元年（九九五）に建立された。蘇東坡にその縁起を述べた碑文がある。」

「蘇東坡にその縁起を述べた碑文がある」というのが、上述の蘇軾の「上清儲祥宮碑」を指すことは無論のことである。

因みに入矢氏等は、『東京夢華録』の「中元節」のところで、

「七月十五日は中元節である。」

とある「中元節」にルビをつけて「うらぼんえ」としているのは行き過ぎである。「中元節」は、云うまでもなく道

教の祭日であり、仏教の「盂蘭盆会」と同一視するのは問題であろう。
逆に言えば、このような見解を正すと言う点にも本書の意義が有りそうである。

第一章　欧陽脩の青詞について——欧陽脩と道教思想——

序　論

欧陽脩（一〇〇七—七二）は、北宋時代の代表的文人であり、所謂唐宋八大家の一人として数え挙げられるが、また、文学のみではなく、歴史学（『五代史記』『新唐書』）、儒学（『毛詩本義』『易童子問』）、考古学（『集古録』）等、多方面な学術の分野で卓越した業績を残したマルチ型のインテリゲンチャである。

欧陽脩が主に活動した、仁宗期から神宗期に至る時代は、恰も、真宗期と徽宗期の両度に亙る熱狂的な道教信仰が鼓吹された時代の中間に位置するのであるが、この時代の道教思想の状況は、一体如何なるものであったのであろうか。

『欧陽文忠公集』を繙くと、有名な「刪正黄庭経序」の外、詩・詞・散文にも道教に関する言及が散見する。中でも『集古録跋尾』における道教思想に関する叙述の多さは注目に価する。

本章は、これらの資料を踏まえつつ、欧陽脩の『内制集』に収録される「青詞」「密詞」を中心にして、欧陽脩と道教思想との関わりについて考察し、仁宗期から神宗期の道教思想の実態の一端を解明することを目指すものである。

第一節　欧陽脩と青詞・密詞

（1）青詞と密詞

さて、青詞は、また、青辞、緑章ともいい、道教の斎醮の際に神に献げる祝文である。唐の李肇の『翰林志』には、「凡そ太清宮道観の薦告詞文は、青藤紙朱字を用い、これを青詞と謂う」と叙べ、宋の程大昌の『演繁露』には、「今世、上は人主より、下は臣庶に至るまで、道家の科儀を用い、事を天帝に奏するものは、みな青藤紙朱字、名づけて青詞緑章と為す、即ち、青詞とは緑紙を以て表章を為すを謂うなり」と言っている。

また、青詞と密詞との相違については、明の徐師曾の『文体明弁』に元の陳繹の説として「青詞とは方士懺過の詞なり、或いは以て福を祈り、或いは以て亡に薦む、唯だ道家のみこれを用う、その密詞と謂えば、則ち釈道通用す、詞は儷語を用い、諸集にみな有り、しかして事文類聚載する所尤も多し、今、数篇を録して、以て一体を備う」と述べている。青詞の名称の由来、密詞との相違、文体としては四六駢儷体を用いたことなど、基本的なことであるが以上の通りである。(1)

次に欧陽脩の青詞・密詞に目を転じると、『欧陽文忠公集』の中の「内制集」に収録されるものが四十二道、それに『全宋文』にも取られている『聖宋名賢五百家播芳大全文粋』からのものが三道、それに密詞、これは欧陽脩の場合は一道を除き、残りの十道が道教関係のものであって、つまりは、青詞四十五道、密詞十道が今は検討の対象となる。(2)

欧陽脩の『内制集』は嘉祐六年（一〇六一）、彼が五十五歳の時に編纂されたもので、至和元年（一〇五四）から七年に及ぶ翰林院での述作を集めたものである。この翰林院に在った四十代後半から五十代前半は、欧陽脩の人生にあって最も油の乗った時期と云えるであろう。けれども、儒家であり、古文家であった欧陽脩が、道教関係の、しかも四六駢儷体を用いる青詞を書くのは、必ずしも自ら進んでしたと言うよりは、翰林学士としての立場上、已むを得ないことであったと推察される。

（2）青詞と斎文

欧陽脩の「内制集序」(3)には、次のように言う。「今、学士作る所の文書は多し、青詞・斎文に至りては、必ず老子・浮図の説を用い、祈禳秘祝は、往往、家人里巷の事に近し、而して制詔は便を宣読に取り、常に拘るに世俗を以てす、所謂四六の文、その類多くかくのごとし、然れば則ち果してこれを文章と謂うべきか」と。青詞・斎文を作る場合には、道教・仏教の説を用い、四六駢儷体を用いねばならぬ。このことに欧陽脩が抵抗を感じなかったとは考えられない。しかし、一旦出来上がってみると流石に棄てるのは惜しい。その事をまた、欧陽脩は同じ「内制集序」で次のように語る。「然れども、今の文士、尤も翰林を以て栄選と為す、余《われ》、既に職を罷む、院吏、余の直草を取り、日を以てこれを次し、四百余篇を得、因りて棄てるに忍びず」かくて青詞も今に残されたのである。因みに、欧陽脩は、青詞＝道教、斎文＝仏教と厳密に区別していたようであるが、蘇軾の「内制集」を見ると「諸宮観寺院等処祈雨青詞斎文」（『東坡七集』「内制集」巻二）のように青詞と斎文を併用したものなども存する。欧陽脩はこういう面でも蘇軾より几帳面だったのであろう。

ところで、嘉祐五年（一〇六〇）に書かれた「乞洪州第七状」で、欧陽脩は、翰林院にあった時の様子について、「禁庭に供職してより、殆んど今七載、たまたま中外無事にして、文書は甚だ簡、月に四五直に赴くに過ぎず、飽食甘寝し、止だ青詞・斎文一両通を撰するのみ。只だ此れ臣の能くする所たりて、是れ臣の事業なり、これを去るもまた何ぞ事を闕かん」（『欧陽文忠公集』巻九十一）と述べ、月に一・二度、青詞を書く機会のあったことを記している。

そこで、「内制集序」と「乞洪州第七状」から、当時の欧陽脩には、個人の意志を超えて、翰林学士として、皇帝の為に道教の教説を盛った青詞を書く機会が日常的に与えられていたこと、そしてそれはとりもなおさず、真宗時代の熱狂的な雰囲気の去った[補1]と云われる仁宗時代においても、国家・皇帝と道教とが日常的に結びついていたことの証しであること、また、一方、「内制集」の青詞・密詞は、欧陽脩自身の校閲を経て、欧陽脩自身の思想を示すものとして残されていることを確認しておく必要があろう。

因みに言えば、欧陽脩が非常に文章を推敲するタイプの文人で、清水茂氏が指摘するように、有名な「酔翁亭記」の冒頭「環滁皆山也」の五字に関して、朱熹が「欧陽修《ママ》公の文も、大ていは絶妙のところまで改めて行ったものである。最近ある人が、公の『酔翁亭の記』の原稿を買ったところ、最初『滁州の四面には山有り』などとおよそ数十字に述べられていたのを、あとで『滁を環りてみな山なり』（環滁皆山也）という五字だけに改めてしまってあった」（『朱子語類』巻一三九、訳文は清水訳によった[4]）などと述べていること、また、後の明代のことであるが、文士が青詞を練ることによって出世したため「青詞宰相」と呼ばれたケースのあったように、青詞は思想のエッセンスを述べやすく、文才の相違を明確にしやすいものであったことも押えておかなければならない。

（3）青詞・密詞が献げられる目的と場所

さて、それでは、次に欧陽脩の青詞・密詞を具体的に検討して行こう。まず、外面的なことから検討して行く。**表1**を御覧頂きたい。

最初に、青詞・密詞がどんな目的の祈りのために作られたかを見てみよう。するとそれらは、大きくは三つに分けられることに気がつく。その三つとは、（1）自然の運行・現象に関わること、（2）人事に関わること、（3）道教の教義に関わること、である。第一の場合には、年交・保夏・祈晴・謝雪があり、第二の場合には、皇帝の聖躬の保祐、聖寿を祝う、皇帝の誕節、皇帝・皇后の忌辰、または後嗣の催生・保安、更には民の為に福を祈る等が含まれる。第三の場合は、上元・中元・下元の三元日、三長月、本命日、天慶節・天祺節等のことが入る。もっとも、これら三つの目的は勿論、複合することもあり得る。

表1　欧陽脩の青詞・密詞一覧表

青詞No.	宮観等の場所	目的・日等	道　場
1	兗州会真宮等処	皇帝本命	霊宝道場
2	建隆観	追薦温成皇后	
3	舒州霊仙観	上元節	
4	兗州会真宮等処	皇帝本命	
5	醴泉観真君殿	年交	
6	兗州会真宮等処	上元節	
7	内中福寧殿	三長月・聖寿	
8	景霊宮奉真殿看経堂	真宗皇帝忌辰	黄籙道場
9	景霊宮広孝殿看経堂	章懿皇后忌辰	黄籙道場
10	内中福寧殿	罷散三長月	
11	広聖宮	乾元節	
12	兗州会真宮等処	皇帝本命	

13	南京鴻慶宮	皇帝本命	
14	寿星観	秦晉国夫人林氏身亡	九幽道場
15	荊南府紫府観、潭州南嶽真君観	皇帝本命	
16	広聖宮	聖寿	
17	河南府平陽洞、河陽済瀆北海水府	投送龍簡	
18	内中福寧殿	罷散三長月・聖寿	
19	南京鴻慶宮	皇帝本命	
20	西太一宮	皇帝本命	
21	建隆観翊教院	皇帝本命	
22	万寿観延祥殿	中元節・資薦真宗	
23	醴泉観感通殿	為民祈福	
24	福寧公主宅	冥祐	
25	内中福寧殿	三長月・聖寿	
26	玉津園	保祐聖躬・為民祈福	
27	南京鴻慶宮	皇帝本命	
28	瓊林苑	保祐聖躬・祈福	
29	集禧観奉神殿	謝雪	
30	景霊宮	雅飾元天大聖后聖容	
31	内中福寧殿	天祺節	

32	内中福寧殿	罷散天祺節	
33	後苑親稼殿	鎮星祈福	
34	万寿観	求嗣保安	
35	景霊宮天興殿	催生保慶	
36	護国顕応公廟	保安催生	
37	内中福寧殿	祫享預告	
38	華陰県雲台観	奉安聖祖・真宗御容	
39	西太一宮	聖寿・年交	金籙道場
40	万寿観寧華殿	温成皇后忌辰	
41	内中福寧殿	天慶節	
42	内中福寧殿	罷散天慶節	
43	万寿観	上元祈福	
44	洞霄宮	立春祈福	
45	紫宸殿	祈晴	

密詞No.	宮観等の場所	目的・日等	道　場
1	東太一宮	聖寿・年交	金籙道場
2	集禧観凝祥池崇禧殿	保夏・聖寿	金籙道場
3	東太一宮	保夏・聖寿	金籙道場

4	東太一宮	年交・聖寿	金籙道場
5	東太一宮	保夏・聖寿	金籙道場
6	集禧観凝祥池崇禧殿	聖寿・年交	金籙道場
7	東太一宮	保夏・聖寿	金籙道場
8	天斉仁聖帝廟	祈祥迎福催生	金籙道場
9	西太一宮	続催生	
10	東太一宮	保夏・聖寿	金籙道場

ところで、第二の場合の皇帝の後嗣の誕生を催す、即ち催生ということは、仁宗に後嗣がなかった為に、仁宗朝では特に深刻な問題であり、欧陽脩はこのことに関連して、胡宿の墓誌銘に次のような事を書き記している。「仁宗久しく未だ皇子あらず、群臣多く皇嗣を以て言を為すも、未だ省ず、（胡宿）公おもえらく、学士、当に青辞を作りて嗣を山川に禱るべし[5]」と。胡宿は欧陽脩にとって、やや先輩の翰林学士で、彼の作った青詞百二十五道が現存する。

このうち、例えば、「催生迎福道場青詞二」では次のように言う。

伏以河図授嗣、宮掖儲祥、就館養和、設孤佇慶、遙緘吉祝、密闡勝因、冀聡正之護持、鑑元良之系望、誕彌無恐、擁翼是祈。（『全宋文』巻四七一）

第三の場合の三元日、三長月、本命日、天慶節、天祺節等の道教の教義に関連するものについては、後に改めて言及するが、欧陽脩の青詞には、また、青詞が献上される斎醮として、霊宝道場、黄籙道場、九幽道場、金籙道場が挙げられている。これらの斎醮の目的については、真宗の天禧三年（一〇一九）に完成した四千五百六十五巻の道教の一切経『大宋天宮宝蔵』――これは王欽若・張君房によって編纂された――の精髄を取って張君房が編修した『雲笈七籤』に簡潔に説明されている。即ち、『雲笈七籤』巻三十七の「斎戒」の条では、「六種斎」の項に『道門大論』を引き、「霊宝斎に六法あり」として、金籙斎・黄籙斎・明真斎・三元斎・八節斎・自然斎の六者を挙げている。そして、その中で、「第一金籙斎、国王を救度す」「第二黄籙斎、祖宗を救世す」「第三明真斎、九幽に懺悔す」と述べ、「十二種斎」の項に『玄門大論』を引き「一者、金籙斎、上、天災を消し、帝王を保鎮す」「三者、黄籙斎、地獄の罪根を拯抜し、九幽七祖を開度す」等とあるのがそれである。道場の語は古く『魏書』に「天師道場」[6]などとして登場するが、宋代では、後述する真宗時代の天書降下事件の際、神人が真宗に語った言葉の中に「宜しく正殿において黄籙道場を建つべし、一月当に天書大中祥符三篇を降すべし、天機を泄らすなかれ」(『続資治通鑑長編』第六十八巻)とあったとされるように、大規模な斎醮を指す語として広く用いられている。

次に青詞が献上された道観等の場所について見てみよう。これは、(1)中央、(2)地方に大別されるが、第一の中央では、太祖の時代に建てられた建隆観、真宗の時代に聖祖を祀る為に建てられた景霊宮等が挙げられる。欧陽脩には、この景霊宮を詠んだ詩が数篇あるが、そのうちの「景霊朝謁従駕還宮」では、次の如く歌う。

琳館清晨藹瑞氛、玉旒朝罷奏韶鈞、緑槐夾路飛黄蓋、翠輦鳴鞘向紫宸、金闕日高猶泫露、綵旗風細不驚塵、自慚白首追時彦、行近儲胥忝侍臣。(『欧陽文忠公集』巻十二)

けれども更に注目されるのは、太宗の時代に始まる太一信仰の道観、東太一宮、西太一宮の存在である。この太一信仰については、坂出祥伸氏の「北宋における十神太一と九宮貴神」なる論文に詳しいが、太宗時代の東太一宮に対して、四十五年毎に宮殿を移す、つまり移宮する太一の為に、その信仰を確認するかのように建てられたのが、仁宗の天聖七年(一〇二九)に建てられた西太一宮である。章如愚の『山堂考索』に「宋朝尤も太一の祠を重んず」と道破する通り、太一信仰はこの後も継承され、沈括の『夢渓筆談』には「京師の東西太一宮は、正殿に五福を祠って、太一は乃ち廊廡に在り、甚だ序を失すと為す、熙寧中、初めて中太一宮を営みしとき、太史に下して神位を考定す、云々」（巻三）と指摘するように熙寧中の中太一宮の建設をみるのである。[7] このように北宋時代に太一信仰が重視された背景には、太祖から太宗への帝位継承が父子ではなく兄弟間の継承であり、その継承の事情もスムーズさを欠いていたとされること、[補2] しかしながら、北宋王朝は太宗以後は太宗を基として、その子孫が帝位を継承して行くこと、そこに、謂わば太宗＝太一として尊重して行く宗教的な仕組が必要であったことがあるのではなかろうか。

それはともあれ、先の東西の両太一宮には、欧陽脩の青詞・密詞、合わせて九道が献上されていることが目を惹くのである。

第二の地方の道観としては、兗州会真宮と南京鴻京宮が注目される。このうち、兗州会真宮は、『玉海』巻百の「祥符会真宮」の条には、真宗の大中祥符元年に「詔太山奉高宮、改為会真宮」と述べられ、『宋大詔令集』の真宗の詔には、この折、真宗が「増葺室宇、務従厳潔、無事雕飾、自京選名徳道士、住持焚修、仍給供具物」と、京師の名徳ある道士をその住侍として配した由来のあるところである。また、南京鴻慶宮は、真宗の大中祥符七年に建設されたものであるが、欧陽脩は仁宗の慶暦七年に「賀鴻慶宮成奉安三聖御容表」（『欧陽文忠公集』巻九十）という、改修された鴻慶宮に、太祖・太宗・真宗の御容が安置されたことを祝う上奏を行なっている。

第二節　青詞の内容

（1）欧陽脩と道教神

さて、それでは、次に青詞の内容に入って行こう。その際、最初に、欧陽脩がどのような道教神を認めているかに着目しよう。その道教神として、先ず取り挙げるべきなのは、玉皇である。

玉皇の名は、古くは六朝時代、陶弘景が編述した『真誥』巻十四の「稽神枢」四に「その天帝玉皇に朝するの法を教う」などと見え、唐代に入るとインテリゲンチャの関心を惹くようになった為か、元稹の詩には、「我是玉皇香案吏、謫居猶得住蓬萊」（「以州宅夸於楽天」）と詠じられている。そして、五代になると南漢の地において第三代の皇帝劉鋹の時に女巫の樊胡子が玉皇信仰を鼓吹した。(8)

宋の真宗の時代には、こうした流れを受けて玉皇に対する信仰が昂揚した。真宗は、所謂澶淵の盟なる遼との屈辱的な講和の後、宰相の王欽若等の誘いもあって急速に道教に傾斜し、大中祥符元年（一〇〇八）には、天書、即ち、神人が天から降下する瑞書が降りてくる。この天書「大中祥符」により年号も改められ、玉清昭応宮が建てられた。この年、兗州会真宮も整備されたのは既に見た通りである。次に、大中祥符五年には、王室趙氏の始祖とされる趙玄朗が降下したため「聖祖上霊高道九天司保生天尊大帝」の尊号が贈られ、趙玄朗の諱を避けて、老子の「太上玄元皇帝」の号を「太上混元皇帝」と改めた。また、黄帝を尊重して同じく聖祖とし、「昊天玉皇大帝」と尊称、大中祥符七年（一〇一四）には、「太上開天執符御歴含真体道玉皇大天帝」の尊号を贈った。(9)『続資治通鑑長編』には、次のように言う。

辛卯、内出御札、与天下臣庶、尊上玉皇大帝聖号、曰、太上開天執符御厤《ママ》含真体道玉皇大天帝。（巻八十三）

真宗は、この玉皇に対して、しきりに「表」「詞」を奉っている。そして、この「玉皇大帝」が唐代までの「元始天尊」に替わり、宋以後、道教の最高神となっていったことは周知の通りである。

さて、欧陽脩の『内制集』に収められる最初の青詞は次のような内容のものである。全文を挙げよう。

皇帝本命兗州会真宮等処開啓道場青詞九月二十日

維至和元年歳次甲午、十月辛卯朔、二十日庚戌、嗣天子臣某謹遣某人、開啓本命霊宝道場三昼夜、罷散日設醮一座、謹上啓太上開天執符御歴含真体道玉皇大天帝、宝祚無疆、蒼穹垂祐、吉日式臨於元命、醮科爰挙於旧章、薦誠愨以惟精、延聖真而并集、仰希霊貺、敷錫眇沖、四時叶序於和平、品彙均休於康泰、無任懇禱之至、謹詞。内

①

ここには、青詞を献げるべき道教神として、「太上開天執符御歴含真体道玉皇大天帝」即ち、大中祥符七年に玉皇大帝に真宗が贈った尊号が歴然と明記されている。欧陽脩の青詞に玉皇大帝の存在が記されるのは、この一道だけであるが、これは『内制集』編纂の際、意識的に残されたものであって、欧陽脩が玉皇大帝の存在を受け入れていた証左と見て良いであろう。

ところで、実は、唐代には、翰林学士が書く青詞に一定の方式があった[10]。即ち、唐の楊鉅の『翰林学士院旧規』には、道門青詞例があり、その定式化されたものは、青詞を献げる道教神として、元始天尊・太上道君・太上老君の三清を挙げている。『新唐書』芸文志には、この楊鉅の『翰林学士院旧規』一巻が記載され、その下に注して楊鉅について、「字は文碩、収の子なり、昭宗の時、翰林学士・吏部侍郎たり」と述べているから、欧陽脩は、当然、楊鉅のこの『旧規』の「道門青詞例」を承知していたと見られる。

従って、欧陽脩が先の青詞に、青詞を献げるべき道教神として「玉皇大帝」の存在を記しているのは、こうした『旧規』の「道門青詞例」への意識的な対置であり、彼がこの道教の最高神の存在を重視していたことを示すものであろう。仁宗時代は唐代文化の影響を脱して、宋代独自の文化が花開いて行く転換の時期とされるが、宋代儒学の旗手である欧陽脩が、宋以降の道教の最高神とされて行く「玉皇大帝」の存在を是認していたことの意味は小さくないと見られるのである。

勿論、これ以前に宋代のインテリゲンチャの青詞において、その献上の対象を「玉皇大帝」に取る例は存する。欧陽脩より少しく先輩の夏竦の青詞などがその顕著なものであろう。但し、夏竦の場合は、その現存する二十七通の青詞の中に、例えば、「鳳翔太平宮玉皇青詞」「鳳翔太平宮三清青詞」（『文荘集』巻二十七）とあるように、「玉皇大帝」と「三清」が青詞を献上する対象として併用されている点が欧陽脩と同じくない。つまり、欧陽脩の青詞には、「三清」を尊重した様子が見られないのである。あまつさえ、「帰田録」には、「三清」の真像について述べた「三清」を揶揄したような記事が存する。宋代に「三清」、即ち、元始天尊、太上道君、太上老君の真像が祠られていたことについては、『朱子語類』の「論道教」の条に次のような叙述があって参考となる。

道家之学、出於老子、其所謂三清、蓋倣釈氏三身、而為之爾、仏氏所謂三身、法身者、釈迦之本性也、報身者、釈迦之徳業也、肉身者、釈迦之真身、而実有之人也、今之宗其教者、遂分為三像、而駢列之、則既失其指矣、而道家之徒、欲倣其所為、遂尊老子、為三清元始天尊・太上道君・太上老君、而昊天上帝、反坐其下、悖戻僭逆、莫此為甚、且玉清元始天尊、既非老子之法身、上清太上道君、又非老子之報身、設有二像、又非与老子為一、而老子又自為太〔上〕清太上老君、(補3)蓋傚釈氏之失、而又失之者也。（巻一二五）

ここでは、朱子は、仏教の釈迦の三身が三像となっていることを道教側が模倣して、玉清元始天尊・上清太上道君、太清太上老君の三像を造っていたことを批判しているのである。こうした三清像について、欧陽脩は、先に挙げた『帰田録』では、次の如くに語っている。

内中旧有玉石三清真像、初在真遊殿、既而大内火、遂遷於玉清昭応宮、已而玉清又大火、又遷於洞真、洞真又火、又遷於上清、上清又火、皆焚蕩無孑遺、遂遷於景霊、而宮司道官、相与惶恐、上言、真像所至輒火、景霊必不免、願遷他所、遂遷於集禧宮迎祥池水心殿、而都人謂之行火真君也。（『欧陽文忠公集』巻一二六）

欧陽脩はこのように、三清の真像が安置された道観が次々と大火に遇ったこと、そのため、三清の真像が「行火真君」と呼ばれたことを記すのであるが、明らかに、ここには、欧陽脩の「三清」に対する揶揄が込められていると見てよいであろう。そして、これは、欧陽脩が青詞を献上する対象として「玉皇大帝」の存在を認めた態度と相表裏するのである。

もっとも欧陽脩がこのような態度をとったからと云って、青詞を「三清」に献上する唐代からの伝統が絶えたわけではなく、現に蘇轍の青詞のうち、「福寧殿開啓明堂預告道場青詞」には、「謹上啓元始天尊、太上道君、太上老君混元上徳皇帝、云々」(『欒城集』巻三十四)と「三清」の名を挙げているのである。しかしながら、欧陽脩の青詞には、「三清」の神名はおろか、「三清」の語も登場せず、青詞を献上する対象たる道教神として、「玉皇大帝」を挙げていることは極めて注目すべきであろう。

次に欧陽脩の青詞に登場する今一つの道教神として取り挙げるべきなのは「紫清」の存在である。それは、「舒州霊仙観開啓上元節道場青詞十一月十五日」に次のように見える。

> 伏願穹昊垂休、紫清降鑑、邦家錫慶、永叶於泰寧、民物遂生、並臻於和楽。内①

また、「西太一宮開啓皇帝本命道場青詞至和元年二月十五日」にも、次の如く説かれる。

> 伏以真遊所集、霊宇載厳、聿臨元命之辰、恭按仙科之式、冀紫清之垂鑑、感蠲潔以潜通、百福来臻、克彰於善応、万齢増固、永保於無彊。内③

このように、「紫清」の語は、欧陽脩の青詞の中に、主に「紫清降鑑」、「紫清」「垂鑑」と言うように、人間の行為を見守る道教神として登場をする。これは、また、欧陽脩の青詞に「三清」が登場しないこととも関わりがあるのであろう。

ところで、実は、この「紫清」は欧陽脩の尊重した道教経典『黄庭経』に登場する道教神である。周知のように欧陽脩には「刪正黄庭経序」なる著作があるが、また、欧陽脩は『集古録跋尾』において、「黄庭経・永和十二年」なるものを取り挙げて、次のように述べている。

> 右、黄庭経一篇は晉の永和中の刻石、世、王羲之の書と伝う、書は喜ぶべしと雖も、筆法は羲之の為す所に非ず、黄庭経は、魏晉の時の道士の養生の書なり、今、道蔵に別に三十六章なるものあり、名づけて内景と曰い、この一篇を謂いて外景と為し、また、分けて上中下三部となすは、みな非なり。蓋し内景は、乃ちこの一篇の義疏の

み。（『欧陽文忠公集』巻一四三）

ここでは、欧陽脩は『外景経』尊重の立場を明らかにしているが、この『集古録跋尾』にいう『道蔵』は、恐らく、『大宋天宮宝蔵』のことであり、そこに述べられている『内景経』と『外景経』の体裁は、『雲笈七籤』巻十一巻十二に収録する『上清黄庭内景経』三十六章と『太上黄庭外景経』上中下三部とに良く合致する。

そして、当面の「紫清」は、実は、『内景経』の「紫清章第二十九」に「紫清上皇大道君」として登場する。『外景経』と『内景経』は重なる部分も多いが、また、それぞれに独自の部分もあり[11]、先の「紫清章」は、『内景経』のみにあって『外景経』にはない部分である。しかしながら、これは、欧陽脩が青詞の制作に当って、なじみの深い『黄庭経』の、つまりは、その『内景経』の神格を用いたものと考えて良いであろう。

因みに言えば、欧陽脩は、紫姑神や城隍神などの道教神にも注目していたようで、「驀山渓」なる詞には、「帝城今夜、羅綺誰為伴、応卜紫姑神、問帰期、相思望断」（『欧陽文忠公集』巻一三三）と紫姑神のことを詠じており、また、城隍神については、『集古録跋尾』の「唐李陽冰城隍神記」のコメントに、「陽冰記す所に云う、城隍神、祀典にこれなし、呉越に有るのみ」と李陽冰の説を引用した後、「然れども、今は呉越に止まるに非らず、天下みな有り、而して県には則ち少きなり」（『欧陽文忠公集』巻一四〇）と述べている。これは、欧陽脩が城隍神などの民間の信仰に注意を払っていた証左であろう。

欧陽脩の道教神に対する姿勢について、総じて言えば、三清を除けば、玉皇大帝や紫清上皇大道君などの神格から、紫姑神や城隍神などの民間の信仰を集めた神々に至るまで、必ずしも否定的な態度をとっていない点が注目されるのである。

（2）欧陽脩と「仙」

さて、欧陽脩の青詞・密詞の中では、しばしば「仙」の語が用いられる。そこで注目されるのは、青詞・密詞が献上される特定の日や月の斎醮が道教の経典・科儀に基づいて実施されることを表現する際に「仙経」「仙科」「仙儀」を按ずるとされているところである。そして、その特定の日や月としては、三元日、三長月、本命日等が挙げられる。例えば、「兗州会真宮等処開啓上元節青詞十二月十五日」では、「三元紀節、式按於仙経」内①と言われ、「内中福寧殿開啓三長月祝聖寿道場青詞八月二十六日」では、「吉月延祥、按仙科之旧式」内④と述べ、「南京鴻慶宮開啓皇帝本命道場青詞九月二十三日」では、「適臨元命之辰、恭按仙科之式」内③と言われ、「建隆観翊教院開啓皇帝本命道場青詞閏三月四日」では、「日躔有次、式臨元本之辰、恭按仙儀、俾陳浄醮」内③と叙べるのなどがそれである。

このうち、本命日とは、生まれた年の干支に当たる日のことで、生命主義をとる道教らしい斎日と言えるが、『雲笈七籤』巻三十七の「説雑斎法」の条では、六朝の古経典である『明真科』を引き、「本命日受法、人身神吏兵、上天計人功過」などと説く。

また、三長月については、例えば、六朝以来の道教の代表的経典の一つである『霊宝度人経』では、「道言、正月長斎、誦詠是経、為上世亡魂、断地逮役、度上南宮、七月長斎、誦詠是経、身得神仙、諸天書名、黄籙白簡、削死上生、十月長斎、誦詠是経、為帝王国主、君臣父子、安鎮国祚、保天長存、世世不絶、長為人君、安鎮其方、人称太平」（『四註本霊宝度人経』巻二）と、正月、七月、十月の長斎の功徳が説かれる。

更に、三元日とは、正月十五日、七月十五日、十月十五日のことで、やはり、六朝の古経典である『太上洞玄霊宝中元玉京玄都大献経』の敦煌本では「正月十五日、七月十五日、十月十五日、三元之晨、地官校勾、捜選衆民、分別善悪、云々」（S三〇六一）と説くように、これらの日に人間の罪福が校定されるという思想に基づくものである。

ところで、欧陽脩は、これらの本命日、三長月、三元日の斎醮の際に青詞・密詞を作っているのであるが、他方では、三元日の放灯の行事が大々的に行なわれるのには批判的である。例えば、嘉祐四年の「乞罷上元放灯劄子」（『欧陽文忠公集』巻一一一）では、「臣伏以三元放灯、不出典礼、蓋因前世習俗所伝」と説き、三元日の放灯の行事が儒家の典礼に出ていないこと等を理由に中止を申し出ているのである。恐らく、欧陽脩にとっては、三元放灯の隆盛は道教の勢力の増大を示すものとして映ったのであろう。そこには、青詞・密詞を職掌として作らねばならなかった翰林学士としての欧陽脩と、儒家としての欧陽脩との間の相剋も見られる。

因みに言えば、欧陽脩が、やはり、青詞を献じた節日に、天祺節と天慶節があったが、これは、先述した、真宗の時の天書降下事件と関連のあるもので、天書の降下した正月三日を天慶節、六月六日を天貺節、四月一日を天祺節とする考え方に基づくものであり、これも真宗時代の道教思想を踏まえた行事が仁宗時代に継承されていたことを示すものである。(12)

さて、話は少しく岐路に入ったが、欧陽脩は、「刪正黄庭経序」（『欧陽文忠公集』巻六十五）では、「無僊子」なる号のもとに自説を展開して次のように云う。「古《いにしえ》より道ありて僊なし、しかるに後世の人、道あるを知るもその道を得ず、僊なきを知らずして妄りに僊を学ぶ、これ我の哀しむ所なり」と。ここでは、欧陽脩は、明確に「僊」＝「仙」の存在を否定している。その姿勢は、例えば、『集古録跋尾』の「謝仙火」（『欧陽文忠公集』巻一四三）の条で、後に「八仙」の一人とされる何仙（僊）姑に関して、その死に臨んで神異がなく、また、その晩年は、一人の衰えた老女に過ぎなかったと記していることなどにも貫かれている。

欧陽脩は幾人かの実在の道士に寄せた詩を作っており、無為軍の道士李景仙や、弾琴の道士と言われる潘道士等の存在が知られる。そうした実在の道士の中には、許道人なる人物がおり、「贈許道人」の詩の中で、「飄飄許子旌陽後、道骨仙風本仙冑、……至人無心不筭心、無心自得無窮寿」（『欧陽文忠公集』巻九）と詠じられ、また「又寄許道人」では、「緑髪方瞳痩骨軽、飄然乗鶴去吹笙」（『欧陽文忠公集』巻十四）とその長生・登仙に含みある表現を欧陽脩はしているが、また「感事」其二では、「空山一道士、辛苦学延齢、一旦随物化、反言仙已成、開壙見空棺、謂已超青冥、尸解如蛇蟬、換骨蛻其形、既云須変化、何不任死生」(『欧陽文忠公集』巻九)と、実在の道士が登仙することには否定的である。因みに許旌陽は、後の浄明道で尊重される存在であることは言うまでもない。

但、近体楽府の中に分類される欧陽脩の「聖節五方老人祝寿文」は、その文章の性格からか、「遇安期而遺棗、笑方朔之偸桃」「奉王母之蟠挑、嘗延漢帝、指老聃之仙李、永佑唐基」(『欧陽文忠公集』巻一三一)というような神仙に関する描写に満ちており、また、長短句にも、例えば、「採桑子」二には「蘭橈画舸悠悠去、疑是神仙、返照波間、水闊風高颺管絃」(『欧陽文忠公集』巻一三一)と見え、「採桑子」八にも「風清月白偏宜夜、一片瓊田、誰羡驂鸞、人在舟中便是仙」(同前)とあり、更に「玉楼春」十一には、「聞琴解珮神仙侶、挽断羅衣留不住」(『欧陽文忠公集』巻一三二)等と、寓意的にも「仙」の語が多出するのは、欧陽脩が宋詞に占める位置から考えても改めて注目して良いのではないか。それは仏教に対してよりも、道教に対する欧陽脩の親近感を示すものとも云えるだろうからである。

(3)　欧陽脩と道・老子・『陰符経』

さて、欧陽脩は、先の「刪正黄庭経序」で、「道」と「仙」について述べた後、「道者、自然之道也」と説破する。この「自然の道」なる語は『陰符経』に出てくる言葉である。則ち、『雲笈七籤』巻十五には、唐の張果の注なる『黄帝陰符経』が収録されるが、そこでは、「自然之道静、故天地万物生」と「是故聖人知自然之道不可違、因而制之」の二度に亙って「自然の道」という言葉が用いられているのである。因みに言えば、『新唐書』の藝文志には、張果の『陰符経太無伝』一巻等が収載され、「開元二十二年上」と注されている。また『集古録跋尾』では「唐の鄭澣の陰符経序」(『欧陽文忠公集』巻一四二)、「郭忠恕書の陰符経」(『欧陽文忠公集』巻一四三)を収録する。この『陰符経』と先に見た『黄庭経』は、張君房の『雲笈七籤』の「三洞経教部」では比較的大きなスペースを割いて収録されており、そのほぼ同時代的な関心の持ち方も気になるところである。

ところで、「道」を「自然の道」と説破した欧陽脩は、青詞・密詞では、「道」について、しばしば、「清虚」「冲虚」、且つ、「無形」、「無言」で、「無方に善く応ずる」ものとする。それを例示すると次の如くである。

(1) 崇妙道於清虚、実惟先志。

(2) 冀善応之無方、期永資於沖蔭。（上二条、「景霊宮奉真殿看経堂開啓真宗皇帝忌辰黄籙道場青詞正月十一日」内②）

(3) 依妙道之沖虚、薦清衷之蠲潔。（「内中福寧殿罷散三長月道場青詞正月十七日」内②）

(4) 妙道無形、宅真霊於杳默。（「福寧公主宅開啓道場青詞七月十五日」内④）

(5) 道妙無言、集百祥而善応。（「東太一宮開啓保夏祝聖寿金籙道場密詞四月二十七日」内③）

(6) 道非常名、無方而善応。（「荊南府紫府観并潭州南嶽真君観開啓皇帝本命道場青詞八月二十六日」内②）

そして、欧陽脩は、つまるところ、道とは「虚にして善く応ずる」ものであると考えたと見られるのである。「虚」は『老子』には、「虚を致すこと極まる」（第十六章）、「善応」は、「天の道は争わずして善く勝ち、言わず（不言）して善く応ず」（第七十三章）とあって、いずれも『老子』に基づく言葉であることが知られる。ここで、欧陽脩の老子観を良く示す古詩として「昇天檜」を取り挙げてみよう。昇天檜は亳州の太清宮にある老聃昇天の遺跡とされる[13]。

青牛西出関、老聃始著五千言、白鹿去昇天、爾来忽已三千年、当時遺迹至今在、隠起蒼檜猶依然、惟能乗変化、所以為神仙、駆鸞駕鶴須臾間、飄忽不見如雲煙、奈何此鹿起平地、更仮草木相攀縁、乃知神仙事茫昧、真偽莫究徒相（本作自、今依校記改）伝、雪霜不改終古色、風雨有声当夏寒、境清物老自可愛、何必詭怪窮根源。（『欧陽文忠公集』巻九）

この詩では、老子が『老子』五千言を著した後、白鹿に乗ってこの蒼檜のところから昇天して神仙となったという伝説を取り挙げつつ、その伝説に疑問を投げかけている。つまり、欧陽脩は神仙となり太上老君として尊崇される老子よりも、人間として五千言を著わした老子に重きを置いていると言えそうである。この点において欧陽脩は唐代人の老子観を良く脱却しているのではないか。

しかし、青詞・密詞において、「道」を『老子』の語に基づいて、「虚にして善く応ずる」ものとしている以上、欧陽脩が『老子』を重視していたことは間違いがない。それは、『筆説』において、「老氏説」の条に次のように説くことからも明らかである。

前後之相随、長短之相形、推而広之、万物之理皆然也、不必更言其餘、然老子為書、比其餘諸子已為簡要也、其於叢見人情、尤為精爾、非荘周・慎到之倫可擬、其言雖若虚無、而於治人之術至矣。（『欧陽文忠公集』巻一二九）

ここでは、『老子』は、簡要で、人情を精しく洞察し、治人の術を極めたものとしており、欧陽脩の評価の高さが知られるのである。

そして、『崇文総目叙釈』の「道家類」においては、

道家者流、本清虚去健羨、泊然自守、故曰我無為而民自化、我好静而民自正、雖聖人南面之術、不可易也。（『欧陽文忠公集』巻一二四）

と言うが、これも、青詞・密詞や『筆説』において、「清虚」を尊び、『老子』が「治人の術」として優れているとする点と符節を合している。

先の『筆説』の「道無常名説」では、また「道無常名、所以尊於万物、君有常道、所以尊於四海、然則無常以応物為功、有常以執道為本」（『欧陽文忠公集』巻一二九）と言い、更に『試筆』の「晦明説」においても「善畜者不竭、善応者無窮」（『欧陽文忠公集』巻一三〇）と述べて共に「善く物に応ずる」ことを「道」のはたらきと捉えていて、青詞・密詞における「道」の捉え方と間然するところがない。言い換えれば、「虚にして善く応ずる」ことに注目するのが欧陽脩の『老子』解釈の特徴であると言うことが出来るのである。

ところで、欧陽脩には、また、「張応之字序」なる著作があり、そこには、「虚」に関する議論が次のような形で展

開されている。

凡物以至虚而為用者有三、其体殊焉、有虚其形而能受者、器之円方是也、然受則有量、故多盈溢敗覆之過、有虚其中而能鳴乎外者、鍾鼓是也、然鳴必仮物、故須簨簴考擊之設、有虚其体而能応物者、空谷是也、然応必有待、故常自然以至静接物而無窮。（『欧陽文忠公集』巻六十四）

ここでは、「虚にして物に応ずる」というが、「応」というからには、必ず何かが先にあって、それを待って反応することになる。だから、いつも自然で至静を以て物に接すれば窮まることはないとしている。これは、青詞・密詞等に説く「道」は「虚にして善く応ずる」ものであるとする思想を一歩深く説明したものであると云えよう。そして、その「自然」「静」も『老子』に見える言葉[14]であるが、この節の冒頭に挙げた『黄帝陰符経』の「自然之道静、故天地万物生」という表現との近似が改めて想い起こされるのである。

結　語

欧陽脩と道教思想との関係は、従来、主として、「刪正黄庭経序」等の記述により、『黄庭経』を「養生」の書と見る考え方などを中心に論じられて来た[15]。

小論は、これとは少しく角度を換えて、「内制集」に収められた青詞・密詞を中心にして、欧陽脩が、真宗時代に宋室の聖祖とされた玉皇大帝の存在を受け入れ、これとは逆に元始天尊・太上道君・太上老君の「三清」を揶揄していたこと、玉皇大帝や紫清上皇大道君等の道教神は認めるが、人間が仙人になると云うことに関しては懐疑的であり、従って、神仙として神格化された老子に懐疑的であったが、先秦の他子に比して簡要で、人情を詳察し、治人の術を極めた思想の書としての『老子』を高く評価しており、「道」を「虚にして善く応ずる」ものと見る考え方は、『陰符経』にも依ったと見られる「自然」「静」を尊ぶ思想とともに『老子』に基づいていたことを軸にして論じた。

翻ってみるならば、唐代の道教は、道教と老子と『道徳経』の三位一体的関係[16]を中核としており、最高神たる元始天尊も老子、即ち「道」の変化したものと理解されており、更には、老子は唐室の先祖とされていた。ところが、真宗時代の、新たな道教神、玉皇大帝を宋室の聖祖と仰ぐ動きは、この道教と老子と『道徳経』の三位一体的関係を突き崩してしまった。その結果として、老子と『道徳経』は、そのカリスマ性を薄め、道教自体も、唐代ほどの強固な体制を維持できなくなって行った。

玉皇大帝を最高神として受け入れ、神仙として神格化された老子に懐疑的であり、『老子』を専ら「治人」の書と見る欧陽脩の考え方は、暗々裡に、道教の先の三位一体的関係のほころびを衝いていたのではなかったか。

とはいえ、唐代以来、宋の真宗朝までの分厚い道教文化の蓄積は、或いは翰林学士としての現実生活の際に、或いは「道」を巡る思想上の営為に際して、欧陽脩に深い影響を与えていたのであり、こうした欧陽脩と道教思想との関係を考える時、先行する、そして欧陽脩がしばしば言及する李徳裕や徐鉉等の儒道双修の思想家との脈絡と五代十国の時代の南唐とそれを承けた宋の江西の道教的風土とに思いを致さずには居れないが、それはまた後日の課題として今は擱筆する。

注

（1）長虹氏「青詞瑣談」（『中国道教』一九九〇年第二期所収）には、青詞について要領良く説明されている。但し、長虹氏は北宋の青詞の例としては、王安石のものを扱っている。
（2）以下の青詞・密詞は『欧陽文忠公集』巻八十二―八十九の「内制集」、及び『全宋文』巻七六一―七六三に収録される。後の記述では「内制集」所収のものは「内①」等と略記。

（3）「内制集序」は、四部叢刊本『欧陽文忠公集』では、巻八十二の「内制集」の前と、巻四十三に重出する。
（4）清水茂氏『唐宋八家文』（朝日新聞社、一九五六―六四）の欧陽修《ママ》の項参照。
（5）『欧陽文忠公集』巻三十四「贈太子太傅胡公墓誌銘」参照。
（6）『魏書』巻一一四「釈老志」参照。
（7）『関西大学中国文学会紀要』第七号所収、後に『中国古代の占法』（研文出版、一九九一）収録の前記坂出論文参照。
（8）玉皇信仰の来歴については、宮川尚志氏「道教史上より見たる五代」（『東方宗教』四十八号、一九七三、所収、後『中国宗教史研究』第一、同朋舎、一九八三に収録）、及び山内弘一氏「北宋の国家と玉皇」（『東方学』六十二号、一九八一、所収）などを参照されたい。
（9）真宗時代の道教信仰については、吉岡義豊氏『永生への願い』（淡交社、一九七〇）、孫克寛『宋元道教之発展』（私立東海大学、一九六五）等参照。
（10）大淵忍爾氏編『中国人の宗教儀礼』（風響社、二〇〇五）第二編「道教儀礼」（大淵忍爾氏著）参照。
（11）麥谷邦夫氏「『黄庭内景経』試論」（『東洋文化』第六十二号、一九八二、所収）参照。
（12）山内氏前掲論文参照。
（13）宋、謝守灝『太上老君年譜要略』には、「今、昇天檜、太清宮猶存」と云う。
（14）「自然」は例えば、『老子』第二十五章に「人法地、地法天、天法道、道法自然」と見える。「静」は『老子』に頻出。
（15）例えば、蔡世明『欧陽修的生平与学術』参照。
（16）拙著『隋唐道教思想史研究』（平河出版社、一九九〇）参照。

補注

（1）任継愈氏編『中国道教史』（中国社会科学出版社、二〇〇一）第十二章参照。
（2）宮崎市定「宋の太祖被弑説について」（『東洋史研究』第九巻四号（一九四五）、後、『宮崎市定全集』巻十（一九九二）に収録）。

（3）　上清太上老君は、太清太上老君の誤りである。福井康順氏『道教の基礎的研究』（書籍文物流通会、一九五八）参照。

第二章　曾鞏と麻姑信仰——麻姑に顔色を妬まるるに似たり——

序　言

晩唐の杜牧が「杜詩韓集　愁い来って読む、麻姑を倩《やと》いて癢き処を掻くに似たり」（「読韓杜集」）と詠み、また、宋の蘇轍が「道成りて若し王方平を見れば、背癢きも麻姑の爪を念うなかれ」（「贈呉子野道人」）と語る。女仙麻姑の長い爪で背中の痒いところを掻く快さへの想像が、この女仙の存在を何かユーモラスなものにしていることは争えないところであろう。

蘇轍と同じく唐宋八大家の一人に数え挙げられる曾鞏は醇儒として知られるが、この麻姑と麻姑山に関する二三の詩文を残している。

そこで小論では、唐宋における麻姑信仰の展開を背景にして曾鞏のこれらの詩文を検討し、それによって曾鞏と麻姑信仰との関わり、及び宋代の道教の一側面を解明することとしたい。

第一節　曾鞏の詩文と道教

曾鞏（一〇一九—八三）字は子固、建昌軍南豊県（今の江西省南豊県）の人。出身地により南豊先生と呼ばれる。真宗の天禧三年（一〇一九）に生まれ、神宗の元豊六年（一〇八三）に卒した。謚は文定公である。

曾鞏は仁宗の嘉祐二年（一〇五七）に三十九歳で進士に及第した。時の科挙の試験委員長は新文明のリーダー欧陽脩であり、若き英才の蘇軾と蘇轍は同年の進士であった。晩成型の曾鞏は官途においてもその歩みは遅く、晩年、元豊年間に入って漸く歴史編纂官である史館修撰となり、ついで詔勅の草稿を作成する中書舎人に至ったのであった(1)。ただ、蘇軾・蘇轍兄弟には及ばないが、曾鞏兄弟も中々に秀れていて、韓維の書いた曾鞏の神道碑には、「(曾鞏の)四弟、牟・宰・布・肇、継ぎて進士の第に登り、布・肇、文学論議を以て当世に声あり(2)」と叙べられていることは知っておいて良いであろう。

さて、文化大革命の最中、一九七〇年に江西省南豊県の崇覚寺の側から曾鞏の墓誌銘が発掘され、その撰者が林希であることが判明したのは椿事(3)であるが、そこでは、弟の曾肇が書いた曾鞏の行状と同様に、曾鞏の著作として、『元豊類藁』五十巻、『続元豊類藁』四十巻、『外集』十巻、『金石録』五百巻が記録されている。

このうち、完本として現存するのは『元豊類藁』五十巻のみであるが、今は清の康熙五十六年の長洲顧崧齢本『南豊先生元豊類藁』を底本にして中国古典文学基本叢書の一環として刊行された『曾鞏集』上下（一九八四年、中華書局刊）、及び『全宋文』『全宋詩』により『元豊類藁』を中心とする曾鞏の詩文について考察を進めて行くことにしよう(補注1)。

一九八四年に書かれた王水照氏の「曾鞏及其散文的評価問題(4)」では、その序に当たる部分の冒頭に「曾鞏は名を両宋時代に擅にし、明清時代に恩恵を与えながら、昨今では埋もれた作家である」と述べ、その後、「解放以来の古典文学研究の中にあって、曾鞏は相当になおざりにされている」と指摘している。この状況は日本でもおおむね同様であって、「唐宋八大家」としての作品の解説は多く出されてはいるが、個別に研究されることの稀な作家と云えるであろう。筆者は網祐次氏の「曾鞏の文章(5)」なる論文を偶目したのみである(補注2)。

両宋時代に名を擅にしたと云われる通り、この時代における曾鞏の文名は極めて高く、同年の進士である蘇軾が

「酔翁（欧陽脩）門下の士、雑遝して賢と為し難し、曾子独り超軼し、孤芳　群妍を陋とす」（「送曾子固倅越得燕字」）と述べ、友人でもあり、姻戚関係もあった王安石は「曾子の文章　衆有ることなし、水の江漢　星の斗」（「贈曾子固」）と評価するのがその顕著なものであろう。南宋に入っても大儒朱子が曾鞏の文章を愛し、「余《われ》年二十ばかりの時、便ち喜びて南豊先生の文を読み、しこうして窃かに慕いてこれに效わんとするも、竟に才力浅短を以て、その願う所を遂ぐるあたわず」（「跋曾南豊帖」）と云い、また「予《われ》曾氏の書を読み、未だ嘗て巻を掩い書を廃して嘆ぜざるなし、何ぞ世の公を知ることの浅きや」（「南豊先生年譜序」）と語っているのなどは正に激賞と言うべきである。[6]

この曾鞏の文章の味わいについては、網氏は、温柔と雄偉の二側面があり、雄偉なる作品は、例えば「道山亭記」等の如く少壮の頃の作品が多く、年齢を経るに従って温厚なる作品が多くなって行く、それ故に「陰柔温厚」が曾鞏の文章の本色だと指摘する。[7] 因みに欧陽脩・曾鞏の文章を評して「宋朝欧陽・曾公の文、その才のみな柔の美に偏する者なり」というのは、文章の陰陽・剛柔を説いた清の姚鼐である。[8]

清水茂氏は、「唐宋八家文」の曾鞏についての解説の中で、曾鞏の文章の表現技法に関して、宋の呂本中の「童蒙訓」の「曾子固の文章は、紆余委曲、事の情を説き尽くし、加之《しかのみならず》字字法度有って、遺恨無し」の説を引き、更に、明の茅坤の「曾の序記を最と為して、誌銘は稍《や》や及ばず」（「曾文定公文鈔引」）との説を引いて、ことがらの委曲を尽くそうとする作家にふさわしいのは、序跋や雑記のジャンルであると指摘する。[9]

確かに、曾鞏の序記の類は読んで面白い。そして、その中には、幾つか道教に関連、或いは言及するものも含まれている。そこで以下では序記を始めとする曾鞏の詩文と道教との関わりについて考察を進めていこう。

まず、曾鞏の道教・仏教批判の基本的なスタンスを示すものとしては、「上欧陽舎人書」の次の言及がある。

天下為一、殆八九十年矣、靡靡然食民之食者、兵仏老也。（『曾鞏集』巻十五）

そのうち、道教は特に真宗の時代に盛んであった。「類要序」には云う、

当真宗之世、天下無事、方輯福応、推功徳、修封禅、及后土山川、老子諸祠、以報礼上下、左右前後之臣、非工儒学、妙於語言、能討論古今、潤色太平之業者、不能称其位。（『曾鞏集』巻十三）

祖父曾致堯の為に書いた「先大夫集後序」にも同じような言及がある。

（大中）祥符初、四方争言符応、天子因之、遂用事泰山、祠汾陰、而道家之説亦滋甚、自京師至四方、皆大治宮観、公（曾致堯）益諍、以謂天命不可専任、宜絀姦臣修人事、反復至数百千言。（『曾鞏集』巻十二）

このように曾鞏は真宗の熱狂的な道教信仰に一面で批判的なのであるが、序記の中には、必ずしも道教に対して批判的ではないものも存する。先に名を挙げた「道山亭記」もその一つで、これは程師孟の為に書いたものであるが次のような叙述があるからである。

程公以謂、在江海之上、為登覧之観、可比於道家所謂蓬萊、方丈、瀛州之山、故名之曰道山之亭。（『曾鞏集』巻十九）

道教的詩人と言われる李白に対する積極的な評価もまた目を惹く。「謁李白墓」の詩には云う、

世間遺草三千首、林下荒墳二百年、信矣輝光争日月、依然精爽動山川、曾無近属持門戸、空有郷人払几筵、顧我自慚才力薄、欲将何物弔前賢。（『曾鞏集』巻六）

李白については、「李白詩集後序」においても次の如く述べる。

（李）白之詩連類引義、雖中於法度者寡、然其辞閎肆雋偉、殆騒人所不及、近世所未有也、旧史称白有逸才、志気宏放、飄然有超世之心、余以為実録。（『曾鞏集』巻十二）

曾鞏の李白に対するこの積極的な評価は、師の欧陽脩の李白が杜甫よりも優るという見解を意識するものであろうか。(10)

実在の道士に言及するものもないではない。例えば、「訪石仙巖杜法師」の詩に、

杜君袖銜丹砂書、一顧訶斥百怪除、声如翻河落天衢、四方争迎走高車、方瞳秀貌白鬚垂、買船東南尋旧居、石巌天開立精廬、四山波瀾勢争趨、君琴一張酒一壺、笑談衮衮楽有餘、我今帰来尚踟躕、羨君決発真丈夫。（『曾鞏集』巻五）

と語り、「題祝道士房」においても次のように詠う。

悠悠行処是風波、万事万驚久琢磨、心逐世情知齟齬、身求閑伴恐蹉跎、功名自古時応少、山水輸君楽最多、争得有田収迹去、比中文酒数経過。（『曾鞏集』輯佚）

こうした道士に関する詩の中には、音楽や酒を楽しむ文人趣味への傾斜も仄かに窺われる。さて、祭文ともなるとその文章の性質上、道観・仏寺・諸の祠廟にあてたものが多くなるのであるが、その中で注目されるのは、云うまでもなく、既に秋月觀暎氏が指摘された後の浄明道に連なる許真君、即ち許遜にあてた祭文である。(11) 即ち、「祭西山玉隆観許真君文」には次のように云う。

陰功及物、霊徳在天、緬惟真馭之升、実以中秋之序、人思余烈、歳即遺祠、故茲守土之微、敢体愛民之素、俾往陳於薄具、尚永庇於群生。（『曾鞏集巻四十』）

この許真君、又は許旌陽に対する関心は北宋の士大夫の間に広がりを持っていたようで欧陽脩の詩にも言及のあることは既に指摘したが、(補註3) 曾鞏と同年の進士である蘇軾にも、茅山派の許氏一族と関連させて「旌陽遠遊ともに一許、長史玉斧みな門戸」（「石芝」）と詠ずるところがある。遠遊、長史、玉斧は、それぞれ茅山派に連なる許邁、許穆、許翽である。

ところで、曾鞏の先の祭文に関連するものとして、王安石に「重建旌陽祠記」が存する。そしてそこでは、曾鞏が王安石に文章の制作を依頼した経緯について次のように記している。

今師帥南豊曾君鞏、慨然新之、鞏儒生也、殆非好尚老氏之教者、亦曰、能禦大災、能捍大患則祀之、礼経然也、

国家既隆其礼、于公則視其陋、而加之以麗、所以敬王命而昭令徳也、書来使余記之。(12)

この曾鞏が旌陽祠を再建した態度は、後述するように麻姑山の仙都観の拡張に際して「仙都観三門記」を著わした態度と連なっている。

第二節　『輿地紀勝』と麻姑と「麻姑仙壇記」

さて、清の黄家駒の『重刊麻姑山志』に依れば、先述した宋の第三代の皇帝真宗は、その熱烈な道教信仰の勢いを麻姑信仰にも及ぼし、それまでの「麻姑仙廟」を仙都観とした。

真宗咸平二年、淮江南転運使奉勅牒、賜麻姑仙廟、為仙都観、以御書旌耀。（巻三）

ついで仁宗時代には、篆・飛白二体の御書の賜与があり、更に神宗の時代には、この麻姑に最初の封号が加えられることになった。

［宋］神宗元豊六年、封仙姑（麻姑のこと）為清真夫人。（巻三）

こうした賜号は後に見る通り両宋を通じて繰り返されたが、それは宋代の麻姑信仰の昂揚を示すものであろう。事実、南宋の王象之の『輿地紀勝』は、麻姑山のあった建昌軍に関する記述を全き形で遺すが、そこには麻姑と麻姑山に関する記事が数多く採録されているのである。そして、その「古迹」の麻姑廟に関する部分では次のように叙べている。

本蔡経宅、唐開元時、道士鄧紫陽遺奏云、乞立廟於檀側、元（玄）宗従之、南唐昇元二年、臨川王嘉命道士楊体仁焚修、体仁絵図以献、始造廟宇、顔真卿撰仙壇碑、事甚詳、国朝咸平二年、賜仙都観為額、曾鞏作三門記。（巻三十五）

この『輿地紀勝』の記述は、先の『重刊麻姑山志』の記述を裏付けるもので、真宗の咸平二年（九九九）の仙都観賜額のことが、宋代の麻姑信仰昂揚の原点であったことを示していると見られる。そしてそこにも触れられる通り、曾鞏は仙都観の為に「三門記」を著わしているのであるが、一面で真宗の熱烈な道教信仰に批判的な態度を示しながら、実は麻姑と麻姑信仰とに触れる時、曾鞏は真宗の仙都観賜額という、いわば国家による麻姑信仰の公認を暗々裡に踏まえているのではないだろうか。勿論、麻姑が郷里建昌軍の祭神であるという点も見逃せないところである。

さて、『輿地紀勝』も触れる、大暦六年（七七一）に書かれた顔真卿の「撫州南城県麻姑山仙壇記」（『顔魯公文集』巻十三）は、唐代の麻姑信仰の様子を伝えて余すところがない。そして、その前半には、晉の葛洪の『神仙伝』に基づく麻姑についての紹介がなされている。[13] 現行の『神仙伝』が葛洪の当時のままではないと疑われていることは周知の通りであるが、[14] この顔真卿の『麻姑仙壇記』に引用する『神仙伝』はテキストとして最も信頼できるものとされている。[15]

顔真卿の『神仙伝』による麻姑の紹介も、やはり、又、前半と後半に分けることができる。その前半は、麻姑が登場するまでの話で、その冒頭は次の通りである。

王遠、字は方平は、東のかた括蒼山にいこうとして、呉の蔡経の家に立ち寄り、尸解仙になる方法を教えた。蔡経は仙界に去ってから十年余りして不意に還って来て、家人に「七月七日に王君がいらっしゃるよ」と語った。その日になると王方平がやって来て、蔡経の父兄を引見した。そして人を遣わして麻姑に連絡したが、麻姑とはどんな神なのかだれも知らなかった。

後半には、いよいよ麻姑が登場する。重要な部分をかいつまんで紹介する。

二時間して麻姑がやって来た。それは美しい娘で年は十八、九ばかり。頭に髻を結い、余った髪は垂れて腰まであった。その衣裳には模様があるが錦や綺《あやぎぬ》でもなく、光り輝きはこの世のものではなかった。

坐が定まるとそれぞれ「行厨」を進めた。金の盤《さら》に玉の杯《さかづき》、限りもない御馳走である。多くはいろいろな花で、その香りは内外にあふれ、麒麟の脯《ほしにく》を擗《さ》いてそれを配った。麻姑は云う「お仕えして以来、東海が三度も桑田《くわばたけ》になるのを見ました。さきほど聞いたところでは、蓬萊は水が前より浅くなり、昔のほぼ半分になったとのことです。また陸地になってしまうのでしょうか」。王方平は笑って答える。「聖人はみな、海中にもゆくゆくはまた砂塵が揚がると言っておられる」。

麻姑は蔡経の母や婦《つま》にもあいたいとおもった。蔡経の弟の婦《つま》は新たにお産をして数十日たったばかり。麻姑は遠くから見てそれと知って言った。「ああ、しばらく止まって前《すす》まないで」すぐに少しの米を求めそれをまいた。米は地面におちるとたちまち丹砂になった。

麻姑の手は鳥の爪のようだ。蔡経は心の中で言った。「背中がかゆい時、あの爪で背中を爬いたらさぞかし気持がよいだろうな」王方平はすぐさま蔡経が心の中で言ったことを知り、人をやって蔡経を牽き鞭うたせて言った。「麻姑は神人だ。おまえはどうしておろそかにもその爪で背中を爬くことができたらと思うのだ」。

以上、やや煩雑に亙ったが、麻姑信仰の原点となる葛洪の『神仙伝』の麻姑に関する記述を見て来た。文中、「行厨」とした、その「厨」とは、五斗米道に由来する道教徒の共食——共同の食事——の儀礼であり、より原初的には神人の共食の儀礼であった(16)。

アンリ・マスペロ氏は、その著『道教』の中で次のように言っている。

四世紀はじめの著作である『神仙伝』のなかに、厨の祭りに関する幻想的な要素のまじった記述がある。幻想的なのは、「有名な仙人」になるはずの二人の人物、すなわち麻姑と王遠のことが書いてあるからである。しかし、この理想化された物語のなかに、道教の律文によって規定されたあらゆる特色を拾いだすことができる(17)。

この「廚」の祭りは、三会日、即ち、一月七日・七月七日・十月五日に行うのが代表的なものであって、小南一郎氏は、先のマスペロ氏の見解に次のように付け加える。

その（麻姑と王遠の）物語りは七月七日の廚の場を舞台としたもので、その儀礼のもつ雰囲気――それは参会者たちの共通の幻想を基礎としたものである――をよく伝えている。[18]

このように麻姑の伝記は、その背後に道教的儀礼の伝統を秘めていたのであった。因みに「行廚」の語は、マスペロ氏は「廚を行なう」と解し、小南氏は「天から下される弁当」と解する。[19]

さて、先の『神仙伝』では（1）麻姑は美貌の女性である。（2）麻姑は王遠等と廚――共食の儀式を行った。（3）麻姑は所謂「滄桑の変」――人の世の有為転変の激しさ――を説いた。（4）麻姑は女性の産後の穢を祓うために米をまき丹砂に換える稚気を見せた。（5）麻姑の手は鳥の爪のようだった――所謂「孫の手」は「麻姑の手」だとされる。の五点が説かれており、麻姑の基本的なイメージを構成する。

曾鞏がその詩集の後序を書いた盛唐の詩人李白は、また前述の如く道教的詩人とされるが、しばしば、麻姑をその詩に登場させている。それらのうちの幾つかを紹介しよう。

まず、「短歌行」には、「麻姑　両鬢を垂れ、一半　已に霜と成る」と、あの若く美しかった麻姑の黒髪にも歳月の流れによる変化の訪れることを述べ、「贈嵩山焦錬師」では「二室　青天を淩ぎ、三花　紫烟を含む、中に蓬海の客あり、宛も麻姑の仙たるかと疑う、道在りて喧染《そ》まること莫く、跡高くして想いは已に綿たり、時に餐す金鵝の蕊、しばしば読む青苔の篇」と歌って、蓬萊山の客となった焦錬師が麻姑かとまがうほどで、行い澄まして金鵝、即ち桂の蕊を食べ、青苔の篇、つまり道教の書を読む姿を描き出している。継いで李白は「古有所思」において、「我思う仙人は乃ち碧海の東隅に在り、海寒くして天風多く、白波山を連ねて　蓬壺を倒す、長鯨噴湧、渉るべからず、心を撫でて茫茫、涙は珠の如し、西来の青鳥　東に飛び去る、願くば一書を寄せて麻姑に謝せん」と蓬萊の仙女たる麻姑への憧れを口にしつつ、また「西岳雲臺歌送丹丘子」では「明星玉女　灑掃に備わり、麻姑背を掻いて指爪軽し」と麻姑の長い爪について語る。最後に李白は、「贈王漢陽」において「吾曾て海水を弄び、清浅三変を嗟す、果して麻姑の言に愜《かな》う、時光　流電よりも速やかなり」と所謂「滄桑の変」について触れるのであるが、『神仙伝』の麻姑伝におけるこの「滄桑の変」の記述こそ、李白が自己の無常観を表現する際に好んで用いるものであった。例えば「古風其九」に「荘周は胡蝶を夢み、胡蝶は荘周と為る、一体更《たが》いに変易し、万事良に悠悠たり、乃ち知る蓬莱の水も、復た清浅の流れとなるを、青門に瓜を種うる人は、旧日の東陵侯、富貴故《もと》よりかくのごとし、営々として何の求むる所ぞ」と説くように。

李白は、『神仙伝』の麻姑伝の記述をその詩篇の糧としたのであるが、一方、李白よりやや後輩の顔真卿の「麻姑仙壇記」はその後半において、当時の麻姑信仰と麻姑山の様子を書き記している。そのうち、後の宋代の曾鞏や李覯の詩文の理解の為に重要な部分を箇条書風にして示す。（道士鄧紫陽の事迹は割愛する）

（1）大暦三年、（顔）真卿、撫州に刺たり、按ずるに図経に南城県に麻姑山あり、頂に古壇あり、相伝えて云う、麻姑ここにおいて得道すと。（麻姑壇）

（2）壇の東南に池あり、中に紅蓮あり、近ごろ忽ち碧に変じ、今また白なり。（碧蓮池）

（3）池の北下、壇の傍に杉松ありみな偃れ蓋し、時に歩虚鍾磬の音を聞く。

（4）東南に瀑布あり、淙れ下ること三百余尺なり。（瀑布泉）

（5）東北に石崇観あり、高石中になお螺蚌の殻あり、或いは以為《おもえ》らく桑田の変ずる所なりと。

（6）西北に麻源あり、謝霊運の詩に「華子崗に入る、是れ麻源の第三谷」と題するは、恐らくはその処なり、源口に神あり、雨を祈れば驟《たちまち》応ず。

以上、「麻姑仙壇記」の後半の三分の一程は、麻姑得道の仙壇を中心に、後に歌枕となった古跡について記している。

中晩唐の詩人劉禹錫はこの麻姑の仙迹を「曾て仙蹟に遊びて豊碑を見るに、麻姑を除却すれば更に誰か有る、雲は青山を蓋う　龍臥するの処、日は丹洞に臨む　鶴帰るの時」（「麻姑山」）と詠じたが、その豊碑とは「麻姑仙壇記」を書いた大きな石碑、丹洞とは例えば盛唐の司馬承禎の『天地宮府図』[20]の三十六小洞天のうち、麻姑山洞が「丹霞天」と呼ばれたことを指す。具さに云えば丹霞小有天と呼ばれるのがこの道教の聖地であった。

第三節　李覯と麻姑信仰

さて、南宋の隆興元年（一一六三）に書かれた周必大の「帰廬陵日記」では、宋代の国家から麻姑に対しての賜号について次のように書き記している[21]。

　元豊間、封麻姑為清真夫人、元祐改封妙寂真人、宣和加上真寂冲応元君、徽宗御書元君之殿四字、仁宗亦嘗賜飛白、余見魯公碑。

これらの再三に亙る賜号は、宋代における麻姑信仰の昂まりをその背景にしていると考えて良いであろう。
元の趙道一の『歴世真仙体道通鑑後集』の麻姑伝に依れば、南宋にも麻姑に対する賜号は続けられた模様で、そこには「寧宗嘉泰間（一二〇一―〇四）、虚寂冲応真人に改封す」と記される。因みにこの麻姑伝の割注には、

　按道書云、老君歴観無極世界三災九厄十芒八難、示以禳除之法、中有遣北方黒騎天官兵馬倉老麻姑五億万騎等語、則知麻姑浩劫之高真、乗運応世、有自来矣。（巻三）

と述べていることも注目される。
さて、周必大の「帰廬陵日記」には、先に引用した部分に続いて、次のような興味深い記述がなされている。

　魯公塑像在祠堂中、近有蔡藁参議、絵十賢以配之、十賢皆本土人、参政陳彭年永年、直講晁無咎補之、賢良李覯

泰伯、少卿蔡冠卿元輔、左丞鄧温伯聖求、灌園先生呂南公次儒、侍郎朱彦世以、及三曾兄弟也。

この十賢の中の三曾兄弟とは、即ち、曾鞏・曾布・曾肇の三人にほかならないのであるが、そのことは、『輿地紀勝』の次の記事からも明らかである。

十賢堂、在麻姑山仙都観顔魯公祠堂内、陳彭年・李泰伯・曾子固・曾布・曾肇・王無咎・呂南公・鄧温伯・朱京・朱彦、皆盱《ママ》江先達、紹興九年郡人蔡延世立。（巻三十五）

ただ、「帰廬陵日記」と『輿地紀勝』の記述には出入もある。その第一は「帰廬陵日記」には、蔡冠卿が入って、朱京のないことであるが、蔡冠卿は父の蔡充の墓誌銘を曾鞏に書いて貰っており、また、朱京は曾鞏に学んだ朱軾の子であって、共に曾鞏にゆかりのある点が注目される。第二に「帰廬陵日記」の「晁無咎補之」は、『輿地紀勝』の「王無咎」が正しいと思われる。何故ならば、蘇門の四学士の一人として知られる晁補之、字は無咎は鉅野の人であって、建昌南城の人ではなく「十賢はみなもと土人」という趣旨に合わないからであり、一方、王無咎、字は補之は、南城の人と記されるからである。（『宋史』巻四四四、王無咎伝）

話は少しく岐路に入ったが、麻姑山の顔真卿の祠堂の中には、南宋の紹興年間に、建昌南城の著名な人物を十賢として祀り、そこには、三曾、即ち曾鞏・曾布・曾肇が含まれていたのである。

ところで、十賢のうちの李覯（一〇〇九―五九）字は泰伯は、曾鞏の少しく先輩に当る人であるが、「麻姑山賦」「重脩麻姑殿記」「和蘇著作麻姑十詠」等、麻姑と麻姑山に関する数多くの詩文を残している。

例えば、仁宗の康定二年（一〇四一）に書かれた「重脩麻姑殿記」の中では、李覯は麻姑信仰の沿革について次のように語る。

麻姑之名、聞之於葛稚川伝、申之以顔魯公記、寖寖茲山、得道之所始也、自唐以下、祀礼不絶、築宮度人、以厳其事。（『直講李先生文集』巻二十三）

これは第二節で見た「麻姑仙壇記」が書かれて以後、宋代になっても麻姑信仰が継続していることを端的に指摘したものであろう。

しかし、麻姑殿は歳月を経たために痛んでいた、それを潁川の陳策が修復を思いたち、その子の陳諫・陳詢が成し遂げたのである。

李覯はそのことを次のように続ける。

而殿屋之設、歳月積久、雨淫風虐、撐拄弗暇、将無以布几席、陳香燭、為鸞鶴戻止之地、群目蚩蚩、莫肯営救、故潁川陳君策、字嘉謀、博識之士、肥遯州里、頃嘗游山、周覧及是、将命工徒、一新其制、言未果行而卒、其子今山陽司寇諫、弟詢、不忘孝思、尽稟先志、乃出家貲以幹厥事、斬木而山空、伐石而雲愁、役不逾時、営繕以畢、修広有度、奢倹有宜、礼神之位、茲亡所媿。（『直講李先生文集』巻二十三）

また、「麻姑山仙都観御書閣後記」では、周必大の「帰廬陵日記」における仁宗の飛白下賜についても次のように語っている。

皇祐三年、以御書明堂及明堂之門、篆・飛白二体、蔵諸名山、麻姑仙都与焉、夏六月道士黄太和為覯言、今者聖人肆筆、而山藪得之、其奚翅金簡玉字、蓋猶嵎夷昧谷、天象所出入、撮土勺水、罔不光華、非復与塵俗等、幸哉、願有志焉、以示後何如。（『直講李先生文集』巻二十三）

これに依れば、仁宗の皇祐三年（一〇五一）に、「明堂」と「明堂之門」と書いた篆書と飛白の書の二体を天下の名山に下賜をした、それに麻姑山の仙都観も与ったのである。このことは仁宗時代にも仙都観の存在が国家から公認されたことを意味する。主者の道士黄太和はそれを喜んで李覯に記念の文を書くことを求めたのであった。この飛白の書の下賜がやがては元豊年間に麻姑に対して「清真夫人」の賜号がなされる一段階となったことは想像に難くない。

李覯は更に「麻姑山重脩三清殿記」において、幼時から顔真卿の「麻姑仙壇記」に親しんでいたこと、また、麻姑山に五代の頃から三清殿が在ったことを語っている。

（李）覯幼時読顔魯公麻姑仙壇記、観其称道壌地之殊絶、人物之瓌怪、目想其処、謂如鈞天帝庭、非下土所髣髴也。（中略）則所謂三清殿者、今為復之先乎、按是殿之作、背山嚮陽、得地之正、由五代迄茲、載祀遠矣。（『直講李先生文集』巻二十三）

この「三清殿記」では、李覯はまた、唐の白楽天等が麻姑山を詠じた歌がその神殿の屋壁に書かれたことも記している。

若麻姑山、著称久矣、元和辞人白楽天輩、咸有詠歌、粲於屋壁。（『直講李先生文集』巻二十三）

三清殿が五代に出来たとすれば、中・晩唐に活躍した白居易の詩は前の麻姑殿に書かれたのでもあろうか。『輿地紀勝』には、麻姑に関わる白居易の詩句として「願わくば麻姑の長く死せざるに学び、時に滄海の桑田に変わるを見ん」なる作品が引用される。これらの詩句が麻姑殿に輝いていたのである。因みに曾鞏が序文を書いた鮑溶の詩も「幽人往往懐麻姑、浮世悠悠仙景殊」などと『輿地紀勝』に引用されている（巻三十五）。

ところで、李覯がこのように麻姑信仰に深い関心を抱いた動機は何であろうか。（補注4）そのことを推測させるのは「疑仙賦の序」の次の記述である。

（李）覯家盱江、其西十里則麻姑山、顔太師真卿有記存焉、少北則麻源、謝霊運詩所謂入華子崗是麻源第三谷者也、其山水清媚、与神仙趾迹相附、著在人口吻、吾母初無子、凡有可禱、無不至、祥符元年、夢一道士奕棋戸外、往観之、其一人者、取局之一子授焉、遂娠。（『直講李先生全集』巻一）

李覯の母は子供が出来ないので、子授けの霊験のあるところは全てお祈りをした。その結果、道士が囲碁をしているのを夢み、石を一つ授けられて妊娠した。その子が李覯である。前後から推してその道士がいた所が麻姑山であると考えるのはごく自然であろう。恐らく李覯の母は麻姑に子授けを祈った、その結果生まれたのが自分だと李覯は思ったものと見られるのである。

さて、李覯は「麻姑山賦」では、

巍乎高哉、茲山之為異也、吾不知夫幾百千里之広、但見土老而石頑、頂天而直上、験地勢之所極、固亦東南之藩障者乎。（『直講李先生文集』巻一）

と歌うのであるが、詩としても、「和蘇著作麻姑十詠」、「同徐殿丞遊麻姑山陳屯田聞之以詩見寄次韻第一首」「麻源題壁」「因遊華子崗題麻源壁」「書麻姑廟」「同徐殿丞遊麻姑山陳屯田聞之以詩見寄次韻第二首」「和王刑部遊仙都観」「和遊丹霞有懐帰之意」等、まことに多くの麻姑と麻姑山に因む作品を残している。

そのうち、「書麻姑廟」では次のように詠じている。

流俗好仙方学道、至人楽道自成仙、飛昇若也由貪欲、紫府還応用詐権、塵裏笙歌千古夢、洞中星斗幾家天、無心便是帰真日、姹女河車総謾伝。（『直講李先生文集』巻三十七）

ここでは、流俗と至人を比較して、至人が道を楽しむ境地にあって自ら仙真となることを云い、無心こそ仙真に至る手だてと見るのであるが、姹女の連想が来るのは、麻姑が美貌の女性だからであろう。

さて、李覯は「和蘇著作麻姑十詠」（『直講李先生文集』巻三十五）においては、魯公碑・七星杉・煉丹井・玳瑁石・秦人峯・流杯池・碧蓮池・虎跑泉・丹霞洞・葛仙壇のいわば十の歌枕について詠じている。

このうち碧蓮池は「麻姑仙壇記」に触れられている池であるが、その詩には次のように云う。

「碧蓮　何の歳に開くや、我が時　見るを得ず、今に池上に到るに、只だ紅蓮の綻びる有るのみ、紅蓮は醜悪に非ざるに、物は多きを以て賤しと為す、阿蛮は舞を解すと雖も、真妃の面《かお》を見ず」

阿蛮は舞を能くした女伶人謝阿蛮のこと。真妃は楊太真、即ち楊貴妃である。

一方、麻姑山にはいつしか葛玄、即ち、呉の葛仙翁の遺跡の存在が語り継がれていた。

「仙翁なお在りし時、壇上　何ぞ設施せん、仙翁　一たび去りし後、夢草　空しく離離たり、下士　固より大笑し、言う者　多く知らず、嗟嗟　天壌の内、共に是れ枯魚の池」。（「葛仙壇」）

第四節　曾鞏と麻姑信仰

さて、それでは次に曾鞏と麻姑信仰との関わりについて検討しよう。

その際に宋代の麻姑山の状況を記したものとして、先述した周必大の「帰廬陵日記」の次の叙述を振り返っておくことは必要なことであろう。

乙卯、早出西門、行十余里、游麻源第三谷、（中略）訪巻石巖、入雲門寺、（中略）寺前有霊豊廟、正臨渓流、顔魯公所謂、源口有神、祈雨輒応者也、地出二石笋、就塑神及夫人像、遇科挙歳、士人競乞夢占得失、他祈禱亦験、（中略）別由小路、過麻姑、約行十里、至山脚尋真亭、遇籃輿来迎、遂上山、其紆峻亦略類径山、中路有界青亭、次双練亭、椀流亭、懸瀑対瀉、雪濺雷吼、天下奇観也、進至龍王祠、其下有潭、天宝中、黄龍見於此、自此始得平地、而為仙都観、相伝即蔡経宅、方士謂之丹霞小有天、観宇雖古、而道士星居、無復清高気象、主者胥景常、具飯五峰堂、五峰謂葛仙・朝真・望仙・拝仙・秦人、皆強名也。

これに依れば、仙都観は、宋代では『輿地紀勝』の如く蔡経の故宅とすることが一般的であったことが知られる。

ところで、清の厲鶚は『宋詩紀事』において、曾鞏の「麻姑山送南城尉羅君」（『曾鞏集』巻四）を筆頭に取り挙げている。(22) それはこの詩が曾鞏の詩の中で出色のものであるからであろう。その冒頭の十二句では麻姑山とその道観は次のように歌われる。

麻姑の路　青天を摩し、蒼苔白石　松風寒し、峭壁直上して　攀援するなく、懸磴十歩　九たび屈盤す、上に錦繡百頃の平田あり、山中人を遺して　紫烟を耕し、また白玉万仞の飛泉あり、噴崖直瀉す　蛟龍の淵、豊堂広殿何ぞ言言、階脚挿入す　斗牛の間、樛枝古木　年を記さず、空槎枵然　道辺に臥す。

言言は高大なさま。ここは仙都観の高大な様子を云うのであろう。また、白玉万仞の飛泉とは即ち「麻姑仙壇記」に云う瀑布であろう。

曾鞏の詩はまた中程の十句で次の如く詠ずる。

下に荊呉粟粒の羣山あり、また甌閩一髪の平川あり、奕棊縦衡　遠近　城郭を布き、魚鱗参差　高下岡原を分つ、千奇万異　意得るべきも、墨筆尽く禿げ　誰か能く伝えん、丈夫の舒巻　宏達を要し、世路の俯仰　拘牽多し、偶《たまたま》　来りてここに到り　心目を醒まし、便ち耳を洗いて　囂喧を辞せんと欲す。

ここに「奕棊縦衡　遠近　城郭を布」くというのは、麻姑山に昇って下界の町を見ると碁盤の目のように並んでいることを言ったものであろうが、また先の李覯の「疑仙賦の序」にある道士が奕棊、即ち囲碁をしていた話が想い起されるのである。それはともかく、曾鞏は麻姑山に昇って、世俗の喧躁から離れ心が醒まされるようなそんな気持をここでは歌っているのである。

さて、曾鞏の序記の中には、また先述の「仙都観三門記」(『曾鞏集』巻十七)があって麻姑信仰と関わる。この「三門記」は仁宗の慶暦六年(一〇四六)に書かれたものであって、恰度、李覯の「重脩麻姑殿記」と「麻姑山仙都観御書閣後記」との中間の時期に制作されたものであることは注意を要しよう。そこでは仙都観の由来について次のように説く。

建昌軍南城県麻姑山仙都観、世伝麻姑於此仙去、故立祠在焉。

ここでは曾鞏は自己の出身地である建昌軍南城県の仙都観は、麻姑昇仙の地と伝えられるところに立てられたものであることを明瞭に述べているが、またその麻姑信仰の繁栄が天祐に依るものとも云うのである。それは即ち次の叙述である。

（仙都観は）城を距てること六七里、絶嶺に由りて上り、その処に至る。地反って平寛衍沃、宮とすべく田とすべし。その穫りの多きは、他の壌《ち》に倍し、水旱の災する能わざる所なり。予嘗て視て歎じて曰く、豈《そ》れ天これを遺りて以てその衆を安んじ食わせ、世の衎衎施施としてこれに趨くものをして已まざらしむるか、然らざれば、安んぞこれ有らんやと、則ちその法の蕃昌なる、人力もとよりこれをいかんせん。

この「法」とは、この場合、麻姑信仰と解して良いであろう。

ただ三門については、曾鞏の批判的とも見える説明がある。

門の作るや、備豫に取るのみ、然れども天子・諸侯・大夫おのおの制度あり、度を加えれば則ちこれを譏る、易・礼記・春秋に見ゆ。その旁三門、門三塗は、惟だ王城のみ然りと為す、老子の教、天下に行われてより、その宮、天子に視いて或いはこれに過ぎ、その門もまたこれを三にす。

この三門を築く拡張を思い立ったのは、仙都観主凌斉曅であった。その経緯について曾鞏は次のように述べている。

観主道士凌斉曅、その室修めざるなきに門独り庳《ひく》きを相《み》て曰く、是れ以て吾が法と吾が力を称するに足らざるなりと、遂にこれを大にす。既に成り、予に記を託す、予は斉曅と里人なり、辞する能わず。

このように曾鞏は仙都観主凌斉曅の懇請に依り「三門記」をものしたのであり、その直接の理由は、彼と凌斉曅が里人―同郷人であったことであるとしている。

しかし、道教に対する態度の中で、前述した許真君と玉隆観を除けば、麻姑信仰に対する曾鞏の態度は特別なものがあったようで、それは「遊麻姑山」（『曾鞏集』巻二）の九首の連作の詩があることからも明らかである。九首は遊麻姑山・桃花源・丹霞洞・半山亭・顔碑・碧蓮池・流杯池・七星杉・瀑布泉であり、これを李覯の「和蘇著作麻姑十詠」と比較すると丹霞洞・顔碑（魯公碑）・碧蓮池・流杯池・七星杉の五首がその歌枕を同じくしている。

このうち、顔碑は顔真卿の「麻姑山仙壇記」を詠んだものであるが、これに関連して思い起されるのは、曾鞏の序記の中に「撫州顔魯公祠堂記」（『曾鞏集』巻十八）のあることである。そこではまず顔真卿を讃えて次のように云う。

　贈司徒魯郡顔公、諱真卿、事唐為太子太師、与其従父兄杲卿、皆有大節以死、至今雖小夫婦人、皆知公之為烈也。

「祠堂記」に依れば、顔真卿のこの忠烈を讃えて撫州に祠堂を建てることになったのは仁宗の至和三年（一〇五六）のことであるが、こうした祠堂は麻姑山にもでき、曾鞏はやがて十賢の一人として顔魯公に陪祠されるようになるのは世の有為転変の面白さだが、「祠堂記」では、また、顔真卿の学問文章とその行動について次の如くに説く。

　公之学問文章、往往雑於神仙浮屠之説、不皆合於理、及其奮然自立、能至於此者、蓋天性然也。

このように神仙の説を全面的に肯定するのではない姿勢は顔碑の詩でも同じである。

　碑文老勢　信に愛すべし、碑意少しく欠けば　誰か能く鐫らん、已に心胆を推して姦宄を破る、安んぞ筆墨を用いて神仙を伝えんや。

一方、遊麻姑山の詩では、今少し神仙の説に肯定的である。

　碑文磊嵬　気　俗ならず、筆画縹緲　工み今に非ず、世伝う仙人　此の地に家すと、天風冷冷　我が襟を吹く、今人豈に解せん　不老の術、怪しむべし緑髪　常に簪に盈つるは、根源分明　我能く説く　一室里を傾けて　琊琳を輸《いた》す。

この一段は、先に「横ままに三門を開き　両《ふたつ》ながら路を出だし、却って両殿を立て　崖陰に当らしむ」とあるところから、仙都観を歌ったものと見られるが、その麻姑伝説の由来は明らかであるとしたものであろう。因みに両殿は麻姑殿と三清殿なのであろう。

結局のところ曾鞏の神仙の説に対する基本的な態度は、それを積極的に肯定もしないが、さりとて全面的に否定もしないというものであったとする外はあるまい。碧蓮池の詩に、

神仙恍惚　明らかにするべからず、空しく池蓮ありて　紅碧に変ず、清香冷落す　秋風の前、麻姑に顔色を妬まるるに似たり。

と説く通りである。そして、その曾鞏の心の中で道教への関心を繋ぎとめていたのが麻姑信仰であった。曾鞏の詩文の中における麻姑信仰に関する詩文の顕著な存在がそのことを端的に証明しているのである。

さて、曾鞏は、麻姑山の瀑布について、瀑布泉の詩において

飛泉一支　天上より来り、寒影沈沈として　龍穴に瀉ぐ、山霊　怪を以て人を動かさんと欲し、山路　冬に先んじて　霜雪を積む。

と詠じ、また、流杯池の詩では、

行きて尽く壇前石崖の路、忽ち見る　一曲清泠の泉、酒行《めぐ》りて我に到れば　酔を辞せず、安んぞ用いん　了了として愚賢を分つを。

と歌う。流杯池のことは「麻姑仙壇記」には見えないが、麻姑と行廚との関わりで云えば真にふさわしい名所であろう。

更に曾鞏は、丹霞小有洞天について、丹霞洞の詩において、

山腰の古亭　豁として望むべし、下に秋色を見るに清らかなること無辺、忽ち驚く陰崖　勢い回合し、中に幽谷を抱き何ぞ平円なるに。

と叙べるが、また、その冒頭では麻姑仙壇の神秘的な様子を次のように詩《うた》うのである。

麻姑石壇　雲霧起らば、常に意《おも》う已に高峰の巓を極むと、豈に知らんや造化　神あるの処、別に翠嶺を聳《そばだ》て青天に参ずるを。

この神秘・峻厳さが宋代において麻姑信仰を拡げていったのであろう。

昔、中国では、長寿の女性に麻姑像を贈って祝い、それを麻姑献寿と呼んだと云う。麻姑節があり、麻姑酒があり、また、麻姑蓮とは、バイオレットの一種の色を指すとされる[23]。

結　語

多岐に亙った行論を繰り返すことはしないが、唐宋八大家の一人、曾鞏は、やや先輩の李覯と共に、この郷里、建昌軍南城県縁りの美貌の女仙に対する信仰、麻姑信仰に関わる光彩ある詩文を残した。そこには、麻姑信仰をある程度受け入れていた曾鞏の姿が見て取れよう。

神仙の説を積極的に肯定もしないが、さりとて全面的に否定もしない態度を持した曾鞏にとって麻姑信仰は道教への関心を繋ぎとめていた重要なモメントであった。曾鞏と麻姑信仰とのこの関わりに、真宗の咸平二年の仙都観賜額という国家による麻姑信仰の公認は重要な意味を持っていたと見られる。

そして真宗の後も、宋王朝は、仁宗の皇祐三年の飛白賜与に続いて、元豊年間に清真夫人を、そして南宋の嘉泰年間に虚寂沖応真人を贈るなど再三の賜号を行っている。

この個性的な女仙に対する信仰は宋代道教の興味ある一齣と云って良いであろう。

注

（1）清水茂氏『唐宋八家文』（朝日新聞社、一九六六）の曾鞏の条参照。
（2）『南陽集』及び『曾鞏集』（中華書局・中国古典文学基本叢書、一九八四）の附録所収。
（3）「宋曾鞏墓誌」（『文物』一九七三年第三期所収）参照。洛原氏の解説がある。

（4）『復旦学報』（社会科学）一九八四年第四期所収参照。
（5）『城南漢学』十二所収、一九七〇年刊。
（6）宋代の曾鞏評価については注（4）王氏論文参照。
（7）注（5）網氏論文参照。但し『曾鞏研究論文集』の王鉄藩氏「曾鞏在福州」は「道山亭記」を元豊三年（一〇七九）の作とする。
（8）注（1）清水著参照。
（9）注（1）清水著参照。
（10）欧陽脩の「李白杜甫詩優劣説」では「杜甫於（李）白、得其一節、而精強過之、至於天才自放、非甫可到也」と評価する。
（11）秋月観暎氏『中国近世道教の形成』（創文社、一九七八）第五章参照。
（12）「重建旌陽祠記」については注（11）秋月氏著参照。
（13）「麻姑仙壇記」の解釈に当っては、吉川忠夫氏の「東海三たび桑田と為る――麻姑仙壇記」（『書と道教の周辺』平凡社、一九八七、所収）が大変参考になった。
（14）福井康順氏「神仙伝考」（『福井康順著作集』第二巻には「神仙伝」として所収）参照。
（15）小南一郎氏『中国の神話と物語り』第四章「『漢武帝内伝』の成立」参照。
（16）注（15）小南氏著参照。
（17）アンリ・マスペロ氏著、川勝義雄氏訳『道教』（平凡社、一九七八・「東洋文庫」）参照。
（18）注（15）小南氏著参照。
（19）注（15）小南氏著及び注（17）マスペロ氏著参照。
（20）司馬承禎の『天地宮府図』は『雲笈七籤』巻二十七に収録される。また、北宋の李思聰の『洞淵集』巻二も参照のこと。
（21）「帰廬陵日記」についても吉川氏の指摘がある。なお、「帰廬陵日記」の引用は、『文忠集』巻一六五所収に依った。
（22）『宋詩紀事』巻二十参照。

（23）麻姑献寿のことは任継愈氏主編『宗教詞典』（上海辞書出版社、一九八一）に、また、麻姑節のことは、七月十五日の行事として莫福山主編『中国民間節日文化辞典』（職工教育出版社、一九九〇）等にそれぞれ紹介される。更に、麻姑酒のことは、清の徐珂の『清稗類鈔』に説がある。

補注

（1）宋の太祖から英宗に至るまでの五朝の事を記した史書『隆平集』に関しては、紀昀が『四庫提要』において、晁公武の『郡斎読書志』の説を承けて、その曾鞏の作であることを疑い、これに対して、余嘉錫が『四庫提要辨証』において、駁論にこれつとめて、その曾鞏作なることを主張していることは周知のことである。この『隆平集』に見える道教記事については後日機会を改めて検討してみたい。

（2）一九八六年には中国で一九八三年に挙行された曾鞏逝世九百周年学術討論会（『曾鞏紀念集』〈一九八七〉はこの討論会の纏めである）を踏まえた『曾鞏研究論文集』（江西人民出版社、一九八六）が出され、台湾では曾文操氏が曾鞏に関して幾編かの論文を出されているが、曾鞏の盛名に比較してその研究はなお寥々たる状況にあると言って良いであろう。

（3）第二部第一章「欧陽脩の青詞について」参照。

（4）本田済氏は「『重修麻姑殿記』には、『麻姑神は葛洪伝に見える』といい、ある程度の信は置いているようである」と指摘する。（「李覯について」〈『東洋思想研究』創文社、一九八七所収〉）

（元は一九九四・七・十二、倫敦ＳＯＡＳにて補訂）

第三章　王安石と道教――太一信仰との関わりを中心に――

序　言

王安石（一〇二一―八六）の「記」の中には、神宗の熙寧年間（一〇六八―七七）に中央政府で活躍する以前の道教に関わる幾つかの作品があり、道士達との交渉も窺われる。例えば、慶暦七年（一〇四七）の「撫州招仙観記」（『臨川先生文集』巻八十三）は道士全自明の為に書かれたものであり、皇祐二年（一〇五〇）の「撫州祥符観三清殿記」（『臨川先生文集』巻八十三）は道士黎自新の為に記されたものである。また、この外に、叔父に依頼されて道士丁用平の為に書いた「大中祥符観新修九曜閣記」（『臨川先生文集』巻八十三）があり、そこでは、九曜閣が装いを新たにしたことについて共感を示してもいる。

これらの作品は、王安石が若年の頃から道観・道士と接触する機会のあったことを示しているが、神宗の熙寧年間以降は道士陳景元との交渉が最も顕著である。これを踏まえて、本章では、熙寧年間をメインに、王安石と太一信仰、「至虚而一」「沖気」の思想、『相鶴経』との関わりについて論ずることとする。

第一節　王安石と太一信仰

王安石が中央政府に登用されて、その辣腕を奮った神宗の熙寧年間における宋王朝の宗教方面における大事業と云えば、煕寧六年（一〇七三）に完成した中太一宮の造営であろう。この中太一宮の竣工の折、王安石は奉安太一使として、太一の神像を宮殿に奉安している。

（煕寧）六年、中泰一宮成、命宰相王安石為奉安泰一使、枢密副使呉充、龍図閣学士孫固等為前導官、主管鹵簿、奉安神像。（『文献通考』巻八十郊社考）

北宋時代の太一像については、例えば郭若虚の『図画見聞志』巻三の王兼の条に「十太一像」が、趙長元の条に「東太一貴神像」の存在が伝えられている。因みに「太一」は「泰一」「太乙」とも記される。

中太一宮の完成に当って記念の碑文を書いたのはやはり王安石に抜擢された知制誥の呂恵卿である。その「宋中太乙宮碑銘」は煕寧年間における中太一宮建立の事情を記して甚だ詳らかである。(1)その冒頭には次のように述べる。

煕寧四年、司天監建言、太乙五福之神、以七年閼逢摂提格之歳、行臨中宮、其名為真室、其分為京師之野、其祥為民康物阜太平之応、請立祠如故事、天子可其奏、命将作監即国中之南而建宮焉、経始於四年之冬、而成於六年之春、凡為三門七殿、分祠十太一与太歳之神、而五福居其中。

煕寧七年（一〇七四）の五福太一の来臨に向けて六年に完成した中太一宮には、この五福太一を含む十太一が祀られた。五福太一は真室に臨むとされ、それを祀ることによって、民は健康で、物は殷阜となり太平が齎されるとされたのである。

十太一は具さに十神太一といい、九宮貴神と密接な関係にある。(2)十神太一の十の神名については沈括の『夢渓筆談』に次のように記される。

十神太一、一曰太一、次曰五福太一、三曰天一太一、四曰地太一、五曰君基太一、六曰臣基太一、七曰民基太一、八曰大遊太一、九曰九気太一、十曰十神太一、唯太一最尊、更無別名、止謂之太一、三年一移、後人以其別無名、遂対大遊而謂之小遊太一、此出於後人誤加之。（巻三）

沈括は十神太一のそれぞれの名を挙げた後に、最も尊い太一が後人に小遊太一というニック・ネームを付けられたことも記しているがこれは三年に一たび移るとされた太一の謂わば浮遊性こそがこの神の特徴と見られたからであろう。太一の浮遊性は五福太一の後述する移宮という所説にも顕著である。

この太一神について王安石は「上元戯呈貢父」（『臨川先生文集』巻二十二）という劉攽（字は貢父）に示した詩の中で次のように詠じている。

車馬紛紛白昼同、万家灯火暖春風、別開閶闔壺天外、特起蓬萊陸海中、尽取繁華供俠少、秪分牢落与衰翁、不知太乙遊何処、定把青藜独照公。

ここでは上元（正月十五日の道教の祭日）観灯の夜を詠じるに際して、蓬萊や壺天などの道教でお馴染の仙界を示す言葉を並べつつ、「知らず太乙（龍舒本では「太乙」を「太一」に作る）いずこに遊ぶかを」と、浮遊する「太一」をユーモラスに歌っているのである。因みに「西太一宮立秋祝文」では太一を「真游」（『臨川先生文集』巻四十六）と表現している。

ところで、この十神太一は、また、これと極めて類似性を持つ九宮貴神と共に祀られた。九宮貴神の信仰は唐代において盛行したとされるが、その神名については『資治通鑑』の胡三省の注に宋の李心伝の説を引用して次のように云っている。

李心伝曰、九宮貴神者、太一・摂提・権主・招揺・天符・青龍・咸池・太陰・天一。（巻二二一）

王安石には、熙寧の初に上京して翰林学士の任に当っていた頃のものと推定される祝文の中に「九宮貴神祝文」（『臨川先生文集』巻四十六）が存している。

この九宮貴神の九神と、十神太一の十神とを比較すると、太一の外は、ただ天一だけが共通するのが注目される。この天一については、後に王安石の『老子注』を取り挙げる際にもう一度触れることにする。

さて、呂恵卿の「中太乙宮碑」では、五福太一が四十五年毎にその真室を入れるべき宮殿を移動することが説かれている。

今日官以為、五福之神、凡四十五年一徙宮、歴中央四維、大約二百二十五年而周、則二百二十五年之間、必歴中宮矣。（中略）在太平興国時、臨黄室宮、其野為呉越、而太宗立祠于東南郊、在天聖時、臨黄廷宮、其野為梁蜀、而仁宗立祠于西南郊、其意以謂天子以天下為家、夫苟在吾四海九州之内、則其福一也、豈有彼此之限哉。

この呂恵卿の説く五福太一の徙宮と、太宗時代の東太一宮、仁宗時代の西太一宮、そして、それは今度の中太一宮造営の意味づけでもあるのであるが、その意味づけは、全くといってよい程、唐の王希明の撰とされる『太乙金鏡式経』[3]に説く「推五福太乙法」に合致する。その部分を引用しよう。

推五福太乙法　経曰、五福太乙所臨之分、無兵革疾疫饑荒水旱之災、行宮有五、四十五年移一宮、二百二十五年一周。

其一曰、黄祕宮在西河之乾地、西北方也、
其二曰、黄始宮在遼東之艮地、東方也、
其三曰、黄室宮在東呉之巽地、東南方也、
其四曰、黄庭宮在西蜀之坤地、西南方也、
其五曰、玄師宮在京都洛陽之地、中原也。（巻五）

従って、五福太一は黄庭（廷）宮から、黄室宮へ移り、次は中原の京都、玄師宮へと従って来ると呂恵卿は考えていたものであろう。

呂恵卿はまた、この中太一宮における儀礼に関して、次のように述べる。

其位号尊卑服物同異、与夫壇場之制禱祀之儀、皆以太乙之学為本、而參用道家之説焉。

ここでは、呂恵卿は太一に関する「太乙之学」なる纏まりを考えているようであるが、差し詰め先の「太乙金鏡式経」などは、その中心的な経典の一つであろう。因みに『四庫提要』では、この書の中に後世の増入が見られることについて、次の如く述べる。

而其間推太乙積年、有至宋景祐元年者、則後人已有所増入、非尽（王）希明之旧也。（『四庫提要』子部術数類二）

中太一宮は既に述べたように熙寧七年（一〇七四）の五福太一の来臨に向けて造営されたものであり、仁宗時代の五福太一の来臨は、その四十五年前の天聖七年（一〇二九）となるが、景祐元年（一〇三四）以降の太乙の推算に関する議論が盛り上がったのは、次の五福太一の来臨を控えた熙寧年間の初であり、『太乙金鏡式経』への増入もその頃に行われたのではないだろうか。

さて、王安石はこの新たに造営した中太一宮の宮主にやはり自己と親交のあった陳景元を据えた。『続資治通鑑長編』では、陳景元の就任について次のように記している。

（熙寧六年四月）中太一宮成、以右街都監・真靖大師陳景元為宮主、景霊宮抱一大師蓋善言副之、余知職散衆道士、令景元博選有行業精潔之人、毋過二十人、歳披戴恩、依東太一宮例。（巻二四四）

この中太一宮には、善本が収録されたらしく、例えば『荘子』に関して陳景元の『南華真経章句余事』には、郭象の注や成玄英の疏などについて「中太一宮本、張君房校」と言い、また、元豊七年（一〇八四）の上元の日に書かれた「南華真経章句音義叙」では、「復将中太一宮宝文統録内有荘子数本、及笈中手鈔諸家同異、校得国子監景徳四年印本、不同共三百四十九字、仍按所出、別疏闕誤一巻、以弁疑謬、公孫龍三篇以備討尋」と云っている。陳国符氏はこれらを踏まえて、中太一宮には、王欽若が中心になって編纂した『宝文統録』と、『雲笈七籤』のもとになった張君房主編の『大宋天宮宝蔵』の二つの道蔵が収められていたと見ている。(4)

王安石と陳景元との交渉については、後にも触れたいが、熙寧年間の中太一宮の造営、神像の奉安、運営に関しては、自己と親しい陳景元を宮主に配したことといい、また、自派の呂恵卿にその碑文を書かせたことといい、更に神宗の命を受けて太一像を中太一宮に奉安したことといい、時の宰相であった王安石の深い関与が読み取れるのである。王安石が同中書門下平章事、即ち宰相になったのが熙寧三年（一〇七〇）の十二月、司天中官正の周琮が次のような上奏をして、中太一宮造営の機運を盛り上げたのが翌、熙寧四年（一〇七一）の十一月である。

拠太一経推算、熙寧七年（一〇七四）甲寅歳（中略）而得五福太一移入中都、可以消異為祥、窃詳、五福太一、自雍熙甲申歳（九八四）入東南巽宮、故修東太一宮於蘇村、天聖己巳歳（一〇二九）入西南坤位、故修西太一宮於八角鎮。（『続資治通鑑長編』巻二二八）

そして、熙寧六年の中太一宮完成の折、宰相の王安石が太一像奉安の任に当った。いささか平仄が合い過ぎるが、王安石は宋王朝の皇室や士大夫階層に道教が――この場合は太一信仰であるが――深く浸透していることを踏まえて中太一宮の造営や運営に積極的な役割を果したものと推定される。

王安石は李寿朋を弔う祭文の中で「惟君別我、往祠太一」（『臨川先生文集』巻八十五）と太一に対する親近感を示しているが、自らが太一信仰を持っていたと言うよりも、当時広く信じられていた太一信仰の基盤を増幅しようとした。中太一宮が東西の太一宮と比較しても最大のものであったとされるのはその証左であろう。

熙寧年間に王安石が道教の役割を重視するに至っていたことは、中太一宮の造営と相前後して所謂宮観使の拡大を企ったことからも窺われる。『宋史』の職官志の宮観の条には、「宋制、設祠禄之官、以佚老優賢、先時員数絶少、熙寧以後、乃増置焉」（巻一七〇）とあるが、果して『続資治通鑑長編』では、熙寧三年（一〇七〇）に「詔杭州洞霄宮、永康軍丈人観、亳州明道宮、華州雲台観、建州武夷観、台州崇道観、成都玉局観、建昌軍仙都観、江州太平観、洪州玉隆観、五岳廟、太原府興安王廟、自今並依嵩山崇福宮、舒州霊仙観、置管勾或提挙官」（巻二一一）との詔勅を繋けている。宋代の宮観使は道教に熱中した真宗の大中祥符の時代に始まる。その真宗が官僚を宮観、即ち道観に食禄を得させることを「佚老優賢」の優遇措置と考えたとしても、「吾儒」を標榜した王安石までが、宮観使を拡大し、また、自身が熙寧十年（一〇七七）には集禧観使を領し、翌元豊元年（一〇七八）には集禧観使となっていることは、彼の道教の役割重視の意向なくしては考えられないことと言わねばならぬであろう。

第二節　「一而大」と「至虚而一」「沖気」

熙寧年間に作られた王安石の「字説」[5]の序では、字は「一」に始まるとして次のように述べる。

文者、奇偶剛柔、雑比以相承、如天地之文、故謂之文、字者、始於一、一而生於無窮、如母之字子、故謂之字。

（『臨川先生文集』巻八十四、「熙寧字説序」。また龍舒本を参照した）

ここに王安石の「一」に対する重視が端的に表現されているのであるが[6]、次に注目されるのは「天」の字についての解釈である。

後漢の許慎の『説文解字』では、「天は一と大に从う」としているが、宋の楊時の『王氏字説辨』では次のように王安石の「天」の字の解釈を記している。

一而大者天也、二而小者示也、又曰、天得一而大、地得一而小。

このように、王安石は「天」を「一而大」と解釈しているのであるが、朱翌の『猗覚寮雑記』巻上には、これをまた説明して次のように述べている。

介甫字説往往出於小説仏書、且如「天、一而大」蓋出春秋説題辞、天之為言、塡也、居高理下、含為太一、分為殊形、而立字一而大、見法苑珠林。

大正新脩大蔵経の『法苑珠林』巻四では、当該の緯書『春秋説題辞』の引用部分は次のようになっている。

春秋説題辞曰、天之為言塡也、居高理下、為人経群陽精也、含為太一、分為殊名、故立字一大為天。

『春秋説題辞』の引用に小異があるが、これは「天」の字が「太一」とも「一而大（一大）」とも説かれる理由を説明しているものであり、つまりは、王安石の「天」を「一而大」と解釈している背後に「太一」の語が隠されていることを言い当てたものと言えよう。[7]

王安石が極めて重要な字である「天」を「一而大」と解釈し、その背後に「太一」の語があったとすれば、それは前節で述べた彼の太一信仰の重視と一致する訳であり、また『字説』の文字解釈の原理が会意を主流とする理由も分かろうと云うものである。

「一」に対する重視は、司馬光によって王安石が『孟子』とともに愛好したと云われる『老子』の注釈にも顕著である。[8]王安石の『老子注』については、彼の息子の王雱にも『老子注』のあることから、その執筆を疑問視する説もあるが、ここでは、彭耜の『道徳真経集注』や李霖の『道徳真経取善集』等の引用するところによって王安石の『老子注』について論ずることとする。当面、焦点を当てるのは、「至虚而一」と「沖気」の思想である。

まず、『老子』の「道沖章」第四の注釈では、次のように王安石は述べる。

道有体有用、体者元気之不動、用者沖気運行於天地之間、其沖気至虚而一、在天則為天五、在地則為地六、蓋沖気為元気之所生、既至虚而一、則或如不盈、似者不敢正名其道也。

ここでは、道の本体と作用について気の思想によって表現しているが、道の本体としての「元気」について言えば、周知の「杜甫の画像」なる詩において、王安石が次のように詠じているのを思い出すであろう。

吾観少陵詩、為与元気侔、力能排天斡九地、壮顔毅色不可求。（『臨川先生文集』巻九）

けれども、王安石が主として語るのは、本体としての「元気」についてではなく、作用としての「沖気」についてである。

因みに王安石の「老子」論（『臨川先生文集』巻六十八）は、四段からなっており、その主たるテーマは、礼楽刑政である。王安石らしい意表をついたテーマの立て方とも云えよう。まず、その第一段では、道に本末があると説く。

道有本有末、本者万物之所以生也、末者万物之所以成也、本者出之自然、……末者渉乎形器。

次の第二段では、古えの聖人は、礼楽刑政によって万物を完成するとし、これは王安石の政治論の根幹を形成する。(9)

故昔聖人之在上、而以万物為己任者、必制四術焉、四術者、礼楽刑政是也、所以成万物者也。

しかし、第三段では老子の高邁さについて批判を加える。

老子者、独不然、以為渉乎形器者、皆不足言也、不足為也、故抵去礼楽刑政、而唯道之称焉、是不察於理、而務高之過矣、云々。

そして、第四段では、老子第十一章の「三十輻共一轂、当其無、有車之用」の部分を引用して、今度は轂輻と礼楽刑政とを類似のものとして「無用の用」を果すものとしている。

この「老子」論の第四段の「用」と、先の「老子注」に見た「体用」の「用」とを王安石は同一の語で表現をしているが、「沖気」は「形器」には渉らぬものであり、本源者である「道」が万物を生み出す「用《はたらき》」を担っているものと解して良いであろう。

この「沖気」は「至虚而一」なるものと王安石は考える。そして、「至虚而一」の説明としては、『考工記注』の次の言葉が参考になろう。

水始一勺、総合而為川、土始一塊、総合而為田、虚、総合衆実而受之者也、皿、総合衆有而盛之者也、若虚之無窮、若皿之有量、若川之逝、若田之止、其為総合一也。

「至虚而一」とは、個物を総合して統一を保ち、やがては個物の形を授けて行く状態と王安石に観念されていたものであろう。

さて、この「沖気」は、『字説』では、また、次のように説かれる。

沖気以天一為主、故従水、天地之中也、故従中。（『老子』第四十二章所引、字説）

この「天一」は、十神太一と九宮貴神に共通する神名でもあることは既に見た通りであるが、この「天一」と、先の「道沖章」の注にある「天五」に関しては、王安石の「洪範伝」（『臨川先生文集』巻六十五）に次のような説明がある。

天一生水、其於物為精、精者、一之所生也、地二生火、其於物為神、神者有精而後従之者也、天三生木、其於物為魂、魂、従神者也、地四生金、其於物為魄、魄者、有魂而後従之者也、天五生土、其於物為意、精・神・魂・魄具而後有意。

するとここでは「沖気」を媒介として、「元気↓沖気（至虚而一）↓精↓神↓魂↓魄↓意」の系を持つ生成論が考えられていることになる。「洪範伝」では、また「土者、陰陽沖気之所生也」とか「土者、沖気之所生也、沖気則無所不和」と述べているが、これは「沖気↓天五生土」の流れを簡略に言ったものであろう。

次に気の思想と道教に関わるものとして、王安石の養生論にも触れておこう。周知のように、「洪範」には、「五福」が述べられ、その内容は、寿・富・康寧・攸好徳・考終命である。「五福」は、また、五福太一との名称の類似が指摘できるが、その第一に置かれる寿は、道教の長生の願いに重なるものである。

王安石の「洪範伝」では、五福のうちの寿について、「人之始生也、莫不有寿之道焉、得其常性則寿矣」と述べ、「性」の獲得こそが長寿の道であるとする。その養生論を展開するのが「礼楽論」（『臨川先生文集』巻六十六）である。そこでは、まず、神から形までの生成について次のように語る。

神生於性、性生於誠、誠生於心、心生於気、気生於形。

これは「神→性→誠→心→気→形」系の生成論である。これを沖気から考えると、「至虚而一（沖気）→精→神→性→誠→心→気→形」の生成論が構成されるが、王安石の友人の道士陳景元がその序を書いている唐末五代の道士譚峭の「化書」には、「虚→神→気→形」の生成論が展開されている。今、構成した王安石の生成論は、精や儒家的な色彩の強い性・誠・心を除くと『化書』の「虚→神→気→形」となるが、果して王安石に『化書』の生成論の影響があったかは断定できない。

次に王安石の養生論は「礼楽論」では生成論の逆方向を辿る。

形者、有生之本、故養生在於保形、充形在於育気、養気在於寧心、寧心在於致誠、養誠在於尽性、不尽性不足以養生。

ここでは、性の後は神に返らないのであるが、このような謂わば儒道折衷的な養生論を王安石は考え、この際には「気」は「形」に近接する位置に座を占めている。

第三節　『相鶴経』について

王安石は友人の曾鞏に答えた手紙の中に自らの読書に関して「某《われ》、自百家諸子之書、至於難経・素問・本草諸小説、無所不読」（『臨川先生文集』巻七十三）と述べるように諸子百家から『難経』『素問』『本草』等の医学書までを幅広く渉猟したと言っている。『周官新義』には『素問』が多く引用されるから、これは事実であろう。

因みに曾鞏と道教に関わることとしては、最早晩年に入った元豊三年（一〇八〇）に、王安石は曾鞏の為に後の浄明道に連なる許真君に関する「重建許旌陽祠記」（『逍遙山万寿宮通志』巻十五）を書いている。[10] なお、王安石はまた、「祈沢寺見許堅題詩」の中でも「高人遺蹟空佳句、誰識旌陽後世孫」（『臨川先生文集』巻三十三）と許旌陽に言及している。

さて、広く群書を渉猟したと言う王安石ではあるが、『老子』『荘子』や先に挙げた医学書等を除くと明瞭に書名を挙げる道書としては『相鶴経』が顕著なものであろう。

周知の通り、朱熹は「跋道士陳景元詩」（『朱文公文集』巻八十三）の中で、陳景元の書いた『相鶴経』に言及して、「書頗る醇古にして、観るべし」と述べているが、この『相鶴経』については、宋の黄伯思の『東漢余論』では、この書に言及して次のように述べている。

按隋経籍志・唐芸文志、相鶴経、皆一巻、今完書逸矣、特馬惣意林及李善注鮑照舞鶴賦、鈔出大略、今真靖陳尊師所書即此也、而流俗誤録著故相国舒王集中、且多舛午、今此本既精善、又筆勢婉雅、有昔賢風槩、殊可珍也。

（巻下「跋慎漢公所蔵相鶴経後」）

舒王は王安石、真靖陳尊師は即ち陳景元であり『宣和書譜』[11]巻六の中の陳景元の作品の中にも『相鶴経』の名が挙がっている。

今、『臨川先生文集』巻七十には「相鶴経」なる一文があり、熙寧十年（一〇七七）正月一日に草したことが明記されている。やや繁雑であるが、まず全文を次に示す。

(1)（A）鶴者陽鳥也、而遊於陰、因金気依火精以自養、金数九、火数七、六十三年小変、百六十年大変、千六百年形定、生三年頂赤、七年飛薄雲漢、又七年夜十二時鳴、六十年大毛落、茸毛生、乃潔白如雪、泥水不能汙、百六年雌雄相視而孕、一千六百年飲而不食、胎化産、為仙人之騏驥也、夫声聞於天故頂赤、食於水故喙長、軽於前故毛豊而肉疎、（a）修頸以納新故天寿不可量、所以体無青黄二色、土木之気内養、故不表於外也、（b）是以行必依洲渚、止不集林木、蓋羽族之清崇也。

其相曰、隆鼻短喙則少瞑、露睛赤白則視遠、長頸疎身則能鳴、鳳翼雀尾則善飛、亀背鼈腹会舞、高脛促節足力。

（B）其文、李浮丘伯授王子晉、又崔文子学道於子晉、得其文、蔵嵩山石室、淮南公采薬得之、遂伝於代、

熙寧十年正月一日、臨川王某修。（龍舒本も参考にした）

このうち、（B）の部分は『相鶴経』の来歴であり、（A）の部分が『相鶴経』の経文の引用である。

ところで、『相鶴経』は、夙に唐の徐堅の『初学記』（巻三十）に引用され、また、黄伯思の指摘する通り、『文選』巻十四の鮑照の「舞鶴賦」の李善の注釈にも引用されている。その李善注は「舞鶴賦」の「散幽経以験物、偉胎化之仙禽」の文に主として附されており、従って『相鶴経』はまた『幽経』とも呼ばれている。そして『相鶴経』の来歴について、李善は「相鶴経者、出自浮丘公、公以自授王子晉、崔文子者、学仙於子晉、得其文、蔵嵩高山石室、及淮南八公採薬得之、遂伝於世」と記している。『相鶴経』の来歴についての王安石の記述は、この李善の注釈を襲ったものであろう。

『初学記』の経文と李善注の経文とを比較すると、『初学記』所引の経文は首尾が整っており、『舞鶴賦』の冒頭の李善注所引の経文は、長文であるが、『初学記』のそれと経文の順序が著しく異なっている。李善注が、『初学記』所引の経文と同様のものを順序を換えて摘録したのか、『初学記』とは別の『相鶴経』の異本を見ていたのかは、遽かには断定を下せない。

注目されることは、王安石の引用する『相鶴経』の経文の順序も、『初学記』所引のものよりは、李善注所引の経文の順序に近いことである。恐らく、黄伯思が陳景元のものとして批評するように、王安石は「相鶴経」なる一文を草するに当って、主に李善注系の経文を参照したのであろう。

しかし、王安石の引用する経文には『初学記』にあって李善注にはない部分がある。その中で際立つのは（a）の「修頸以納新故天寿不可量、所以体無青黄二色、土木之気内養、故不表於外也」という部分である。そして、云う迄

もなく、「天寿不可量」は鶴が長寿であることを、「体無青黄二色」は、その鶴がとりもなおさず、「白鶴」を想定していることを示している。

　王安石の「白鶴」への傾倒は、例えば、「易泛論」の中で、「鶴、潔白以遠挙、鳴之以時而遠聞者也」（『臨川先生文集』巻六十三）と語られ、また、元豊三年（一〇八〇）に作られた「白鶴吟、覚海元公に示す」（『臨川先生文集』巻二）の詩の中では、「白鶴声可憐」「白鶴静無匹」「白鶴招不来」と孤高で静謐で可憐な姿を描写している点からも明らかである。この「白鶴吟」は仏教的な雰囲気の中で詠じられているが、「相鶴経」の「潔白なること雪の如」き鶴は「仙人の騏驥なり」と言われるように紛れもなく道教的世界のものである。

　王安石の「相鶴経」の中で、今一つ注目される部分は（b）の「是以行必依洲渚、止不集林木、蓋羽族之清崇也」とする部分である。このうち、「洲渚」は『初学記』と李善注両書の引用では「洲嶼」となっている。しかし、王安石の詩の中では、「洲渚」は頻出する言葉である。先行する「洲渚」の用例としては、王安石が愛し、また文学史上の評価を定めた杜甫の「送王十五判官扶侍還黔中」（『杜工部集』巻十二）の詩の「大家東征逐子迴、風生洲渚錦帆開」等が挙げられる。王安石の詩の例としては、「送項判官」の「断蘆洲渚落楓橋、渡口沙長過午潮」（『臨川先生文集』巻二）等があるが、彼にはこの「洲渚」は浄らかな所と感じられていた。「己未耿天騭著作、自烏江来、予逆沈氏妹于白鷺洲、遇雪作此詩、寄天騭」では「朔風積夜雪、明発洲渚浄」（『臨川先生文集』巻二）と詠じられ、また、「夢黄吉甫」でも「歳晩洲渚浄、水消煙渺莽」（『臨川先生文集』巻二）と歌われていることからもそれは明らかである。

　また「蓋羽族之清崇也」の「清崇」という表現は、『初学記』と李善注両書所引の『相鶴経』には見えないものである。或いはこれは王安石が附加したものかも知れない。縦えそうでないとしても、王安石は他人の詩句を「集句」として詩を構成した程の豪の者であるから、そこに浄らかな「洲渚」に棲息する白鶴の清らかで崇高な様子に対する彼自身の賛嘆を見ることは可能であろう。

ところで、「相鶴経」では「仙人の騏驥」とされる鶴は、またそれに乗った人物の昇仙の象徴として王安石に詠じられることがある。その例は茅山の茅盈・茅固・茅衷の所謂三茅君を歌った詩に顕著である。即ち「次韻劉著作過茆(茅)山今平甫往遊因寄」の詩に「三鶴不帰猶地勝、二君能到亦心清」(『臨川先生文集』巻二十三)と詠ずるのがそれである。

とすれば、王安石のこの「相鶴経」なる一文は熙寧十年正月一日以前に逝去した人物が仙界に飛翔することを願って書かれたものではないかとの推測が可能であろう。その人物とは云うまでもなく、熙寧九年七月に亡くなった愛息、王雱であることは疑いもないことである。道教は永遠の生命を希求する宗教であるが、この宗教の今一つのテーマが死であることは、これまた疑いようもないことであるからである。

結　語

王安石は若年の頃から道士・道観と交渉を持ち、中央政府で活躍する熙寧年間には、太一信仰の役割を重視し、宮観使を拡大するなど道教を尊ぶ傾向を顕著に見せた(12)。

宋代道教においては、第三代の真宗の時代に隆盛になった玉皇大帝に対する信仰は勿論重要なものであるが、第二代の太宗時代に端を発する太一信仰、東太一宮・西太一宮・中太一宮の造営等の士大夫階層や社会全体への影響はもっと注目されてよいものであろう。

小論では、王安石とこの太一信仰との関わりを中心に、「至虚而一」「沖気」の思想や『相鶴経』等を取り挙げて王安石と道教との関係を論じた。

『相鶴経』については、黄伯思の『東観余論』の前述した議論もあるが、王安石が王雱の追悼の為にこの一文を草し、それをもとに親友であった道士陳景元が書をものしたというのが真相なのであろう。

熙寧八年（一〇七五）に都を去り、廬山に帰ることになった陳景元に代って作った「代陳景元書于太一宮道院壁」（『臨川先生文集』巻二十六）の詩の「官身有吏責、触事遇嫌猜、野性豈堪此、廬山帰去来」における「触事遇嫌猜」は王安石の新法を巡る政界の抗争に巻きこまれた陳景元の気分を代弁しているが、また、王安石の気持をも良く伝えているであろう。そして、王雱の死後、その晩年は、王安石は今度は仏教への傾斜をますます深めて行ったと推察されるのである。

注

（1）呂恵卿の「宋中太乙宮碑銘」は、『道蔵』及び陳垣氏の『道家金石略』、『全宋文』等に収める。

（2）坂出祥伸氏「北宋における十神太一と九宮貴神」（『中国古代の占法』研文出版、一九九一）所収参照。

（3）『太乙金鏡式経』についても坂出氏前掲論文参照。

（4）陳国符氏『道蔵源流考』中華書局、一九六三参照。

（5）『字説』については、池田四郎次郎氏「王安石の字説について（一）（二）」（『東洋文化』八・九、一九二四所収）及び胡双宝氏「王安石《字説》輯佚」（『古籍整理与研究』一九八七年第二期所収）参照。

（6）「一」に対する重視については、土田健次郎氏「王安石における学の構造」（『宋代の知識人』汲古書院、一九九三所収）参照。

（7）三浦國雄氏は王安石の『字説』について「しかしながら、『字説』には王安石なりの言語観があったことを否定できない。彼の考えでは、言葉＝文字はたんなる符牒ではない。言葉＝文字には、事物が正しく反映されている。いわば言葉＝文字は事物の影である。（中略）安石は、言葉＝文字を通して個々の事物のうちに潜む理（道理・条理・法則性）を探求したのである」と説く（『王安石』集英社、一九八五）。

（８）司馬光は「与王介甫書」の中で介甫（王安石）「於諸書無不観、而特好孟子与老子之言」と云う（『司馬公文集』巻六十）。
（９）礼楽刑政の重視については、内山俊彦氏「王安石思想初探」（『日本中国学会報』十九、一九六七所収）参照。
（10）秋月観暎氏『中国近世道教の形成』（創文社、一九七八）参照。
（11）『宣和書譜』に新法党の書が多いことについては日原利国氏に指摘がある（「『宣和書譜』成立考」『漢代思想の研究』、研文出版、一九八六所収）参照。
（12）蘇軾は王安石を評した語に「具官王安石、少学孔孟、晩師瞿聃」（『蘇軾文集』巻三十八「王安石贈太傅」）と述べる。王安石が道教・仏教に出入した評語として注目すべきであろう。安藤智信氏「王安石と仏教」（『東方宗教』二十八、一九六六）も参照。但し道教との交渉は早くからあったと見られる。

蘇氏系譜（近藤光男著『蘇東坡』集英社、一九六四を参考に作成）

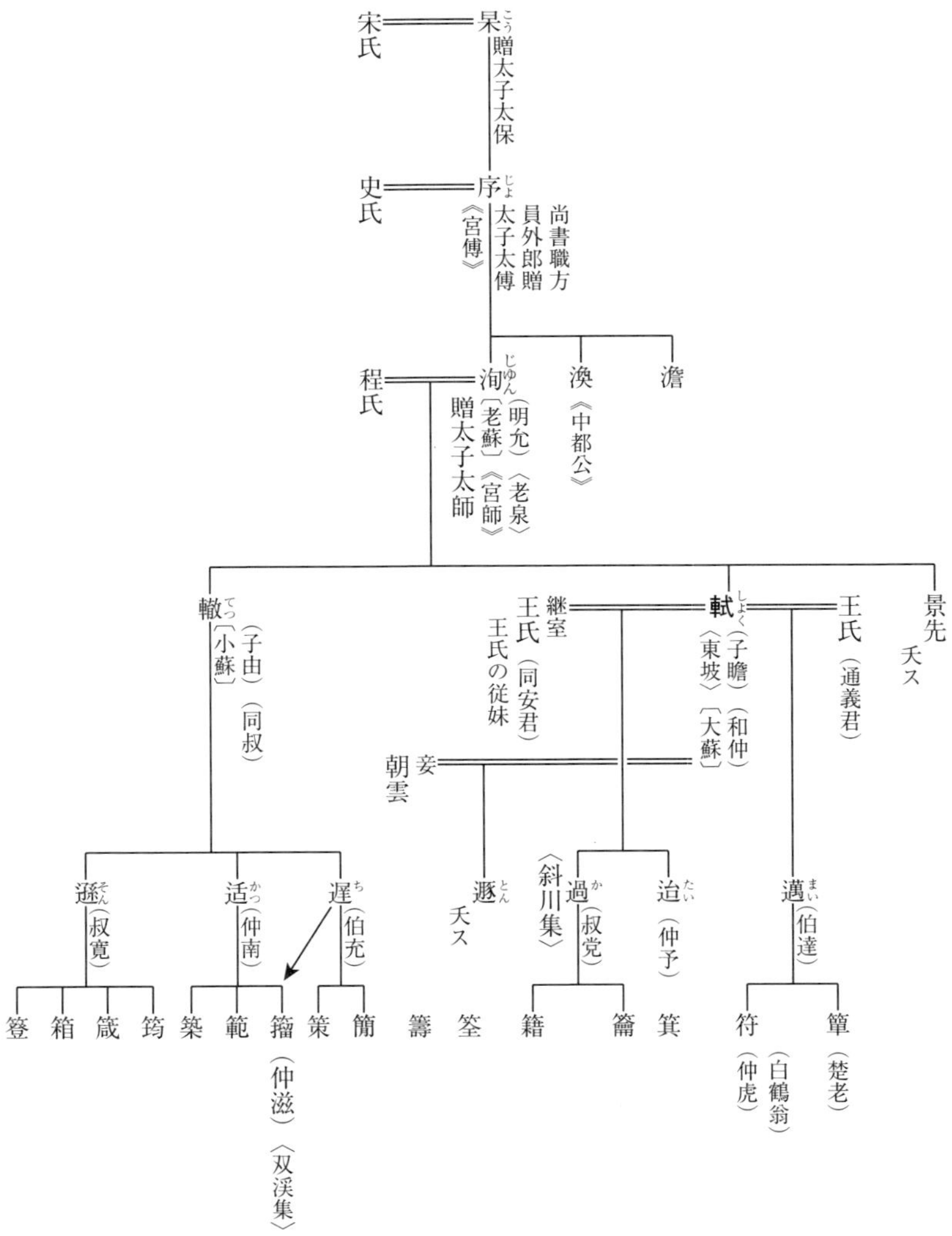

第四章　蘇洵の水官詩について——蘇洵と道教——

序　言

共に唐宋八大家に列せられる人々は蘇洵（一〇〇九―六六）を様々に評した。例えば、欧陽脩が蘇洵の「六経論」を称して「荀卿子の文なり」（『嘉祐集箋註』巻十二「上欧陽内翰第二書」）と述べたとは蘇洵自ら語るところであるが、また曾鞏は「明允人となり聡明弁智、人を遇するに気は和ぎ色は温かなるに、策謀を為すを好み、一えに己の見を出すに務め、故迹を躡むを肯んぜず」（『元豊類藁』巻四十一「蘇明允哀辞」）と周到に説く。更に邵博の『聞見後録』では、王安石の言葉として「蘇明允に戦国縦横の学あり」（巻十四）との批評を載せる。

この蘇洵に予言者めいた才能が存したとは従来説かれるところであり、その代表的な例とされるのが「二子に名づくの説」と「辨姦論」である(1)。

予言者めいた才能を有した蘇洵はまた道教にも接近していた。彼の文集である『嘉祐集』(補註1)を繙くと道教に関わる詩文が少なからず存する。そこで本章では道教の天地水の三官の中の一つを詠じた「水官詩」を中心に彼の詩文に検討を加え、蘇洵と道教との関わりが如何なるものであったかを解明して行くこととする。

第一節　蘇洵と道観

さて、それでは最初に蘇洵の道観に関わる詩文について述べて行こう。

その一つは仙都観に関するもので、「題仙都山鹿並叙」「題仙都観」の二首が存する。「題仙都山鹿並叙」の箋註では、この詩を嘉祐四年に繋け、次のように述べる。

嘉祐四年（一〇五九）十月三蘇赴京、途経酆都時作。（『嘉祐集箋註』「佚詩」）

この詩の叙文では、作詩の動機について次のように語る。

至酆都県、将游仙都観、見知県李長官云、固知君之将至也、此山有鹿甚老、而猛獣猟人終莫能害、将有客来游、鹿輒放鳴、故常以此候之、而未嘗失、予聞而異之、乃為作詩。（『嘉祐集箋註』「佚詩」）

これは蘇洵の予言予兆好みを示したものであろう。詩の内容は次の如くである。

客来未到何従見、昨夜数声高出雲、応是先君老僮僕、当時掌客意猶勤。（『嘉祐集箋註』「佚詩」）

因みに蘇軾の「仙都山鹿」の詩には、「至今聞有遊洞客、夜来江市叫平沙」と来客の際、鹿が予め鳴くことに触れている。（『蘇軾詩集』巻一）

この仙都観は、宋代にはまた景徳観、白鶴観とも呼ばれたらしい。『輿地紀勝』にはそのことを次のように記す。

仙都観、在酆都県平都山、唐建、宋改景徳観、又名白鶴観。

この酆都県の仙都観の由来については、蘇軾の「書鮑静伝」（『蘇軾文集』巻六十六）に次のように記す。

（鮑）静嘗見仙人陰君受道訣、百余歳卒、陰真君、名長生、予嘗遊忠州酆都観、則陰君与王方平上昇処也、古松柏数千株、皆百囲、松脂如酥乳、不煩煮錬、正爾食之、滑甘不可言、二真君皆画像観中、極古雅、有西晋時殿宇、尚存。

このように、忠州の酆都県にあった仙都観は、陰長生と王方平（名は遠）縁りの所であった。

因みに宋代には今一つ著名な仙都観があり、建昌軍のそれは女仙麻姑の縁りの所であった。唐宋八大家の一人である曾鞏の「仙都観三門記」には次のように記す。(2)

建昌軍南城県麻姑山仙都観、世伝麻姑於此仙去、故立祠在焉（『曾鞏集』巻十七）

翻って、酆都県の仙都観に話を戻すと、南宋の范成大の『呉船録』には次のような叙述がある。

至忠州酆都県、去県三里、有平都山仙都道観、本朝更名景徳、（中略）碑牒所伝、前漢王方平、後漢陰長生、皆在此山得道仙去、有陰君丹炉及両君祠堂皆存、祠堂唐李吉甫所作、壁有吉甫像、有晉隋唐三殿、制度率痺狭不突兀、故能久存、壁皆当時所画、不能尽精、惟隋殿後壁十仙像為奇筆、豊臞妍怪、各各不同、非若近世絵仙聖者一切為靡曼之状也、晉殿内壁、亦有渓女等像、可亜隋壁殿、（中略）、観中唐以来、留題碑刻以百数、暑甚不暇徧読、道家以冥獄所寓為酆都宮、羽流云此地。（巻下）

引用した末尾の部分は、泰山地獄と並ぶ道教の冥界である酆都地獄がこの地にあるとの伝説を記している点でも重要である。(3)

もっとも、蘇洵の「題仙都観」の詩には、酆都地獄のことは出て来ず、陰長生、王方平ら古の仙人と、仙都観の有様を歌い、一方で陰・王らが服薬で長生を得たとしながらも、他方で服薬の虚妄を語る内容となっている。

飄蕭古仙子、寂寞蒼山上、観世眇無言、無人独惆悵、深巖聳喬木、古観靄遺像、超超不可揖、真意誰復亮、蜿蜒乗長龍、倏忽変万状、朝食白雲英、暮飲石髄湣、心肝化瓊玉、千歳已無恙、世人安能知、服薬本虚妄、嗟哉世無人、江水空蕩漾。（『嘉祐集箋註』「佚詩」）

さてそれでは次に木櫪観に関する詩について述べよう。

その詩は「木櫪観を過う、並びに引」である。『嘉祐集箋註』では、この詩題に関して注釈して次のように云う。

題、木櫪観在万州武寧県（今万県西南武寧鎮）、嘉祐四年（一〇五九）冬、三蘇父子赴京、途経武寧時作。（「佚詩」）

そして蘇洵の引（序）には次のように述べる。

許精陽得道之所、舟人不以相告、即過武寧県、乃得其事、県人云、許精陽棺槨猶在山上。（『嘉祐集箋註』「佚詩」）

この蘇洵の作は、先の仙都観に関する詩が作られてまもなくの作品であり、蘇洵・蘇軾・蘇轍父子が旅の途次、耳よりな伝説がある道観には足を向けようとしていたことを示しているものである。

ところで、許精陽は即ち、許旌陽のことであって、つまりは後の浄明道に連なる許真君、即ち許遜のことである。(4)この許旌陽に対する関心は北宋の士大夫の間に広がりを持っていたようで、欧陽脩にも彼に言及する詩があり、曾鞏には「祭西山玉隆観許真君文」があり、王安石には「重建旌陽祠記」が存する。蘇洵のこの詩もそれらの作品の中に加えるべきものである。(5)

この詩にもやはり蘇軾が唱和した作品がある。その許旌陽に触れる部分は次のようなものである。

許子嘗高遯、行舟悔不迂、斬蛟聞猛烈、提剣想崎嶇。（『蘇軾詩集』巻一「過木櫪観」）

この句を『四河入海』では次のように解する。

許旌陽カ昔此処ニ高遁テイタ処ソ、ソコヲ舟人カ此処コソ古ノ許旌陽カヲツタ処テ有ト云ハヽ道ヲ枉テソコへヨツテ見スモノヲト云テ後悔スルソ坡カ後悔スル也。

『四河入海』は、詩の内容に踏み込んで解釈する所に特色があるが、ここも良く三蘇の気分を捉えた注釈である。

そして蘇洵の詩には次のように詠じられている。

聞道精陽令、当時此学仙、錬形初似鶴、蛻質竟如蟬、蘚上檜棺石、雲生昼影筵、舟中望山上、唯見柏森然。

（『嘉祐集箋註』「佚詩」）

このうち「形を錬ること初めは鶴に似、質を蛻すること竟には蟬の如し」の二句は、道教の養形・尸解についての言及であるが、尸解に関しては、「顔書」の詩の「云公本不死、此事亦已奇」の句に蘇洵が自註をして有名な顔真卿の尸解の伝説について次のように云っているのが注目されよう。

或云（顔魯）公尸解、雖見殺、而実不死。（『嘉祐集箋註』巻十六）

それでは次に玉局観に関わる事柄として、蘇洵の張仙への祈子のことについて見てみよう。

祈子の神である張仙に関しては、清の趙翼の『陔余叢考』巻三十五に考察があり、その冒頭には張仙像や祈子のことについて次のように紹介している。

世所称張仙像、張弓挟弾、似貴游公子、或曰、即張星之神也、陸文裕金台紀聞云、後蜀主孟昶挟弾図、花蕊夫人携入宋宮、念其故主、嘗懸于壁、一日太祖詰之、詭曰、此蜀中張仙神也、祀之能令人有子、于是伝之人間、遂為祈子之祀。

しかし、趙翼はその後の議論で張仙が孟昶であるという説を否定して次の如く説く。

然則此像本起于蜀中、閨閣祈子、久已成俗、是以花蕊携以入宮、後人以其来自蜀道、転疑為孟昶像耳。

この後に趙翼は、張仙は張遠霄であるとの説を示し、南宋の陸游の詩とその自註を掲げて、張仙挟弾の図の説明とする。

陸放翁答宇文使君問張仙事詩、自註云、張四郎常挟弾、視人家有灾者、輒以鉄丸撃散之。

この張仙が張遠霄であるとの説を示すものとして趙翼が提出するのが他ならぬ蘇洵の「張仙賛」である。

按蘇老泉集、有張仙賛、謂張名遠霄、眉山人、五代時遊青城山成道。(6)

そして、趙翼はこの張仙が張遠霄であるとの説を示した後に、次のように結論する。

今所画張弓挟弾、乃正其生平事実。

更に趙翼は蘇洵の張仙への祈子に言及する明の詩人である高啓の詩についても触れる。その詩題は、「余未有嗣、雪海道人、以張仙画像見贈、蓋蘇老泉嘗禱而得二子者、予感其意、因賦詩以謝」という頗る長いものであるが、その詩中にも次のように述べる。

道人念我書無伝、画図巻贈成都仙、云昔蘇夫子、建之玉局禱甚虔、乃生五色両鳳鶵、和鳴上下遂与夫子相聯翩。

このように蘇洵の道教に対する信仰を端的に示す例として、この張仙への祈子のことがある。それが『眉山県志』には「張仙碑」として引用され、『嘉祐集箋註』『全宋文』では「張僊（仙）の画像に題す」として載せる一文であるが、三者の間にはかなりの文字の出入がある。まず、三者を掲げてみよう。

（1）「張仙碑」

洵自少豪放、嘗於庚午重九玉局無礙子肆中見画像、筆法清奇、云乃張仙也、有禱必応、因解玉環易之、洵尚無嗣、毎旦露香以告、逮数年、乃得軾、又得轍、性皆嗜書、乃知真人急於接物、而無礙之言、不吾誣也、故識其本末、使異時子孫求読書種者、於此加敬焉、慶歴戊子上元日、蘇洵書。

（2）「張僊の画像に題す」（略称「張僊画像」）

洵嘗於天聖庚午重九日至玉局観无礙子卦肆中見一画像、筆法清奇、乃云、張僊也、有感必応、因解玉環易之、洵尚無子嗣、毎旦必露香以告、逮数年、既得軾、又得轍、性皆嗜書、乃知真人急於接物、而无礙子之言不妄矣、故識其本末、使異時祈嗣者、於此加敬云。（『嘉祐集箋註』巻十五）

（3）「張仙画像に題す」（略称「張仙画像」）

洵嘗於天聖庚午重九日玉局観無礙子肆中見一画像、筆法清奇、云乃張仙也、有禱必応、因解玉環易之、洵嘗無嗣、毎旦露香以告、逮数年乃得軾、又得轍、性皆嗜書、乃知真人急於接物、而無礙子之言不吾妄矣、故識其本末、使異時欲祈嗣者、於此加敬云。（『全宋文』巻九二一）

因みに『全宋文』では注釈の形で、北京大学図書館蔵の『柳風堂石墨』には、（3）の下に次のような文章のあったことが記され、一層、蘇洵の道教信仰の様子が具体的に知られる。

慶暦戊子上元日拝章罷、蘇洵稽首書、維某年某月某日、具位某等昭告於真人日、惟神好生為徳、化行四海、某等不徳所召、艱於子息、董皈遺教、瞻奉尊顔、仰覩神庥、下従愚悃、品儀不腆、神其鑑佑、尚饗、夫婦行四拝礼、詣香案、上香献酒読祝、再四拝、焚祝礼畢、用細米粉団成弾子、染五色、煮熟共一盤、茶三甌、酒三盞、棗湯三甌、鹿脯一方、無則以羊肉代之、時果三品、不用銭馬、用仲春仲秋上旬宜祭祀日。

無礙子については詳らかにしないがこの文章が書かれたのは、「慶暦戊子」とするから、即ち仁宗の慶暦八年（一〇四八）、蘇洵四十歳の時の作で、二人の息子の蘇軾は十三歳、蘇轍は十歳になっていた。張仙への祈子の事は、「張僊（仙）画像」に云う「天聖庚午」で、即ち仁宗の天聖八年（一〇三〇）、蘇洵二十二歳の折のことである。この一文の書かれたのは、「上元の日」となっているが、この一月十五日の「上元の日」が七月十五日の中元の日、十月十五日の下元の日とともに三元日とされる道教の重要な祭日であることは周知の通りである。

そして『柳風堂石墨』に収録された佚文に依れば、蘇洵は張仙の「遺教に皈し」その「尊顔を瞻奉し」て子供の誕生を祈り、張仙へ米の粉の弾子《たま》などを供えていたことが分かるのである。

玉局観は成都の道観で、天師道の二十四化の一つである玉局化のことで、晩唐五代の碩学道士杜光庭縁りの所である。杜光庭の『道教霊験記』には先に掲げた忠州の仙都観とともにこの玉局観についても幾つかのエピソードを拾い挙げている。そしてこの玉局観は蘇洵の子の蘇軾が提挙となった道観でもある。蘇軾の「提挙玉局観謝表」には次のように云う。

臣先自昌化軍貶所奉勅移廉州安置、又自廉州奉勅授臣舒州団練副使永州居住、今行至英州、又奉勅授臣朝奉郎提挙成都府玉局観在外州軍任便居住者、七年遠謫、不意自全、万里生還、適有天幸、驟従縲紲、復歯縉紳。（『蘇

軾文集』巻二十四）

この人事は恐らく蘇洵の張仙への祈子譚と関わるものであろう。

第二節　孔老と風水

さて、この節では、蘇洵と「老子」との関わり、及び風水の文学論とも呼ぶべきものについて触れる。

蘇洵と「老子」との関わりを考える上で注目すべきものは偽作説もある「辨姦論」である。この「辨姦論」は、蘇洵が王安石の姦《よこ》しまさを非難したものと古来から信じられてきたが、清の李紱、蔡上翔が出るに及んで偽作説が喧伝され、現在では真作・偽作の両論が対峙していることは周知の通りである。近年では宮崎市定氏が「辨姦論の姦を辨ず」[7]において偽作説を支持しておられるのが記憶に新しいところである。

ところでこの「辨姦論」には、姦者の人となりについて次のように述べる部分がある。

今有人口誦孔老之言、身履夷斉之行、収召好名之士、不得志之人、相与造作言語、私立名字、以為顔淵・孟軻復出。

この「口誦孔老之言」の句に注目された宮崎氏は次のように述べられる。

ところが、『唐宋八大家文読本』に収むる所の「辨姦論」を見ると、今の所は、「口誦孔子之言」、口に孔子の言を誦し、となっている。併しこれは頂けない。『楽全集』『宋文鑑』『名臣言行録』の系統は総て孔老之言なのである。更に文章の上から言っても、

口誦孔老之言、身履夷斉之行

と対句になっており、下句が夷斉、すなわち伯夷と叔斉二人であれば、上句は同じ孔子と老子と二人でなければ

ならぬ。さればとて、これを孔孟の言と改めようとすると、下文に孟軻という言葉があって重複するから、それも出来ない。

この宮崎氏の議論は卓見であって動かしがたいところであろう。因みに『嘉祐集箋註』でもやはり「孔老之言」のテクストを採用している。但し、『嘉祐集箋註』の撰者の一人である曾棗荘氏は「蘇洵《辨奸論》真偽考」(8)の中で、この二句について「口誦老孔之言　身履夷斉之行」として引用されているが「老孔」は「孔老」の順とするのが正しいであろう。この曾棗荘氏は「辨姦論」は蘇洵の真作であるとこの論文で主張されており、それは『嘉祐集箋註』に「辨姦論」を収録した立場に連なっている。

その『嘉祐集箋註』では、「辨姦論」の冒頭の部分に次のような注釈をしている。

（本文）

事有必至、理有固然、惟天下之静者乃能見微而知著。

（箋註）

「惟天下」句、老子十六章「致虚極、守静篤、万物並作、吾以観復。」班固等白虎通義情性節「智者知也、独見前聞、不惑於事、見微而知著也。」（『嘉祐集箋註』巻九）

『老子』には、また、その第四十五章に「躁は寒に勝ち、静は熱に勝つ、清静にして天下の正と為る」などとあり、「天下の静なる者」という表現は「老子」的であると云えよう。

そして「辨姦論」では、「口誦孔老之言、身履夷斉之行」なる表現は、「孔老」双修の廉潔なる言行を指していると見られる。

さて、蘇洵が「老子」に明確に言及しているのは、「辨姦論」を除けば只一ヵ所であり、それは父の蘇序の人となりについて述べた次の一節である。

性簡易、無威儀、薄於為己而厚於為人、与人交、無貴賤皆得其歓心、見士大夫曲躬尽敬、人以為諂、及其見田父野老亦然、然後人不以為怪、外貌雖無所不与、然其中心所以軽重人者甚厳、居郷閭、出入不乗馬、曰、有甚老於我而行者、吾乗馬、無以見之、敝衣悪食処之不恥、務欲以身処衆之所悪、蓋不学老子而與之合。（『嘉祐集箋註』巻十四「族譜後録下篇」）

ここでは、父の蘇序の言行に合するものとして「老子」が極めて好意的に取り挙げられている。蘇洵が儒教を奉ずる一方で、このように父の蘇序の言行を「老子」に喩えていることからして、少なくとも蘇洵は北宋にあって「口に孔老の言を誦し」た人物の一人であると考えられるが、(9)「辨姦論」の「姦」の対象であると普通に目される王安石だけではなく、「孔老」双修の士大夫が当時には散見される。手近なところでは、王安石の政敵である司馬光や、蘇洵の子の蘇轍にも、王安石と同様に『老子』に対する注釈が現存しているのである。

それでは、次に蘇洵の文学観、芸術観の一端に触れてみよう。そこでまず取り挙げるべきなのは、彼の風と水の織りなす景観が至文のものであるとする論説である。この論説は『易』の「風、水上を行く、渙」の言葉より導き出されたものであるが、そこでは、水の姿、風の姿を次のように描き出す。

且つ兄は嘗て夫《か》の水と風とを見るや、油然として行き、淵然として留まり、渟洄汪洋、満ちて上に浮ぶは、これ水なり、しかるに風、実にこれを起す。

蓬蓬然として大空より発し、終日ならずして四方に行き、蕩乎として其れ形なく、飄乎として其れ遠くより来る、既に往きてその迹の存する所を知らざるは、これ風なり、しかるに水は実にこれを形わす。

以下は原文にて引用する。

今夫風水之相遭乎大沢之陂也、紆余委蛇、蜿蜒淪漣、安而相推、怒而相凌、舒而如雲、蹙而如鱗、疾而如馳、徐而如徊、揖譲旋辟、相顧而不前、其縈如縠、其亂如霧、紛紜鬱擾、百里若一、汨乎順流、至乎滄海之濱、磅礴洶涌、号怒相軋、交横綢繆、放乎空虚、掉乎無垠、横流逆折、濆旋傾側、宛転膠戻、回者如輪、縈者如帯、直者如燧、奔者如燄、跳者如鷺、躍者如鯉、殊状異態、而風水之極観備矣、故曰、風行水上渙、此亦天下之至文也。然而此二物者豈有求乎文哉、無意乎相求、不期而相遭、而文生焉、是其為文也、非水之文也、非風之文也、二物者非能為文、而不能不為文也、物之相使而文出於其間也、故曰、此天下之至文也。

今夫玉非不温然美矣、而不得以為文、刻鏤組繡、非不文矣、而不可与論乎自然、故夫天下之無営而文生之者、惟水与風而已。(『嘉祐集箋注』巻十五、仲兄字文甫説」)

覚えず引用が長くなったが、蘇洵は風と水とが織りなす躍動的な自然の景観、その美しさを文章表現に喩えた。松本肇氏は「唐宋八大家の世界」の中で次のように云う。

ここで、水=修養、風=インスピレーションと解する見方があるが、別の見解を示しておこう。即ち、水は作家の表現衝動を支える内発的契機(主観的条件)、風は表現衝動を呼び起こす外発的契機(客観的条件)の譬えであり、両者が融合したとき、すぐれた文章が生み出される。(中略)

蘇洵の「風水相遭説」に現れた、文章の自然性を重視する文学論を継承したのが、その子蘇軾の「行雲流水説」である。(10)

この蘇洵の「風水相遭説」、いわば「風水」の文学論は、先に引用した文章の最後の一段に「今かの玉は温然として美ならざるには非ざるなり、しかるに以て文を為すを得ず、刻鏤組繡は、文ならざるに非ざるなり、しかるにともに自然を論ずるべからず、故にかの天下の営むことなくして文これを生ずるものは、ただ水と風のみ」と説くように「自然」にして文彩を生ずることを主張する、「自然」であることを重んずる道教的文学論である。

この「自然」であることを蘇洵はその芸術論において「天真」と呼ぶ。即ち、絵画における天真について、蘇洵は「与可(文同のこと)、画くところの舒景を恵むを許す、詩を以てこれを督す」では次のように歌っている。

枯松怪石霜竹の枝、中に愛すべきあり知る者は誰ぞ、我れ能くこれを知るも説く能わず、説かんと欲するも常に恐る天真の非なるを、君の筆端に新意あるを羨む、倏忽として万状　一揮を成す、我をして言を忘れただ独り笑わしめ、説かんと欲する所を意《おも》い輒ちこれを見る。（『嘉祐集箋註』「佚詩」）

この「天真」の語は、『荘子』の漁父篇の「聖人は天に法りて真を貴び、俗に拘らず」に基づくとされる。

さて、この節では、蘇洵と「老子」との関わり、及び「風水」の文学論について見てきたが、そこでは『老子』『荘子』『易』のいわゆる三玄と蘇洵の関わりに筆が及ぶことになった。そして「風水」の文学論といい、或いは蘇軾の「行雲流水説」といい、蘇洵父子の「水」への拘わりがそこでは注目されるが、「上善は水の若し」（第八章）、「（水は）「道に幾し」（第八章）と説く、「水」への注視は言うまでもなく『老子』のものであったのである。

第三節　水官詩について

蘇洵の水官詩についても『陔余叢考』巻三十五の「天地水三官」の項に次のように触れるところがある。

宣和画譜、有名画周昉三官像図、及唐末范瓊・孫位・張素卿皆有之、又東坡集中、有水官詩、乃大覚璉師、以唐閻立本所画水官、贈老泉、老泉作詩報之、兼命坡公属和者、然老泉詩、徒摹写閻画、東坡亦第述立本之以画名家、而未著水官所自。

蘇洵の水官詩制作の経緯については、趙翼が述べているように蘇軾の「次韻水官詩并引」（『蘇軾詩集』巻二）があって、その引（序）にやや詳しく書かれている。

浄因大覚璉師、以閻立本画水官、遺編礼公、公既報之以詩、謂軾、汝亦作、軾頓首再拝次韻、仍録二詩為一巻献之。

蘇洵は嘉祐六年（一〇六一）七月に覇州文安県の主簿となり、礼書を編纂した。蘇軾が父を編礼公と呼ぶのは、その際の仕事に依ったものである。

浄因大覚璉師については、『禅林宝訓』に次のように云う。

明州育王寺懐璉禅師、字器之、漳州陳氏子、嗣泐潭懐澄、青原下十四世、宋仁宗皇祐二年、詔住京師十方浄因院、賜号大覚禅師。

この浄因院に住む仏僧、大覚禅師懐璉が道教画である水官の図を蘇洵に贈り、蘇洵がその礼に詩を作り、更に息子の蘇軾にも次韻させた。これが水官詩制作の経緯である。

水官については、『嘉祐集箋註』では次のように説く。

題、水官、水神名、礼月令孟冬之月、其帝顓頊、其神玄冥、鄭玄注、玄冥、少皞氏之子、曰脩曰熙、為水官、此指唐代著名画家閻立本所画水官図。（佚詩）

この『嘉祐集箋註』に引く水官の典拠は蘇洵の水官詩に対する注釈としては甚だ穏当を欠く。先に水官の図が道教画であると述べたが、既に趙翼が「天地水三官」において、掲傒斯の「曲阿三官祠記」に対する宋濂の跋を引きつつ次のように述べているのである。

張魯為五斗米道、其法（与太平道）略同、而魯為尤甚、自其祖陵父衡、造符書于蜀之鶴鳴山、制鬼卒祭酒等号、分領部衆、有疾者令其自首、書名氏及服罪之意、作三通、其一上之天著山上、其一薶之地、其一沈之水、謂之天地水三官、三官之名、寔始于此云云、此最為得寔。

蘇洵の見た水官の図がこの三官の一たる水官の図であったことは、蘇軾の「次韻水官詩並引」に

三官豈に独なるを容れんや
これを得るも今已に偏れり。

と詩《うた》っていることからも明白なのである。（補註2）

唐代において、閻立本以外にも三官図を描いた画家のあったことは、これも趙翼が指摘する『宣和画譜』に周昉のものとして「天地水三官像六」を、范瓊の作として「天地水三官像三」、孫位の作として「天地水三官像三」、張素卿の作として、「天官像一、三官像一」を掲げていることにより明らかである。

さて、閻立本は兄の閻立徳と共に初唐有数の画家であろう。『宣和画譜』には、閻立本のものとして次の三十六種類の四十二作品を掲げる。

（1）三清像一　（2）元始像二　（3）行化太上像一　（4）伝法太上像一　（5）巌居太上像一
（6）四子太上像一　（7）太上西昇経一　（8）拱極図一　（9）玉晨道君像一　（10）延寿天尊像一
（11）木紋天尊像一　（12）北帝像一　（13）十二真君像一　（14）維摩像二　（15）孔雀明王像一
（16）観音感応像一　（17）五星像二　（18）太白像一　（19）房宿像一　（20）十二神符一
（21）宣聖像一　（22）歩輦図一　（23）王右軍真一　（24）竇建徳図一　（25）写李思摩真一
（26）凌煙閣功臣図一　（27）魏徴進諫図一　（28）飛銭験符図一　（29）取性図一　（30）西域図二
（31）職貢図二　（32）異国闘宝図一　（33）職貢獅子図一　（34）掃象図一　（35）紫微北極大帝像一
（36）混元上徳皇帝像一　（巻一）

蘇軾は「次韻水官詩並引」では、閻立本のことを記すのに父の詩との重複を避けた為か専ら（31）の職貢に多くの言を費している。即ち「伝聞貞観中、左衽解椎髻、南夷羞白雉、仏国貢青蓮、詔令擬王会、別殿写戎蛮、熊冠金絡額、豹袖擁旛旜、伝入応門内、俯伏脱剣弮、天姿儼龍鳳、雑沓朝鵬鱣、神功与絶迹、後世両莫扱」と語るのがそれである。

しかし、長廣敏雄氏がその論文「閻立徳と閻立本について」の中で、先の『宣和画譜』に掲げる作品のうち、（1）（2）（3）（4）（5）（6）（7）（8）（9）（10）（11）（12）（13）（17）（18）（19）（20）（35）（36）を重視し、更に次のように述べているのは、閻立本の画家としての特質を鋭く指摘したものであろう。

宣和画譜の撰者が閻立本を道釈画の画家に分類していること、しかも道教画にくらべて仏教画は維摩像二、孔雀明王像一、観音感応像一の四図にすぎないことをみると、閻立本は道教画に大きな関係があったとかんがえるのは自然であろう。(11)

筆者も長廣氏の所説に全面的に賛成であり、またかつて閻立本と初唐の書家褚遂良とのコンビによる道教関係の書画に言及したこともある。それは『宣和画譜』に挙げる（7）太上西昇経一に関わるものであり、これは郭若虚の『図画見聞志』には「唐の閻立本の老子西昇経図」と記され、更に米芾の『宝章待訪録』には、『老子西昇経』を載せ、唐の「褚遂良の書、閻立本の画」のあったことを述べる。これに加えて筆者は、明の文徴明の『停雲館法帖』の「晉唐小字」にとられている、閻立本の所謂『霊宝度人経変』に附された、褚遂良の題字が、実は隋唐道教の代表的経典『太玄真一本際経』の巻九と巻十の一部を抜粋したものであることを指摘したのであった。(12)このように閻立本は在世当時の有力な道教経典に題材を求めた画家であったのである。蘇洵「水官詩」はこのような道教画の達人閻立本の画風の一端を窺わせるものとして興味ある作品でもある。

因みに閻立本に（17）五星像二のあったことを『宣和画譜』には掲げるのであるが、蘇洵には「呉道子画五星賛」があり、やはり五星、即ち、木星（歳星）・火星（熒惑）・土星・金星（太白）・水星（辰星）の五星の像を画いた唐代の代表的画家呉道子の絵の様子を描写したものである。その中心部分を次に引用して見よう。

歳星居前、不武不挑、求之古人、其有帝堯、盛服佩剣、其容昭昭、熒惑惟南、左弓右刀、赫烈奮怒、木石焚焦、震怛下土、莫敢有驕、崔崔土星、痩而長腰、四方遠遊、去如飛飈、倏忽万里、遠莫可昭（招）、太白惟将、宜其壮夫、今惟婦人、長裙飄飄、抱撫四弦、如声嘈嘈、辰星北方、不麗不妖、執筆与紙、凝然不囂、粧非今人、脣傅黒膏。（『嘉祐集箋註』巻十五）

このように蘇洵の「呉道子画五星賛」は絵画の様子を写実的に描くのであるが、これは「水官詩」の場合も同じである。「水官詩」は、その末尾の十句に「我従大覚師、得此鬼怪編、画者古閻子、於今三百年、見者誰不愛、予者誠以難、在我猶在子、此理寧非禅、報之以好詞、何必画在前」と「水官詩」を書くに至った経緯などについて記すが、その冒頭からの他の大部分は「水官」の図の描写に専心している。当該の部分を続いて引用する。

水官騎蒼龍、龍行欲上天、手攀時且住、浩若乗風船、不知幾何長、足尾猶在淵、下有二従臣、左右乗魚黿、矍鑠相顧視、風挙衣袂翻、女子侍君側、白頬乗双鬟、手執雉尾扇、容如未開蓮、従者八九人、非鬼亦非蛮、出水未成列、先登揚旗旜、長刀擁旁牌、白羽注強弮、雖服甲与裳、状貌猶鯨鱣、水獣不得従、仰面以手扳、空虚走雷霆、雨雹晦九川、風師黒虎嚢、面目昏塵煙、翼従三神人、万里朝天関。

『嘉祐集箋註』では、この詩は「査註蘇詩次韻水官詩附録」を出典としている旨を明記しているが、四庫全書本の査慎行の『蘇詩補注』では、先に圏点を施した「強弮」を「強拳」に「塵煙」を「塵烟」に作っている。また、『全宋詩』では、『東坡続集』に依る事を注記し、「塵煙」は同じであるが、「強弮」を矢張り「強拳」に作っており、且つ詩題を、「題閻立本画水官」としている（巻三五二）。

この詩は、蒼龍に騎る水官、その龍の有様、従臣や侍女や従者の姿、空に雷霆が走り、雨や雹が川に降る背景、更には風師や三神人に至るまで、閻立本の絵画の様子を鮮かに捉えている。蘇洵のこの刻明な描写の詩に次韻した蘇軾の詩は、従って先述のように閻立本の「水官の図」自体には余り触れていない程である。

そして、この水官の姿に、風とともに躍動して自然の景観を作り上げる水、即ち「油然として行き、淵然として留まり、渟洄汪洋、満ちて上に浮ぶは、これ水なり」と詠じた水の精なる自らの道教神のイメージを蘇洵は重ね合わせていたのであろう。

結　語

小川環樹氏は、蘇軾の哲学、特にその要点は『蘇氏易伝』にあると見られ、その中の「一陰一陽とは陰陽未だ交わらずして物未だ生ぜざるの謂いなり。道の似たるを喩うる、此より密なるは莫し。陰陽一たび交わりて物を生ず。其の始めを水と為す。水なる者は有無の際なり。始めて無より離れて有に入る。老子は之を識る。故に其の言に曰く、『上善は水の若し』と。又た曰く『水は道に幾し』と。聖人の徳は、以て名づけ言うべしと雖も、而かも一物に囿せず。水の常形無きが若し。云々」という、「陰」、「陽」、「水」、特に「水」の哲学に注視された。[13]

蘇洵が晩年『易』を好み、易伝を作ろうとしたが未完成のうちに卒したとは欧陽脩の墓誌銘に伝えるところであり、[14]蘇軾の『易伝』はその遺志を果したものと云えるであろう。

小論で言及した蘇洵の張仙への祈子のことは、蘇洵・蘇軾・蘇轍父子の固い絆の源となった事柄であり、蘇洵の「老子」への肯定的言及、「風水」の文学論、「水官詩」は、「水」の哲学、「水」への注視と深く関っている。

そしてこれらいずれもに見られる道教的色彩はやがては三蘇のみならず蘇氏一族の思想に濃厚に反映して行くことになるのであろう。小論はその蘇氏一族の思想に対する検討の最初の試みである。

注

（1）例えば、清水茂『唐宋八家文』（朝日新聞社、一九七八）の「蘇洵」の解説等を参照のこと。
（2）曾鞏と麻姑信仰との関わりについては、第二部第二章「曾鞏と麻姑信仰」参照。
（3）酆都地獄については、澤田瑞穂『地獄変』（法蔵館、一九六八）参照。
（4）浄明道については、秋月觀暎『中國近世道教の形成』（創文社、一九七八）参照。

（5）秋月氏注（4）著、第二部第一章「欧陽脩の青詞について」参照。
（6）『嘉祐集箋註』『全宋文』にもこの「張仙賛」は収録されていない。
（7）『劉子健頌寿記念宋代論集』（同朋舎出版、一九八九）所収。後に『宮崎市定全集』11（岩波書店、一九九九）に所収。
（8）『四川大学学報叢刊』第十三号所収。
（9）乾一夫氏は蘇洵の文は『老子』に似ると評する（『唐宋八大家文読本』〈明治書院、一九八九〉解説参照）。
（10）「唐宋八大家の世界」（『中国の文学論』〈汲古書院、一九八七〉所収）参照。
（11）『東方学報』京都第二十九号所収。
（12）拙著『隋唐道教思想史研究』（平河出版社、一九九〇）参照。
（13）『蘇東坡集』（朝日新聞社、一九七三）解説参照。
（14）欧陽脩の「故霸州文安県主簿蘇君墓誌銘幷序」では、「（蘇洵）蓋晩而好易曰、易之道深矣、汨而不明者、諸儒以附会之説乱之也、去之則聖人之旨見矣、作易伝未成而卒」（『欧陽文忠公集』巻三十四）と述べている。

補注

（1）テクストは曾棗荘・金成礼両氏の『嘉祐集箋註』（上海古籍出版社、一九九三）を用いる。蘇洵の文集の最初の注釈書であるこの書については、筧文生氏に書評がある（『東方』一九九四年五月号所収）。本論稿では時にこの書の所説に異論を唱えているが、筧氏も言われる通り、この書が蘇洵研究にとって貴重な労作であることは勿論のことである。
（2）この句の解釈については小川環樹・山本和義『蘇東坡詩集』第一冊（筑摩書房、一九八三）も参照されたい。

第五章　玉皇大帝と宋代道教——蘇軾を中心にして——

序　言

中国研究者の橘樸は『道教概論』[1]の中で、「道教とは、玉皇大帝を唯一至高の神として崇拝するところの民族宗教であって、中国の社会に固有する一切の宗教信仰は例外なく之に同化せられ、或は同化せらる可き運命を担って居る」と指摘をしている。

また、道教研究の碩学である劉枝萬氏は、近年の講演の中で、台湾人の道教的信仰について次のように述べている。「天の神格化である玉皇上帝が、道教の高神たることは言うまでもない。一般に玉帝といわれ、天公の通称で親しまれているが、天廷を管轄し、諸神を統率する最高神格として畏敬されているため、かえって廟祀が少い。……また醮祭では、玉皇経が別格扱いで読誦されるばかりでなく、登台拝表すなわち拝天公の荘厳な儀式では、道士が壇上にあがり、天廷に伺候して、恭しく表文を奉る[2]」と。このような玉皇に対する厚い信仰は、歴史を遡ると宋代の道教に淵源するものである。

一方、四川の卿希泰氏は、「中国人と道教」と題する講演の中で、「民族の団結力形成の面から見ると、道家と道教の文化が果たした役割はいっそう明らかである。例えば、我々はみな自分が黄帝の子孫だと自認しているが、この考え方の源は道家や道教ときわめて密切な関係がある。……道教はより明確に黄帝を『道家の宗』としているので、道教典籍中の黄帝に関する記述はいっそう枚挙にいとまがない[3]」と語っている。卿希泰氏のこの発言は、現下の中国における民族主義の発揚と道家・道教文化研究との関係を明確に示すものである。また、黄帝は玉皇と不離な神格ともされるが、道教史の中でこの黄帝が再び脚光を浴びるのも宋代の道教においてである。

本章では、道教の至高神とされる玉皇大帝と宋代道教について、宋代最大の詩人である蘇軾（一〇三六―一一〇一）の存在を絡ませて論じて行くことにしたい。

第一節　黄帝・老子の道と三元日

宋代の道教では、黄帝・老子が並び尊重された。これは唐代において皇室の先祖とされた老子に対する独尊的な尊崇を転換したものである。

蘇軾が元祐六年（一〇九一）に書いた有名な「上清儲祥宮碑」で述べる道家・道教思想に関する包括的な議論もこの時代の思潮を踏まえたものであった。そこでは、黄帝・老子の道を根本に据えて、次のような論述を展開している。

　道家者流は、もと黄帝・老子より出づ。その道は、清浄無為を以て宗《おおもと》と為し、虚明応物を以て用と為し、慈倹不争を以て行《おこない》と為す。（中略）秦漢より以来、始めて方士の言を用い、乃ち飛仙変化の術、黄庭・大洞の法、太上・天真・木公・金母の号、延康・赤明・龍漢・開皇の紀、天皇・太一・紫微・北極の祀あり、下って丹薬奇技・符籙小数に至るまで、みな道家に帰す。学ぶ者その有無を必にするあたわざるなり。然れども臣嘗《こころ》みに窃かにこれを論ずるに、黄帝・老子の道は本なり、方士の言は末なり、その本を脩めれば末は自ら応ず。（『蘇軾文集』巻十七）

先学によれば、黄帝は玉皇大帝の前身であるとも言われるが、この碑文の中では、為政者を読み手として意識しているためか、専ら政治思想の側面に力点が置かれ、「清浄無為」「虚明応物」「慈倹不争」の三点が強調されている。

蘇軾の考えでは、黄帝・老子の道はこの三点に要約されると云うのであろう。そしてその中の「清浄無為」は、漢代における黄老思想、就中、蓋公の発言などが念頭に置かれているようである。蘇軾の『蓋公堂記』では、蕭何とともに漢初の黄老の治を行なった曹参が蓋公に治術を問うた模様が次のように記されている。

（曹参）膠西に蓋公あり、善く黄老の言を治むと聞き、人をしてこれに請わしむ。蓋公ために言う、治道は清浄を貴べば、民は自《おのず》から定まる、と。（『蘇軾文集』巻十一）

また、「慈倹不争」は、云う迄もなく『老子』に「我に三宝あり、持してこれを宝とす、一に曰く、慈、二に曰く倹、三に曰く、敢えて天下の先と為らず」（蘇轍『老子解』本文第六十七章）とある老子の三宝を指している。従って、三点の中、「虚明応物」が、黄帝・老子の道の要諦とは言いながら、蘇軾の独自性のよく発揮された思想と見られるのである。このことは、「上清儲祥宮碑」の後の部分で「心を虚しくして以て世を観る、故に察ならずして明らかなり、黄帝・老子と雖も、それ何を以てこれに加えんや」（『蘇軾文集』巻十七）と語っていることからも明白である。

「上清儲祥宮碑」の「虚明」の語は、主として内面的な境地を指す言葉であるが、蘇軾は、例えば「碧落洞」の詩では「幽龕　窈窕に入り、別戸　虚明を穿つ」（『蘇軾詩集』巻三十八）と詠じるように外界の光景を表現する場合にも「虚明」の語を用いている。

「虚明」の語は、蘇軾が愛重して已まなかった陶淵明の「辛丑の歳七月、赴仮して江陵に還らんとして、夜、塗口を行く」の詩に「涼風　将に夕ならんとするに起り、夜景　虚明を湛う」（『陶淵明集校箋』巻三）と夙《つと》に見えており、また、有名な「前赤壁の賦」（『蘇軾文集』巻一）の「桂の棹　蘭の槳《かい》、空明に撃ちて　流光に泝《さかのぼ》る」と歌う「空明」に通ずるものである。

「上清儲祥宮碑」の「虚明」は、「心の中の雑事を取り払った、非常にクリアー（明らか）な状態」と云えるが、この心の「虚明」な状態と、外界の「虚明」或いは「空明」な状態とは、蘇軾の中で統合して感得されていたと考えられる。

さて、話がやや岐路に入ったが、蘇軾が「上清儲祥宮碑」で、黄帝・老子の道を根本に据えて道家・道教思想を包括的に論ずる際に、その先河となったのは、恐らく、真宗時代に活躍した、道教信奉者であり、宰相でもあった王欽若の思想であろう。

唐宋八大家の一人である曾鞏の著わした歴史書である『隆平集』(4)には、王欽若の編纂した道蔵、『宝文統録』について、次のように記している。

> 道蔵経　大中祥符九年（一〇一六）枢密使王欽若刪詳す。凡そ三洞四部共に四千三百五十九巻。欽若言う、道徳・陰〔隆〕符は乃ち老君（老子）・聖祖（黄帝）の述ぶるところ、洞真部の霊宝度人経の次に升せよ、と。又、総べて目録を為《つく》り、表して御製の序を求む、詔してその請に従い、名を賜いて宝文統録という。（巻一）

ここでは、王欽若は老子の書たる『老子道徳経』と黄帝の書たる『黄帝陰符経』を尊重すべきことを主張しているのである。

この王欽若は、宋の第二代皇帝である太宗時代に始まる道教尊崇の流れを承けて、次の真宗時代における熱烈な道教信仰の隆盛を演出した人物として知られている。この王欽若にはまた『冊府元亀』なる編著があり、唐代史研究者の重視するものであるが、この『冊府元亀』には、帝王部の中に「黄老を尚ぶ」の項が設けられている。

その冒頭では、「黄帝曰く、天の道を観、天の行を執る」と『黄帝陰符経』が引用され、次に「老子曰く、我れ無為にして　民自《おのずか》ら化し、我れ静を好みて民自ら正し」と『老子道徳経』が取り挙げられている（巻五十三）。

そして、歴代皇帝の黄帝・老子の道に対する尊崇、道教に対する尊崇を記述する中に、宋代道教において特に盛んになった上元観灯、即ち、正月十五日に家々に灯籠をつけ夜遊する行事の根拠となった三元日のことも抜かりなく取り挙げられている。

それは唐代において道教を厚く信仰した玄宗の開元二十二年（七三四）の詔勅であり、そこでは、「今より已後《いご》、両都及び天下の諸州、毎年の正月七月十月の（三）元日、十三に起り十五に至るまで、兼ねて宜しく（宰殺・漁猟、肉料食を）禁断すべし」（巻五十三）と説かれている。

この三元日とは、上元の日（正月十五日）、中元の日（七月十五日）、下元の日（十月十五日）の道教の極めて重要な祭日のことである。

六朝の古経典である『太上洞玄霊宝中元玉京玄都大献経』の敦煌本では「正月十五日、七月十五日、十月十五日は、三元の晨にして、地官は校勾し、衆民を捜選して、善悪を分別す、云々」（敦煌写本S三〇六一）と説くように、これらの日に神々によって人間の善悪が校定されるという思想が宋代より前から流布されていた。

宋の宋敏求の『春明退朝録』（巻中）によれば、「太宗の時、三元には夜を禁ぜず、上元には乾元門に御し、中元・下元には東華門に御す」と言っているから、太宗時代には、宮城を解放して三元の祭を終夜祝ったもののようである。また、淳化二年（九九一）の苗守信の上奏には「三元の日、上元天官・中元地官・下元水官　各々人の善悪を主録す」（『宋史』巻四六一、苗守信伝）とあって、三元日に、天官・地官・水官の三官が人の善悪を校録するという思想が宋初には既に広く行われていたことが知られる(5)。

さて、蘇軾には先にも挙げた「赤壁の賦」があって、元豊五年（一〇八二）の七月十六日にこのうちの「前赤壁の賦」が、十月十五日に「後赤壁の賦」が書かれており、それが中元と下元に当ることから、この両賦の制作の背後には、道教の三元の思想が関わるのではないかという見解は、既に先行する論文で述べたところである(6)。ところで、この黄州に流謫の身であった蘇軾は、元豊五年の上元の日には何をしていたかと云うと、東坡において雪堂の建設を始めていたのである。

孔凡礼氏の近著『蘇軾年譜』によれば、孔氏は、蘇軾が元豊五年の正月二日に陳慥に与えた尺牘の中に「窃かに計るに上元より起造せば、尚お未だ工を畢えざらん」（『蘇軾文集』佚文彙編巻二）とあるのは、雪堂の建設を上元の日、即ち正月十五日に開始しようという意向を示したものとする。(7) 孔氏の推定が当っているとすると、蘇軾は元豊五年には、上元・中元・下元の三元の思想を強く意識して、雪堂の建設、「前赤壁の賦」と「後赤壁の賦」に説かれる赤壁の遊びを行なったことになる。そのように考えると元豊五年の二月に作られた「雪堂の記」が蘇子と客の問答と歌とを含み、前後の「赤壁の賦」と形の上での類似性を持っていることも強く注意されるのである。

ところで、三元日のうち、上元の日は、宋代では玉清昭応宮で玉皇大帝を祭る日でもあり、下元の日は景霊宮で聖祖（黄帝）を祭る日でもあったとされている。

この玉清昭応宮は、真宗が大中祥符元年（一〇〇八）から多年の歳月を費して建立した当時最大の宮観で、四年には、その正殿の玉皇殿の上梁に行幸して宴会を催し、従臣に七言十韻の詩を作らせた（『玉海』巻一〇〇）。また、大中祥符六年には、丁謂らが、建安軍より、玉皇・聖祖・太祖・太宗の四像を齎している（『続資治通鑑長編』巻八十）。こうした玉清昭応宮における玉皇崇拝は真宗時代の熱烈な道教信仰を象徴するものであるが、それは前代の太宗の道教信奉を承けたものであった。

第二節　上清太平宮と『荘子』・『黄庭内景経』

宋代の皇室による道教信仰は、第二代の太宗の時に本格化する。太宗と道教信仰との結びつきは、太祖・太宗の皇帝交替の時期に道士張守真に下った翊聖保徳真君と呼ばれる道教神の受命の予言によって顕著になる。事の顚末は、先に名を挙げた王欽若の手になる翊聖保徳真君の伝記に詳しい。この伝記は、宋の張君房の編纂した

『雲笈七籤』巻一〇三には『翊聖保徳真君伝』として収録され、また別に道蔵本として『翊聖保徳伝』があって、多少、文字に出入がある。

太宗受命の予言に関する件りは次の通りである。

> 太宗が即位する前、晉王であった時に、翊聖保徳真君の霊異を聞き、近侍の者を遣わして、これから建てる道教の宮観名を尋ねさせたところ、真君は、「吾れ将来に太平君宋朝第二主に運り値い、上清太平宮を修め、十二座の堂殿を建てんとす、云々」と告げた（『翊聖保徳伝』巻上）。

ここに「宋朝第二主」と云うのは、太宗が即位すべきことを述べた予言であり、「上清太平宮」は、そのまま太宗が終南山に建立した宮観の名称となった（愛宕元「宋太祖弑害説と上清太平宮」『史林』六七巻二号所収も参照）。

その終南山の上清太平宮では、その中心的な伽藍を次のように配置した。

> 中正の位には、四大殿を列す、前は則ち玉皇通明殿、次は紫微殿、次は七元殿、次は則ち真君御するところの殿なり（『翊聖保徳伝』巻上）。

そして、この上清太平宮においては、祭日などに醮が行われた。

> 毎歳、三元及び誕節・上の本命日には、並びに中使を遣わして醮を致さしめ、神を祀るの夕には、上は望拝す。歳或いは水旱、或いは国家将に事を挙《おこな》わんとするとき、卒に禱を致す（『翊聖保徳伝』巻上）。

このように上清太平宮では、三元日や国家の大事、水旱の折などに祭祀が行われていたのであるが、その中心伽藍の筆頭に「玉皇通明殿」があったと『翊聖保徳伝』に記されていることは、次の真宗時代における玉皇信仰の盛り上がりを考える際に重要な事柄である。

さて、蘇軾は、最初の官である鳳翔府僉判の時期にこの上清太平宮を訪れている。時は嘉祐八年（一〇六三）の秋のことで、蘇軾はその際に「子由の子瞻の将に終南の太平宮の谿堂に如きて書を読まんとするを聞くに和す」「将に終南に往かんとし、子由の寄せらるるに和す」（『蘇軾詩集』巻四）という弟の蘇轍に和した詩二首と「道蔵を読む」一首の詩を作っている。

この終南県の上清太平宮には、先述した張君房が、大中祥符五年頃、王欽若らの道蔵編纂事業に参加し、先行する『宝文統録』を踏まえて、天禧三年（一〇一九）に完成した『大宋天宮宝蔵』四五六五巻の道蔵が収蔵されていた。これをダイジェストしたのが今に残る『雲笈七籤』であるが、蘇軾の読んだ道蔵はこの『大宋天宮宝蔵』である。

蘇軾は「道蔵を読む」の詩の冒頭で「嗟《ああ》　余《わ》れ亦た何の幸いぞ、偶《たま》たま此《ここ》に琳宮に居す／宮中　復た何か有る、戢戢たり　千函の書」と千函に収められた道蔵を読む幸せを歌うが、また半ばでは「至人は一言に悟り、道の集まるは中の虚なるに由る／心閑にして反《かえ》って自ら照らせば、皎皎として芙蕖の如し」（『蘇軾詩集』巻四）とも詠じている。このうち、「道の集まるは中の虚なるに由る」は『荘子』人間世篇の「気なる者は、虚にして物を待つ者なり、唯だ道は虚に集まる」という周知の典故に基づき、また、「皎皎として芙蕖の如し」は、『黄庭内景経』心部章に「心部の宮蓮の華を含めるがごとし」とあり、その注釈に「心蔵の質、蓮華の未だ開かざるに象る」（『雲笈七籤』巻十一）とあるのを踏まえると云う。[8]

『荘子』も『黄庭内景経』も蘇軾が愛好した道書である。このうち、『荘子』については、弟の蘇轍が兄のために書いた「亡兄子瞻端明墓誌銘」では、蘇軾の言葉として、「吾れ昔　中に見る有るも、口に未だ言う能わず、今　荘子を見るに、吾が心を得たり」（『欒城後集』巻二十二）との重要な発言を取り挙げている。これは蘇軾が自己の思想と『荘子』の思想の一致を表明したものとして知られる有名な言葉である。また、蘇軾には元豊元年（一〇七八）に書いた「荘子祠堂記」なる一文があり、「その（荘子の）著書十余万言は、大抵おおむね寓言なり、漁父・盗蹠・胠篋を作りて、以て孔子の徒を詆訾し、以て老子の術を明かす、と。これ荘子を知ることの粗なるものなり、余《われ》は以為《おもえ》らく、荘子は蓋し孔子を助けるものにして、要は以て法と為すべからざるのみ」（『蘇軾文集』巻十一）と述べる通り、荘子と儒者たる孔子の思想の共通性を説くユニークなものである。

更に蘇軾と玉皇大帝のような超越者との関わりを論ずる場合に重要なのは、蘇軾が『荘子』大宗師篇に見える「造物者」及び「造物」の語を多用することである。[9]この「造物者」は、人間に対して限りなく全てを与える存在である。そのように考えるのが、蘇軾の「造物」への最も基本的な見方である。「前赤壁の賦」の「造物者の無尽蔵」（『蘇軾文集』巻一）という表現にそれはとりわけ端的に示されている。蘇軾にとって、この「造物」は人智を超えた深遠な意志を持っている存在でもあった。「紅梅三首」のその二に「也《また》知る　造物の深意を含むを、故に施朱を与えて妙姿を発す」（『蘇軾詩集』巻二十一）というのはそのことであろう。従って、物の廃興も人の窮通をも「造物」は支配する。「甘露寺」の詩に「廃興　造物に属し、遷逝　誰か控摶《こうたん》せん」（『蘇軾詩集』巻七）と云い、また「前韻を用いて、再び孫志挙に和す」の詩に「窮通　造物に付し、得喪　理　本《もと》均し」（『蘇軾詩集』巻四十五）と語るのはその証左であろう。

そして蘇軾にとって最高の精神的な境地は、この造物者と与に逍遙遊することであった。黄庭堅の詩に対する有名な批評である「（黄庭堅は）風を馭し気に騎り、以て造物者と遊ぶ」（『蘇軾文集』巻五十二「答黄魯直五首」の一）という表現は同時に自己の理想をも語っているのである。更に、「造物」は蘇軾にとって自己を支えてくれる最も信頼できる存在であった。「滕達道に与う」の尺牘の四十七に「某《われ》に旧《も》と独楽園の詩ありて云う『児童　君実を誦し、走卒司馬を称す／これを持して将た安《いず》くにか帰す、造物　我を捨てず』今日　詩讖に類せり」（『蘇軾文集』巻五十一）とあるのなどがその顕著な例である。

玉皇大帝は人間社会における皇帝に類比される道教世界における最高の超越者であるが、政治社会において成功と失敗を繰り返した蘇軾には、「造物者」の方がより信頼できる超越者であったと云うことであろうか。

それでは、次に『黄庭内景経』について述べる。『黄庭内景経』は、「参同　霊鑰を得、九鎖　伯陽を啓く」（『蘇軾詩集』巻四十一「和陶雑詩十一首」の八）と詠じられる魏伯陽の『周易参同契』と共に、蘇軾が最も頻繁に引用する道教経典である。この『黄庭経』に関しては、蘇軾の師である欧陽脩の『集古録跋尾』では、王羲之の書と伝える『黄庭外景経』を取り挙げて、「黄庭経は、魏晉の時の道士の養生の書なり」と言い、且つ「今、道蔵に別に三十六章なるものあり、名づけて内景と曰い、この一篇を謂いて外景と為し、また、分けて上中下三部となすは、みな非なり。蓋し内景は、乃ちこの一篇の義疏のみ」と言う。（『欧陽文忠公文集』巻一四三）この『集古録跋尾』にいう「道蔵」は、『大宋天宮宝蔵』のことであり、欧陽脩の述べる『内景経』と『外景経』の体裁は、『雲笈七籤』巻十一・巻十二に収録される『上清黄庭内景経』三十六章と『太上黄庭外景経』上中下三部に良く合致する。[10] 欧陽脩にはまた「刪正黄庭経序」があり、その『黄庭経』に対する関心の深さを示している。養生と『黄庭経』は欧陽脩と蘇軾の道教の分野における共通の関心事だったのである。

蘇軾は種々の詩文にこの『黄庭経』に言及する。例えば、有名な「芙蓉城」の詩において、「往来　三世　空しく形を錬す、竟に誤って黄庭経を読むに坐す」（『蘇軾詩集』巻十六）と説くのなどは、その典型的なものである。引用した後半の一句は、『黄庭経』を読む順序を違えた罪により仙界を追われたもののあることを言うのであろうが、『集仙録』には、『黄庭経』を読む順序について、次のように述べている。「東華夫人曰く、経を誦するに先に『外篇』を読め、大都《すべ》て精思して講読する者は福を獲、麤《そまつ》に行う者は罪を招く、と」[11] ここに「外篇」というのは『外景経』を云うのでもあろうか。

蘇軾はまた、「黄庭内景経尾に書す」の詩の冒頭で、「太上虚皇　霊篇を出だし、黄庭真人　胎仙舞う」（『蘇軾詩集』巻三十）と「太上虚皇」が『黄庭内景経』を世に出したと歌う。この「虚皇」は『内景経』の劈頭に「上清紫霞虚皇前《すす》む」（『雲笈七籤』巻十一）と登場する。ところで、蘇軾は梁の陶弘景の編纂した『真誥』にも目を通していたが、その『真誥』には、「天帝玉皇に朝するの法」（巻十四稽神枢）と「玉皇」が出てくる外、「虚皇」も姿を現わす。陶弘景の著わした『真霊位業図』では、更に「上合虚皇道君、応号は元始天尊」や「太上虚皇道君」なる神格も登場する。

蘇軾が『黄庭内景経』を「太上虚皇」によって生み出されたという場合、あるいはこれらの事を踏まえているのであろう。

そして、『真誥』に姿を見せた「虚皇」は元始天尊として、隋唐道教の最高神となり、一方、「玉皇」は、唐末五代の信仰の拡大を経て、北宋道教の最高神として尊崇を受けることになった。

因みに、『金石萃編』には、蘇軾が上清太平宮を詣でた折に著わした「上清詞」の書後として、次のような記事を載せる。（巻一三九）

嘉祐八年冬、（蘇）軾　鳳翔の幕に佐たり、事を以て上清太平宮に〔至〕り、屢《しば》しば真君に謁し、敬んでこの詞を撰ず、仍《な》お家弟（蘇）轍を邀えて同じく賦せしむ。その後、廿四年、承事郎薛君紹彭　監宮と為り、この二篇を書して、将《もっ》てこれを石に刻まんことを請う。元祐二年（一〇八七）二月廿八日記。

この記事から考えて、翊聖保徳真君は、蘇軾にとって思いの外、身近な存在であったと見られるのである。

第三節　真宗時代の玉皇信仰と天慶観

宋の第三代皇帝の真宗は、澶淵の盟の後、道教を重んじた宰相の王欽若らの誘いもあって急速に道教に傾斜し、大中祥符元年（一〇〇八）には、天から神人が降す瑞書、いわゆる天書が出現するという事件が起こる。そして大中祥符五年には、先に玉皇の命を受けて天書を齎した皇室の始祖が降臨する。『続資治通鑑長編』では、真宗が夢に見た神人が伝えた天尊の言葉を次のように記している。

〔大中祥符五年十月戊午〕天尊曰く、吾は人皇九人中の一人なり。是れ趙の始祖にして、再降せしは乃ち軒轅皇帝なり。凡そ世の知るところの少典の子なるは、非なり。母　電に感じ天人を夢みて寿邱に生ず、と。（巻七

十九）

軒轅皇帝とは云う迄もなく黄帝のことであり[12]、この宋の皇室趙氏の始祖にして黄帝なる神格は聖祖とされ、趙氏の始祖には、やがて趙玄朗なる名が奉られる。

これに先んじて、真宗は、大中祥符元年より玉皇信仰の中心的拠点として玉清昭応宮の建立を始め、大中祥符六年には、玉皇・聖祖・太祖・太宗の四像を安置したことは既述した。

こうした真宗時代の玉皇信仰の昂まりは、大中祥符七年九月における新たな尊号の奉戴へと連なって行く。

〔大中祥符七年九月〕辛卯、内より御札を出して、天下の臣庶と尊びて玉皇大帝に聖号を上り、太上開天執符御歴含真体道玉皇大天帝という。来年正月一日を以て躬ら薦告を申し、仍お儀式を定めて頒下す。これに先んじて、上　滋福殿において玉皇像を設け、新撰の聖号を奉り、匣中に置いて再拝す。（中略）ここにおいて又、御札を崇徳殿庭に奉り、香案を設けて再拝す。（『続資治通鑑長編』巻八十三）

ここに真宗時代における玉皇信仰の昂揚は一つの頂点に達したと云って良いであろう。この真宗の玉皇に対するイメージが如何なるものであったかを知るには、例えば、天禧元年（一〇一七）の「玉皇大天帝に聖号・衮服を上る冊文」が参考になろう。そこでは、玉皇について「伏して維《おも》うに、玉皇大帝は剛健純粋にして高明博臨、造化の先を主《つかさ》どりて、正真の主に居り、九陽　命有れば、己を恭しくして財成し、万寓無彊、克く仁にして大庇す、云々」（『全宋文』巻二六三）と語られているからである。

なお、真宗よりもなお一層熱く道教を信仰した徽宗の時代には、玉皇に対して更なる尊号が贈られている。

〔徽宗政和六年（一一一六）四月二十九日、詔して曰く〕（中略）惟《こ》れ玉皇大天帝と昊天上帝とは、万化を主宰し、名は殊《こと》なるも実は同じ、しかるに昔の論者は、析《わけ》てこれを言い、致一する能わず、故に徽称において、闕けて未だ備わらず、今　明堂を興建して、以て享し以て配す、しかるに名実　称わず、朕の心を震えしめ、以て天の休を承け帝の命を欽しくするなからんことを大いに懼れしむ。謹しんで、吉を涓《えら》んで斎明し、恭しく尊号を上りて、太上開天執符御暦《ママ》含真体道昊天玉皇上帝という、其れ有司をして礼を備えしめ、玉宝玉冊を奉上《たてまつ》りて、以て朕の意に称え。（『宋会要輯稿』礼五一）

ここでは、玉皇は、儒教の昊天上帝と同一視されて、真宗の大中祥符七年に贈られた尊号の「玉皇大天帝」の部分が「昊天玉皇上帝」と改名されている。

ところで、真宗時代に玉皇に対する信仰を全国津々浦々に広めたと思われる事柄として天慶観の設置とそこでの玉皇崇拝のことがあった。『宋朝事実』では次のように云う。

〔大中祥符二年十月〕宜しく諸路州府軍県をして官地を開択して道観を建て、或いは旧《もと》の宮観の名題を改め、これを崇葺し、以て三清玉皇を奉ぜしめ、並びに天慶を以て額と為さしむべし（巻七）。

さて、蘇軾の詩文には、諸所の天慶観に因む事柄が出てくる。最初に取り挙げるべきなのは、蘇軾が八歳の時、眉山の道士である張易簡に初めて教育を受けたのが、天慶観の北極院であったことである。「衆妙堂の記」では次のように云う。

眉山の道士張易簡　小学を教え、常に百人あり、予《わ》れも幼時にまたこれに与かる。天慶観の北極院に居り、予《わ》れ蓋しこれに従うこと三年なり。（『蘇軾文集』巻十一）

この天慶観では、また弟の蘇轍も共に読書した。

予《わ》れ幼きとき郷閭に居り、子瞻に従いて書を天慶観に読む。（『龍川略志』巻一）

次に黄州に流謫されたおり、元豊三年（一〇八〇）に四十九日間、養生の修行に精出したのも天慶観であった。親友の王鞏に与えた尺牘において蘇軾は次のように述べている。

近ごろ頗る養生を知る。（中略）已に天慶観の道堂三間を借り得て、その中に燕坐し、客を謝すること四十九日なり。張公の語らざるが如くする能わずと雖も、然れどもまた常に戸を闔《と》じて反視す、想うに当に深き益あるべきなり。（「与王定国四十一首」の八、『蘇軾文集』巻五十二）

この黄州の天慶観に関わる詩では、玉皇の居所たる「通明殿」に言及するものがあるが、その点については次節に譲る。

更に晩年、海南島の儋州に流罪となった元符元年（一〇九八）にも、当地の天慶観において「天慶観乳泉賦」を書いている。この賦は、例えば「唯だ華池の真液のみ、下は舌底に涌き、しこうして上りて牙頰に流る、甘くして壊れず、白くして濁らず、宜しく古《いにしえ》の仙者　これを以て金丹の祖・長生不死の薬と為すべきなり」と述べるが如く、当然ではあるが道教一色のものであり、「陰陽の相い化するや、天一　水と為《な》る」で始まる水への入念な言及は、蘇軾のいわゆる水の哲学[13]を顕著に展開したものとなっている（『蘇軾文集』巻一）。

これらの諸所の天慶観への訪問とともに、玉皇信仰との関わりで注目されるのは、蘇軾の詩に「天公」の語が頻出することである。現在でも台湾においては、玉皇大帝の通称として「天公」が広く行われている点については既述した。

蘇軾の詩における「天公」の用例を見ると「天公」の性質としては、次の四点ほどの事柄が考えられていた。第一は、「天公」は、当然ではあるが、天候を支配する者と見られていた。「李邦直の沂山に雨を祈りて応あるに和す」の詩では、「半年雨ふらざるは龍の慵《おこた》るに坐す、共に天公を怨んで龍を怨まず」（『蘇軾詩集』巻十五）とあり、「孔毅父の久旱已にして甚雨に次韻す三首」の中の第三首では、「天公の号令　再びは出でず、十日愁霖　併せて一と為る」（『蘇軾詩集』巻二十二）と述べるのなどは、その証左である。第二に、「天公」は人の寿夭を決定する者と考えられていた。「欧陽公に陪して西湖に燕す」の詩では、「已に寿夭を将《も》って天公に付す、彼は徒《いたず》らに辛苦し吾は差《やや》楽し」（『蘇軾詩集』巻六）と言い、「程建用を送る」の詩では、「天公　吾を欺かず、寿は亀鶴と永し」（『蘇軾詩集』巻二十七）と語るのがそれに当たる。第三に、「天公」は世俗的な成功と失敗を超えて人間を支える者と認めており、この点は、先に述べた「造物」の性質と重なる。「任師中挽詩」では「人間の得喪　了《つい》に憑《たの》むなし、只だ天公のみ　終に倚《よ》るべきあり」（『蘇軾詩集』巻二十一）とあるのがその顕著な例である。第四に、「天公」は、現実の皇帝、天子を擬えることの出来る者と見ていた。元祐三年（一〇八八）の作である「春帖子詞」の「皇帝閣六首」の中の第六首では「待たず　驚いて小桃杏を開かしむ　始めて知る　天子は是れ天公なるを」（『蘇軾詩集』巻四十六）と歌うのがそれである。これは、天子が「天公」と同様に天候を支配し得るという喩えであるが、やはり注目して良いであろう。

蘇軾の詩に見える「天公」について、諸注釈は、唐の韓愈の「双鳥詩」に「雷公　天公に告ぐ、百物　膏油を須《ま》つと」「天公　両鳥を怪しみ、各おの捉え　一処に囚う」（『韓昌黎詩繫年集釈』巻七）とあるのを典故とする。それは、「天」を素朴な形で擬人化したものである。

ところで、蘇軾の父の蘇洵が欧陽脩とともに編纂した『太常因革礼』によれば、真宗時代に三度の恭謝の礼が行われているが、そこでは、天地と同様に玉皇に対して恭謝の礼が行われていたことが知られる[14]。

1　大中祥符五年十一月三日、玉皇に朝元殿に恭謝す。

2　七年二月十六日、天地に東郊に恭謝す。

3　天禧元年正月十一日、天地に南郊に恭謝す。（巻十二）

真宗時代に玉皇に奉られた「太上開天執符御歴含真体道玉皇大天帝」の尊号は、玉皇が天神として、「天公」として敬まわれるのにふさわしいものであったのである。

第四節　玉皇大帝と蘇軾

元祐八年（一〇九三）の上元の日、当時、礼部尚書であった蘇軾は、宮中の宴席で、「上元、楼上に侍飲す三首同列に呈す」[15]と題する詩を詠じている。その第一首は次の通りである。

澹き月　疎《まば》らなる星　建章を遶《めぐ》り
仙風吹き下ろす　御炉の香
侍臣鵠立す　通明殿
一朶の紅雲　玉皇を捧ぐ
（『蘇軾詩集』巻三十六）

ここでは蘇軾は時の哲宗皇帝を宋代道教の最高神である玉皇大帝と重ね合わせて歌っている。

この詩の「紅雲」の語について、『集註分類東坡先生詩』に引用する宋の趙次公の註では次のように述べる。「『翼聖伝』に載す、玉帝坐する処、常に紅雲のこれを擁する有り、真僊と雖もまたその面を見るを得ざるなり」（巻三）と。また、「通明殿」は、王欽若の『翊聖保徳伝』では、「（張）守真　嘗て朝礼して玉皇大殿に至り、その題を観るに、曰く、通明殿と、その旨を暁《さと》らず、因りで香を焚きて告げて曰く、通明の理、窃かに未だ諭《さと》らざるところ、敢えて真教を祈ると、真君曰く、上帝　無上三天に在り、諸天の尊と為る。万象群仙、臣たらざる者なし、常に金殿に陞る、殿の光明、帝の身を照らし、身の光明、金殿を照らす、光明通徹して、照らさざるところなし、故に通明殿と為す」（巻上）と語られている。

蘇軾が嘉祐八年に終南県の上清太平宮に詣でた折に作った「上清詞」にも、既に「通明に詣って　黜陟を献じ、軼蕩蕩としてそれ回るなし」（『蘇軾詩集』巻四十八）と、これは実際に上清太平宮の通明殿に参内したことを歌っている。

次に、蘇軾の黄州流謫時代の作品である「楽著作の天慶観の醮に次韻す」にも注目してみよう。楽著作とは、著作佐郎であった楽京のこと。秦観に与えた尺牘によれば、蘇軾は元豊三年の十一月九日から、四十九日間、この道観で、道教経典の重要性を再認識し、また養生の修行に努めている。

吾儕《われら》漸く衰え、また少年の調度を作《な》すべからず、当に速やかに道書方士の言を用いて、厚く自ら養錬すべし、謫居　事なし、頗るその一、二を窺う、已に本州（黄州のこと）天慶観の道堂三間を借り得て、冬至の後より、当にこの室に入り、四十九日にして乃ち出づべし、廃放に非ざるよりは、安んぞこれを就《な》すを得ん。（「答秦太虚七首」の四『蘇軾文集』巻五十二）

同様の趣旨の尺牘が、王鞏にも与えられていたこと、また、天慶観が、真宗の大中祥符二年に玉皇を奉ずるために設置された宮観であったことは既に述べた通りである。

この「楽著作の天慶観の醮に次韻す」の詩は、「玉皇」の語こそ表われないものの、やはり「通明殿」の語が用いられ、かえって道教の最高神たる「玉皇」を強く意識したものとなっている。即ち、そこでは「濁世　紛々たるに肯えて下臨せんや／夢に飛歩を尋ぬれば　五雲深し／因《よし》無し通明殿に上到するに／只だ微《すこ》しく玉佩の音を聞か許《し》む」（『蘇軾詩集』巻二十）と詠じているからである。

蘇軾の詩の中で、今一つ判然と「玉皇」の語が見えるのは、「銭越州に次韻す」の詩である。銭越州とは、銭勰、字は穆父のこと。元祐三年（一〇八八）に越州の知事になっている。孔凡礼氏の『蘇軾年譜』では、この詩を元祐四年七月頃の制作と見る（巻二十八）。詩の冒頭四句では、「髯尹　超然　定めて逸羣／南遊　端《まさ》に雲門を訪《と》う為なり／謫仙帰りて侍す　玉皇の案／老鶴　来りて乗る　刺史の轓」（『蘇軾詩集』巻三十一）と詠じている。第三句の謫仙は、銭穆父を指し、第四句の「老鶴」は蘇軾自身を指す。第三句の「謫仙」はまた、盛唐の時代、長安の玄宗皇帝に翰林供奉として仕えた、「李謫仙」、即ち李白を如何ほどか意識するであろう。更に「玉皇の案」という表現は、周知のように、中唐の詩人である元稹の有名な詩句「我は是れ玉皇香案の吏、謫居するも猶お蓬萊に住するを得」（「以州宅夸於楽天」『元氏長慶集』巻二十二）を踏まえる。

ところで、蘇軾の詩の中には、「玉皇」の語が省略されて「香案の吏」のみが使用されている作品がある。それは恵州流謫中の紹聖二年（一〇九五）三月の作とされる「正輔表兄を追餞して博羅に至り、詩を賦して別を為す」の後に列せられる「再び前韻を用う」の詩である。正輔とは程之才のこと。この詩は七言二十句の構成であるから、関する終りの四句だけを取り挙げる。「羅浮の道人　一たび蓋を傾け、白日を繫ぎて　君の顔を留めんと欲す／応に知るべし　我は是れ香案の吏にして、他年　蓬萊の班に綴るを許されんことを」（『蘇軾詩集』巻三十九）とそこでは蘇軾は歌っている。

「羅浮の道人」とは、蘇軾と親交のあった羅浮山の冲虚観の道士である鄧守安のこと。詩の末尾の二句は、「私は玉皇の側近くに仕える香案の吏であるから、他日、仙界にその地位を得るであろうことを知るべきだ」と言うのであろう。時に蘇軾は六十歳、この詩は中央政界復帰を期したものか、それとも文字通り、仙界で地位を得ることを言ったものか遽かには定め難い。

さて、蘇軾の詩文に今一つ登場する「玉皇」の語は『仇池筆記』巻下に収録される「広利王の召」に見える。仇池とは周知のように蘇軾が夢に見た仙界のことである。「広利王」とは、唐の玄宗皇帝が天宝十載（七五一）に、南海の神、祝融を封じた号である。この「広利王の召」は、蘇軾が酔って臥っていると、海中から魚頭鬼身の者が迎えに来て、広利王の住む水晶の宮殿に往き、東華真人と南溟夫人の命で詩を詠じたことを記すものである。その詩の終りの四句を見ると「家は近し　玉皇の楼、彤光　世界を照らす／若《も》し明月の珠を得れば、逐客の債を償うべし」と述べられている。これは海中にある広利王、即ち祝融の家も玉皇の住む楼閣に近く、彤《あか》い光が世界を照らしているとするものので、玉皇大帝の威光が海中にも行き亙っていることを云うものである。

因みに「玉」「皇」は、蘇軾語においてはそれぞれ次のようなイメージが持たれていた。即ち『東坡先生易伝』では、「炎に在りて灼《や》かれざるものは玉なり、金なれば則ち廃せり」（巻五）と言い、また『東坡先生書伝』では、「大にして際《はて》なし、これを皇と謂う、荘子曰く、門なく旁なく、四達して皇皇たり、と」（巻十）と述べる。従って、蘇軾語では、玉皇は、炎に在っても灼かれぬ、際限もなく広大な存在ということになろう。

周知のように、『悦生随抄』や『蓼花洲間録』には、蘇軾が玉皇大帝に言及したものとして次のような言葉が採録されている。

蘇子瞻　泛《ひろ》く天下の士を愛し、賢不肖となく歓如たるなり、嘗て言う、「上にありては玉皇大帝に陪《はべ》るべく、下にありては以て卑田院の乞児に陪《まじ》るべし」と。

この発言に窺える親近感こそ、蘇軾が道教の最高神たる玉皇大帝に対して抱いていた真率な感情であったのであろう。

結語

『宋大詔令集』によれば、真宗の大中祥符二年四月癸卯に、次のような詔が出された。

「恭しく以《おも》うに玉皇　位を正し、霄極　尊に居り、群生を茂育し、下土を照臨す、（中略）今後、公私の文字中に玉皇を言うもの有れば、並びに須らく平闕にすべし」（巻一三五）と。ここにいう平闕とは、敬うべき神名などを書く場合に、行を改めて前行と同じ高さから始める平出と、前の一・二字を闕いて始める闕字とをいう。今日の日本では実感し難いことであるが、玉皇に対するこのような措置は、宗教と国家が個人に対して圧倒的な力を持っていた時代の産物であると云えよう。

本章では、この玉皇大帝と宋代道教に関して、太宗・真宗の崇道政策を縦糸に、蘇軾の道教に関わる詩文を横糸にして、黄帝・老子の道、上清太平宮と『翊聖保徳伝』、真宗の玉皇信仰と天慶観の設置、更には玉皇大帝と蘇軾との関わりについて論じてきた。

その中で明らかになったことは、蘇軾と王欽若との間に思想的な接点が意外に深くあったことであるが、それ以上に注目すべきなのは、道教信奉者、タオイスト蘇軾は、太宗・真宗の崇道政策の申し子と云えるのではないかということである。

蘇軾と道教との関係についての研究は、中国文化研究の最も豊かな鉱脈の一つと思われるが[16]、それはまだ緒についたばかりであり、今後の研究の進展を誓いつつ、今は擱筆する。

注

(1) 「中国研究」(橘樸著作集第一巻、勁草書房、一九六六)。
(2) 中村璋八氏編『中国人と道教』(汲古書院、一九九八)参照。
(3) 前掲注(2)著を参照されたい。
(4) 『隆平集』については、第二章「曾鞏と麻姑信仰」参照。
(5) 中村裕一氏「道教と年中行事」(『道教』2、平河出版社、一九八三)参照。
(6) 第八章「蘇符と蘇籀」及び「蘇東坡と道教」(『しにか』一九九八年十一月号)参照。
(7) 孔凡礼氏『蘇軾年譜』巻二十一参照。
(8) 小川環樹氏・山本和義氏訳『蘇軾詩集』第一巻(筑摩書房、一九八三)参照。
(9) 山本和義氏には「詩人と造物」(『アカデミア』二十七号、一九七九)なる論考がある。
(10) 第一章「欧陽脩の青詞について」参照。

(11) 『蘇軾詩集』巻十六の注釈も参照されたい。

(12) 『宋朝事実』等は「軒轅皇帝」を「軒轅黄帝」に作っている。

(13) 小川環樹氏・山本和義氏『蘇東坡集』(朝日出版社、一九七三)の解説において、小川氏は蘇軾の水の哲学について詳述している。

(14) 山内弘一氏「北宋の国家と玉皇」(『東方学』第六十二輯、一九八一)参照。

(15) 吉川幸次郎氏が『宋詩概説』(岩波書店、一九六二)の冒頭に挙げる蘇軾の詩は、この詩の第二首である。

(16) 先行する研究には、鍾来因氏『蘇軾与道家道教』(台湾学生書局、一九九〇)等がある。

第六章　蘇轍と道教

――「服茯苓賦」・『霊宝度人経』・「抱一」・「三清」を中心に――

序　言

宋の蘇轍（一〇三九―一一一二）とその兄の蘇軾との極めて親密な兄弟仲を表わす故事は、「夜雨対床」なる成語となっている。即ち、蘇軾の「東府雨中、子由に別る」の詩に「客去るも歎息するなかれ、主人も亦た是れ客／対牀定めて悠悠、夜雨　空しく蕭瑟」（『蘇軾詩集』巻三十七）とあるのがその典拠である。この対床（ベッドをならべて寝ること）の様子は、見方を変えると、稀代の秀才兄弟が互いの個を主張しながらも絶妙に棲み分けをしていたことを象徴しているとも受けとることができよう。

事実、清水茂氏は、蘇轍の『詩伝』『春秋集伝』が、「経書の注解において、東坡が『易伝』『書伝』を作ったのと、相補なう関係に立っていることは、注意すべきであろう」と夙に指摘されているし[1]、道家・道教思想の書に関しても、蘇軾が『荘子』外篇の在宥篇の後半にある黄帝と広成子との問答部分の注釈を『荘子解』或いは『広成子解』として残しているのに対して、蘇轍には『老子解』があって、ここでも棲み分けがなされているのである。

本章では、兄の蘇軾と比較してスポットを当てられることの少ない蘇轍に関して、『老子解』の外、『欒城集・後集・三集』『欒城応詔集』『龍川略志・別志』『古史』等を取り上げて、その道教との関係を考察することとしたい。

第一節　赤松子と「服茯苓賦」

蘇轍の詩文には、古の仙人、赤松子が頻りに登場する。それは、やはり古の仙人である王喬とペアの場合もあるが、単独で現れることも多い。まず王喬とペアで姿を見せる例を示そう。例えば、「張琬の父　昇　韓公に追封さる」では、「老を嵩少に帰し、迹を松喬に追う」（『欒城集』巻三十二）と述べるのなどがそれである。次に単独で現れる例としては「劉貢父、韓康公のその弟持国を憶うに和すに次韻す二首」の第一首に「赤松　伴と作る　誰か当に見るべき、黄鵠　高く飛べば　未だ招き易からず」（『欒城集』巻十五）等がある。

漢の劉向の著とされる『列仙伝』では、巻上の劈頭にこの赤松子の伝記が載せられており、そこでは、次のように語られる。

赤松子なる者は、神農の時の雨師なり。水玉を服して以て神農に教え、能く火に入りて自ら焼く。往往　崑崙山の上に至りて、常に西王母の石室中に止まり、風雨に随いて上下す。炎帝の少女これを追いて、亦た仙を得て倶に去る。高辛の時に至り、復《ま》た雨師と為る、今の雨師は是れに本づけり。

蘇轍は「張安道尚書の生日」なる詩では、「赤松　伴と作る　功は切なりと雖も、白髪　憂うる時は　義として敦き所なり」（『欒城集』巻三）と詠じ、また、同じく「宣徽使張安道の生日」においても「幽居　屢《しば》しば過《と》う　赤松子、長夜　親ら種う　丹砂の田」（『欒城集』巻七）と詩《うた》う。張方平、字は安道に関わる詩に赤松子が歌われるのは偶然ではなく、張方平が蘇軾・蘇轍の道教思想、養生思想の良き理解者であったことに基づくのであろう。因みに言えば、「養生訣——張安道に上《たてまつ》る——」（『蘇軾文集』巻七十三）は、蘇軾が道教に深くコミットしていたことを示す好箇の資料である。

蘇轍はまた、「銭勰待制の秋懐に次韻す」では、「夢に赤松を追いて游べば、我に青精飯を食わす」（『欒城集』巻十五）と歌い、「茯苓を服するの賦」でも、「赤松を上古に追い、百歳を以て一息と為す」（『欒城集』巻十七）と語って、自己の赤松子への憧憬を端的に表現をしている。この「茯苓を服するの賦」については、これからやや詳細に論ずるが、先の「青精飯」については、澤田瑞穂氏が、青精飯は太極真人青精先生に由来し、この飯を染めるのに用いた南燭は大茅山の西南の四平山に多く、その効能を宣伝したのは梁の陶弘景あたりか、と説いている(2)。

ところで、現行の道蔵の中には、『赤松子中誡経』があり、黄帝が発問し、赤松子が回答する形式を持つ面白い経典である。吉岡義豊氏は、この経典の「もっとも特色として考えられるものに善悪行為の計数的取り扱いがある」とし、「功過格の原初形態を予測させる資料としては重要な意義がある」と述べる。そして、「現行の赤松子中誡経は、おそらく南宋初頃に何人かの手によって表出せられたものではあるまいか、とみておきたい」ともするのである(3)。蘇轍の赤松子に対する好尚と現行の赤松子中誡経の成立とは、北宋末、南宋初の赤松子信仰の昂まりと関わるのであろうか。

さて、先に取り挙げた赤松子への追慕を歌う一節のある「茯苓を服するの賦」は、蘇轍の作品の中でも特に有名なものである。この賦が蘇轍の在世当時から中国だけではなく、異国の契丹にまで知られていたことについては、蘇轍自身の次のような述懐がある。

　未だ幾《いくば》くならずして、奉じて契丹に使す、虜　その侍読学士王師儒を以て館伴す。師儒やや書を読み、能く先君（蘇洵）及び子瞻（蘇軾）の為《つく》る所の文を道い、曰く、未だ公の全集を見ざるを恨むと。然れども亦た能く伏《ママ》苓を服するの賦等を誦す、虜中　相い愛敬するものに類《に》たり。（『欒城後集』巻十二潁浜遺老伝上）

　帳前に至るに及び、館伴王師儒　臣轍に謂う、常に茯苓を服すと聞く、その方を乞わんと欲すと。蓋し臣轍嘗て茯苓を服するの賦を作る、必ずこの賦　亦た已に北界に到りし故ならん。（『欒城集』巻四十二、「北使還論北辺事

剳子五道」の一）

この「茯苓を服するの賦」の序文で、蘇轍は茯苓について次のように述べる。

古書に言う、松脂　地下に流入して茯苓と為り、茯苓　又た千歳なれば則ち琥珀と為る。金石に非ずと雖も、しかもその能く自ら完くするや亦た久し。ここにおいてこれを名山に求め、屑《くだ》いてこれを瀹《あら》い、その脈絡を去りてその精華を取れば、庶幾《こいねが》わくば以て形を固くし気を養い、年を延ばして老いを却《しりぞ》けん。（『欒城集』巻十七）

このように蘇轍は茯苓を飲むことによって肉体を堅固にし気を養って長寿を得ようとしたのである。そしてここで述べる如く茯苓は松脂《まつやに》が変化したものとされるから、松への賛辞がこの賦に見えるのは当然である。

かの南澗の松の若きは、地を抜くこと千尺、皮は犀兕よりも厚く、心は鉄石よりも堅く、鬚髪改めずして、蒼然として独立す、膏液を黄泉に流し、陰陽に乗じて固結す。（『欒城集』巻十七）

この松の心は、世の雕刻を厭い、素朴な状態を愛するものとする。「（蘇）遅の田舎雑詩に和す九首」の第八首に、

蒼然たり澗下の松、世の雕刻を願わず、斧斤　百夫の手、牽挽　千牛の力、華屋の柱を断り成し、加うるに綴衣の飾を以てす、人心は喜びて相賀すも、松心は終に自ら惜しむ。（『欒城後集』巻四）

と歌うのなどがそれである。この松への賛辞は、松の神格化も思わせる赤松子に対する好尚と容易に連なり得るものであろう。

「茯苓を服するの賦」の序文の冒頭はまた、蘇轍の道士の服気法や養生思想への接近の契機を語るものとしてよく知られている。

余《わ》れ少《わか》くして多病、夏なれば則ち脾　食に勝《た》えず、秋なれば則ち肺　寒に勝《た》えず、肺を治めれば則ち脾を病み、脾を治めれば則ち肺を病む。平居　服薬するも、殆んど復《ま》たは愈ゆる能わず、年三十有二、宛丘に官たり、或るひと憐れみてこれに受《さず》くるに道士の服気法を以てす、これを行うこと期年、二疾良《はなは》だ愈ゆ、蓋しこれより始め

て養生の説に意あり。（『欒城集』巻十七）

蘇軾と沈括の共著である『蘇沈内翰良方』では、この蘇轍の「茯苓を服するの賦」を巻四に収録し、その前に、蘇軾の「茯苓を服するの説」とて、「茯苓は自ら是れ仙家の上薬なり」と記すのは、良く蘇轍の意のあるところを汲んでいると言うべきであろう。

第二節　上清太平宮・蹇拱辰・『霊宝度人経』

この節においては、蘇轍と宮観（道観）・道士・道教経典との関わりについて考察する。

蘇轍はその生涯において様々な宮観と関わりを持った。その最初は、眉州の天慶観において、兄の蘇軾とともに勉学をしたことである。「予れ幼《わか》きとき郷閭に居り、子瞻に従いて書を天慶観に読む」（『龍川略志』巻一）とあるのがそれである。諸州の天慶観を筆頭に、双鳧観・延生観・天封観・精思観・楼観・簡寂観・白鶴観・黄仙観・梅仙観・壺公観・仙都観・鴻慶宮・景霊宮・玉清昭応宮・上清太平宮・集禧観・中太一宮等々、蘇轍の詩文には、数多の宮観が姿を現す。そして蘇轍は、兄の蘇軾がその晩年に提挙成都玉局観の任を与えられたのとほぼ時を同じくして、提挙上清太平宮の任を与えられている。宋代では、宮観の職は高官の佚老の為の優遇措置であり、成都玉局観は、父の蘇洵が張仙の画像を求め、祈子の願いを立てて、蘇軾・蘇轍兄弟を得た縁りの地であった。一方、上清太平宮は、宋の第二代皇帝である太宗の受命に深く関わる重要な宮観で、道士張守真に下った翊聖保徳真君なる道教神の言葉に因んで命名されたものである。(4) 事の顛末は王欽若の手になる『翊聖保徳伝』に詳しい。また、宋初の文臣徐鉉には「大宋鳳翔府新建上清太平宮碑銘」（『徐公文集』巻二十五、陳垣の『道家金石略』では、「重刊終南山上清太平宮碑銘井序」に作る）があり、太宗の受命について「蓋し神の命は天より受け、天の造《な》るは道より始まる」などと言っている。

蘇轍は、元符三年（一一〇〇）十一月に、提挙鳳翔府上清太平宮の任を授けられたが、その謝表では、「謫せられて南方に徙り、自ら必ず死せんと分《あきらめ》しが、恩もて近地に移り、已に再生するが若し、復た茲に旧秩これ還り、仍お真祠の秘を領す、云々」（『欒城後集』巻十八）と「真祠」即ち上清太平宮の提挙の任を与えられたことに感謝の気持を述べている。この上清太平宮は、また若かりし頃の兄の蘇軾が鳳翔府僉判の任にあった時に訪れたところでもあり、嘉祐八年（一〇六三）冬には、「上清詞」の兄弟唱和の作も残されている。また、この宮観には、『大宋天宮宝蔵』なる道蔵が収められており、蘇軾がこの道蔵を読んだことを聞いた蘇轍は、「子瞻の道蔵を読むに和す」の詩の中で、「道書は世に多く有るも、吾れは老と荘とを読む、老荘已に多しと云う、何ぞ況んやその駢傍をや」（『欒城集』巻二）と羨しさを押し殺したような言を放っている。蘇轍が晩年に提挙を命じられた上清太平宮は彼ら兄弟にそのような思い出もある所であった。

次に蘇轍は、楊見素、牢山の陳瑛（璞）、梅仙観の楊智遠、壺公観の劉道淵、光州の朱元経、龍川の廖有象、成都の蹇拱辰などの道士達と交友関係を持った。(5) このうち朱元経には「抱一の法」があったと云うが、その趣旨を体して蘇轍が作ったのが「抱一頌」であり、その前半部分では、「真人　我に告ぐ、昼夜　一を念ぜよと、行に一　坐に一、眠に一　食に一、子若し一を念じれば、一も亦た子を念ず、子　一を念ぜざれば、一は則ち子を去る、子若し一を得れば、万事みな畢れり」（『欒城後集』巻五）と「一」を重視する自己の思想を述べている。これは彼の『老子解』の主旨を考える上でも重要なところである。また、廖有象を詠んだ「龍川の道士」の詩では、「方に玉皇の宮を営みて、棟宇　一新を期す」（『欒城三集』巻三）と廖有象が北宋道教の最高神たる玉皇大帝のために宮殿を作ったことが記されている。但し、蘇轍はむしろ「三清」を重んじたようである。

ところで多くの道士の中で、蘇轍が最も親しく交わったのは蹇拱辰であろう。(6)『龍川略志』には、彼が天心派の道士であったと指摘している。「成都の道士蹇拱辰、善く戒を持し天心正法を行い、符水多く験あり。京城に居りて人の為めに病を治め獲るところ貲《はか》らず」（巻十）。任継愈氏編の『中国道教史』では、天心正法は、天罡大聖符・黒煞符・三光符などの符籙《おふだ》を用いて病を治す法術で、天心派は両宋時代に一派を形成していたとされる。この天心正法に関わる経典としては、道蔵に『上清北極天心正法』『上清天心正法』等が収録され、そこでは、様々なオフダや手訣による呪法が説かれている。(7) 蹇拱辰は諸所に遊行する道士であったらしく、蘇轍に「葆光蹇師の廬山に遊ぶを送る」（『欒城集』巻十六）の詩もあるが、蘇轍が未だ嵩山に行ったことのない蹇拱辰に嵩山図を見せて喜ばせた話も残っている。「蹇師嵩山図」の引に云う。

葆光法師蹇君、未だ嘗て嵩山に至らず、往きて遊ばんと欲す。元祐九年（一〇九四）春、都下に磐桓たり、古画一幅を得て、以てその客に示す、客曰く、これ嵩山図なり、予れ昔嘗てここに遊べり、峯・嶺・径・遂・観・刹みな是れなり、君喜びて曰く、此れ将に以て予れを導かんとするなり。（『欒城後集』巻一）

この蹇拱辰と蘇軾・蘇轍とが共に愛好したのが『黄庭経』である。『黄庭経』には『内景経』と『外景経』があって、欧陽脩は『内景経』は『外景経』の注釈だとしているが、蘇軾はまた『内景経』も重んじた様子で、それを書いて蹇拱辰に贈り、且つ詩を付しているが、蘇轍はそれに次韻した詩に次の様に言っている。

君（蹇拱辰のこと）は誦す黄庭内外の篇、本より心を洗いて仙を求めざらんと欲す。（『欒城集』巻十六「次韻子瞻書黄庭内景巻後贈蹇道士拱辰」）

また、蘇轍自身も『黄庭内景経』に親しんでいたことは、「子瞻の淵明の飲酒二十首に和すに次韻す」の第十六首に、「家居　余事を簡にして、猶お読む内景経、浮塵　掃きて尽さんと欲し、火棗行くゆくは当に成るべし」（『欒城後集』巻二）と歌う通りである。

蘇轍の詩文に見える道書、即ち道家・道教の経典としては、『老子』『荘子』『列子』やこの『黄庭経』の外に、葛洪の『抱朴子』、陶弘景の『真誥』『登真隠訣』が挙げられる。また、「唐修撰義問挽詞二首」のその一に「九転　今猶お在り、参同　豈に妄りに伝えんや」（『欒城後集』巻三）と述べる魏伯陽の『周易参同契』や仙都山の道士に示されたという「陰真君長生金丹訣」（『龍川略志』巻一）のような内丹の書も注目される。

蘇轍は先に挙げた道士達以外にも呉子野や姚丹元などの人々とも交渉を持ったが、より民衆に近いところに居た道教者流の人々とも交際した。その中の一人が鄭仙姑であった。蘇轍は歙州の鄭仙姑と『清浄経』について次のような問答を交わしている。

（鄭仙姑）曰く、我れは道家にして神仏を信ぜざれば、未だ常には往かざるなり、予れ曰く、道家　神を信ぜざるは可なり、仏の如きは道と何ぞ異ならん、仏説般若心経は道家の清浄経と文意みな同じなり、姑　清浄経を誦す、予れその仏法を習わざるを覚る、云々。（『龍川略志』巻十）

『般若心経』と文意が同じであると云う点からすると

『清浄経』とは『清静経』即ち具さには『太上老君説常清静経』のことであろう[8]。

蘇轍はまた鄭仙姑と『度人経』、即ち『霊宝度人経』について次のような応酬もしている。

（鄭仙姑）曰く、吾れ度人経を誦するが故にしかり。予れ曰く、度人経　安んぞ能く人をして嫁せざらしむるや、曰く、この経　元始天尊の説く所なり、元始天尊　天地を生じ、先んじて天地の外に立つ、安んぞしからざるを得んや、予れ曰く、姑は誤てり、安んぞ人にして能く天地の上に出づる者あらんや、曰く、これ他に非ず、蓋し亦た道なるのみ、予れ曰く、道なれば則ち能くしかり、云々。（『龍川略志』巻十）

蘇轍が泰州天慶観の布衣、徐三翁に自らの災福について問うた際に、徐三翁が用いたのも、また『霊宝度人経』であった。やはり『龍川略志』には、次のように云う。

泰州天慶観の布衣　徐三翁、よりて来る所を知らず、日々観中の地を掃き、衆道士の残食に非ざれば食わず、時に人の災福を言えば、必ず応ず。（中略）予れ因りて託してこれに問わしむ、翁　霊宝度人経の二句を書してこれに授く、曰く、「運　当《まさ》に滅度すべく、身は太陰を経《ふ》」と、（中略）翁　復た二句を書してこれに授く、曰く、「十遍　経を転ずれば、福徳立ちどころに至る」と。（中略）（蘇轍）経文を按ずるに、「身は太陰を経《ふ》」と「十遍　経を転ず」とは、一章の前後の語なり」。（巻十）

『霊宝度人経』は、六朝隋唐以来の代表的な道教経典で、この四注本、即ち、宋の陳景元が、南斉の厳東、唐の李少微、成玄英、薛幽棲の注釈を集めたテキストでは、「運当滅度」は「運応滅度」、「福徳立至」は「福徳立降」に作っている。また、徐三翁は、元の趙道一の『歴世真仙体道通鑑』に見える徽宗の嗣位を予言したとされる徐神翁のことである。

神翁　徐守信は海陵の人なり、天慶観の傭役と為る、（中略）終日無為にして、惟《た》だ箒を執りて洒掃するのみ、且つ度人経を誦して口に絶やさず。（『歴世真仙体道通鑑』巻五十二）

因みに道蔵には、『虚静沖和先生徐神翁語録』があり(9)、徐神翁が「徐二《ママ》翁」と呼ばれたとされ、また、上来述べた蘇轍との交流のことも略述されている（上巻）。いずれも蘇轍と『霊宝度人経』との関わりを示す好箇の資料である。

第三節　『欒城遺言』・老聃・『老子解』・三清

◎『欒城遺言』

『欒城遺言』は、蘇轍の最晩年の言葉を孫の蘇籀が記録したもので、蘇轍の老子観や『老子解』を理解する上で注目すべき発言も多い。まず老聃については、「近ごろ存す八十一章の注、道に従う老聃門下の人」（『欒城後集』巻四「予昔在京師画工韓若拙為予写真今十三年矣容貌日衰展巻茫然葉県楊生画不減韓復令作之以記其変偶作」の一節）と述べて老聃を師と仰いでいることを述べる。また、老子の書については、「（蘇轍）公（蘇）籀の為に老子数篇を講じて曰く、孟子より高きこと二三等なり」と言い、更には、「荘周は多く是れ破執、至道を言うは（老子）五千文に如くはなし」と言ったとされる。その『荘子』に関しては、別に「荘周の養生一篇は、これを誦するに龍の空を行くが如し、爪趾鱗翼の及ぶところみな自ら規矩に合す、奇文と謂うべし」と云って、「養生主」篇の重んずべきことを主張する。これは蘇轍が道教の養生術に親しんだことと通ずるが、また房中術を鬻いだ者には、「ただその気を養い神を嗇むの法を伝えよ」とも述べるのである。

『欒城遺言』では、更に、「東坡の遺文　海内に流伝し、中庸論上中下篇あり」と兄の蘇軾に「中庸論」のあったことを取り挙げているが、それとともに注目されるのは、『復性書』を書いた唐の李翺、字は習之への言及のあることである。

（孫）知微　寿寧院の僧と相善し、嘗てその閣上に恵遠　陸道士を送ると薬山　李習之に見ゆの二壁を画く、云々。

これは、有名な廬山の慧（恵）遠と、劉宋の道士の陸修静との仏教・道教の交流、また、唐の薬山の惟儼と李翺(10)との仏教・儒教の交流を画いたもので、蘇轍がこれを取り挙げているのは、自らの儒仏道の三教兼修、道仏双修の立場と一致するからであろう。今一つの例を見てみよう。

唐の士大夫　道を知るもの少なし、道を知るは惟《た》だ李習之のみ、白楽天　復性書三篇を喜び、嘗て八漸偈を屛風に写せり。

これらの発言は、蘇轍の『老子解』の中心思想が「復性」にあることを暗示するものであろう。

◎老聃

蘇轍の『古史』の老子列伝では、老子について、「老子は楚の苦県厲郷曲仁里の人なり、姓は李氏、名は耳、字は伯陽、諡は聃という、周の守蔵室の史なり」（巻三十三）と述べる。そしてその後、孔子が老子に礼を問うたこと、周を去るに当って関令尹喜に請われて『道徳経』を著わしたこと、更には、老莱子や周の太史儋の事跡、老子の世系について語っており、ほぼ司馬遷の『史記』の記述を踏襲している。しかし、蘇轍の詩文では、今少し彩り豊かな老聃観が語られている。その第一点は、老聃を自らの師とすることである。「子瞻の海を過《よぎ》るに次韻す」の詩に「老聃は真に吾が師、出入　初めは猶お龍のごとし」（『欒城後集』巻二）とあり、「丁亥の生日」の詩に「老聃本もと吾が師、妙語　初めて自ら明らかなり」（『欒城三集』巻一）と語るのなどがその証左である。第二点は、老聃が胡《えびす》に入った、即ち、インドに入ってその地の人々を教化したとする化胡説を語るところである。即ち「楼観」の詩には「老聃　世を厭いて流沙に入り、飄蕩として雲の如く　遮るべからず」（『欒城集』巻一）と言うのみであるが、「癸未の生日」の詩では、「老聃　西のかた胡に入り、孔子　東のかた魯に帰る」（『欒城後集』巻三）と言っているのである。第三点は、老聃と瞿曇、即ち仏陀とを類似のものと看做し並列したりすることである。これは化胡説を受け入れる以上、当然のことであろう。「東方書生行」の詩では、「康成穎達　塵灰に棄てられ、老聃瞿曇　更に出入す」（『欒城集』巻五）と言う。康成は鄭玄、穎達は孔穎達のことである。第四点は、導引などの道教の養生術の師として老聃を見ることである。「李鈞郎中を送る」の詩に、「歌吟は仿佛として騒雅に類《に》、導引の委曲は彭聃を師とす」（『欒城集』巻八）と述べるのがそれである。騒は屈原の「離騒」を代表とする『楚辞』、雅は『詩経』の大雅・小雅。彭聃は、仙人の彭祖と老聃を指している。これらの老聃に対する見方も『老子解』を読む上で参考となろう。

◎『老子解』

さて、次に蘇轍の『老子解』について検討しよう。(11) 道蔵本の『老子解』には、この書を撰述した経緯を記す、蘇轍自身の大観二年（一一〇八）の題が収められている。それに依れば、蘇轍は四十二歳の時、筠州に居た折、道全なる僧侶と交遊し、恰度、執筆中の『老子解』を見せて批評を仰ぎ、その後、二十余年の間、時に刊定を加えた、その中には仏法に合致しないものはないとしている。また、そこでは、『中庸』の「中・和」を取り上げて、儒仏の一致をも示している。

蓋し中とは仏性の異名にして、和とは六度万行の総目なり、中を致し和を極めて、天地万物　その間に生ず、これ仏法に非ざれば、何を以てこれに当らん。（道蔵本『道徳真経註』〈老子解〉巻四巻末題）

兄の蘇軾は、「子由の老子解の後に跋す」の中で、この書について次のように述べている。

もし戦国の時　この書あれば、則ち商鞅・韓非なく、もし漢初にこの書あれば、則ち孔・老　一と為り、晋宋の間にこの書あれば、則ち仏・老　二と為らず。（『蘇軾文集』巻六十六）

この『老子解』については、述べるべきことが多いが、ここでは最も注目すべき一点について述べて置こう。それは、「抱一」と「復性」とが同じものとされていることである。即ち、第二十二章の「是を以て聖人　一を抱きて天下の式と為る」の蘇轍の解には次のように云う。

一を抱くとは、性に復《かえ》るなり、蓋し曲れば則ち全く、枉れば則ち直く、窪めば則ち盈ち、弊れば則ち新たに、少なければ則ち得、多ければ則ち惑う、みな抱一の余なり、故に一を抱くを以てこれを終う。

既に見たように、蘇轍には「抱一頌」があるが、その序文では、抱一は「これ独り道家の事のみには非ず、乃ち瞿曇（釈迦）の正法なり」（『欒城後集』巻五）と述べて、抱一が道教・仏教に共通なものとされている。

また、蘇轍の『老子解』では、第十四章の「この（夷・希・微の）三者　致詰すべからず、故に復た混じて一と為る」の注釈の中で、「いわゆる一とは性なり」と言い、継いで、唯一の仏教側の出典である『首楞厳経』を引用する。

首楞厳に云う有り、流れを反して一を全くすれば、六用は行われず、と。

この『首楞厳経』巻八に云う「全一」は、蘇轍にとって「抱一」「復性」と同様のものと看做されていたのであろう。

『老子解』の第十章の注釈では、この「一」や「性」などの概念を整理して、更に次のように述べている。

　蓋し道は在らざるところなし、その人におけるや性と為し、性の妙なるを神と為し、その純にして未だ雑らざるを言えば、これを一と謂い、その聚りて未だ散ぜざるを言えば、則ちこれを朴と謂う、その帰するはみな道なり。

次に「復性」について言えば、第七十九章の解に、「聖人と人とは均しくこの性あり、人方《まさ》に妄を以て常と為し、争奪の場に馳鶩して、性の未だ始めより少しも亡びざるを知らざるなり、是を以て聖人　その性を以て人に示し、これをして妄を除きて以て性に復らしむ」というのが蘇轍の言わんとするところを良く伝えている。

南宋の朱熹は、「蘇黄門老子解」なる一文の中で、「蘇侍郎、晩に是の書を為し、吾が儒を老子に合わせて以て未だ足らずと為し、又釈氏を幷せてこれを弥縫す、舛うと謂うべし」（『朱文公文集』巻七十二）と評しているが、彼は「抱一」と「復性」と「全一」とを統合した蘇轍の『老子解』の骨格を看破していたのであろうか。

◎三清

蘇轍と道教と老子との関わりを考える際に次に検討すべきなのは三清についてである。三清とは、玉清・上清・太清のことであり、また、そこに鎮座する元始天尊・太上道君・太上老君の三柱の神格を指す。例えば、初唐の王懸河の『三洞珠嚢』にやや先輩の尹文操の『太上老君玄元皇帝聖紀』を引いて、「これ即ち、玉清境、元始天尊位す、三十五天の上に在るなり、……これ即ち、上清境、太上大道君位す、三十四天の上に在るなり、……太〔大〕清境は太極宮なり、即ち太上老君位す、三十三天の上に在るなり」（巻七）とあるのが、その早期のものであろう[12]。

ところで、青詞とは、道教の斎醮の際に神に献げる祝文であるが、唐代には、翰林学士がこの青詞を書く際に一定の方式があった。晩唐の楊鉅の『翰林学士院旧規』に見える「道門青詞例」がそれであるが、そこでは、青詞を献げる道教神として、先の元始天尊・太上道君・太上老君の三清を筆頭に挙げている。

謹しんで稽首して、虚無自然元始天尊・太上道君・太上老君　三清の衆聖・十極の霊仙……一切の衆霊に上啓す、云々。（『翰林羣書』巻上）

宋代の青詞には、欧陽脩の青詞のように、三清ではなく、玉皇大帝に献げた例も残されているが、蘇轍の場合は、中央政府にあった折には、三清に献げられるのを常としている。

福寧殿において明堂道場を開啓し、一月罷散せんとす。日びに醮一座一百二十分位を設く、謹んで元始天尊・太上道君・太上老君混元上徳皇帝に上啓す。（『欒城集』巻三十四「福寧殿開啓明堂預告道場青詞」）

太一宮真室殿において祈晴道場を開啓し、謹んで元始天尊・太上道君・太上老君混元上徳皇帝に上啓す。（『欒城集』巻三十四「中太一宮祈晴青詞」）

ここに「太上老君混元上徳皇帝」と云うのは、謝守灝の『混元聖紀』などに依れば、真宗の大中祥符七年（一〇一四）に老子に加えられた尊号である（巻九）。

また、『龍川略志』（巻一）には、三清に関わる次のような記述がある。冒頭は先の引用と重複するが行論の都合上、引用する。

予れ幼きとき郷閭に居り、子瞻に従いて書を天慶観に読む。治平初め、京師に在り、夢に三清殿に入る、殿上の老子像、高さ三二尺、状甚だ異なり、能く人と言い、問う者　一に非ず、予れも亦た謁してこれに問う、云々。

天慶観は真宗が大中祥符二年（一〇〇九）に諸州に設置させて三清や玉皇を祀らせた国定の道観であるから、眉山の天慶観にも三清殿は当然置かれていたのであろう。従ってここに云う老子像は、老子の神格化された太上老君像と思われる。因みに云えば、太上老君も元始天尊も、老子または『老子道徳経』に説く「道」の神格化されたものであり、蘇轍の三清に関する信奉は、彼の老子に対する尊崇と深く関わるものであったのである。蘇轍はまた、「天慶の道士　三清・北極・聖祖の諸殿を治め、清浄厳粛、朝謁　ところあり」（『欒城集』巻二十三「光州開元寺重修大殿記」）と言い、更には、「高安四首」の青詞のその四では「三清を望みて稽首し、衆聖を仰ぎて以て馳誠す」（『欒城後集』巻十九）と三清に対する信奉を露わにしている。こうした蘇轍の姿勢は欧陽脩ら宋の六大家の中でも際立っている。朱熹が「道家の徒、その為すところに倣わんと欲し、遂に老子を尊びて、三清元始天尊・太上道君・太上老君と為し、而して昊天上帝、反ってその下に坐す、悖戻僭逆、これより甚しと為すなし、且つ玉清元始天尊は既に老子の法身に非ず、上清太上道君、又た老子の報身に非ず、設けて二像あり、又た老子と一と為すに非ず、而して老子又た自ら太〔上〕清太上老君と為す、蓋し釈氏の失に倣いて、而して又たこれを失うものなり」（『朱子語類』巻一二五「論道教」）と批判するのは、或いはこの蘇轍の如き考えをも射程に入れていたのではないかと思われるのである。

結語

宋の真宗は国定の天慶観において、玉皇と三清を祀らせた。そして蘇軾が玉皇に対して親近感を抱いたのに対して[13]、蘇轍は元始天尊・太上道君・太上老君の三清を尊崇した。ここでも兄弟の棲み分けがなされているというのは、余りにも平仄が合いすぎるだろうか。

また、金代に興った全真教は、この三清を尊び、三教一致説に立脚し、『老子道徳経』『清静経』『般若心経』『孝経』を信徒に読むことを勧めたとされる[14]。蘇轍もまた三清を信奉し、儒仏道三教兼修、道仏双修の立場を執り、『老子』を尊重し、『般若心経』と『清浄経』（『清静経』）との思想の一致を指摘している。この蘇轍の道教思想と全真教の思想とは存外近いところにあるのではないだろうか。記して博雅の示教を俟つものである。

注

（1）清水茂氏『唐宋八家文』（朝日新聞社、一九七八）蘇轍の解説の項参照。
（2）澤田瑞穂氏『中国の呪法』（平河出版社、一九八六）参照。
（3）吉岡義豊氏『道教と仏教第二』（豊島書房、一九七〇）参照。
（4）愛宕元氏「宋太祖弑害説と上清太平宮」（『史林』六七巻二号、一九八四）参照。
（5）李俊清氏「蘇轍与道教」及び「蘇轍与道教有関的活動編年」（『道教文化研究』第一輯、一九九二）参照。
（6）鍾来因氏『蘇軾與道家道教』（台湾学生書局、一九九〇）も参照。
（7）三田村圭子氏「科儀書に見える手訣の変容」（『東方宗教』第九十二号、一九九八）参照。
（8）福井文雅氏『般若心経の歴史的研究』（春秋社、一九八七）も参照。
（9）宮川尚志氏「宋の徽宗と道教」（『東海大学紀要』第二十三輯、一九七五）参照。
（10）T.H. Barrett 氏、Li Ao（李翺）Oxford University Press, 一九九二、も参照。
（11）蘇轍の『老子解』については、市來津由彦氏「蘇轍の老子解について」（『東北大学教養部紀要』第四十三号、一九八五）及び佐藤錬太郎氏「蘇轍『老子解』と李贄『老子解』」（『東方学会創立五十周年記念東方学論集』東方学会、一九九七）参照。
なおテキストは、道蔵本を底本とし、『四庫全書』本、『評註老子道徳経』本、宝顔堂秘笈本を参考にした。
（12）福井康順氏『道教の基礎的研究』（書籍文物流通会、一九五八）参照。
（13）第二部第五章「玉皇大帝と宋代道教——蘇軾を中心にして——」参照。
（14）吉岡義豊氏『永生への願い』（淡交社、一九七〇）参照。

第七章　『斜川集』を読む――蘇過と道教――

序　言

清の厲鶚の『宋詩紀事』巻三十四には、宋の蘇過の四種の詩が採取されている。それは「送曇秀詩」「賦鼠鬚筆」「雪」「金陵上呉開府両絶句」の五首である。この中の「鼠鬚筆を賦す」の詩は、『古文真宝』では「鼠鬚筆」の題で収録され、蘇過の詩としては比較的広く知られているものである。詩中において蘇過は書聖王羲之も用いたとされるこの筆について、次のように詠ずる。

肉を磔《さ》いて餓猫を餧《か》い、髯を分ちて霜兎を雑う、架に挿めば刀槊健かに、紙に落せば龍蛇騖《はし》る。(1)

と。

宋代随一の詩人、蘇軾を父とし、また蘇轍を叔父とする蘇過は、二蘇に近侍した。蘇軾は

予《われ》、宝月塔銘を撰するに、澄心堂紙・鼠鬚筆・李庭珪の墨を使う。（『蘇軾文集』巻六十九「題所書宝月塔銘」）

と述べており、蘇過もその文房趣味を継いだのであろう。

この蘇過の文集『斜川集』(2)を読み、合わせてこれも二蘇を継承したと見られる道教思想との関わりを以下に論ずる。

第一節　蘇過略伝及び『斜川集』

（1）　蘇過略伝

『永楽大典』巻二四〇一に引く宋の晁説之の「宋故通直郎眉山蘇叔党墓誌銘[3]」と『宋史』巻三三八の伝記を中心に、他書の記述も参照しつつ蘇過の略伝を述べる。

蘇過、字は叔党、斜川居士と号した。蘇軾の第三子で、眉州眉山（四川省）の人である。北宋の神宗の熙寧五年（一〇七二）に生まれ、徽宗の宣和五年（一一二三）に五十二歳で卒した。

蘇過の生涯は、徽宗の建中靖国元年（一一〇一）における蘇軾の死を画期として前後に大きく分けることができるだろう。

まず前半生について語ろう。蘇過は哲宗の元祐五年（一〇九〇）、蘇軾が杭州知事であった時に、十九歳で礼部の試験に応じた。これが蘇過の公的な事跡の最初である。そして、元祐七年（一〇九二）、蘇軾が兵部尚書になるに及んで、蘇過も兵部右承郎を拝した。

しかし、紹聖元年（一〇九四）に哲宗が親政すると新法党の政治家達が中央政界に復帰し、替って旧法党のリーダーの一人と目されていた蘇軾は英州（今の広東省英徳県）知事に左遷され、更に恵州（今の広東省恵陽県）に流された。紹聖四年（一〇九七）には、蘇軾は今度は海を隔てた海南島にある儋州に流された。

蘇過は「（蘇）過、先君に侍りて、夷に居ること七年」（『斜川集』巻六「書先公字後」）と述懐しているが、彼はこの蘇軾の配流の時、兄弟の中で只一人、終始、父に随き従った。

ところが、元符三年（一一〇〇）、哲宗が崩じ、徽宗が即位すると、中央の政局がまた変化し、蘇軾は罪を減ぜられて、廉州（広西省合浦県）、更には永州（湖南省零陵県）へと移封され、やがて提挙玉局観なる名誉職を受けた。玉局観は四川にある唐末五代の碩学道士、杜光庭縁りの道観であり、また蘇軾の父の蘇洵がまだ男子のなかった時、玉局観の無礙子の店で買った張仙の画像に祈子の願いをし、やがて蘇軾・蘇轍兄弟を得た因縁のある所である。(4) だが、蘇軾は翌年の建中靖国元年（一一〇一）に旅先でその波乱の生涯を閉じてしまう。

蘇過は有名な「志隠」の後書の中で、父の海南島儋州までの流謫とその本土への回帰を共にした感慨を「昔、余《われ》、先君子に侍りて儋耳に居り、丁年にして往き、二毛にして帰る」（『斜川集』巻六）と述べているが、既に白髪を黒髪に雑えるようになっていた蘇過は、父の死の時、三十歳を数えようとしていた。以上が蘇過の前半生の概略である。

蘇過は後半生を主として潁昌（河南省許昌県）の地で送った。『宋史』の伝記では次のように云う。「（蘇）軾、常州に卒す。（蘇）過、軾を汝州郟城の小蛾眉山に葬り、遂に潁昌に家す」（巻三三八）蘇過が父を葬ったのは崇寧元年（一一〇二）のことであったが、この年にはまた新法党が擡頭し、蘇過の叔父、蘇轍は中央政界から退いて、潁昌に隠居した。蘇過は蘇轍に従って潁昌で暮らすことになったのである。蘇轍も徽宗の政和二年（一一一二）に没するが、蘇過は蘇轍に対する祭文の中で、「過や昔、孤にして公に許に帰し、杖履を奉ること十春、これ二父の篤愛、その余を子孫に推す」（『斜川集』巻六「祭叔父黄門文」）と述べて、許（潁昌）において十年を共に過した叔父への感謝の言葉を記している。

後半生の官途については、やはり晁説之の『墓誌銘』に「初め太原府の税を監し、次に潁昌府郾城県に知たり、みな法令を以て罷免さる。晩に中山府に権通判たり」と記し、諸書もこれを襲う。

さて、蘇過の「小斜川幷引」（『斜川集』巻一）の序文では、「予《われ》、近ごろトして城西の鴨陂の南に築き、層城に依りて流水を遶らし、茅を結びてこれに居り、名づけて小斜川という」と語っている。そして、その後、この「小斜川」の名が陶淵明の「游斜川幷序」（『靖節先生集』巻二）の詩の序文の「辛丑の歳、正月五日、二三の隣曲と同《とも》に斜川に游び、おのおの詩を賦す」の「斜川」に偶合することを叙べる。これは『墓誌銘』の「叔党（蘇過）たまたま湖陰より、水竹の賞《め》ずべきもの数畝を営み、則ちこれに名づけて小斜川という、自ら号して斜川居士といい、以て終焉の志を示す」とある潁昌での事跡である。

蘇過は先の「小斜川」の詩中に「淵明、我が同生、共に尽く一丘に当る、試みに小斜川を築き、佳名たまたま相儔《たぐい》す」と語って陶淵明への共感を示している。この詩の作られたのは、序文に「予《われ》、年また五十」と記されるように、五十二歳で卒した蘇過の最晩年のことであり、蘇過の後半生を締めくくる事柄であった。蘇過は在世当時、小坡と呼ばれ、叔父の蘇轍は常に蘇過の孝を称賛して宗族に訓え、また、「吾が兄は遠く海上に居りて他なし、この児の能文を成就するなり」（『墓誌銘』）と語ったとされている。

（2）『斜川集』について

晁説之の『墓誌銘』では、蘇過の著述として、『斜川集』二十巻があり、その中の「思子台賦」「颶風賦」が早く世に行われたと記す外、蘇軾が海南島にあって、蘇過に「孔子弟子別伝」を作らせたとされている。このうち「孔子弟子別伝」については、『墓誌銘』の銘の部分に「孔子弟子伝の成らざるは、尚お何ぞ懟《うら》むや」とも言われている。この著作は現在は佚書として扱われる場合がある。

『斜川集』は『墓誌銘』や、『宋史』の蘇過の伝記では二十巻と記されるが、『宋史』の芸文志は十巻としており、陳振孫の『直斎書録解題』、馬端臨の『文献通考』も同様である。

『四庫全書総目提要』では、集部の別集類存目一の中に『斜川集十巻』江蘇蔣曾瑩家蔵本を挙げているが、その提要を見ると明らかなように、これは劉過の『龍洲集』と内容が重複しており、これに『斜川集』の名をつけた偽物と見られる。

清の鮑廷博の『知不足斎叢書』には『斜川集』六巻が集録されており、清の趙懐玉の「校刻斜川集序」及び清の法式善の「斜川集補遺序」等が付されている。趙懐玉の序に依れば、清の乾隆四十六年（一七八一）の冬に、翁方綱の蘇斎に集まった時に、翁方綱は蘇過の作品を趙懐玉に見せて次のように言った。「この叔党の斜川集、永楽大典より録出す、以て諸の贋本の非を証すべし」と。趙懐玉は急いで南下することを請われたため、借りて鈔写できなかった。このことを後にたまたま鮑廷博に話したところ鮑廷博は既に友人の呉長元に『斜川集』の鈔録を委嘱していて、それを趙懐玉に齎した。そこで趙懐玉はそれを校閲して注記を加えた。この『永楽大典』から録出された校刻本の『斜川集』六巻は乾隆五十三年（一七八八）に刊行されたと見られる。

この趙懐玉の校刻本の元になった呉長元本に関しては、呉長元の「斜川集跋」に述懐がある。それに依れば、朝廷が『四庫全書』を纂脩した際、儒臣に『永楽大典』から異籍を捜羅させた。その時、周永が各韻の中から蘇過の詩文の散片、若干首を得た。しかし、『四庫全書総目提要』において、地方から奉った『斜川集』の贋本を反駁してしりぞけたために、篋底に秘したままにしておいた。ついで呉長元の妹聟の余集が孫溶の書斎でたまたま稿本を見つけ、呉長元に告げた。以下は原文を少しく引用する。「予《われ》、過望に驚喜して借りて帰り副を録す。宋文鑑、東坡全集、播芳大全の諸書に従って、譌舛を考訂し、闕遺を増補して、釐めて六巻と為す、又、他書に載する所の遺聞軼事を採りて、輒ち録付す」。呉長元本の成立の経緯は知られたことであろう。この呉長元の跋は乾隆四十七年（一七八二）に書かれている。

また、清の嘉慶十五年（一八一〇）に書かれた法式善の「斜川集補遺序」では、呉長元や趙懐玉の収録し残した「志隠」等の詩文を集めて補遺二巻を作ったことが記されている。

現行の知不足斎叢書所収の『斜川集』は六巻で、その後に「斜川集附録」上下と「斜川集訂誤」「斜川集跋」が附載されており、集中の所々に趙懐玉、呉長元、鮑廷博の注釈が施されている。「志隠」等も本文中に収録されているから法式善の補遺も組み込まれていると見るべきであろう。

清の阮元の『四庫未収書目提要』では、『斜川集』六巻を掲げ、主として呉長元本について述べた後「然れども竟に未だ四庫全書に鈔入されるに及ぼず、深く惋惜すべし」とこの書の為に歎を発しており、また、近人の欒貴明氏の『四庫輯本別集拾遺』（八二四―八二五頁）では、『四庫全書総目提要』が贋本の『斜川集』十巻を偽書と鑑別したことについて、その点は既に邵二雲の『南江文鈔』巻八の「書坊本偽斜川集後」や孫子瀟の『天真閣集』巻四十三「書斜川集贋本後」に見えると指摘し、且つ、知不足斎叢書本に漏れた『永楽大典』巻一〇五四〇の「啓」字韻の「代人賀啓」の一条のあることを取り挙げている。その他、舒大剛氏に「蘇過《斜川集》再補遺」（『四川大学学報叢刊』二十七、一九八五所収）があり、また『全宋詩』では、知不足斎叢書本に漏れた清の旧抄本『斜川集』等の書からの十首余りの詩が増補されているが、これは舒氏著に基づくようである。

第二節　処世の「拙」と造物者

（1）処世の「拙」について

蘇過が陶淵明を尊重していたことは、「小斜川并引」の序文で陶淵明の斜川の遊びに言及し、また自らを斜川居士と号したところからも明らかであるが、この序文で、蘇過はまた次のようにも述べている。

淵明の詩に云う、「開歳　倏《たちま》ち五十」と、今歳　適《たま》たま辛丑に在り、而して予、年また五十、蓋し淵明は予と同じく壬子の歳に生まるるなり。

ところがここで蘇過が引用する冒頭の一句「開歳倏五十」の詩句にはテキスト上の問題があり、この点は『斜川集』の当該の蘇過の序文の後に趙懐玉の次の注釈があることによっても知られる。

（趙）懐玉案ずるに、淵明の詩、もと是れ「五日」、叔党たまたま誤本を読むのみ。

つまり、「開歳倏五十」の「五十」は「五日」に作るのが正しいテキストであるとするのである。清の陶澍集注の『靖節先生集』でも「游斜川幷序」（巻二）の冒頭の詩句は「開歳倏五日」に作り、その李公煥の注には次の如く語る。

按ずるに、辛丑の年、靖節年三十七、詩に「開歳　倏《たちま》ち五十」と曰わば、乃ち義熙十年甲寅なり、詩語を以てこれを証するに序は誤りと為す、今、「開歳　倏《たちま》ち五日」に作れば、則ち序の中の「正月五日」と語意は相貫く。

このように見てくると、陶淵明の「游斜川幷序」の詩の冒頭の詩句は「開歳倏五日」と作るのが正しいのであろう。しかし、南宋第一の詩人である陸游の『老学庵筆記』にも「陶淵明の『游斜川』の詩に、自ら『辛丑の歳、年五十』と叙ぶ、蘇叔党は宣和辛丑にまた年五十、蓋し淵明と甲子を同じうするなり。この歳、園を許昌の西湖の上《ほとり》に得、故にこれに名づけて小斜川と曰うと云う」と述べており、蘇過の言葉はそのままに信じられてもいたのである。今日では、蘇過が陶淵明と甲子を同じくして生まれたとはされ得ないが、蘇過の謂わば美しき誤解の背景には、彼の陶淵明に対する強い思い入れがあったと見るべきであろう。

事実、蘇過の詩の中には、「淵明」「陶令」「陶生」「陶彭沢」「靖節」等の陶淵明を指す言葉が頻出してその傾倒振りを窺わせる。その中の幾つかを挙げてみよう。

（1）種松在庭戸、志与淵明倶。（『斜川集』巻一「寄題撫松堂」）
（2）近聞陶令餅無儲、不獨魯公新食粥。（『斜川集』巻二「和呉子駿食波稜粥」）
（3）陶生物表人、世網那得窘。（『斜川集』巻一「次韻和韓君表読淵明詩餽曾存之酒唱酬之什」）
（4）倦飛偶学陶彭沢、示疾還同老居士。（『斜川集』巻二「范季遠作止斎求詩以此寄之」）
（5）豈知靖節棄官帰、五斗難堪折腰恥。（『斜川集』巻二「題岑氏心遠亭」）

周知の通り、蘇過の父の蘇軾は、中国文学史上の陶淵明の評価を確立した人であり、特にその陶淵明の詩に次韻した「和陶詩」は名作の誉れが高い。例えば、小川環樹氏は次のように語る。

（蘇軾の恵州、儋州の流罪の際）遠い異郷への旅に随行した肉親は三男の蘇過ひとりであったが、その東坡が配所までたずさえていった二つの詩集があった。『陶淵明集』と『柳宗元集』である。彼はそれらを「南遷の二友」とよんで心の友とした。……東坡の淵明集への熱愛は、黄州と恵州以後に特に強かったであろうと想われる。陶淵明の詩に次韻した「和陶」百二十首の大半は、南へ流されたのちの作である。……それらには澄明な心情、底深い光をたたえていることが感ぜられる。それは生涯の終りに近づいた詩人の創造力の泉が尽きないものであった証拠である。(5)

蘇過の陶淵明への傾倒も当然、この偉大な父、東坡の影響によるものであろう。蘇過は「五斗米」の為に「腰を折る」役人生活を棄てた陶淵明の生き方に関わる「五斗」「折腰」の語をしばしばその詩句に織り込む。

（1）寧甘一瓢楽、恥為五斗折。（『斜川集』巻一「贈王子直」）

（2）早知折腰悪、誰敢朱雲吏。（『全宋詩』巻一三五四「和任況之」）

蘇過は既に述べたようにその後半生において潁昌に寓居したのであるが、宋の王明清の『揮麈後録』では、それは新法党と旧法党との抗争の中における「党禁」によるものであるとしている。

蘇叔党、以党禁、屏潁昌、極無憀。

従って、蘇過がたまたまこの潁昌府郾城県の知事の職についたとしても、中央政界から遠ざけられていたことに変りはない。そのため、県令であった蘇過が詩酒の集まりに興じてその憂さ晴しをしたと元の陸友の『研北雑志』は伝える。やや長文であるが蘇過の潁昌での生活を髣髴とさせる記述であるのでそれを引用する。

蘇翰林二子、迨仲豫、過叔党、文采皆有家法、過為属邑郾城令、岑穰彦休已病、羸然不勝衣、窮今考古、意気不衰、許亢宗幹誉、沖澹靖深、無交当世之志、皆会一府、其舅氏晁将之無斁、自金郷来過、説之、以道居新鄭、杜門不出、遙請入社、時相従於西湖之上、輒終日忘帰、酒酣賦詩、唱酬迭作、至屢返不已、一時冠蓋人物之盛如此、有許昌唱和集、風月勝日、時一展玩於嵁巖之間、雖絶伯牙之弦、而山陽之笛、猶足慰其懐之思云。

このように中央政界から距離のある生活をしていた蘇過にとっては、隠逸者陶淵明の存在は、父と共に南方で過ごした日々と同様に身近なものであり続けたのであろう。その陶淵明は自らの処世の「拙」さをしばしば詩に詠じている。

（1）人皆尽獲宜、拙生失其方。（『靖節先生集』巻四「雑詩其八」）

（2）開荒南野際、守拙帰園田。（『靖節先生集』巻二「帰園田居」）

陶淵明はこうした詩の中で「生《よすぎ》に拙」い己を自嘲しつつ、一方、その「拙」なる、つまり淳朴なる生き方を守る己を自負しているのだと斯波六郎氏は指摘する。

蘇過もまた己の「拙」さを詩に詠じており、それはしばしば「生《よすぎ》の理《みち》に拙し」という表現をとる。

（1）嗟《ああ》　予《われ》　生《よすぎ》の理《みち》に拙く、飢飽は農圃と共にす。（『斜川集』巻一「郡守禱雨獲応」）

（2）飢えて吟ず数更の鼓、坐して歎く生の理に拙きを。（『斜川集』巻一「小雪」）

（3）自ら笑う　窮愁　生理に拙きを、升斗を謀らずして西江に待つ。（『斜川集』巻三「次韻叔父小雪」其一）

（2）「造物者」「造物」との関わり

生《よすぎ》の理《みち》に拙ければ、人は「窮愁」、即ち困窮の愁いを抱かずにはおれない。そうした人を困窮に陥し入れもする超越的な存在として蘇過は「造物者」を意識する。

豈《そ》れ彼の造物者は能くその人を困らすも而もその功名を困らす能わざるなり。（『斜川集』巻五「伏波将軍廟碑」）

「造物者」の語は、云う迄もなく『荘子』内篇の大宗師篇に見える。『荘子』が蘇軾の愛読書であったことは周知の事実であるが、荘周をしばしば「荘叟」と愛称で呼ぶ蘇過にとっても親しみ深い著作であった。そして、蘇過は頻りに「造物者」「造物」をその詩文に登場させるのである。

この「造物」は、また叔父の蘇轍の運命をも後退させた存在だったと蘇過は見る。

造物　真に意ありて、公（蘇轍）をして以て後に凋《しぼ》ましむ。（『斜川集』巻一「叔父生日」其一）

しかし、ここで見るように「造物」は何か考えがあって蘇轍の運命を後退させたとしているように、蘇過は「造物」の公平さを疑うまでには到っていない。それは「造物」が自らの運命と関わる場合でも同じである。

造物　我を私《わたくし》せざること、彼の草木の繁れるに同じうす。（『斜川集』巻一「和叔寛贈李方叔」）

「造物者」「造物」は人を困窮させ得る存在であってその公平さを疑わないとすれば、現在の自己の窮愁の直接的な原因は「生《よすぎ》の理《みち》の拙」さに求めざるを得ない。蘇過はそれを歎いたのである。

第三節　蘇過と道教

（1）　天公と玉皇

さて、それでは次に蘇過と道教との関係について考察を進めて行こう。(6) まず最初に「天公」と「玉皇」を取り挙げる。「天公」が北宋以後の道教の最高神である「玉皇」即ち「玉皇大帝」・「玉皇上帝」と同一視されていることは周知の通りである。しかし、蘇過が「天公」の語を用いるのは農作物の豊凶に関わる場合である。例えば「風伯に訟う」の詩では次のように云う。

天公この為《しわざ》を縦ままにするは、我が田を暴にせしむるを忍ぶか。（『斜川集』巻一）

その他の例も同様である。

（1）天公　固《もと》より民を念い、已に兆す豊年の悦び。（『斜川集』巻一「小雪」）

（2）天公　長えに豊年と好し、安《いずく》んぞ仁人毎《つね》に牛に問うを得ん。（『斜川集』巻三「田家書事」）

この「天公」への親しげな呼びかけは蘇過が農耕を極めて身近に感じていたことと関わるのであろう。

（3）天公　猶お憐まる、一犂応に惜まざるべし。（『斜川集』巻一「北山雑詩」其八）

この「天公」と同一視される「玉皇」は、北宋の真宗の大中祥符七年（一〇一四）に「太上開天執符御歴含真体道玉皇大天帝」の尊号を奉られた北宋の道教の最高神である。[7] この真宗時代の玉皇信仰の昂揚が以後の道教に与えた影響は計り知れない。

「玉皇」については、蘇過は「大人の生日」（『斜川集』巻三）なる詩の中で次のように言及する。

（1）況んや是れ玉皇香案の吏、風を御し気に騎りてもと冷然たり。（「其四」）

（2）仇池　何ぞ用いん仙馭を追うを、香案もて仍お帰りて玉皇に侍す。（「其六」）

この「大人の生日」は七首の連作であり、題下には呉長元の次のような注釈がある。

長元案、第一首「七年」二字、当是元符三年（一一〇〇）十二月作、時坡拝玉局之除、北還過嶺、寄子由、有「七年来往我何堪」之語、蓋紹聖元年（一〇九四）責恵州、已而過海、至是為七年矣、余六首凡「原生貧病」「陰功」「活人」「世間出世」字句複出、疑非一時所作、永楽大典、依類編纂、今亦無能分析矣。

ところで「玉皇香案の吏」の語は、人も知る如く中唐の詩人の元稹に「我は是れ玉皇香案の吏、謫居するも猶お蓬莱に住するを得」（「以州宅夸於楽天」『元氏長慶集』巻二十二）とある。また、「大生の生日」の第四首の冒頭の一句「一封已責被敷天」の蘇過の自注には「揚州にて積欠の事を論ず」とあるから、この一首が作られたのは元祐七年（一〇九二）に蘇軾が揚州で積欠六事を論じた以降の作であることは確実である。恐らくは、第四首は蘇軾の恵州、儋州における謫居のことを歌ったのであろう。しかし、第六首の「香案もて仍お帰りて玉皇に侍す」は、呉長元のいう元符三年（一一〇〇）における提挙玉局観への任命を歌うのかも知れない。だがいずれにしても「玉皇」と結びついているのは蘇軾であって、蘇過ではないことに注意しておきたい。「玉皇」は唐代とは問題にならない位、北宋時代においては皇室と緊密に結びついた道教の最高神であったから、蘇軾のように中央政界の要職を得て皇帝に近侍した経験を持たない蘇過にとっては「天公」よりも縁遠い存在であったのではないだろうか。

（2）羅浮山に因んで

現行の『斜川集』の劈頭に置かれる詩は「正月二十四日、親に侍し羅浮道院、棲禅山寺に游ぶ」（『斜川集』巻一）である。この詩の成立については、蘇過に唱和した父の蘇軾の詩題に詳しい。即ちその詩題には「正月二十四日、児子過、頼仙芝、王原秀才、僧曇潁、行全、道士何宗一と同《とも》に羅浮道院及び棲禅精舎に遊ぶ、過　詩を作る、その韻に和し、邁、迨に寄す一首」（『蘇軾詩集』巻三十九）とあって、その状況が明らかである。紹聖二年（一〇九五）、蘇過二十四歳の作。冒頭八句は羅浮山の春の光景を歌う。「淡雲　暁に葱蘢、野水清らかにして掲ぐべし／山は明らかにして草木秀で、百里　瑣細を見る／人間　境は愈いよ静かに、地　暖くして　春　先に逝く／桃李は已に青枝、落花空しく砌を覆う」。

しかし、羅浮山と道教との関わりを詠じるのは、この詩の少し前に作られた「大人の羅浮山に遊ぶに和す」（『斜川集』巻二）の詩である。先行する蘇軾の「羅浮山に游ぶ一首、児子過に示す」（『蘇軾詩集』巻三十八）も道教的言辞に満ちる。先ず蘇過の数聯を取り挙げ、重要な語句が対応する蘇軾の詩の数聯と比較検討することとしよう。

〈蘇過の詩〉

（1）「謫官羅浮定天意、不渉憂患那長生」

（2）「蓬萊方丈今咫尺、富貴敝屣孰重軽」

（3）「出青入元二気換、妙理黙契黄庭経」
（4）「稚川刀圭償可得、簪組永謝漢公卿」

〈蘇軾の詩〉

（1）「人間有此白玉京、羅浮見日雞一鳴」
（2）「南楼未必斉日観、鬱儀自欲朝朱明」
（3）「小児少年有奇志、中宵起坐存黄庭」
（4）「東坡之師抱朴老、真契久已交前生」

（1）（2）の「羅浮」「蓬萊・方丈」「朱明」に関してまず述べる。唐の司馬承禎の『天地宮府図』[8]では道教の聖地である十大洞天のうち七番目について「第七羅浮山洞、周廻五百里、名曰朱明輝真之洞天」と記し、北宋の李思聡の『洞淵集』では羅浮山洞を「朱明耀真之天」として「即蓬萊之島也」[9]と云う。又、蘇軾の詩の自注には、「朱明洞は沖虚観の後に在り、是れ蓬萊第七洞天なりと云う」としており、蘇過はこの蓬萊の名称から、有名な海中にあるという三神山のうちの蓬萊・方丈二山に連想を膨らませていったのであろう。

（3）の『黄庭経』「黄庭」については後に述べたいが、（4）の「稚川」「抱朴」はいずれも晉の道士葛洪のことで『抱朴子』の名著のあることは周知のことである。因みに蘇軾の「羅浮に題す」（『蘇軾文集』巻七十二）という文では、「また東北へ三里にして、沖虚観に至る、観に葛稚川の丹竈あり」と羅浮山の沖虚観に葛洪が不死の薬である金丹を作ろうとした竈のあったことを伝える。蘇過の「大人の羅浮山に遊ぶに和す」の詩はこのような道教に関する知識を背景にしていたのである。

羅浮山は蘇過にとって「羅浮　天を挿し　猿　昼号す／絶頂に飛歩して雲濤を観る」（『斜川集』巻二「次韻伯達仲豫二兄和参寥子」）、「羅浮は仙者の居、霊質　自らは蔵さず」（『斜川集』巻一「人蔆」）、「羅浮　今に到るまで怪珍を餘し、

稚川の薬竈　荊榛に隠る」（『斜川集』巻二「次大人生日」）等と詠じられる印象深い道教の聖地であった。

（3）神仙は咫尺にあり

さて、蘇過は前述の「大人の生日」（『斜川集』巻三）の七首の連作のうち、第二首の冒頭の一聯「未だ試ず　陵雲白日の仙、この声固《もと》より已に郵伝より速し」の自注において「公（蘇軾のこと）海南に在り、四方　白日上升の事ありと伝う」と述べて、蘇軾が海南島に居た時、世間では蘇軾が白日昇天して仙人になったと噂したことを記す。

このように語る蘇過は神仙というものをどのように考えていたのか、ここではそれを検討する。

その際に蘇過が「戯れに呉子野に贈る」の詩の中で「従来　仏に非ず　また仙にも非ず、ただ虚心を以て世縁を謝す」（『斜川集』巻三）と語っている点は注意を要する。しかしこれは道教や仏教を否定するというのではなくして、むしろそれらを信奉する際、その両者のバランスを崩さないとする考えではないだろうか。その事は以下に見るが如き、神仙を肯定する言葉が蘇過の詩文にしきりに現われる点からも明らかである。

例えば「羽人　儻《も》し我を招かば、手を携えて雲間に行かん」（『斜川集』巻一「北山雑詩」十）と歌い、「懐《おもい》を縄墨の外に放ち、倶に平地の仙とならん」（『斜川集』巻一「和趙承之竹隠軒詩」）と詠じ、「赤松を渺茫に追い、神仙を有無に思う」（『斜川集』巻六「志隠」）と叙べ、更には「神仙あに路なからんや、試みに武陵の客を訪わん」（『斜川集』巻一「用韋蘇州寄全椒道士韻、贈羅浮鄧道士三首」二）と語るのなどはその証左であろう。

このように神仙を肯定する蘇過は、また「山河の景色　もと偏ることなし／須く信ずべし、壺中に洞天あるを／明月　端しく来りて　不夜に臨み／珠宮玉宇　澹くして娟娟」（『斜川集』巻三「次韻韓文若展江五詠」一）と神仙の居所である洞天の美しさに思いを馳せる。因みにこの「壺中に洞天あり」との表現は、後漢の費長房が軒先に吊るされた壺に入ったところ、そこが絢爛豪華な宮殿だったという故事を踏まえていよう。[10]「枕上の軒裳　何ぞ夢みるに足らん、

壺中の天地　本来　寛し」（『斜川集』巻三「叔父生日」一）と云うのも同様である。

そして蘇過はその神仙の住む世界は真近にあると云う。彼の「松風亭詞」（『斜川集』巻二）では「神仙を望むことそれ咫尺、羽人を杳冥に想う／或いは駕に命じて　以て遨遊し、茲に弭節して　少しく停まる／羣仙を友として　万霊を役し、鸞鶴に驂《の》り　鳳軿を駕す」と詠う。このように神仙世界が「咫尺」即ち、極めて近い距離のところにあるという言い方を蘇過は好んで用いる。そして、「三山咫尺なるに承明は遠し」（『斜川集』巻三「東亭」）「要《かな》らず三山咫尺の望に与らん」（『斜川集』巻三「大人生日」）と云う「三山」は無論、蓬萊・方丈・瀛州の三神山のことで、その三神山が真近にあることを言うのである。「蓬瀛あに到り難からんや、定めて笑う山沢の癯《おとろ》えたるを」（『斜川集』巻一「餞任況之」）と歌うように蘇過は神仙世界に到達するのは困難ではないとするのであった。

（4）『黄庭経』等の道書

『斜川集』の中に「河東提刑崔公行状」（『斜川集』巻五）なる著述がある。これは蘇過が自らを引き立ててくれた崔鈞という人物の為に書いたものである。この人がまた道教に凝っていたものらしく、次のような記述がある。

独好問長生之術与方士内外丹之訣、熊経鳥伸吐故納新之説、靡不造其精微、蓋自弱齢従事於茲、晩歳亦専心致志焉、曰、黄金可必成、飛仙可必学、故年高而歯髪不衰、顔如嬰児、殆有得於出世間法者。

ここに外丹と云うのは丹砂などを用いて金丹を作り、それを服用して不死を得んとする方法であり、内丹というのは、人間の身体を丹炉に見立て、体内の臓器を各種の薬材もしくは鼎釜と見立てて、体内で金丹を錬り上げれば、不死を獲得できるとする方法である。熊経鳥伸は導引と呼ばれる体操術の一種であり、吐故納新は呼吸術であって、蘇過在世当時の道教の長生術についての知識が一纏まりになっているかの如くである。「黄金必ず成る可し、飛仙必ず学ぶべし」との口吻も道教に関心を抱くものにとっては力強く聞えたに相違ない。

この外に「松風亭詞」（『斜川集』巻二）には、「子房の明哲を慕い、辟穀を学びて齢を引《の》ばさん」と歌う「辟穀」即ち五穀を食べるのを辟《さ》けて身を軽くする術、また「芝堂記」（『斜川集』巻六）には「神仙の服餌、五芝を以て長年不死の薬と為す」と云うように「五芝」を食べて不死を得る方法にも蘇過は言及している。

しかし、最も注目すべきなのは、蘇過の詩の中に『黄庭経』の名が詠み込まれていることであろう。先に取り挙げた「和大人遊羅浮山」（『斜川集』巻二）の詩には、『黄庭経』に関する次の部分があった。

況んや公の方瞳　已に座を照らし
奕奕たる神光　天庭に在り
青を出だし玄（元）を入れ　二気煥《かがや》（換）き
妙理は黙契す　黄庭経

『黄庭経』に関しては、蘇軾の師である欧陽脩の『集古録跋尾』では、王羲之の書と伝える『黄庭外景経』を取り挙げて、「黄庭経は、魏晉の時の道士の養生の書なり」と言い、且つ『黄庭内景経』は『黄庭外景経』に注釈をしたものだと述べる。欧陽脩にはまた「刪正黄庭経序」があり、その黄庭経に対する関心の強さを示している。[11] 一方、蘇軾も「書黄庭内景経尾」（『蘇軾詩集』巻三十）において「太上虚皇　霊篇を出だし、黄庭真人　胎仙に舞う」等と述べ、『黄庭経』を聖典として、種々の詩にこの経典を引用する。先の蘇過の詩の第三句は、知不足斎本では「出青入元二気換」に作るが、『雲笈七籤』では「出青入玄二気煥」に作り、その梁丘子の注には「陰陽二気を吐納して煥然と著明なるを謂うなり」と説明している。[12] なお「黄庭」の語は蘇過の「東亭」（『斜川集』巻三）の詩の中にも「眼を閉じれば　黄庭に　万想帰し、此の心　久しく已に　紛馳を息む」と用いられている。

ところで、蘇過の「次韻叔父浴罷」（『斜川集』巻一）の詩は、趙懐玉の注では紹聖四年（一〇九七）の作とされている。蘇軾にも「次韻子由浴罷」の詩が残っているから、蘇軾・蘇轍・蘇過が唱和した詩である。この詩の中において蘇過は「丹田に宿火あり、かくの如く　陽来復す、轆轤　自ら水を転じ、離坎　倶に腹を実たす」とまた道教的言辞を用いる。そしてこの詩の「更に観る　雲　山に入るを、心　境と同じく熟す」と詠じ、そこに自注して珍しく「道書に雨初めて晴れ　雲　山林に入るが如しの語あり」と言っている。『雲笈七籤』の「食気絶穀法」の中には「漸漸として　頃《しばら》く　雨晴れて　雲山に入るが如し」（巻三十六）という表現がありその基づく所のように思われる。

（5）　神霄派に関して

さて、蘇過の詩文の中には、今まで考察した事柄以外に、徽宗時代の時局的な道教の動きに関わるものがある。徽宗は、宋の第三代皇帝の真宗に勝るとも劣らない熱烈な道教信仰を抱いた人である。そして、徽宗の狂熱的な道教信仰を煽ったのが神霄派の道士林霊素である。林霊素は熙寧六年（一〇七六）生れで、宣和二年（一一二〇）の没とされるが、(13)さすれば、その生涯は全くと云って良い程、蘇過と重なる。『歴世真仙体道通鑑』の林霊蘁（霊素のこと）伝では、この林霊素が七歳の時における蘇軾との出合いの伝説を次のように語る。

（林霊素）七歳読書、粗能作詩、日記万字、蘇東坡・軾来見、以暦日与、読一覧、了無遺誤、東坡驚異曰、子聡明過我、富貴可立待、先生笑而答曰、我之志、則異於先生矣、東坡云、子当如何、先生曰、生封侯、死立廟、未為貴也、封侯虚名、廟食不離下鬼、願作神仙、予之志也。（巻五十三）

林霊素は政和六年（一一一六）には徽宗の寵信を得た。『宋史』の方技伝下に依れば、彼は次のように述べて徽宗の心を捉えたと云う。

天有九霄、而神霄為最高、其治曰府、神霄玉清王者、上帝之長子、主南方、号長生大帝君、陛下是也、既下降于世、其弟号青華帝君者、主東方、摂領之、己乃府仙卿曰褚慧、亦下降佐帝君之治。（巻四六二）

この最高位の天である神霄の神霄玉清王が上帝の長子であり、徽宗その人だとしたためにいたく徽宗を喜ばせたことは想像に難くない。翌政和七年には、徽宗は自ら教主道君皇帝と称し、また、同じ年には、都に上清宝籙宮を建て、全国津津浦浦に神霄玉清万寿宮なる道観を整備させ、道観のないところは仏寺を以てこれに充てた。そして宣和元年（一一一九）には、仏は大覚金仙、羅漢菩薩などは仙人大士と称する等、究極の崇道抑仏策とも言える政策をとった。(14)

陳垣の『道家金石略』の中には、「神霄玉清宮記」があり、中に「神霄玉清万寿宮詔」を載せる。その中には次のように述べている。

　欽惟長生大帝君、青華大帝君、体道之妙、立乎万物之上、統御神霄、監視万国、無彊之体、雖眇躬是荷、而下民之命、実明神所司。（三三九―三四〇頁）

ところで、蘇過の『斜川集』の中には、「葉守奉詔祠神霄二首」（巻二）があり、第一首の冒頭に「帝子　下土を憫《あわ》れみ、狩して　千柱の宮に臨む」とあるのは、上帝の長子なる長生大帝君が、現世に徽宗として登場し君臨するという神霄派の林霊素より発せられた思想が取り入れられている。また、この詩には「大道一気を含み、地と天と　もともと　相通ず」（第一首）「益ます守る　清浄の化、俗情　昧頑を開く」（第二首）等、大道による教化を重視した道君皇帝、徽宗の意気込みに煽られたような句も見られる。ともあれ、蘇過の道教思想の中にこのような時局に対応した部分のあることは承知しておいて良いであろう。

結　語

さて、本章では、蘇軾の末子である蘇過の『斜川集』を読んで、蘇過の「拙」なる生き方と陶淵明の影響、「造物」「造物者」との関わりを先ず検討し、継いで、「天公」「玉皇」「羅浮山」「神仙は咫尺に在り」『黄庭経』「神霄」等のテーマの下に彼の道教思想のいくつかの側面を検討した。

蘇過の世代は、蘇軾、蘇轍の後代にあって、新旧両党の軋轢の為に、不遇であることを余儀なくされた世代であり、蘇軾の孫の蘇符の世代となると、また官途に栄達するものも出てくる。東坡に比して小坡と呼ばれた蘇過は詩文に、あるいは書に優れた才能を有しつつ、蘇洵から蘇軾・蘇轍に受け継がれたいわば伝家の崇道の気象を継承している。小論はその蘇軾の後代と道教思想の関係を探究した最初のノートである。

注

（1）『古文真宝』前集巻二所収。『斜川集』と多少、文字に出入がある。
（2）『斜川集』の引用は、後述する『知不足斎叢書本』と「全宋詩」（巻一三五一―一三五四）に依る。
（3）四部叢刊本の晁説之の『嵩山集』二十所収の「宋故通直郎眉山蘇叔党墓誌銘」はテキストとして問題がある。
（4）第二部第四章「蘇洵の水官詩について」参照。
（5）小川環樹・山本和義『蘇東坡集』（朝日新聞社、一九七三）の小川氏の解説を参照されたい。
（6）鍾来因氏の『蘇軾与道家道教』一九九〇第三章第四節「蘇軾之子蘇過」は、蘇過と道教との関係を考察した数少ないものの一つである。
（7）第二部第一章「欧陽脩の青詞について」参照。
（8）『雲笈七籤』巻二十七参照。
（9）『洞淵集』巻二参照。なお、この書には宋の皇祐二年（一〇五〇）の序がある。
（10）三浦國雄氏『中国人のトポス』（平凡社、一九八八）中の「洞庭湖と洞庭山」参照。
（11）注（7）と同じく第一章を参照されたい。
（12）『雲笈七籤』巻十一『上清黄庭内景経』を参照されたい。
（13）宮川尚志氏「林霊素と宋の徽宗」（『東海大学紀要』〈文学部〉第二十四輯、一九七五所収）参照。なお氏には「宋の徽宗と道教」（『東海大学紀要』〈文学部〉第二十三輯、一九七五所収）もある。

（14）宋の徽宗と神霄派の動きについては、任継愈氏主篇『中国道教史』第三編第十二章、吉岡義豊氏『永生への願い』（淡交社、一九七〇）、塚本善隆氏「道君皇帝と空名度牒政策」（『塚本善隆著作集』第五巻、大東出版社、一九七五所収）、ミシェール・ストリックマン著、安倍道子訳「宋代の雷儀」（『東方宗教』第四十六号、一九七五所収）等を参照されたい。なお、第二部に関連するものとして、近年、中嶋隆藏『雲笈七籤の基礎的研究』（研文出版、二〇〇四）、山田俊『宋代道教思想史研究』（汲古書院、二〇一二）も刊行されている。

第八章　蘇符と蘇籀——道教をめぐる両蘇とその孫——

序　言

蘇軾は宋の紹聖二年（一〇九五）の正月、流謫の地である恵州で「上元の夜」という詩を詠じた。その冒頭四句は「前年　玉輦に侍す、端門　万枝の灯、璧月　罘罳に挂り、珠星　觚棱に綴る」と過ぐる栄華の時を歌っている。(1)「上元の夜」はまた「元宵」とも呼ばれ、道教の祭日である上元の日、即ち正月十五日に灯をともして夜を徹して楽しむのである。

唐宋八大家のうちに三つの席を占める蘇洵、蘇軾、蘇轍はいずれも道教に親しんでいた。先の蘇軾の詩もその端的な気持を表わしていよう。蘇軾の子の蘇過には『斜川集』があり、羅浮山を神仙境とし、『黄庭経』を引用するなど、蘇軾の濃厚な影響のもとに、蘇過が道教に接していた姿が見て取れる。

それでは、蘇軾・蘇轍の孫の世代では、道教と如何なる関わりを持ったのであろうか。本章では、蘇氏一族の思想の研究の一環として、蘇符と蘇籀を取り挙げてこの問題を考察する。

第一節　蘇符と道教

（1）　蘇符と蘇軾

蘇符は、字を仲虎と言い、蘇軾の孫で、蘇邁の次子である。邵博の『邵氏聞見後録』には、蘇符と蘇軾との触れ合いを示す有名なエピソードが載せられている。[2]

蘇仲虎言、有以澄心紙求東坡書者、令仲虎取京師印本東坡集、誦其中詩、即書之、至辺城歳莫多風雪、強圧香醪与君別、東坡閣筆、怒目仲虎云、汝便道香醪、仲虎驚懼久之方覚、印本誤以春醪為香醪也。（巻十九）

自作の詩を孫の蘇符に読ませて、書をものす蘇軾、版本の誤りをそれとは知らず蘇符が誦し、蘇軾に叱られてその後にやっと気が付く。この一段の話は蘇符の幼少時の蘇家の様子を良く表わしている。

蘇軾の道教的雰囲気溢れる名作としては、周知のように「赤壁の賦」[3]がある。「前赤壁の賦」では、文中に「羽化而登仙」の語があり、また、「後赤壁の賦」では、次のように道士を夢みたことを記している。

時夜将半、四顧寂寥、適有孤鶴、横江東来、翅如車輪、玄裳縞衣、戛然長鳴、掠予舟而西也、須臾客去、予亦就睡、夢一道士、羽衣翩躚、過臨皐之下、揖予而言曰、赤壁之游楽乎、問其姓名、俛而不答、嗚呼噫嘻、我知之矣、疇昔之夜、飛鳴而過我者、非子也耶、道士顧笑、予亦驚悟、開戸視之、不見其処。（『蘇軾文集』巻一）

蘇軾は黄州城外の赤鼻磯を、三国鼎立の趨勢を作った、曹操と劉備・孫権連合軍との古戦場である赤壁に見立てて、そこで風月の遊びを楽しんだのである。[4]「前赤壁の賦」では、「造物者」の無尽蔵の恵みについて次のように詠じている。

惟江上之清風、与山間之明月、耳得之而為声、目遇之而成色、取之無禁、用之不竭、是造物者之無尽蔵也、而

吾与子之所共食。（『蘇軾文集』巻一）

先に取り挙げたのは、場所に関する見立てであるが、今一つ思われるのは、時に関する見立てである。蘇軾が「赤壁の賦」を書いたのは、元豊五年（一〇八二）のことで、周知のようにこの年には、蘇軾は少なくとも三度、赤壁の地を訪れている。それは、七月十六日と十月十五日と十二月十九日である。十二月十九日は蘇軾の誕生日であり、それは当然、彼にとって特別な意味のある日である。

それでは、十月十五日はどうであろうか。道教では、上元の日の正月十五日、中元の日の七月十五日、下元の日の十月十五日を三元日として大事にする。十月十五日はこの下元の日に当たるのである。

「後赤壁の賦」の冒頭では次のように言う。

是歳十月之望、歩自雪堂、将帰于臨皐。（『蘇軾文集』巻一）

望は満月であり、同時に十五日のことである。この日は霜は既に降りていたが、「月白く風清」き、風月の遊びに及んだのであった。

「前赤壁の賦」の劈頭は、余りにも有名であるが、次のように歌い出されている。

壬戌之秋、七月既望、蘇子与客泛舟、遊於赤壁之下、清風徐来、水波不興、挙酒属客、誦明月之詩、歌窈窕之章、少焉、月出於東山之上、徘徊於斗牛之間、云々。（『蘇軾文集』巻一）

既望は満月の次の日、つまりは十六日である。「既望」の語は、夙に『書経』にも見えるが、風月の遊びを詠じた蘇軾は恐らく「望」、つまり満月の日を意識していたであろう。けれどもそれは天候か何かの関係で一日のずれを余儀なくされたのではないか。

蘇軾は当初、七月十五日、つまり中元の日の赤壁の遊びを企てていたのであろう。それは、次の「後赤壁の賦」が下元の日の遊びを詠じていることから見ても妥当な推測であると思われる。

別の面から考えると、明月を賞でようとするのならば、何故、八月十五日の中秋の明月の日を選ばなかったのかと云う視点もあり得よう。

彼此勘案すると、蘇軾の「赤壁の賦」は三元日の中の二つを選ぶという道教的な見立てのもとに詠じられたのであり、それは、この賦の内容の濃厚な道教的雰囲気とタイアップするものであったのである。

（2）白鶴翁蘇符

さて、それでは、話を蘇符のことに戻そう。周知のように、『四川文物』の一九八六年第二期の号に、張忠全氏が「宋蘇符行状碑及墓磚銘文」という一文を載せた。

そこでは、蘇符に関する『宋史』の記述が大変に簡略で、他の書物にも蘇符の平生についての記載が非常に少ないとして、この蘇符の行状碑の価値の高さ、蘇符の事跡を知る上での重要性を指摘している。

しかし、これもまた良く知られているように、李心伝の『建炎以来繋年要録』には、蘇符に関する記述がかなり多くあり、南宋の初めの頃の彼の活動の様子を窺うことができる。

例えば、『建炎以来繋年要録』の紹興九年（一一三九）の条には、次のようなことが記されている。

丙申、詔汝州郟城県故資政殿学士蘇軾墳寺、以旌賢広恵為名、以孫礼部侍郎（蘇）符援范鎮家賜刹例有請故也。

（巻一三二）

これは、蘇符の願いによって蘇軾の墳寺に「旌賢広恵」の名が皇帝から与えられたことを記すものであり、南宋の初の蘇軾尊重の風潮に蘇符が一役買っていた様子が知られる。この外にも、蘇符の謂わば表向きの事跡は、この『建炎以来繋年要録』によって明確になる部分がある。例えば、寺地遵氏は対金講和論者の権臣である秦檜に敵対した人物の一人としてこの蘇符を挙げている。(5)

さて、「蘇符行状」発見の経緯について、張忠全氏は次のように記している。

　十年前、在眉山県修文郷十字卡村長山埂東麓、有両座墳墓、当地群衆依拠墳堆的大小、称為大蘇墳園和小蘇墳園、一九七四年、両座墳園都被当地群衆挖掉。一九八三年在文物普査中、於甘漕溝小石堰処発現了蘇符墓碑和行状碑、墓碑為清光緒十年（一八八四年）劉崇徳等人所立、正中書写「宋礼部尚書蘇公符白鶴翁墓」、行状碑長百二十五釐米、寛百五釐米、碑文正楷、由蘇符的児子蘇山撰文、侄婿范仲芑書字。

「蘇符行状」を著わした、息子の蘇山については、宋の章定の『名賢氏族言行類稿』には、

　（蘇）符子（蘇）山、紹煕間、為司農少卿。（巻七）

とされる。

この「蘇符行状」は、舒大剛氏の『三蘇後代研究』[6]にも附録として収められている。但し、それは「曾棗荘教授家蔵拓本より録す」とされており、張忠全氏の名も出てこないし、『四川文物』掲載のものと多少の異同もある。句読は『三蘇後代研究』所載のものの方が正確と見られる。

その冒頭では、祖父の蘇軾に触れる中で、特に蘇軾に高い評価を受けたことを記す。

　先公姓蘇氏、字仲虎、諱符、世家眉山、曾王父諱洵、王父諱軾、父諱邁、母石氏、故中書舎人昌言之孫、先公幼力学、負大志、逮事東坡公凡十五年、特器之、嘗侍行嶺表、畀以微言。

それは、先に掲げた『邵氏聞見後録』に載せるエピソードと表裏をなすものであろう。

蘇符の学問については、「行状」は次のように記している。

　先君問学深于六経、蓋其説独得于伝注之先、奏事殿中、非経不言、上深知之。

後述する蘇轍の孫の蘇籀は、その文集『双渓集』の中に「代仲虎兄回蔣揚州啓」（巻十三）が収められていて、蘇符と交渉のあったことが知られるが、その「奠亡兄尚書龍学文」（巻十五）は蘇符を弔う文である。それはその最初に次

のように述べていることから明らかである。

維紹興二十六年十有二月、戊戌朔、初六日癸卯、弟持服蘇籀与簡・策、謹以清酌庶羞之奠、致祭于亡兄閣学尚書仲虎之霊。

「行状」に依れば、蘇符は紹興二十六年七月丁未に享年七十で亡くなっているから、蘇籀のこの文章はその死の約半年後に書かれたものである。そして、そこでは、蘇符の学問について以下の如く語っている。

公弱敦敏、躭玩経旨、康成王弼、風雅象繋、語孟檀弓、発微究体、斟酌心精、応用詞綺、烱然独識、灑落清製、縕袍顔巷、淹此国器、偉歟東坡、百代之師、公其元孫、家学在茲。

ここでは、蘇符が『詩経』『易経』『礼記』『論語』『孟子』等の経書・四書や、鄭玄・王弼達の注釈に通じており、百代の師である蘇軾の孫として、蘇氏の家学を継承していると説いているのである。

「行状」では、このように蘇符が儒学に通じていたことを述べる一方、道教に関わることとして、彼が「白鶴翁」と号したことを叙べている。

且得浮丘故址、因自号白鶴翁。

『眉山県志』に依ると、蘇軾の孫の白鶴翁の墓の存在は、清の末年には知られていたようである。[7]

大宗伯白鶴翁墓、治西南五十里実相寺西、清同・光（同治・光緒）間発見、其墓磚記有三、曰、白鶴翁、曰、有宋大宗伯蘇公、曰、東坡之孫白鶴翁、邑紳劉崇徳、侯世封等表之立碑。（巻二）

蘇符がその故址を得て「白鶴翁」と号するに至った「浮丘」とは、『相鶴経』の撰者とされる「浮丘公」のことであろう。『文選』所収の劉宋の鮑照が著わした「舞鶴賦」の李善の注釈には次のような記述がある。

（李）善曰、相鶴経者、出自浮丘公、公以自授王子晉、崔文子者学仙於子晉、得其文、蔵嵩高山石室、及淮南八公採薬得之、遂伝於世。（巻十四）

『相鶴経』は、李善注所引のものの外に、唐の徐堅の『初学記』にも引用されている。双方の『相鶴経』の一部を引用してみよう。

千六百年形定、而色白、（中略）六十年、大毛落茸毛生、色雪白、泥水不能汚、（中略）蓋羽族之宗長、仙人之騏驥也。（『文選』巻十四李善注）

千六百年形定、体尚潔、故其色白、（中略）所以体無青黄二色者、木土之気内養、故不表於外、（中略）蓋羽族之宗長、仙人之騏驥也。（『初学記』巻三十）

この『相鶴経』で念頭に置かれているのは、白鶴であることは云う迄もない。そう言えば、蘇軾の「後赤壁の賦」の末尾には、前述したように「孤鶴」が登場するが、それは「玄裳縞衣」（白いうわぎと黒いはかま）[8]と云うように、やはり白鶴がイメージされていたのであろう。蘇符はこのようなことを踏まえて、自ら「白鶴翁」と号したのである。

さて、「行状」では、今一つ道教に関して触れるところがある。

間従方士得養生之秘、自守武陵、有所遇即導引不食穀。

ここに「穀を食わず」と言うのはいわゆる「辟穀」のことで、「導引」、「辟穀」は道教の代表的な「養生」術である。『史記』の「留侯世家」には、張良が辟穀・導引を学んで身を軽くしたと言われている。

導引とは一種の柔軟体操のようなものであるが、『抱朴子』の「別旨」には、多様な方法が紹介されている。[9]

夫導引、不在於立名象物粉絵表形著図、但無名状也、或伸屈、或俯仰、或行臥、或倚立、或躑躅、或徐歩、或吟、或息、皆導引也。

ところで、蘇軾の『東坡志林』[10]では、「修養」と題して道教の「養生」術について説く部分がある。そして、その中には、「導引語」として次のような言葉を載せる。

導引家云、心不離田、手不離宅、此語極有理、又云、真人之心、如珠在淵、衆人之心、如泡在水、此善譬喩者。

（巻一）

これは要するに真人の如く堅固な心で導引を続けて行けば養生に効果のあることを云ったものであろう。

また、同じ「修養」のところで蘇軾は、「辟穀説」も著わしている。やや長文となるが東坡の実体験による記述も含むので以下に引用する。

洛下有洞穴、深不可測、有人堕其中、不能出、飢甚、見亀蚍無数毎旦輒引首東望吸初日光嚥之、其人亦随其所向効之不已、遂不復饑、身軽力強、後卒還家不食、不知其所終、此晉武帝時事、辟穀之法以百数、此為上、妙法止於此、能服玉泉、使鉛汞具体、去僊僻不遠矣、此法甚易知易行、天下莫能知、知者莫能行、何則虚一而静者、世無有也、元符二年、儋耳米貴、吾方有絶糧之憂、欲与過子、共行此法、故書以授之、四月十九日記。（巻一）

蘇符が行ったとされる「導引」「辟穀」について、蘇軾の言葉等を借りてその内容を説明して来た。蘇軾には、また「養生訣――張安道に上る――」の一文があり、養生の秘訣として、蘇軾が、叩歯、握固、閉息、内観等を行っていたことが記されるが、その序文では次のように言っている。

近年頗留意養生、読書、延問方士多矣。其法百数、択其簡易可行者、間或為之、輒有奇験、今此閑放益究其妙、乃知神仙長生非虚語爾、其効初不甚覚、但積累百余日、功用不可量、比之服薬、其力百倍、久欲献之左右、其妙処、非言語文字所能形容、然可通其大略、若信而行之、必有大益、其訣如左。（『蘇軾文集』巻七十三）

その「養生訣」では、例えば、「閉息」に自註して以下のように述べてもいる。

閉息、最是道家要妙、先須閉目浄慮、掃滅妄想、使心源湛然、諸念不起、自覚出入息調匀、即閉定口鼻。（『蘇軾文集』巻七十三）

白鶴翁と自ら号し、「行状」において「方士に従いて養生の秘を得」たとされる蘇符は、蘇軾の境地に近づき得ていたのであろうか。

第二節　蘇籀と道教

（1）蘇籀と『欒城遺言』

蘇籀は字を仲滋と言い[11]、蘇轍の孫で、蘇遅の子であり、蘇适の後嗣となった。先に挙げた舒大剛氏の『三蘇後代研究』の中には、「蘇籀年譜」上下巻が収録されている。それに依れば、蘇籀は北宋の哲宗の元祐六年（一〇九一）に生まれ、南宋の高宗の隆興二年（一一六四）、七十四歳までの足跡は辿れるが、その正確な卒年は不詳としている。

この蘇籀は祖父である蘇轍の『欒城遺言』の記録者としてよく知られている。そして、その中では、蘇籀が蘇轍に近侍して教えを受けた様子が次のように語られている。

（蘇）籀年十有四、侍先祖（蘇轍）潁昌、首尾九年、未嘗暫去侍側、（中略）一日因謂籀講荘子二三段訖、公（蘇轍）曰、顔子簞瓢陋巷、我是謂矣、所聞可追記者若干語、伝諸筆墨、以示子孫。（『欒城遺言』）

ここでは、蘇籀が十四歳の時から、九年間、即ち、二十二歳迄の最も多感な青少年期に偉大な祖父蘇轍に親しく薫陶を受けたことが記されている。それは、徽宗の崇寧三年（一一〇四）の蘇轍の潁昌帰還から政和二年（一一一二）の蘇轍の死に至る迄の時期であった。

最晩年の蘇轍は蘇籀に『老子』『荘子』を講じた模様であるが、『欒城遺言』の中から、道家・道教に関する記述を次に取り上げてみよう。

先の引用では、『荘子』を講じつつ、儒家の顔回のことに触れているが、蘇轍はまた、荘子の「孝」を問題にしているところがある。

范淳父雒中問公求論題、公以荘子孝未足以言至仁、令范作、范論詆斥荘子、公曰曾閔匹夫之行、堯舜仁及四海。

（『欒城遺言』）

次に『欒城遺言』では、蘇轍が兄の蘇軾の墓碑に、蘇軾が『荘子』に傾倒した話を載せたことを引用している。

墓碑云、公（蘇軾）少年読荘子、太息曰、吾昔有見於中、口不能言、今見荘子、得吾心矣。（『欒城遺言』）

この蘇軾の言葉は、周知のように蘇轍が蘇軾の為に書いた『亡兄子瞻端明墓誌銘』[12]に記されている有名なものである。

蘇轍はまた、『荘子』の内篇の「養生主」篇を高く評価する。

荘周養生一篇、誦之如龍行空爪趾、鱗翼所及、皆自合規矩、可謂奇文。（『欒城遺言』）

これは、蘇轍が道教の「養生」術を重んじていたことと関連するものであろう。『欒城遺言』では、蘇轍の「養生」術として、「養気嗇神の法」のことが言われている。

公（蘇轍）蚤歳教授宛丘、或者屢以房中術自鬻於前、公曰、此必晩損、止伝其養気嗇神之法。

しかしながら、蘇轍は『老子』と『荘子』とを比較すると、『老子』をより尊重したものと見られる。この点は、『荘子』を自己の思想の代弁者とした兄の蘇軾と相違するところである。

公（蘇轍）曰、荘周多是破執、言至道無如五千文。（『欒城遺言』）

ここでは、蘇轍は荘周の言は、物事に対する執着を打破するものであるが、究極的な「道」を説くとなると、『老子』五千文には及ばないと考えているのである。

蘇轍はまた、『老子』を『孟子』と比較して数等優れたものとしていた。

公（蘇轍）為（蘇）籀講老子数篇曰、高於孟子二三等矣。（『欒城遺言』）

蘇轍の『老子』尊重をより具体的に示しているのが、やはり『欒城遺言』に載せる次の詩である。

（蘇轍）老年作詩云、近存八十一章注、従道老聃門下人。

蘇轍の「八十一章の注」即ち、『老子』の注釈書については、例えば、徽宗の崇寧五年（一一〇六）、蘇轍が六十八歳の時に書いた自伝である「潁浜遺老伝」では、次の如くに述べている。

（蘇轍）凡居筠・雷・循七年、居許六年、杜門復理旧学、於是詩・春秋伝・老子解・古史四書皆成、嘗撫巻而歎、自謂得聖賢之遺意、繕書而蔵之。（『欒城後集』巻十三）

同じ「潁濱遺老伝」では、この四著作について、更に詳しくコメントするところがある。

復三年、改著作佐郎、復従文定簽書南京判官、居二年、子瞻以詩得罪、轍従坐、謫監筠州監酒税、五年不得調、平生好読詩・春秋、病先儒多失其旨、欲更為之伝、老子書与仏法大類、而世不知、亦欲為之注、司馬遷作史記、記五帝三代、不務推本詩・書・春秋、而以世俗雑説乱之、記戦国事多断欠不完、欲更為古史。功未及究、移知歙績渓、云々。（『欒城後集』巻十二）

ここには、四著作の執筆の動機が極めて明瞭に語られている。それが、後に筠州等の地方官在任中に、先に引用した如く、『詩伝』『春秋伝』（『春秋集伝』）『老子解』『古史』として完成したのである。

蘇轍と兄の蘇軾との間には、経書等の注釈を書く場合に一種の棲み分けが行われている[13]。道家の書に関しても、蘇軾には、『荘子』外篇の在宥篇の後半にある黄帝と広成子との問答の部分が『荘子解』或いは『広成子解』として残されているのに対して、蘇轍にこの『老子解』があるのである。それはまた、蘇軾がより深く『荘子』の思想に共鳴し、一方、蘇轍がより『老子』の思想を高く評価したことをも示すものであろう。

蘇軾は「跋子由老子解後」の中で、蘇轍の『老子解』について次のように述べている。

昨日子由寄老子新解、読之不尽巻、廃巻而歎、使戦国時有此書、則無商鞅・韓非、使漢初有此書、則孔・老為一、晋宋間有此書、則仏・老不為二、不意老年見此奇特。（『蘇軾文集』巻六十六）

また、道蔵本の蘇轍の『老子解』には、蘇轍自身がこの書を選述した経緯を記す「題」と呼ばれる覚書の部分がある。

予年四十有二、謫居筠州、筠雖小州、而多古禅刹、四方遊僧聚焉、有道全者、住黄蘗山、南公之孫也、行高而心通、喜従予遊。（中略）是時予方解老子、毎出一章、輙以示（道）全、全輙歎曰、皆仏説也、予居筠五年而北帰、全不久亦化去、逮今二十余年矣、凡老子解亦時有所刊定、未有不与仏法合者、時人無可与語、思復見全而示之、故書之老子之末、大観二年十二月十日、子由題。

ここに大観二年（一一〇八）とあるのは、蘇轍七十歳の時であり、侍側していた蘇籀の十八歳の頃に当たる。それは宛かも蘇轍が蘇籀に『老子』『荘子』を講じていた折であり、『老子解』に盛られた道仏一致の見解が蘇籀に影響を与えたことは想像に難くない。

『欒城遺言』には、また、蘇軾の『赤壁賦』を取り上げて次のように云っている。

子瞻諸文、皆有奇気、至赤壁賦、髣髴屈原宋玉之作、漢唐諸公、皆莫及也。

道教的雰囲気の濃厚な「赤壁の賦」もまた、蘇家の至宝として、蘇轍から子孫へ語り継がれて行ったのであった。『欒城遺言』に記される二蘇の事どもと、蘇轍の言葉は、若い蘇籀の思想の形成過程に大きな刻印を記したのである。

（2）　蘇籀と『双渓集』と道教

さて、蘇籀には、『双渓集』と名づけられた文集十五巻があり、『四庫全書』にも収録されている。但し、一九七二年六月に河南の郟県の三蘇墳から、蘇适とその妻の黄氏の墓誌銘が出土し、その「宋故孺人黄氏墓誌銘」は、蘇籀が撰したものであるが、[14]『双渓集』には収録されていないものである。

紀昀の『四庫全書総目提要』では、『双渓集』の中に、金に対する講和論者である秦檜に宛てた蘇籀の手紙があることについて遺憾の意を表わしているところがあり、また「前後の議論、自ら相矛盾す、蓋しみな時好を揣摩して以て説を進む、小人反復し、乃祖に愧づる有ること実に多し」（集部別集類十）と蘇籀に非難を加えている。

更に余嘉錫の『四庫全書総目提要辨証』では、蘇籀について「その人となり、富貴に薫心し、ただ利のみ是れ視る、故に媚を権奸に献じ、売国の牙郎たらんと求めるも得べからず、此れ蘇氏の不肖の子孫なり」（巻二十二）と手厳しい論評をしている。

一方、元の呉師道の『敬郷録』では、「自ら処するの方は厳しくして、苟合せず、故に任は此れに止まる」[15]（巻七）と、蘇籀の官職が衢州の通判（副知事）に止まったのは、他人に迎合しなかったからだとし、『四庫提要』や『提要辨証』よりは好意的に蘇籀の人物を評価している。

この蘇籀の『双渓集』を見ると、蘇軾・蘇轍の両祖を尊ぶ気持が随処に表わされている。例えば、「雪堂硯の賦、幷びに引」（引とは序のこと。先祖の蘇序の諱を避けている）では次のように述べる。

伯祖父東坡先生、琢紫金石為硯、圭首箕製、寘雪堂中、形範卓豁、鴻筆鉅墨、寛然運而有余、先生以遺先人（蘇轍のこと）、此研与詩書、並蔵于家、子孫不忘。（巻六）

また、蘇軾に関しては、「次韻答晁以道見贈二首」の中の第一首で、

文賦東坡推典麗。（巻一）

と述べて、東坡の「文賦」の典麗さを推賞している。「文賦」と律賦の関係は、散文（古文）と駢文（今文）の関係に対応し、「文賦」は欧陽脩が創始した形式で、蘇軾の後にその作に比肩しうる作品が生まれなかったことからすれば、文賦は蘇軾のためにこそ用意された文学形式であったとまで言われるものである。[16]その代表作はやはり「赤壁の賦」であろう。

蘇轍に関しては、彼の歴史書『古史』についての詩もある。「校讐古史二首」の第二首では次のように言っている。

理勝凛然詞旨達、知音儻遇聖人徒、（巻三）

蘇籀は、思想的には、儒・仏・道の三教を兼修した。そして、儒教においては、特に『春秋左氏伝』を尊重した。「論取士専優春秋三伝劄子」においては次のように述べている。

（左）丘明授経仲尼、厥為附伝、非私意也、前代称左氏古学所載、紬繹三代礼楽、上紀犧炎唐虞禹湯周孔遺軼、斉晉伯主、尊奨王室、捨此何拠焉。（『双渓集』巻九）

また、「上朱僕射書」（巻八）では、「（蘇）籀の不肖、天下に安んぞ用いられんや、幼きより窃かに春秋左氏の学を好み、以為らく周孔の常道なり」と「左氏伝」に対する好尚は幼時より胚胎したものであることを述べている。『左氏伝』は三伝の中で最も史学的であるが、それは、先に述べたように蘇籀が祖父の蘇轍の『古史』を校讎した事迹と考え合わせるべき事柄である。

道家・道教思想に関連しては、三国の魏の時代に活躍した嵆康と阮籍を「嵆阮」と並び称することが幾度か見られる。例えば「邵公済求泰定山房十詩」の「竹渓」に「谿嵐　翠滴らんと欲し、塵外　嵆阮の趣あり」（巻三）と詠じるのなどがそれである。因みに言えば、蘇軾の「僧清順新作垂雲亭」なる詩に「道人　真に古人なり、嘯詠して　嵆阮を慕う」（『蘇軾詩集』巻九）と歌う部分があり、これは僧侶の清順が嵆康、阮籍を慕っているのに共鳴を示したものであろう。特に嵆康は神仙に憧れ、「養生論」の著作もあって道教思想に詳しかった人である。蘇軾の「与陸子厚」では、「嵆中散云、守之以一、養之以和、和理日済、同乎大順、然後蒸以霊芝、潤以醴泉、晞以朝陽、綏以五絃、僕今除五絃不用外、其他挙以中散為師矣」（『蘇軾文集』巻六十）と中散大夫嵆康を養生の師としているところもある。

蘇籀が「嵆阮」を並び称することは、例えば、「国士」の詩に「文士の規模は正始の間、風流喜ぶべきこと　未だ曾て有らず」（『双渓集』巻二）とあるように、「正始」を含む魏の時代の風気を称揚することと関わっている。

次に顕著なのは、「造物」の尊重である。「造物」の語は、云うまでもなく、『荘子』大宗師篇に見える。蘇軾はまたこの「造物」をいたく尊重しており、「赤壁の賦」にも「造物者の無尽蔵」を説くのは上述した如くである。(17) 蘇軾の子の蘇過もその著の『斜川集』の中で、「造物　我を私《わたくし》せざること、彼の草木の繁れるに同じうす」（巻一「和叔寛贈李方叔」）とその公平さを説くところがある。(18) 蘇籀は「韓省幹子平薦章応格朋友漠然未知忽改京秩作七言近体一首賀之」の詩において、「造物至公　殊に置かず」（『双渓集』巻四）と述べるが、この「造物」の公平さに対する信頼は蘇家累代のものと云えるであろう。

　歴世累代と言えば、蘇籀が祖父の蘇轍に次韻した詩の中には、「我家の治生　奇功なし、累世　この慈倹の風を守る」（『双渓集』巻一「次韻大父曬麦」）と詠じるところがある。この「慈倹」は云うまでもなく『老子』第六十七章に見える所謂「三宝」のうちの二つである。蘇轍の『老子解』の本文では「夫れ我に三宝あり、持してこれを宝とす、一に曰く慈、二に曰く倹、三に曰く、敢えて天下の先と為らず」とあるが、その蘇轍の解では次のように述べている。

　今夫世俗、貴勇敢尚広大誇進鋭、而吾之所宝、則慈忍倹約廉退、此三者、皆世之所謂不肖者也。（巻四）

「老子」と言えば、蘇籀の「疎嬾」の詩の中には「老耽（聃）摂養、道ほとんど成る」（巻四）と述べるところがあり、「老子」を養生の人と見る彼の老子観の一端が窺われる。

　さて、蘇籀の『双渓集』に見える道教的な事柄の中には、「一枝膚雪壺中曜、静几低窓養晏温」（巻三「次韻伯父茶花」）と詠じられる「壺中」の天や「邯鄲黄粱之身世、此殆小有之洞天」（巻六「米元暉山研賦」）と記される「洞天」、更には「子房得之黄石而神之、謂之陰符」（巻八「上秦丞相第一書」）の「陰符」、「鵞経禊帖、洛神楽毅」（巻六「米元暉山研賦」）の「鵞経」等を掲げることができる。「鵞経」が『黄庭経』を指すのは周知のことである。加えて、「金丹」に関しても「閩嶺賦」では、「石髄　暫く遇い、金丹　一たび鑽すれば、白日清天、孰れか到り難しと曰わんや」（『双渓集』巻六）と述べて、「金丹」による所謂「白日昇天」に言及している。

　次に、蘇籀と道教との関わりを検討する場合、『双渓集』に記される「仙」を含む熟語を考察することは勿論有力な方法である。その中には、実在の道士としての両黄仙人や王仙君の存在、時局的な言葉としては、「賓仙」、即ち北宋の道君皇帝徽宗に対する言及もある。また「藐姑の仙」は「姑射」の語が時折見られることと関わり『荘子』に説かれるこの仙人への蘇籀の憧憬を示すものと言えよう。

この他にも、「神仙」「水仙」「仙才」「仙桂」等の語が見られるが、こうした言葉の中に「仏仙」という語も登場する。即ち「千葉白浮蕖」の詩に「矧んや肯えて塵俗に媚びんや、誠に能く仏仙に降る」（巻三）とあるのがそれで、これは仏と仙と意であって、つまりは蘇籀が道仏双修の立場をとっていたことと関わるものである。

蘇籀の道仏双修の思想は、『双渓集』の随処に語られる。例えば「次韻待制王公出示李公丞相鼓山唱和之什不揆蕪累奉和」の詩では、「物外赤松の期、域中兜率の臱」（巻二）と語られ、「眉州禅僧」の詩では、「瞿曇と老君と、一訣至当に帰す」（巻四）と説くのなどはその顕著な証左である。いうまでもなく「兜率」は弥勒のいる天界であり、瞿曇は、ゴータマという釈迦の姓の音訳を示す。

養生における道仏双修のことは、また、「李丞相に上るの書」に次の如く述べられる。

又如釈道二家、苦空妙義之宗、服食修煉之伎、此於養生則厚矣、治一身於治天下、緩急之不同也。（巻八）

ここでは、仏教を「苦空妙義の宗」とし、これに対して、道教の「服食修煉の伎」を「養生」面での効能のあるものとして取りあげている。

道教の養生術である「服食修煉の伎」の具体的な例を求めると、「茯苓」「茯神」の名を挙げることが目を惹く。即ち「二松賦」では、「琥珀と茯苓を遺り、俞柎と倉公に貽る」（巻六）と述べ、また、「時相に上るの書」では、「烏啄豕零　その用を尽し、蹲鴟茯神　相瀆さず」と語る（巻八）。「蹲鴟」は芋の異名であり、「茯神」は茯苓の異名である。そして、「茯苓」については、蘇轍に「茯苓を服するの賦」（『欒城集』巻十七）のあることが良く知られている。その序文を簡略に引用しよう。

余少而多病、夏則脾不勝食、秋則肺不勝寒、治肺則病脾、治脾則病肺、平居服薬、殆不復能愈、年三十有二、官於宛丘、或憐而受之以道士服気法、行之期年、二疾良愈、蓋自是始有意養生之説、（中略）古書言、松脂流入地下為茯苓、茯苓又千歳則為琥珀、雖非金石、而其能自完也亦久矣、於是求之名山、屑而瀹之、去其脉絡、而取其精華、庶幾可以固形養気、延年而却老者。

次に道仏双修に際する所依の経典に関しては、「公退」の詩の二首目において、「般若の初心　耋老に依り、参同の内事　儒臞に斬《と》る」（『双渓集』巻五）とあるのが注目される。「耋老」とは老人の意、「儒臞」の「臞」はやせるの意。蘇籀のこの両句は、「般若」と「参同」とを対置しており、また、蘇籀が「跋般若心経後」を書いているところから、『般若心経』と道教経典の一つとを並べたと見られるのであるが、それは恐らく『周易参同契』ではないかと推測されるのである。そして、「参同の内事　儒臞に斬《と》る」との連想がなされるのは、『参同契』がもともと儒教の経典である『周易』に基づいているからのことであろう。

蘇籀はまた「儒臞」に対して「仙臞」の語を用いる場合がある。[19] 即ち「娯老」の詩に「揃白の追遊　味殊に寡く、図る所の栄綺　仙臞を訪ぬ」（巻五）とあるのがそれである。これは「儒臞」が「儒者のやせたる者」であるのに対して、「仙臞」は「仙人のやせたる者」となるのであろう。

因みに蘇軾の「雪後便欲与同僚尋春一病弥月雑花都尽独牡丹在爾劉景文左蔵和順闍黎詩見贈次韻答之」（『蘇軾詩集』巻三十二）の詩には、「酒を載せて詩将を邀うるも、臞儒は是れ仙ならず」と「儒臞」を倒置した「臞儒」の語が用いられる。蘇籀もまた、「江少卿に回する啓」において、「（蘇）籀臞儒にして自ら哂い、晩に官たりて帰るを念う」（巻十三）と言い、「観闍梨庵高樹梅花盛発」の詩に「臞儒　花械の戒、疇昔　井眉の箴」（巻四）とも述べる。この場合、「臞儒」は自嘲気味の「やせたる儒者」の意であろうか。

ところで、蘇籀は「参同」の語を『双渓集』の中で、今一度用いている。即ち「遊服者二絶」の第二首目に「几に

隠り天に嘘《うそぶ》きて　嗒然の趣あり、参同の九鎖　仙階を啓く」（巻四）と述べているのがそれである。嗒然は、我を忘れるさま。ここでは「参同」の語は、「仙階」と関わって道教について述べる文脈で用いられており、これも『周易参同契』を指すものに違いあるまい。何故ならば蘇軾の「和陶雑詩十一首」の第八首に「参同得霊鑰、九鎖啓伯陽」（『蘇軾詩集』巻四十一）と魏伯陽の『周易参同契』と「九鎖」とが合わせ語られているからである。蘇籀の「参同の九鎖」とは、蘇軾のこの詩を踏まえた表現なのであろう。因みに小論を書く際に使用した中国古典文学基本叢書の『蘇軾詩集』では、「九鎖」の校勘記に「査註、合註、『鎖』一作『鏁』、清施本作『鏁』」と言っているが、逆に蘇籀の『双渓集』によって、「九鎖」の「鎖」の字の有力さがより強く裏付けされたことになろう。[20]

蘇籀は道仏双修の立場をとったが、その所依の経典は、『周易参同契』と『般若心経』だったのである。

結　語

本章では、蘇軾の孫の蘇符と、蘇轍の孫の蘇籀の二人を中心に取り挙げて、彼らと道教との関わりを考察した。蘇符の場合は「蘇符行状」に基づき、蘇籀の場合は『双渓集』に主として依ったが、とりわけ『双渓集』を今に遺す蘇籀の場合、偉大なる両祖である蘇軾と蘇轍の強い影響下にあったことを随処に証明できたと考える。

儒・仏・道三教との関わりで言うと、蘇符は、儒学を奉じた半面、その個人的な生活の場においては、道教の養生術を嗜んだことが「蘇符行状」より窺われたが、仏教との接点を現在の資料では見出し得なかった。

これに対して蘇籀は、「秋辞」の詩の第二首に「老氏の蔵室に居りて、丘明の素俟に揖す」（『双渓集』巻十五）とあるように道教と儒教の双方を尊重し、また、既に述べたように「瞿曇と老君と、一訣　至当に帰す」と言って、道仏双修の姿勢を示している。従って、蘇籀は儒・仏・道三教兼修の立場をとり、儒教では特に『春秋左氏伝』を愛好したようである。蘇符との比較においては、道教との関わりにおいて、道仏双修のスタンスをとったことが大きな相違であろう。

そして、仏教では『般若心経』を尊んだのに対して、道教では、『老子』『荘子』の外は、『周易参同契』に対する言及が注目されるのである。

蘇籀自身は、「夜涼」の詩の中で、「学術は家伝の業、風流　徳に隣あり」（『双渓集』巻二）と言っているが、本章では、その蘇氏一族の北宋から南宋にかけての思想の一端を解明した。

注

（1）『蘇軾詩集』（中華書局、一九八二）巻三十九所収。

（2）村上哲見氏「蘇東坡書簡の伝来と東坡集諸本の系譜について」（『中国文学報』第二十七冊、一九七七所収）参照。

（3）「前赤壁の賦」「後赤壁の賦」両賦は『蘇軾文集』（中華書局、一九八六）巻一に収める。

（4）山本和義氏「蘇軾赤壁賦初探」（『南山国文論集』第二号、所収）参照。

（5）『南宋初期政治史研究』（渓水社、一九八九）参照。因みに『永楽大典』巻二四〇一では『紹興正論』を引いて蘇符の伝記が述べられ、また『蜀文輯存』巻四十八では蘇符の散文として「劉一止除中書舎人制」を載せる。

（6）『三蘇後代研究』は巴蜀書社刊、一九九八。

（7）張忠全氏「宋蘇符行状碑及墓碑銘文」を参照されたい。因みに『眉山県志』では、白鶴翁の墓についての記述の後に「司農少卿墓」について「近白鶴翁墓同時発見、碑題失名、旁鐫疑為東坡曾孫数小字、未知所拠」とし、蘇元老の墓かとしているが、官名等からしてその蘇山の墓であることは明白であろう。

（8）小川環樹氏、山本和義氏選訳『蘇東坡詩選』（岩波文庫、一九七五）参照。

（9）坂出祥伸氏「長生術」（平河出版社刊『道教1』一九八三所収）参照。坂出氏は「別旨」が「方維甸の跋によれば葛洪の自著か、どうか疑わしいが」とことわった上で引用されている。

(10)『東坡志林』は『学津討原』本に依った。なお蘇軾と養生に関しては鍾来因氏の『蘇軾与道家道教』一九九〇も参照のこと。

(11)蘇籀の字はまた「仲茲」とも言われる。『三蘇後代研究』参照。

(12)『欒城後集』巻二十二所収参照。

(13)清水茂氏は、蘇轍の『詩伝』『春秋集伝』が「経書の注解において、東坡が『易伝』『書伝』を作ったのと、相補なう関係に立っていることは、注意すべきであろう」とされる（『唐宋八家文』朝日新聞社、一九六六）。蘇轍の解説の項を参照されたい。

(14)李紹連氏「宋蘇适墓志及其他」（『文物』一九七三年第七期）参照。

(15)『三蘇後代研究』参照。

(16)注（8）の『蘇東坡詩選』参照。

(17)山本和義氏「詩人と造物」（『アカデミア文学・語学篇』二十七号、一九七九）参照。

(18)第二部第七章「『斜川集』を読む――蘇過と道教――」参照。なお、近年には舒大剛・蔣宗許・李家生・李良生氏校注の『斜川集校注』（巴蜀書社、一九九六）が出されている。

(19)因みに『蘇軾文集』巻六十五には「躍仙帖」があり、司馬相如の事に触れて「列仙之隠居山沢間、形容甚臞、此殆得道人也」と述べている。

(20)『双渓集』巻四の「次韻李次仲赴巨山張舎人招贈之什」では、「仙階三洗髄、短生幾両屐」と「仙階」の語がまた見えている。

【付記】

本稿は一九九七年十月四日に岩手大学人文社会科学部において開催された日本道教学会第四十八回大会において、同名の題で発表したものに筆を加えてなった。大会の席上御質問・御意見を頂いた諸先生方に改めて感謝する次第である。

あとがき

各章の原載誌は以下の通りである。各章の題名は概ね原載誌のままであるが、本書に収録するに際して一部改めたものもある。

第一部　唐代の文人と道教

序章　総括——道教研究の方法と課題（『道教研究の最先端』）二〇〇六

序章補論　道教の信仰・霊験と俗講・変文——遊佐昇『唐代社会と道教』の行間を読む——（『東方』四一七号）二〇一五

第一章　桃源・白雲と重玄・本際——王維と道教——（『東方宗教』第百十三号）二〇〇九

第二章　太清・太一と桃源・王母——杜甫と道教に関する俯瞰——（福井文雅博士古稀記念論集『アジア文化の思想と儀礼』）二〇〇五

第三章　九幽経小攷——初唐における代表的地獄経典——（『東方宗教』第百五号）二〇〇五

第四章　三一と守一——『太平経』と太玄派・重玄派の関わりを中心に——（新稿）二〇一六

第五章　道教の色彩学——中国宗教の非言語コミュニケーション——

（岩手大学人文社会科学部欧米研究講座〈発行〉『言語とコミュニケーション』）二〇〇〇
六
第六章　仙女と仙媛――沈宋の文学と道教――
（『宮澤正順博士古稀記念　東洋――比較文化論集――』）二〇〇四
第七章　李白と唐代の道教――レトロとモダンの間――
（岩手大学人文社会科学部欧米研究講座〈発行〉『言語と文化・文学の諸相』）二〇〇八
第八章　李白女性観初探――共生と相思――
（『文化の共生に関する研究』岩手大学学系プロジェクト〈人文科学系〉）二〇一〇
第九章　柳文初探――柳宗元と道教――（大久保隆郎教授退官記念論集『漢意とは何か』）二〇〇一
第十章　韓愈の死生観と道教――老荘・金丹・神仙・女性観――（新稿）二〇一六
第十一章「聖女」・「中元」と「錦瑟」・「碧城」――李商隠と茅山派道教――
（『東方宗教』第百二十三号）二〇一四
第二部　宋代の文人と道教
序章　宋代道教と雲笈七籤（講座『道教』第一巻「道教の神々と経典」）一九九九
科学研究費補助金研究成果報告書『宋代道教思想史研究』二〇〇〇
第一章　欧陽脩の青詞について――欧陽脩と道教思想――（『東方宗教』第八十一号）一九九三
第二章　曾鞏と麻姑信仰――麻姑に顔色を妬まるるに似たり――
（『栗原圭介博士頌寿記念東洋学論集』）一九九五
第三章　王安石と道教――太一信仰との関わりを中心に――（『日本中国学会創立五十年記念論文集』）一九九八

第四章　蘇洵の水官詩について――蘇洵と道教――（『中村璋八先生古稀記念東洋学論集』）一九九六
第五章　玉皇大帝と宋代道教――蘇軾を中心として――（講座『道教』第一巻「道教の神々と経典」）一九九九
第六章　蘇轍と道教――「服茯苓賦」・『霊宝度人経』・「抱一」・「三清」を中心に――
（『新しい漢字漢文教育』第二十九号）一九九九
第七章　斜川集を読む――蘇過と道教――
（岩手大学人文社会科学部地域文化基礎研究講座〈発行〉『人間・文化・社会』）一九九七
第八章　蘇符と蘇籀――道教をめぐる両蘇とその孫――（『東方宗教』第九十一号）一九九八

本書の標題の「赤壁と碧城」は、蘇軾の「赤壁の賦」と李商隠の「碧城」の詩に基づくが、「碧城」の「碧城　十二曲闌干、犀は塵埃を辟け　玉は寒を辟く」の詩句とともに、蘇軾の「念奴嬌」の詞における「大江　東に去り、浪は淘い尽せり　千古の風流人物を／故塁の西辺、人は道う是れ三国周郎の赤壁なりと」の懐古の句も念頭に置く。

二十一世紀の到来を目前にしていた頃、日本道教学会の理事会で推薦されて、日本学術会議宗教学研究連絡委員会の委員となり、やがて、第二十期、第二十一期で、日本学術会議連携会員を務めたことは、日本学術会議第一部の哲学委員会の一員として、日本中国学会、日本道教学会との連絡に当ったことを含め、「乃木坂十一年」として研究面の視野の拡大にも好影響があった。当時の日本中国学会理事長であった池田知久先生（現東方学会理事長）には種々御配慮頂いた。日本学術会議哲学委員会での野家啓一、島薗進両氏の緊張感のある応酬は今も心に残っている。

「はじめに」で述べたイギリス・フランスでの在外研究の後、二〇〇〇年四月には、岩手大学人文社会科学部は、従来の一学科三コース制から四課程制に改革され、筆者は公平を旨とする改革を主導した国際文化課程アジア文化コースで、何不自由ない研究・教育生活を送ることとなった。また、その数年後には、人文社会科学部で宮沢賢治研究会を起こし、やがて、岩手大学から研究拠点形成・重点研究支援経費を得て、十九名で岩手豊穣学の研究を展開し、二〇一三年には、『賢治とイーハトーブの「豊穣学」』（大河書房）を上梓した。今日、国立大学法人では、地域貢献を強く求められているが、この状況は夙に想定内にあったところである。

本書は、「はじめに」において述べた通り、五回に亙る科学研究費補助金による研究の総括的な研究報告であり、収録論文は、福井文雅先生、宮澤正順先生、大久保隆郎先生、栗原圭介先生、中村璋八先生（本書掲載順）の記念論文集や、日本中国学会創立五十年記念論文集に寄稿したものも含むが、その中核になっているのは、日本の中国研究における有力な学会である日本道教学会の機関誌『東方宗教』に掲載された諸論文である。堀池信夫、都築晶子両元会長をはじめ、運営に当って居られる道教学会の理事の方々には、敬意を表しておきたい。また、出版に当っては、汲古書院の代表取締役社長の三井久人氏、編集部の小林詔子さんの助力を得た。感謝申し上げる。

最後に古稀の年にこのような形で研究書を纏めることのできたのは、妻のみち子と玄・有・青の家族の支えがあってこそと思っていることを記しておく。

二〇一六年六月

盛岡の緑滴る小鳥沢の寓居にて

砂　山　稔　識

著者略歴

砂山　稔（すなやま・みのる）

文学博士（東北大学）

1947 年 1 月 1 日大阪市で生まれる。

1974 年 3 月東北大学大学院文学研究科博士課程中国学専攻単位取得退学、東北大学文学部助手、岩手大学人文社会科学部助教授を経て、1995 年 10 月同教授、2009 年 4 月岩手大学評議員（2010 年 3 月まで）、2012 年 4 月岩手大学名誉教授。

1981 年 10 月日本中国学会賞（哲学）受賞。

1983 年 9 月中国社会科学院世界宗教研究所にて研修（1983 年 11 月まで）。

1994 年 4 月ロンドン大学 SOAS（アジア・アフリカ学院）及びコレージュ・ド・フランス中国学高等研究所にて文部省在外研究員として研修（1995 年 2 月まで）。

2000 年 10 月日本学術会議宗教学研究連絡委員会委員（2006 年 9 月まで）。

2006 年 10 月日本学術会議連携会員（2011 年 9 月まで）。

現在　日本道教学会理事、宮沢賢治センター（岩手大学）理事。

著書　隋唐道教思想史研究（博士論文）（平河出版社　1990）

共編著　『講座道教第一巻　道教の神々と経典』（雄山閣出版　1999）、『道教研究の最先端』（大河書房　2006）、『賢治とイーハトーブの「豊穣学」』（大河書房 2013）

論文　「成玄英の思想について」（『日本中国学会報』第 32 集　1980）、「《霊宝度人経》四注劄記」（『世界宗教研究』1984 年第 2 期〈中文〉 中国社会科学院世界宗教研究所編）、その他多数。

赤壁と碧城
——唐宋の文人と道教——

二〇一六年十一月十二日　発行

著　者　砂　山　稔

発行者　三　井　久　人

製版印刷　㈱　デ　ィ　グ

発行所　汲　古　書　院

〒102-0072 東京都千代田区飯田橋二-五-四

電　話　〇三（三二六五）九七六四

ＦＡＸ　〇三（三二二二）一八四五

ISBN978-4-7629-6580-7　C3010

Ch'ih pi and Pi ch'eng

—— The Taoism and Literati of T'ang and Sung

by

Minoru SUNAYAMA

2016

KYUKO-SHOIN

TOKYO

索　引

人名神名索引

サ行

タ行

ナ行

書名索引

＊長い詩題は途中までで省略したところがある。

カ行

サ行

タ行

マ行

ヤ行

ラ行

ワ

欧文